ARTHUR HAILEY

BLACK-OUT

Arthur Hailey

BLACK-OUT

roman

Traduit de l'américain par
ROBERT LATOUR
et
FRANÇOIS PONTHIER

Albin Michel

Édition originale américaine :

« OVERLOAD »

© 1978, 1979 by Arthur Hailey
Doubleday & C°, New York

Traduction française :

© Éditions Albin Michel, 1979.
22, rue Huyghens, 75014 Paris.

ISBN 2-226-00814-4

Que vos reins soient ceints, et vos lampes allumées.

Saint LUC, 12, 35

Ô nuit, nuit, nuit, alors que midi flamboie...

John MILTON

Depuis 1974, le taux d'accroissement de la production d'électricité en Californie est inférieur de plus de la moitié à celui enregistré entre 1970 et 1974. Il s'ensuit que la menace d'une crise énergétique économiquement ruineuse se profile à l'horizon des années 90, et que l'on envisage avec appréhension des black-out totaux ou partiels dès les années 80...

Fortune (magazine)

r

PREMIÈRE PARTIE

1

La chaleur!

La chaleur qui fait suffoquer comme une couche de couvertures empilées. La chaleur qui enveloppe toute la Californie, depuis l'aride frontière mexicaine au sud jusqu'à la majestueuse forêt de Klamath qui débouche dans l'Oregon vers le nord. La chaleur oppressante, débilitante. Depuis quatre jours une vague d'air brûlant et sec, longue de seize cents kilomètres et large de cinq cents, s'est posée sur l'État, s'y installant comme une poule couveuse. Ce matin — un mercredi du mois de juillet — un système frontal du Pacifique devait en principe la repousser vers l'est et introduire de l'air frais avec des averses sur la côte nord et les montagnes. Le phénomène escompté ne s'est pas produit. Et maintenant, à treize heures, les Californiens étouffent toujours sous des températures oscillant entre trente-deux et quarante degrés, sans le moindre soulagement en vue.

Dans les villes et les banlieues, dans les usines, les bureaux, les magasins et les foyers, six millions d'appareils de climatisation bourdonnent. Sur des milliers de fermes dans la fertile Vallée Centrale — le complexe agricole le plus riche du monde — des armées de pompes électriques vont chercher l'eau des puits profonds pour la répartir entre le bétail assoiffé et les récoltes qui se dessèchent — céréales, vignes, citrons, luzerne, etc. Des multitudes de réfrigérateurs et de congélateurs fonctionnent sans arrêt. Ailleurs, la demande électrique habituelle d'une population grande dévoreuse d'énergie, choyée, gâtée, férue de ses commodités et de ses gadgets, ne diminue pas.

La Californie a connu d'autres vagues de chaleur et survécu à leurs conséquences. Mais jamais les besoins d'électricité n'ont été aussi considérables.

« Ça y est, annonça inutilement le dispatcher en chef. Nous arrivons à notre dernière réserve tournante. »

Tout le monde le savait déjà. Tout le monde, autrement dit le personnel attitré et les directeurs de la compagnie qui s'entassaient dans le centre de contrôle de la Golden State Power & Light (Énergie et Lumière de l'État de Californie).

11

La Golden State Power & Light — ou, plus simplement, la G.S.P. & L. — était un géant, une sorte de General Motors dans le domaine des services publics [1]. Elle était la source des deux tiers de l'électricité et du gaz naturel produits et distribués en Californie. Sa présence dans l'État était aussi familière que celle du soleil, des oranges ou du vin, et nul n'y trouvait à redire. Riche et puissante, la G.S.P. & L. se vantait également de son efficacité.

Le centre de contrôle de la G.S.P. & L. était un poste de commandement souterrain et bien gardé. Un visiteur l'avait un jour dépeint comme une salle d'opération couplée avec la passerelle d'un paquebot transatlantique. Son élément central était un pupitre de communications installé sur une estrade de deux marches. Le dispatcher en chef y travaillait avec six assistants, tout près des claviers de deux terminaux d'ordinateur. Les murs étaient tapissés de plusieurs rangées de commutateurs, de diagrammes représentant les circuits des lignes de transport et des postes, de lampes de couleur et d'instruments qui indiquaient la situation présente des deux cent cinq unités de production réparties dans quatre-vingt-quatorze centrales californiennes. Une atmosphère enfiévrée régnait, une demi-douzaine de dispatchers adjoints contrôlant une masse d'informations qui changeaient constamment ; et cependant une acoustique perfectionnée réduisait les bruits au minimum.

« Vous êtes absolument sûr qu'il n'y a plus de courant à acheter ? » demanda un homme en manches de chemise, assez grand, musclé, qui se tenait devant l'estrade. Nim Goldman, vice-président chargé du planning et assistant du président de la compagnie, avait dénoué sa cravate à cause de la chaleur et exhibait le haut d'un torse velu. Les poils de sa poitrine, comme ses cheveux, étaient noirs et bouclés avec quelques fils gris très fins. Le visage énergique aux pommettes saillantes, au teint coloré, était éclairé par un regard franc, autoritaire, dans lequel brillait souvent — mais pas en ce moment — une lueur d'humour. Approchant de la cinquantaine, Nim Goldman avait habituellement l'air plus jeune : aujourd'hui, avec la tension et la fatigue, il paraissait son âge. Depuis quelques jours en effet, il travaillait jusqu'à minuit et se levait à quatre heures du matin ; ce

1. Le terme « service public », fréquemment utilisé dans ce livre, désigne une société commerciale qui produit et distribue de l'électricité et du gaz.

Aux États-Unis, la plupart de ces « services publics » sont de grandes sociétés privées dont les actions se négocient publiquement aux bourses des valeurs de la nation.

Mais contrairement à d'autres sociétés commerciales, les activités des « services publics », les tarifs imposés aux consommateurs, sont étroitement contrôlés par des comités régulateurs nommés par le gouverneur de l'État et le gouvernement fédéral.

Chaque « service public » dessert une zone limitée — une partie d'un État ou, dans quelques cas, une seule grande métropole. Les États-Unis ne possèdent pas de réseau électrique national, en raison des grandes distances qui le rendraient impraticable, mais la plupart des « services publics » sont reliés à d'autres par des lignes de transmission à haute tension et peuvent s'acheter ou se vendre les uns aux autres, selon les besoins, des excédents d'énergie. (N.d.A.)

régime l'obligeait à se raser très tôt, et sa barbe repoussait vite. Comme tous ceux qui se trouvaient au centre de contrôle, Nim transpirait abondamment ; le surmenage n'était pas seul en cause : il y avait aussi le fait que la climatisation avait été réduite quelques heures auparavant à la suite d'une invitation pressante — lancée d'ici et transmise au public par la télévision et la radio — à consommer moins d'électricité en raison d'une grave crise d'approvisionnement. Mais, à en juger par la courbe ascendante que tout le monde pouvait suivre dans le centre de contrôle, cet appel n'avait produit pratiquement aucun effet.

Le dispatcher en chef, vétéran aux cheveux blancs, prit un air vexé pour répondre à la question de Nim. Depuis quarante-huit heures, deux de ses collaborateurs n'avaient pas quitté le téléphone pour essayer de se procurer à tout prix, comme des ménagères affolées, des surplus d'énergie dans d'autres États et au Canada. Nim Goldman le savait. « Nous faisons venir tout ce que nous pouvons de l'Oregon et du Nevada, monsieur Goldman. La Pacific Intertie est saturée. L'Arizona nous a aidés un peu, mais ils ont des problèmes eux aussi. Demain, ils vont nous demander de leur vendre du courant.

— Je leur ai dit qu'ils n'avaient pas la moindre chance, confirma une assistante.

— Pourrons-nous franchir le cap de l'après-midi par nos propres moyens ? » Cette fois, c'était J. Eric Humphrey, président du conseil d'administration, qui venait de lire un rapport sur la situation, élaboré par l'ordinateur. Comme de coutume, la voix cultivée du président ne s'était pas haussée d'un ton ainsi qu'il convenait à un Bostonien dont le sang-froid était la meilleure cuirasse. Il vivait et prospérait en Californie depuis trente ans, mais les manières assez libres de l'Ouest n'avaient pas entamé le vernis Nouvelle-Angleterre d'Eric Humphrey. C'était un petit homme trapu, soigneux et soigné, toujours impeccablement habillé, qui portait des verres de contact. Malgré la chaleur, il avait revêtu un complet sombre avec gilet d'homme d'affaires, et s'il transpirait, rien ne permettait de s'en apercevoir.

« Les perspectives ne semblent pas bonnes, monsieur », répondit le dispatcher en chef. Il enfouit dans sa bouche un nouveau comprimé antiacide ; il aurait été incapable de se rappeler combien il en avait pris aujourd'hui. Les dispatchers avaient besoin de ces comprimés à cause de la tension dans laquelle ils travaillaient, et la G.S.P. & L., dans un geste de bonne volonté à l'égard de ses employés, avait installé un distributeur automatique et gratuit.

Nim Goldman ajouta, pour la gouverne du président : « Si nous tenons le coup, ce sera d'extrême justesse, et avec beaucoup de chance. »

Ainsi que l'avait signalé le dispatcher en chef quelques instants plus tôt, la dernière réserve tournante de la G.S.P. & L. débitait à pleine charge. Ce qu'il n'avait pas précisé, parce que personne ici ne l'ignorait, c'était qu'un service public comme la Golden State Power & Light disposait de deux sortes de réserves d'électricité : une réserve « tournante » et une réserve « immédiatement disponible ». La réserve tournante se composait de générateurs qui tournaient, mais pas à plein régime, bien que leur production pût être instantanément augmentée en cas de besoin. La réserve immédiatement disponible comprenait des centrales qui ne fonctionnaient pas mais qui pouvaient démarrer et débiter au maximum en l'espace de dix à quinze minutes.

Depuis une heure, la dernière réserve immédiatement disponible — deux turbines à gaz dans une centrale près de Fresno, de 65 000 kilowatts chacune — était devenue « tournante ». A présent, les turbines à gaz qui jusqu'alors avaient fonctionné au ralenti étaient poussées au maximum, ce qui signifiait qu'il ne restait plus de réserve d'aucune sorte.

Un gros homme, légèrement voûté, dont le visage maussade évoquait un pot à bière barré de sourcils menaçants, et qui avait écouté le bref dialogue entre le président et le dispatcher, s'écria d'une voix rude : « Bon Dieu de bon Dieu! Si nous avions eu des prévisions météorologiques correctes pour aujourd'hui, nous ne serions pas maintenant dans un pétrin pareil! » Ray Paulsen, vice-président chargé de l'approvisionnement en énergie, s'éloigna brusquement d'une table où, avec d'autres, il avait étudié les courbes de la consommation, comparant celles d'aujourd'hui avec celles des jours les plus chauds de l'année précédente.

« Tous les autres prévisionnistes ont commis la même erreur, objecta Nim Goldman. J'ai lu dans la presse d'hier soir et j'ai entendu à la radio de ce matin que nous aurions de l'air plus frais.

— C'est sans doute là qu'elle a puisé ses informations, dans je ne sais quel journal. Elle l'a découpé et collé sur une carte, je parie! » Paulsen lança un regard furieux à Nim qui haussa les épaules. Ce n'était un secret pour personne qu'ils se détestaient mutuellement. Dans son double rôle de planificateur et d'assistant du président, Nim avait à la G.S.P. & L. des responsabilités qui l'amenaient souvent à franchir les frontières des divers départements. Ainsi avait-il plusieurs fois envahi le territoire de Paulsen, et celui-ci, bien que situé deux échelons plus haut dans la hiérarchie de la société, avait dû s'y résigner.

« Si c'est moi que vous visez par " elle ", Ray, vous pourriez au moins avoir la courtoisie de m'appeler par mon nom. » Les têtes se tournèrent. Personne n'avait vu entrer dans la salle, le chef du service météo de la compagnie, Millicent Knight, une petite brune toujours calme. Son irruption n'avait cependant rien de surprenant. Les services météorologiques, y compris le bureau de Mrs. Knight, étaient logés à côté du centre de contrôle, dont ils n'étaient séparés que par une cloison vitrée.

D'autres hommes auraient pu être gênés. Pas Ray Paulsen. Il avait accompli son ascension dans la G.S.P. & L. par la voie la plus difficile : ayant débuté comme auxiliaire, voilà trente-cinq ans, dans les équipes sur le terrain, il avait été successivement poseur de lignes, puis contremaître, avant d'occuper d'autres postes à responsabilités. Un jour, une tempête de neige, dans la montagne, l'avait précipité du haut d'un poteau, et depuis sa colonne vertébrale endommagée était restée de travers. Des cours du soir dans un collège, payés par la société, avaient permis au jeune Paulsen de devenir ingénieur diplômé et, au cours des années, il avait acquis des connaissances encyclopédiques sur le fonctionnement de la G.S.P. & L. Malheureusement, il n'avait jamais appris en chemin la distinction et les bonnes manières.

« Foutez-moi la paix, Milly! riposta Paulsen. J'ai dit tout haut ce que je pensais, comme je le fais toujours devant n'importe qui. Vous travaillez comme un homme, attendez-vous à être traitée comme un homme. »

Mrs Knight s'indigna. « Le fait d'être un homme ou une femme n'a rien à voir là-dedans. Mon service est réputé pour l'exactitude de ses prévisions. Quatre-vingts pour cent en moyenne, vous le savez parfaitement. Vous n'en trouverez nulle part de meilleur.

— Mais vous et vos collaborateurs avez commis une gaffe monumentale, aujourd'hui!

— Au nom du ciel, Ray! protesta Nim Goldman. Cela ne nous mène nulle part. »

J. Eric Humphrey écoutait la discussion avec une apparente indifférence. Le président ne l'avait jamais dit explicitement, mais il donnait parfois l'impression de ne pas voir d'un mauvais œil une certaine inimitié régner entre ses plus proches collaborateurs, à condition que leur travail n'en souffrît point. Dans les affaires, il existe certains patrons — et Humphrey en était un, probablement — qui estiment qu'une organisation trop harmonieuse incline à la béatitude et à un optimisme excessif. Mais lorsque le président en éprouvait le besoin, il tranchait les débats avec une autorité coupante.

En ce moment, les dirigeants de la G.S.P. & L. qui se trouvaient au centre de contrôle — Humphrey, Nim Goldman, Paulsen et quelques autres — n'avaient strictement rien à y faire. Le centre disposait d'un personnel compétent. Les initiatives à prendre dans une situation critique étaient connues de tous, ayant été prévues depuis longtemps; la plupart étaient mises en œuvre par l'ordinateur, et il y avait aussi des manuels d'instructions à portée de main. Cependant, dans une crise comme celle qu'affrontait maintenant la G.S.P. & L., ce centre avec ses informations à la seconde près devenait un aimant qui attirait irrésistiblement les détenteurs de l'autorité.

Le gros problème, toujours en suspens, était le suivant : les demandes d'électricité s'accroîtraient-elles au point de dépasser l'approvisionnement disponible? Si la réponse était affirmative, il faudrait ouvrir toutes les commutations dans les postes, ce qui priverait de courant des secteurs entiers de la Californie, isolant des communautés, créant le chaos.

On avait déjà procédé à un délestage partiel. Depuis dix heures du matin, le voltage fourni aux abonnés de la G.S.P. & L. avait été progressivement réduit, jusqu'à tomber à huit pour cent en dessous de la normale. Cette réduction permettait une certaine économie d'énergie, mais elle avait d'autres conséquences : de petits appareils comme les séchoirs, les machines à écrire électriques, les réfrigérateurs, recevaient dix volts de moins que d'habitude, et des machines de grande puissance étaient privées de dix-neuf à vingt volts. La baisse de voltage diminuait donc le rendement. Les moteurs électriques chauffaient davantage et faisaient plus de bruit. Des ordinateurs avaient des ennuis ; ceux qui n'étaient pas équipés de régulateurs de tension s'étaient déconnectés automatiquement en attendant le retour au voltage normal. Un effet secondaire fut le rétrécissement, sur les postes des particuliers, des images de la télévision qui, du coup, ne remplissaient plus l'écran. Mais en principe une courte période de sous-voltage ne devait pas engendrer de dégâts durables. L'éclairage, diffusé par des lampes à incandescence, était également légèrement atténué.

Un délestage de huit pour cent, cependant, marquait la limite à ne pas dépasser. Au-delà, les moteurs électriques chaufferaient trop, grilleraient peut-être en provoquant des risques d'incendie. Si donc un délestage ne suffisait pas, il ne resterait plus qu'à répartir la charge — ce qui plongerait dans un black-out total de vastes secteurs.

Les deux prochaines heures seraient décisives. Si la G.S.P. & L. réussissait à tenir jusqu'au milieu de l'après-midi, c'est-à-dire jusqu'à la pointe des demandes par temps chaud, la charge s'allégerait jusqu'à demain. En supposant qu'il fasse plus frais demain, pas de problème.

Mais si le débit actuel, qui n'avait pas cessé de grimper toute la journée, continuait à augmenter... le pire pouvait advenir.

Ray Paulsen n'était pas homme à s'incliner facilement. « Voyons Milly, insista-t-il, les prévisions météorologiques pour aujourd'hui étaient ridiculement erronées. Vrai ou faux ?

— Oui, c'est vrai. Si vous tenez à vous exprimer de cette façon injuste et révoltante. » Les yeux noirs de Millicent Knight lançaient des éclairs de colère. « Mais ce qui est également vrai, c'est qu'une masse d'air, le « Pacific High », se trouve à quinze cents kilomètres au large. La météorologie ne sait pas grand-chose à son sujet, sinon qu'elle dérègle parfois toutes les prévisions en Californie pendant un jour ou deux. » Elle ajouta avec mépris : « Ou êtes-vous tellement absorbé par vos circuits électriques que vous ignoriez ce fait élémentaire de la nature ? »

Paulsen s'empourpra. « Ah mais, dites donc ! »

Milly l'ignora. « Autre chose. Mes collaborateurs et moi-même avons donné une prévision honnête. Mais une prévision, au cas où vous l'auriez oublié, n'est qu'une prévision, et jamais une certitude. Je ne vous ai pas dit, moi, de fermer Magalia 2 pour des motifs d'entretien. C'est une décision que vous avez prise, vous ; ne cherchez pas à me la faire endosser. »

Des petits rires étouffés fusèrent autour de la table. « Touché », murmura quelqu'un.

Tous le savaient bien : une partie du problème d'aujourd'hui était en effet la centrale de Magalia.

Magalia 2, qui se trouvait dans une usine de la G.S.P. & L. au nord de Sacramento, était un grand générateur actionné à la vapeur et capable

16

de produire 600 000 kilowatts. Mais depuis sa construction qui datait de dix ans, Magalia 2 avait été une source d'ennuis. Des ruptures répétées des tubes et d'autres vices de fabrication plus sérieux l'empêchaient souvent de fonctionner. Tout récemment, elle avait été immobilisée, pendant neuf mois, le temps que le surchauffeur reçoive de nouveaux tubes. Même après cette réparation, des problèmes avaient subsisté. Un ingénieur avait déclaré un jour que faire fonctionner Magalia 2 était aussi difficile que de maintenir à flot un cuirassé qui faisait eau.

La semaine précédente, le directeur de la centrale de Magalia avait supplié Ray Paulsen de lui permettre de fermer le numéro deux afin de colmater les fuites des tubes, avant, selon ses propres termes, que « cette bouilloire de malheur ne vole en éclats ». Jusqu'à hier, Paulsen avait répondu par un refus intransigeant. Avant même le début de la vague de chaleur et en raison d'arrêts ordonnés ailleurs pour des réparations imprévues, l'énergie produite par Magalia 2 avait été indispensable au fonctionnement de l'ensemble du système. Comme toujours, il s'agissait d'une affaire de priorités en balance, et il fallait parfois prendre des risques. Hier soir, après avoir lu les prévisions météorologiques qui annonçaient des températures moins élevées pour aujourd'hui, et après avoir pesé le pour et le contre, Paulsen s'était laissé fléchir ; le générateur avait été aussitôt arrêté, et les travaux avaient commencé quelques heures plus tard quand la chaudière s'était refroidie. Ce matin, Magalia 2 était silencieux, et des sections de la tuyauterie disjointe avaient été retirées de plusieurs tubes de chaudière. Bien que la G.S.P. & L. eût désespérément besoin de lui, Magalia 2 ne pourrait pas reprendre du service avant quarante-huit heures.

« Si la prévision avait été exacte, gronda Paulsen, Magalia aurait été inutile. »

Le président hocha la tête. Il en avait entendu assez. Des enquêtes seraient menées plus tard. Ce n'était pas le moment.

Nim Goldman venait de s'informer devant le pupitre du dispatching. Sa voix énergique couvrit nettement celles des autres. « La répartition de la charge, annonça-t-il, devra commencer dans une demi-heure. Il n'y a plus aucun doute. Il le faudra. » Il se tourna vers le président. « Je pense que nous devrions alerter les media. La télévision et la radio peuvent encore diffuser des avertissements.

— Faites-le, dit Humphrey. Et que quelqu'un m'appelle le gouverneur au téléphone.

— Oui, monsieur. » Un assistant se précipita pour composer le numéro.

Dans la salle, les visages étaient sévères. Une interruption délibérée du service ne s'était jamais produite au cours des cent vingt-cinq ans de l'histoire de la G.S.P. & L.

Nim Goldman téléphonait déjà au service des relations publiques, situé dans un autre immeuble. Les avertissements devraient être diffusés sans retard ; le service des relations publiques était prié d'y veiller ; bien que, normalement, la succession des coupures de courant ne dût être connue que de quelques employés de la société, il fallait à présent les rendre publiques. Quelques mois plus tôt, il avait été décidé que les coupures — dans le cas et dans le temps où elles adviendraient — seraient appelées « délestages par zones » afin de souligner leur nature provisoire et le fait que toutes les régions de l'État seraient traitées avec équité. L'expression « délestages par zones » avait été inventée par une jeune secrétaire alors que ses supérieurs, plus âgés et mieux payés, n'avaient pas réussi à trouver un terme acceptable.

« J'ai au bout du fil le bureau du gouverneur à Sacramento, monsieur, dit à Eric Humphrey l'assistant. On m'a informé que le gouverneur était dans son ranch près de Stockton et qu'on essayait de le joindre. On voudrait que vous preniez l'appareil. »

Le président acquiesça d'un signe de tête et saisit le combiné. Couvrant le micro d'une main, il demanda : « Quelqu'un sait-il où est le chef ? » Le chef, dans sa bouche, était l'ingénieur en chef, Walter Talbot, un Écossais tranquille et plein de sang-froid, proche de la retraite, et dont la sagacité dans les situations tendues était proverbiale.

« Oui, répondit Nim Goldman. Il est allé en voiture jeter un coup d'œil sur Big Lil. »

Le président fronça les sourcils. « J'espère que tout se passe bien là-bas. »

Instinctivement, tous les yeux se tournèrent vers un tableau d'instruments surmonté de l'inscription « La Mission n° 5 ». C'était Big Lil, le plus récent et le plus gros générateur de la centrale de La Mission, à quatre-vingts kilomètres de la ville.

Big Lil — une énorme machine construite par les Lilien Industries de Pennsylvanie et baptisée de ce sobriquet par un journaliste — était un monstre qui produisait un million et quart de kilowatts et qu'alimentaient des quantités considérables de pétrole produisant de la vapeur surchauffée pour entraîner la turbine géante. Dans le passé, Big Lil n'avait pas été épargné par les critiques. Au cours du planning, des experts avaient affirmé que c'était de la folie pure de construire un générateur aussi gros, donc de se fier aveuglément à une seule source d'énergie ; ils avaient invoqué le dicton selon lequel il ne fallait pas mettre tous ses œufs dans le même panier. D'autres experts les contrèrent en arguant « des économies d'échelles » : une production d'électricité en masse coûterait moins cher. Le second groupe avait fait prévaloir son opinion qui, jusqu'ici, s'était révélée juste. Pendant les deux premières années de fonctionnement de Big Lil, il avait été économique par comparaison avec des générateurs plus petits, de surcroît magnifiquement sûr, et n'avait donné aucun souci à ses propriétaires. Aujourd'hui, au centre de contrôle, une bande enregistreuse apportait la nouvelle réconfortante que Big Lil tournait à son maximum et procurait au moins six pour cent de la production totale de la G.S.P. & L.

« De bonne heure ce matin, nous avons été informés d'une vibration de la turbine, indiqua Ray Paulsen au président. Nous en avons discuté ensemble, le chef et moi. Il y a de fortes chances pour qu'elle ne soit pas dangereuse, mais nous avons pensé tous les deux qu'il ferait bien d'aller voir sur place. »

Humphrey esquissa un geste d'approbation. De toute façon, le chef ne pouvait rien faire au centre de contrôle. Simplement, sa présence aurait été rassurante.

« Je vous passe le gouverneur », annonça un standardiste sur la ligne de Humphrey qui, un instant plus tard, entendit la voix familière : « Bonsoir, Eric.

— Bonsoir, monsieur, dit le président. Je vous ai appelé pour vous communiquer, je le crains, de fâcheuses... »

Ce fut à ce moment-là que l'imprévu se produisit.

Au milieu du groupe d'instruments surmontés de l'inscription « La Mission n° 5 », une sirène insistante émit une série de notes brèves et perçantes. Simultanément, les signaux d'alarme jaunes et rouges se mirent à clignoter. L'aiguille encrée de l'enregistreuse du n° 5 trembla, puis descendit verticalement.

« Mon Dieu ! s'exclama une voix bouleversée. Big Lil n'est plus couplé au réseau ! »

Aucun doute n'était permis : l'enregistreuse et les autres instruments de lecture tombaient à zéro.

Les réactions furent immédiates. Au centre de contrôle, une imprimante à grande vitesse s'anima, crépita, cracha des comptes rendus de situation pendant que des centaines de disjoncteurs, dans les centres de commutation et les postes, entraient en action sur l'ordre de l'ordinateur. Ainsi serait épargné le système d'ensemble ; ainsi les autres générateurs seraient protégés contre tout accident. Mais cette initiative avait déjà provoqué une panne totale d'électricité dans de vastes zones de l'État. En l'espace de deux ou trois secondes dans des régions fort éloignées les unes des autres, des millions de gens — ouvriers d'usines, employés de bureau, agriculteurs, ménagères, acheteurs, vendeurs, restaurateurs, imprimeurs, pompistes, agents de change, hôteliers, coiffeurs, opérateurs de cabine dans les cinémas, animateurs de la télévision et téléspectateurs, automobilistes, tenanciers de bars, trieurs de courrier, marchands de vin, médecins, dentistes, vétérinaires, joueurs de billard électrique... une liste interminable — furent privés d'énergie et de lumière, mis dans l'impossibilité de poursuivre l'activité, quelle qu'elle fût, à laquelle ils s'employaient un instant auparavant.

Dans les immeubles, des ascenseurs s'arrêtèrent entre deux étages. Les aéroports, qui avaient débordé d'activité, cessèrent pratiquement de fonctionner. Les feux de signalisation des rues et des autoroutes s'éteignirent, créant de gigantesques embouteillages.

Plus d'un huitième de la Californie — soit un territoire plus vaste que la Suisse et comptant trois millions d'habitants — s'immobilisa brusquement. Ce qui, quelques instants plus tôt, avait été une simple éventualité était à présent une réalité catastrophique — bien pire que tout ce que l'on avait redouté.

Au pupitre de communication du centre de contrôle, protégé par des circuits spéciaux contre les pertes d'énergie, trois dispatchers travaillaient à toute vitesse, diffusaient les instructions d'urgence, téléphonaient des ordres aux contrôleurs des centrales, examinaient les cartes sur le système d'enroulage à pédale, exploraient les consoles de visualisation à la recherche d'informations. Ils seraient encore occupés un bon moment, mais les actions déclenchées par les ordinateurs les devançaient de loin maintenant.

« Tiens, dit le gouverneur au téléphone d'Eric Humphrey, toutes les lumières viennent de s'éteindre !

— Je sais, répondit le président. C'est la raison pour laquelle je vous appelais. »

Sur un autre appareil — la ligne directe avec la salle de contrôle de La Mission — Ray Paulsen hurlait : « Mais, nom de Dieu, qu'est-il arrivé à Big Lil ? »

2

L'explosion à la centrale de La Mission se produisit sans le moindre avertissement.

Une demi-heure auparavant, l'ingénieur en chef de la G.S.P. & L., Walter Talbot, était arrivé pour inspecter le n° 5 de La Mission — Big Lil — parce qu'il avait été prévenu que la turbine avait légèrement vibré pendant la nuit. Le chef était un homme grand et maigre, peu démonstratif bien que doué d'un malicieux sens de l'humour, et qui avait conservé un fort accent de Glasgow sans être jamais revenu en Écosse depuis quarante ans. Il aimait bien, dans son métier, prendre son temps et, aujourd'hui, il avait lentement et soigneusement inspecté Big Lil en compagnie du directeur de la centrale, un charmant et très compétent ingénieur nommé Danieli, pendant que le générateur géant produisait un courant suffisant pour alimenter plus de vingt millions d'ampoules électriques.

Une faible vibration à l'intérieur de la turbine, qui déformait sa plainte sourde et régulière, était perçue de temps à autre par les oreilles exercées du chef et du directeur. Mais finalement, après des tests comprenant l'application d'une sonde à bout de nylon sur le palier principal, le chef rendit son verdict : « Nous n'avons pas d'inquiétude à avoir. Ce gros bébé ne nous causera pas d'ennuis, et nous verrons les choses de plus près quand la crise sera passée. »

Pendant qu'il parlait, ils se tenaient tous les deux près de Big Lil sur le lattis métallique qui formait le plancher de la salle des machines, grande comme une cathédrale. Le monstrueux turbo-alternateur, aussi long qu'un bloc d'immeubles, reposait sur des supports en béton ; chacune des sept enveloppes de l'unité ressemblait à une baleine échouée. Immédiatement en dessous, se trouvait un gigantesque compresseur, d'où s'échappaient — en amont vers la chaudière, en aval vers la turbine et d'autres installations — des conduites de vapeur à haute pression. Les deux hommes étaient coiffés de casques de protection et portaient des protège-tympans. Ces précautions, toutefois, se révélèrent inutiles lorsque, quelques secondes plus tard, l'explosion survint dans un coup de tonnerre assourdissant. Le chef et le directeur de la centrale furent atteints par l'onde de choc consécutive à l'explosion d'une charge de dynamite placée sous le plancher de la grande salle, qui ouvrit une brèche dans une conduite de vapeur d'un mètre de diamètre, l'une de celles qui reliaient la chaudière au compresseur. Une conduite d'huile de lubrification, plus petite, fut également percée. L'explosion, se conjuguant avec l'échappement de la vapeur, provoqua un bruit terrible. Puis la vapeur, à la température de 600 degrés, et sous une pression de 1 700 kilos au centimètre carré, se rua à travers le lattis sur lequel se trouvaient les deux hommes.

Leur mort fut instantanée. Ils furent cuits, littéralement, comme des légumes dans une marmite. Quelques secondes plus tard, toute la scène était noyée dans une épaisse fumée noire provenant de la conduite d'huile qui, rompue, brûlait maintenant, enflammée par une étincelle.

Fuyant la fumée noire, deux ouvriers de la centrale qui peignaient sur un échafaudage au-dessus du plancher de la salle de la turbine, tentèrent à l'aveuglette d'atteindre une galerie située cinq mètres plus haut, échouèrent, et retombèrent dans les mortelles émanations.

Ce fut seulement dans la salle de contrôle de la centrale — à plus de soixante mètres de là et protégée par des doubles portes — qu'un désastre total fut évité. Les rapides réactions d'un technicien au panneau de contrôle du n° 5, aidé par des dispositifs automatiques, permirent d'arrêter Big Lil sans que les éléments vitaux du générateur à turbine fussent endommagés.

A la centrale de La Mission, il fallut plusieurs jours d'enquête — un examen minutieux des débris par des experts et des interrogatoires menés par les représentants du shérif et du F.B.I. — pour déterminer la cause et les circonstances de l'explosion. Mais très vite on soupçonna un sabotage et cette hypothèse se vérifia un peu plus tard.

Finalement, les témoignages recueillis permirent de reconstituer une description imagée assez précise de l'explosion et des événements qui l'avaient précédée.

A midi moins vingt ce matin-là, un individu de race blanche, de taille moyenne, rasé de près, le teint olivâtre, portant des lunettes à monture d'acier et revêtu de l'uniforme de l'Armée du Salut, arriva à pied devant l'entrée principale de La Mission. Il tenait à la main un attaché-case.

Questionné par le gardien, il exhiba une lettre qui, apparemment écrite sur papier à en-tête de la G.S.P. & L., l'autorisait à pénétrer dans l'établissement de la société afin de solliciter auprès des employés des subsides pour une œuvre de charité de l'Armée du Salut — un déjeuner gratuit pour des enfants nécessiteux.

Le gardien informa l'homme de l'Armée du Salut qu'il devait aller présenter sa lettre au directeur de la centrale. Il lui expliqua comment se rendre au bureau qui était situé au deuxième étage de la centrale et auquel on accédait par une porte invisible du poste de garde. Le visiteur s'éloigna alors dans la direction indiquée. Le gardien le vit revenir une vingtaine de minutes plus tard et quitter la centrale. Il remarqua qu'il portait toujours son attaché-case.

L'explosion se produisit dans l'heure qui suivit.

Si la surveillance avait été plus stricte, comme le souligna le juge d'instruction dans son rapport, un tel visiteur n'aurait pu pénétrer dans la centrale sans être accompagné. Mais la G.S.P. & L., comme tous les services publics, était confrontée à des problèmes particuliers — un dilemme — dans le domaine de la sécurité. Avec quatre-vingt-quatorze centrales, des dizaines de chantiers et d'entrepôts, des centaines de postes isolés, une série de bureaux de district éparpillés, un siège social situé dans deux grands immeubles reliés entre eux, un dispositif de surveillance rigoureuse aurait coûté une fortune, si même il était concevable. Et cela, à une époque où le fuel, les salaires et d'autres frais de fonctionnement augmentaient, où les consommateurs se plaignaient de ce que leurs quittances de gaz et d'électricité fussent déjà trop élevées, et où la G.S.P. & L. se heurtait à une opposition pour faire admettre un relèvement de ses tarifs. Pour toutes ces raisons, le personnel détaché à la surveillance était relativement peu nombreux, et le programme de sécurité basé sur un risque calculé.

A La Mission, le risque — au prix de quatre vies humaines — se révéla trop grand.

Les investigations de la police établirent plusieurs choses. Le prétendu représentant de l'Armée du Salut était un imposteur, et portait sans doute un uniforme volé. La lettre qu'il avait présentée, bien qu'elle fût rédigée sur du papier à en-tête de la G.S.P. & L., facile à se procurer, était un faux. En aucun cas, le service public n'aurait permis que ses employés fussent sollicités pendant les heures de travail, et dans l'administration personne n'aurait écrit une lettre pareille. Le gardien de La Mission ne se souvenait pas d'avoir vu un nom au bas de la page ; il se rappelait seulement que la signature était un « gribouillis ».

Il fut également prouvé que le visiteur, après s'être introduit dans la centrale, ne s'était pas rendu au bureau du directeur. Personne ne l'y avait vu. Et si quelqu'un l'avait aperçu, il ne l'aurait sûrement pas oublié.

Après les faits, les suppositions.

Très probablement, le faux officier de l'Armée du Salut avait descendu un petit escalier en métal vers l'étage de service juste au-dessous de la grande salle de la turbine. Cet étage, comme celui du dessus, ne possédait pas de murs de séparation, de sorte que, malgré le réseau de conduites de vapeur isolées et d'autres canalisations, on pouvait voir le soubassement des différents générateurs de La Mission à travers le lattis métallique de la salle de la turbine, située juste au-dessus. Le N° 5 – Big Lil – était facilement reconnaissable en raison de ses dimensions.

Le visiteur disposait peut-être de renseignements sur le plan de la centrale, bien qu'ils ne lui fussent pas indispensables : le bâtiment principal des générateurs était une structure simple qui ressemblait à une boîte énorme. Il pouvait savoir aussi que La Mission, comme toutes les centrales modernes, était en grande partie automatisée et n'occupait donc qu'un personnel réduit ; dans ces conditions, il avait de bonnes chances de pouvoir aller et venir sans être vu.

Presque certainement, l'intrus s'était rendu tout droit au-dessous de Big Lil, et avait ouvert là son attaché-case contenant une charge de dynamite. Il avait regardé autour de lui afin de trouver un emplacement invisible pour sa bombe, et avait découvert une collerette métallique adéquate près du raccordement de deux conduites de vapeur. Après avoir réglé un mécanisme d'horlogerie, il avait déposé sa bombe. Ce fut dans le choix de cet emplacement que son manque de connaissances techniques le trahit. S'il avait été mieux informé, il aurait placé la bombe plus près de l'arbre principal de l'alternateur géant ; là, elle aurait causé davantage de dégâts, et peut-être mis Big Lil hors de service pour un an.

Les experts en explosifs confirmèrent que cela n'aurait pas été impossible. Ils établirent que le saboteur avait utilisé une « charge creuse » : un cône de dynamite qui, ayant détoné, acquérait une vitesse comparable à celle d'une balle, qui le faisait pénétrer tout ce qui se trouvait droit devant. Dans le cas présent, il s'était agi d'une canalisation de vapeur partant de la chaudière.

Aussitôt après avoir placé sa bombe, supposa-t-on, le saboteur était sorti incognito du bâtiment des générateurs et s'était dirigé vers la porte de la centrale qu'il avait franchie tranquillement, et même en soulevant moins d'attention que lors de son arrivée. A partir de ce moment-là, sa trace fut perdue. En dépit de recherches intensives, aucun indice sur son identité ne put être découvert. Certes, un message téléphoné à une station de radio, émanant soi-disant d'un groupe révolutionnaire clandestin – les Amis de la Liberté – revendiqua la responsabilité de l'attentat. La police, néanmoins, ignorait tout de ce groupe et de ses adhérents éventuels.

Mais tout cela vint plus tard. A La Mission, pendant une heure et demie après l'explosion, ce fut le chaos.

Les pompiers, répondant à une alerte automatique, eurent des difficultés à éteindre le feu puis à aérer la salle de la turbine et les étages inférieurs afin d'en chasser l'épaisse fumée noire. Quand il fit enfin suffisamment clair, on retira quatre cadavres des décombres. Un employé de la centrale, horrifié, raconta que les corps de l'ingénieur en chef et du directeur, à peine reconnaissables, ressemblaient « à des homards bouillis » ; c'était le résultat de leur exposition à la vapeur surchauffée.

Une rapide estimation des dégâts infligés au N° 5 révéla qu'ils étaient légers. Un palier griffé à l'endroit où l'explosion avait coupé l'arrivée de l'huile lubrifiante devrait être remplacé. C'était tout. Les travaux de réparation, y compris le remplacement des circuits de vapeur endommagés, dureraient une semaine après laquelle le générateur géant pourrait reprendre du service.

A ce moment-là, ô ironie du sort, la petite vibration que l'ingénieur en chef était venu inspecter pourrait être corrigée elle aussi.

3

« Un système de distribution d'électricité qui tombe en panne de manière imprévue et prolongée, expliquait patiemment Nim Goldman, c'est un peu comme un château de cartes pour enfants. Il paraît bien d'aplomb et solide mais, d'une minute à l'autre et sans avertissement, voici le plancher jonché de cinquante-deux cartes. Il faut les ramasser une par une, et cela prend du temps. »

Il parlait dans une galerie d'observation, légèrement au-dessus du centre de contrôle dont il était séparé par une cloison vitrée. Des reporters de la presse écrite, de la télévision et de la radio l'entouraient ; dépêchés en hâte par leurs rédacteurs en chef à la G.S.P. & L., ils avaient été introduits quelques instants auparavant, et la vice-présidente chargée des relations publiques, Teresa Van Buren, avait demandé à Nim d'être le porte-parole de la société. Une conférence de presse impromptu s'était donc ouverte.

Déjà quelques journalistes s'énervaient de l'imprécision des réponses.

« Oh, bon Dieu ! protesta la représentante du *California Examiner*, Nancy Molineaux. Épargnez-nous ce genre de comparaisons absurdes et dites-nous ce que nous voulons savoir. Qu'est-ce qui a cafouillé ? Qui est responsable ? Qu'allez-vous faire, si tant est que vous ayez l'intention de faire quelque chose ? Quand le courant reviendra-t-il ? »

Miss Molineaux avait un visage passionné d'une beauté sévère — ses hautes pommettes saillantes lui donnaient un air altier que ne démentait pas toujours son caractère —, mais son expression habituelle était un mélange de curiosité et de scepticisme frôlant le dédain. Elle habillait avec chic son corps élancé de Noire. Dans sa profession, elle avait acquis une solide réputation pour avoir mené une enquête impitoyable sur la vénalité dans les administrations publiques. Nim la considérait avec les mêmes sentiments que si elle avait été un glaçon pointu. Les reportages de Miss Molineaux dans le passé avaient clairement laissé paraître que la G.S.P. & L. n'était pas une institution qu'elle admirait.

Plusieurs journalistes l'approuvèrent.

« Ce qui s'est détraqué ? Il s'est produit une explosion à La Mission. » Nim maîtrisa une furieuse envie de répliquer à son insolence par une insolence égale. « Nous croyons que deux au moins de nos collaborateurs ont été tués, mais de l'huile s'est enflammée et la fumée est si épaisse que jusqu'ici nous n'avons pas d'autres détails.

— Connaissez-vous les noms des deux victimes ? demanda quelqu'un.

— Oui, mais nous ne pouvons pas encore vous les communiquer. Les familles doivent être informées en priorité.

— Connaissez-vous la cause de l'explosion ?

— Non. »

Miss Molineaux intervint : « Et le courant ?

— Le courant, répondit Nim, est déjà partiellement rétabli. Il le sera à peu près totalement dans quatre heures, six au maximum. Tout devrait être redevenu normal dans la soirée. »

Normal sauf pour Walter Talbot, pensa Nim. Il n'y avait que quelques minutes que le centre de contrôle avait appris, avec une soudaineté brutale, la présence de l'ingénieur en chef sur le site de l'explosion et sa mort probable. Ami de longue date du chef, Nim n'avait pas encore eu le temps de saisir la réalité de cette nouvelle, ni de s'attrister ; ce serait, il le savait, pour plus tard. Nim avait connu Danieli, le directeur de la centrale de La Mission, mais non intimement, si bien que sa perte, pour tragique qu'elle fût, le touchait moins. A travers la cloison de verre insonorisée qui séparait la galerie d'observation du secteur opérationnel du centre de contrôle, Nim pouvait observer l'activité débordante qui se déployait autour du pupitre de dispatching. Il n'avait qu'un désir : y retourner le plus tôt possible.

« Y aura-t-il un autre black-out demain ? interrogea le représentant d'une agence télégraphique.

— Sûrement pas si la vague de chaleur touche à sa fin, comme la météo le laisse supposer. »

L'interrogatoire continuant, Nim se lança dans une description des problèmes que posait une consommation de pointe lors d'une chaleur exceptionnelle.

« Au fond, ce que vous nous dites, interrompit avec aigreur Nancy Molineaux, c'est que votre direction n'avait arrêté aucun plan et n'avait rien prévu pour des circonstances sortant de l'ordinaire. »

Nim piqua un fard. « Le planning ne peut pas... »

Il n'acheva pas sa phrase.

Teresa Van Buren, la directrice des relations publiques, revenait dans la galerie d'observation d'où elle s'était absentée quelques minutes. Petite femme de quarante-cinq ans rebondie et trépidante, elle portait invariablement des tailleurs froissés et des chaussures de golf marron. Souvent débraillée et ébouriffée, elle ressemblait davantage à une maîtresse de maison bousculée par des travaux ménagers qu'à la directrice expérimentée qu'elle était dans sa société.

« J'ai quelque chose à vous annoncer », dit Mrs. Van Buren. L'émotion rendait sa voix saccadée, et le papier qu'elle tenait dans sa main tremblait. Un silence tomba.

« Nous venons d'apprendre à l'instant qu'il y a eu quatre morts et non deux. Tous les morts sont des employés de la compagnie qui travaillaient au moment de l'explosion. Leurs familles vont être informées, et nous tiendrons à votre disposition, dans quelques minutes, leurs noms ainsi que de brèves biographies. Je suis également autorisée à vous dire, bien que nous n'en ayons pas de preuve formelle à présent, qu'un sabotage pourrait avoir provoqué l'explosion. »

Dans la fusillade de questions qui s'ensuivit, Nim s'esquiva.

Au pupitre des communications, le dispatcher en chef, jonglant avec deux téléphones et manipulant une batterie de boutons, diffusait des instructions aux aiguilleurs pour essayer de rétablir les interconnexions avec d'autres services publics ; ceux-ci s'étaient automatiquement déconnectés quand Big Lil avait cessé d'être couplé au réseau. Lorsque la liaison avec la Pacific Intertie fut renouée, le dispatcher se renversa sur son fauteuil tournant gris métallisé et laissa échapper un soupir de soulagement, puis il commença à presser sur des boutons pour faire revenir le courant. Quand Nim revint, il lui lança un coup d'œil oblique : « Nous sommes à mi-chemin, monsieur Goldman. »

Ce qui signifiait, comprit Nim, que dans la moitié de la zone affectée par le black-out le courant avait été rétabli et que le processus se poursuivait. Un ordinateur pouvait fermer le système beaucoup plus rapidement que n'importe quelle opération humaine. Mais pour le rouvrir il fallait un aiguillage direct des techniciens supervisés par le centre de contrôle.

Les villes avaient la priorité et, quartier après quartier, elles retrouvèrent leur courant électrique. Les banlieues, notamment celles où étaient concentrées des usines, venaient ensuite. Après, ce serait au tour des villages. Les régions rurales excentriques devaient être les dernières.

Il y avait quelques exceptions. Les hôpitaux, le service des eaux et des égouts, les installations de la compagnie des téléphones avaient droit à une préférence particulière en raison de leur caractère essentiel. Sans doute ces institutions disposaient-elles de groupes électrogènes de réserve leur appartenant, mais le courant qu'ils produisaient était insuffisant, et il fallait un apport extérieur pour qu'elles pussent fonctionner normalement. Il y avait aussi, ici ou là, des particuliers qui méritaient une considération spéciale.

Le dispatcher en chef avait tourné son attention vers un plan de circuits bizarres dont il discutait sur l'un de ses téléphones. Le plan était parsemé de cercles de couleur en pointillé.

Profitant d'une interruption de la conversation téléphonique, Nim demanda : « Qu'est-ce que c'est ? »

Le dispatcher eut l'air étonné. « Vous ne connaissez pas ce plan ? »

Nim secoua la tête. Même un vice-président chargé du planning ne pouvait, à plus forte raison assimiler, les milliers de cartes minutieusement détaillées fabriquées pour une entreprise aussi vaste que la G.S.P. & L.

« Des appareils pour entretenir la vie dans des maisons particulières. » Le dispatcher fit signe à l'un de ses assistants et quitta son siège où l'autre le remplaça. « J'ai besoin d'une pause. » Dans un geste de fatigue, il promena une main dans ses cheveux blancs, puis il mit distraitement dans sa bouche un nouveau comprimé anti-acide.

Libéré pour un moment des pressions qui l'avaient assailli, le dispatcher étala la carte des circuits entre Nim et lui. « Les cercles rouges sont des poumons d'acier — un équipement respiratoire comme on dit maintenant. Les verts sont des machines de dialyse des reins. Ce cercle orange est un générateur d'oxygène pour un bébé. Nous avons des cartes analogues pour chaque quartier et nous les tenons à jour. Les hôpitaux nous aident : ils savent où se trouvent les équipements des particuliers.

« Vous venez de combler une lacune dans mon instruction », avoua Nim. Il ne quittait pas la carte des yeux : elle le fascinait.

« La plupart des gens qui s'en remettent à ce genre de matériel pour continuer à vivre ont des appareils qui peuvent se brancher sur des accus en cas d'urgence, poursuivit le dispatcher. N'empêche que, lorsque le courant extérieur fait défaut, ils sont plus ou moins traumatisés. Alors, en cas de panne locale, nous procédons rapidement à une vérification. Puis s'il subsiste un doute ou un problème, nous courons chez eux pour leur prêter un générateur portable.

— Mais nous n'avons pas beaucoup de portables — en tout cas pas assez pour un black-out général comme aujourd'hui.

— Non, et pas assez de personnel disponible. Mais aujourd'hui la chance nous a souri. Nous avons vérifié tous les quartiers : aucun utilisateur d'équipement vital à domicile n'a eu d'ennuis. » Le dispatcher désigna le plan. « Maintenant, dans tous les endroits signalés par des cercles, le courant est revenu. »

Il y avait quelque chose d'émouvant et de rassurant dans le fait de savoir qu'en dépit de l'étendue des problèmes à résoudre, un contingent humain aussi faible numériquement était ainsi veillé et protégé. Nim penché sur le plan découvrit un croisement de rues qu'il connaissait bien. Lakewood et Balboa. Un cercle rouge marquait l'emplacement d'un immeuble qu'il avait souvent longé en voiture. Un nom était inscrit dans le cercle : « Sloan ». Sans doute celui de l'utilisateur du poumon d'acier. Qui était ce Sloan ? se demanda Nim. A quoi pouvait-il ressembler ?

Le vagabondage de ses pensées fut interrompu. « Monsieur Goldman, le président désire vous parler. Il appelle de La Mission. » Nim prit le téléphone qu'un assistant lui tendait.

« Nim, dit Eric Humphrey, vous connaissiez personnellement Walter Talbot, n'est-ce pas ? » En dépit de la crise, la voix du président était aussi courtoise que d'habitude. Immédiatement après les premiers comptes rendus de l'explosion, il avait commandé sa voiture et il était parti pour La Mission avec Ray Paulsen.

« Oui, répondit Nim. Nous étions bons amis, Walter et moi. » Il prit conscience d'un frémissement dans sa voix; les larmes n'étaient pas loin. Depuis que Nim avait été engagé à la G.S.P. & L., c'est-à-dire depuis onze ans, il s'était lié d'amitié avec l'ingénieur en chef et une confiance mutuelle s'était établie entre eux. Il lui paraissait inconcevable qu'ils ne puissent plus, dorénavant, échanger leurs confidences.

«Et la femme de Walter? Vous la connaissez bien?

— Ardythe? Très bien. » Nim sentit le président hésiter; il lui demanda: « Comment est-ce là-bas?

— Sinistre. Je n'avais jamais vu auparavant des corps humains brûlés par de la vapeur surchauffée. Et j'espère ne jamais en revoir. Il ne reste pratiquement plus de peau, rien qu'un amas de cloques et dessous la chair à vif. Les visages sont méconnaissables. » Pendant un instant, le sang-froid d'Eric Humphrey parut vaciller, puis il se reprit. « Voilà pourquoi je voudrais que vous alliez chez Mrs. Talbot le plus tôt possible. Il paraît qu'elle a mal supporté le choc de la nouvelle, ce qui n'a rien de surprenant. En tant qu'ami, vous pourriez peut-être la secourir. Je voudrais aussi que vous la dissuadiez, dans la mesure du possible, de venir voir le corps de son mari.

— Bon Dieu, Eric! soupira Nim. Pourquoi moi?

— Pour une raison évidente. Il faut que quelqu'un le fasse, et vous les connaissiez tous les deux, mieux que n'importe qui parmi nous. Je vais pour les mêmes raisons demander à un ami de Danieli de se rendre auprès de sa femme. »

Nim aurait voulu répliquer: « Pourquoi n'y allez-vous pas vous-même, chez les veuves des quatre types qui viennent d'être tués? Vous êtes notre commandant en chef, après tout, vous recevez un salaire princier, cela vaut bien de s'acquitter de temps à autre d'une tâche désagréable. En outre, est-ce que le fait de mourir au service de la compagnie ne mérite pas une visite personnelle de l'homme qui la dirige? » Mais il s'abstint, sachant que J. Eric Humphrey, s'il travaillait beaucoup, se gardait bien, chaque fois qu'il le pouvait, de se mettre en avant, et que dans cette affaire lui-même et quelques autres infortunés devraient lui faire écran.

« Très bien, concéda Nim. Comptez sur moi.

— Merci. Et, s'il vous plaît, assurez Mrs. Talbot de ma profonde sympathie personnelle. »

Nim broyait du noir quand il raccrocha le téléphone. Ce n'était vraiment pas le genre de mission dans lequel il excellait. Il s'était bien douté qu'il serait obligé de voir Ardythe Talbot et de surmonter sa propre émotion pour trouver les mots qui convenaient. Mais il n'avait pas prévu que ce serait si tôt.

En sortant du centre de contrôle, Nim rencontra Teresa Van Buren qui avait l'air complètement épuisée. Sans doute sa récente séance avec les journalistes avait-elle contribué à sa fatigue, mais Nim savait que Teresa avait été elle aussi une amie de Walter Talbot. « Ce n'a pas été un bon jour pour nous deux, dit-elle.

28

— Non », acquiesça Nim. Il lui expliqua où il allait et la nature des instructions qu'il venait de recevoir d'Eric Humphrey.

La vice-présidente chargée des relations publiques fit la moue. « Je ne vous envie pas. C'est une rude corvée. A propos, j'ai appris que vous aviez eu des mots avec Nancy Molineaux.

— Cette garce! bougonna-t-il.

— Bien sûr que c'est une garce. Mais c'est aussi une journaliste pleine d'allant, qui a du cran, et qui vaut beaucoup mieux que la plupart des butors incompétents que nous voyons autour de nous.

— Vous m'étonnez. Elle avait décidé de se montrer désagréable, hostile, avant même de connaître les faits. »

Van Buren haussa les épaules. « Le pachyderme pour lequel nous travaillons peut survivre à quelques banderilles. En outre, chez Nancy, l'hostilité peut être un truc pour vous provoquer, vous et les autres, à dire plus que vous ne le voudriez. Vous avez encore deux ou trois choses à apprendre sur les femmes, Nim, en dehors des plaisirs du lit qui sont votre péché mignon, si j'en crois certains bruits. » Elle le regarda d'un air entendu. « Vous êtes un grand chasseur de femmes, n'est-ce pas? » Ses yeux maternels s'adoucirent. « Mais ce n'est probablement pas le moment d'en parler. Allez, et faites de votre mieux pour la veuve de Walter. »

4

Après avoir tassé sa solide charpente dans sa Fiat X 19 deux places, Nim Goldman prit la direction du nord-est vers San Roque, la banlieue où vivaient Walter et Ardythe Talbot. Il connaissait bien la route pour l'avoir souvent parcourue.

Le soir était venu; l'heure de pointe de la circulation était largement passée, mais beaucoup de voitures roulaient encore. La chaleur avait légèrement diminué.

Nim remua son corps dans le petit véhicule pour essayer de se sentir plus à l'aise; cet effort lui rappela qu'il avait pris du poids ces derniers temps, et qu'il devrait en perdre un tant soit peu s'il ne voulait pas en arriver, avec sa Fiat, à un point d'incompatibilité absolue. Il n'avait nullement l'intention de changer de voiture. Celle-là illustrait ses conceptions énergétiques, à savoir que les Américains férus de grosses cylindrées gaspillaient aveuglément une denrée précieuse, vivaient dans un paradis de simples d'esprit dont l'effondrement ne tarderait guère, avec son cortège de catastrophes. L'une d'entre elles serait une paralysante pénurie d'énergie électrique.

Du point de vue de Nim, la brève panne d'aujourd'hui n'était qu'un prélude à des crises infiniment plus graves qui interviendraient sans doute d'ici un ou deux ans. Mais, de cela, presque personne ne semblait se soucier. Même à la G.S.P. & L. où Nim n'était pas le seul à être au courant des faits, l'atmosphère incitait à l'optimisme ; il y régnait un sentiment de suffisance que l'on aurait pu traduire ainsi : *Ne vous en faites pas. Tout se passera très bien. Nous nous débrouillerons. En attendant, ne bouleversons pas un équilibre délicat en alarmant le public.*

Au cours des derniers mois, trois personnes seulement dans la hiérarchie de la G.S.P. & L. — Walter Talbot, Teresa Van Buren et Nim — avaient plaidé pour un changement d'attitude. Ils auraient souhaité moins de timidité, plus de franchise. Ils s'étaient prononcés en faveur d'avertissements clairs et immédiats à l'adresse des consommateurs, de la presse et des hommes politiques, pour les informer qu'une désastreuse « famine électrique » les menaçait, que rien ne pourrait l'écarter totalement, que seul un programme d'extrême urgence pour construire de nouvelles centrales, conjugué avec des mesures d'économie massives et douloureuses, pourrait en limiter les effets. Mais la prudence habituelle et la crainte de contrarier les autorités de l'État avaient prévalu. Aucune modification n'avait été approuvée. A présent Walter, l'un des trois de la croisade, était mort.

Le chagrin assaillit brutalement Nim. Jusqu'ici il avait réussi à retenir ses larmes. Dans l'intimité de sa petite voiture, il les laissa couler le long de ses joues. Il aurait voulu pouvoir faire quelque chose pour Walter, même quelque chose d'immatériel, comme de prier. Il essaya de se rappeler le Kaddisch des affligés, la prière juive qu'il avait entendue quelquefois à l'office des morts, psalmodiée par le plus proche parent mâle en présence de dix hommes juifs. Les lèvres de Nim bougèrent silencieusement, trébuchèrent sur les mots de l'ancien araméen. *Yisgadal veyiskadash sh'may rabbo be'olmo deevro chiroosey ve'yamlich malchoosey...* Il s'arrêta parce qu'il ne se rappelait plus la suite, prenant conscience de ce qu'une prière, de sa part, avait d'absurde.

Il y avait des moments dans sa vie — c'en était un — où Nim sentait dans son for intérieur une aspiration profonde à la foi, qui le poussait à assumer personnellement son héritage. Mais la religion, ou du moins sa pratique, était une porte close. Elle avait été violemment fermée avant sa naissance par son père, Isaac Goldman, qui avait quitté l'Europe de l'Est pour l'Amérique ; jeune émigrant sans le sou, Isaac était un ardent socialiste. Fils d'un rabbin, il avait estimé que le judaïsme et le socialisme étaient incompatibles, et il avait répudié la religion de ses ancêtres, pour le plus grand désespoir de ses parents. Aujourd'hui encore, le vieil Isaac, à quatre-vingt-deux ans, continuait à ironiser sur les principes fondamentaux de la foi juive ; il les qualifiait de « bavardages vulgaires entre Dieu et Abraham, et de stupides contes de fée d'un peuple élu ».

Nim avait grandi en acceptant le choix de son père. La famille Goldman ne célébrait ni la Pâque, ni les jours saints du Rosh Hashanah ou du Yom Kippour, et maintenant, comme un fruit tardif de la rébellion d'Isaac, une troisième génération — les propres enfants de Nim, Leah et Benjy — avait été tenue à l'écart de l'héritage juif, de l'identité juive. Aucun bar mitzvah n'était prévu pour Benjy ; cette omission parfois troublait Nim, et il s'interrogeait : malgré les décisions qu'il avait arrêtées pour lui-même, avait-il vraiment le droit de couper ses enfants de cinq mille ans d'histoire juive ? Certes il n'était pas trop tard, mais Nim n'avait pas encore résolu le problème.

Songeant à sa famille, Nim se rappela qu'il avait négligé d'appeler Ruth pour lui dire qu'il rentrerait tard à la maison. Il décrocha le téléphone mobile situé à sa droite sous le tableau de bord — commodité fournie et payée par la G.S.P. & L. Un standardiste lui répondit et il lui donna son numéro personnel. Quelques secondes plus tard, il entendit une sonnerie, puis une petite voix : « Résidence Goldman, Benjy Goldman à l'appareil. » Nim sourit. C'était tout Benjy : à dix ans déjà précis et organisé, à l'opposé de sa sœur Leah, de quatre ans son aînée, toujours tête en l'air et qui répondait au téléphone par un « Salut ! » désinvolte.

« C'est papa, dit Nim. Je suis sur le mobile. » Il avait prévenu la famille d'attendre quand elle entendait cette annonce parce que, sur un radio-téléphone, les conversations ne pouvaient pas se chevaucher. Il ajouta : « Tout va bien à la maison ?

— Oui, papa, ça va bien maintenant. Mais l'électricité est tombée en panne. » Benjy étouffa un petit rire. « Je suppose que tu es au courant. Et, papa, j'ai remis à l'heure toutes les pendules.

— Très bien. Oui, je suis au courant. Passe-moi ta mère.

— Leah voudrait... »

Nim entendit une bousculade, puis la voix de sa fille.

« Salut ! Nous avons regardé les informations à la télévision. On ne t'a pas vu. » Leah avait l'air de l'accuser. Les enfants étaient accoutumés à voir Nim à la télévision en tant que porte-parole de la G.S.P. & L. L'absence de Nim sur l'écran aujourd'hui rabaisserait peut-être le statut personnel de Leah parmi ses amies.

« Désolé, Leah. Il est arrivé beaucoup d'autres choses. Puis-je parler à ta mère ? »

Nouveau silence. Puis : « Nim ? » C'était la voix douce de Ruth.

« C'est bien moi. Dis donc, pour t'avoir au téléphone, il faut vraiment fendre la foule. »

Tout en parlant, il conduisait d'une main. Un poteau indicateur annonçait à deux kilomètres la déviation pour San Roque.

« Parce que les enfants avaient envie de te parler, eux aussi ? Peutêtre parce qu'ils ne te voient pas souvent à la maison. » Ruth ne haussait jamais le ton ; sa voix était toujours gentille même quand elle exprimait un reproche. Reproche justifié, admit-il silencieusement, en regrettant de lui en avoir fourni l'occasion.

« Nim, nous sommes au courant pour Walter. Et pour les autres. Nous avons entendu le bulletin d'informations. C'est horrible. J'ai vraiment beaucoup de chagrin. »

31

Oui, pensa Nim, elle a vraiment beaucoup de chagrin : elle connaissait mon amitié pour le chef.

Cette sorte de compréhension était bien un trait de Ruth, même si Nim et elle, sur d'autres plans, semblaient avoir pris leurs distances, par comparaison avec leur intimité d'autrefois. Non qu'il y eût entre eux de l'hostilité : pas la moindre. Nim était sûr que Ruth, avec son calme imperturbable, ne laisserait jamais la situation évoluer jusque-là. Il se la représenta, avec son sang-froid, sa compétence, ses yeux gris doux et compatissants. Souvent il lui avait trouvé des points de ressemblance avec une Madone ; même sans les avantages physiques dont elle était abondamment pourvue, son caractère à lui seul l'aurait rendue belle. Il savait aussi qu'elle participait à cette tragédie avec Leah et Benjy, leur expliquant, les traitant sur un pied d'égalité avec son aisance et sa simplicité de toujours. Nim n'avait jamais varié dans son estime pour Ruth, surtout quand il la voyait dans son rôle de mère. Seulement leur union était devenue sans intérêt, et même morne. Il la considérait comme « une route sans heurts qui ne menait nulle part ». Ce qui ne l'empêchait pas d'être parfois tracassé par une conséquence, peut-être, de leur malaise mutuel. Ces derniers temps, Ruth lui avait donné l'impression qu'elle avait de son côté des occupations dont elle ne voulait pas parler. A plusieurs reprises, Nim avait téléphoné chez lui à des heures où, normalement, elle aurait dû être là ; mais elle semblait s'être absentée toute la journée et, plus tard, elle esquivait les explications, ce qui ne lui ressemblait guère. Ruth avait-elle pris un amant ? C'était possible, supposait-il. En tout cas, Nim se demandait combien de temps passerait encore et jusqu'où ils arriveraient avant que se produise quelque événement précis, une confrontation par exemple.

« Nous sommes tous très secoués, avoua-t-il. Eric m'a demandé d'aller voir Ardythe, et je suis en route. Je rentrerai tard, probablement, et même très tard. Ne veille pas pour m'attendre. »

Rien de nouveau dans cette phrase, bien sûr ! Très souvent, Nim travaillait tard : ou bien le dîner à la maison était retardé, ou bien il le manquait complètement. Autre conséquence : il voyait peu Leah et Benjy qui étaient déjà couchés, parfois endormis, quand Nim arrivait. Certains jours, Nim éprouvait des remords en pensant au peu de temps qu'il consacrait aux enfants, et il savait que Ruth aussi en souffrait bien qu'elle n'y fît que de rares allusions. Quelquefois, il regrettait qu'elle ne se plaignît pas davantage.

Mais son absence, ce soir, serait différente. Elle ne nécessitait ni explications supplémentaires ni excuses, même pour lui-même.

« Pauvre Ardythe, dit Ruth. Juste au moment où Walter allait prendre sa retraite. Et cette déclaration n'arrangera pas les choses.

— Quelle déclaration ?

— Oh, je croyais que tu étais au courant. Je l'ai entendue au journal télévisé. Les gens qui ont posé la bombe ont envoyé un communiqué — oui, c'est bien le terme qui a été employé — à une station de radio. Ils se

32

vantaient de ce qu'ils avaient fait. Tu te rends compte ? Quelle sorte de gens est-ce donc !

— Quelle station de radio ? » Tout en parlant, Nim plaça prestement son téléphone sur ses genoux, mit en marche la radio de sa voiture, et reprit le combiné juste à temps pour entendre Ruth lui répondre : « Je ne sais pas.

— Écoute, lui dit-il. Il est important que je sois informé. Alors je vais raccrocher pour entendre la radio et, si je peux, je t'appellerai de chez Ardythe. »

Nim reposa le téléphone. La radio était déjà branchée sur une station d'informations, et sa montre lui apprit qu'il disposait d'une minute avant le prochain résumé des nouvelles.

La déviation pour San Roque... Il y engagea sa Fiat. La maison des Talbot se trouvait à quinze cents mètres.

A la radio, une sonnerie de trompettes annonça un bulletin d'informations. La première nouvelle diffusée fut celle que Nim attendait.

« Un groupe se désignant comme les " Amis de la Liberté " a revendiqué l'attentat commis aujourd'hui dans une centrale de la Golden State Power & Light. L'explosion a causé la mort de quatre personnes et provoqué une importante panne d'électricité.

« Le communiqué du groupe était enregistré sur une bande de magnétophone adressée à une station de radio locale en fin d'après-midi. La police a déclaré que les informations qu'elle contenait prouvaient son authenticité. Elle est en train de l'examiner dans l'espoir de découvrir des indices. »

De toute évidence, se dit Nim, la station qu'il était en train d'écouter n'était pas celle qui avait reçu la bande. Les postes de radio n'aiment pas reconnaître l'existence d'un concurrent et, même si une nouvelle comme celle-ci était trop importante pour ne pas être diffusée, le nom de l'autre station avait été passé sous silence.

« Selon ces mêmes sources, la voix masculine enregistrée sur la bande — non identifiée jusqu'ici — a déclaré, je cite : " Les Amis de la Liberté se consacrent à la révolution populaire et protestent contre l'accaparement par les monopoles capitalistes de l'énergie qui appartient légitimement au peuple. " Fin de citation.

« Au sujet des décès qui se sont produits, l'enregistrement ajoute, je cite : " Nous n'avions pas l'intention de tuer, mais dans la révolution populaire qui commence aujourd'hui, des capitalistes et leurs laquais mourront, supportant ainsi les conséquences de leurs crimes contre l'humanité. " Fin de citation.

« Un représentant officiel de la Golden State Power & Light a confirmé qu'un sabotage était la cause de l'explosion d'aujourd'hui, mais il s'est refusé à tout autre commentaire.

« Les prix de la viande de détail vont sans doute augmenter bientôt. A Washington aujourd'hui, le secrétaire à l'Agriculture a déclaré à des consommateurs... »

Nim coupa la radio. La futilité des autres nouvelles lui donnait la nausée et le cafard. Il se demanda quel effet avait pu avoir sur Ardythe Talbot le communiqué qu'il venait d'entendre.

Dans les dernières lueurs du crépuscule, il vit plusieurs voitures garées devant la modeste maison à deux étages des Talbot qu'entouraient des parterres de fleurs — une passion de Walter. Des lumières étaient allumées en bas.

Nim trouva une place pour sa Fiat qu'il ferma soigneusement, puis, à pied, il s'engagea dans l'allée.

5

La porte de devant était ouverte; des voix bourdonnaient à l'intérieur. Nim frappa, attendit. Personne n'ayant répondu, il entra.

Dans le vestibule, les voix se firent plus distinctes. Elles provenaient de la salle de séjour à droite. Nim reconnut celle d'Ardythe. Elle semblait au bord de la crise de nerfs; elle sanglotait. Il comprit quelques phrases décousues : « ... ces assassins, oh mon Dieu !... il était bon et gentil, il n'aurait fait de mal à personne... l'affubler de ces noms ignobles... » D'autres voix intervinrent pour la calmer, mais sans succès.

Nim hésita. Par l'entrebâillement de la porte de la salle de séjour, il ne pouvait ni voir ni être vu. Il envisagea de s'éloigner sur la pointe des pieds et de repartir incognito comme il était entré. Et puis cette porte s'ouvrit brusquement, et un homme sortit. La refermant rapidement derrière lui, il s'y adossa; dans son visage barbu, pâle et sensible, tendu à l'extrême, ses yeux se fermèrent comme s'il avait besoin d'un moment de repos. Plus aucun son ne franchissait la porte.

« Wally ! appela Nim à mi-voix. Wally ! »

L'homme rouvrit les yeux; il lui fallut quelques secondes pour se ressaisir. « Oh ! c'est vous, Nim ! Merci d'être venu. »

Nim connaissait Walter Talbot Jr., fils unique, depuis presque aussi longtemps qu'il s'était lié d'amitié avec son père. Wally Jr. travaillait lui aussi à la G.S.P. & L. en qualité d'ingénieur chargé de l'entretien des lignes de transport. Marié, père de famille, il habitait à l'autre bout de la ville.

« Il n'y a pas grand-chose à dire, murmura Nim. Sinon que j'ai beaucoup de chagrin. »

Wally Talbot opina d'un signe de tête. « Je sais. » Il ébaucha, comme pour s'excuser, un geste dans la direction de la pièce qu'il venait de quitter. « J'ai préféré sortir une minute. Je ne sais pas quel est l'idiot qui a branché la télévision, mais nous avons entendu l'abominable communiqué que ces assassins ont fait diffuser. Nous avions réussi à calmer un peu maman. Cette annonce l'a remise dans tous ses états. Vous l'avez probablement entendue.

— Oui. Qui est auprès d'elle ?

— Il y a Mary. Nous avons confié les gosses à quelqu'un et nous sommes venus aussitôt après. Et puis quantité de voisins sont arrivés ici ; ils sont encore presque tous dans la salle de séjour. Bien sûr ils n'ont que de bonnes intentions, mais ils n'arrangent rien. Si papa était là, il... » Wally s'interrompit, essaya de sourire. « C'est difficile de s'habituer à l'idée qu'il ne sera plus jamais là.

— Je comprends ce que vous voulez dire. Je l'ai moi-même ressenti. » Il était évident pour Nim que Wally Jr. n'était pas de taille à prendre la direction des opérations dans la maison.

« Ecoutez, lui dit Nim, cela ne peut pas durer. Entrons. Je parlerai à votre mère et j'agirai de mon mieux pour elle. La première chose à faire, c'est que Mary et vous vous décidiez les autres à la laisser tranquille.

— O.K., vous avez raison. Merci, Nim. » Wally avait évidemment besoin de conseils.

Quand ils pénétrèrent dans la salle de séjour, une dizaine de personnes y étaient réunies, assises ou debout. La pièce était bien éclairée, confortable, spacieuse, mais semblait trop petite pour contenir les gens qui s'y entassaient. Et, malgré l'air conditionné, il y faisait très chaud. Plusieurs conversations se déroulaient simultanément, et la télévision était toujours en marche, contribuant au brouhaha. Ardythe Talbot, sur un sofa, était entourée par quelques femmes, dont Mary, l'épouse de Wally Jr. ; Nim ne connaissait pas les autres ; sans doute s'agissait-il des voisines que Wally avait mentionnées.

Bien qu'Ardythe eût fêté ses soixante ans cette année-là — Nim et Ruth avaient assisté à la soirée donnée pour son anniversaire — elle était demeurée très belle, avec une silhouette de jeune fille et un visage énergique que les rides avaient presque épargné. Elle avait des cheveux auburn coupés court, parsemés de fils naturellement gris. Pratiquant régulièrement le tennis, elle était l'image même d'une santé éclatante. Mais aujourd'hui sa prestance s'était effondrée. Son visage mouillé de larmes avait vieilli et ses traits étaient tirés.

Ardythe parlait encore d'une voix entrecoupée comme tout à l'heure. Quand elle aperçut Nim, elle s'interrompit.

« Oh, Nim ! » Elle lui tendit les bras ; les autres s'écartèrent pour qu'il pût approcher, s'asseoir à côté d'elle sur le sofa, et la serrer contre lui. « Oh, Nim ! répéta-t-elle. Vous avez appris la terrible nouvelle pour Walter ?

— Oui, mon amie, répondit-il doucement. Je suis au courant. »

Nim vit du coin de l'œil que Wally, à l'autre bout de la pièce, débranchait la télévision puis prenait sa femme à part pour lui parler à voix basse. Mary fit de la tête un signe d'acquiescement. Aussitôt ils se dirigèrent vers les voisins, les remercièrent, et, gentiment, les poussèrent dehors tour à tour. Nim tenait toujours Ardythe dans ses bras ; il ne parlait pas ; il ne songeait qu'à l'apaiser et à la réconforter par sa présence. Bientôt le calme se rétablit dans la salle de séjour.

Nim entendit la porte du devant se refermer derrière le dernier voisin qui partait. Wally et Mary, qui étaient sortis dans le vestibule, revinrent. Wally promena une main lasse sur ses cheveux et sa barbe. « Je boirais bien un double scotch, déclara-t-il. Et vous ? »

Ardythe acquiesça. Nim aussi.

« Je m'en occupe », dit Mary. Elle s'affaira avec des verres et des bouteilles, s'empara ensuite des cendriers et mit un peu d'ordre dans la salle de séjour pour faire disparaître les traces de sa récente occupation. Mary était mince ; elle avait l'air d'une gamine, ce qui ne l'empêchait pas d'être extrêmement pratique. Avant d'épouser Wally, elle avait fait merveille dans la publicité, côté conception, et, tout en étant une maîtresse de maison accomplie, elle continuait à exercer son métier, en toute indépendance maintenant.

Ardythe s'était redressée sur le sofa ; Nim ne la soutenait plus ; après quelques gorgées de scotch, elle parut se reprendre. « Je suppose que je dois être affreuse.

— Pas plus qu'une autre femme à votre place », affirma Nim.

Mais Ardythe s'était levée pour se regarder dans un miroir. « Oh ! mon Dieu ! » Elle dit aux autres : « Buvez tranquillement. Je reviens. » Elle sortit de la salle de séjour en emportant son scotch, et ils l'entendirent monter l'escalier. Nim pensa avec amusement que peu d'hommes avaient autant de ressort et d'énergie que les femmes.

Tout de même, décida-t-il, il fallait transmettre tout de suite le message d'Eric Humphrey, à savoir que la famille ne devait pas aller voir ce qui restait de Walter. Il se rappela avec un frisson les mots utilisés par le président : « ... *Il ne reste pratiquement plus de peau... les visages sont méconnaissables.* » Mary avait disparu dans la cuisine. Les deux hommes étant seuls, Nim expliqua la situation, le moins brutalement possible sans donner de détails.

La réaction de Wally fut immédiate : il renversa ses dernières gouttes de scotch puis, les yeux pleins de larmes, il protesta. « Oh ! mon Dieu ! C'est effroyablement dur à entendre ! Je serais incapable de le dire à maman. Il faut que ce soit vous. »

Nim se tut. Il redoutait la suite.

Un quart d'heure après, Ardythe redescendit. Elle s'était remaquillée, elle avait remis de l'ordre dans ses cheveux, et elle avait troqué la robe qu'elle portait contre une jupe et un chemisier élégants. Son regard et son maintien révélaient certes sa douleur, mais extérieurement elle ressemblait beaucoup plus à la très belle femme qu'elle avait toujours été.

Mary était elle aussi revenue dans la salle de séjour. Cette fois, ce fut Wally qui remplit les verres. Ils s'assirent tous les quatre, ne sachant pas trop quoi dire.

Ardythe rompit le silence.

« Je veux voir Walter », déclara-t-elle d'une voix ferme. Elle se tourna vers Wally. « Sais-tu où ton père a été emmené et... quelles dispositions ont été prises ?

— Eh bien... c'est qu'il y a un... » Wally s'arrêta, se leva, alla embrasser sa mère puis, parlant d'un endroit d'où il n'avait pas à affronter son regard, continua : « Il y a un problème, maman. Nim va vous en parler. N'est-ce pas, Nim ? »

Nim aurait bien voulu être ailleurs, n'importe où.

« Maman chérie, dit Wally toujours debout non loin d'Ardythe, il faut que nous rentrions, Mary et moi, voir les enfants quelques instants. Nous reviendrons. Et l'un de nous restera cette nuit auprès de vous. »

Comme si elle n'avait pas entendu, Ardythe demanda : « Quels problèmes ?... Pourquoi ne puis-je pas voir Walter ?... Que quelqu'un me le dise ! »

Wally s'éclipsa sans bruit. Mary le suivit. Ardythe eut l'air de ne pas se rendre compte qu'ils étaient partis.

« Je vous en prie... Pourquoi ne puis-je pas ?... » Nim lui prit les mains et les tint dans les siennes. « Ardythe, écoutez-moi. Walter est mort subitement. Tout s'est terminé en moins d'une seconde. Il n'a pas eu le temps de savoir ce qui lui arrivait et il n'a donc pas souffert. » Nim espérait n'avoir pas menti. Il poursuivit : « Mais en raison de ce qui s'est produit, il a été défiguré. »

Un gémissement s'échappa de la bouche d'Ardythe.

« Walter était mon ami, insista Nim. Je le connaissais bien. Il n'aurait pas voulu que vous voyiez tel qu'il est maintenant. Il aurait voulu que vous vous souveniez de lui... » Il s'arrêta ; sa propre émotion l'étranglait ; il n'était pas certain qu'Ardythe eût entendu, ou compris. Le silence les enveloppa encore une fois.

Plus d'une heure s'était écoulée depuis l'arrivée de Nim.

« Nim, dit enfin Ardythe, avez-vous dîné ? »

Il secoua la tête. « Je n'en ai pas eu le temps. Je n'ai pas faim. » Il aurait du mal, décidément, à s'adapter aux brusques changements d'humeur d'Ardythe.

Elle se leva. « Je vais vous préparer quelque chose. »

Il la suivit dans la cuisine ordonnée que Walter Talbot avait dessinée lui-même. Le chef avait d'abord procédé à une étude temps-mouvement des tâches à accomplir, puis il avait tout disposé en vue d'une commodité optimale et d'un minimum de déplacements. Nim s'assit devant une petite table et regarda Ardythe s'affairer ; il avait décidé de ne pas l'aider en pensant qu'elle retrouverait mieux son équilibre si elle s'absorbait dans de petites tâches insignifiantes.

Elle fit chauffer du potage et le servit dans des gobelets épais ; elle but le sien tout en préparant une omelette assaisonnée de ciboulette et de champignons. Lorsqu'elle partagea l'omelette en deux, Nim s'aperçut qu'après tout il avait faim et il mangea avec plaisir. Ardythe, après un effort, laissa presque toute sa part. Un café fort, qu'ils prirent dans la salle de séjour, termina le repas.

Sur un ton calme et raisonnable, Ardythe dit à Nim : « Je pourrais insister pour voir Walter.

— Si vous insistez, répondit Nim, personne ne pourra vous en empêcher. Mais j'espère que vous ne le ferez pas.

— Ces individus qui ont déposé la bombe, qui ont tué Walter et les autres. Pensez-vous qu'ils seront arrêtés ?

— Un jour ou l'autre. Mais rien n'est facile quand on a affaire à des mabouls. Étant donné que les mabouls ne sont pas logiques, leur arrestation posera des problèmes. Mais s'ils se livrent à une autre tentative du même genre — ce qui est probable — il y a de fortes chances qu'ils soient pris et punis.

— Je suppose que je devrais souhaiter leur capture et leur châtiment. Mais au fond leur sort me laisse complètement indifférente. Est-ce mal ?

— Non, répondit Nim. De toute façon, d'autres s'occuperont d'eux.

— Quoi qu'ils fassent, cela ne changera rien, ne ressuscitera pas Walter... ni les autres. » Ardythe réfléchit. « Saviez-vous que nous étions mariés depuis trente-six ans ? Je devrais en être reconnaissante. Beaucoup de femmes n'en ont pas autant, et nous avons presque toujours été heureux... Trente-six ans ! » Elle commença à pleurer sans bruit. « Serrez-moi fort, Nim. »

Il l'entoura de ses bras et attira la tête d'Ardythe sur son épaule. Il l'entendait pleurer, mais elle n'était plus au bord de la crise de nerfs. C'étaient des larmes d'adieu et d'acceptation, de souvenirs et de tendresse ; des larmes douces, purificatrices, parce que l'âme humaine entamait son processus de guérison — aussi ancien, inexplicable, surprenant que la vie elle-même.

En enlaçant Ardythe, Nim prit conscience d'un parfum odorant, subtil, qu'il n'avait pas remarqué quand il s'était assis près d'elle tout à l'heure, et il se demanda quand elle l'avait mis. Probablement lorsqu'elle était montée pour se changer. Il ne voulut plus y penser.

Il constata qu'il se faisait tard. Dehors, l'obscurité était totale, trouée seulement par les phares des rares voitures qui circulaient encore. Mais la rue était silencieuse, comme la maison. Tout semblait se préparer pour la nuit.

Ardythe s'agita dans les bras de Nim. Elle avait cessé de pleurer : elle se rapprocha de lui. Il huma encore une fois le parfum capiteux. Puis, à sa vive consternation, il découvrit que son corps s'éveillait à la féminité de plus en plus perceptible d'Ardythe. Il essaya de distraire son esprit par d'autres idées. Sans succès.

« Embrassez-moi, Nim. » Elle avait changé de position, et leurs deux visages se touchaient presque. Leurs lèvres se frôlèrent, très doucement d'abord, puis se rejoignirent et se scellèrent avec force ; la bouche d'Ardythe était excitante, tiède, exigeante. Sentant la même fièvre de sensualité les assaillir ensemble, il se demanda : *Se peut-il que ce soit vrai ?*

« Nim, dit-elle dans un murmure, éteignez les lampes. »

Il obéit. Une partie de lui-même criait : *Ne fais pas cela ! Va-t'en ! Pars tout de suite !* Mais, même en se méprisant, il savait qu'il ne partirait pas et que la voix intérieure ne serait qu'une protestation symbolique.

Le sofa était très spacieux. Pendant qu'il faisait le tour des lampes, Ardythe avait commencé à se dévêtir ; il l'aida à se débarrasser du reste et se déshabilla rapidement à son tour. Ils s'étendirent puis, lorsqu'ils s'étreignirent, il la découvrit aussi impatiente qu'experte. Les doigts d'Ardythe se mouvaient avec légèreté et dextérité pour chercher à lui plaire, et ils réussirent. Il répondit de la même manière. Bientôt Ardythe se mit à gémir, puis cria : « Oh ! mon Dieu, Nim ! N'attendez plus, je vous en prie... Je vous en prie ! »

Il eut un dernier petit remords de conscience, auquel se mêla l'idée affreuse que Wally Jr. et Mary pourraient revenir, comme ils l'avaient promis, et les surprendre. Et puis, tout se dissipa quand le plaisir et la passion le submergèrent.

« Vous êtes tourmenté, n'est-ce pas ?

— Oui, admit Nim. Terriblement tourmenté. »

C'était une heure après. Ils s'étaient rhabillés et avaient rallumé les lampes. Quelques minutes plus tôt, Wally avait téléphoné pour annoncer que Mary et lui étaient sur le point de partir et qu'ils resteraient l'un et l'autre toute la nuit auprès d'Ardythe.

« Cessez de l'être. » Ardythe, avec un petit sourire timide, posa une main sur le bras de Nim. « Vous ne pouvez pas savoir quel secours vous m'avez apporté. »

Les instincts de Nim l'avertirent qu'elle n'avait pas dit tout ce qu'elle pensait : à savoir que deux êtres humains partageaient rarement une complicité charnelle comme celle qu'ils venaient d'atteindre ensemble et que, selon toutes probabilités, une pareille expérience aurait des lendemains. Dans ce cas, son tourment serait double : d'une part il se serait honteusement comporté au soir de la mort d'un ami, d'autre part une complication supplémentaire surgirait dans sa vie — complication dont il se serait volontiers passé.

« Je vous dois une explication, reprit Ardythe. J'aimais beaucoup Walter. Il était doux, gentil, adorable. Nous avons goûté ensemble de très bons moments. Il a toujours été un mari intéressant. La vie sans lui... ma foi, je suis incapable de commencer si tôt à l'envisager. Mais nous ne faisions plus l'amour, Walter et moi, depuis longtemps... six ou sept ans, je pense. Parce que, tout simplement, Walter ne pouvait plus. Cela arrive souvent aux hommes, vous le savez, beaucoup plus qu'aux femmes... »

Nim protesta. « Je ne souhaite pas entendre...

— Que vous le souhaitiez ou non, vous entendrez. Car je ne souhaite pas, moi, que vous partiez ce soir malheureux et bourrelé de remords.

Écoutez-moi, Nim. Si l'un de nous deux, ici, a cherché à séduire l'autre, ce n'est pas vous, c'est moi. Pour tout vous dire, j'ai su bien avant vous ce qui allait se passer entre nous, et j'ai voulu que cela se passe ainsi. »

Il songea au parfum. Le parfum avait opéré sur lui à la manière d'un aphrodisiaque. Était-il possible qu'Ardythe se fût parfumée exprès ?

« Quand une femme est, chez elle, privée d'amour physique, poursuivit Ardythe avec énergie, ou bien elle s'en accommode, ou bien elle s'adresse ailleurs. Moi, je m'en suis accommodée. Je me suis contentée de ce que j'avais, un mari exemplaire que je continuais d'aimer, et je ne me suis pas adressée ailleurs. Ce qui ne m'empêchait pas de ressentir cette privation.

— Ardythe, dit Nim. S'il vous plaît...

— Non. J'ai presque fini. Aujourd'hui... ce soir... quand je me suis rendu compte que j'avais tout perdu, j'ai eu une envie terrible de faire l'amour. Une envie plus forte que jamais. Irrésistible. Née de sept années de frustrations. Or vous étiez ici, Nim, et j'ai toujours eu un faible pour vous. Un faible, ce n'est peut-être pas assez dire. Mais enfin vous êtes arrivé au moment où j'avais le plus besoin de vous. » Elle sourit. « Si vous étiez venu avec l'intention de me redonner courage et de me consoler, vous avez réussi. C'est aussi simple que cela. Ne compliquez pas la situation, et n'allez pas chercher de culpabilité là où vous n'en avez aucune. »

Il soupira. « Puisque vous l'affirmez, n'en parlons plus. » C'était, lui sembla-t-il, un moyen facile de mettre sa conscience en repos. Peut-être trop facile.

« Je vous l'affirme. Maintenant, embrassez-moi encore une fois et allez retrouver Ruth. »

Ils échangèrent un dernier et très long baiser ; puis il quitta Ardythe, fort soulagé de s'esquiver avant le retour de Wally et de Mary.

En rentrant chez lui dans sa petite Fiat, Nim réfléchit aux complications de sa vie privée. Par comparaison, les multiples problèmes que lui posait la G.S.P. & L. lui parurent simples et de tout repos. La liste de ses problèmes personnels immédiats commençait par Ruth, leur mariage à la dérive, et à présent Ardythe. Il y avait ensuite les autres femmes avec lesquelles il avait eu des liaisons, dont deux conquêtes récentes qui mijotaient encore sur le feu. Ce genre d'affaires semblait lui tomber dessus sans qu'il les recherchât. Mais peut-être s'abusait-il ? Au fond, n'allait-il pas au-devant des aventures, pour se persuader après coup, qu'elles s'étaient présentées d'elles-mêmes ? En tout cas, pour autant qu'il s'en souvînt, les occasions ne lui avaient jamais manqué dans ce domaine.

Après son mariage avec Ruth, qui remontait à quinze ans, il était resté quatre ans l'homme d'une seule femme. Et puis, une occasion de donner un coup de canif au contrat conjugal s'était offerte, et il ne s'était pas dérobé. A partir de là, les occasions s'étaient multipliées — parfois, c'était une banale affaire d'une nuit, parfois, porté par l'enthousiasme, cela durait quelque temps, puis pâlissait comme les étoiles avant de s'éteindre. Tout d'abord, Nim avait supposé qu'il pourrait dissimuler à

Ruth son vagabondage sexuel : la nature de son travail, qui lui prenait beaucoup de temps et l'empêchait de mener une vie régulière, contribuait à lui assurer le secret. De fait, il y réussit au début. Mais le bon sens lui apprit que Ruth, qui n'était pas seulement sensible mais perspicace, se rendait sûrement compte de ce qui se passait. L'extraordinaire, c'était qu'elle n'eût jamais protesté, qu'elle se fût apparemment accommodée de cette situation. Illogiquement, Nim avait été blessé par la réaction de Ruth — ou plutôt par son absence de réaction. Elle aurait dû l'accabler de reproches, au besoin verser des larmes de colère... Un tel comportement n'aurait d'ailleurs rien changé aux nouvelles habitudes de Nim, mais il s'était néanmoins étonné de ce que sa défection ne fût même pas jugée digne de ce genre de scènes.

Une autre chose agaçait Nim : en dépit de ses efforts de discrétion, il semblait s'être acquis une réputation de coureur. Dans l'après-midi, Teresa Van Buren ne lui avait-elle pas dit qu'il avait encore « deux ou trois choses à apprendre sur les femmes », en dehors des « plaisirs du lit qui étaient son péché mignon » ? Evidemment, Teresa ne s'était pas fondée que sur des bruits pour lui parler ainsi ; autrement, elle n'aurait pas été aussi directe. Or si Teresa était au courant, d'autres à la G.S.P. & L. devaient l'être également.

Nim allait-il compromettre sa propre carrière ? Si oui, ses frasques en valaient-elles la peine ? Et ces frasques, pourquoi les commettait-il en définitive ? Par jeu ou pour de bon ?

« Que je sois pendu si je le sais », dit-il à haute voix dans sa petite voiture fermée, et cette réponse lui parut s'appliquer non seulement aux réflexions qu'il venait de faire, mais à bien d'autres choses encore.

Située sur la lisière de la ville, sa maison était silencieuse quand il arriva, et seule une veilleuse restait allumée en bas, dans le vestibule.

Au premier étage, il pénétra sur la pointe des pieds dans les chambres de Leah et de Benjy. Les deux enfants dormaient profondément.

Ruth remua un peu quand il se glissa furtivement dans leur chambre. « Quelle heure est-il ? demanda-t-elle d'une voix somnolente.

— Minuit passé, répondit-il doucement.

— Comment va Ardythe ?

— Je t'en parlerai demain matin. »

Satisfaite de cette promesse, Ruth se rendormit aussitôt.

Nim se doucha soigneusement en se rappelant qu'il devait faire disparaître toute trace du parfum d'Ardythe, puis il se coucha dans son lit jumeau. Quelques secondes plus tard, il succombait à la fatigue des événements de la journée et sombrait à son tour dans le sommeil.

6

« Nous sommes donc d'accord », dit J. Eric Humphrey. Son regard inter-rogateur se promena sur les neuf hommes et les deux femmes qui étaient assis avec lui à la table de la salle de conférence. « Nous sommes d'accord pour approuver le rapport de Nim sur le planning dans sa totalité, et insis-ter au plus haut niveau pour obtenir l'autorisation immédiate et urgente des trois projets — la centrale au charbon de Tunipah, la centrale d'accu-mulation par pompage de Devil's Gate, et l'exploitation du gisement géo-thermique de Fincastle. »

Lorsque des signes de tête et des murmures d'approbation accueil-lirent la déclaration du président, Nim Goldman se renversa en arrière sur sa chaise, momentanément détendu. La présentation de ses projets d'avenir — résultat d'un travail intensif de sa part et de la part de ses collaborateurs — avait été une rude épreuve.

Ce groupe, le comité de direction de la G.S.P. & L., comprenait tous les cadres supérieurs directement responsables devant le président. Offi-ciellement, il était subordonné dans la hiérarchie au Conseil d'administra-tion. Mais en réalité il était la source authentique des décisions et du pou-voir.

C'était lundi après-midi et l'ordre du jour de la réunion, commencée le matin, avait été copieux. Quelques participants autour de la table mon-traient des signes de lassitude.

Cinq jours s'étaient écoulés depuis la désastreuse explosion à La Mission et la panne qu'elle avait entraînée. Entre-temps, on avait pro-cédé à des études approfondies sur les causes et les effets de la catas-trophe, ainsi que sur les perspectives d'avenir. Les investigations s'étaient poursuivies tard le soir et pendant le week-end. Depuis mercredi dernier, grâce à un temps plus frais et à une certaine chance, il n'y avait pas eu de nouveaux black-out. Mais une conclusion s'imposait : il y en aurait d'autres, beaucoup plus sérieux, si la G.S.P. & L. n'entreprenait pas bientôt de développer sa capacité de production.

« Bientôt », autrement dit dans le courant de l'année prochaine. Et même ensuite il faudrait s'attendre à de nouveaux soucis puisqu'une cen-trale conventionnelle au pétrole exigeait cinq années de travaux pour être opérationnelle, une centrale nucléaire six — sans parler, dans chaque cas, des quatre à six années de procédure nécessaires pour obtenir, aupara-vant, les autorisations requises.

« En même temps que pour ces trois projets dont nous venons de dis-cuter, dit Oscar O'Brien, l'avocat-conseil du service public, je suppose que nous devons appuyer énergiquement nos demandes d'autorisation pour le nucléaire. » O'Brien était un ancien juriste du gouvernement de Washing-ton ; il avait la corpulence d'une contrebasse et fumait des cigares sans discontinuer.

A l'autre bout de la table, Ray Paulsen, vice-président chargé de l'approvisionnement en énergie, gronda : « Sûrement, cela vaudrait mieux ! »

A côté de Paulsen, Nim Goldman griffonnait des notes sur un bloc. En dépit de leur aversion mutuelle et de leurs querelles en bien des domaines, réfléchissait-il, il y avait au moins un point sur lequel ils s'accordaient : le besoin d'une augmentation de la production d'énergie.

« Bien entendu, dit Eric Humphrey, il faut que nous poursuivions notre programme nucléaire. Mais en fonction de la psychologie du public nous nous trouverons dans de meilleures conditions, à mon avis, si nous laissions le programme nucléaire de côté et si nous ne le reliions pas aux autres plans. La route du nucléaire est semée d'embûches. » Il se hâta d'ajouter : « Je parle des embûches semées par les opposants. »

Le président continua : « Comme je prévoyais quelle serait ici notre décision, j'ai déjà arrangé un rendez-vous avec le gouverneur, à Sacramento, pour après-demain. J'ai l'intention d'insister auprès de lui pour qu'il fasse pression sur toutes les agences régulatoires afin qu'elles agissent rapidement. Je suggérerai aussi pour chacun des trois projets des débats combinés devant tous les organismes régulatoires dont nous solliciterons l'autorisation, peut-être dès le mois prochain.

— On n'a jamais procédé de cette manière, Eric », objecta Stewart Ino, premier vice-président chargé des tarifs et des estimations. Ino était un ancien à la G.S.P. & L. ; il avait le visage joufflu d'un petit fermier et, s'il avait porté un chapeau de velours et une fraise, il aurait pu passer pour un hallebardier de la Tour de Londres. Expert en matière de procédures pour les licences, il tenait à les suivre très exactement. « Des débats séparés ont toujours été la règle, ajouta-t-il. Les joindre créerait des complications.

— Souvenons-nous, fit observer Eric Humphrey, qu'il existe des arguments solides en faveur d'une action exceptionnelle. En outre, nous ne trouverons jamais meilleur moment pour secouer les bureaucrates. La panne de la semaine dernière a clairement démontré qu'une crise peut survenir ; il faut par conséquent des méthodes de crise pour y parer. Même à Sacramento, je pense qu'on le comprendra.

— A Sacramento, dit O'Brien, on ne voit que la politique, tout comme à Washington. Et regardons les choses en face : les adversaires de nos projets utiliseront surabondamment la politique, avec Tunipah en tête de leur liste noire. »

Quelques murmures d'approbation, hésitants, se firent entendre. Autour de la table, tout le monde savait que Tunipah, parmi les trois projets qui allaient être discutés en haut lieu, était celui qui susciterait les plus âpres controverses. Mais Tunipah était aussi, à bien des égards, d'une importance vitale pour leur plan.

Tunipah était une région désertique près de la frontière entre la Californie et le Nevada. Elle n'était ni habitée — la plus proche petite ville en était distante d'une soixantaine de kilomètres — ni spécialement aimée des chasseurs ou des naturalistes, présentant peu d'intérêt pour les uns et les autres. L'absence de routes la rendait difficile d'accès ; seules quelques pistes la traversaient. Tunipah avait donc été choisie avec soin.

Ce que la Golden State Power & Light se proposait de construire à Tunipah, c'était une énorme centrale, capable de produire plus de cinq millions de kilowatts d'électricité — suffisamment pour alimenter six villes comme San Francisco. Le carburant utilisé serait le charbon. Celui-ci devait être transporté par chemin de fer de l'Utah, à mille kilomètres de là, où le charbon était abondant et relativement bon marché. Une voie ferrée serait aménagée pour assurer la liaison avec la grande ligne du Western Pacific Railroad en même temps que la centrale serait construite.

Le charbon pouvait être la réponse de l'Amérique du Nord au pétrole arabe. Les dépôts de houille à l'intérieur des États-Unis représentent le tiers des réserves connues dans le monde et sont plus que suffisants pour satisfaire aux besoins énergétiques des U.S.A. pendant trois siècles. On croit que l'Alaska possède des réserves pour deux milliers d'années. De l'avis général, le charbon posait des problèmes : l'exploitation minière en était un, et la pollution un autre, bien que les technologies modernes eussent travaillé sur les deux. Dans d'autres États, on avait pourvu des centrales électriques récentes de cheminées de trois cents mètres de haut, qui, complétées par des filtres et des épurateurs électrostatiques retirant le soufre des gaz de cheminées, ramenaient la pollution à un niveau acceptable. Et à Tunipah, la pollution serait tenue à l'écart des zones habitées ou touristiques.

En outre, Tunipah permettrait la fermeture de quelques-unes des plus anciennes centrales — fonctionnant au pétrole — de la G.S.P. & L., qui serait ainsi moins dépendante du combustible importé et réaliserait de grosses économies sur les coûts, actuels et futurs.

La logique jouait en faveur du projet Tunipah. Mais, comme l'expérience l'avait enseigné aux services publics, la logique ne commandait pas, non plus que l'intérêt général, si une poignée d'opposants résolus en décidaient autrement, quelles que fussent l'incompétence et la fausseté de leurs jugements. En employant avec une implacable habileté de lentes tactiques procédurières, ils pourraient retarder un projet comme Tunipah assez longtemps pour, en fait, le couler. Les adversaires déterminés de toute expansion de la production d'électricité d'un service public appliquaient efficacement la troisième loi de Parkinson : *L'atermoiement est la forme la plus meurtrière du refus.*

« Quelqu'un demande-t-il la parole? » interrogea J. Eric Humphrey. Parmi ceux qui assistaient à la conférence, plusieurs avaient commencé à ranger leurs papiers dans leurs serviettes, supposant que la réunion touchait à sa fin.

« Oui, moi », dit Teresa Van Buren.

Toutes les têtes se tournèrent vers la vice-présidente chargée des relations publiques, penchée en avant pour requérir l'attention. Ses cheveux habituellement indisciplinés étaient aujourd'hui à peu près bien coiffés, sans doute pour la circonstance, mais elle portait encore l'un de ses inévitables tailleurs de toile.

« J'approuve votre idée d'aller voir le gouverneur pour lui faire entendre raison, Eric, et de peloter d'autres personnages de l'État, déclara-t-elle, mais cela ne suffit pas, ne suffira pas tout à fait pour obtenir ce que nous voulons, et en voici la raison. »

Van Buren s'interrompit. Elle se pencha à côté de son siège et sortit d'une serviette deux journaux qu'elle étala sur la table. « Celui-ci est le *California Examiner* de cet après-midi — une première édition que je me suis fait apporter — et celui-là est le *Chronicle West* de ce matin que vous avez sans doute tous parcouru. J'ai lu attentivement les deux journaux et, ni dans l'un ni dans l'autre, je n'ai trouvé une ligne sur la coupure de courant de la semaine dernière. Pendant une journée, comme nous le savons, ç'a été la grande nouvelle ; le lendemain, on en parlait déjà moins ; ensuite, le silence. Et ce qui est vrai pour la presse l'est également pour les autres media.

— Et alors ? dit Ray Paulsen. Il y a eu d'autres nouvelles. Le public s'en est désintéressé.

— Il s'en est désintéressé parce que personne ne s'est soucié de maintenir son intérêt en éveil. Là-bas — Van Buren agita un bras en direction du monde extérieur à la salle de conférence — la presse et l'opinion considèrent une panne d'électricité comme un problème à court terme. Personne ou presque ne réfléchit aux effets à plus long terme de la crise de l'énergie qui se rapproche : des standards de vie terriblement plus bas, la désorganisation de l'industrie, un chômage catastrophique. Et rien ne changera cette attitude du public, mal informé, à moins que nous nous occupions de la changer. »

Sharlett Underhill, vice-présidente chargée des finances et la seule autre femme présente, demanda : « Comment voulez-vous faire réfléchir les gens ?

— Je répondrai à cela, dit Nim Goldman en abattant d'un coup sec son crayon sur la table. Le seul moyen est de commencer à crier la vérité, c'est-à-dire d'expliquer la situation réelle, sans rien cacher, et de continuer à le faire bruyamment, clairement et souvent. »

Ray Paulsen l'interrompit. « En d'autres termes, vous aimeriez parler à la télévision quatre fois par semaine au lieu de deux ? »

Nim ignora le sarcasme et reprit : « Nous devrions avoir pour ligne de conduite de proclamer sans cesse ce que nous savons tous à cette table. Que la semaine dernière notre production de pointe était de vingt-deux millions de kilowatts, et que la demande augmente d'un million de kilowatts par an. Que, en supposant le même taux d'augmentation, nous vivrons sur nos réserves dans trois ans et que, dans quatre ans, il ne nous en restera plus. Comment nous débrouillerons-nous alors ? La réponse est catégorique : nous ne nous débrouillerons pas. N'importe quel imbécile est capable de voir ce qui nous attend : dans trois ans, des black-out chaque fois qu'il fera chaud, des black-out chaque jour d'été. Nous sommes obligés de construire quelques nouvelles unités de production, et il faut dire au public ce qui s'ensuivra si nous ne les construisons pas. »

Van Buren rompit le silence qui s'était abattu sur la conférence. « Nous savons tous que chaque mot de ce que nous venons d'entendre est vrai. Alors pourquoi ne pas le dire tout haut ? Il y a même une occasion qui s'offre la semaine prochaine. Nim a été inscrit pour le programme de l'émission " Bonsoir " de mardi à la télévision, et cette émission a toujours un gros indice d'écoute.

— Dommage que je doive sortir ce soir-là ! grommela Paulsen.

— Je ne suis pas du tout certaine que nous devions agir ainsi tout de suite, déclara Sharlett Underhill. Dois-je vous rappeler que nous avons pour l'augmentation des tarifs une demande d'autorisation en cours ? Nous avons terriblement besoin de cette recette supplémentaire. Je ne tiens pas à comprettre nos chances de l'obtenir.

— La franchise ne peut qu'accroître nos chances, répliqua Van Buren. Elle ne les diminuera pas. »

La vice-présidente chargée des finances hocha la tête. « Je n'en suis pas si sûre. Et autre chose : je crois que ce genre d'exposé dont nous parlons, en admettant que nous options pour, devrait être fait par le président.

— Notez, intervint Eric Humphrey d'une voix douce, qu'on m'a déjà demandé de paraître à l'émission " Bonsoir ", et j'ai délégué Nim. Il me semble qu'il est très qualifié pour ce genre de choses.

— Il serait encore meilleur, dit la vice-présidente chargée des relations publiques, si nous lui donnions carte blanche pour lancer quelques avertissements aussi clairs que désagréables au lieu de persister dans la " ligne modérée " que nous avons toujours suivie.

— Je demeure partisan de la ligne modérée. » Cette fois, c'était Fraser Fenton qui avait parlé ; il détenait le titre de président, bien qu'il fût surtout responsable des services du gaz. Maigre, chauve et ascétique, Fenton était un autre vétéran.

« Nous ne partageons pas tous, Tess, votre opinion pessimiste sur l'avenir, continua-t-il. Il y a trente-quatre ans que j'appartiens à ce service public, et j'ai vu se poser et se résoudre bien des problèmes. Je crois que nous surmonterons d'une façon ou d'une autre notre crise de capacité...

— Comment ? interrompit Nim Goldman.

— Laissez-moi finir, dit Fenton. Il y a autre chose que je voudrais développer. Il s'agit de l'opposition à nos projets. Il est vrai que, en ce moment, nous nous heurtons à une opposition organisée contre tout ce que nous essayons de faire : construire plus de centrales, augmenter les tarifs, ou donner aux actionnaires des dividendes convenables. Mais je crois que tout cela passera en grande partie, sinon totalement : je parle de l'opposition et de la défense des consommateurs. C'est une mode, une marotte. Ceux qui se sont embarqués là-dedans finiront par se fatiguer, et alors nous retrouverons le cours normal des choses, quand ce service public et bien d'autres faisaient à peu près ce qu'ils voulaient. Voilà pourquoi je dis que nous devrions persister dans notre ligne modérée, et ne pas entretenir l'agitation ou provoquer des antagonismes en inquiétant l'opinion sans nécessité.

— Je suis d'accord, déclara Stewart Ino.

— Moi aussi », dit Ray Paulsen.

Les regards de Nim et de Teresa Van Buren se croisèrent, et il sut qu'ils pensaient la même chose. A l'intérieur des services publics, Fraser Fenton, Ino, Paulsen et bien d'autres représentaient un encadrement de directeurs bien retranchés qui s'étaient élevés à leurs postes durant des années plus faciles et qui refusaient de reconnaître qu'elles ne reviendraient jamais plus. D'autre part, ces gens-là avaient acquis leur promotion au titre de l'ancienneté, et ils n'avaient jamais été soumis à la concurrence dure, parfois acharnée, pour l'avancement, qui était de règle dans d'autres industries. La sécurité personnelle des Fraser Fenton et consorts avait fini par les envelopper comme un cocon. Le *statu quo* était leur Saint-Graal. Fatalement ils ne pouvaient que s'opposer à tout ce qui risquait de faire des vagues.

Nim et d'autres jeunes directeurs avaient souvent discuté des causes de cet état d'esprit. L'une était la nature du service public, son caractère de monopole, le fait qu'il ne subissait pas la concurrence quotidienne sur le marché ; c'était une des raisons pour lesquelles la G.S.P. & L. ressemblait parfois à certaines bureaucraties gouvernementales. En second lieu les services publics, tout au long de leur histoire, s'étaient trouvés sur un solide marché offreur, capable de vendre autant de leurs produits qu'ils pouvaient en fabriquer, le processus étant favorisé par des sources abondantes d'énergie bon marché. Ce fut seulement au cours des dernières années, lorsque les sources d'énergie se raréfièrent et se mirent à coûter plus cher, que les directeurs des services publics durent affronter de graves problèmes commerciaux et prendre des décisions dures, impopulaires. De plus, autrefois, ils n'avaient pas eu à en découdre avec des groupes d'opposition obstinés et bien dirigés, rassemblant des consommateurs et des écologistes.

C'étaient ces profonds changements, disaient les camarades de Nim Goldman, qu'une majorité de dirigeants avait refusé d'accepter ou de considérer avec réalisme. (Walter Talbot, se rappelait Nim avec tristesse, avait été une exception notable.) Les anciens, de leur côté, se méfiaient des nouveaux venus impatients et trouble-fête, et leur point de vue prévalait régulièrement puisque dans les comités et les conseils ils formaient une majorité tenace.

« J'avoue, déclara J. Eric Humphrey, que j'éprouve des sentiments partagés sur la question de savoir si nous devrions être plus durs ou non dans nos déclarations publiques. Mon tempérament personnel est contre, mais parfois je comprends qu'on soit pour. » Avec un petit sourire, le président lança un coup d'œil à Nim. « Vous venez de vous hérisser. Avez-vous quelque chose à ajouter ? »

Nim hésita. « Uniquement ceci. Lorsque débuteront les black-out sérieux — je veux parler des black-out prolongés et répétés qui seront inévitables dans quelques années — nous encourrons des reproches, nous, les services publics, quoi qu'il ait pu se passer dans l'intervalle. La presse nous clouera au pilori. De même que les politiciens qui joueront une fois de plus la comédie de Ponce Pilate. Ensuite, ce sera le tour du public qui nous blâmera et dira : " Pourquoi ne nous avez-vous pas avertis quand il en était encore temps ? " Je suis d'accord avec Teresa : c'est maintenant qu'il faut le faire.

— Nous allons procéder au vote sur cette question, déclara Eric Humphrey. Levez la main, s'il vous plaît, ceux qui sont pour une ligne dure. »

Trois mains se levèrent : celles de Teresa Van Buren, de Nim, et d'Oscar O'Brien, l'avocat-conseil.

« Contre-épreuve », annonça le président.

Cette fois, huit mains se levèrent.

Eric Humphrey acquiesça d'un signe de tête. « Je me rallie à la majorité, ce qui signifie que nous persisterons dans ce que quelqu'un a appelé notre " ligne modérée ".

— Et arrangez-vous, dit Paulsen à Nim, pour rester modéré dans ces émissions de télévision. »

Nim lança un coup d'œil furieux à Paulsen, mais il se contint et ne répondit rien.

Lorsque la réunion prit fin, les participants se répartirent par groupes de deux ou trois afin de discuter des choses qui les intéressaient plus particulièrement.

« Nous avons tous besoin de quelques défaites, dit gaiement Eric Humphrey à Nim quand ils sortirent. Un peu d'humilité ne fait pas de mal, de temps en temps. »

Nim s'abstint de tout commentaire. Avant la conférence, il s'était demandé si les conceptions de la vieille garde en matière de relations publiques — le laisser-faire — demeureraient inchangées après les événements de la semaine passée. Il avait aujourd'hui la réponse. Nim aurait aimé, par ailleurs, que le président se rangeât de son côté. Il savait que si le sujet avait été de ceux qui préoccupaient vraiment Humphrey, l'opinion du président aurait prévalu, indépendamment de n'importe quel vote.

« Venez, lui dit Eric Humphrey quand ils arrivèrent près de leurs bureaux voisins. Il y a quelque chose dont je voudrais que vous vous occupiez. »

Le bureau du président — composé de plusieurs pièces — était en fait un véritable appartement. Plus spacieux que les autres bureaux de l'étage directorial, il était cependant, conformément à la ligne de conduite de la G.S.P. & L., relativement spartiate. Il fallait que les visiteurs eussent l'impression que l'argent des actionnaires et des consommateurs allait à des choses essentielles et non à des futilités. Selon la coutume, Nim se rendit dans un petit salon meublé de plusieurs fauteuils confortables. Eric Humphrey le rejoignit après être allé prendre un dossier sur son bureau.

Bien qu'il fît grand jour au-dehors et que, des fenêtres de cette suite, la vue sur la ville fût superbe, tous les doubles rideaux étaient tirés et les lampes allumées. Le président avait toujours esquivé les questions sur cette méthode de travail, mais l'hypothèse généralement admise chez ses proches collaborateurs était que, même au bout de trente ans, le paysage de son Boston natal lui manquait, et qu'il se refusait systématiquement à en admirer d'autres.

« Je suppose que vous avez lu le dernier rapport sur ce sujet », dit Humphrey à Nim en désignant le dossier qui était intitulé :

SERVICE DE LA PROTECTION DES BIENS
Sujet : Vols d'énergie

« Oui, je l'ai lu.

— De toute évidence, la situation empire. Je sais qu'à certains égards il s'agit seulement d'un embarras mineur, mais je n'en suis pas plus satisfait pour autant.

— Une perte de douze millions de dollars par an n'est pas une petite affaire », fit observer Nim.

Le rapport dont ils discutaient émanait d'un chef de service nommé Harry London, et décrivait les moyens grâce auxquels le vol du courant électrique et du gaz avait pris les dimensions d'une véritable épidémie. La méthode consistait à truquer les compteurs ; c'étaient en général des particuliers qui se livraient à ces tripatouillages, mais certaines indications donnaient à penser que des sociétés professionnelles d'installation leur prêtaient la main.

Eric Humphrey réfléchit. « Le chiffre de douze millions est une estimation. Peut-être un peu forte, peut-être beaucoup trop faible.

— C'est une estimation minimale, affirma Nim. Walter Talbot en était lui aussi persuadé. Si vous vous rappelez, le chef avait calculé l'an dernier qu'il y avait un décalage de deux pour cent entre le courant électrique produit et ce que nous pouvions comptabiliser : facturation aux consommateurs, utilisation par la compagnie, pertes sur les lignes, etc. »

C'était le défunt ingénieur en chef qui, le premier, avait sonné l'alarme à la G.S.P. & L. pour un vol de courant. Il avait aussi rédigé un rapport approfondi qui réclamait la création d'un service de la protection des biens. Son avis avait été suivi. Voilà encore un secteur, se dit Nim, où la contribution du chef manquerait grandement...

« Je m'en souviens, répondit Humphrey. Il y a une quantité considérable d'électricité qui ne figure nulle part.

— Et le pourcentage est quatre fois plus élevé qu'il y a deux ans. »

Le président tambourina des doigts sur l'accoudoir de son fauteuil.

« Apparemment, il en est de même avec le gaz. Nous ne pouvons pas rester inactifs et laisser la situation se dégrader indéfiniment.

— Nous avons eu de la chance pendant longtemps, dit Nim. Les vols d'énergie ont été une plaie dans l'Est et le Midwest bien avant de se produire ici. A New York, l'année dernière, Con Edison a perdu ainsi dix-sept millions de dollars. Chicago — Commonwealth Edison — qui vend moins d'électricité que nous et ne vend pas de gaz a estimé ses pertes à cinq ou six millions. C'est la même chose à La Nouvelle-Orléans, en Floride, à New Jersey... »

Humphrey s'impatienta. « Je sais tout cela. » Il médita un moment, puis rendit son verdict. « Bon, nous allons intensifier nos propres mesures en augmentant, s'il le faut, notre budget pour les recherches. Considérez cela comme votre mission générale, et vous me représenterez. Dites-le à Harry London. Et insistez auprès de lui sur le fait que je m'intéresse personnellement à son service, et que j'en attends des résultats. »

7

« Il y a par ici des gens qui professent l'idée fausse que le vol d'énergie est une nouveauté, déclara Harry London. Ils se trompent. Vous étonnerai-je si je vous disais qu'un cas remontant à plus de cent ans figure dans les archives de la Californie ? » Il s'exprimait avec l'emphase d'un instituteur devant sa classe ; il n'avait pourtant qu'un seul auditeur : Nim Goldman.

« Peu de choses m'étonnent ; mais celle-là, oui, répondit Nim.

— Alors écoutez-moi. »

London était un homme trapu au visage taillé à coups de serpe ; il parlait d'un ton tranchant, presque pédant, quand il voulait, comme maintenant, expliquer quelque chose. Ancien sergent-chef des Marines, décoré d'une Étoile d'argent pour sa bravoure au combat, il était devenu plus tard détective à Los Angeles, puis la Golden State Power & Light l'avait engagé en qualité de chef adjoint de la sécurité. Depuis six mois, Harry London dirigeait un nouveau service — Protection des biens — créé spécialement pour s'occuper des vols d'énergie, et Nim et lui s'étaient liés d'amitié. Ils se trouvaient à présent dans le bureau de London, l'un des cubes vitrés qui composaient l'installation de fortune où travaillait le nouveau service.

« Cela se passait en 1867 à Vallejo, dit London. La Gas Company de San Francisco y avait aménagé une centrale dont le directeur était un certain M. P. Young. Le propriétaire de l'un des hôtels de Vallejo s'appelait John Lee. Ce Lee fut surpris à tricher sur ses notes de gaz. Il avait tout simplement mis une dérivation autour de son compteur.

— Extraordinaire ! En 1867 ?

— Attendez ! ce n'est que la moitié de l'histoire. Le représentant de la compagnie du gaz, Young, essaya de faire payer à John Lee le gaz qu'il avait volé. Lee devint si furieux qu'il tira sur Young, ce qui lui valut d'être inculpé de voies de fait et de tentative de meurtre. »

Nim parut sceptique. « Tout cela est-il vrai ?

— Si vous en doutez, répondit London, vous n'avez qu'à consulter les livres d'histoire de la Californie.

— N'importe. Revenons à nos moutons.

— Vous avez lu mon rapport ?

— Oui. Et le président aussi. » Nim fit part à London de la décision de J. Eric Humphrey en faveur d'une intensification de l'action, et de sa demande de résultats.

London fit un signe d'assentiment. « Vous aurez des résultats. Peut-être dès cette semaine.

— Vous pensez à Brookside ?

— Exactement. »

Brookside, qui était une petite ville de banlieue située à une trentaine de kilomètres du centre de la ville, avait été mentionné dans le rapport du service de la Protection des biens. On y avait découvert tout un système de vols d'énergie, et une enquête plus approfondie était prévue.

« Le jour du débarquement à Brookside, ajouta Harry London, est fixé à après-demain.

— C'est-à-dire jeudi. Je ne pensais pas que vous auriez été si vite en besogne. »

Le rapport avait indiqué, sans autre précision, qu'un « raid » sur Brookside était en préparation. Le « fer de lance du groupe d'assaut » se composerait de London, de son premier adjoint Art Romeo et de trois agents de la Protection des biens. Ces hommes bénéficieraient du concours d'un contingent d'autres employés de la G.S.P. & L. : trente releveurs de compteurs spécialement entraînés et empruntés au Service des abonnés, plus une demi-douzaine d'ingénieurs d'installations et deux photographes qui enregistreraient les preuves sur pellicule.

Toute cette force se rassemblerait dans le centre de la ville et serait transportée à Brookside à bord d'un car loué pour la journée. Une camionnette-radio l'accompagnerait pour servir de centre de communications. Des talkies-walkies seraient distribués aux principaux acteurs. Des petites voitures assureraient les navettes sur place.

La veille du jour J, les releveurs de compteurs et les ingénieurs seraient réunis pour être informés de ce que la G.S.P. & L. attendait d'eux, mais leur véritable destination resterait secrète.

Dès leur arrivée à Brookside, les releveurs de compteurs commenceraient à vérifier, maison par maison et magasin par magasin, les compteurs d'électricité et de gaz en recherchant des signes de tripotage. Ils se rendraient aussi en des lieux spécifiquement désignés. Les supermarchés, par exemple, étaient toujours suspects parce que l'électricité représentait, après la main-d'œuvre, les frais d'exploitation les plus importants, et que de nombreuses entreprises de ce genre avaient fraudé dans le passé. Tous les supermarchés du secteur seraient donc contrôlés. Chaque fois que serait localisée une apparence de supercherie, les ingénieurs appuyés par les hommes de Harry London se présenteraient sur les lieux.

« Plus vite on met sur pied une affaire comme celle-ci, déclara London en souriant, moins il y a de dangers de fuites. Chez les Marines, nous avons accompli beaucoup plus rapidement des missions plus compliquées.

— O.K., Marine, dit Nim. Je n'ai été que simple soldat, mais je voudrais bien être dans ce coup-là. »

Bien que le service militaire de Nim eût été bref, il avait créé une sorte de lien commun avec Harry London. Nim avait été envoyé en Corée dès la fin de ses études secondaires. Là, un mois après son arrivée, son escouade, montée en première ligne au contact avec l'ennemi, avait été mitraillée et bombardée par des avions américains. Par la suite, le jargon militaire qualifia d' « appui aérien » cette erreur meurtrière. Quatre soldats de l'infanterie américaine furent tués, et plusieurs autres blessés, dont Nim : il eut une perforation du tympan qui s'infecta et l'affligea d'une surdité permanente de l'oreille gauche. Peu après, il fut renvoyé aux États-Unis où des médecins militaires le réformèrent sans que l'incident coréen fût jamais mentionné. A présent, la plupart des collègues et des amis de Nim savaient qu'ils devaient s'asseoir à sa droite pendant leurs conversations, mais presque tous ignoraient pourquoi. Harry London était l'un des rares que Nim eût mis au courant.

« Vous serez mon invité jeudi », dit London.

Ils se fixèrent rendez-vous.

Puis ils parlèrent du sabotage de La Mission — celui qui avait tué Walter Talbot et les autres. Harry London n'était pas directement mêlé à l'enquête, mais de nombreuses libations avec le chef du service de sécurité de la compagnie avaient scellé leur entente et ils échangeaient des confidences : d'autre part, ayant été détective, London avait conservé des contacts dans la profession. « Le shérif du comté travaille avec le F.B.I. et la police de la ville, dit-il à Nim. Jusqu'ici, ils se sont heurtés à un mur de briques. Le F.B.I., que cette affaire intéresse tout particulièrement, croit qu'il s'agit d'une nouvelle bande de tordus qui n'ont pas de dossiers de police, ce qui rend les recherches très difficiles.

— Et l'homme qui portait l'uniforme de l'Armée du Salut ?

— Ils ont enquêté de ce côté-là, mais il a pu se le procurer de mille manières sans laisser de traces. Bien entendu, s'il se déguise une seconde fois de la sorte, il aura affaire à des gens prévenus et à l'affût.

— Vous pensez qu'il pourrait récidiver ? »

London haussa les épaules. « Ce sont des fanatiques. Ce qui fait d'eux des excentriques. Tantôt brillants, tantôt stupides. On ne peut jamais prévoir. Question de temps, souvent. Si j'apprends des détails, je vous les communiquerai.

— Merci. »

Au fond, ce que Nim venait d'entendre était ce qu'il avait dit à Ardythe mercredi dernier. Cela lui rappela qu'il devrait téléphoner bientôt à Ardythe, et peut-être lui rendre visite. Nim ne l'avait revue qu'une fois depuis cette soirée de mercredi — et brièvement, aux obsèques de Walter samedi matin, au milieu d'une imposante délégation de la G.S.P. & L. Les obsèques n'avaient été pour lui qu'un rituel décourageant, supervisé par un onctueux entrepreneur de pompes funèbres que Walter Talbot aurait sûrement détesté. Nim et Ardythe avaient échangé quelques phrases guindées ; rien d'autre.

Soudain il se demanda s'il fallait respecter un intervalle « décent » avant de téléphoner à Ardythe, ou si ce n'était pas pure hypocrisie de sa part, étant donné les circonstances, de se préoccuper de décence.

« Je vous reverrai le jour J », dit-il à Harry London.

8

Ce serait une nouvelle journée de canicule au cours de ce long été brûlant. Nim le devina dès neuf heures du matin quand il arriva à Brookside.

Le corps de débarquement l'avait précédé d'une heure. Son centre de communications s'était installé sur le parking d'une place commerçante commodément située dans le centre ; une demi-douzaine de véhicules de la G.S.P. & L., y stationnaient, reconnaissables à leurs couleurs blanc et orangé. Déjà les trente releveurs de compteurs avaient été acheminés vers les points de dispersion. C'étaient en grande majorité des hommes jeunes, parmi lesquels quelques étudiants qui travaillaient l'été. Chacun détenait un paquet de cartes où étaient inscrites les adresses auxquelles devaient être inspectés les compteurs et le matériel annexe. Les cartes provenaient de la mémoire d'un ordinateur spécial. Normalement, le travail des releveurs de compteurs consistait simplement à lire les chiffres et à les inscrire ; aujourd'hui, ils ignoreraient les chiffres pour se concentrer uniquement sur les traces éventuelles de vol d'énergie.

Harry London sortit de la camionnette des communications pour accueillir Nim. Il avait l'air guilleret et de bonne humeur. Il portait une chemisette de style militaire et un pantalon marron impeccablement repassé ; ses chaussures étincelaient. Nim se débarrassa de son veston et le jeta à l'arrière de la Fiat. Le soleil avait commencé à rôtir le parking, l'air vibrait sous l'effet d'une chaleur intense.

« Nous obtenons déjà des résultats, annonça London. Cinq cas de fraude patente en une heure. A présent, nos ingénieurs sont en train d'en vérifier trois autres.

— Les cinq premiers, interrogea Nim, sont-ils le fait de particuliers ou d'une entreprise commerciale ?

« — Quatre résidents, un commerce. Et pour ce commerce, le type nous a volé à la fois du gaz et de l'électricité. Un champion ! Voulez-vous voir ?

— Bien sûr. »

London appela la camionnette des communications. « Je serai dans ma voiture avec Mr. Goldman. Nous nous rendons à l'incident numéro quatre. »

« J'ai déjà deux impressions, dit-il à Nim en démarrant. La première est que ce que nous voyons aujourd'hui n'est que la partie émergée de l'iceberg. La seconde, c'est que dans certains cas nous avons affaire à des professionnels, peut-être à une bande organisée.

— Pourquoi cela ?

— Je vous répondrai quand vous aurez vu ce que je vais vous montrer.

— O.K. » Nim se cala sur son siège pour mieux observer Brookside qu'ils traversaient.

C'était une banlieue prospère, comme celles qui avaient poussé à la fin des années cinquante et au début des années soixante. Auparavant, les paysans se l'étaient partagée ; mais aujourd'hui les fermes avaient disparu pour faire place à un programme de logements et aux services afférents. Il n'y avait pas, extérieurement du moins, de pauvreté à Brookside. Même les maisons bien alignées sur de petits terrains semblaient décemment soignées : leurs jardins grands comme des mouchoirs de poche étaient admirablement entretenus, et leurs peintures avaient un surprenant air de neuf. Un peu plus loin, Nim remarqua des résidences plus importantes avec garage pour trois voitures et allée à part pour le service. Les magasins, dont certains étaient situés au long de grandes avenues bordées d'arbres, affichaient des articles de qualité qui en disaient long sur la prospérité de la commune. Nim estima que ce n'était pas de ce côté qu'il fallait rechercher des vols d'énergie.

Comme s'il avait lu dans ses pensées, London lui dit : « Les choses ne sont pas toujours aussi belles que leur apparence le suggère. » Il se dirigea vers un garage-station-service équipé d'un tunnel de lavage pour les voitures. London s'arrêta devant le bureau du poste à essence et sortit, précédant Nim.

Une camionnette de la G.S.P. & L. était également garée. « Nous avons convoqué l'un de nos photographes, dit London. En attendant, l'employé surveille la preuve. »

Un homme en salopette grise s'avança vers eux en s'essuyant les mains sur un chiffon. Il avait une tête de renard sur un corps grand et maigre, et il paraissait fort ennuyé. « Ecoutez, dit-il, comme je vous l'ai déjà dit, j'ignore tout de ce...

— En effet, monsieur, vous l'avez dit. » London se tourna vers Nim. « C'est Mr. Jackson. Il nous a autorisés à entrer chez lui pour examiner les compteurs.

— Je ne suis pas tellement sûr que j'aurais dû le faire, maintenant, grommela Jackson. De toute façon, je ne suis que locataire ici. C'est une autre société qui est propriétaire du bâtiment.

— Mais l'affaire vous appartient, dit London. Et les notes du gaz et de l'électricité sont à votre nom. Exact?

— Les choses étant ce qu'elles sont, c'est la banque qui est propriétaire de l'affaire.

— Mais la banque ne se mêle pas de vos compteurs de gaz et d'électricité.

— Je vous dis la vérité. » Les mains du garagiste serrèrent plus nerveusement le chiffon. « Je ne sais pas qui a fait cela.

— Bien, monsieur. Voyez-vous un inconvénient à ce que nous trions? »

Le garagiste le regarda de travers, mais il les laissa passer.

London précéda Nim dans le bureau du poste à essence, puis il le conduisit dans une petite pièce attenante qui servait certainement d'entrepôt. Sur le mur du fond il y avait des commutateurs, des disjoncteurs, des compteurs pour le gaz et l'électricité. Un jeune homme en tenue d'employé de la G.S.P. & L. leva les yeux quand ils entrèrent et les accueillit par un « Salut! » désinvolte.

Harry London lui présenta Nim. « Racontez à Mr. Goldman ce que vous avez découvert.

— Eh bien, le plombage du compteur a été démoli, et le compteur est comme vous le voyez maintenant, c'est-à-dire inversé.

— Ce qui fait que le compteur marche à l'envers ou s'arrête », ajouta London.

Nim acquiesça d'un signe de tête. C'était évidemment un moyen simple mais efficace d'obtenir du courant gratuit. D'abord le sceau sur le compteur avait été précautionneusement forcé. Cela fait, le compteur — qui était simplement glissé dans des rainures — pouvait être soulevé, retourné et replacé. Dès lors, quand de l'électricité était consommée, le compteur tournait à l'envers ou s'arrêtait. Dans le premier cas, la consommation enregistrée diminuait au lieu d'augmenter comme elle aurait dû le faire. Plus tard, sans doute quelques jours avant la visite prévue d'un releveur de compteurs de la compagnie, le compteur était remis en état de fonctionner normalement, et le plombage abîmé était soigneusement dissimulé.

Plusieurs compagnies de distribution de courant, qui avaient subi ce genre de vols, se défendaient à présent en installant des compteurs d'un type plus récent qui fonctionnaient correctement qu'ils fussent à l'envers ou non. Une autre méthode de prévention consistait à poser des verrous qui interdisaient de manipuler les compteurs sans des clés spéciales. Il existait cependant d'autres moyens ingénieux de voler de l'énergie ; et il y avait encore en service des millions de compteurs d'un type ancien qui ne pouvaient pas être équipés de verrous, et dont le remplacement aurait coûté une fortune.

« Le travail effectué pour le gaz a réclamé plus d'imagination », dit l'employé. Il s'approcha d'un compteur à gaz et s'agenouilla à côté de lui. « Regardez ici. »

Nim vit l'employé qui, d'une main, suivait une canalisation sortant d'un mur et reliée au compteur. « C'est le gaz qui vient de dehors.

— De la rue, ajouta Harry London. De la canalisation principale de la compagnie.

— Par là, reprit l'employé dont la main se déplaça vers l'autre côté du compteur, il y a une ligne vers les sorties du consommateur. Ici on utilise le gaz pour un gros chauffe-eau, des séchoirs de voitures à l'air chaud, ainsi que pour le fourneau et les radiateurs de l'appartement d'en haut. Tous les mois, cela fait beaucoup de gaz. Maintenant, regardez ceci de près. » Utilisant cette fois les deux mains, il palpa ce qui semblait être des joints sur les conduites à l'endroit où les deux canalisations qu'il avait indiquées disparaissaient dans le mur. Autour de chacune, le ciment s'était effrité, et il y en avait un petit tas par terre.

« J'ai fait cela, déclara spontanément l'employé, pour mieux me rendre compte. Et ce que vous pouvez voir maintenant, c'est qu'il ne s'agit pas de joints ordinaires. Ce sont des joints en T, reliés l'un à l'autre par un autre tuyau qui est enterré et invisible dans le mur.

— Un vieux truc de fraudeur, commenta London, mais c'est le mieux fait que j'ai jamais vu. Savez-vous ce qui se produit? La plus grande partie du gaz utilisé ne passe pas par le compteur et va directement de la rue aux appareils.

— Il y en a tout de même assez qui passe par le compteur pour le maintenir en fonctionnement, expliqua le jeune employé. Mais le gaz va là où la résistance est moindre. Comme il y a une certaine résistance dans le compteur, la majeure partie du gaz passe par ce tuyau supplémentaire — la route gratuite.

— Il n'en passera plus », annonça London.

Une jeune femme à la figure moqueuse, bardée d'appareils photographiques, arriva du dehors. Elle demanda gaiement : « Quelqu'un voudrait-il des photos ?

— Bien sûr que oui », répondit London en indiquant le compteur à gaz. Ce truc-là d'abord. » Il se retourna vers Nim. « Lorsque nous aurons photographié le compteur tel qu'il se présente, nous enlèverons le reste du ciment afin de découvrir le tuyau illégal. »

Le garagiste à tête de renard qui rôdait à l'arrière-plan s'avança pour protester. « Dites donc, les gars, vous ne pouvez pas défoncer un mur. Je suis ici chez moi.

— Je vous rappelle, Mr. Jackson, que vous nous avez autorisés à entrer pour vérifier l'installation de notre compagnie. Mais si vous voulez réexaminer vos droits et les nôtres, je vous suggère de faire venir votre avocat. Je pense qu'il vous en faudra un, de toute façon.

— Je n'ai pas besoin d'un avocat.

— Cela vous regarde, monsieur.

— Monsieur Jackson, intervint Nim, ne mesurez-vous pas la gravité

56

de tout cela? Truquer des compteurs est un délit, et les photos que nous sommes en train de prendre peuvent en apporter la preuve.

— Oh! il y aura des poursuites judiciaires, dit London. J'ajouterai cependant que si Mr. Jackson coopère sur deux plans, il pourrait sans doute en tirer avantage. »

Le garagiste les considéra d'un air soupçonneux.

Pendant qu'ils parlaient, la photographe opérait ; elle prit des images du compteur à gaz, puis se dirigea vers le compteur d'électricité. L'employé de la G.S.P. & L. commença à détacher le ciment pour mieux exposer le tuyau dissimulé dans le mur.

« La première chose que vous aurez à faire, dit London à Jackson, sera de payer ce que vous devez et ce que vous avez volé. Depuis mon arrivée ici, je me suis mis en rapport avec notre service de facturation. En comparant vos récentes quittances avec vos précédentes notes de gaz et d'électricité, notre service est arrivé à la conclusion que vous deviez cinq mille dollars. Cette somme comprend les frais de service pour notre visite d'aujourd'hui. »

Le garagiste pâlit. Il bégaya : « Mon Dieu! Il est impossible que ce soit autant. Voyons, c'est seulement depuis...

— Oui, interrompit Nim. Quand avez-vous commencé à tripoter les compteurs?

— Si Mr. Jackson nous le dit, surenchérit London, peut-être voudra-t-il nous dire qui a effectué le travail sur le compteur à gaz. C'est le second geste de bonne volonté que nous attendons. »

L'employé de la G.S.P. & L. se retourna à demi. « Ce dont je suis sûr, c'est que ce n'est pas un amateur qui s'en est chargé. »

London lança un coup d'œil à Nim. « Vous vous souvenez de ce que je vous ai dit? Une partie importante de ce que nous voyons aujourd'hui est l'œuvre de professionnels. » Il se tourna vers Jackson. « Sur ce point précis, monsieur, avez-vous envie de nous répondre? »

Le garagiste prit un air de plus en plus renfrogné, mais garda le silence.

« Lorsque nous aurons terminé notre inspection ici, lui dit London, nous vous couperons le gaz et l'électricité. Nous ne les rétablirons que quand vous aurez payé ce que vous devez à la compagnie. »

Jackson bredouilla : « Alors comment voulez-vous que je fasse marcher mon affaire?

— Et nous? riposta London. Comment pourrions-nous faire marcher notre affaire si tous les consommateurs fraudaient comme vous? » Il interrogea Nim. « Vous en avez vu assez?

— Trop, répondit Nim. Partons. »

Dehors, London lui dit : « Je vous parie dix contre un qu'il ne nous paiera pas ce qu'il doit. Et je serais également bien étonné s'il nous livrait le nom de son bricoleur de compteurs. »

Quand ils s'assirent dans la voiture, Nim demanda : « Pouvons-nous engager des poursuites judiciaires et le faire avouer? »

L'ancien détective hocha la tête. « Il ne me déplairait pas d'essayer, et nous pourrions même obtenir une condamnation. Mais, plus vraisemblablement, un tribunal exigerait que nous prouvions soit que Jackson a arrangé le compteur, soit qu'il savait qu'il était arrangé. Impossible à démontrer.

— C'est donc à certains égards une cause perdue.

— A certains égards, peut-être, mais pas complètement. La nouvelle va se répandre, et elle effraiera beaucoup de gens qui n'auraient pas demandé mieux que d'agir comme Jackson. Avant ce soir, nous aurons découvert bien d'autres fraudeurs.

— Mais seulement à Brookside. » Nim se représenta mentalement l'énorme secteur desservi par la G.S.P. & L., à l'intérieur duquel Brookside n'était qu'une graine d'arachide dans une vaste plantation.

Quelques minutes plus tard, ils étaient de retour au centre de communications sur le parking de la plaza commerçante.

Ainsi que Harry London l'avait prévu, le débarquement à Brookside surprit beaucoup de fraudeurs. Vers midi, il y avait une quarantaine de cas établis prouvés ou suspects. Probablement y en aurait-il beaucoup d'autres dans l'après-midi. Certains supermarchés avaient été pris en flagrant délit ; toute une chaîne de succursales locales avait été inspectée et, dans cinq magasins sur huit, on avait découvert des installations illégales.

Nim ne quitta pas Harry London ; ils observaient, visitaient les emplacements des fraudes les plus ingénieuses.

A la fin de la matinée, ils se rendirent ensemble à l'une des élégantes résidences que Nim avait remarquées plus tôt. Deux voitures de la G.S.P. & L. étaient garées devant. Un agent du service de la Protection des biens, un employé, et la même photographe que tout à l'heure étaient groupés autour d'un compteur d'électricité extérieur, près de la porte latérale.

« Il n'y a personne là, expliqua London, mais nous avons vérifié qui habite la maison, et ce type fabrique des outils de bricolage. Cela se voit. Regardez plutôt. » Les autres s'écartèrent, et London désigna un trou minuscule percé dans le capot du compteur. Un petit morceau de fil rigide passait à travers. A l'intérieur du compteur, le fil était relié à un disque métallique central qui, normalement, tournait quand on consommait de l'électricité.

« Ce fil, qui ne devrait pas être là, empêche le disque de tourner, dit London.

— De sorte que le compteur n'enregistre rien, approuva Nim, même quand le courant débite.

— En effet. Mais l'arrêt du disque ne cause aucun dégât, si bien que lorsque le fil est ôté, tout redevient normal.

— A l'exception de ce petit trou.

— Vous ne le remarqueriez jamais, dit l'employé derrière eux, à moins de regarder très attentivement. Je suppose que ce type a utilisé une mèche de bijoutier pour percer le trou, ce qui explique pourquoi le ve... ne s'est pas brisé. Rudement malin !

— Il se sentira moins malin quand il recevra sa prochaine quittance, répliqua London. De toute façon, nous allons monter la garde ce soir. Il y a de fortes chances pour que les voisins l'avertissent de notre présence ; il s'énervera et voudra retirer le fil. Si nous réussissons à le coincer sur le fait, nous pourrons lui intenter un bon procès. »

Ils s'éloignèrent en laissant la photographe prendre de gros plans du trou et du fil accusateurs.

Au centre de communications, les rapports concernant d'autres découvertes continuaient d'affluer. Un voleur d'énergie encore plus ingénieux avait pénétré jusqu'au cœur de son compteur d'électricité et apparemment limé les dents d'un engrenage qui faisait tourner le disque enregistreur du compteur. Il en résultait que le disque tournait au ralenti et que la consommation enregistrée était réduite de moitié. Le service de facturation de la compagnie avait calculé que la fraude durait depuis trois ans.

Bien que les compteurs à gaz eussent la réputation d'être plus difficiles à truquer, quelques fraudeurs ambitieux s'étaient attaqués au problème. London déclara à Nim : « Pour débrancher ou brancher un compteur à gaz, il faut s'y connaître un peu en plomberie, mais pas tellement. Un bricoleur est capable de s'y mettre très vite. »

L'un de ces bricoleurs, constata un releveur de compteurs, avait retiré complètement son compteur, et bouché le trou avec des flexibles de caoutchouc. Cette méthode de vol était dangereuse, mais efficace. Sans doute le compteur restait-il débranché pendant une partie de chaque mois, puis replacé quand approchait le moment où le passage d'un releveur était attendu.

Un autre fraudeur - un homme d'affaires qui était propriétaire de plusieurs magasins adjacents qu'il louait à d'autres — avait agi de la même façon, à ce détail près qu'il avait retourné son compteur à gaz contre le mur, ce qui le faisait marcher à reculons. Ce fut là que se produisit le seul incident violent de la journée. Furieux de voir sa supercherie découverte, il assomma l'employé de la compagnie à coups de clé à tube. L'employé dut être conduit à l'hôpital où les médecins constatèrent qu'il avait le nez et un bras cassés ; quant à l'homme d'affaires, il fut jeté en prison après avoir été inculpé de voies de fait et d'autres peccadilles.

Un aspect des nombreuses affaires découvertes intrigua Nim qui s'en ouvrit à London. « Je croyais que nos ordinateurs de facturation étaient programmés pour signaler de brusques changements dans la consommation de n'importe quel abonné.

— Ils le sont et ils fonctionnent très bien, répondit London. L'ennui est que les gens commencent à connaître les ordinateurs, et qu'ils ont appris à être plus malins qu'eux. Ce n'est pas difficile, d'ailleurs. Si vous volez du courant en ayant le bon sens de réduire progressivement vos quittances — un peu le premier mois, puis un peu plus chaque mois, il ne s'agit pas d'un changement important et soudain : un ordinateur ne le relèvera jamais.

— En résumé, de quelque façon que l'on considère l'affaire, nous sommes perdants.

— Peut-être à présent. Mais cela changera. »

Nim en était moins sûr.

L'épisode le plus bizarre eut lieu vers le milieu de l'après-midi, quand London reçut au centre de communications un message le priant de se rendre à une adresse située à deux kilomètres de là.

La maison était spacieuse et moderne avec un jardin paysager et une longue avenue où était garée une Mercedes luisante. Les véhicules orangé et blanc de la G.S.P. & L. s'étaient groupés sur la route devant la maison.

Le même jeune employé qui avait repéré la fraude chez le garagiste dans la matinée s'approcha de la voiture de London quand il s'arrêta. « Des problèmes, annonça-t-il. Nous avons besoin d'aide.

— Quel genre de problèmes ? »

L'un des assistants de London au service de la Protection des biens les rejoignit et expliqua : « La femme qui est à l'intérieur menace de lâcher son chien sur nous. C'est un gros berger allemand. Elle dit que son mari est un médecin, un personnage important dans la ville, et qu'ils intenteront un procès à la compagnie si nous leur causons le moindre ennui.

— Qu'est-ce qui vous a amenés ici ? »

Ce fut l'employé qui répondit. « L'un des releveurs, un étudiant astucieux, a signalé un fil suspect. Il avait raison. J'ai regardé derrière le compteur d'électricité, et constaté que la barrette de connexion était débranchée, avec deux fils qui la reliaient. J'ai suivi les fils jusqu'à un commutateur dans le garage — il n'y avait personne aux alentours et la porte du garage était ouverte. C'est alors que la femme est arrivée avec son chien. »

Nim n'ayant pas l'air d'avoir bien compris, London réclama des explications complémentaires.

« Derrière certains types de compteurs, il y a une barrette de connexion sous tension, dit l'employé. Si elle est débranchée, le circuit est interrompu et le compteur cesse d'enregistrer. Mais si vous mettez un commutateur à la place de la barrette, le compteur peut se mettre en marche et s'arrêter à la demande.

— Et c'est ce qui a été fait ici ?

— Exactement. »

Nim, par prudence, insista. « Vous en êtes absolument certain ?

— La tête sur le billot, je le jurerais. »

L'agent du service de la Protection des biens ajouta : « Je l'ai vu moi aussi. Il n'y a aucun doute. » Il consulta un carnet. « Le nom de l'abonné est Edgecombe.

— O.K., dit London. Je me fiche du chien. Convoquez un photographe et essayons d'obtenir une preuve. »

Ils attendirent que l'employé eût transmis l'ordre par radio, puis Harry London prit la tête du petit cortège pour remonter l'avenue. Quand ils s'approchèrent de la maison, une grande et jolie femme d'une quarantaine d'années sortit par la porte du devant. Elle portait un pantalon de toile bleue et un chemisier de soie assorti; ses longs cheveux noirs étaient noués dans le dos par un foulard. A côté d'elle, un berger allemand grondait et tirait sur la laisse.

« Je vous ai avertis, déclara-t-elle froidement, que si vous continuiez à vous promener ici sans autorisation, je lâcherais mon chien, et tant pis pour vous! Sortez immédiatement de cette propriété.

— Madame, répliqua London d'une voix ferme, je vous recommande de retenir ce chien ou de l'attacher. Je suis chargé de la sécurité à la Golden State Power & Light — il montra son insigne — et voici Mr. Goldman, vice-président de la compagnie.

— Les vice-présidents ne m'impressionnent pas, riposta la femme sur un ton tranchant. Mon mari connaît très bien le président de votre compagnie.

— Dans ce cas, lui dit Nim, je suis certain qu'il appréciera le fait que tout le monde ici fasse son travail. Vous êtes Mrs. Edgecombe?

— Oui, répondit-elle d'un air altier.

— Nos services nous ont informés que vous aviez une installation illégale sur votre compteur d'électricité.

— S'il en existe une, nous l'ignorons complètement. Mon mari est un grand orthopédiste; il est en train d'opérer aujourd'hui, sinon je lui téléphonerais pour qu'il mette fin à vos impertinences. »

En dépit de tout son culot, pensa Nim, une certaine inquiétude perçait dans ses yeux et dans sa voix. London l'avait remarqué lui aussi. « Madame Edgecombe, dit-il, nous voudrions prendre des photos du compteur d'électricité et de quelques fils qui sont reliés à un commutateur dans votre garage. Nous vous serions reconnaissants si vous nous en accordiez l'autorisation.

— Et si je refuse?

— Alors nous irons solliciter un mandat du tribunal. Mais je dois vous préciser que l'affaire, dans ces conditions, tomberait dans le domaine public. »

La femme hésita; Nim se demanda si elle se rendait compte que Harry London bluffait. Avant que la compagnie obtienne un mandat du tribunal, les Edgecombe auraient tout le temps de détruire la preuve de leur fraude. Mais les derniers mots de London l'avaient démontée. « Ce ne sera pas nécessaire, admit-elle. Très bien, faites ce que vous devez faire, mais vite.

— Encore un petit détail, madame, dit London. Quand nous en aurons terminé ici, l'électricité vous sera coupée jusqu'à ce que soient payés les arriérés évalués par notre service de facturation.

— C'est ridicule! Mon mari aura beaucoup à dire sur vos procédés. » Mrs. Edgecombe leur tourna le dos pour attacher la laisse du chien à un anneau d'acier dans le mur. Nim observa que ses mains tremblaient.

« Pourquoi des gens pareils font-ils ça ? » Nim énonça sa question à mi-voix, car elle était autant destinée à lui-même qu'à Harry London. Dans la voiture de London, ils se dirigeaient encore une fois vers la plaza commerçante où Nim retrouverait sa Fiat pour rentrer dans le centre de la ville. Il en avait plus qu'assez de Brookside, et il avait suffisamment vu de vols d'énergie pour saisir pleinement, pour la première fois, les dimensions et la nature d'un fléau qui lui apparaissait comme une hydre aux têtes multiples.

« Il existe quantité de raisons pour qu'ils le fassent, répondit London. Là d'où nous venons, et ailleurs également. Voyez-vous, les gens parlent entre eux. Ils sont contents de se vanter de leur astuce, d'expliquer qu'ils sont assez forts pour tailler des croupières à une grosse boîte comme la G.S.P. & L. Ils parlent, et d'autres les écoutent, puis les imitent.

— Vous croyez que cela suffit pour rendre compte de l'épidémie que nous avons constatée aujourd'hui ?

— Quelques pièces dans le puzzle.

— Et le reste ?

— Il y a des commerçants malhonnêtes — ceux que je voudrais vraiment coincer. Ils répandent le bruit qu'ils sont capables de tripoter les compteurs moyennant une petite somme. A les entendre, tout paraît simple, et les gens marchent.

— Cela n'explique pas ce qui s'est passé dans le dernier cas que nous venons de voir, répliqua Nim. Le riche médecin — un orthopédiste, donc l'un des spécialistes les mieux payés. Et vous avez vu sa femme, la maison... Pourquoi ?

— Je vais vous dire une chose que j'ai apprise quand j'étais flic, déclara London. Ne vous laissez jamais abuser par les apparences. Beaucoup de gens qui ont de gros revenus et de belles maisons sont endettés jusqu'au cou ; ils cherchent à surnager ; ils économisent un dollar chaque fois qu'ils le peuvent, et ils ne sont pas difficiles sur les méthodes. Je parierais que c'est partout pareil à Brookside. Et puis, réfléchissez bien. Il n'y a pas si longtemps, les notes de la compagnie ne se montaient pas à grand-chose ; mais à présent, les quittances sont élevées et ne cessent d'augmenter ; dès lors, celui qui n'aurait pas fraudé auparavant parce que ça n'en valait pas la peine a changé d'avis. Les enjeux ayant augmenté, il court le risque. »

Nim acquiesça d'un signe de tête : « La plupart des services publics sont si énormes, si anonymes, ajouta-t-il, que les gens ne voient plus dans le vol d'énergie un vol comme les autres. Ils l'admettent, alors qu'ils condamneraient encore un cambriolage ou un vol à la tire.

— J'ai beaucoup réfléchi sur ce type d'argumentation, et je crois qu'il s'agit de quelque chose de plus vaste. » London s'arrêta devant un feu rouge. Quand ils repartirent, il continua : « Autant que je puisse en juger, la plupart des gens ont décidé que tout le système était corrompu parce que nos politiciens le sont, d'une façon ou d'une autre ; alors pourquoi le simple citoyen se pénaliserait-il en restant toujours honnête ? O.K., dit-il, le Watergate a liquidé une bande, mais les nouveaux, ceux qui étaient des gens si bien avant d'avoir été élus, font exactement les mêmes choses — pots-de-vin et bien pire — à présent qu'ils ont accédé au pouvoir.

— C'est une opinion plutôt pessimiste !

— Bien sûr, approuva London. Mais elle explique beaucoup d'événements actuels, et pas simplement ce que nous avons vu aujourd'hui. Je songe à l'explosion de la criminalité, depuis le petit larcin jusqu'au crime majeur. Et je vais vous dire encore ceci : il y a des jours — celui-ci par exemple — où je regrette de ne plus être dans les Marines où tout paraissait plus franc et plus propre.

— Plus maintenant. »

London soupira. « Peut-être.

— Vous et vos gars, vous avez fait du bon travail aujourd'hui, dit Nim.

— Nous étions en guerre. » Harry London se départit de gravité et sourit de toutes ses dents. « Vous direz à votre patron, le général en chef, que nous avons triomphé dans une escarmouche, et que nous lui en gagnerons encore quelques autres. »

9

« Au risque de faire souffrir ta modestie, déclara Ruth Goldman à la table du petit déjeuner, je te félicite pour ta prestation à la télévision hier soir : tu as été très bon. Un peu de café ?

— S'il te plaît. » Nim avança sa tasse. « Et merci. »

Ruth souleva le percolateur et versa le café. Comme toujours, elle avait des gestes aisés, gracieux, efficaces. Elle portait une robe d'intérieur vert émeraude qui contrastait joliment avec ses cheveux noirs auxquels elle n'avait pas ménagé les coups de brosse. Lorsqu'elle se penchait en avant, ses petits seins fermes charmaient le regard ; à l'époque où Nim était très amoureux, il les appelait tendrement ses « glaces panachées ». Ce matin-là, elle avait à peine fardé son visage, juste ce qu'il fallait pour faire ressortir son teint de lait et de roses. Même de très bonne heure, Ruth offrait toujours à Nim une image impeccable, et Nim, qui avait vu bien d'autres femmes en déshabillé au saut du lit, supposait qu'il devait lui être reconnaissant de cette attention.

C'était mercredi. Près d'une semaine s'était écoulée depuis le « débarquement » à Brookside. Parce qu'il se sentait exceptionnellement fatigué — du fait de longues heures passées au bureau, et de la tension de ces dernières semaines qui avait culminé, la veille au soir, lors de l'émission enregistrée dans un studio de télévision surchauffé par les projecteurs — Nim avait dormi tard ce matin — tard pour lui, du moins — jusqu'à huit heures et demie. Leah et Benjy étaient partis pour la journée, et à présent il prenait sans se presser son petit déjeuner avec Ruth, ce qui lui arrivait rarement. Nim avait déjà téléphoné à son bureau pour annoncer qu'il serait en retard.

« Leah est restée pour assister à l'émission " Bonsoir ", dit Ruth. Benjy aurait bien voulu la voir lui aussi, mais il s'est endormi. Les enfants ne savent pas très bien s'exprimer, mais ils sont tous les deux très fiers de toi, tu sais. En réalité, tu es leur idole. Quoi que tu dises, c'est comme si cela sortait de la bouche de l'Éternel.

— J'aime bien ce café, dit Nim. Est-ce une nouvelle marque? »

Ruth hocha la tête. « C'est parce que tu ne le bois pas à toute vitesse. As-tu entendu ce que j'ai dit au sujet de Leah et de Benjy?

— Oui, et j'y réfléchissais. Moi aussi je suis fier des enfants. » Il réprima un petit rire. « Est-ce mon jour pour les compliments?

— Tu te trompes si tu imagines que j'ai l'intention de te demander quelque chose. Si ce n'est que j'aimerais bien que nous prenions plus souvent le petit déjeuner de cette façon.

— J'essaierai. » Nim songea que Ruth était peut-être spécialement aimable parce qu'elle mesurait, comme lui, le fossé qui s'était creusé entre eux, ce fossé qu'avait créé sa propre indifférence, et plus récemment cette mystérieuse occupation qui semblait accaparer les loisirs de Ruth. Nim s'efforça, sans y parvenir, de se rappeler depuis quand ils n'avaient pas fait l'amour ensemble. Comment, se demanda-t-il, un mari pouvait-il cesser de désirer sa jolie épouse et cependant courtiser d'autres femmes? Il mit cela au compte d'une longue familiarité, à laquelle s'ajoutait le goût des territoires inconnus et des nouvelles conquêtes. Tout de même, pensat-il avec un soupçon de remords, il devrait faire l'amour avec Ruth de temps en temps. Ce soir, peut-être...

« A deux reprises au cours de l'émission, tu as paru en colère, prêt à exploser, dit-elle.

— Mais je n'ai pas explosé. Je me suis souvenu à temps de ces stupides règles. » Il n'avait pas besoin de lui expliquer la « ligne modérée » pour laquelle avait opté le comité de direction : il en avait parlé à Ruth le jour même où elle avait été décidée, et Ruth avait partagé sa déconvenue.

« Birdsong cherchait à te faire sortir de tes gonds, non?

— Il a essayé, le salaud, dit Nim en fronçant les sourcils. Il a échoué. »

Davey Birdsong, qui dirigeait un groupe de consommateurs activistes qui s'appelait « Énergie et lumière pour le peuple », avait participé à l'émission. Birdsong s'était livré à des commentaires sarcastiques sur la

G.S.P. & L. en attribuant les plus basses motivations à toutes les initiatives de la compagnie. Il avait laissé entendre que les buts personnels de Nim n'étaient pas plus élevés. Il avait également attaqué la dernière requête de la G.S.P. & L. en faveur d'un relèvement des tarifs — requête qui allait faire l'objet très bientôt d'une décision administrative. Malgré toutes ces provocations, Nim avait conservé son sang-froid sans dévier de la ligne qui lui avait été indiquée.

« Le *Chronicle* de ce matin annonce que le groupe de Birdsong et le Sequoia Club s'opposeront au plan de développement de Tunipah.

— Montre-moi ça. »

Elle lui passa le journal. « C'est en page sept. »

Ruth possédait une autre qualité. Elle s'arrangeait toujours pour se tenir mieux informée que la plupart des autres femmes. Il était bien dans sa manière d'avoir déjà lu le *Chronicle West* tout en préparant le petit déjeuner.

Nim feuilleta le journal et trouva l'entrefilet : il était bref et ne lui apprit rien de plus que ce que Ruth lui avait dit. Cela lui inspira toutefois une idée qui le rendit impatient de se rendre à son bureau. Il but d'un trait le reste de son café et se leva.

« Viendras-tu dîner ce soir?

— Je ferai mon possible. » Comme Ruth lui souriait gentiment, il se rappela qu'il lui avait souvent répondu la même chose, puis pour telle ou telle raison, était rentré fort tard. Illogiquement, comme cela lui était arrivé en voiture le soir où il s'était rendu chez Ardythe, il regretta que Ruth fût toujours si patiente. « Pourquoi ne te mets-tu jamais en colère?

— Est-ce que cela changerait quelque chose? »

Il haussa les épaules, ne sachant quoi penser de cette réaction ni comment lui répondre.

« Oh! j'oubliais... Maman a téléphoné hier. Papa et elle voudraient que nous allions dîner chez eux vendredi en huit avec Leah et Benjy. »

Nim gémit intérieurement. Aller chez les Neuberger, les parents de Ruth, c'était comme d'entrer dans une synagogue; ils affichaient leur judaïsme de mille manières. Les plats étaient toujours ostensiblement casher; les Neuberger gardaient deux jeux distincts de batterie de cuisine et de service de table, l'un pour la viande, l'autre pour les aliments lactés. Avant le dîner une prière serait dite sur le pain et le vin, et il y aurait la cérémonie des ablutions. Après le dîner, nouvelles prières solennelles dans la tradition de l'Europe orientale. Si l'on servait de la viande, Leah et Benjy ne seraient pas autorisés à boire du lait, ce qu'ils aimaient faire à la maison. Ensuite viendraient les pressions peu subtiles, l'étonnement bruyant à l'idée que Nim et Ruth n'observaient ni le sabbat ni les jours saints, les descriptions enthousiastes des *bar mitzvah* auxquels les Neuberger avaient assisté, avec le sous-entendu que, bien sûr, Benjy fréquenterait une école hébraïque afin que son *bar mitzvah* eût lieu quand il aurait treize ans. Et plus tard, chez les Goldman, parce que les enfants étaient curieux comme on l'est à leur âge, Nim devrait répondre à des questions auxquelles il n'était pas préparé en raison de la dualité de ses sentiments profonds.

Invariablement, Ruth gardait dans ces cas-là le silence. Ce silence ne dissimulait-il pas en réalité une alliance avec ses parents contre lui ? Quinze ans auparavant, lorsqu'ils s'étaient mariés, Ruth avait nettement déclaré à Nim qu'elle n'attachait aucune importance aux pratiques du judaïsme : c'était sûrement une réaction contre la stricte orthodoxie religieuse du foyer où elle avait vécu jusqu'alors. Mais n'avait-elle pas changé ? Dans son for intérieur, Ruth n'était-elle pas une mère juive traditionnelle qui souhaitait pour Leah et Benjy tout l'équipement spirituel qu'exigeait la foi des parents ? Il se rappela ce qu'elle lui avait dit quelques instants plus tôt au sujet de lui-même et de leurs enfants. « *En réalité, tu es leur idole. Quoi que tu dises, c'est comme si cela sortait de la bouche de l'Éternel.* » Les mots qu'elle avait employés n'étaient-ils pas un ingénieux rappel de sa responsabilité au regard du judaïsme, un discret appel du pied en faveur de la religion ? Nim n'avait jamais commis l'erreur de prendre pour argent comptant la gentillesse de Ruth ; il savait que, sous la surface, se cachait une force peu ordinaire.

Cela dit, Nim se rendait bien compte que raisonnablement il ne pouvait rien objecter à une offre de dîner chez les parents de Ruth. Ce genre de visites était assez rare. Et Ruth lui avait toujours imposé si peu de choses...

« O.K., répondit-il. La semaine prochaine ne sera pas très chargée. Quand j'arriverai à mon bureau, je te téléphonerai pour confirmer. »

Ruth hésita. « Ne te donne pas cette peine. Tu me préviendras ce soir.

— Pourquoi ? »

Nouvelle hésitation, puis : « Je sortirai aussitôt après ton départ. Je serai absente toute la journée.

— Que se passe-t-il ? Où vas-tu ?

— Oh ! ici ou là... » Elle rit. « Me dis-tu toujours où tu vas ? »

Encore le mystère. Nim se sentit mordu par la jalousie, puis il se raisonna : Ruth avait marqué un point. Ainsi qu'elle le lui avait rappelé, il lui cachait pas mal de choses.

« Passe une bonne journée, dit-il. A ce soir. »

Dans le vestibule, il l'enlaça et ils s'embrassèrent. Elle avait des lèvres douces et, sous sa robe d'intérieur, un corps désirable. « Quel imbécile je suis ! pensa-t-il. Oui, c'est sûr : je lui ferai l'amour ce soir. »

10

Bien que Nim se fût hâté pour partir de chez lui, il conduisit sans forcer l'allure, évitant les autoroutes, empruntant des rues peu fréquentées. Il mit ce temps à profit pour réfléchir au Sequoia Club mentionné par le *Chronicle West*.

Certes, il s'agissait d'un organisme qui s'opposait fréquemment aux programmes de la G.S.P. & L. et qui les contrecarrait quelquefois. Nim n'en éprouvait pas moins pour le Sequoia Club une certaine admiration. Son raisonnement était simple : l'histoire attestait que, lorsque des géants industriels comme la G.S.P. & L. avaient les mains libres, la protection de l'environnement se situait au dernier rang de leurs préoccupations ; une force de dissuasion d'un certain poids était donc indispensable, et le Sequoia Club remplissait cette fonction.

Le Sequioa Club, qui avait son siège social en Californie, avait acquis une renommée nationale en livrant des combats habiles et désintéressés en faveur de la préservation de ce qui restait en Amérique de beauté naturelle inviolée. La morale inspirait presque toujours ses méthodes, et ses arguments étaient judicieux et bien étayés. Tout le monde ne l'approuvait pas, mais rares étaient ceux qui lui marchandaient leur estime. La direction du Sequoia Club, en effet, avait toujours été assurée, au cours de quatre-vingts ans d'existence, par des gens remarquables, et la nouvelle présidente, Laura Bo Carmichael, une ancienne savante atomiste, ne rompait pas avec cette tradition. Mrs. Carmichael était compétente, respectée dans le monde entier : incidemment, c'était une amie de Nim.

Il pensait à elle en roulant.

Il avait décidé qu'il s'adresserait directement et personnellement à Laura Bo Carmichael pour plaider la cause de Tunipah et des deux autres centrales que la G.S.P. & L. se proposait de construire. Peut-être que s'il présentait d'une façon convaincante leur urgence et leur nécessité, le Sequoia Club renoncerait à s'opposer à ces projets, ou du moins modérerait ses attaques. Nim devait donc prendre l'initiative d'un rendez-vous le plus tôt possible : dès aujourd'hui de préférence.

Il avait conduit comme un automate sans se soucier du nom des rues. Soudain, devant un feu rouge, il constata qu'il se trouvait à l'intersection de Lakewood et de Balboa. Ces deux noms lui rappelaient quelque chose. Mais quoi ?

Et puis il se souvint. Le jour de l'explosion et de la panne, deux semaines plus tôt, le dispatcher en chef lui avait montré un plan où figuraient les équipements destinés à entretenir la vie qu'utilisaient des particuliers. Des cercles de couleur indiquaient sur le plan les emplacements des machines de dialyse des reins, des générateurs d'oxygène, des poumons d'acier et de tous les appareils de cet ordre. A l'intersection de Lakewood et Balboa, un cercle rouge dénotait la présence d'une personne dont la vie dépendait d'un poumon d'acier ou de quelque autre respirateur fonctionnant avec le courant électrique. Le matériel était en service dans un immeuble bourgeois. Dieu sait pourquoi, Nim ne l'avait pas oublié, non plus que le nom de l'utilisateur — Sloan. Sur le moment, il se le rappelait fort bien, il avait regardé attentivement le petit cercle rouge et il s'était demandé quelle tête pouvait bien avoir ce Sloan.

A l'intersection, il n'y avait qu'un seul immeuble : huit étages en stuc blanc, un immeuble de conception modeste mais qui, de l'extérieur, paraissait bien entretenu. Nim le longea en voiture. Dans une petite avant-cour faisant office de parking, deux places étaient inoccupées. Impulsivement, Nim s'y engagea et gara la Fiat. Il descendit et s'approcha de la porte de l'immeuble.

Au-dessus d'une rangée de boîtes aux lettres, des noms s'étalaient. Nim lut « K. Sloan ». Il appuya sur le bouton placé à côté du nom.

Quelques secondes plus tard, la porte s'ouvrit. Un vieil homme ratatiné apparut, vêtu d'un pantalon bouffant et d'un blouson. Il regarda Nim à travers d'épais verres de lunette. « Vous avez appelé Sloan?

— Oui.

— Je suis le portier. Vous avez sonné chez moi aussi.

— Puis-je voir Mr. Sloan?

— Il n'y a pas de Mr. Sloan.

— Oh! » Nim désigna la boîte aux lettres. « Est-ce une Mrs. Sloan, alors? Ou Miss? » Il avait toujours supposé que Sloan était le nom d'un homme.

« Miss Sloan, Karen. Qui êtes-vous?

— Goldman. » Nim montra sa carte de la G.S.P. & L. « Est-ce que je me trompe, ou bien Miss Sloan est-elle effectivement une infirme?

— Vous ne vous trompez pas. Mais elle n'aime pas du tout qu'on lui donne ce nom-là.

— Comment devrai-je dire, alors?

— Invalide. C'est une quadriplégique. Vous connaissez la différence entre une quadriplégique et une paraplégique?

— Je crois. Une paraplégique est paralysée des membres inférieurs. Une quadriplégique a tout le corps paralysé.

— C'est le cas de notre Karen, déclara le vieillard. Elle est comme ça depuis ses quinze ans. Vous voudriez la voir?

— Est-ce que je ne la dérangerai pas?

— Nous le saurons bientôt. » Le concierge ouvrit tout grand la porte. « Entrez. Par ici. »

Le petit vestibule était aussi simple et bien tenu que l'extérieur de l'immeuble. Le vieil homme se dirigea vers un ascenseur, fit signe à Nim de passer puis le suivit à l'intérieur. Pendant qu'ils montaient, il déclara spontanément : « Ce n'est pas le Ritz, mais nous essayons de bien l'entretenir.

— Cela se voit », répondit Nim. Les cuivres de l'ascenseur brillaient et son mécanisme était presque silencieux.

Ils s'arrêtèrent au sixième étage. Le concierge précéda Nim et s'arrêta devant une porte pour choisir une clé dans un gros trousseau. Il ouvrit, frappa, puis appela : « C'est Jiminy. J'amène un visiteur pour Karen.

— Entrez », dit une nouvelle voix. Nim se trouva en face d'une petite bonne femme robuste, une brune avec un visage d'Espagnole ; elle portait une blouse en nylon rose, taillée sur le modèle des blouses d'infirmière.

« Vous vendez quelque chose ? » La question avait été posée avec bonne humeur, sans hostilité.

« Non. Je passais, tout simplement, et...

— Aucune importance. Miss Sloan aime les visites. »

Ils étaient dans un petit vestibule très clair qui donnait d'un côté sur une cuisine, et de l'autre, apparemment, sur une salle de séjour. Dans la cuisine, les couleurs gaies — jaune et blanc — dominaient ; dans la salle de séjour, la décoration était jaune et verte. De la partie de la salle de séjour qui demeurait invisible, une voix aimable appela : « Entrez, qui que vous soyez. »

« Je vous laisse, dit le concierge derrière Nim. J'ai du travail. »

Une fois la porte extérieure fermée, Nim pénétra dans la salle de séjour.

« Bonjour, dit la même voix. Que savez-vous de neuf et de passionnant ? »

Longtemps après, et tout au long de ces mois où des événements décisifs se succédèrent comme les tableaux d'une œuvre dramatique, Nim devait se rappeler ce moment — le premier où il vit Karen Sloan — dans ses plus infimes détails.

Karen Sloan était une femme dans sa maturité, mais elle avait l'air jeune et sa beauté était extraordinaire. Nim lui donna trente-six ans ; en réalité elle en avait trente-neuf, ainsi qu'il devait l'apprendre par la suite. Les traits de son visage allongé étaient parfaitement proportionnés : des lèvres charnues, sensuelles, qu'un sourire entrouvrait, de grands yeux bleus qui examinaient Nim sans ciller, un nez mutin qui suggérait la malice. Sa peau limpide semblait opalescente. De longs cheveux blonds encadraient la figure et, divisés par une raie médiane, retombaient sur les épaules dans un éblouissement de lumière dorée. Posées sur une tablette capitonnée, les mains étaient longues et fines, avec des ongles manucurés et vernis. Elle portait une jolie robe bleu clair.

Et elle était assise dans un fauteuil roulant. Un gonflement de sa robe trahissait la présence d'un respirateur qui respirait et soufflait à sa place. Un tuyau, sortant de dessous l'ourlet de la robe, était relié à un appareil, fixé à l'arrière du fauteuil, qui ressemblait à une valise. Le mécanisme du respirateur émettait un bourdonnement régulier avec le sifflement de l'air qui entrait et sortait au rythme normal de la respiration. Les éléments électriques du fauteuil étaient branchés par un fil à une prise murale.

« Bonjour, Miss Sloan, dit Nim. Je suis l'électricité en personne. »

Le sourire s'agrandit. « Travaillez-vous sur accus ou êtes-vous branché vous aussi sur une prise de courant ? »

Nim répondit par un large sourire un peu embarrassé et, contrairement à ses habitudes, se sentit vaguement nerveux. Il ne savait pas très bien ce qu'il avait espéré mais, de toute façon, cette femme ravissante ne ressemblait à aucune autre. « Je vous expliquerai, dit-il.

— S'il vous plaît. Mais ne voulez-vous pas vous asseoir ?

— Merci. » Il choisit un fauteuil moelleux. Karen Sloan bougea légèrement la tête pour poser sa bouche sur un tube en plastique qui se prolongeait en col de cygne. Elle souffla doucement dans le tube et, aussitôt, son fauteuil roulant pivota pour qu'elle pût regarder Nim en face.

« Oh, oh ! dit-il. Voici un truc très astucieux.

— J'en connais d'autres. Si j'aspire au lieu de souffler, le fauteuil se déplace en marche arrière. » Elle lui fit une démonstration ; fasciné, il ne la quittait pas des yeux.

« Je n'avais jamais vu cela, avoua-t-il. Je suis stupéfait.

— Ma tête est la seule partie de mon corps que je puisse remuer, déclara Karen comme si elle parlait d'un inconvénient sans importance. Alors on apprend à faire des choses indispensables par des méthodes inhabituelles. Mais nous nous sommes égarés, je crois. Vous alliez m'expliquer quelque chose. Revenons à vos moutons.

— Je voulais vous dire pourquoi je suis venu, reprit Nim. Tout a commencé il y a quinze jours, lorsque nous avons eu la panne de courant. Je vous ai vue sous la forme d'un petit cercle rouge sur un plan.

— Moi ? Sur un plan ? »

Il lui parla du centre de contrôle et de la surveillance qu'exerçait la G.S.P. & L. sur les utilisateurs spéciaux d'énergie, tels les hôpitaux et les maisons particulières qui avaient des équipements d'entretien de la vie. « Pour être sincère, ajouta-t-il, j'étais curieux. Voilà pourquoi je suis passé chez vous aujourd'hui.

— C'est gentil, dit Karen. Gentil de s'occuper de nous, je veux dire. Oui, je me rappelle ce jour-là... très bien.

— Lorsque l'électricité a été coupée, quelle a été votre réaction ?

— J'ai eu un peu peur, je suppose. Brusquement, ma lampe pour lire s'est éteinte et tous les autres appareils électriques se sont arrêtés. Mais pas le respirateur. Il se branche tout de suite sur la batterie. »

Nim observa que la batterie était un modèle de douze volts comme ceux qui sont utilisés dans les voitures. Elle reposait sur un plateau fixé lui aussi à l'arrière du fauteuil roulant, sous le dispositif du respirateur.

« Ce que l'on se demande toujours, dit Karen, c'est combien de temps le courant sera coupé et combien de temps la batterie durera.

— Elle doit marcher pendant plusieurs heures.

— Six heures et demie si elle est chargée à fond. Autrement dit si je me sers seulement du respirateur sans déplacer mon fauteuil. Mais si je sors pour faire des achats ou des visites, ce qui arrive presque tous les jours, j'utilise beaucoup la batterie et elle se décharge.

— Donc si une panne de courant se produisait... »

Elle termina la phrase à sa place. « Josie — je parle de la femme que vous avez rencontrée en entrant — devrait faire très vite quelque chose. » Karen ajouta avec le ton d'une personne bien informée : « Le respirateur tire quinze ampères, le fauteuil roulant, quand il est en mouvement, vingt autres.

— Vous avez beaucoup appris sur votre matériel.

— Si votre vie dépendait de lui, n'en feriez-vous pas autant ?

— Si, je pense. » Il lui demanda : « N'êtes-vous jamais seule ?

— Jamais. Josie me tient compagnie la plupart du temps, puis deux autres personnes se relaient pour la soulager. Et il y a aussi Jiminy, le portier, qui est un très brave homme. Il s'occupe des visiteurs, comme il l'a fait avec vous. » Karen sourit. « Il ne laisse pas entrer les gens sans être sûr qu'ils sont O.K. Vous avez réussi votre examen de passage. »

Ils continuèrent à bavarder comme s'ils se connaissaient depuis longtemps.

Nim apprit ainsi que Karen avait été frappée de la poliomyélite juste un an avant que le vaccin Salk ne commençât à être largement utilisé en Amérique du Nord et, avec le vaccin Sabin un peu plus tard, ne vînt à bout de la maladie. « Le virus m'a attaqué trop tôt, dit Karen. Je n'ai pas eu le temps de lui échapper. »

Ému par autant de simplicité, Nim lui posa une question : « Pensez-vous souvent à cette année qui a été si décisive pour vous ?

— J'y ai pensé... énormément, oui. Pendant un certain temps, j'ai pleuré en songeant à cette différence d'un an. Je me disais : pourquoi a-t-il fallu que je fasse partie des toutes dernières ? Et je pensais : si seulement le vaccin était arrivé un petit peu plus tôt, tout aurait été différent. J'aurais pu me promener, danser, écrire, me servir de mes mains... »

Elle s'interrompit et, dans le silence, Nim entendit le tic-tac d'une pendule et le ronron du respirateur de Karen. Puis elle continua. « Ensuite je me suis dit que les regrets ne changeraient rien. Que ce qui s'était produit avait réellement eu lieu. Que je ne pourrais jamais l'annuler. Alors j'ai commencé à tirer le meilleur parti possible de ma situation, en vivant au jour le jour ; et quand on fait cela, si quelque chose survient à l'improviste, on en est reconnaissant. Aujourd'hui, vous êtes venu. » Elle retrouva son sourire radieux. « Je ne connais même pas votre nom. »

Quand il le lui eut dit, elle demanda : « Nim, c'est un diminutif de Nemrod, n'est-ce pas ?

— Oui.

— N'y a-t-il pas quelque chose dans la Bible... ?

— Dans la Genèse. » Et Nim récita : « Chus engendra Nemrod, qui fut le premier homme puissant sur la terre. Il fut un grand chasseur devant le Seigneur. » Il se rappela avoir entendu ces phrases dans la bouche de son grand-père, le rabbin Goldman. C'était le vieil homme qui avait choisi le nom de son petit-fils — l'une des rares concessions au passé que le père de Nim, Isaac, avait permises.

« Êtes-vous chasseur, Nim ? »

Au moment de répondre par la négative, il se rappela ce que Teresa Van Buren lui avait dit quelques jours plus tôt : *« Vous êtes un grand chasseur de femmes, n'est-ce pas ? »* Et il pensa que, si les circonstances avaient été différentes, il aurait volontiers pris en chasse la jolie femme qu'était Karen. Égoïstement, il regretta lui aussi que le vaccin fût arrivé un an trop tard.

Il secoua la tête. « Je ne suis pas chasseur. »

Karen lui raconta ensuite que, pendant douze ans, elle avait été soignée à l'hôpital, le plus souvent dans un poumon d'acier d'un type désuet, démodé. Puis on fabriqua un équipement plus moderne, portable, qui permettait à des malades comme elle de vivre en dehors des établissements hospitaliers. Au début, elle était retournée chez ses parents, mais pas pour longtemps : « C'était trop d'efforts et de fatigue pour nous tous. » Alors elle était allée habiter cet appartement où elle vivait depuis près de onze ans.

« Il y a des allocations du gouvernement qui paient les frais. Quelquefois c'est financièrement un peu juste, mais en général je me débrouille. » Son père avait une petite affaire de plomberie, et sa mère était vendeuse dans un grand magasin, expliqua-t-elle. En ce moment ils essayaient de mettre de l'argent de côté pour acheter à Karen une fourgonnette qui lui donnerait plus de mobilité et qui, conduite par Josie ou un membre de la famille de Karen, serait conçue pour contenir le fauteuil roulant.

Bien que Karen ne pût pratiquement rien faire toute seule et qu'elle dût être lavée, nourrie et mise au lit par quelqu'un d'autre, elle dit à Nim qu'elle avait appris à peindre en tenant un pinceau dans sa bouche. « Et je suis capable de me servir d'une machine à écrire électrique ; je la fais fonctionner avec un bâtonnet entre mes dents. Je compose parfois des poèmes. Cela vous ferait-il plaisir si je vous envoyais quelques-uns de mes vers ? »

— Oui, je vous en prie. Cela me ferait très plaisir. » Il se leva pour partir et découvrit avec étonnement qu'il était resté plus d'une heure avec Karen.

« Reviendrez-vous ? lui demanda-t-elle.

— Si vous le désirez.

— Bien sûr que je le désire... Nemrod ! » De nouveau, le sourire ensorcelant. « Je voudrais que vous soyez mon ami. »

Josie le reconduisit jusqu'à l'ascenseur.

L'image de Karen, sa beauté stupéfiante, son chaud sourire et sa voix douce, ne quittèrent pas Nim pendant son retour vers le centre de la ville. Il n'avait jamais rencontré de femme semblable. Il pensait encore à elle quand il quitta sa voiture au garage du siège social de la G.S.P. & L., au troisième sous-sol de l'immeuble.

Un ascenseur express, pour lequel il fallait posséder une clé spéciale, reliait le garage au vingt-deuxième étage où étaient groupés les bureaux de la direction. Nim utilisa sa clé — symbole de sa position dans la hiérarchie de la compagnie — et monta seul. Il se rappela alors sa décision de tenter une démarche personnelle auprès de la présidente du Sequoia Club.

Sa secrétaire, Victoria Davis, une jeune Noire compétente, leva la tête quand il pénétra dans son bureau à deux pièces. « Salut, Vicki, dit-il. Beaucoup de choses au courrier?

— Rien d'urgent. Quelques messages, cependant, dont plusieurs pour dire que vous avez été très bon hier soir à la télévision. C'est aussi mon avis.

— Merci. » Il sourit. « Soyez la bienvenue dans mon club de fans.

— Oh, il y a une enveloppe marquée *personnel* et *confidentiel* sur votre table; elle vient d'arriver. Et j'ai quelques signatures à vous demander. » Elle le suivit dans son bureau. Au même moment, un bruit sourd retentit à une certaine distance. Une carafe d'eau et des verres tremblèrent, de même que la fenêtre qui surplombait une cour intérieure.

Nim s'immobilisa, écouta. « Qu'est-ce que c'est que ça?

— Je n'en ai aucune idée. J'ai entendu le même genre de bruit il y a quelques minutes. Juste avant votre arrivée. »

Nim haussa les épaules. Ce pouvait être aussi bien une secousse sismique que l'effet de gros travaux de construction dans les environs. Il parcourut les messages annoncés par Vicki et jeta un coup d'œil sur l'enveloppe marquée *personnel* et *confidentiel*. C'était une enveloppe ordinaire, jaune clair, avec au dos, un petit morceau de cire à cacheter. Distraitement, il commença à l'ouvrir.

« Vicki, avant toute chose, voyez si vous pouvez m'avoir au téléphone Mrs. Carmichael.

— Au Sequoia Club?

— Oui. »

Elle posa les papiers qu'elle portait dans une corbeille marquée *Signature*, et fit demi-tour pour sortir. Mais la porte de communication entre les deux bureaux s'ouvrit brusquement, et Harry London se précipita. Il était tout ébouriffé, et il avait le visage cramoisi.

London vit Nim.

« Non! cria-t-il. Non! »

Ahuri, Nim ne bougea pas. London traversa le bureau au pas de course, sauta de l'autre côté de la table, s'empara de l'enveloppe jaune clair et la posa par terre.

« Hors d'ici! Vite! Tous les trois! »

London saisit le bras de Nim et l'entraîna en poussant rudement Victoria Davis devant eux. Sans s'arrêter dans le bureau de la secrétaire, il les projeta tous les deux dans le couloir en claquant la porte extérieure au passage.

Furieux, Nim voulut protester. « Mais enfin, me direz-vous... »

Il ne termina pas sa phrase. De son propre bureau jaillit le coup de tonnerre d'une explosion. Les murs du couloir tremblèrent. Une photo encadrée se décrocha et tomba dans un fracas de verre brisé.

Une seconde plus tard, un autre bruit sourd, comme celui que Nim avait déjà entendu mais plus fort cette fois, retentit quelque part sous leurs pieds. C'était indiscutablement une nouvelle explosion à l'intérieur de l'immeuble. Dans le couloir, des gens sortaient en courant par d'autres portes.

« Oh! mon Dieu! s'écria Harry London avec les accents du désespoir.

— Qu'est-ce que c'est, enfin? » s'exclama Nim.

Ils entendirent des cris surexcités, des sonneries de téléphone, des sirènes dans la rue.

« Des lettres piégées, expliqua London. Avec de petites bombes, certes, mais suffisantes pour tuer quelqu'un. Cette dernière était la quatrième. Fraser Fenton est mort; d'autres ont été blessés. Tout le monde dans l'immeuble est prévenu et, si vous éprouvez une quelconque envie de prier, demandez au ciel qu'il n'y en ait plus d'autres. »

11

Avec un petit bout de crayon, Georges Winslow Archambault (Yale, classe 1972) écrivit dans son journal :

Hier, opération réussie contre les forces fascistes-capitalistes d'oppression!
Un chef ennemi — Fenton, président de la G.S. Pisse et Larmes — est mort. Bon débarras!
Au nom des Amis de la Liberté, le quartier général des impitoyables exploiteurs des ressources énergétiques du peuple a été attaqué avec succès. Sur les dix armes que les Amis de la Liberté ont braquées sur la cible, cinq ont fait mouche. Pas mal!
Ce score est peut-être même plus élevé puisque la presse pourrie a, comme d'habitude, minimisé cette importante victoire du peuple.

Georgos ajusta son petit bout de crayon entre ses doigts. Ce n'était pas facile d'écrire avec un petit bout de crayon, mais il n'écrivait jamais autrement depuis qu'il avait lu que Mohandas K. Gandhi avait fait la même chose, en affirmant que jeter un crayon partiellement usé serait dénigrer l'humble travailleur qui l'avait fabriqué.

Gandhi était l'un des héros de Georgos Archambault, au même titre que Lénine, Marx, Engels, Mao Tsé-toung, Renato Curcio, Che Guevara, Fidel Castro, Cesar Chavez, et quelques autres. (Le fait que Mohandas Gandhi ait été un apôtre de la non-violence ne semblait pas le gêner.)

Georgos se remit à écrire.

De plus, la presse lèche-bottes des capitalistes a aujourd'hui déploré avec sa papelardise habituelle la mort et les blessures de ce qu'elle appelle d' « innocentes victimes ». Quelle ridicule naïveté !

Dans n'importe quelle guerre, de prétendus « innocents » sont inéluctablement tués et estropiés ; et plus la guerre s'étend, plus élevé est le nombre des victimes « innocentes ». Lorsque les belligérants sont les mal nommées « grandes puissances » — comme dans les deux premières Guerres mondiales et dans la honteuse agression du Vietnam par les Américains — de tels innocents sont massacrés par milliers, comme du bétail ; et qui élève une objection ? Personne ! Certainement pas les Führers d'une presse à genoux devant le dollar, ni leurs rédacteurs ignares et flagorneurs.

Une juste guerre de classes, comme celle que livrent maintenant les Amis de la Liberté, n'est pas différente, à ceci près que les victimes sont moins nombreuses.

Même à Yale, dans ses devoirs écrits, Georgos avait acquis auprès de ses professeurs la réputation de broder indéfiniment sur un sujet et de multiplier les adjectifs. Mais l'anglais n'avait jamais été son fort. Son fort, c'était la physique, et plus tard il avait préparé un doctorat de chimie. Plus tard encore, à Cuba, ses connaissances en chimie s'étaient avérées fort utiles quand il avait étudié, entre autres choses, les explosifs. En chemin, sa curiosité scientifique n'avait cessé de rétrécir, de même que ses vues personnelles sur la vie et sur la politique.

Il continua ainsi son journal :

Même la presse ennemie — qui par servilité exagère ce genre de choses plus qu'elle ne les minimise — admet qu'il n'y a eu que deux morts et trois blessés graves. L'un des tués est Fenton, l'un des grands criminels de l'administration ; l'autre est un flic des services de sécurité — pas une grosse perte ! Parmi les blessés, de petits laquais — dactylos, employés de bureau, etc. — qui devraient nous être reconnaissants pour leur martyre en faveur d'une noble cause. Autant pour les absurdités de la propagande sur les « victimes innocentes » !

Georgos s'interrompit. Son maigre visage d'ascète reflétait une intense concentration. Comme toujours, il se donnait beaucoup de mal pour son journal, espérant qu'un jour ou l'autre ce serait un document historique de première importance, à classer entre *Le Capital* et *Le Petit Livre rouge* du président Mao Tsé-toung.

Il se lança dans un nouvel ordre de réflexions.

75

Les exigences des Amis de la Liberté seront annoncées aujourd'hui dans un communiqué de guerre. Les voici :

— Fourniture gratuite de l'électricité et du gaz pendant un an aux chômeurs, aux assistés sociaux, aux personnes âgées. Au terme de cette année, la situation sera réexaminée par les Amis de la Liberté.

— Réduction immédiate de 25 p. 100 des tarifs de l'électricité et du gaz fournis aux petits logements.

— Abandon des plans visant à construire de nouvelles centrales nucléaires. Les centrales nucléaires existantes doivent être fermées immédiatement.

Un refus opposé à ces exigences entraînerait un renforcement de notre programme offensif.

Cela suffirait pour un début. Et la menace d'une intensification de l'action était réelle. Georgos promena son regard autour de l'atelier en sous-sol où il était en train d'écrire. Il avait d'amples provisions de poudre à canon, de mèches et d'amorces, de détonateurs, de tubages, de glycérine, d'acides et d'autres produits chimiques. Et il connaissait, de même que les trois autres combattants de la liberté qui l'acceptaient comme chef, tous les moyens de les utiliser. Il sourit en se rappelant le dispositif ingénieux des lettres piégées de la veille. Un petit cylindre en plastique contenant du tétryl puissamment explosif avec un détonateur minuscule. Un percuteur à ressort était posé sur le détonateur, et l'ouverture de l'enveloppe libérait le percuteur qui frappait le détonateur. Simple, mais meurtrier. La charge de tétryl suffisait pour décapiter celui qui ouvrait la lettre, ou déchiqueter son corps.

Evidemment, nos exigences sont attendues, la presse et sa docile alliée, la télévision, ayant déjà commencé à se faire l'écho de la décision de la G.S. Pisse et Larmes de ne rien changer à sa ligne de conduite sous la pression du terrorisme.

Idioties! Stupidités de têtes molles! Bien sûr que le terrorisme provoquera des changements. Il l'a toujours fait, et il le fera toujours. L'histoire fourmille d'exemples.

Georgos réfléchit à certains exemples qu'on lui avait enseignés durant son stage de formation révolutionnaire à Cuba, deux ans après qu'il eut passé sa thèse de doctorat; entre-temps, il avait été progressivement, irrésistiblement consumé par la haine de son pays natal, à ses yeux décadent et tyrannique.

Son désenchantement global s'était aggravé quand il avait appris que son père, un riche playboy new-yorkais, venait de divorcer et de se remarier pour la huitième fois, et que sa mère, une vedette de cinéma grecque, universellement adulée, avait quitté son sixième mari. Georgos maudissait à la fois ses parents et ce qu'ils représentaient, bien que ne les ayant vus ni l'un ni l'autre depuis sa neuvième année, et n'ayant jamais reçu directement de leurs nouvelles pendant les vingt années suivantes. Ses frais pour vivre et pour étudier, même à Yale, étaient anonymement payés par un notaire d'Athènes.

Ainsi, le terrorisme ne changerait rien, n'est-ce pas?

Le terrorisme est un instrument de guerre sociale. Il permet à quelques individus éclairés (tels que les Amis de la Liberté) de briser la poigne de fer et la volonté des forces réactionnaires qui détiennent le pouvoir et en abusent.

Le terrorisme a été à l'origine de la victorieuse Révolution russe.

Les Républiques d'Irlande et d'Israël doivent leur existence au terrorisme. Le terrorisme de l'I.R.A. au cours de la Première Guerre mondiale a engendré une Eire indépendante. Le terrorisme de l'Irgoun en Palestine a obligé les Anglais à renoncer à leur mandat afin que les Juifs puissent fonder Israël.

L'Algérie a arraché son indépendance à la France grâce au terrorisme.

L'O.L.P., à présent représentée aux conférences internationales et aux Nations unies, s'est servie du terrorisme pour s'imposer à l'attention du monde.

Et l'attention du monde a été plus sensible encore au terrorisme des Brigades rouges italiennes.

Georgos Winslow Archambault s'arrêta. Écrire le fatiguait. Et puis, il s'en rendait compte, il commençait à s'écarter de ce jargon révolutionnaire si important, ainsi qu'on le lui avait appris à Cuba, à la fois comme arme psychologique et comme exutoire des sentiments. Mais il était quelquefois difficile de s'y tenir.

Il se leva, s'étira, bâilla. Souple et bien bâti, il se maintenait en forme grâce à un strict programme d'exercices physiques quotidiens. Il se regarda dans une petite glace fêlée et promena un doigt sur sa moustache touffue mais bien taillée. Il l'avait laissée pousser aussitôt après l'attentat contre la centrale de La Mission, où il avait pénétré déguisé en officier de l'Armée du Salut. Selon les journaux du lendemain, un garde de la centrale l'avait dépeint comme glabre; la moustache pourrait donc dérouter les enquêteurs, en admettant qu'ils puissent remonter jusqu'à lui. Quant à l'uniforme de l'Armée du Salut, il avait été tout de suite détruit.

Le souvenir du succès de La Mission fit sourire Georgos.

Une chose qu'il n'aurait pas faite, ni avant ni après La Mission, c'était de se laisser pousser la barbe. Les gens imaginent volontiers qu'un révolutionnaire ne peut être que barbu et hirsute. Georgos veillait à se donner l'apparence contraire. Chaque fois qu'il quittait la modeste maison louée dans un quartier de l'est de la ville, on aurait pu le prendre pour un agent de change ou un banquier. Cela ne lui était pas difficile, car il était naturellement élégant et s'habillait bien. L'argent que le notaire d'Athènes versait régulièrement sur un compte en banque à Chicago le lui permettait, bien que le montant de cette rente eût diminué. Or, Georgos avait terriblement besoin d'argent frais pour financer les projets des Amis de la Liberté. Heureusement, il avait déjà trouvé des concours extérieurs, mais il lui faudrait obtenir de cette source des sommes plus importantes.

Un seul détail contredisait cette image de bourgeois cultivé : les mains de Georgos. Lorsqu'il avait commencé à s'intéresser à la chimie, puis aux explosifs, il avait commis l'imprudence de travailler sans gants de protection. De ce fait, ses mains s'étaient décolorées et couvertes de cicatrices. Maintenant il prenait plus de précautions, mais le dommage était irréparable. Il avait renoncé à l'idée de se faire faire des greffes de peau parce que les risques lui semblaient trop grands. La meilleure solution, quand il n'était pas chez lui, consistait à montrer ses mains le moins possible.

Une agréable odeur de poivrons farcis descendit vers lui de l'étage supérieur. Sa petite amie, Yvette, était une excellente cuisinière qui connaissait les goûts de Georgos et essayait de lui faire plaisir. Elle éprouvait aussi une admiration respectueuse pour son savoir, car elle n'avait pas longtemps fréquenté l'école.

Il partageait Yvette avec les trois autres jeunes combattants de la liberté qui habitaient la maison — Wayde, un intellectuel comme Georgos, disciple de Marx et d'Engels ; Ute, un Indien américain animé d'une haine féroce à l'égard des institutions qui avaient éclipsé le génie de son peuple ; et Félix, un produit du ghetto de Detroit dont toute la philosophie consistait à incendier, tuer, ou détruire par un moyen quelconque tout ce qui était étranger à l'amère expérience qu'il avait vécue depuis sa naissance.

Mais bien qu'il partageât Yvette avec les autres, Georgos éprouvait pour elle un vague sentiment de propriété assez proche de l'affection. En même temps, il se méprisait pour son propre manquement à ce *Catéchisme révolutionnaire* attribué à deux Russes du XIXᵉ siècle, Bakounine et Netchaiev qui contenait ce passage :

> Le révolutionnaire est un homme perdu ; il n'a pas d'intérêts propres, pas de sentiments, pas d'habitudes, pas d'objets personnels... Tout en lui est absorbé par un intérêt unique et exclusif, par une seule pensée, par une seule passion : la révolution... Il a rompu tout lien avec l'ordre civique, avec le monde cultivé, avec toutes les lois et conventions et... avec l'éthique de ce monde.
>
> Tous les tendres sentiments de la vie de famille, de l'amitié, de l'amour, de la gratitude et même de l'honneur doivent se taire en lui... Le jour et la nuit, il ne doit avoir qu'une seule pensée, un seul but : une destruction impitoyable... Dans le caractère du vrai révolutionnaire, il n'y a place ni pour le romantisme, ni pour la sentimentalité, ni pour l'enthousiasme ou la séduction... Toujours et partout, il doit devenir non ce qu'appellent ses propres inclinations, mais ce qu'exige l'intérêt général de la révolution.

Georgos referma son journal en se rappelant que le communiqué de guerre, avec ses justes exigences, devait parvenir dans la journée à l'une des stations de radio de la ville.

Comme d'habitude, il serait déposé en un lieu sûr, puis la station de radio serait prévenue par téléphone. Les idiots de la radio se bousculeraient pour aller le chercher.

Le communiqué, pensa Georgos avec satisfaction, serait le grand événement du bulletin du soir.

12

« En premier lieu, déclara Laura Bo Carmichael quand ils eurent commandé un martini pour elle et un bloody-mary pour Nim Goldman, je voudrais vous exprimer mes condoléances au sujet de votre président, Mr. Fenton. Je ne le connaissais pas, mais ce qui s'est passé est honteux et tragique. J'espère que les coupables seront identifiés et punis. »

La présidente du Sequoia Club était une femme svelte et élancée qui avait largement dépassé la soixantaine ; elle avait des manières pleines d'entrain et des yeux vifs, perçants. Elle s'habillait strictement, portait des chaussures à talons plats, et était coiffée court, comme pour exorciser sa féminité. C'était peut-être, pensait Nim, parce que Laura Bo Carmichael avait été atomiste et qu'elle avait dû faire ses preuves dans un domaine que les hommes, à l'époque, dominaient.

Ils se trouvaient dans l'élégant *Squire Room* du Fairhill Hotel, où ils s'étaient donné rendez-vous pour déjeuner sur la proposition de Nim. Rendez-vous que Nim aurait souhaité organiser une dizaine de jours plus tôt, mais il avait été bousculé par la tempête soulevée par les lettres piégées reçues à la G.S.P. & L. Des mesures de sécurité minutieuses, à la préparation desquelles il avait participé, étaient appliquées au siège social de la compagnie. De plus, il avait eu beaucoup à faire avec le problème de l'augmentation des tarifs qui allait être examiné par la commission des services publics.

Nim remercia Laura Bo des condoléances exprimées pour Fraser Fenton. « Le choc a été rude, surtout après les précédents décès à La Mission. J'ai l'impression que nous sommes tous un peu paniqués en ce moment. »

C'était vrai, d'ailleurs. Les plus hauts personnages de la G.S.P. & L., à commencer par le président, se faisaient tout petits. Ils ne tenaient plus à être cités dans les journaux, de façon à ne pas s'exposer à l'attention des terroristes. J. Eric Humphrey avait donné des ordres pour que son nom ne figurât plus dans les publicités de la compagnie ou dans les communiqués à la presse, et pour ne plus recevoir de journalistes, sinon peut-être pour des entretiens confidentiels. Son adresse personnelle avait été retirée de tous les documents de la compagnie et était maintenant tenue secrète — en admettant qu'une information de cette nature pût l'être. La plupart des principaux responsables avaient fait modifier leurs numéros de téléphone personnels. Dorénavant, le président et les directeurs disposeraient de gardes du corps chaque fois qu'ils pourraient servir de cibles — ce qui incluait les parcours de golf du week-end.

Nim constituait l'exception.

Le président avait clairement fait savoir que son adjoint continuerait à être le porte-parole de la G.S.P. & L. ; or, les apparitions en public de Nim se faisaient de plus en plus nombreuses. Nim pensait que cette décision le plaçait sur la ligne de feu. Ou, plus précisément, s'était-il dit en faisant la grimace, sur la trajectoire des bombes.

Discrètement, le président avait aussi augmenté les appointements de Nim. *Ma prime de risque*, s'était-il dit, bien que cette augmentation lui eût été due depuis longtemps.

« Fraser était effectivement notre président, expliqua-t-il à Laura Bo. Mais il n'était pas le véritable patron et il avait été mis, plus ou moins, sur une voie de garage. Il aurait pris sa retraite dans cinq mois.

— C'est encore plus navrant. Et les autres ?

— L'une des blessées est morte ce matin. Une secrétaire. »

Nim l'avait à peine connue. Elle travaillait à l'économat et elle était habilitée à ouvrir tout le courrier, même si les enveloppes portaient la mention *personnel* et *confidentiel*. Ce privilège lui avait coûté la vie en sauvant celle de son chef de service, Sharlett Underhill, à qui la lettre piégée avait été adressée. Deux des cinq bombes ayant explosé avaient blessé plusieurs personnes qui se trouvaient à proximité ; un employé de la comptabilité, âgé de dix-huit ans, avait dû être amputé des deux mains.

Un maître d'hôtel apporta leurs apéritifs et Laura Bo lui dit d'un ton sans réplique : « Vous ferez deux additions distinctes. Pour cela, et pour le déjeuner.

— Ne vous tourmentez pas, déclara Nim en souriant d'un air amusé. Je n'ai pas l'intention de vous acheter avec une note de frais de ma compagnie.

— Si vous essayiez, vous n'y arriveriez pas. Mais par principe je n'accepte rien de quelqu'un qui pourrait avoir envie d'influencer le Sequoia Club.

— De ma part, toute tentative de ce genre serait menée ouvertement. Non, j'ai simplement pensé qu'un repas en tête à tête serait une bonne occasion pour parler.

— Je vous écouterai quand vous voudrez, Nim, et je suis contente de déjeuner avec vous. Mais je paierai ma part. »

Ils s'étaient connus longtemps auparavant, quand Nim était étudiant de quatrième année à Stanford et Laura Bo une conférencière de l'extérieur. Elle avait été impressionnée par la perspicacité de ses questions, et

— J'en doute. Vous étiez si jeune : vous ne vous souvenez pas. Vous n'y avez pas été mêlé comme je l'ai été. »

Bien que sa voix fût parfaitement calme, son ancienne angoisse perçait sous les mots. Laura Bo, quand elle était une jeune chercheuse, avait été versée dans la recherche atomique six mois avant Hiroshima. A cette époque, elle avait passionnément voulu y prendre part mais, après le lancement de la première bombe — nom de code : *Little Boy* — elle avait été remplie d'horreur et de dégoût. Son plus grand remords, toutefois, était de n'avoir pas protesté, après Hiroshima, contre le lancement de la seconde bombe — nom de code : *Fat Man* — sur Nagasaki. Il est vrai que les deux explosions s'étaient succédé à trois jours d'intervalle seulement. Vrai aussi que la protestation qu'elle aurait pu élever n'aurait sûrement pas empêché la bombe sur Nagasaki, ni sauvé les quatre-vingt mille habitants tués ou mutilés uniquement — comme beaucoup le crurent — pour satisfaire la curiosité des savants et des militaires. Mais enfin elle n'avait pas protesté, et par conséquent sa culpabilité restait entière.

« La seconde bombe était absolument inutile, vous savez, dit-elle comme si elle pensait à haute voix. Les Japonais allaient capituler après Hiroshima. Mais *Fat Man* était d'une conception différente de celle de *Little Boy*, et les responsables du programme voulaient l'essayer afin de savoir si elle était opérationnelle. Elle l'était.

— Il y a longtemps, si longtemps, dit Nim. Il faut tout de même se poser la question : ce qui s'est passé alors doit-il aujourd'hui entrer en ligne de compte quand il s'agit de construire des centrales nucléaires? »

Laura Bo lui répondit sur un ton péremptoire. « Pour moi, les deux choses sont inséparables. »

Nim haussa les épaules. Il soupçonnait la présidente du Sequoia Club de n'être pas la seule militante anti-nucléaire à expier des péchés personnels ou collectifs. Mais, que cela fût vrai ou faux, peu importait à présent.

« En un sens, vous et vos amis avez gagné la bataille nucléaire, déclara-t-il. Vous avez gagné parce que vous avez imposé une suspension du programme et vous l'avez fait non parce que vous aviez derrière vous la logique ou la majorité, mais en jouant habilement sur les subtilités de la loi. Dans cette campagne, certaines de vos objections étaient valables, voire nécessaires.

« D'autres sont absurdes. Mais en déployant toute cette activité, vous avez fait monter si haut le coût des centrales nucléaires, vous avez rendu si incertaine l'issue de tout projet nucléaire, que la plupart des services publics ne peuvent plus s'engager. Ils ne peuvent pas courir le risque d'attendre cinq ou dix ans en dépensant des dizaines de millions de dollars pour les travaux préliminaires, et de voir ensuite leurs projets repoussés. »

Nim marqua un temps d'arrêt puis ajouta : « Par conséquent, à chaque point du planning nous avons besoin d'une alternative, d'une sortie de secours : c'est le charbon. »

Laura Bo picora dans sa salade.

« Le charbon et la pollution de l'air vont de pair. Le site de n'importe quelle centrale fonctionnant au charbon doit être choisi avec un soin extrême.

— C'est la raison pour laquelle nous avons choisi Tunipah.

— Il existe des raisons écologiques pour lesquelles ce choix est mauvais.

— Voudriez-vous me les préciser ?

— Certaines espèces de plantes et d'animaux sauvages ne se rencontrent pratiquement que dans la région de Tunipah. Ce que vous proposez les mettrait en péril.

— L'une de ces espèces en péril, n'est-ce pas l'herbe à poux de Furbish ?

— Si. »

Nim soupira. Des bruits au sujet de cette herbe à poux — une antirrhine sauvage — étaient déjà parvenus aux oreilles de la G.S.P. & L. C'était une fleur rare dont on avait cru l'espèce éteinte, mais de nouvelles venues avaient été récemment découvertes. L'une d'elles, dans le Maine, avait été utilisée par les écologistes pour bloquer un projet hydro-électrique de six cents millions de dollars en cours de réalisation.

« Vous savez bien entendu, dit Nim, que les botanistes admettent que l'herbe à poux de Furbish n'a aucun intérêt écologique et n'est même pas jolie. »

Laura Bo sourit. « Pour les débats publics, nous trouverons peut-être un botaniste qui soutiendra le contraire. Et puis il y a un autre habitant de Tunipah qui mérite d'être protégé : le microdipodops.

— Qu'est-ce que c'est que ça ? interrogea Nim.

— On l'appelle aussi la souris-kangourou.

— Oh ! mon Dieu ! » Avant leur rendez-vous, Nim s'était juré de ne pas s'emballer, mais il sentit sa résolution vaciller. « Vous mettriez en balance une souris, ou des souris, et un projet qui profitera à des millions de gens ?

— J'espère, dit Laura Bo avec calme, que ceci fera l'objet d'une discussion dans les mois à venir.

— Vous pouvez être sûre que nous en discuterons ! Et j'imagine que vous nous opposerez le même genre d'objections à la centrale géothermique de Fincastle, ou à la centrale à accumulation par pompage de Devil's Gate, alors qu'il s'agit des deux types d'opérations les plus propres que nous connaissions dans la nature.

— Vous ne pouvez pas réellement vous attendre, Nim, que je vous livre toutes les raisons de notre opposition. Mais je vous assure que nous aurons des arguments convaincants contre les deux. »

Rageusement, Nim appela un maître d'hôtel qui passait. « Un autre bloody-mary ! » Il désigna aussi le verre vide de Laura Bo, mais elle secoua négativement la tête.

« Permettez-moi de vous poser une question. » Nim avait retrouvé son sang-froid et il s'en voulait d'avoir laissé paraître son irritation. « Où situeriez-vous l'une ou l'autre de ces centrales ?

— Ce n'est vraiment pas mon problème. C'est le vôtre.

— Mais ne vous opposeriez-vous pas — vous, ou plutôt le Sequoia Club — à tout ce que nous proposerions, quel que soit le site choisi ? »

Laura Bo ne répondit rien, mais sa bouche se pinça.

« J'ai laissé de côté un autre facteur, dit Nim. Les conditions atmosphériques. Les régimes climatiques changent dans le monde entier, ce qui ne fait qu'assombrir les perspectives énergétiques — en particulier dans le domaine de l'énergie électrique. Les météorologistes annoncent que nous allons affronter vingt années de temps plus froid et de sécheresses régionales. Nous avons déjà vu les effets des unes et des autres vers 1975. »

Le silence tomba entre eux, ponctué par les bruits du service et le bourdonnement des voix aux autres tables. Puis Laura Bo Carmichael demanda à Nim : « Il y a une chose que je voudrais savoir : pourquoi au juste avez-vous voulu me voir aujourd'hui ?

— Afin de faire appel à vous — et au Sequoia Club — pour que vous considériez le point de vue d'ensemble afin de modérer ensuite votre opposition.

— L'idée ne vous est-elle pas venue que nous avions, vous et moi, un point de vue d'ensemble *différent* ?

— S'il en est ainsi, c'est un tort, répondit Nim. Nous vivons dans le même monde. »

Il s'obstina. « Laissez-moi revenir à mon point de départ. Si nous — la G.S.P. & L. — sommes bloqués partout, le résultat ne pourra qu'être catastrophique dans dix ans ou moins. Les black-out quotidiens, de longs black-out, seront la règle. Ce qui signifie une désorganisation de l'industrie et un chômage massif qui atteindra peut-être cinquante pour cent. Les villes seront plongées dans le chaos. Peu de gens mesurent exactement l'importance de l'électricité dans notre vie, mais ils la comprendront quand ils seront régulièrement privés de courant. Dans la campagne, les récoltes dégringoleront du fait de l'irrigation réduite, ce qui entraînera la disette et une hausse vertigineuse des prix. Je vous le dis, les gens manqueront de tout ; ils auront faim ; les conséquences, pour l'Amérique, seront plus importantes que celles de la guerre de Sécession. A côté, la dépression de 1930 aura l'air d'une partie de plaisir. Ce n'est pas pure imagination, Laura. Absolument pas. Ce sont des faits brutaux, des faits froids. Ne vous intéressent-ils pas, vous et vos amis ? »

Nim avala à grandes gorgées le bloody-mary qui était arrivé pendant qu'il parlait.

« Très bien, dit Laura Bo d'une voix plus dure et moins amicale qu'au début de leur dialogue. Je ne suis pas intervenue afin que vous puissiez vous exprimer en toute liberté. Maintenant c'est mon tour, et vous allez m'écouter attentivement. » Elle repoussa son assiette ; elle n'avait mangé que la moitié de sa salade.

« Tout votre raisonnement, Nim, comme celui des gens qui vous ressemblent, est à court terme. Les écologistes — ainsi le Sequoia Club — envisagent l'avenir à long terme. Et nous entendons mettre fin, *par tous les moyens*, à trois siècles de pillage de cette terre.

— A certains égards, vous l'avez déjà fait! s'écria-t-il.

— Ne dites pas de bêtises! Nous avons à peine réussi à faire une brèche, et le peu que nous avons accompli sera anéanti si nous nous laissons séduire par les voix de l'opportunisme. Des voix comme la vôtre.

— Je ne demande qu'une chose : la modération.

— Ce que vous appelez modération, je le vois comme un pas en arrière. Et ce n'est pas par une reculade que nous préserverons un monde habitable. »

Nim ne se donna plus la peine de dissimuler ses sentiments. Il répliqua par un sarcasme. « Habitable, le genre de monde que je viens de vous décrire? Avec de moins en moins d'énergie électrique?

— Il pourrait nous surprendre tous, en étant meilleur que vous ne le pensez, répondit calmement Laura Bo. Ce qui est encore plus important, c'est que nous suivions la voie que la civilisation devrait avoir choisie — vers moins de gaspillage, moins d'opulence, beaucoup moins de cupidité, et un style de vie moins matérialiste, ce qui serait une bonne chose pour tout le monde. »

Elle s'interrompit comme pour peser ses mots, puis elle reprit : « Nous avons si longtemps vécu avec l'idée que l'expansion était une fin en soi, que le plus était le mieux, que les gens ont fini par croire que c'était vrai. Un lavage de cerveau, en somme! Ils ont donc le culte du produit national brut et du plein emploi, et négligent le fait que ces deux veaux d'or nous étouffent et nous empoisonnent. De ce qui fut jadis la " belle Amérique ", nous avons fait un horrible et puant terrain vague en béton où l'on rejette des cendres et des acides dans ce qui était de l'air pur, tout en détruisant la vie naturelle, humaine, animale ou végétale. Nous avons transformé des rivières étincelantes en égouts nauséabonds, des lacs superbes en poubelles; et à présent, comme le reste du monde, nous souillons les océans avec des produits chimiques et du pétrole. Tout cela se fait par petites touches. Et puis, quand la pollution crève les yeux, les gens de votre espèce nous demandent de la " modération " parce que, dites-vous, " cette fois-ci nous ne tuerons pas *beaucoup* de poissons ", ou " nous n'empoisonnerons pas *beaucoup* de végétation ", ou " nous ne détruirons qu'*un peu* plus de beauté naturelle ". Eh bien, certains d'entre nous ont vu cela trop longtemps et trop souvent pour croire encore à vos bobards. C'est pourquoi nous nous employons à sauver ce qui reste. Parce que nous pensons qu'il existe dans le monde des choses plus importantes que le produit national brut et le plein emploi, ne serait-ce que la préservation d'un peu de propreté et de beauté, ou la mise en réserve d'une part des ressources naturelles pour les générations à venir, au lieu de tout dilapider ici et maintenant. Et voilà les raisons pour lesquelles le Sequoia Club combattra Tunipah, et votre centrale de Devil's Gate, et celle de Fincastle. J'ajouterai ceci : je pense que nous vaincrons.

— Je suis d'accord avec une partie de ce que vous avez dit, reconnut Nim. Vous savez que je suis sincère, car nous avions déjà évoqué ces problèmes auparavant. Mais l'erreur que vous commettez, c'est de piétiner toutes les opinions qui diffèrent des vôtres, et de vous ériger en Dieu — Jésus, Mahomet et Bouddha tout à la fois. Laura, vous appartenez à un groupuscule qui sait ce qui convient à chacun — ou qui croit le savoir — et vous êtes prêts, avec vos amis, à ignorer les réalités pratiques et à nous envoyer en enfer pourvu que vous agissiez à votre guise comme des enfants gâtés. En fin de compte, vous risquez de nous anéantir tous. »

Laura Bo Carmichael répondit froidement : « Je crois que nous n'avons plus rien à nous dire. » Elle fit signe au maître d'hôtel. « S'il vous plaît, nos additions séparées. »

13

Ardythe Talbot le conduisit dans la salle de séjour.

« Je pensais que vous ne m'appelleriez jamais, dit-elle. Si vous ne l'aviez pas fait aujourd'hui, je vous aurais téléphoné dans deux ou trois jours.

— Nous avons eu de nouveaux ennuis qui m'ont valu un surcroît de travail, expliqua Nim. Vous en avez entendu parler, je suppose. »

La soirée était à son début. Nim était passé chez Ardythe « en rentrant chez lui » — pour reprendre l'expression dont il avait usé pour lui-même. Dans l'après-midi, déprimé par son entrevue avec Laura Bo Carmichael et se reprochant l'impasse à laquelle ils avaient abouti, il avait impulsivement téléphoné à Ardythe. Comme il s'y attendait, elle s'était montrée chaleureuse et amicale. « Je me suis sentie très seule, lui avait-elle confié, et j'aimerais beaucoup vous voir. Je vous en prie, venez boire un verre en sortant de votre bureau. »

Mais quand il était arrivé chez elle tout à l'heure, il lui parut évident qu'Ardythe ne songeait pas seulement à un verre. Elle l'avait accueilli par une étreinte et un baiser qui ne laissaient aucun doute sur ses intentions. Nim n'était pas du tout opposé à ce que sa visite prît cette tournure prévisible, mais ils commencèrent par s'installer commodément pour bavarder devant leurs scotches.

« Oui, j'ai appris ce qui s'est produit, dit Ardythe. Le monde est-il devenu fou ?

— A mon avis il l'a toujours été. Mais lorsque sa démence nous touche de près, nous la remarquons davantage. »

Nim constata qu'Ardythe avait l'air d'être en bien meilleure forme physique que le jour — près d'un mois déjà ! — où elle avait appris la mort de Walter. Ce jour-là, ainsi qu'aux obsèques — il ne l'avait pas revue depuis — il l'avait trouvée cruellement vieillie. Or, sa vitalité et son charme étaient revenus ; son visage, ses bras, ses jambes étaient bronzés, et le galbe de son corps moulé par une robe imprimée rappela à Nim la fièvre qu'ils s'étaient communiquée l'un à l'autre lors de sa précédente visite. Il se souvint d'un livre qui lui était autrefois passé par les mains et qui s'intitulait *Éloge des femmes mûres* ; bien qu'il en eût oublié à peu près tout, le titre excepté, il comprenait à présent ce que l'auteur avait dû vouloir exprimer.

« Walter a toujours cru, dit Ardythe, que tout ce qui arrivait dans le monde — les guerres, la pollution, et le reste — faisait partie d'un équilibre naturel. Vous en avait-il parlé ? »

Nim secoua la tête. Bien qu'il eût été l'ami de l'ingénieur en chef, leurs conversations avaient rarement dépassé le domaine pratique pour se hausser sur le plan supérieur de la philosophie.

« En général, Walter gardait pour lui-même ce genre de réflexions, continua Ardythe. Il s'en ouvrait à moi, cependant. Il disait souvent : " Les gens s'imaginent que les êtres humains commandent au présent et à l'avenir, mais c'est faux. " Et " Le libre arbitre apparent de l'homme est une illusion ; la perversité humaine n'est qu'un instrument supplémentaire de l'équilibre naturel ". Walter croyait que même la guerre et la maladie ont un but dans la nature : décimer des populations que la terre est incapable d'entretenir. Il m'a dit un jour : " Les êtres humains ressemblent aux lemmings qui se multiplient à l'excès, puis se précipitent du haut d'une falaise pour se tuer — à cette différence près que les êtres humains le font d'une manière plus compliquée. " »

Nim fut décontenancé. Bien que les mots employés par Ardythe ne fussent pas assaisonnés de l'accent écossais de son mari, Nim retrouvait tout de même un écho mystérieux de Walter qui, de son vivant, s'exprimait exactement de cette façon réfléchie et un peu sarcastique. Quelle chose étrange, aussi, que Walter eût fait part de ses conceptions à Ardythe — Ardythe que Nim n'avait jamais considérée comme une grande intellectuelle ! Mais était-ce si étrange ? Peut-être, pensa Nim, allait-il découvrir ce que pouvait être la complicité intellectuelle entre époux — qu'il n'avait personnellement jamais connue.

Il se demanda comment Laura Bo Carmichael aurait réagi à cette idée de Walter selon laquelle la pollution de l'environnement était un élément indispensable à l'équilibre naturel, un aspect de quelque plan directeur confusément perçu. Puis, se rappelant ses propres interrogations, il demanda à Ardythe : « Est-ce que Walter pensait à Dieu en parlant de l'équilibre naturel ?

— Non. Il a toujours affirmé que cette assimilation serait trop simpliste, trop élémentaire. Selon lui, Dieu était " une création de l'homme, un fétu de paille auquel se raccrochent les esprits faibles qui ont peur des ténèbres... " » La voix d'Ardythe défaillit. Nim vit des larmes couler sur son visage.

Elle les essuya vite. « C'est l'heure du jour où Walter me manque le plus. L'heure à laquelle nous parlions... »

Après un bref silence gêné, Ardythe déclara d'un ton ferme : « Non, je ne veux pas me laisser envahir de nouveau par le cafard. » Elle s'était assise à côté de Nim; elle se pencha vers lui. Il sentit alors son parfum, ce parfum qui l'avait ensorcelé l'autre soir. Souriante, elle murmura : « J'ai l'impression que cette conversation sur la nature m'a émue. » Et puis, quand ils s'enlacèrent : « Faites-moi l'amour, Nim! Je n'ai jamais eu autant besoin de vous. »

Il l'étreignit avec force pendant qu'ils échangeaient un baiser passionné, presque sauvage. Les lèvres d'Ardythe étaient humides et généreuses, et le plaisir lui arracha un petit cri quand leurs mains entreprirent la même exploration que lors de cette première fois dont ni l'un ni l'autre n'avaient perdu le souvenir. Le désir de Nim, toujours prêt à faire surface, se trouva si impérieusement stimulé qu'il chuchota : « Pas tout de suite! Attendez! »

Elle murmura en retour : « Nous pouvons monter dans ma chambre. Ce sera meilleur. » Il sentit qu'elle le repoussait gentiment; elle se leva; il en fit autant.

Toujours enlacés, ils gravirent l'escalier. Le silence de la maison n'était troublé que par le bruit de leurs pas. Ardythe avait sa chambre dans le fond d'un petit palier, la porte était ouverte. Nim vit que la couverture et le drap du dessus avaient été retirés et pliés. Ardythe avait donc dressé ses plans avant qu'il n'arrivât. Il se rappela une ancienne conversation au cours de laquelle il avait appris que Walter et Ardythe faisaient chambre à part. Bien que n'étant plus troublé par le remords qui l'avait assailli un mois plus tôt, Nim n'aurait pas aimé coucher avec Ardythe dans le lit de Walter.

Il aida Ardythe à ôter la robe moulante qu'il avait admirée, puis il se déshabilla rapidement. D'un même élan, ils basculèrent sur le lit qui était frais et moelleux. « Vous aviez raison, lui dit-il avec une gratitude heureuse. Ce sera meilleur ici. » Puis l'impatience fut la plus forte. Quand il entra en elle, Ardythe poussa son corps en avant et hurla sa joie.

Après avoir épuisé leur passion, ils se reposèrent, heureux, dans les bras l'un de l'autre. Nim réfléchit à un commentaire qu'il avait un jour entendu, à savoir que l'acte sexuel laissait exténués et moroses certains hommes qui se demandaient ensuite pourquoi ils s'étaient donné tant de mal. Jamais Nim ne s'était trouvé dans ce cas-là. Une fois de plus, il se sentait exalté et rajeuni.

Il entendit la voix d'Ardythe contre son oreille : « Vous êtes un homme doux et tendre. Ne pourriez-vous pas vous arranger pour rester ici cette nuit? »

Il secoua la tête. « Pas cette fois-ci.

— Je n'aurais pas dû vous le demander, n'est-ce pas? » Elle fit courir un doigt sur le visage de Nim en s'attardant autour de sa bouche. « Je vous promets que je ne serai pas trop gourmande, Nim, et que je ne vous encombrerai pas. Venez simplement quand cela vous sera possible... quelquefois. »

Il jura qu'il n'y manquerait pas ; mais comment pourrait-il le faire avec les complications nouvelles qui surgissaient chaque jour ?

Pendant qu'ils se rhabillaient, Ardythe lui dit : « J'ai pris connaissance des papiers de Walter, et il y en a quelques-uns que je souhaiterais vous remettre. Des documents qu'il ramenait de son bureau et qui devraient être restitués à la compagnie.

— Je les emporterai, bien sûr », acquiesça Nim.

Ardythe lui montra où se trouvaient ces papiers : dans trois gros classeurs logés dans ce qui avait été le repaire de Walter. Nim ouvrit deux dossiers qui contenaient des rapports et des lettres classés. Il les parcourut pendant qu'Ardythe préparait du café dans la cuisine. Il avait refusé un autre verre d'alcool.

Les documents semblaient se rapporter à des affaires auxquelles Walter Talbot s'était personnellement intéressé. Une bonne partie datait de plusieurs années et n'avait plus d'importance. Une série de chemises renfermait des doubles du rapport original de Walter sur les vols de courant, et la correspondance qui avait suivi. A l'époque, Nim s'en souvenait, ce rapport avait attiré l'attention dans l'industrie des services publics et avait circulé bien au-delà de la G.S.P. & L. De ce fait, Walter était passé pour un spécialiste. Il y avait même eu un procès dans l'Est où il avait comparu à titre de témoin expert. Ultérieurement, l'affaire avait été soumise à des tribunaux supérieurs, et accompagnée du rapport de Walter. Nim avait oublié le verdict ; c'était sans doute un cas qui maintenant ne présentait plus d'intérêt, se dit-il.

Il reclassa les chemises et referma les dossiers. Puis il les déposa dans le vestibule afin de songer à les prendre quand il repartirait.

14

La terre, sous les pieds, vibra. Un grondement retentissant, qui aurait pu faire croire que toute une escadrille d'avions à réaction décollait en même temps, troua le silence, et un gros panache de vapeur jaillit violemment vers le ciel. Instinctivement, les membres du petit groupe qui se tenait sur un tertre se bouchèrent les oreilles ; quelques-uns eurent l'air effrayés.

Découvrant un moment ses oreilles, Teresa Van Buren agita ses bras et cria à ses invités de regagner le car dans lequel ils étaient arrivés. Personne n'entendit les cris, mais le message était clair. La vingtaine d'hommes et de femmes se hâta vers le car qui était garé à cinquante mètres du tertre.

A l'intérieur du véhicule climatisé, les portes étant bien fermées, le bruit extérieur perdit de son intensité.

« Bon Dieu! protesta l'un des hommes. Vous nous avez joué un sale tour, et si j'ai perdu mon ouïe j'intenterai un procès à cette maudite compagnie.

— Qu'avez-vous dit? demanda Teresa Van Buren.

— J'ai dit que si j'étais devenu sourd...

— Je sais, interrompit-elle. Je vous ai entendu la première fois. Seulement je voulais m'assurer que vous n'étiez pas sourd. »

Un éclat de rire général salua cette boutade.

« Je vous jure, déclara la directrice des relations publiques de la G.S.P. & L. au groupe de journalistes en voyage d'information, que j'ignorais totalement que ce phénomène allait se produire. La chance nous a favorisés, voilà tout. Parce que, mes amis, ce que vous avez eu le privilège de voir, c'est l'entrée en service d'un nouveau puits géothermique. »

Elle avait parlé avec l'enthousiasme d'un prospecteur indépendant qui aurait fait jaillir du pétrole au Texas.

A travers les vitres du car encore immobile, ils regardèrent l'installation de forage qu'ils étaient en train d'observer quand l'éruption non prévue au programme s'était produite. A première vue, c'était le même genre d'appareil couronné d'une tour que l'on utilisait dans un gisement pétrolifère; d'ailleurs il pouvait être déplacé et affecté à la recherche du pétrole à tout moment. Comme Teresa Van Buren, l'équipe casquée qui s'était groupée autour du derrick rayonnait.

Non loin de là, il y avait d'autres têtes de puits géothermiques dont la vapeur naturelle pressurisée était détournée dans d'énormes tuyaux étanches. Un réseau de tuyaux en surface, qui recouvrait plusieurs kilomètres carrés comme un cauchemar de plombier, amenait la vapeur à des turbines enfermées dans une douzaine de bâtiments sévères et carrés, perchés sur des crêtes et dans des ravins. La production totale des générateurs était, en ce moment, supérieure à sept cent mille kilowatts, c'est-à-dire plus que suffisante pour alimenter en électricité une grande ville. Le nouveau puits compléterait cette puissance.

Dans le car, Van Buren aperçut un cameraman de la télévision qui s'affairait avec ses bobines. « Avez-vous pris des images au moment de l'éruption?

— Juste à temps! » Contrairement au reporter qui s'était plaint — le correspondant d'un petit journal local — l'homme de la télévision paraissait content. Il acheva de changer la bobine. « Demandez au chauffeur d'ouvrir la portière, Tess. Je voudrais filmer d'un autre angle. »

Lorsqu'il descendit, une odeur d'hydrogène sulfuré envahit le car.

« Mon Dieu, que ça pue! » Nancy Molineaux du *California Examiner* plissa son nez délicat.

« Dans les stations thermales européennes, répliqua un représentant assez âgé du *Los Angeles Times*, vous devriez payer pour respirer ce truc-là.

— Et si vous décidez d'imprimer cela, promit Van Buren au journaliste du *L. A. Times*, nous le graverons dans la pierre et nous le saluerons deux fois par jour. »

Le groupe de presse était parti de la ville tôt dans la matinée, et il se trouvait maintenant dans les montagnes anfractueuses du comté de Sevilla en Californie, sur le site des centrales géothermiques existantes de la G.S.P. & L. Dans l'après-midi, il se rendrait dans la vallée toute proche de Fincastle où la compagnie espérait créer un autre complexe à énergie géothermique. Le lendemain, il visiterait une centrale hydroélectrique et le site prévu pour une nouvelle.

Les deux projets allaient bientôt faire l'objet de débats publics. L'excursion en cours constituait donc une avant-première pour les media.

« Je vais vous dire quelque chose au sujet de cette odeur, poursuivit la directrice des relations publiques. L'hydrogène sulfuré n'est présent dans la vapeur qu'en faibles quantités, insuffisantes pour la rendre toxique. Mais nous recevons des plaintes, émanant le plus souvent de promoteurs immobiliers qui voudraient vendre des terrains dans ces montagnes pour en faire des centres de villégiature. Or, l'odeur a toujours existé ici parce que la vapeur s'infiltre à travers le sol et remonte, bien avant même que nous l'ayons domestiquée pour produire de l'électricité. Des anciens du pays affirment que l'odeur n'est pas pire à présent qu'il y a cinquante ans.

— Pouvez-vous nous prouver cela? » demanda un représentant du *San Jose Mercury*.

Van Buren hocha la tête. « Malheureusement, personne n'a eu la prévoyance de prélever des échantillons de l'air avant le début des forages. Nous ne pourrons donc jamais comparer l'avant et l'après, et nous sommes impuissants devant les critiques.

— Qui ont probablement raison, répliqua le *San Jose Mercury*. Tout le monde sait qu'une grosse affaire comme la Golden State Power & Light infléchit la vérité de temps à autre.

— Je prends cela comme une fine plaisanterie, répondit la directrice des relations publiques. Mais une chose est vraie : nous essayons de couper la poire en deux avec nos adversaires.

— Donnez-nous un exemple, lança une voix sceptique.

— En voici un, tout de suite. Un exemple qui se rapporte à l'odeur. En raison des objections dont je vous ai fait part, nous avons logé deux centrales récemment construites sur des crêtes. Là, il y a des courants d'air qui dissipent rapidement toutes les odeurs.

— Et qu'est-il arrivé? s'enquit Nancy Molineaux.

— Nous avons reçu plus de plaintes qu'auparavant, de la part d'écologistes qui disaient que nous abîmions l'horizon. »

Une douce hilarité secoua les journalistes dont deux ou trois prirent des notes sur leurs carnets.

« Nous avons eu aussi une autre affaire incroyable, dit Van Buren. La G.S.P. & L. a fait tourner un film sur notre système de production d'énergie géothermique. Lorsque nous avons commencé, le scénario comprenait une scène montrant comment un chasseur nommé William Elliott avait découvert le site en 1847. Il venait de tuer un ours gris et, levant les yeux du guidon de son fusil, il vit de la vapeur qui jaillissait du sol. Eh bien, certains passionnés de la vie sauvage lurent le scénario et dirent que nous ne devrions pas représenter la mort d'un ours gris parce que les ours sont maintenant protégés ici. Alors... le scénario a été récrit. Dans le film, le chasseur rate l'ours qui s'en va paisiblement. »

Un radio-reporter qui avait mis en marche son magnétophone demanda : « Qu'y a-t-il de mal à cela ?

— Les descendants de William Elliott ont menacé de nous poursuivre en diffamation. Ils ont déclaré que leur ancêtre était un chasseur célèbre et un tireur d'élite. Il n'aurait jamais raté l'ours gris ; il l'aurait abattu. Donc notre film portait atteinte à sa réputation — et à celle de la famille.

— Je m'en souviens », dit l'homme du *L.A. Times*.

Van Buren ajouta : « Ce que je voudrais vous faire comprendre, c'est ceci : préalablement à tout ce que nous entreprenons en tant que service public, nous pouvons être certains que nous recevrons une volée de bois vert, tantôt d'un côté, tantôt d'un autre, et parfois des deux.

— Préférez-vous nous voir pleurer maintenant ? s'enquit Nancy Molineaux. Ou plus tard ? »

Le cameraman de la télévision frappa à la porte du car et réintégra sa place.

« Si tout le monde est prêt, nous irons déjeuner », dit Van Buren. Elle fit signe au chauffeur : « Partons. »

Un reporter du *New West Magazine* lui demanda : « Aurons-nous droit à un petit verre, Tess ?

— Peut-être. Si tout le monde accepte de n'en pas parler. » Elle promena un regard inquisiteur sur les journalistes ; il y eut des cris : « O.K. ! » « Confidentiel. » « C'est promis. »

« Dans ce cas, oui, l'apéritif sera servi avant le déjeuner. »

Une ovation quasi unanime salua cette déclaration.

Il faut dire, pour expliquer cet échange de propos, que deux ans auparavant, la G.S.P. & L. s'était montrée particulièrement prodigue d'aliments solides et liquides au cours d'une excursion analogue destinée aux journalistes. Les représentants de la presse avaient mangé et bu avec entrain, puis certains, dans leurs comptes rendus, avaient tiré à boulets rouges sur la G.S.P. & L. en lui reprochant sa prodigalité à une époque où ses tarifs venaient d'augmenter. Il en était résulté que, depuis, les repas servis aux journalistes étaient résolument modestes et sans boissons alcoolisées — à moins qu'ils ne s'engageassent sur l'honneur à se montrer discrets.

Le stratagème réussit. Les journalistes conservèrent la liberté de critiquer n'importe quoi, mais ils ne soufflèrent plus mot des avantages alimentaires dont ils bénéficiaient.

Le car parcourut près de deux kilomètres sur le terrain accidenté du champ géothermique, empruntant des routes étroites qui serpentaient entre des têtes de puits, des bâtiments de générateurs et les tuyaux de vapeur sifflante omniprésents. Il y avait peu d'autres véhicules. En raison du danger que présentait la vapeur brûlante, cette zone était interdite au public, et tous les visiteurs étaient accompagnés.

A un moment donné, le car passa devant un immense parc d'aiguillage et de transformation. De là, des lignes de transport à haute tension, soutenues par des pylônes, amenaient le courant de l'autre côté des montagnes vers un couple de sous-stations distantes d'une soixantaine de kilomètres, où il était absorbé par la colonne vertébrale du système électrique de la G.S.P. & L.

Sur un petit plateau bitumé, il y avait plusieurs caravanes qui servaient de bureaux et de logements aux équipes sur place. Le car s'arrêta à côté d'elles. Teresa Van Buren conduisit ses invités dans une caravane où des couverts avaient été disposés sur des tables à tréteaux. A l'intérieur, elle dit à un aide-cuisinier en veste blanche : « O.K., ouvrez la cage du tigre. » Il sortit de sa poche une clé avec laquelle il ouvrit une armoire murale qui contenait des alcools, du vin et des mélanges. Il apporta ensuite un seau de glace, et la directrice des relations publiques annonça : « Que chacun se serve. »

Les journalistes en étaient presque tous à leur deuxième verre quand le son d'un moteur d'avion se fit entendre et prit rapidement du volume. Par les fenêtres de la caravane, plusieurs personnes virent descendre un petit hélicoptère ; il était peint aux couleurs orange et blanc de la G.S.P. & L. et portait l'insigne de la compagnie. Il se posa tout à côté ; les pales s'arrêtèrent ; une porte à l'avant du fuselage s'ouvrit. Nim Goldman apparut.

Quelques instants plus tard, Nim rejoignit le groupe réuni dans la caravane. Teresa Van Buren dit simplement : « Je pense que la plupart d'entre vous connaissent Mr. Goldman. Il est venu ici pour répondre à vos questions.

— Je poserai la première, déclara gaiement un correspondant de la télévision. Puis-je vous préparer un verre ?

— Merci, répondit Nim avec un grand sourire. Vodka et tonic.

— Mon Dieu, mon Dieu ! fit observer Nancy Molineaux. Faut-il que vous soyez un personnage important pour venir en hélicoptère alors que nous autres n'avons eu droit qu'à l'autocar ! »

Nim regarda prudemment la jeune et jolie Noire. Il n'avait pas oublié leur précédente rencontre qui s'était terminée par une dispute ; et il se rappelait que Teresa Van Buren la trouvait excellente journaliste. Mais il continuait de considérer Nancy Molineaux comme une garce.

« Si cela peut vous intéresser le moins du monde, dit-il, j'avais un autre travail à terminer ce matin, et voilà pourquoi je suis parti après vous à bord d'un moyen de transport différent. »

Nancy Molineaux ne se découragea pas pour autant. « Est-ce que tous les directeurs de ce service utilisent des hélicoptères quand ils en ont envie?

— Nancy, coupa sèchement Van Buren, vous savez parfaitement que non.

— Notre compagnie, intervint Nim, possède et exploite une demi-douzaine de petits appareils, dont deux hélicoptères. Ils servent surtout à inspecter les lignes de transport, vérifier les niveaux de neige en montagne, transporter des fournitures urgentes et parer à n'importe quelle situation imprévue. A l'occasion — mais c'est rare — un hélicoptère peut transporter un directeur de la compagnie si le motif est important. On m'avait dit que cette réunion était importante.

— Sous-entendez-vous que maintenant vous n'en êtes plus si sûr?

— Puisque vous me le demandez, Miss Molineaux, répliqua Nim avec une grande froideur, j'avoue que j'ai des doutes.

— Hé, ça suffit, Nancy! cria une voix dans le fond de la caravane. Cela n'intéresse personne. »

Miss Molineaux se retourna vers ses confrères. « Eh bien, moi, cela m'intéresse. Cela m'intéresse de savoir comment l'argent du public est gaspillé et, si vous vous en fichez, vous avez tort.

— Le but de votre présence ici, leur rappela Van Buren, est de voir nos opérations géothermiques et de parler de...

— Non! interrompit Miss Molineaux. C'est votre but. La presse décide de ses propres objectifs, qui peuvent inclure certains des vôtres, mais aussi d'autres choses que nous verrons, entendrons, et choisirons de traiter dans nos articles.

— Elle a raison, bien entendu. » Ce commentaire fut émis par un homme doux, à lunettes sans monture, qui représentait le *Sacramento Bee*.

« Tess, dit Nim à Van Buren en savourant son mélange de vodka et de tonic, décidément je préfère mon poste au vôtre. »

Plusieurs personnes éclatèrent de rire; la directrice des relations publiques haussa les épaules.

« Si vous en avez terminé avec ces conneries, dit Nancy Molineaux, j'aimerais bien connaître le prix d'achat de cet élégant hélicoptère, et le coût d'une heure de vol.

— Je me renseignerai, lui dit Van Buren, et si je peux me procurer les chiffres et si nous décidons de les publier, je ferai demain une déclaration à la presse. D'un autre côté, si nous décidons qu'il s'agit d'une affaire intérieure de la compagnie et qui ne vous concerne pas, je le dirai aussi.

— Dans ce dernier cas, déclara Miss Molineaux imperturbable, je trouverai bien un autre moyen de le savoir. »

Le déjeuner avait été apporté pendant la discussion — un grand plateau de pâtés de viande chauds, et, dans de larges assiettes en faïence, une purée de pommes de terre et des pâtes. Deux brocs en porcelaine contenaient de la sauce fumante.

« Mangez! commanda Teresa Van Buren. C'est de la nourriture de caserne, mais bonne pour les gourmands. »

Lorsque le groupe commença à se servir, les appétits ayant été aiguisés par l'air de la montagne, les tensions des minutes précédentes se calmèrent. Le repas se termina par des pommes cuites (une demi-douzaine par personne) accompagnées de crème fraîche et de plusieurs pots de café fort.

« Je suis rassasié », annonça le *Los Angeles Times*. Il se renversa en arrière, se frictionna le ventre et soupira. « Il vaut mieux parler boulot, Tess, pendant que nous ne dormons pas encore. »

Le reporter de la télévision qui avait préparé le verre de Nim lui demanda : « Ces geysers dureront combien d'années ? »

Nim, qui avait peu mangé, but les dernières gouttes de son café non sucré puis repoussa sa tasse. « Je vais vous répondre, mais commençons par bien préciser une chose. Nous ne nous trouvons pas au-dessus de geysers, mais de fumerolles. Les geysers lancent en l'air de l'eau bouillante avec de la vapeur ; les fumerolles, uniquement de la vapeur — ce qui est bien meilleur pour actionner des turbines. Quant à vous dire combien de temps durera la vapeur, la vérité est que personne ne le sait. Nous en sommes réduits aux suppositions.

— Votre supposition ? interrogea Nancy Molineaux.

— Trente ans minimum. Peut-être le double. Peut-être davantage.

— Dites-nous ce qui se passe là-dessous dans cette bouilloire du diable, demanda le *New West*.

— Autrefois, expliqua Nim, la terre était une masse en fusion : gazeuse et liquide. Quand elle s'est refroidie, une croûte s'est formée et c'est grâce à elle que nous vivons sans être frits. Mais en profondeur, une trentaine de kilomètres en dessous, il fait toujours aussi chaud, et cette chaleur résiduelle fait jaillir de la vapeur à travers des plaques minces de l'écorce terrestre. Comme ici.

— Qu'entendez-vous par mince ? questionna le *Sacramento Bee*.

— Nous sommes probablement ici à huit kilomètres au-dessus de la masse en fusion. Sur ces huit kilomètres, il y a des fractures de surface où s'est rassemblé le gros de la vapeur. Quand nous forons un puits, nous essayons d'atteindre l'une de ces fractures.

— Combien d'autres sites de ce type produisent de l'électricité ?

— Une poignée seulement. La plus ancienne centrale géothermique se trouve en Italie, près de Florence. Il y en a une autre en Nouvelle-Zélande à Wairakei, et plusieurs au Japon, en Islande, en Russie. Aucune n'est aussi grande que celle de Californie.

— Il y en a bien d'autres en perspective, intervint Van Buren. En particulier dans ce pays.

— Où exactement ? s'enquit l'*Oakland Tribune*.

— Dans tout l'ouest des Etats-Unis, répondit Nim. Des montagnes Rocheuses au Pacifique.

— C'est aussi l'une des formes d'énergie les plus propres, les moins polluantes, et les plus sûres, ajouta Van Buren. Et — au prix actuel — la moins onéreuse.

— C'est un tableau idyllique que vous nous brossez là tous les deux, dit Nancy Molineaux. Soit. Deux questions, s'il vous plaît. La première : Tess a employé le mot " sûr ". Mais il y a eu des accidents ici. Est-ce vrai ? »

Tous les journalistes étaient maintenant très attentifs ; les uns écrivaient sur des carnets, d'autres avaient déclenché leurs magnétophones.

« C'est vrai, reconnut Nim. Il y a eu deux accidents sérieux, à trois ans d'intervalle, l'un et l'autre quand des têtes de puits ont sauté. C'est-à-dire quand le jaillissement de la vapeur a échappé à tout contrôle. Nous avons réussi à obturer un puits. L'autre — Old Desperado comme on l'a appelé — nous n'avons jamais pu l'obturer complètement. Vous pouvez le voir d'ici. »

Il se dirigea vers une fenêtre de la caravane et désigna un espace clôturé à quatre cents mètres de distance. A l'intérieur de la clôture, de la vapeur s'élevait sporadiquement en une douzaine de points à travers la boue en ébullition. Au-dehors, de grands écriteaux rouges annonçaient : DANGER EXTRÊME. N'APPROCHEZ PAS. Les journalistes se tordirent le cou pour regarder, puis regagnèrent leurs sièges.

« Quand Old Desperado a sauté, poursuivit Nim, sur quinze cents mètres à la ronde il a plu de la boue brûlante, avec des rochers qui tombaient comme de la grêle. Les dégâts ont été considérables. Des saletés se sont installées sur des lignes et des transformateurs, ont provoqué partout des courts-circuits, et nous n'avons rien pu faire pendant une semaine. Heureusement, l'accident s'est produit la nuit ; peu d'ouvriers travaillaient, et il n'y a eu que deux blessés ; aucun mort. La seconde éruption, sur un autre puits, a été moins grave et n'a fait aucune victime.

— Est-ce qu'Old Desperado pourrait entrer une nouvelle fois en éruption ? questionna le correspondant du petit journal local.

— Nous croyons que non. Mais, comme tout ce qui est en rapport avec la nature, sans garantie.

— L'important, insista Nancy Molineaux, c'est qu'il y a des accidents.

— Des accidents se produisent partout, trancha Nim. Ce que Tess voulait dire, à juste titre, c'est qu'ils sont rares. Quelle est votre seconde question ?

— Celle-ci. En supposant que ce que vous nous avez dit tous les deux soit vrai, pourquoi le géothermique n'est-il pas plus développé ?

— Réponse facile, ironisa le *New West*. Ils vous affirmeront que c'est la faute des écologistes ! »

Nim contre-attaqua vivement. « Faux ! C'est entendu, la Golden State Power a eu des différends avec les défenseurs de l'environnement et en aura sans doute d'autres. Mais la raison pour laquelle les ressources géothermiques ne se sont pas développées plus vite porte un nom : les hommes politiques. Plus particulièrement, le Congrès des États-Unis. »

Van Buren lança à Nim un regard qui recommandait la prudence et qu'il ignora.

« Un moment! s'écria l'un des correspondants de la télévision. Je voudrais enregistrer cette déclaration sur pellicule. Si je prends des notes maintenant, voudrez-vous le répéter dehors?

— Oui, acquiesça Nim. Je le ferai.

— En attendant, continuez pour les vrais journalistes! protesta l'*Oakland Tribune*.

— La plupart des terrains propres à l'installation des centrales géothermiques, qui auraient dû être explorés depuis longtemps, sont la propriété du gouvernement fédéral.

— Dans quels États? demanda quelqu'un.

— L'Oregon, l'Idaho, le Montana, le Nevada, l'Utah, le Colorado, l'Arizona, le Nouveau-Mexique. Et beaucoup d'autres sites en Californie.

— Continuez! » insista une autre voix. Les stylos à bille couraient sur les carnets.

« Eh bien, dit Nim, il a fallu dix bonnes années d'inaction, de parlotes et de politique au Congrès avant le vote d'une loi autorisant des locations géothermiques à bail sur des terrains publics. Ensuite il y a eu trois nouvelles années d'atermoiements pour que soient rédigées les réglementations concernant l'environnement. Et maintenant encore, peu de locations à bail ont été octroyées, quatre-vingt-dix pour cent des candidatures s'étant perdues dans les arcanes de la bureaucratie.

— Voudriez-vous dire, suggéra le *San Jose Mercury*, que pendant tout ce temps-là nos politiciens patriotes exhortaient les gens à préserver l'énergie, à payer des coûts et des taxes plus élevés sur le carburant, et à dépendre moins du pétrole importé?

— Laissez-le le dire lui-même, gronda le *Los Angeles Times*. Je veux une citation directe.

— Vous l'avez, répondit Nim. J'accepte les mots qui viennent d'être employés. »

Teresa Van Buren intervint avec fermeté. « En voilà assez! Parlons de Fincastle Valley. Nous allons tous y aller dès que nous aurons terminé ici. »

Nim sourit de toutes ses dents. « Tess cherche à m'épargner des ennuis sans toujours y parvenir. Soit dit en passant, l'hélicoptère va repartir bientôt; je reste avec vous pendant toute la journée de demain. O.K.... Fincastle. » Il tira de sa serviette une carte qu'il épingla sur le panneau des notes de service.

« Fincastle — vous pouvez vous en rendre compte sur la carte — est situé à deux vallées d'ici vers l'est. C'est une zone non occupée et nous savons qu'elle est une source d'énergie géothermique. Des géologues nous ont avertis qu'il y avait des possibilités spectaculaires, peut-être de quoi produire deux fois plus de courant électrique qu'ici. Les débats publics sur nos plans concernant Fincastle vont, évidemment, commencer bientôt.

— Puis-je...? » demanda Van Buren.

Nim recula d'un pas et attendit.

« Mettons les choses au point, déclara la directrice des relations publiques au groupe de journalistes. Avant les débats, nous n'essayons pas de vous convertir, ou de faire des concessions à l'opposition. Nous désirons tout simplement que vous compreniez l'enjeu et que vous connaissiez les sites qui figurent dans nos projets. Merci, Nim.

— Autre information, continua Nim, au sujet de Fincastle — et aussi de Devil's Gate que nous visiterons demain. A eux deux, ils représentent un Niagara de pétrole arabe que l'Amérique n'aura pas à importer. A l'heure actuelle, notre installation géothermique économise dix millions de barils de pétrole par an. Nous pouvons tripler ce chiffre si... »

La conférence de presse se poursuivit, avec ses informations et ses questions contradictoires tempérées par quelques gaudrioles.

15

L'enveloppe bleu pâle portait une adresse dactylographiée qui commençait par

NIMROD GOLDMAN ESQUIRE. PERSONNEL

Une note de la secrétaire de Nim, Vicki Davis, était agrafée à l'enveloppe :

Mr. London lui-même a fait passer ceci au détecteur de métal du courrier. Il dit que vous pouvez l'ouvrir.

La note de Vicki était doublement satisfaisante. Elle signifiait que le courrier arrivant au siège social de la G.S.P. & L. et portant la mention *personnel* (ou *confidentiel*, comme sur les récentes lettres piégées) était manipulé avec précaution. Et aussi qu'on utilisait maintenant un nouveau dispositif de détection.

Il y avait une autre chose dont Nim avait fini par s'apercevoir : depuis le jour où Harry London avait presque certainement sauvé la vie de Nim et de Vicki Davis, London semblait s'être nommé tout seul « protecteur permanent » de Nim. Vicki, qui éprouvait à présent pour le chef du service de la Protection des biens un sentiment proche de la vénération, coopérait à sa façon : elle lui faisait parvenir d'avance le programme quotidien des rendez-vous et des déplacements de Nim. Ayant appris par hasard cet arrangement, Nim ne savait pas trop s'il devait lui en savoir gré, s'en irriter, ou s'en amuser.

En tout cas, se dit-il, il était loin de la surveillance de London pour le moment.

Nim, Teresa Van Buren et le groupe de presse avaient passé la nuit dernière dans un avant-poste de la G.S.P. & L. — le Camp de Devil's Gate — qu'ils avaient atteint, toujours par car, après leur excursion à Fincastle Valley.

Le camp était situé à une soixantaine de kilomètres de la ville la plus proche et abrité dans un creux de la montagne. Il comprenait une demi-douzaine de maisons appartenant à la compagnie où logeaient les ingénieurs et les contremaîtres résidents ainsi que leurs familles, une petite école — actuellement fermée pour les vacances d'été — et deux caravanes de type motel, l'une pour les employés de la G.S.P. & L., la seconde pour les visiteurs. Au-dessus, des lignes de transport à haute tension sur des pylônes d'acier rappelaient les objectifs de la petite communauté.

Le groupe de presse avait été réparti selon le sexe, puis logé à quatre par chambre dans la caravane des visiteurs qui était simple mais pourvue d'un confort suffisant. Cet arrangement avait provoqué quelques grognements, ce qui laissait supposer qu'avec plus d'intimité certains auraient volontiers sauté d'un lit à un autre.

Nim bénéficiait d'une chambre particulière dans la caravane des employés. Après le dîner, il était resté pour boire un verre avec plusieurs journalistes; il avait même participé pendant deux heures à une partie de poker, puis il s'était excusé et était allé se coucher à minuit. Ce matin, il s'était réveillé frais et dispos et se sentait prêt pour le petit déjeuner qui devait être servi à sept heures et demie.

Sur une véranda devant la caravane des employés, dans l'air pur du matin, il examina l'enveloppe bleu pâle.

Elle lui avait été apportée par un courrier de la compagnie qui voyageait de nuit pour faire parvenir la correspondance de la G.S.P. & L. à Devil's Gate et aux autres postes avancés. Cela faisait partie d'un système de communications intérieures, si bien que la lettre adressée à Nim n'imposait aucune charge supplémentaire. Tout de même, pensa-t-il non sans une certaine aigreur, si Nancy Molineaux apprenait qu'une lettre personnelle lui était parvenue par cette voie, sa malveillance trouverait un nouvel exutoire. Heureusement, elle n'en saurait rien.

Le souvenir désagréable de la Molineaux avait été ravivé par Teresa Van Buren. Lorsqu'elle remit à Nim sa lettre quelques minutes plus tôt, Tess lui raconta qu'elle en avait reçu une autre qui contenait le renseignement qu'elle avait demandé la veille au sujet des coûts de l'hélicoptère. Scandalisé, Nim protesta. « Vous allez vraiment aider cette putain à nous clouer au pilori?

— La traiter de tous les noms ne changera rien », répliqua patiemment Van Buren avant d'ajouter : « Quelquefois, les grands patrons comme vous ne comprennent rien aux relations publiques.

— Si c'en est un exemple, vous avez fichtrement raison!

— Écoutez, nous ne pouvons pas les gagner tous à notre cause. J'admets que Nancy m'a exaspérée sur le moment mais, en y réfléchissant, je me suis dit qu'elle parlerait de l'hélicoptère dans son journal, quoi que nous disions ou fassions. Par conséquent il vaut mieux qu'elle ait des chiffres exacts parce que, si elle se renseigne ailleurs, ou si quelqu'un lance des chiffres en l'air, ils seront évidemment exagérés. Autre chose : je veux être honnête avec Nancy, et elle le sait. Dans l'avenir, si un autre problème surgit, elle me fera confiance et il s'agira peut-être cette fois-là d'une affaire beaucoup plus importante.

— Je ne m'attends guère, dit Nim, à ce que cette vipère écrive un jour quelque chose de favorable.

— Je vous reverrai au petit déjeuner, dit la directrice des relations publiques en partant. Et rendez-vous un grand service : reprenez votre sang-froid. »

Mais il ne s'apaisa pas. Encore fulminant intérieurement, il ouvrit l'enveloppe bleue.

Elle ne contenait qu'un seul feuillet, d'un papier du même bleu que l'enveloppe. Avec pour en-tête : *Karen Sloan.*

Il se rappela tout subitement. Karen lui avait dit : « *Je compose parfois des poèmes. Cela vous ferait-il plaisir si je vous envoyais quelques-uns de mes vers ?* » Et il avait répondu oui.

Les mots étaient très bien dactylographiés.

> Aujourd'hui j'ai trouvé un ami,
> Ou peut-être m'a-t-il trouvée,
> Ou était-ce le destin, la chance, une circonstance...
> La prédestination, peu importe le nom ?
> Étions-nous jadis comme ces étoiles dont les orbites,
> Conçues au commencement des temps,
> La saison venue,
> Se croisent ?
> Nous ne le saurons jamais,
> Mais tant pis ! Car l'instinct me dit
> Que notre amitié, nourrie,
> Se fortifiera.
>
> De lui, j'aime tant de choses :
> Ses manières discrètes, sa cordialité,
> La gentillesse de son esprit, son intelligence,
> Un visage franc, un regard bon, un sourire toujours prêt.
>
> « Ami », ce n'est pas un mot facile à définir. Et pourtant,
> C'est ce que tout cela signifie pour moi
> Concernant celui que, même maintenant,
> J'espère revoir
> Et je compte les jours et les heures
> Avant une deuxième rencontre.

Que lui avait dit d'autre Karen ce jour-là dans son appartement ? « *Je suis capable de me servir d'une machine à écrire électrique. Je la fais fonctionner avec un bâtonnet entre mes dents.* »

Brusquement ému, Nim se la représenta en train de peiner — lentement, patiemment — sur les mots qu'il venait de lire, avec le bâtonnet bien serré entre ses dents, et remettant sa tête blonde — la seule partie d'elle-même qu'elle pouvait bouger — en position après chaque effort laborieux pour enfoncer une lettre de son clavier. Il se demanda combien Karen avait fait de brouillons avant la version parfaitement dactylographiée qu'elle lui avait adressée.

D'une manière imprévisible, son humeur s'était transformée. L'aigreur avait disparu, pour faire place à une chaleur reconnaissante.

En allant rejoindre le groupe de presse pour le petit déjeuner, Nim eut la surprise de rencontrer Walter Talbot Jr. Nim n'avait pas revu Wally depuis les obsèques de son père. Il fut d'abord un peu gêné en se rappelant sa dernière visite à Ardythe, puis il se raisonna en pensant que Wally et sa mère vivaient à part, très indépendants l'un de l'autre.

Wally le salua avec empressement. « Bonsoir, Nim! Qu'est-ce qui vous amène ici? »

Nim lui expliqua les mobiles de la réunion de presse, avant de demander: « Et vous? »

Wally lança un coup d'œil aux lignes à haute tension. « Nos hélicoptères ont découvert des isolateurs brisés sur l'un des pylônes; c'est sans doute un chasseur qui les a visés pour s'entraîner au tir. Mon équipe va remplacer toutes les lignes qui ont chauffé. Nous espérons avoir fini cet après-midi. »

Pendant leur conversation, un troisième homme les rejoignit. Wally le présenta: « Fred Wilkins, technicien de la compagnie.

— Heureux de vous connaître, monsieur Goldman. J'ai entendu parler de vous, et je vous ai souvent vu à la télévision. »

Le nouveau venu devait approcher de la trentaine; il avait une tignasse rousse et il était bien bronzé par le soleil.

« Comme vous pouvez le voir d'après son teint, dit Wally, Fred habite ici.

— Le camp vous plaît-il? s'enquit Nim. Ne vous y sentez-vous pas un peu isolés? »

Wilkins secoua énergiquement la tête. « Ni moi ni ma femme, monsieur. Nos gosses aussi y sont heureux... Respirez cet air, voyons! Il est tellement meilleur que dans n'importe quelle ville. Et il y a beaucoup de soleil. Beaucoup de poissons aussi si vous aimez la pêche.

— Je pourrais y passer mes vacances, en somme », dit Nim en riant.

« Papa! appela la voix flûtée d'un enfant. Est-ce que le facteur est passé? »

Un petit garçon accourait vers les trois hommes. Il avait un joyeux visage piqueté de taches de rousseur et des cheveux roux qui ne laissaient aucun doute sur ses origines.

« Seulement le facteur de la compagnie, mon fils, répondit Fred Wilkins. La camionnette de la poste n'arrivera pas avant une heure. » Il expliqua aux autres : « Danny est très excité parce que c'est son anniversaire aujourd'hui. Il espèce recevoir quelques paquets.

— J'ai huit ans », annonça fièrement le petit garçon ; il avait l'air robuste et fort pour son âge. « J'ai déjà eu des cadeaux. Mais il pourrait y en avoir d'autres.

— Bon anniversaire, Danny ! » dirent d'une même voix Nim et Wally.

Ils se séparèrent bientôt. Nim reprit la direction de la caravane des visiteurs.

16

Dans la demi-obscurité du tunnel du canal de fuite, l'*Oakland Tribune* cria en essayant de dominer le formidable grondement de l'eau : « Lorsque ces deux jours seront terminés, je demanderai qu'on m'affecte pendant une semaine aux notices nécrologiques ; au moins, je pourrai me reposer ! »

Ses voisins sourirent mais secouèrent la tête car ils n'avaient pu entendre ses paroles pour deux raisons : le bruit assourdissant de l'eau qui, resserrée, se précipitait avec violence, et les tampons de coton hydrophile dans leurs oreilles. Teresa Van Buren leur avait distribué ce coton qui amortissait un peu les échos du tunnel, après que le groupe eut descendu un escalier taillé dans le roc vers l'endroit où le canal de fuite de la centrale 1 de Devil's Gate se déversait tumultueusement dans la rivière Pineridge, huit mètres plus bas.

Pendant qu'ils fignolaient leurs tampons en se préparant à entrer dans le tunnel, quelqu'un avait crié : « Hé, Tess ! Pourquoi nous faites-vous passer par la porte de service ?

— C'est l'entrée des fournisseurs, répondit-elle. Depuis quand des types comme vous mériteraient-ils mieux ? De plus vous rouspétez toujours parce que vous avez besoin de couleur pour vos articles. En voici.

— De la couleur ? Là-dedans ? » avait dit avec scepticisme le *Los Angeles Times* en scrutant le noir qui, devant lui, n'était ponctué que de quelques ampoules électriques. Le tunnel semblait approximativement circulaire ; il avait été creusé dans de la roche dure, et ses murs étaient restés rugueux et non façonnés comme à l'époque des travaux. Les ampoules électriques se succédaient près du toit. Entre elles et l'eau grondante, une coursive étroite était suspendue à mi-hauteur ; ce serait par là que passeraient les visiteurs; des cordes de chaque côté pouvaient servir de prises pour les mains.

Après le petit déjeuner, Nim Goldman avait expliqué aux journalistes ce qu'ils allaient voir : « Une centrale hydroélectrique, entièrement souterraine, à l'intérieur d'une montagne. Plus tard, nous parlerons du projet de centrale d'accumulation par pompage à Devil's Gate, qui sera aussi souterraine, absolument invisible. »

Il continua : « Le canal de fuite, où nous irons d'abord, est en réalité le dernier maillon du processus de production. Mais il vous donnera une idée des forces auxquelles nous avons affaire. L'eau que vous verrez aura passé par les palettes des turbines, qu'elle entraîne, et elle sort en quantités formidables. »

A l'extérieur du tunnel, ceux qui se penchaient au-dessus du garde-fou métallique pouvaient observer la jonction de l'impressionnant torrent avec le tourbillon déjà furieux.

« Ma foi, je n'aimerais pas tomber là-dedans! commenta *K.F.S.O. Radio*. Est-ce jamais arrivé à quelqu'un? demanda-t-il à Van Buren.

— Une seule fois à notre connaissance. Un ouvrier a glissé d'ici. C'était un bon nageur qui avait même gagné plusieurs médailles dans des concours, mais le courant dans le canal de fuite l'a emporté. Son corps n'est remonté à la surface que trois semaines plus tard. »

Instinctivement, les journalistes les plus près du garde-fou reculèrent d'un pas.

Une vingtaine de minutes plus tard, Nim entra le premier dans le tunnel.

Le froid humide qui y régnait contrastait avec la chaleur et le soleil du dehors. A mesure que le groupe avançait en file indienne, à quelques mètres au-dessus des eaux écumantes, le cercle de lumière du jour se rétrécissait derrière les visiteurs, tandis que devant eux les ampoules électriques semblaient se multiplier à perte de vue. De temps en temps, un journaliste s'arrêtait pour jeter un coup d'œil en bas non sans se retenir prudemment aux cordes.

Enfin, le bout du tunnel et une échelle d'acier verticale apparurent. Simultanément, un son nouveau se fit entendre : un bourdonnement de générateurs qui s'enfla en un puissant mugissement quand le groupe arriva au pied de l'échelle. Nim, toujours en tête, gravit l'échelle en faisant signe aux autres de le suivre.

Ils pénétrèrent par une trappe ouverte dans une chambre basse de générateur, puis ils montèrent par un escalier en spirale vers une salle de contrôle brillamment éclairée, deux étages au-dessus. Là, au vif soulagement de tout le monde, les murs insonorisés ne laissaient passer qu'un très faible bourdonnement.

Une grande fenêtre en verre blanc permettait de voir deux énormes générateurs en marche, juste au-dessous.

Dans la salle de contrôle, un technicien solitaire écrivait sur un journal de travail en étudiant une armée de cadrans, de lampes de couleur et d'enregistreurs à stylet qui occupaient tout un mur. Il se retourna quand il entendit l'arrivée du groupe ; grâce à sa tignasse rousse, Nim l'avait déjà reconnu.

« Bonjour, Fred Wilkins.

— Salut, monsieur Goldman. » Le technicien adressa un bref signe de tête aux visiteurs, puis se remit à écrire.

« Nous nous trouvons ici, déclara Nim, à cent cinquante mètres sous terre. Cette centrale a été construite en creusant un puits à partir de là-haut, exactement comme pour une mine. Un ascenseur va d'ici à la surface et, dans un autre puits, il y a des lignes de transmission à haute tension.

— Je ne vois pas beaucoup de monde qui travaille ici, fit observer le *Sacramento Bee*. Il était en train de regarder par la fenêtre l'étage du générateur où, effectivement, personne n'était visible.

Le technicien ferma son journal et sourit. « Dans deux minutes, vous en verrez encore moins. »

« C'est une centrale automatisée, expliqua Nim. Mr. Wilkins vient procéder à des vérifications de routine... » Il lui demanda : « Souvent ?

— Une fois par jour, monsieur.

— Le reste du temps, poursuivit Nim, la centrale est fermée à clé et sans surveillance, sauf s'il faut effectuer un petit travail d'entretien, ou si quelque chose ne tourne pas rond.

— Et comment mettez-vous en marche et arrêtez-vous les générateurs ? s'enquit le *Los Angeles Times*.

— Ces opérations sont faites par le centre de contrôle qui est à deux cents kilomètres d'ici. La plupart des nouvelles centrales sont conçues de cette façon. C'est une méthode très efficace et qui diminue notablement les frais de main-d'œuvre.

— Si quelque chose ne tourne pas rond, interrogea le *New West*, que se passe-t-il ?

— Le générateur en cause — ou même les deux — enverra un avertissement au contrôle, puis s'arrêtera automatiquement jusqu'à ce qu'une équipe de réparation arrive ici.

— Devil's Gate 2, la centrale d'accumulation par pompage, sera une centrale de ce type, intervint Teresa Van Buren. Invisible de l'extérieur, elle n'abîmera pas le paysage, et elle sera aussi peu polluante qu'économique. »

Nancy Molineaux ouvrit la bouche pour la première fois depuis son arrivée dans la salle de contrôle. « Il y a un tout petit détail que vous avez omis dans votre baratin, Tess. Le sacré grand réservoir qu'il faudra construire et l'inondation d'une zone naturelle.

— Un lac dans ces montagnes me paraît aussi naturel qu'une région désertique aride, riposta la directrice des relations publiques. Et de plus nous procurerons des facilités de pêche...

— Voulez-vous me permettre, Tess ? » dit Nim gentiment. Il était fermement décidé, aujourd'hui, à ne pas se mettre en colère, que ce fût contre Nancy Molineaux ou quelqu'un d'autre.

« Miss Molineaux a raison, dit-il au groupe de presse, dans la mesure où un réservoir est nécessaire. Il sera à quinze cents mètres d'ici, très haut au-dessus de nous, et visible seulement d'un avion ou aux amoureux de la nature qui consentiront à entreprendre une longue et pénible ascension. En le construisant, nous respecterons tout ce qui sauvegardera l'environnement...

— Le Sequoia Club n'est pas de cet avis, interrompit un reporter de la télévision. Pourquoi? »

Nim haussa les épaules. « Je n'en ai aucune idée. J'imagine que les débats publics nous l'apprendront.

— O.K., dit l'homme de la télévision. Continuez votre petite propagande. »

Se rappelant sa décision, Nim se mordit la langue pour ravaler la réplique que l'insolent aurait méritée. Avec les gens des media, pensa-t-il, c'était souvent une bataille difficile, un combat contre l'incrédulité, quelle que fût la sincérité de celui qui représentait une industrie ou un commerce! Seuls les croisés de la contestation, aussi mal informés qu'ils pouvaient être, voyaient leurs propos rapportés fidèlement et sans discussion.

Patiemment, il expliqua les vertus de l'accumulation par pompage : « La seule méthode connue qui permette d'accumuler de grosses quantités d'électricité en vue d'une utilisation ultérieure pour des pointes de demande maximum. En un sens, vous pourriez considérer Devil's Gate 2 comme une gigantesque batterie d'accus. »

Il y aurait deux niveaux d'eau, continua Nim : le nouveau réservoir et Pineridge River, beaucoup plus bas. Pour relier les deux niveaux, il faudrait des canalisations souterraines massives — ou des tunnels de canaux de prise et de canaux de fuite.

La centrale serait située entre le réservoir et la rivière, les canaux de prise se terminant à l'usine où commenceraient les tunnels de canaux de fuite.

« Lorsque la centrale produira de l'électricité, dit Nim, l'eau du réservoir s'écoulera vers le bas, actionnera les turbines, puis se déchargera dans la rivière, sous la surface.

« Mais à d'autres moments, le système fonctionnera dans le sens contraire. Lorsque les demandes d'électricité seront modestes — principalement pendant la nuit — Devil's Gate 2 ne produira pas d'électricité. L'eau sera pompée vers le haut à partir de la rivière — quelque quinze cents millions de litres à l'heure — afin de remplir le réservoir pour qu'il soit prêt le lendemain.

« La nuit, nous disposons ailleurs, dans le système de la G.S.P. & L., de grandes quantités d'énergie. Il ne nous en faudrait pas beaucoup pour actionner les pompes. »

New West intervint. « A New York, Con Edison essaie depuis vingt ans de construire une centrale comme celle-ci. Elle a été baptisée Storm

King. Mais les écologistes et beaucoup d'autres sont contre le projet.

— Il y a aussi des gens compétents qui sont pour, dit Nim. Malheureusement personne ne les écoute. »

Il raconta que la commission fédérale de l'Énergie avait demandé à Con Edison la preuve que Storm King ne troublerait pas la vie des poissons dans l'Hudson. Après plusieurs années d'étude, la réponse fut qu'il y aurait une réduction de quatre à six pour cent seulement dans la population adulte des poissons.

« Malgré cela, conclut Nim. Con Edison n'a toujours pas obtenu l'autorisation et, un jour, la population de New York le regrettera.

— C'est votre opinion, dit Nancy Molineaux.

— Naturellement c'est une opinion. Vous, Miss Molineaux, n'avez-vous pas d'opinions?

— Bien sûr qu'elle n'en a pas, répliqua le *Los Angeles Times*. Vous savez bien que nous autres, serviteurs de la vérité, ignorons totalement le parti pris et le préjugé.

— Je m'en étais déjà aperçu », répondit Nim avec un sourire narquois.

La journaliste de couleur se pinça les lèvres, mais ne fit aucun commentaire.

Un peu plus tôt, quand il avait parlé des poissons de l'Hudson, Nim avait été tenté de citer Charles Luce, président de Con Edison, qui avait un jour déclaré en public dans un moment d'exaspération : « Elle va venir, l'époque où l'environnement humain devra prévaloir sur l'habitat des poissons. Je pense qu'à New York elle est déjà arrivée. » Mais la prudence l'emporta. Ces propos avaient valu à Chuck Luce beaucoup d'ennuis et soulevé une tempête d'insultes chez les écologistes et d'autres. A quoi bon le rejoindre dans la réprobation qu'il avait suscitée?

D'autre part, pensa Nim, il avait déjà ses propres problèmes d'homme public avec ce maudit hélicoptère qui devait revenir dans l'après-midi à Devil's Gate pour le ramener en ville où du travail urgent l'attendait sur son bureau. Il s'était assuré, toutefois, que l'appareil n'arriverait pas avant le départ du groupe de presse par le car.

En attendant, écœuré par cette corvée et soulagé qu'elle fût sur le point de se terminer, il continua à répondre aux questions.

A quatorze heures, au Camp de Devil's Gate, les derniers retardataires montaient à bord du car de presse dont le moteur tournait déjà. Le groupe avait déjeuné; son voyage de retour durerait quatre heures. A cinquante mètres du car, Teresa Van Buren qui allait regagner la ville avec les journalistes disait à Nim : « Merci pour tout ce que vous avez fait, même si pour une part ça ne vous a pas plu du tout. »

Il répondit en souriant : « Je suis payé pour faire quelquefois des choses que je préférerais ne pas devoir faire. Tout a-t-il bien marché, d'après...? »

Nim s'interrompit, sans savoir exactement pourquoi, mais avec un instinct soudain et glacial que, non loin de lui, quelque chose se détraquait, se déréglait. Ils se trouvaient à proximité de l'endroit où il s'était arrêté ce matin avant le petit déjeuner ; il faisait toujours très beau ; le soleil déversait sa chaude lumière sur les arbres et les fleurs sauvages ; une brise légère brassait l'air odorant de la montagne. Les deux caravanes étaient visibles ; le car stationnait auprès de l'une et, sur le balcon de l'autre, deux employés qui n'étaient pas de service prenaient un bain de soleil. Dans la direction opposée, du côté des maisons réservées au personnel, un groupe d'enfants était en train de jouer ; quelques instants plus tôt, Nim avait reconnu le petit rouquin Danny qui s'amusait avec un cerf-volant, sans doute un cadeau d'anniversaire ; mais à présent Danny et le cerf-volant avaient disparu. Le regard de Nim se dirigea vers un gros camion de la G.S.P. & L. et une équipe d'hommes en tenue de travail, parmi lesquels il aperçut la silhouette mince et barbue de Wally Talbot Jr. Sur la route menant au camp, la petite camionnette bleue d'un fournisseur déboucha d'un virage.

Un journaliste impatient cria du car : « Alors, Tess, on s'en va ? »

Van Buren était intriguée. « Nim, qu'y a-t-il ?

— Je n'en suis pas sûr. Je... »

Un cri retentit dans l'espace dégagé du camp, dominant tous les autres bruits.

« Danny ! Danny ! *Ne bouge pas ! Reste où tu es !* »

En même temps, Nim et Van Buren se retournèrent dans la direction de la voix.

Un nouveau cri, cette fois proche d'un hurlement. « Danny ! M'entends-tu ? »

« Là-bas », Van Buren désigna un sentier escarpé, en partie caché par des arbres, à l'autre extrémité du camp. Un homme aux cheveux roux — le technicien, Fred Wilkins — dévalait la pente de toute la vitesse de ses jambes en criant.

« *Danny ! Fais ce que je te dis ! Arrête-toi ! Ne bouge pas !* »

Les enfants cessèrent de jouer. Tout étonnés, ils s'immobilisèrent en regardant du côté auquel ces appels frénétiques étaient destinés. Nim fit la même chose.

« *Danny ! Ne va pas plus loin ! J'arrive ! Ne bouge pas !* »

« Oh ! mon Dieu ! » murmura Nim.

A présent, il pouvait voir.

Le petit garçon, Danny Wilkins, était en train d'escalader l'un des pylônes qui portaient à travers le camp les lignes à haute tension. S'accrochant à un support d'acier qui se trouvait à mi-hauteur du pylône, il montait lentement, régulièrement. Son objectif, au-dessus de lui, était visible : le cerf-volant qu'il avait lancé et qui s'était maintenant empêtré dans une ligne de transport en haut du pylône. Un rayon de soleil montra à Nim ce qu'il avait entrevu si brièvement, quelques instants plus tôt, que sa mémoire n'avait pas enregistré : le reflet d'une courte perche en aluminium que le gosse serrait dans sa main. De toute évidence, Danny voulait l'utiliser pour récupérer son cerf-volant. Son petit visage était crispé sous l'effet de sa détermination, soit qu'il n'entendît pas les cris de son père, soit qu'il n'en tînt pas compte.

Nim et d'autres spectateurs s'élancèrent vers le pylône, avec un sentiment d'impuissance parce que le petit garçon continuait son ascension vers les lignes à haute tension. *Cinq cent mille volts.*

Encore assez loin, Fred Wilkins forçait l'allure le plus possible; il avait l'air désespéré.

Nim cria à son tour : « *Danny! Les fils sont dangereux! Ne bouge plus! Reste là!* »

Cette fois, l'enfant s'arrêta et regarda en bas. Puis il releva la tête vers le cerf-volant et reprit son escalade, un peu plus lentement mais en tendant devant lui la perche d'aluminium. Il n'était plus qu'à quelques dizaines de centimètres de la ligne la plus proche.

Ce fut alors que Nim découvrit qu'un homme, plus près du pylône, était passé à l'action. Wally Talbot. Courant à longues enjambées, il semblait voler; ses pieds touchaient à peine le sol, comme ceux d'un sprinter olympique.

Les journalistes se précipitèrent hors du car.

Ce pylône, comme ceux du camp, était entouré d'une clôture de protection en chaînons. On devait apprendre ultérieurement que Danny avait franchi la clôture en grimpant à un arbre et en se laissant tomber d'une branche basse. Wally Talbot arriva à la clôture et sauta. Au prix d'un effort surhumain il en saisit le haut et bascula de l'autre côté. Sans se préoccuper d'une main qu'il avait entaillée et qui saignait, il se lança à l'assaut du pylône.

Haletants, fascinés, les journalistes et les autres spectateurs suivaient d'en bas ses efforts. Trois ouvriers de l'équipe de Wally survinrent et, après avoir essayé plusieurs clés, déverrouillèrent une porte de la clôture. Une fois à l'intérieur, ils se mirent à escalader, à leur tour, le pylône. Mais Wally, beaucoup plus haut qu'eux, réduisait la distance qui le séparait du petit rouquin.

Fred Wilkins était arrivé au pied du pylône. A bout de souffle, il tremblait de tous ses membres. Il s'avança comme pour grimper lui aussi, mais quelqu'un l'arrêta.

Tous les regards étaient fixés sur les deux silhouettes les plus proches du sommet : Danny Wilkins qui n'était plus qu'à une cinquantaine de centimètres des lignes à haute tension, et Wally Talbot qui l'avait presque rejoint.

Et puis ce fut le drame — si rapide que les témoins ne purent ensuite se mettre d'accord sur la succession des événements, ni même sur leur nature.

En l'espace de ce qui sembla à peine une seconde, Danny — apparemment perché à quelques centimètres d'un isolateur qui séparait le pylône d'un des câbles de la ligne de transport — avança sa perche d'aluminium pour essayer de libérer le cerf-volant. Juste en même temps, d'un peu en dessous, sur le côté, Wally Talbot empoigna l'enfant, le tira et le maintint. Une fraction de seconde après, ils donnèrent tous les deux l'impression de déraper : Danny glissant vers le bas et s'accrochant à un support, et Wally perdant sa prise. Au même moment, peut-être instinctivement pour retrouver un équilibre précaire, Wally saisit la perche métallique quand Danny la lâcha. La perche décrivit un arc. Instantanément, une grosse boule grésillante jaillit, orange, la perche disparut, et Wally Talbot fut enveloppé d'un halo de flammes transparentes. Puis, avec la même soudaineté, les flammes s'éteignirent, et le corps de Wally s'affaissa tout flasque, immobile, en travers d'un support du pylône.

Par miracle, ni l'un ni l'autre ne tombèrent. Quelques secondes plus tard, deux ouvriers de l'équipe de Wally Talbot arrivèrent jusqu'à lui et commencèrent à le redescendre en douceur. Un troisième s'occupa de Danny Wilkins. L'enfant était apparemment indemne ; il sanglotait si fort qu'on l'entendait du sol.

Et puis, quelque part à l'autre bout du camp, une sirène commença à émettre des sons brefs et perçants.

17

Le pianiste du bar, après avoir joué « Hello Young Lovers! », attaqua d'une main nostalgique « Whatever Will Be, Will Be ».

« S'il persévère dans le genre rétro, déclara Harry London, je verserai des larmes dans ma bière. Une autre vodka, camarade ?

— Pourquoi pas ? Une double vodka, même! » Nim cessa d'écouter la musique pour s'écouter lui-même objectivement. Il nota qu'il avait la parole légèrement embrouillée. Il avait déjà beaucoup trop bu, il le savait, mais il s'en fichait éperdument. Il fouilla dans une poche, en retira les clés de sa voiture et les poussa à l'autre bout de la table. « Je vous les confie. Et veillez à ce que je rentre chez moi en taxi. »

London prit les clés. « Soyez tranquille. Vous pouvez finir la nuit dans mon repaire, si vous voulez.

— Non, Harry, merci. » Bientôt, quand l'alcool aurait davantage émoussé ses perceptions, Nim regagnerait son domicile ; en réalité il en avait terriblement envie. Il ne s'inquiétait pas de revenir dans un état d'ivresse avancée — cette nuit, du moins. Leah et Benjy dormiraient à poings fermés et ne le verraient pas. Quant à Ruth, toujours compréhensive et compatissante, elle lui pardonnerait.

« Savez-vous ce que je pense ? dit Nim. Je pense qu'il vaudrait mieux pour Wally qu'il soit mort. »

London but une gorgée de bière avant de répondre. « Peut-être Wally voit-il les choses différemment ? O.K., il a été très salement brûlé et il a perdu son zizi. Mais il y a d'autres... »

Nim éleva la voix. « Bon Dieu, Harry ! Comprenez-vous ce que vous venez de dire ? »

« Du calme ! » Des clients du bar s'étaient retournés dans leur direction. London ajouta à mi-voix : « Bien sûr que je comprends.

— Avec le temps... » Nim se pencha au-dessus de la table, choisissant ses mots avec les précautions que prendrait un prestidigitateur pour faire tenir une assiette en équilibre sur le bout de son nez. « Avec le temps, ses brûlures guériront. On lui fera des greffes de la peau. Mais vous ne pouvez pas commander un nouveau pénis dans un grand magasin.

— Exact ! Je ne peux pas le nier. » London secoua tristement la tête. « Pauvre diable ! »

Le pianiste interprétait maintenant « Lara's Theme », et Harry London essuya une larme.

« Vingt-huit ans ! dit Nim. Il a vingt-huit ans, Seigneur ! N'importe quel homme normal a encore devant lui à cet âge toute une vie de...

— Je n'ai pas besoin que vous me fassiez un dessin », interrompit sèchement London. Il acheva sa bière et en commanda une autre au barman. « Il y a une chose que vous ne devez pas oublier, Nim. Tous les mâles ne sont pas des bandeurs impénitents comme vous. S'il vous était arrivé ce qui est arrivé à Wally, je pourrais comprendre que vous vous imaginiez que votre vie est finie... » Il le regarda avec curiosité. « Avez-vous jamais tenu vos comptes ? Vous pourriez peut-être figurer dans l'annuaire des records du monde.

— Un écrivain belge, déclara Nim un moment distrait de ses sombres pensées, qui s'appelle Georges Simenon, affirme qu'il a couché avec dix mille femmes différentes. Je suis loin de ce chiffre.

— Peu importe. Ce que je veux dire, c'est que Wally n'a peut-être jamais attaché autant d'importance à son pénis que vous au vôtre. »

Nim hocha la tête. « J'en doute. » Il se rappelait les moments où il avait vu Wally Jr. avec sa femme Mary. Et ses instincts bien aiguisés lui avaient dit qu'ils s'entendaient fort bien sur le plan physique. Il se demanda tristement ce qui pourrait advenir de leur mariage.

La bière et la double vodka arrivèrent. « Quand vous reviendrez par ici, dit Nim au barman, rapportez la même chose. »

C'était le début de la soirée. Le bar où ils se trouvaient — le Ezy Duzzit, petit et obscur, avec un pianiste sentimental qui venait de se lancer dans « Moon River » — n'était pas loin du siège social de la G.S.P. & L. Nim et Harry London s'y étaient rendus à pied à la fin de leur journée de travail. Le troisième jour.

Les trois derniers jours avaient été l'une des pires périodes dans la vie de Nim.

Le premier jour, à Devil's Gate, la stupéfaction consécutive à l'électrocution de Wally Talbot Jr. n'avait duré que quelques secondes. Puis, alors même qu'on descendait Wally du pylône, les procédures d'urgence habituelles s'étaient déclenchées avec une rapidité saisissante.

Dans n'importe quel grand service public, les cas d'électrocution sont rares, mais il s'en produit forcément — en général plusieurs par an. Les causes peuvent en être une négligence momentanée qui rend inopérantes de coûteuses et strictes précautions de sécurité, ou bien un accident « de la millième chance » comme celui qui était si inopinément survenu sous les yeux de Nim et des autres.

Par une ironie du sort, la G.S.P. & L. avait un programme de publicité agressive, destinée aux parents et aux enfants, qui les avertissait des dangers possibles quand des cerfs-volants s'approchaient des lignes de transport aériennes. Elle avait dépensé des milliers de dollars en affiches et en bandes dessinées consacrées au sujet et distribuées notamment dans les écoles.

Comme Fred Wilkins, le technicien à tignasse rousse, devait le découvrir avec accablement un peu plus tard, sa femme, la mère de Danny, ne connaissait pas ce programme d'avertissement. Elle admit en pleurant qu'elle se souvenait vaguement d'en avoir entendu parler, mais elle avait oublié quand et où, et sa mémoire ne s'était pas réveillée quand le cerf-volant — cadeau d'anniversaire des grands-parents — était arrivé avec le courrier du matin ; elle avait aidé Danny à l'assembler. Tous ceux qui connaissaient Danny le dépeignirent sous les traits d'un « enfant décidé et intrépide » ; la perche d'aluminium qu'il avait emportée en gravissant le pylône était une gaffe que son père utilisait parfois pour la pêche en mer et qui était entreposée dans un hangar à outils où Danny l'avait souvent vue.

Personne ne savait encore tout cela, évidemment, quand une équipe de premiers secours alertée par la sirène du camp accourut pour administrer des soins à Wally Talbot. Il était évanoui, gravement brûlé sur diverses parties de son corps, et sa respiration s'était arrêtée.

L'équipe des premiers secours, commandée par une infirmière diplômée qui dirigeait le petit dispensaire du camp, commença aussitôt à pratiquer le bouche-à-bouche et le massage cardiaque. Sans que l'on interrompe cette méthode de réanimation, Wally fut transporté au dispensaire où l'infirmière, prenant par radio les instructions d'un médecin de la ville, utilisa un défibrillateur pour tenter de rétablir l'activité normale du cœur. La tentative réussit. Ainsi fut sauvée la vie de Wally.

Un hélicoptère de la compagnie avait entre-temps pris l'air en direction de Devil's Gate ; c'était le même qui aurait dû récupérer Nim. Il emmena directement Wally, accompagné de l'infirmière, à l'hôpital où on devait lui administrer des traitements plus efficaces.

Ce ne fut pas avant le lendemain que sa survie fut assurée et que l'on connut le détail de ses lésions.

Ce deuxième jour, la presse consacra une grande place à l'accident, dont l'impact se trouva renforcé par les témoignages de première main des journalistes présents. Le *Chronicle West* du matin lui consacra sa première page avec une manchette :

ÉLECTROCUTÉ PAR HÉROÏSME

L'après-midi, bien que l'histoire eût déjà un peu vieilli, le *California Examiner* publia en troisième page un récit signé par Nancy Molineaux et intitulé :

IL SE SACRIFIE POUR SAUVER UN ENFANT.

L'*Examiner* avait illustré l'article par une photo sur deux colonnes de Wally Talbot Jr., et par une autre du jeune Danny Wilkins qui portait un pansement sur un côté de la figure — résultat des écorchures qu'il s'était faites en glissant du haut du pylône, ses seules blessures.

En raison de son intérêt humain, l'histoire eut un retentissement national.

A l'hôpital Mount Eden de la ville, peu après midi ce deuxième jour, l'un des médecins traitants tint dans le couloir une conférence de presse improvisée. Nim, qui s'était rendu un peu plus tôt à l'hôpital et qui venait d'y retourner, écouta.

« L'état de Mr. Talbot est grave mais stable, et il est hors de danger immédiat, annonça le jeune médecin qui ressemblait à un Robert Kennedy réincarné. Il est atteint de brûlures sévères sur vingt-cinq pour cent de son corps, et il a été victime de plusieurs autres lésions.

— Pourriez-vous être plus précis, docteur ? demanda l'un des reporters. Quelles sont les autres lésions ? »

Le médecin lança un coup d'œil à un homme plus âgé qui se tenait à côté de lui et que Nim reconnut : c'était le directeur de l'hôpital.

« Mesdames et messieurs de la presse, dit le directeur, en temps ordinaire, par respect pour le domaine privé, aucune information supplémentaire ne devrait être divulguée. Dans le cas présent cependant, après en avoir discuté avec la famille, nous avons décidé d'un commun accord de ne rien cacher à la presse — d'être très francs afin de couper court à toute spéculation. Par conséquent il sera répondu à la dernière question. Mais auparavant je vous supplie — par considération pour le patient et sa famille — de vous montrer discrets dans ce que vous écrirez ou direz. Merci. Continuez, s'il vous plaît, docteur.

— Les effets de l'électrocution sur le corps humain sont toujours imprévisibles, déclara le médecin. Souvent, la mort survient quand de grosses charges d'électricité passent par des organes internes avant d'arriver au sol. Dans le cas de Mr. Talbot, cela ne s'est pas produit de sorte que, jusqu'à un certain point, il a eu de la chance. L'électricité a en effet parcouru la surface supérieure de son corps et est sortie vers le sol à travers le pylône métallique — par le chemin de sa verge. »

Il y eut des exclamations étouffées, puis un silence pendant lequel personne ne s'empressa de poser d'autres questions. Finalement un journaliste âgé se décida. « Et, docteur, l'état de...

— La verge a été détruite. Totalement brûlée. Maintenant, si vous voulez bien m'excuser... »

Dociles pour une fois, les journalistes s'éclipsèrent.

Nim était resté. Il se fit reconnaître par le directeur de l'hôpital et l'interrogea sur la famille de Wally Jr. — Ardythe et Mary. Nim ne les avait revues ni l'une ni l'autre depuis l'accident, mais il savait qu'il lui faudrait les affronter bientôt.

Il apprit ainsi qu'Ardythe était hospitalisée pour subir une cure de sédatifs. « Le choc a été terrible, dit le directeur. Je suppose que vous êtes au courant de la mort toute récente de son mari.

— Oui.

— La jeune Mrs. Talbot est avec son mari mais, pendant quelque temps, le blessé ne pourra recevoir aucune autre visite dans sa chambre. »

Alors, pendant que le directeur attendait, Nim griffonna un petit mot pour Mary ; il l'informait qu'il se tenait à son entière disposition si elle avait besoin de lui et que, de toute façon, il reviendrait le lendemain à l'hôpital.

Cette nuit-là, comme la précédente, Nim dormit très mal. Il revoyait mentalement la scène à laquelle il avait assisté à Devil's Gate ; ce cauchemar ne le quittait pas.

Dans la matinée du troisième jour, il vit Mary, puis Ardythe.

Mary le rencontra devant la chambre où Wally était encore l'objet de soins intensifs. « Wally a repris connaissance, lui dit-elle, mais il ne veut voir personne. Pas encore. » La femme de Wally était pâle et fatiguée, mais il lui restait un peu de ses manières habituelles de femme d'affaires. « Ardythe désire vous voir, cependant. Elle savait que vous viendriez. »

Nim lui dit gentiment : « Je suppose que les mots ne servent pas à grand-chose, Mary. Tout de même, j'ai beaucoup de chagrin.

— Nous en avons tous. » Mary le conduisit à une porte distante de quelques mètres et elle l'ouvrit. « Voici Nim, mère. » Elle ajouta : « Je retourne auprès de Wally. Je vous laisse. »

« Entrez, Nim » dit Ardythe. Elle était habillée, allongée sur un lit, soutenue par des oreillers. « N'est-ce pas ridicule... que je sois à l'hôpital moi aussi ? »

Il y avait une pointe de surexcitation dans sa voix, et Nim lui trouva les joues trop rouges, les yeux anormalement brillants. Il se rappela ce que le directeur de l'hôpital lui avait dit au sujet du choc et des sédatifs, mais Ardythe ne lui sembla pas du tout calmée.

Il commença gauchement : « Je voudrais savoir quoi dire... » Il s'arrêta et se pencha pour l'embrasser.

A sa vive surprise, Ardythe se raidit et tourna la tête. Les lèvres de Nim se posèrent maladroitement sur une joue qui était brûlante.

« Non ! protesta Ardythe. Je vous en prie... ne m'embrassez pas. »

Se demandant s'il l'avait contrariée d'une manière quelconque et trouvant difficile de deviner son humeur, il prit une chaise et s'assit à côté du lit.

Après un bref silence, elle murmura comme dans un rêve : « Ils disent que Wally vivra. Hier nous n'en étions pas sûrs, de sorte qu'aujourd'hui est meilleur. Mais je suppose que vous savez comment il vivra ; je veux dire, ce qui lui est arrivé.

— Oui, je le sais.

— Avez-vous suivi la même ligne de pensée que moi, Nim ? Je songe à une *raison* pour ce qui est arrivé...

— Ardythe, j'étais là. J'ai vu...

— Je ne parle pas de cela. Je veux dire : *pourquoi ?* »

Déconcerté, il secoua la tête.

« J'ai beaucoup réfléchi depuis hier, Nim. Et ma conclusion est que ce qui a l'air d'un accident a pu arriver à cause de nous — vous et moi. »

Ne comprenant toujours pas, il protesta. « S'il vous plaît, Ardythe ! Vous êtes excédée de fatigue. C'est un choc affreux, je le sais, surtout si tôt après Walter.

— Vous avez dit le mot juste. » Le visage et la voix d'Ardythe étaient tendus. « Nous avons péché, *si tôt* après la mort de Walter. J'ai le sentiment que je suis punie, que Wally, Mary, les enfants souffrent tous à cause de moi. »

Pendant un moment il resta muet, puis il s'écria avec véhémence : « Pour l'amour de Dieu, Ardythe, laissez cela ! C'est ridicule !

— Vraiment ? Réfléchissez bien quand vous serez seul, comme je l'ai fait. Et à l'instant même vous venez de dire : pour l'amour de Dieu. Vous êtes juif, Nim. Votre religion ne vous enseigne-t-elle pas à craindre la colère et le châtiment de Dieu ?

— En admettant qu'elle l'enseigne, je n'accepte pas tout cela.

— Moi non plus je ne l'acceptais pas, dit Ardythe avec tristesse. Mais maintenant je me pose des questions.

— Voyons, répliqua-t-il en cherchant désespérément les mots qui changeraient son état d'esprit, parfois la vie éprouve une famille — terriblement — pendant que d'autres familles sont épargnées. Ce n'est pas logique, ce n'est pas juste. Mais c'est ainsi. Je connais d'autres exemples ; vous aussi, sûrement.

— Comment savoir si ces autres exemples n'ont pas également été des châtiments ?

— Parce qu'ils ne pouvaient l'être. Parce que tout dans la vie est une question de chance — les chances que nous fabriquons nous-mêmes, par une erreur ou par hasard — par exemple le hasard qui fait que l'on se trouve au mauvais endroit au mauvais moment. Rien d'autre, Ardythe, et c'est pure folie de vous reprocher quoi que ce soit, pour ce qui est arrivé à Wally.

— Je voudrais vous croire, dit-elle. Mais je ne peux pas. Laissez-moi maintenant, Nim. On va me renvoyer chez moi cet après-midi. »

Il se leva. « Je passerai bientôt vous voir. »

Elle secoua la tête. « Je ne suis pas sûre que vous devriez venir. Mais téléphonez-moi. »

Il se baissa pour lui baiser la joue mais, se rappelant les propos qu'elle lui avait tenus, il se redressa et s'en fut sans bruit.

Une tempête s'était levée dans son crâne. Visiblement, Ardythe avait besoin de l'aide d'un psychiatre, mais si Nim le suggérait à Mary ou à quelqu'un d'autre, il serait obligé d'expliquer pourquoi — en détail. Même sous le sceau du secret médical, il ne se voyait pas du tout en train de le faire. Du moins, pas encore.

Le chagrin au sujet de Wally, d'Ardythe et de son dilemme personnel le poursuivit toute la journée.

Comme si cela ne suffisait pas, Nim fut l'objet d'une violente attaque, ce même après-midi, dans le *California Examiner*.

Il s'était demandé si, étant donné l'utilisation immédiate d'un hélicoptère pour transporter Wally hors du camp de Devil's Gate, Nancy Molineaux ne renoncerait pas à son intention de parler des autres emplois de l'hélicoptère.

Eh bien non.

Son histoire s'étalait dans un encadré face à l'éditorial.

Les chefs et les rois
... et Mr. Goldman de la G.S.P. & L.

Avez-vous réfléchi à ce que représenterait la possession d'un hélicoptère particulier qui vous promènerait là où vous auriez envie d'aller en vous permettant de vous détendre confortablement ?

La plupart d'entre nous ne connaîtront jamais ce plaisir raffiné.

Ceux qui le connaissent appartiennent à une certaine classe : le président des États-Unis, le shah d'Iran, le défunt Howard Hughes, à l'occasion le pape, et, oh oui, certains directeurs privilégiés de votre cher service public, Golden State Power & Light. Par exemple, Mr. Nimrod Goldman.

Pourquoi Goldman ? pourriez-vous me demander.

Ma foi, il semble que Mr. Goldman, qui est un vice-président de la G.S.P. & L., soit un personnage trop important pour voyager par car, même si l'autre jour il y en avait un — affrété par la Golden State Power — qui avait la même destination et de nombreuses places libres. Au lieu du car, il a choisi un hélicoptère qui...

L'encadré ne s'arrêtait pas là ; il contenait une photo d'un hélicoptère de la G.S.P. & L. ainsi qu'un portrait peu flatteur de Nim que, pensa ce dernier, Miss Molineaux avait dû sélectionner dans les archives de son journal.

Il y avait aussi un alinéa particulièrement préjudiciable à Nim :

Les consommateurs d'électricité et de gaz, déjà victimes des hauts tarifs du service public et avertis que ces tarifs doivent bientôt subir une nouvelle augmentation, peuvent se demander de quelle manière leur argent est dépensé par la G.S.P. & L., compagnie au service du public. Peut-être que si des directeurs comme Nimrod Goldman consentaient à voyager — comme nous — avec moins de faste, les économies qui en résulteraient, avec d'autres, pourraient contribuer à freiner cette hausse persistante des tarifs.

Vers quatre heures de l'après-midi, Nim replia le journal, cocha l'article et le remit à la secrétaire de J. Eric Humphrey. « Dites au président qu'il l'aurait sûrement lu, mais que je préfère qu'il le tienne de moi. »

Quelques minutes plus tard, Humphrey entra dans le bureau de Nim et jeta le journal par terre. Jamais Nim ne l'avait vu plus en colère. D'ailleurs, ce qui ne correspondait guère à son image de marque, il cria : « Mais, au nom du Ciel, à quoi avez-vous pensé en nous flanquant dans ce gâchis ? Ne savez-vous pas que la commission des Services publics est en train d'étudier notre demande de hausse des tarifs, et qu'elle rendra son arrêt dans les prochains jours ? Vous avez fait tout ce qu'il fallait pour soulever un tollé qui risque de nous mettre en très mauvaise posture. »

Nim se permit de libérer un peu de son irritation personnelle. « Mais si, je le sais ! » Il désigna le journal. « Je suis aussi bouleversé que vous par cet article. Mais cette maudite journaliste avait sorti son couteau de scalp. Si elle n'avait pas vu l'hélicoptère, ç'aurait été autre chose.

— Pas forcément ; pas si elle n'avait rien trouvé. En utilisant l'hélicoptère avec aussi peu de discrétion, vous lui avez servi le prétexte sur un plat. »

Sur le point de répliquer sèchement, Nim préféra se taire. Être accablé de reproches injustifiés, estima-t-il, faisait partie de son métier d'assistant du président. Quinze jours plus tôt, Humphrey avait déclaré à ses plus proches collaborateurs lors d'une petite réunion sans cérémonie : « Si vous pouvez vous épargner une demi-journée de voyage et faire plus vite et avec plus d'efficacité ce que vous avez à faire, utilisez un hélicoptère de la compagnie qui, en fin de compte, coûtera moins cher. Je sais que nous avons besoin de ces appareils pour patrouiller au-dessus des lignes de transmission et pour des missions imprévues, mais quand ils ne sont pas en service, cela ne coûte guère plus de les faire voler que de les conserver au sol. »

Eric Humphrey avait sans doute oublié autre chose ; il avait demandé à Nim de se charger de la « mise en condition » des journalistes au cours de ce voyage de deux jours, mais aussi de le représenter à une importante réunion de la chambre de commerce qui se tenait dans la matinée du premier jour. Comment Nim aurait-il pu faire les deux sans prendre un hélicoptère ? Heureusement, Humphrey était un homme juste : il s'en souviendrait probablement plus tard. Et Nim se dit que, si par hasard il l'avait oublié, cela n'aurait pas beaucoup d'importance.

Mais cette conjonction d'événements en trois jours l'avait épuisé et déprimé. Aussi, lorsque Harry London, qui connaissait quelques-uns des motifs de la morosité de Nim, était passé à son bureau pour lui proposer

117

de boire un verre après son travail, Nim avait accepté sans se faire prier.

A présent, il sentait que l'alcool s'emparait de lui et, s'il ne s'en trouvait pas plus heureux, un engourdissement croissant lui apportait un certain réconfort. Dans un recoin de son cerveau qui restait clair, Nim se méprisait pour la faiblesse que trahissait son propre comportement. Mais il se rappela que cela ne lui arrivait pas souvent et que, peut-être, le fait de se laisser aller une fois de temps en temps en disant *merde à tout* était une bonne thérapeutique.

« Permettez-moi de vous poser une question, Harry, dit Nim d'une voix épaisse. Avez-vous une religion ? Croyez-vous en Dieu ? »

London but une grande lampée, puis s'essuya les lèvres avec un mouchoir pour faire disparaître la mousse de la bière. « Non à la première question. Pour la seconde, je n'ai jamais fait grand cas de ne pas croire.

— Et la culpabilité personnelle ? En promenez-vous beaucoup avec vous ? » Nim se souvenait d'Ardythe : « *Votre religion ne vous enseigne-t-elle pas à craindre la colère et le châtiment de Dieu ?* » Dans l'après-midi il avait éludé la question. Mais depuis elle était revenue agiter son esprit.

« Je suppose que tout le monde trimbale quelque culpabilité. » London sembla avoir envie d'en rester là, puis il se ravisa et ajouta : « Il m'arrive de penser à deux types en Corée. De bons copains à moi. Nous étions partis en patrouille de reconnaissance près du Yalu. Ils se trouvaient en éclaireurs, assez loin devant nous. Et puis le feu de l'ennemi nous a cloués au sol. Mes deux copains avaient besoin d'aide pour revenir. J'étais sergent-chef, je commandais la patrouille, et j'aurais dû faire avancer mes hommes tout de suite pour essayer de les récupérer. Pendant que j'hésitais avant de prendre une décision, les cocos les ont découverts, et une grenade les a mis en miettes. C'est une culpabilité que je trimbale, une parmi d'autres. »

Il but encore, puis il dit : « Vous savez ce que vous faites, mon vieux ? Vous nous saoulez au chagrin. Drôle d'alcool ! »

Harry London dodelina solennellement la tête tandis que le pianiste du bar attaquait « As Time Goes by ».

DEUXIÈME PARTIE

1.

Davey Birdsong, qui venait de visiter l'impressionnant immeuble du Sequoia Club, s'enquit sur un ton fort irrévencieux : « Où est le sauna privé
de la présidente ? Ensuite je voudrais bien voir le siège en or massif de vos
cabinets. »

« Nous n'avons ni l'un ni l'autre », répondit Laura Bo Carmichael
d'un air un peu guindé. Elle n'était jamais tout à fait à son aise avec ce
Birdsong barbu, corpulent, moqueur qui, bien que naturalisé Américain
depuis plusieurs années, avait conservé les manières frustes de son Aus-
tralie natale. Il semblait même se faire un devoir de paraître inculte et de
s'habiller n'importe comment : aujourd'hui il portait un jean râpé et
rapiécé, des espadrilles lacées avec de la ficelle. Mais la présidente du Sequoia Club, qui avait déjà rencontré plusieurs fois Davey Birdsong à l'extérieur, savait parfaitement qu'il était un universitaire de valeur, licencié
en sociologie, et occasionnellement chargé de cours à l'université de Californie à Berkeley. Il avait de surcroît mis sur pied une coalition de consommateurs, de sectes religieuses et de groupes politiques de gauche qui
s'appelait p. & l.f.p. (*power* & *light for people* — énergie et lumière pour
le peuple) ; les initiales en minuscules étant destinées, selon Birdsong, à
« souligner que nous ne sommes pas des capitalistes ».

L'objectif déclaré du p. & l.f.p. était « la lutte sur tous les fronts
contre le monstre bouffi de profits qu'était la G.S.P. & L. ». Au cours de
divers affrontements, le p. & l.f.p. s'était opposé aux augmentations des
tarifs de l'électricité et du gaz, avait combattu la délivrance d'un permis
de construire pour une centrale nucléaire, s'était élevé contre la pratique
des relations publiques à la G.S.P. & L. — « brutale propagande payée
par les consommateurs à leur corps défendant », c'était ainsi que les qua-
lifiaient Birdsong et p. & l.f.p. — et avait réclamé une prise de contrôle
de la compagnie d'énergie par les municipalités. A présent, Birdsong cherchait à unir ses forces avec le prestigieux Sequoia Club pour s'opposer
aux derniers plans d'expansion de la G.S.P. & L. La proposition qu'il
avait faite dans ce sens allait être examinée au cours d'une conférence
avec les principaux dirigeants du club, qui devait commencer d'un instant
à l'autre.

« Eh bien, Laura ma poupée », s'exclama Birdsong en promenant son regard sur l'imposante salle du conseil d'administration où ils parlaient, « je suppose que ce doit être exaltant de travailler dans un décor aussi chic. Vous devriez voir mon galetas. Par comparaison avec ce que vous avez ici, c'est un cauchemar de clodo.

— Notre siège social nous a été donné il y a de nombreuses années comme faisant partie d'un legs, sous la condition que nous occuperions l'immeuble, faute de quoi nous ne recevrions pas les revenus substantiels qui allaient avec », expliqua-t-elle. A certains moments — et celui-ci était du nombre —, Laura Bo Carmichael trouvait plutôt gênant le majestueux hôtel particulier de Cable Hill où le Sequoia Club s'était installé et qui avait été la résidence urbaine d'un millionnaire; il évoquait trop la richesse et le luxe; personnellement elle aurait préféré quelque chose de plus simple, mais un déménagement aurait été une folie financière. Elle ajouta : « Je préférerais que vous ne m'appeliez pas " Laura ma poupée ".

— J'en prends bonne note. » En souriant, Birdsong sortit d'une poche un calepin et un stylo à bille, et écrivit quelques mots.

Repoussant son calepin, il considéra la silhouette svelte et élégante de Mrs. Carmichael. « Des legs, hein? dit-il en réfléchissant. Provenant de donateurs décédés. J'imagine que ce sont eux, et de gros donateurs vivants, qui entretiennent la richesse du Sequoia Club.

— Richesse? Tout est relatif. » Laura Bo Carmichael aurait été soulagée de voir arriver les trois collègues qui devaient la rejoindre pour participer à cette réunion. « Il est vrai que notre organisation a la chance d'avoir un support national, mais nous avons des frais considérables. »

Le gros barbu eut un petit rire. « Pas à ce point, toutefois, que vous ne puissiez distribuer un peu de cette manne à d'autres groupes — qui œuvrent dans le même sens que vous et qui en ont besoin.

— Nous verrons, dit avec fermeté Mrs. Carmichael, mais ne nous prenez pas pour des naïfs au point de venir ici jouer les parents pauvres, car nous savons à quoi nous en tenir. » Elle consulta des notes qu'elle aurait souhaité utiliser un peu plus tard. « Nous savons par exemple que votre p. & l.f.p. compte quelque vingt-cinq mille membres qui cotisent chacun pour trois dollars par an; ces cotisations sont recueillies par des démarcheurs qui font du porte à porte; elles s'élèvent donc à 75 000 dollars. Sur cette somme, vous prélevez pour vous un salaire de 20 000 dollars par an, plus des frais non déclarés.

— Il faut bien que je gagne ma vie.

— Vous la gagnez remarquablement bien, dirais-je. » Laura Bo consulta de nouveau ses notes. « De plus il y a vos honoraires de chargé de cours à l'université, un salaire fixe qui vous est payé par une organisation activiste, votre rémunération pour les articles que vous écrivez, le tout étant évalué à la coquette somme de 60 000 dollars par an, ce qui n'est pas mal pour le revenu personnel d'un contestataire comme vous. »

Davey Birdsong, dont le sourire s'était élargi au cours de cette énumération, ne parut pas déconcerté le moins du monde. « Quel joli travail de recherches ! » commenta-t-il.

Ce fut au tour de la présidente du Sequoia Club de sourire. « Oui, nous avons ici un excellent service de recherches. » Elle replia ses notes et les rangea. « Les documents dont je vous ai lu quelques extraits ne sont pas destinés à un usage externe, bien entendu. Je voulais simplement vous faire comprendre que nous savons que des contestataires professionnels dans votre genre ne sont pas sur la paille. Nous connaissant mieux, nous gagnerons du temps quand nous parlerons affaires. »

Une porte s'ouvrit discrètement ; un homme âgé, bien habillé, ayant des cheveux gris fer et des lunettes sans monture, pénétra dans la salle du conseil d'administration.

« Je crois, monsieur Birdsong, dit Laura Bo, que vous connaissez notre administrateur-secrétaire général, Mr. Pritchett. »

Davey Birdsong lui tendit une grosse main charnue. « Nous nous sommes déjà rencontrés deux ou trois fois sur le champ de bataille. Salut, Pritchy ! »

Lorsque sa main eut été vigoureusement secouée, le nouveau venu répondit sèchement : « Je n'avais jamais considéré que des débats sur l'environnement pussent être assimilés à des champs de bataille, mais je suppose qu'on peut voir les choses de cette façon.

— Très juste, Pritchy ! Et quand je vais au combat, moi, en particulier contre l'ennemi du peuple, la Golden State Power, je tire à boulets rouges et je continue à tirer. De plus en plus fort, c'est ma règle. Oh, je ne nie pas qu'il y ait une place pour votre type d'opposition. Il y en a une, au contraire. Vous apportez une note mondaine. Seulement, je suis celui qui fais les gros titres et qui passe à la télévision. A propos, les enfants, m'avez-vous vu à la télé avec le petit Goldman de la G.S.P. & L. ?

— Dans l'émission *Bonsoir,* acquiesça le secrétaire général. Oui, je vous ai vu. Je vous ai trouvé pittoresque mais, pour être objectif, Goldman a résisté très adroitement à votre harcèlement. » Pritchett retira ses lunettes pour les essuyer. « Peut-être qu'il y a une place comme vous dites pour votre type d'opposition à la G.S.P. & L. Il est même possible que nous ayons besoin l'un de l'autre.

— Bravo, Pritchy !

— La prononciation correcte est Pritchett. Ou, si vous préférez, vous pouvez m'appeler Roderick.

— Je prends note de cela, vieux Roddy », dit Birdsong en adressant un grand sourire à Laura Bo avant de sortir une nouvelle fois son calepin.

Pendant qu'ils parlaient, deux autres personnes entrèrent. Laura Bo Carmichael les présenta : Irwin Saunders et Mrs. Priscilla Quinn, également membres du comité directeur du Sequoia Club qui était à présent au complet. Saunders était un avocat presque chauve qui s'était spécialisé dans les divorces de personnalités connues et dont le nom était fréquemment cité dans les journaux. Mrs. Quinn, très élégante et séduisante quadragénaire, épouse d'un riche banquier, était réputée pour son zèle civique ainsi que pour son penchant à n'accorder son amitié qu'à d'autres gens fortunés ou importants. Elle serra avec une répugnance visible la main tendue de Davey Birdsong qu'elle dévisagea avec un mélange de curiosité et d'aversion.

« Je pense que nous pourrions tous nous asseoir pour parler affaires », suggéra la présidente.

Les cinq prirent place autour d'une longue table en acajou, au bout de laquelle s'installa Laura Bo.

« Nous sommes tous préoccupés, dit-elle, par les récentes propositions de la G.S.P. & L. dont le Sequoia Club a déjà décidé qu'elles seraient nuisibles à l'environnement. Nous nous y opposerons vigoureusement au cours des prochains débats publics. »

Birdsong tapa bruyamment du poing sur la table. « Et moi je dis : un triple ban pour le gang du Sequoia Club ! »

Irwin Saunders parut amusé. Mrs. Quinn arqua les sourcils.

« Ce que Mr. Birdsong a suggéré en liaison avec cette opposition, poursuivit la présidente, ce sont certains arrangements entre notre organisation et la sienne. Je lui demanderai de les préciser. »

L'attention se reporta sur Davey Birdsong. Pendant un court moment il considéra les quatre autres d'un œil aimable, puis il se lança dans son exposé.

« Le genre d'opposition dont nous parlons tous est une guerre — la G.S.P. & L. étant l'ennemi. Voir les choses autrement serait courir au-devant de la défaite. Par conséquent, tout comme dans une guerre, l'attaque doit être montée sur plusieurs fronts. »

Birdsong avait retiré son masque de clown et renoncé à la jovialité vulgaire du langage. Il continua : « Pour pousser un peu plus loin la comparaison avec la guerre, je dirai que tout en engageant le combat sur des points précis, nous ne devons laisser passer aucune occasion de harceler la G.S.P. & L., chaque fois qu'une telle occasion se présentera.

— Vraiment, s'écria Mrs. Quinn, je sais bien que vous nous avez prévenus qu'il s'agissait d'une comparaison, mais je trouve très déplaisant de parler de guerre. Après tout... »

Saunders, l'avocat, lui toucha le bras. « Priscilla, pourquoi ne pas le laisser finir ? »

Elle haussa les épaules. « Très bien.

— Les causes sont souvent perdues, Mrs. Quinn, déclara Birdsong, par suite d'un manque d'énergie, d'une hésitation à regarder en face la dure réalité.

— Argument valable, approuva Saunders.

— Venons-en aux questions spécifiques, insista Pritchett, le secrétaire général. Vous avez fait allusion, Mr. Birdsong, à plusieurs fronts. Lesquels ?

— Très juste ! » Birdsong redevint pratique. « Fronts un, deux et trois : les débats publics sur les projets annoncés de Tunipah, Fincastle

Valley et Devil's Gate. Vous voulez les combattre tous les trois ? Mon vaillant p. & l.f.p. les combattra aussi.

— Au fait, s'enquit Laura Bo, sur quels terrains manifesterez-vous votre opposition ?

— Je ne le sais pas encore avec certitude, mais ne vous inquiétez pas. D'ici peu nous aurons trouvé quelque chose. »

Mrs. Quinn parut choquée. Irwin Saunders sourit.

« Ensuite il y a les débats publics sur les tarifs ; c'est le front numéro quatre. Chaque fois que surgira une proposition en faveur d'une hausse des tarifs, le p. & l.f.p. s'y opposera farouchement, comme nous l'avons fait la dernière fois. Avec succès, pourrais-je ajouter.

— Quel succès ? demanda Roderick Pritchett. Autant que je sache, une décision n'a pas été annoncée.

— Vous avez raison : elle ne l'a pas été. » Birdsong eut le petit sourire de l'homme au courant. « Seulement j'ai des amis à la Commission des Services publics, et j'ai appris ce qui en sortira dans deux ou trois jours — un communiqué qui sera une très mauvaise nouvelle pour la G.S.P. & L.

— La compagnie est-elle déjà avertie ? interrogea Pritchett avec curiosité.

— J'en doute.

— Continuons, dit Laura Bo Carmichael.

— Le cinquième front, reprit Birdsong, qui est extrêmement important, est l'assemblée annuelle de la G.S.P. & L qui se tiendra dans deux semaines et demie. J'ai quelques projets en tête, mais je préférerais que vous ne me posiez pas trop de questions à leur sujet.

— Vous sous-entendez, dit Saunders, que nous serions plus à notre aise en les ignorant.

— Exactement.

— Alors, demanda Laura Bo, de quelle sorte de liaison parlez-vous ? »

Birdsong sourit en frottant d'une manière suggestive un pouce contre deux doigts. « Cette sorte de liaison. L'argent.

— Je pensais bien que nous en arriverions là, dit Pritchett.

— Autre chose à propos de notre travail en commun, déclara Birdsong. Il vaudrait mieux qu'il ne soit pas rendu public. Il devrait être confidentiel, rester notre secret.

— Dans ce cas, objecta Mrs. Quinn, comment le Sequoia Club en profiterait-il ?

— Je peux répondre à cela, intervint Irwin Saunders. Tout ce qui ternit l'image de la G.S.P. & L. dans un secteur quelconque, Priscilla, diminue sa force et ses chances de réussite dans les autres. » Il sourit. « C'est une tactique dont usent, paraît-il, certains avocats.

— Pourquoi avez-vous besoin d'argent ? demanda Pritchett à Birdsong. Et quelle serait la somme que vous envisagez ?

— Nous en avons besoin parce que le p. & l.f.p. à lui seul ne peut pas payer tous les préparatifs et les gens dont nous aurons besoin si nous voulons que notre opposition conjuguée — sur la table et sous la table — soit efficace. » Birdsong s'adressa directement à la présidente. « Comme vous l'avez remarqué, nous avons nos propres ressources, mais elles ne suffisent pas pour un projet de cette ampleur. » Son regard se tourna vers les autres. « La somme que j'envisage pour la contribution du Sequoia Club serait de cinquante mille dollars, payables en deux versements. »

Le secrétaire général retira ses lunettes afin de vérifier la clarté des verres. « Vous ne voyez certes pas les choses en petit.

— Non, et vous ne devriez pas non plus les voir en petit, étant donné ce qui est en jeu — dans votre cas, un gros impact possible sur l'environnement.

— Ce qui me gêne dans tout cela, observa Mrs. Quinn, ce sont certaines éventualités de bagarres de rues qui ne me plaisent pas du tout.

— J'éprouve exactement le même sentiment », dit Laura Bo Carmichael.

Une fois de plus Saunders, l'avocat, intercéda.

« Il faut voir en face, plaida-t-il devant ses collègues, les réalités de la vie. En s'opposant aux récents projets de la G.S.P. & L. — Tunipah, Fincastle, Devil's Gate — le Sequoia Club présentera des arguments bien raisonnés. Mais si nous tenons compte de l'atmosphère générale, des demandes malencontreuses pour avoir de plus en plus d'énergie, sommes-nous sûrs que la raison et la logique prévaudront ? Dans ces conditions, je dis que nous avons besoin d'un autre élément — d'un allié plus agressif, moins discret, plus apte à captiver l'attention du public qui, à son tour, influencera les politiciens que sont au fond les régulateurs. A mon avis, Mr. Birdsong et son groupe dont j'ai oublié le nom...

— Énergie et lumière pour le peuple », cria Birdsong.

Saunders fit un geste de la main pour signifier qu'il s'agissait d'un détail sans importance. « Aussi bien avant que pendant ces débats, il apportera cet élément qui nous manque.

— La télévision et la presse m'adorent, dit Birdsong. Je leur offre un spectacle qui pimente leurs comptes rendus. C'est la raison pour laquelle tout ce que je dis est imprimé et diffusé sur les ondes.

— C'est tellement vrai, affirma le secrétaire général, que les media ont reproduit certains propos insultants qu'il avait tenus en oubliant nos commentaires et ceux de la G.S.P. & L. »

La présidente lui demanda : « Dois-je en déduire que vous êtes favorable à sa proposition ?

— Oui, je le suis, répondit Pritchett. Il y a cependant une assurance que je voudrais obtenir de Mr. Birdsong ; quoi que fasse son groupe, il n'encouragera ni la violence ni les menaces. »

La table du conseil d'administration trembla quand s'abattit le poing de Birdsong. « Assurance donnée ! Mon groupe n'éprouve que du mépris pour la violence sous toutes ses formes. Nous avons publié des déclarations dans ce sens.

126

— Je suis heureux de l'apprendre, dit Pritchett, et le Sequoia Club, bien entendu, partage cette opinion. Soit dit en passant, je suppose que tout le monde a lu, dans le *Chronicle West* d'aujourd'hui, que de nouvelles bombes avaient explosé à la G.S.P. & L. »

Les autres avaient en effet lu l'article. Le reportage décrivait les dégâts causés à un dépôt de camions de la G.S.P. & L : plus de deux douzaines de véhicules avaient été endommagés ou détruits par un incendie provoqué au cours de la nuit par une bombe. Quelques jours auparavant, un poste avait été victime d'un attentat, mais les dégâts s'étaient révélés légers. Dans les deux cas, l'organisation clandestine des Amis de la Liberté en avait revendiqué la responsabilité.

« Y a-t-il d'autres questions pour Mr. Birdsong? » interrogea Laura Bo Carmichael.

Il y en eut plusieurs. Elles avaient trait à la tactique à employer contre la G.S.P. & L. — « un harcèlement ininterrompu sur un vaste front d'informations publiques », répondit Birdsong — et à l'utilisation de l'argent du Sequoia Club.

A un moment donné, Roderick Pritchett réfléchit à haute voix. « Je ne suis pas sûr qu'il soit souhaitable pour nous de réclamer des comptes détaillés, mais naturellement nous voudrions avoir la preuve que notre argent a été bel et bien dépensé.

— La preuve résidera dans les résultats », répliqua Birdsong.

Il fut admis que, pour certaines affaires, ce serait une question de confiance.

Finalement, Laura Bo Carmichael reprit la parole : « Mr. Birdsong, je vous prierai de nous laisser à présent afin que nous puissions discuter en privé de votre proposition. Quelle que soit notre réponse, nous vous ferons signe bientôt. »

Davey Birdsong se leva ; il était radieux ; il dominait de sa haute taille tous les autres. « Eh bien, chers camarades, ça a été pour moi un privilège et un plaisir. Au revoir ! » Lorsqu'il sortit, il donnait l'impression d'avoir repris — comme on remet un vêtement — son rôle public de bonimenteur.

Une fois la porte de la salle du conseil d'administration refermée derrière lui, Mrs. Quinn s'écria d'une voix ferme : « Toute cette histoire ne me dit rien qui vaille. L'homme me déplaît et tous mes instincts se révoltent à la pensée de lui faire confiance. Je suis entièrement opposée à une liaison quelconque avec son groupe.

— Je suis désolé de cette prise de position, dit Irwin Saunders, parce que je crois que sa tactique de diversion est exactement ce dont nous avons besoin pour faire échouer ces nouvelles propositions de la G.S.P. & L., ce qui est l'essentiel.

— Je dois dire, Mrs. Quinn, déclara Pritchett, que je partage l'opinion d'Irwin. »

Priscilla Quinn secoua véhémentement la tête. « Aucun de vos arguments ne me fera changer d'avis. »

L'avocat soupira. « Priscilla, vous êtes à la fois trop collet monté et trop convenable.

— C'est peut-être vrai. » Le visage de Mrs. Quinn s'empourpra. « Mais j'ai aussi des principes, ce dont me semble dépourvu cet individu répugnant. »

Laura Bo intervint vivement. « Pas d'acrimonie entre nous, s'il vous plaît ! »

Pritchett déclara d'une voix douce : « Puis-je rappeler à chacun que ce comité est habilité à prendre une décision exécutoire et, s'il en est ainsi décidé, à verser la somme dont nous avons discuté.

— Madame la Présidente, dit Saunders, si je sais compter, il y a jusqu'ici deux voix pour, une contre ; votre voix sera déterminante.

— Oui, je le sais, reconnut Laura Bo. Et j'avoue que j'hésite.

— Dans ce cas, reprit Saunders, permettez-moi d'exposer certaines raisons pour lesquelles j'estime que vous devriez vous ranger à mon avis et à celui de Roderick.

— Et quand vous aurez fini, lui dit Priscilla Quinn, je soutiendrai la thèse contraire. »

Le débat se poursuivit. Pendant vingt minutes.

Laura Bo Carmichael écouta, intervint deux ou trois fois tout en soupesant dans sa tête l'importance de sa voix. Si elle s'opposait à coopérer avec Birdsong, il y aurait un score de deux contre deux, qui aurait le même effet qu'un rejet formel. Si elle votait pour, le score serait décisif : trois contre un.

Elle était très tentée de voter non. Sans méconnaître les mérites du pragmatisme de Saunders et de Pritchett, Laura Bo se sentait à l'égard de Davey Birdsong dans les mêmes dispositions que Priscilla Quinn. Mais elle ne tenait pas spécialement à se joindre à Priscilla Quinn — une snob incontestable, une bien-pensante de la société qui figurait toujours dans les mondanités, une femme mariée à l'argent de la vieille Californie, qui représentait à ce titre tout ce que Laura Bo détestait.

Elle se rendait également compte d'une autre chose : si elle faisait bloc avec Priscilla contre Saunders et Pritchett, l'affaire prendrait l'aspect d'un conflit entre hommes et femmes. Peu importait que Laura Bo ne le voulût point, et qu'elle fût capable de juger d'un problème indépendamment de son sexe, les apparences iraient dans ce sens. Elle pouvait imaginer Irwin Saunders, phallocrate notoire, se disant : *Ces deux maudites bonnes femmes ont été solidaires,* quand bien même il ne l'exprimerait pas ouvertement. Saunders n'avait pas été parmi les partisans de Laura Bo quand elle avait posé sa candidature à la présidence du Sequoia Club : il avait soutenu un homme. A présent, Laura Bo, qui était la première femme à assumer les plus hautes fonctions au club, voulait démontrer qu'elle était capable de détenir ce poste aussi bien et aussi impartialement que n'importe quel homme, peut-être même beaucoup mieux.

Et cependant... son instinct lui soufflait toujours que l'alliance avec Birdsong serait une erreur.

« Nous tournons en rond, déclara Saunders. Je propose que nous passions au vote final. »

Priscilla Quinn affirma : « Je n'ai pas changé d'avis. Je vote non. »

Saunders gronda : « Et moi, de toutes mes forces : oui ! »

— Pardonnez-moi, Mrs. Quinn, dit Pritchett. Je vote oui. »

Les yeux des trois autres se tournèrent vers Laura Bo. Elle hésita. Puis elle déclara d'une voix ferme : « Je vote oui.

— Question réglée ! » Irwin Saunders se frotta les mains. « Priscilla, pourquoi ne pas être une bonne perdante ? Joignez-vous à nous : ce sera l'unanimité. »

Pinçant les lèvres, Mrs. Quinn secoua négativement la tête. « Je pense que vous regretterez tous ce vote. Et je tiens à ce que mon vote négatif figure au procès-verbal. »

2

Pendant que le comité du Sequoia Club continuait à délibérer, Davey Birdsong quitta le siège social en fredonnant un air guilleret. Il ne doutait nullement de l'issue des délibérations. La femme Quinn, il le savait, voterait contre lui ; il n'était pas moins sûr que les trois autres — pour des raisons personnelles — trancheraient le débat selon ses vœux. Les cinquante mille dollars étaient dans le sac.

Il retrouva sa voiture — une vieille Chevrolet — dans un parking tout proche ; puis il traversa le centre de la ville et roula vers le sud-est pendant plusieurs kilomètres. Il s'arrêta dans une petite rue banale où il n'était jamais allé auparavant mais où il pourrait abandonner sa voiture pendant quelques heures sans éveiller l'attention. Birdsong ferma soigneusement sa Chevrolet, inscrivit dans sa mémoire le nom de la rue, puis longea plusieurs blocs vers une grande artère commerçante où, il l'avait remarqué en route, plusieurs lignes d'autobus circulaient. Il prit le premier bus vers l'ouest qui arriva.

Mais sitôt après avoir quitté sa voiture, Birdsong s'était coiffé d'un chapeau — alors qu'il n'en portait jamais — et il avait également chaussé des lunettes à monture d'écaille dont il n'avait nul besoin. Ces deux compléments à sa tenue modifiaient étonnamment son aspect extérieur, de sorte que quiconque était habitué à le voir à la télévision ou ailleurs ne l'aurait vraisemblablement pas reconnu.

Birdsong descendit du bus au bout de dix minutes, puis il héla un taxi en maraude pour se faire conduire vers le nord. A plusieurs reprises, il regarda par la vitre arrière pour s'assurer qu'il n'était pas suivi. Son inspection ayant paru le satisfaire, il fit arrêter le taxi et paya la course. Quelques minutes plus tard, il monta dans un autre bus qui, cette fois, se dirigeait vers l'est. Ses pérégrinations depuis qu'il avait garé sa Chevrolet avaient approximativement dessiné un carré.

Quand il descendit du second bus, Birdsong examina les passagers qui étaient descendus avec lui, puis il se mit à marcher d'un pas vif en tournant dans plusieurs rues transversales et en regardant chaque fois derrière lui. Après cinq minutes de marche, il s'arrêta devant une petite maison et grimpa une demi-douzaine de marches vers une porte en retrait. Il appuya sur un bouton de sonnette et se tint bien en face d'un minuscule œilleton pour être vu de l'intérieur. Presque aussitôt la porte s'ouvrit et il entra.

Dans le petit vestibule sombre de la planque des Amis de la Liberté, Georgos Archambault lui demanda : « Avez-vous été prudent en venant ici ? »

Birdsong grogna. « Bien sûr que j'ai été prudent. Je ne laisse jamais rien au hasard. » Il ajouta sur un ton accusateur : « Vous avez bousillé l'affaire du poste !

— Il y avait des raisons, dit Georgos. Allons en bas. » Il le précéda dans un escalier en ciment vers l'atelier du sous-sol, toujours encombré d'explosifs et d'accessoires divers.

Une jeune femme était allongée sur un divan de fortune serré contre un mur. Elle n'avait guère plus de vingt ans. Sa petite figure ronde, qui dans d'autres circonstances aurait pu être jolie, était d'une pâleur de cire. Ses cheveux blonds, dépeignés, s'étalaient sur un oreiller crasseux. A la main droite elle portait un épais pansement et une tache brune indiquait l'endroit où le sang avait suinté et séché.

Birdsong s'exclama : « Pourquoi est-elle ici ?

— C'est ce que j'allais vous expliquer, répondit Georgos. Elle m'aidait au poste et un détonateur est parti. Elle a eu deux doigts arrachés et elle saignait comme un cochon. Nous étions dans l'obscurité ; je me demandais si le bruit n'avait pas été entendu. J'ai terminé le travail à toute vitesse.

— Et vous avez placé la bombe n'importe où, dit Birdsong. Un pétard aurait fait autant de dégâts. »

Georgos rougit. Avant qu'il ait eu le temps de répliquer, la fille murmura : « Je devrais aller à l'hôpital.

— Vous ne pouvez pas et vous n'irez pas ! » Birdsong s'était départi de l'affabilité qui était sa marque de fabrique. Très en colère, il lança à Georgos : « Vous connaissez nos conventions. Faites-la sortir d'ici ! »

Sur un signe de tête de Georgos, la malheureuse se leva et monta à l'étage supérieur. Georgos savait qu'il avait commis une nouvelle faute en lui permettant de rester. Les conventions dont Birdsong venait de faire état — et qui n'étaient après tout que des précautions raisonnables — exigeaient que Georgos et lui fussent seuls quand ils se rencontraient. Les autres membres du groupe clandestin — Wayde, Ute, et Felix — ignoraient les rapports qui existaient entre leur chef et Davey Birdsong : ou bien ils quittaient la maison, ou bien ils ne se montraient pas quand la visite d'un complice des Amis de la Liberté était attendue. Seulement Georgos s'était entiché de sa compagne, Yvette, ce qui n'était pas bien. Ainsi, lorsque l'amorce avait explosé, il s'était davantage préoccupé des blessures d'Yvette que de sa mission en cours, et ç'avait été pour la mettre en sûreté le plus tôt possible qu'il s'était dépêché — et qu'il avait raté son coup.

Lorsque Yvette eut quitté l'atelier, Birdson dit à voix basse : « Débrouillez-vous. Ni hôpital, ni médecin. On lui poserait des questions, et elle sait trop de choses. Si vous ne pouvez pas faire autrement, débarrassez-vous d'elle. Les moyens faciles ne manquent pas.

— Elle ne bronchera pas. De plus elle est utile. » Georgos se sentit mal à l'aise sous le regard pénétrant de Birdsong, et il préféra changer de sujet. « Pour le dépôt des camions, la nuit dernière, ça a bien marché. Vous avez lu les journaux ? »

Le gros homme acquiesça de mauvaise grâce. « Tout devrait marcher comme ça. Je n'ai ni temps ni argent à perdre avec des incapables. »

Georgos accepta le blâme sans protester, bien que rien ne l'y obligeât. C'était lui le chef des Amis de la Liberté. Davey Birdsong ne jouait qu'un rôle secondaire de liaison avec l'extérieur, notamment avec ces partisans de la révolution — « les marxistes de salon » — qui soutenaient l'anarchie active mais ne tenaient pas à en partager les risques. Seulement Birdsong, par tempérament, aimait se montrer dominateur et Georgos, parfois, le laissait faire parce qu'il lui était utile, spécialement pour l'argent qu'il apportait.

L'argent était justement une bonne raison pour éviter une querelle ; il en fallait davantage à Georgos depuis que ses sources précédentes s'étaient taries. Sa garce de mère, l'artiste grecque de cinéma qui l'avait pourvu depuis vingt ans d'un revenu régulier, traversait apparemment une période difficile ; elle ne tournait plus parce qu'aucun maquillage ne pouvait dissimuler le fait qu'elle avait cinquante ans et que son allure de jeune déesse l'avait quittée pour toujours. De cela, Georgos se réjouissait, et il espérait que tout irait pour elle de mal en pis. Il s'était juré que, même si elle mourait de faim, il ne lui donnerait pas le moindre biscuit rassis. Mais enfin, la notification par le notaire athénien de la cessation définitive des versements à sa banque de Chicago était survenue à un mauvais moment.

Georgos avait besoin d'argent pour ses frais courants et ses projets d'avenir. L'un de ceux-ci visait à fabriquer une petite bombe nucléaire et à la faire exploser à l'intérieur ou tout près du siège social de la G.S.P. & L. Un engin pareil, pensait Georgos, anéantirait l'immeuble, les exploiteurs et leurs laquais, ainsi que beaucoup d'autres choses aux environs — salutaire leçon aux oppresseurs capitalistes du peuple. En même temps, les Amis de la Liberté deviendraient une force encore plus formidable qu'à présent, qui susciterait autant d'effroi que de respect.

L'idée de construire une bombe atomique était ambitieuse et peut-être irréaliste — mais pas complètement. Après tout, un étudiant de Princeton âgé de vingt et un ans, John Phillips, avait déjà démontré dans une composition trimestrielle très remarquée que tous les détails nécessaires à la fabrication d'une bombe pour quiconque aurait la patience de les assembler, étaient accessibles dans des documents de bibliothèque. Nourri de physique et de chimie, Georgos Winslow Archambault s'était procuré le maximum de renseignements sur les recherches de Phillips, et il avait composé son propre dossier en utilisant lui aussi les données accessibles en bibliothèque. Ce dossier contenait également un manuel de dix pages — introuvable dans une bibliothèque — rédigé par l'Office californien des Services de secours à l'intention des agences de police ; il exposait les moyens de faire face à la menace d'une bombe atomique, et Georgos y avait puisé des détails utiles. Il croyait à présent que le moment était proche où il pourrait exécuter une maquette complète. Mais la fabrication réelle d'une bombe nécessiterait de la matière fissile, qu'il faudrait voler, et cela demanderait de l'argent — beaucoup d'argent — ainsi que de l'organisation et de la chance. Oui, c'était réalisable ; on avait déjà vu des choses plus surprenantes.

« A propos de temps et d'argent, dit-il à Birdsong, nous avons besoin de quelques gros billets verts.

— Vous les aurez. » Birdsong se permit un large sourire, le premier depuis son arrivée. « Vous en aurez même beaucoup. J'ai découvert un nouveau filon. »

3

Nim se rasait. Il était un peu plus de sept heures, un jeudi matin de la fin d'août.

Ruth était descendue dix minutes plus tôt pour préparer le petit déjeuner. Leah et Benjy dormaient encore. Et puis Ruth remonta et parut sur le seuil de la salle de bains avec un numéro du *Chronicle West*.

« Je suis désolée de te faire mal commencer la journée, dit-elle, mais je sais qu'il faut que tu lises ceci.

— Merci. » Il posa son rasoir et prit le journal dans ses mains humides. En première page, sous le pli, il y avait un article sur une colonne :

HAUSSE DES TARIFS
DE LA G.S.P. & L. REJETÉE

Les tarifs de l'électricité et du gaz ne seront pas majorés. Cette nouvelle a été révélée hier après-midi par la commission des Services publics de Californie, qui a annoncé qu'elle rejetait une requête présentée par la G.S.P. & L. en vue d'un relèvement de 13 pour 100 des tarifs du gaz et de l'électricité, ce qui aurait accru de 580 millions de dollars le revenu annuel de la compagnie.

« Nous ne voyons pas la nécessité d'une augmentation actuellement », a déclaré la commission dans une décision prise à la majorité de trois voix contre deux.

Lors des débats publics, la G.S.P. & L. avait argué qu'elle avait besoin de plus d'argent pour contrebalancer la hausse des coûts imputable à l'inflation et pour accroître son capital en vue d'un programme de construction.

Les responsables de la G.S.P. & L. se sont refusés à tout commentaire, bien qu'un porte-parole ait exprimé des regrets et des inquiétudes quant à l'avenir de la production d'énergie en Californie. Cependant Davey Birdsong, qui dirige un groupe de consommateurs — énergie et lumière pour le peuple — a salué la décision comme...

Nim reposa le journal et acheva de se raser. Il avait appris la décision dans la soirée d'hier ; l'article ne lui apportait qu'une confirmation. Lorsqu'il descendit, Ruth lui avait préparé son petit déjeuner — rognons d'agneau et œufs brouillés — et elle s'assit en face de lui avec une tasse de café pendant qu'il mangeait.

« Que signifie réellement cette décision de la commission ? » demanda-t-elle.

Il fit la grimace. « Elle signifie que trois personnes, qui ont obtenu leurs postes grâce à la politique, ont le droit de dire à de grandes sociétés comme la G.S.P. & L. ou la compagnie des téléphones comment administrer leurs affaires — et qu'elles le disent.

— Cela t'embête beaucoup ?

— Fichtre oui ! Je vais être obligé de rectifier le programme de construction ; nous annulerons ou ralentirons certains projets, et cela entraînera du chômage. Et même ainsi nous aurons des difficultés financières. J'en connais qui vont faire la tête, ce matin, Eric en particulier. » Nim attaqua un rognon. « Ils sont merveilleux, ces rognons. Personne ne les réussit mieux que toi. »

Ruth hésita avant de demander : « Penses-tu que tu pourrais prendre ton petit déjeuner tout seul pendant quelque temps ? »

Nim sursauta. « Oui, bien sûr, mais pourquoi ?

— Il se peut que je m'absente. » Avec sa voix tranquille, Ruth se reprit. « Je vais m'absenter. Pendant une semaine. Peut-être plus longtemps. »

Il reposa son couteau et sa fourchette et la regarda de l'autre côté de la table. « Pourquoi ? Où ça ?

— Maman hébergera Leah et Benjy pendant que je serai partie, et Mrs. Blair viendra ici comme d'habitude pour le ménage. Autrement dit, tu n'auras qu'à dîner dehors, et je suis certaine que tu n'y verras pas trop d'inconvénients. »

Nim ne tint pas compte de l'ironie de la dernière phrase. Il insista en haussant le ton : « Tu n'as pas répondu à mes questions. Où iras-tu ? Pourquoi t'absentes-tu ?

— Inutile de crier. » Sous le calme de Ruth, il sentit une dureté inhabituelle. « J'ai entendu tes questions mais, étant donné la tournure qu'ont pris les choses entre nous, je ne pense pas être obligée de te répondre. Et toi ? »

Nim se tut car il savait exactement ce que Ruth voulait dire. Pourquoi devrait-il y avoir deux mesures ? Si Nim choisissait de se dérober aux règles du mariage, d'avoir quantité d'aventures, et de sortir le soir pour ses propres plaisirs, pourquoi Ruth ne jouirait-elle pas d'une indépendance analogue, sans lui fournir plus d'explications qu'il ne lui en donnait ?

Sur cette base, sa déclaration d'égalité — comment l'appeler autrement ? — semblait raisonnable. Ce qui n'empêchait pas Nim, sûr maintenant que Ruth avait un autre homme dans sa vie, d'être mordu par la jalousie. Au début, il ne l'avait pas cru ; à présent sa conviction était faite et, tout en sachant qu'il existait des accommodements dans certains ménages, il avait du mal à les accepter dans son propre foyer.

« Nous savons l'un et l'autre, dit Ruth en interrompant les réflexions de Nim, que depuis longtemps notre mariage n'est plus qu'une parodie. Nous n'en avons jamais parlé. Mais je pense que nous devrions le faire. » Cette fois, Nim remarqua un tremblement dans sa voix en dépit de sa volonté de fermeté.

« Veux-tu que nous en parlions maintenant ? » lui demanda-t-il.

Ruth secoua la tête. « Peut-être quand je reviendrai. » Elle ajouta : « Dès que j'aurai réglé certaines choses, je te préviendrai de la date de mon départ.

— Très bien, dit Nim d'une voix sans timbre.

— Tu n'as pas terminé ton petit déjeuner ? »

Il repoussa l'assiette. « Je n'ai plus faim. »

Bien que sa conversation avec Ruth, dont la soudaineté l'avait secoué, préoccupât Nim pendant qu'il roulait vers le centre, l'activité qui régnait au siège social de la G.S.P. & L. éclipsa très vite ses pensées personnelles.

La décision de la commission des Services publics prit la priorité sur toutes les autres affaires.

Depuis le début de la matinée, les principaux représentants des services financiers et juridiques de la compagnie défilaient, le visage grave, dans le bureau du président du conseil d'administration. Leurs allées et venues indiquaient que des conférences se succédaient pour apporter une réponse à la question essentielle : sans la moindre augmentation des tarifs, comment la G.S.P. & L. pourrait-elle exécuter ses indispensables projets de construction et rester solvable ? De l'avis général : sans coupes sombres immédiates et radicales dans les dépenses, ce serait tout simplement impossible.

A un moment donné, J. Eric Humphrey, marchant de long en large derrière sa table, demanda : « Comment se fait-il que, lorsque le prix du pain augmente à cause de l'inflation, ou que les prix de la viande s'envolent, ou qu'il coûte de plus en plus cher d'assister à un match de base-ball ou de voir un film, personne ne s'étonne et que tout passe ? Tandis que quand nous exposons, loyalement, que nous ne pouvons pas produire de l'électricité à nos anciens tarifs parce que nos coûts ont eux aussi augmenté, personne ne nous croit. »

Oscar O'Brien, l'avocat-conseil de la compagnie, répondit en allumant l'un de ses inévitables cigares : « Ils ne nous croient pas parce qu'ils ont été conditionnés à ne pas nous croire — le plus souvent par des politiciens qui cherchent à plaire aux électeurs et qui leur désignent une cible facile. Les services publics en ont toujours été une. »

Le président s'exclama avec un air de mépris : « Les politiciens ! Ils me dégoûtent ! Ils ont inventé l'inflation ; ils l'ont créée, aggravée, développée sans frein en augmentant la dette publique — tout cela afin de pouvoir acheter des voix et se cramponner à leurs postes. Pourtant ces charlatans, ces déformateurs de la vérité reprochent l'inflation à tout le monde — syndicats, sociétés — à tout le monde sauf à eux-mêmes. Si les politiciens n'existaient pas, nous ne demanderions pas une hausse des tarifs parce que nous n'en aurions pas besoin. »

Sharlett Underhill, vice-présidente chargée des finances de la compagnie et qui se trouvait dans le bureau du président avec Oscar O'Brien et Nim, murmura : « Amen ! » Mrs. Underhill, une grande femme brune de quarante ans, compétente, habituellement imperturbable, avait aujourd'hui un air tourmenté. Ce qui était compréhensible, se dit Nim. Quelles que fussent les décisions financières qui seraient arrêtées à la suite du verdict de la commission, elles seraient inéluctablement dures, et Sharlett Underhill devrait les exécuter.

Eric Humphrey, qui avait cessé d'arpenter, demanda : « Est-ce que quelqu'un a une idée de la raison pour laquelle on nous a refusé tout ce que nous demandions ? Nous sommes-nous trompés sur les profils ? Avons-nous commis quelque part une erreur de stratégie ?

— Je ne suis pas certain que nous ayons commis une erreur de stratégie, déclara O'Brien. Quant aux profils, nous les avons étudiés à fond et nous avons agi en conséquence. »

Derrière la question et la réponse, il y avait une pratique courante dans les compagnies de services publics — mais aussi un secret étroitement gardé.

Chaque fois qu'un membre de la commission des Services publics était nommé, les compagnies qui pouvaient être concernées par les décisions du nouveau commissaire entreprenaient dans l'ombre une étude détaillée du personnage, qui comprenait un « profil » psychiatrique. Le document qui en résultait était soumis à des experts en psychologie qui recherchaient consciencieusement les préventions dont il fallait se méfier ou les faiblesses que l'on pourrait exploiter.

Dans une seconde étape, un dirigeant de la compagnie s'efforçait de se lier d'amitié avec le commissaire ; sous le couvert de cette amitié, il l'invitait à déjeuner chez lui ou à faire un parcours de golf ; il lui offrait des places très recherchées pour un grand événement sportif, ou il l'emmenait pêcher la truite près de sa cabane de la Sierra. La réception était toujours agréable, discrète, sans témoins, empreinte de simplicité. Au cours de conversations banales, il pouvait être question des affaires de la compagnie, mais jamais le représentant de celle-ci ne demandait directement un service ; l'influence était plus subtile. Cette tactique jouait souvent en faveur de la compagnie, mais pas toujours.

« Nous savions que deux commissaires voteraient de toute façon contre nous, poursuivit l'avocat-conseil, et nous avions la certitude que, sur les trois autres, deux nous étaient favorables. Le vote de Cy Reid devait donc être déterminant. Nous avons travaillé Reid, nous avons pensé qu'il se rangerait à notre point de vue, nous nous sommes trompés. »

Nim avait entendu parler du commissaire Cyril Reid. C'était un économiste, docteur en philosophie et ancien maître de conférences à l'université, et il n'avait aucune expérience pratique des affaires. Mais Reid avait étroitement travaillé avec l'actuel gouverneur de Californie pendant deux campagnes électorales, et beaucoup croyaient maintenant que lorsque le gouverneur quitterait Sacramento pour la Maison-Blanche — comme il l'espérait — il emmènerait Cy Reid pour faire de lui son chef d'état-major.

Selon un rapport confidentiel que Nim avait lu, le commissaire Reid avait été jadis un ardent partisan de l'économie keynesienne, mais il avait fait marche arrière et il admettait maintenant que les doctrines de John Maynard Keynes avaient conduit à une catastrophe économique mondiale.

« Alors que l'affaire était encore pendante, insista le président, il y a eu certainement des discussions dans les coulisses avec les fonctionnaires de la commission ? Ont-elles abouti à des compromis ?

— La réponse aux deux questions est oui, déclara Sharlett Under hill.

— Mais si des compromis ont été conclus d'un commun accord, que s'est-il passé ? »

Mrs. Underhill haussa les épaules. « Rien de ce qui se fait dans les coulisses n'est irrévocable. Trois des commissaires, dont Reid, n'ont pas tenu compte des recommandations de leurs collaborateurs. »

Il y avait en effet une chose que la plupart des gens ignoraient, pensa Nim, c'étaient les négociations qui se déroulaient, à l'abri des indiscrets, pendant et après les débats publics.

Des services publics comme la G.S.P. & L., quand ils étaient en quête de revenus supplémentaires obtenus par une majoration des tarifs, demandaient souvent plus que ce dont ils avaient besoin, plus qu'ils n'espéraient obtenir. Il s'ensuivait une danse rituelle à laquelle se joignaient les commissaires. Les commissaires retranchaient une partie de ce qui était demandé, et donnaient ainsi l'impression d'être vigilants dans l'accomplissement de leur devoir vis-à-vis du public. La compagnie concernée, bien qu'ayant apparemment essuyé un échec, obtenait en réalité ce qu'elle désirait, ou à peu près.

Les détails essentiels étaient mis au point par les fonctionnaires de la commission au cours d'entretiens confidentiels avec des représentants du service public. Nim avait une fois assisté à une réunion de ce genre dans une petite salle fermée, et il avait entendu un fonctionnaire de la commission demander : « Maintenant, à combien chiffrez-vous la hausse dont votre compagnie a *réellement* besoin? Ne vous occupez pas de cette foutaise de débats publics. Dites-le-nous franchement et, à notre tour, nous vous dirons jusqu'où nous pouvons aller. » La sincérité ayant été égale des deux côtés, tout fut réglé en privé en beaucoup moins de temps que n'avaient duré les débats publics.

Dans l'ensemble, c'était un système raisonnable qui fonctionnait à la satisfaction générale. Mais cette fois-ci, de toute évidence, la mécanique s'était grippée.

Devant l'irritation persistante du président, Nim hasarda prudemment : « Il ne semble pas que des enquêtes, en ce moment, nous serviraient à grand-chose. »

Humphrey soupira. « Vous avez raison. » Il se tourna vers la vice-présidente. « Sharlett, financièrement parlant, comment franchirons-nous le cap de l'année prochaine?

— Les options sont limitées, répondit Mrs. Underhill, mais je vais les réexaminer. » Elle étala plusieurs feuillets de calculs compliqués.

Les discussions se poursuivirent pendant une bonne partie de la journée, mais il devint bientôt évident que deux solutions seulement étaient envisageables. L'une consistait à rogner sur toutes les constructions prévues, à restreindre les dépenses de surveillance et d'entretien, et à réduire les services aux consommateurs. La seconde imposait de ne plus payer de dividendes aux actionnaires. La première fut jugée impensable. L'autre pouvait être désastreuse parce qu'elle ferait baisser les actions de la G.S.P.& L. et compromettrait l'avenir de la compagnie. Mais tout le monde s'accorda à reconnaître qu'il n'existait pas d'autre recours.

A la fin de l'après-midi, J. Eric Humphrey, visiblement fatigué et déprimé, prononça le verdict que le petit groupe des responsables au sommet estimait inévitable depuis le début. « La direction recommandera au conseil d'administration la suspension immédiate et pour une période indéterminée du paiement de tous dividendes sur les actions ordinaires de la compagnie. »

C'était une décision historique.

Depuis la fondation de la Golden State Power & Light, trois quarts de siècle plus tôt (quand la société qui était son prédécesseur avait fusionné avec plusieurs autres pour devenir une seule entité), la compagnie avait été un modèle de rectitude financière. Jamais dans les années qui suivirent elle n'avait manqué à ses obligations et elle avait toujours payé ses dividendes aux porteurs de ses actions. Il en était résulté que la G.S.P. & L. avait été baptisée par les capitalistes — grands et petits — « la vieille et fidèle amie des veuves et des orphelins ». Des retraités en Californie et ailleurs plaçaient en toute confiance les économies d'une vie de travail dans des actions de la G.S.P. & L., comptant sur les dividendes pour leur fournir leurs moyens d'existence. De prudents dépositaires de l'argent appartenant à d'autres personnes faisaient de même. Voilà pourquoi la suspension des dividendes aurait des conséquences étendues, entraînerait non seulement une perte de revenus, mais une réduction du capital quand la valeur des actions, comme il fallait s'y attendre, tomberait.

Peu avant la déclaration du président, Teresa Van Buren avait rejoint le groupe des quatre — Eric Humphrey, Oscar O'Brien, Sharlett Underhill et Nim. On avait convoqué la responsable des relations publiques dans la perspective du choc que cette décision provoquerait bientôt dans l'opinion.

Un conseil d'administration normal était déjà prévu pour le lundi suivant à dix heures du matin, et le comité financier des administrateurs se réunirait une demi-heure plus tôt. La décision de la direction serait probablement confirmée au cours de ces deux séances, et un communiqué public serait publié immédiatement après. Entre-temps, des précautions étaient indispensables pour empêcher des fuites qui pourraient déclencher une spéculation sur les actions de la compagnie.

« Hors de ce bureau, rappela Sharlett Underhill aux autres, il ne doit pas être soufflé mot avant le communiqué officiel de ce que nous avons l'intention de faire. De même, en tant que responsable des finances, je dois vous avertir qu'en raison des informations intérieures que nous possédons tous les cinq, toute transaction personnelle sur les actions de la compagnie, préalablement au communiqué de lundi, constituerait un acte délictueux au regard des lois fédérales. »

Pour essayer d'alléger l'atmosphère, Nim lança : « O.K., Sharlett, nous ne vendrons pas à découvert pour faire fortune. » Mais personne ne rit.

« Je suppose, dit Teresa Van Buren, que vous n'oubliez pas que l'assemblée annuelle se tient dans quinze jours. Nous allons devoir affronter une quantité d'actionnaires en colère.

— En colère ? » gronda O'Brien. Il ralluma son cigare. « Ils viendront tous avec l'écume aux lèvres, et il faudra appeler la police anti-émeutes pour les mater.

— C'est moi qui leur ferai entendre raison », dit J. Eric Humphrey ; pour la première fois depuis le début de la journée, la présidente sourit. « Je me demande pourtant si je ne devrais pas porter un gilet pare-balles. »

4

Depuis qu'il avait reçu au Camp de Devil's Gate la lettre de Karen Sloan, Nim lui avait téléphoné deux fois en lui promettant de revenir la voir quand il le pourrait.

Mais la lettre était arrivée le jour du tragique accident de Wally Talbot et, ensuite, d'autres événements l'avaient accaparé de telle sorte qu'il avait dû ajourner sa visite. Il ne l'avait pas encore faite. Karen s'était cependant rappelée à son souvenir — par une autre lettre.

Il était en train de la lire dans son bureau, à présent, en profitant d'un moment de tranquillité.

En travers de l'élégant papier à lettres bleu de Karen, en haut de la page, elle avait dactylographié en majuscules :

J'AI EU DU CHAGRIN QUAND VOUS M'AVEZ PARLÉ DE L'ACCIDENT DE VOTRE AMI ET QUAND J'AI APPRIS SES BLESSURES.

Au-dessous, il y avait d'autres lignes impeccablement dactylographiées à l'aide du bâtonnet qu'elle tenait dans sa bouche.

> Dites-lui de la part de quelqu'un qui sait :
> Une mèche de bougie qui grésille
> Bien que brûlant faiblement
> Est infiniment plus brillante
> Que les ténèbres cimmériennes.
> Car la vie,
> Dans n'importe quelles conditions,
> Surpasse l'oubli.
> Oui ! — les « si seulement » persistent toujours
> Comme des vœux sans substance, de vains fantômes errants
> Vidés de toute énergie.
> « Si seulement » ceci ou cela
> Tel ou tel jour
> Avait varié d'une heure ou d'un pouce ;
> Ou si une chose négligée avait été faite
> Ou si une chose faite avait été négligée !
> Alors « peut-être » *l'autre* aurait pu advenir
> Et d'autres autres... à l'infini.
> Car « peut-être » et « si seulement » sont des cousins germains
> Voués à survivre dans nos esprits.
>
> Acceptez-les,
> Avec tout le reste.

Pendant un temps qui lui sembla très long, Nim resta assis silencieux, lisant et relisant les vers de Karen. Finalement il se rendit compte que son téléphone sonnait et qu'il avait déjà sonné deux fois auparavant.

Quand il décrocha, la voix de sa secrétaire lui demanda gaiement : « Vous aurais-je réveillé ?

— Dans un sens, oui.

— Mr. London voudrait vous voir, dit Vicki. Il peut venir maintenant si vous êtes libre.

— D'accord. »

Nim rangea le papier à lettres bleu dans un tiroir où il gardait des documents personnels. Le moment venu, il la montrerait à Wally Talbot. Il se rappela qu'il n'avait pas parlé à Ardythe depuis leur rencontre à l'hôpital, mais il décida de laisser ce problème de côté pour l'instant.

La porte du bureau de Nim s'ouvrit. « Voici Mr. London, annonça Vicki.

— Entrez, Harry. » Nim s'était aperçu que le chef du service de la Protection des biens, depuis peu, passait plus fréquemment le voir, parfois sous prétexte de parler travail, mais souvent sans but précis. Nim ne trouvait rien à y redire. Il prenait plaisir à leur amitié croissante et à leurs échanges de vue.

« Je viens d'apprendre l'affaire du " pas de dividendes ", dit London en s'asseyant sur une chaise. J'ai pensé que quelques bonnes nouvelles vous feraient du bien. »

Le communiqué sur l'annulation des dividendes, acceptée à contre-cœur par le conseil d'administration, avait fait les gros titres des media hier après-midi et aujourd'hui. La réaction des milieux financiers avait été l'incrédulité, et les protestations des actionnaires commençaient déjà à affluer. Aux Bourses de New York et de la côte du Pacifique, des ventes de panique après quatre heures de suspension des transactions avaient fait chuter l'action G.S.P. & L. de neuf dollars, soit du tiers de sa valeur d'avant le communiqué.

« Quelles bonnes nouvelles ? demanda Nim.

— Vous vous rappelez le jour du débarquement à Brookside ?

— Bien entendu.

— Nous venons d'obtenir quatre condamnations au tribunal. »

Nim repassa mentalement les incidents relatifs au truquage des compteurs auxquels il avait personnellement assisté. « Condamnations de qui ?

— Le type avec sa station-service et son lavage de voitures, par exemple. Il aurait pu s'en tirer, mais son avocat a commis l'erreur de l'amener à la barre des témoins. Lorsqu'il a subi l'interrogatoire contradictoire, il s'est contredit une demi-douzaine de fois. Un autre : le fabricant d'outils de bricolage. Vous vous souvenez de sa petite résidence ?

— Oui. » Une petite résidence, mais assez luxueuse, où il n'y avait personne et que London avait fait surveiller. Ainsi que l'espéraient les enquêteurs, des voisins avaient averti le propriétaire des activités de la G.S.P. & L., et le fraudeur avait été surpris en train de retirer le fil illégal de son compteur.

« Dans ces deux cas, dit London, ainsi que dans deux autres que vous n'avez pas vus, le tribunal a infligé des amendes de cinq cents dollars.

— Et la femme du docteur, si hautaine, avec son chien ?

— Nous ne les avons pas poursuivis. La femme avait parlé d'amis importants, et c'était vrai. Ils ont tiré tous les cordons de sonnette, dont quelques-uns à l'intérieur de la compagnie. Nous aurions pu cependant les traîner devant le tribunal, mais notre service juridique a estimé que l'on ne pouvait pas prouver que le médecin était au courant du truquage de son compteur. C'est du moins ce qu'on m'a dit. »

Nim parut sceptique. « Toujours la même histoire : selon que vous serez puissant ou misérable...

— Oui, acquiesça London. Quand j'étais flic, je m'en suis aperçu plus d'une fois. Tout de même, le médecin a remboursé ce qu'il devait, et nous allons récolter de l'argent chez beaucoup d'autres, y compris certains que nous poursuivons quand la preuve est flagrante. » Il ajouta : « J'ai aussi quelques informations supplémentaires à vous communiquer.

— De quel ordre ?

— Depuis le début, j'ai déclaré que dans bon nombre de ces affaires de vol nous avions affaire à des professionnels — des gens qui savent faire du bon travail, puis le dissimuler si bien que les employés de notre compagnie ont du mal à le découvrir. J'ai pensé aussi que les professionnels opéraient peut-être par groupes, ou même dans un seul gros groupe. Vous vous rappelez ? »

Nim, s'efforçant de ne pas manifester son impatience, répondit par un signe de tête affirmatif de façon à permettre à Harry London d'en venir aux faits selon sa manière didactique.

« Eh bien, nous avons eu un coup de chance. Mon adjoint, Art Romeo, a appris d'un informateur qu'un grand immeuble de bureaux dans le centre avait des transformateurs truqués et que l'installation du gaz, qui chauffe tout l'immeuble, avait une grosse dérivation illégale. Il a procédé à quelques vérifications et il a constaté que c'était vrai. Depuis j'y suis allé moi-même ; Art a recruté un gardien qui coopère avec nous et nous le payons pour qu'il surveille tout. Je vous le dis, Nim, il s'agit d'une affaire très importante, et le boulot qui a été fait est le plus habile que j'aie jamais vu. Sans le tuyau qu'Art a obtenu, nous aurions pu ne jamais le découvrir.

— De qui a-t-il obtenu ce tuyau ? » Nim avait rencontré Art Romeo. C'était un petit bonhomme à la mine chafouine qui aurait parfaitement pu passer lui-même pour un voleur.

« Je vais vous apprendre quelque chose, dit Harry London. Ne posez jamais cette question à un flic — ou à un agent de la Protection des biens. Un indicateur peut avoir quelquefois une dent contre quelqu'un ; le plus souvent il a besoin d'argent ; mais dans les deux cas il faut le protéger. Et on ne peut pas le protéger en révélant son nom à des tas d'autres gens. Je n'ai rien demandé à Art.

— O.K., admit Nim. Mais si vous savez qu'il y a là-bas une installation illégale, pourquoi ne pas foncer dessus tout de suite ?

— Parce que nous détruirions un seul nid à rats et que nous nous interdirions l'accès à beaucoup d'autres. Laissez-moi vous dire ce que nous avons découvert.

— J'allais vous le demander, répondit Nim sèchement.

— La société qui est propriétaire de cet immeuble de bureaux s'appelle Zaco Properties, expliqua London. Zaco possède d'autres biens au soleil : des appartements, des bureaux, des entrepôts qu'il loue à des supermarchés. Et nous pensons que ce qu'il a fait quelque part, il essaiera de le faire ailleurs, s'il ne l'a pas déjà fait. Procéder à des vérifications dans ses autres installations sans que cela se sache, voilà à quoi s'emploie Romeo pour le moment. Je l'ai déchargé de toutes ses autres tâches.

— Vous avez dit que vous payiez le gardien du premier immeuble pour qu'il surveille. Qu'il surveille quoi ?

— Quand une opération de cette taille est montée, il y a obligatoirement de temps en temps des contrôles et des réglages.

— En d'autres termes, dit Nim, celui qui a truqué les compteurs doit en principe revenir ?

— Oui. Et quand ils reviendront, le gardien nous préviendra. C'est un vieux de la vieille qui voit presque tout ce qui se passe. Il a déjà beaucoup parlé ; il n'aime pas les gens qui l'emploient ; ils ont dû lui faire quelques crasses. Il dit que les travaux initiaux ont été exécutés par quatre hommes bien organisés qui sont venus, à trois reprises, dans deux camions remplis du matériel adéquat. Ce qu'il me faut, c'est le numéro de l'un ou des deux camions et un meilleur signalement des hommes. »

Il était évident, pour Nim, que le gardien avait été l'informateur numéro un, mais il garda sa conclusion pour lui-même.

« En supposant que vous obteniez toutes les preuves, ou presque, qui vous sont nécessaires, demanda-t-il, que se passera-t-il ensuite ?

— Nous ferons intervenir les services du procureur de la République et la police municipale. Je sais qui contacter dans les deux cas, qui est digne de confiance, et qui ne perdra pas une seconde. Mais pas tout de suite. Il vaut mieux qu'il y ait le moins possible de personnes au courant de notre découverte.

— Très bien, dit Nim. Tout cela me paraît très prometteur, mais souvenez-vous de deux choses. La première, c'est d'avertir votre Romeo d'être prudent : s'il s'agit d'une opération aussi importante qu'elle en a l'air, elle peut aussi présenter des dangers. La seconde, c'est de me tenir informé de la suite des événements. » Le chef du service de la Protection des biens lui sourit de toutes ses dents. « Oui monsieur ! »

Nim eut l'impression que Harry London s'était retenu pour ne pas faire le salut militaire.

5

Traditionnellement, l'assemblée annuelle des actionnaires de la Golden State Power & Light était une cérémonie sans passion, voire ennuyeuse. Sur les 540 000 actionnaires de la compagnie environ 200 personnes y assistaient ; les absents, apparemment, ne s'intéressaient qu'à une chose, le paiement régulier des dividendes trimestriels, jusqu'ici aussi automatique et sûr que la succession des saisons.

Mais plus maintenant.

A midi, deux heures avant le début de la séance, des actionnaires commencèrent à s'infiltrer par petits paquets dans la salle de bal de l'hôtel Saint-Charles où — afin de parer à toute éventualité — des sièges avaient été disposés pour deux mille personnes. A midi et quart, l'infiltration était devenue une inondation et, à midi et demi, un raz de marée.

Plus de la moitié des arrivants étaient des gens âgés qui s'aidaient parfois d'une canne — quelques-uns de béquilles — pour marcher ; il y avait même une demi-douzaine de fauteuils roulants. La plupart n'étaient pas bien habillés. Beaucoup avait apporté du café dans des bouteilles thermos et des sandwiches, ce qui leur permit de déjeuner en attendant.

L'état d'esprit de la plupart des actionnaires oscillait entre le dépit et la colère ; ils se montrèrent à peine polis à l'égard du personnel de la G.S.P. & L. dont le travail consistait à vérifier leurs identités avant de les admettre dans la salle. Quelques actionnaires, retardés par cette formalité, devinrent même belliqueux.

A treize heures, les deux mille places assises étaient occupées, et l'affluence ne cessait de grossir. La salle de bal présentait l'aspect d'une bourdonnante tour de Babel, d'innombrables conversations et discussions par groupes s'étaient engagées, parfois avec une grande vivacité, et les participants parlaient de plus en plus fort. De temps à autre, des phrases dominaient le bruit.

« ...disaient que c'était un placement sûr, alors nous y avons mis nos économies et... »

« ...des cadres minables, incompétents... »

« ...vous vous en fichez pas mal, ai-je dit au type qui est venu relever mon compteur, mais de quoi vivrai-je ? de l'air du temps ? »

« ... les quittances sont assez élevées, alors pourquoi ne pas payer un dividende à ceux qui... »

« ... une bande de chats bien nourris dans le conseil d'administration ; qu'est-ce que ça peut leur faire ? »

« ... après tout, si nous restions ici et si nous refusions de partir avant qu'ils... »

« Moi, je vous dis qu'il faut pendre ces salauds ; ça leur ferait bien vite changer... »

143

Les variantes étaient nombreuses, mais le thème restait le même : la direction de la G.S.P. & L. , voilà l'ennemi !

Une table de presse était déjà partiellement occupée, et deux journalistes faisaient le tour de la salle en quête de détails présentant un intérêt humain. Ils interviewèrent une femme à cheveux blancs qui portait un tailleur vert clair. Elle venait de passer quatre jours en car depuis Tampa, en Floride, « parce que le car est meilleur marché et qu'il ne me reste plus beaucoup d'argent, surtout maintenant ». Elle raconta qu'elle avait quitté son emploi de vendeuse cinq ans plus tôt, qu'elle s'était installée dans une maison de retraite et qu'avec ses modestes économies elle avait acheté des actions de la G.S.P. & L. « On m'avait dit que c'était aussi sûr qu'une banque. Maintenant, je ne toucherai plus rien ; je vais donc être obligée de quitter la maison de retraite et je ne sais pas où aller. » Pour son voyage en Californie : « Je n'avais pas les moyens de venir, mais je n'avais pas non plus les moyens de rester là-bas. Il fallait que je sache pourquoi ces gens me font cette horrible chose. » Pendant que l'émotion la faisait bafouiller, un photographe prit des gros plans de son visage angoissé, que les journaux du lendemain reproduiraient dans tout le pays.

Seuls les photographes avaient été autorisés à opérer à l'intérieur de la salle. Deux équipes de télévision, campées dans le hall de l'hôtel, avaient protesté contre leur exclusion auprès de Teresa Van Buren qui leur répondit : « Il a été décidé que si nous laissions entrer les caméras de la télévision, l'assemblée annuelle deviendrait un cirque. »

Un technicien de la télévision grommela : « D'après ce que je vois, c'est déjà un cirque ! »

Van Buren fut la première à tirer le signal d'alarme quand il apparut à l'évidence, peu après midi et demi, que l'espace réservé aux places assises et debout serait très insuffisant. Une conférence hâtivement convoquée réunit des représentants de la G.S.P. & L. et de la direction de l'hôtel qui, d'un commun accord, décidèrent d'ouvrir une deuxième salle susceptible de contenir quinze cents personnes ; elles pourraient suivre les débats qui se dérouleraient dans la première grâce à un système d'amplification. Une équipe d'employés de l'hôtel s'empressa d'y installer des sièges.

Mais les nouveaux arrivants élevèrent rapidement des objections. « Rien à faire ! Je ne vais pas m'asseoir dans je ne sais quel local de deuxième catégorie, protesta une grosse femme rougeaude. Je suis une actionnaire qui a le droit d'assister à l'assemblée annuelle, et c'est là que j'irai. » D'une main solide, elle écarta un gardien d'un certain âge ; de l'autre elle détacha une corde qui lui barrait le passage, puis elle s'avança dans la salle de bal déjà archi-comble. Plusieurs personnes la suivirent. Découragé, le gardien haussa les épaules, replaça la corde et essaya de diriger le maximum de monde vers la deuxième salle.

Un homme au visage mince et sérieux appela Teresa Van Buren. « C'est ridicule. J'arrive par avion de New York et j'ai des questions à poser à l'assemblée.

— Il y aura des micros dans la deuxième salle, affirma-t-elle d'une voix rassurante. Les questions posées là-bas seront entendues et il leur sera répondu dans les deux salles. »

L'homme promena un regard de dégoût sur la foule. « La plupart de ces gens sont de petits actionnaires. Moi, je représente dix mille actions. »

Une voix, derrière lui, répliqua : « Moi, monsieur, j'en possède vingt, mais mes droits valent les vôtres. »

Ils se laissèrent finalement convaincre d'aller tous les deux dans la plus petite salle.

« Il avait raison au sujet des petits porteurs », déclara Van Buren à Sharlett Underhill qui venait de la rejoindre dans le foyer de l'hôtel.

La vice-présidente chargée des finances l'approuva. « Ici, beaucoup de gens détiennent dix actions ou moins. Très peu en possèdent plus de cent. »

Nancy Molineaux, du *California Examiner*, avait elle aussi observé l'affluence. Elle se tenait près des deux autres femmes.

« Vous avez entendu ? lui demanda Van Buren. Voilà qui réfute l'accusation que l'on porte contre nous d'être une grosse société monolithique. Ce sont les gens que vous voyez là qui en sont les propriétaires. »

Miss Molineaux prit un air sceptique. « Il y a aussi beaucoup de gros actionnaires fortunés.

— Pas autant que vous l'imaginez, intervint Sharlett Underhill. Plus de cinquante pour cent de nos actionnaires sont de petits rentiers avec cent actions ou moins. Et notre plus gros actionnaire est une société financière qui détient des actions pour les employés de la compagnie : elle possède huit pour cent des titres. Vous constaterez la même chose en ce qui concerne les autres services publics. »

La journaliste ne sembla pas impressionnée le moins du monde.

« Je ne vous ai pas vue, Nancy, lui dit Teresa Van Buren, depuis que vous avez écrit cet article lamentable et injuste sur Nim Goldman. Réellement, étiez-vous obligée de le faire ? Nim est un chic type et un gros travailleur. »

Nancy Molineaux sourit légèrement ; sa voix affecta la surprise. « Mon papier ne vous a pas plu ? Mon rédacteur en chef l'a trouvé formidable. » Imperturbable, elle continuait à inspecter le foyer de l'hôtel. « La Golden State Power semble incapable de bien faire les choses, décidément. Beaucoup de gens ici m'ont l'air aussi mécontents de leurs notes d'électricité ou de gaz que de leurs dividendes. »

Van Buren suivit le regard de la journaliste en direction d'une petite foule qui entourait un bureau réservé au service de la comptabilité. Sachant qu'une bonne partie des actionnaires étaient aussi ses clients, la G.S.P. & L. installait ce bureau à chaque assemblée annuelle afin que toutes les questions relatives aux tarifs du gaz et de l'électricité pussent trouver leur solution sur place. Derrière le bureau, trois secrétaires s'occupaient des réclamations pendant qu'une file d'attente s'allongeait. Une femme protestait : « Je me moque de ce que vous dites, cette quittance ne peut pas être exacte. Je vis seule, je n'utilise pas plus de courant qu'il y a deux ans, mais vous me réclamez le double. » Consultant un écran vidéo branché sur les ordinateurs de la facturation, un jeune employé continuait d'expliquer les détails de la quittance. La femme ne voulait rien entendre.

« Quelquefois, dit Van Buren à Nancy Molineaux, les gens voudraient avoir des tarifs plus bas et un plus gros dividende. Allez donc leur expliquer pourquoi il est impossible d'avoir les deux ! »

Sans répondre, la journaliste s'éloigna.

A treize heures quarante, soit vingt minutes avant l'ouverture de la séance, il n'y avait plus de places debout que dans la seconde salle, et les nouveaux arrivants affluaient toujours.

« Je me fais une bile du diable », confia Harry London à Nim Goldman. Ils se trouvaient à mi-chemin entre les deux salles, et ils avaient du mal à se faire entendre l'un de l'autre en raison du brouhaha général.

London et plusieurs de ses collaborateurs avaient été « empruntés » pour l'occasion afin de renforcer les agents réguliers de la sécurité de la G.S.P. & L., et Nim avait été dépêché, quelques instants plus tôt, par J. Eric Humphrey afin de lui communiquer ses impressions personnelles sur ce qui se passait.

Le président, qui d'habitude se mêlait sans cérémonie aux actionnaires, avant l'assemblée, avait reçu du chef du service de sécurité le conseil de s'en abstenir aujourd'hui en raison de l'hostilité de la foule. Il s'était donc enfermé dans les coulisses avec ses principaux collaborateurs qui devaient l'escorter sur l'estrade de la salle de bal à quatorze heures.

« Je me fais de la bile, répéta London, parce que je crois que les choses vont prendre une tournure violente avant la fin de la séance. Êtes-vous allé dehors ? »

Nim secoua négativement la tête et, sur un signe de London, le suivit vers le hall de l'hôtel et la rue. Ils sortirent par une porte latérale et contournèrent l'immeuble en direction de la façade.

L'hôtel Saint-Charles avait une avant-cour qui, normalement, accueillait les divers véhicules de sa clientèle : taxis, voitures particulières et cars. Mais à présent toute la circulation était bloquée par plusieurs centaines de manifestants qui criaient en brandissant des pancartes. Une étroite porte d'entrée pour les piétons restait ouverte, protégée par la police de la ville qui empêchait également les manifestants d'avancer.

Les équipes de télévision auxquelles on avait refusé l'accès à l'assemblée des actionnaires étaient sorties pour filmer la scène.

Sur quelques pancartes portées à bout de bras, on pouvait lire :

Soutenez
énergie et lumière
pour le peuple

Le peuple réclame
une baisse des tarifs
du gaz et de l'électricité

Tuons le monstre
capitaliste
G.S.P. & L.

p. & l.f.p.
exige
la nationalisation de
la G.S.P. & L.

Faites passer le peuple
avant les profits

Des groupes d'actionnaires de la G.S.P. & L., qui arrivaient encore et franchissaient les cordons de police, ne cachèrent pas leur indignation en lisant les pancartes. Un petit homme chauve, vêtu sans recherche et portant un appareil auditif, s'arrêta pour crier aux manifestants : « Je suis le peuple autant que vous, et j'ai travaillé dur toute ma vie pour acheter quelques actions... »

Un pâle jeune homme à lunettes, dans un survêtement de la Stanford University, l'interrompit d'un ton goguenard : « Va te faire déboucher les oreilles, espèce de capitaliste vorace ! »

Une jeune et jolie femme répliqua : « Peut-être que si certains d'entre vous travaillaient un peu plus et mettaient un peu de côté... »

Sa voix fut couverte par un chœur de : « A bas les profiteurs ! L'énergie appartient au peuple ! »

La femme s'avança vers les braillards, un poing levé. « Écoutez-moi, bande de cloches ! Je ne suis pas une profiteuse. Je suis une ouvrière syndiquée, et...

— Profiteuse !... Capitaliste vampirique !... » L'une des pancartes se serait abattue sur la tête de la jeune femme si un policier n'avait bondi pour détourner le coup avant de la pousser à l'intérieur de l'hôtel. Des manifestants voulurent s'élancer à sa poursuite, mais les agents les écartèrent.

Des journalistes avaient rejoint leurs confrères de la télévision. Nim reconnut Nancy Molineaux. Mais il n'avait aucune envie de lui parler.

Harry London lui dit à mi-voix : « Vous voyez là-bas votre ami Birdsong, qui dirige tout de loin ?

— Il n'est pas de mes amis, répliqua Nim. Mais oui, je le vois. »

La silhouette corpulente et barbue de Davey Birdsong — qui arborait un large sourire comme d'habitude — se dressait à l'arrière de la manifestation. Nim et London le virent porter à ses lèvres un talkie-walkie..

« Il communique sans doute avec quelqu'un de l'intérieur, dit London. Il est déjà entré et sorti deux fois ; il détient une action à son nom. J'ai vérifié.

— Une seule action suffit, déclara Nim. Elle donne à son porteur le droit d'assister à l'assemblée annuelle.

— Je sais. Et il est vraisemblable que plusieurs de ses amis en ont également une. Ils ont préparé autre chose, j'en mettrais ma main au feu. »

Ils rentrèrent incognito à l'intérieur de l'hôtel. Dehors, les manifestants semblaient de plus en plus bruyants.

Dans un petit bureau privé qui ouvrait sur un couloir derrière la scène de la salle de bal, J. Eric Humphrey marchait nerveusement de long en large en révisant une fois de plus le discours qu'il allait prononcer. Au cours des trois jours précédents, une douzaine de brouillons avaient été tapés et retapés ; le dernier datait d'une heure à peine, mais Humphrey lui apportait encore des retouches au crayon à mesure qu'il articulait silencieusement les mots et tournait les pages.

Par égard pour la concentration d'esprit du président, les autres personnes présentes — Sharlett Underhill, Oscar O'Brien, Stewart Ino, Ray Paulsen et une demi-douzaine d'administrateurs — s'étaient tus ; deux administrateurs se servaient du whisky à un bar portatif.

Les têtes se tournèrent vers la porte quand elle s'ouvrit pour laisser passer Nim qui la referma soigneusement.

Humphrey posa les feuillets de son discours. « Alors ?

— Il y a foule là-bas. » Nim décrivit avec concision la situation dans la salle de bal, dans la seconde salle et dans la rue.

Un administrateur demanda avec inquiétude : « N'y a-t-il pas moyen d'ajourner l'assemblée ? »

Oscar O'Brien secoua énergiquement la tête. « Hors de question. L'assemblée a été convoquée légalement. Elle doit se tenir.

— Au surplus, dit Nim, si vous l'ajourniez, ce serait l'émeute. »

Le même administrateur murmura : « Nous risquons de l'avoir de toute façon. »

Le président se dirigea vers le bar et se versa un verre de soda en regrettant que ce ne fût pas du scotch, mais il s'était fait une règle — qui s'appliquait d'ailleurs à ses collaborateurs — de ne jamais boire d'alcool pendant les heures de travail. Il déclara avec humeur : « Nous savions d'avance ce qui allait se passer ; une discussion à propos d'un ajournement est donc sans intérêt. Nous agirons pour le mieux, tout simplement. » Il but une gorgée de soda. « Ces gens ont le droit d'être furieux contre nous au sujet de leurs dividendes. A leur place, je le serais aussi. Que peut-on dire à des gens qui ont cru faire un placement sûr et qui s'aperçoivent soudain qu'il ne l'est pas ?

— Vous pourriez essayer de leur dire la vérité, répondit Sharlett

Underhill toute rouge d'émotion. La vérité est qu'il n'existe pas un seul endroit dans ce pays où les épargnants et les travailleurs puissent placer leur argent avec la certitude que sa valeur se maintiendra. Ni, dorénavant, dans des compagnies comme la nôtre ; ni encore moins dans des comptes d'épargne ou des obligations où l'intérêt ne marche pas du même pas que l'inflation provoquée par le gouvernement. Tout ça depuis que les charlatans et les escrocs de Washington ont dévalué le dollar et continuent à le faire en souriant comme des idiots pendant qu'ils nous ruinent. Ils nous ont donné une monnaie de singe, qui n'est garantie que par les promesses sans valeur des politiciens. Nos institutions financières s'effondrent. La Sécurité sociale est un attrape-nigauds en faillite ; si elle était une entreprise privée, ses dirigeants seraient en prison. Et de bonnes compagnies, honnêtes et efficaces comme la nôtre, sont acculées, le dos au mur, obligées de faire ce que nous avons fait, et s'attirant injustement tous les reproches. »

Ces propos furent salués par des murmures d'approbation et quelques applaudissements. Le président observa sèchement : « Sharlett, peut-être devriez-vous faire le discours à ma place ? » Il ajouta après une seconde de réflexion : « Tout ce que vous dites est vrai, bien sûr. Malheureusement, la plupart des citoyens ne sont pas prêts à écouter et à accepter la vérité — pas encore.

— Au fait, Sharlett, demanda Ray Paulsen, où placez-vous vos économies ? »

La vice-présidente chargée des finances répliqua avec brusquerie : « En Suisse, l'un des rares pays où l'on ait encore le sens de la rectitude financière, et aux Bahamas — en pièces d'or et en francs suisses, les deux seules monnaies saines qui nous restent. Si vous ne l'avez pas déjà fait, je vous conseille de ne pas perdre de temps. »

Nim regarda sa montre. Il alla ouvrir la porte. « Il est deux heures moins une. C'est le moment.

— Maintenant, dit Eric Humphrey en sortant le premier, je sais ce que ressentaient les chrétiens quand on les jetait aux lions. »

Les représentants de la direction et les administrateurs pénétrèrent sur l'estrade, d'un pas vif, pendant que le président se dirigeait tout droit vers un podium pourvu d'un pupitre ; ils prirent place sur des sièges à sa droite. Le brouhaha dans la salle de danse s'apaisa un court moment. Puis, dans les premiers rangs, quelques huées s'élevèrent, bientôt multipliées et accompagnées de coups de sifflet dans toute la salle. Sur le podium, J. Eric Humphrey demeurait impassible, attendant que se calmât le chœur de la désapprobation. Lorsqu'il s'atténua légèrement, le président de la G.S.P. & L. se pencha vers le micro ouvert devant lui.

« Mesdames et Messieurs, mes observations préliminaires sur l'état de notre compagnie seront brèves. Je sais que nombre d'entre vous sont impatients de poser des questions... »

Les mots suivants se perdirent dans un nouveau tumulte. Il entendit des cris : « C'est vrai !... Les questions d'abord !... Plus de baratin !... Parlez des dividendes ! »

Lorsqu'il put se faire écouter, Humphrey répliqua : « J'ai bien l'intention de parler des dividendes, mais auparavant il y a certaines affaires qui doivent...

— Monsieur le Président, monsieur le Président, un rappel à l'ordre ! »

Une nouvelle voix tonna dans le système d'amplification. En même temps, une lampe rouge s'alluma sur le pupitre du président, ce qui indiquait que quelqu'un dans la seconde salle — invisible — utilisait un micro.

Humphrey donna de la voix dans son propre micro. « Quel est votre rappel à l'ordre ?

— Je proteste, monsieur le Président, contre la manière dont... »

Humphrey l'interrompit. « Votre nom, je vous prie.

— Je m'appelle Homer F. Ingersoll. Je suis avocat ; je détiens trois cents actions personnellement, plus deux cents pour un client.

— Quel est votre rappel à l'ordre, monsieur Ingersoll ?

— J'ai commencé à vous le dire, monsieur le Président. Je proteste contre la manière dont ont été prises ces dispositions insuffisantes, inefficaces, pour réunir l'assemblée, avec le résultat que moi-même et beaucoup d'autres avons été relégués, comme des citoyens de seconde zone, dans une autre salle où nous ne pouvons pas convenablement participer...

— Mais vous participez, monsieur Ingersoll. Je regrette que l'assistance exceptionnellement importante aujourd'hui...

— Il s'agit d'un rappel à l'ordre, monsieur le Président, et je n'ai pas fini. »

Entendant cette voix tonnante, Humphrey se résigna. « Terminez votre rappel à l'ordre, mais rapidement, s'il vous plaît.

— Vous ne le savez peut-être pas, monsieur le Président, mais même cette seconde salle est pleine comme un œuf, et beaucoup d'actionnaires n'ont pu pénétrer dans l'une ou l'autre. Je parle en leur nom parce qu'ils sont privés de leurs droits légaux.

— En effet, acquiesça Humphrey, je l'ignorais. Je le regrette sincèrement, et j'admets que nos préparatifs ont été insuffisants. »

Dans la salle de danse, une femme se leva et cria : « Vous devriez tous démissionner ! Vous êtes même incapables d'organiser une assemblée annuelle. »

D'autres voix reprirent en chœur : « Oui, démission ! Démission ! »

Les lèvres d'Eric Humphrey se pincèrent ; pendant un instant il parut nerveux, contrairement à son habitude. Puis, au prix d'un effort évident, il se ressaisit et fit un nouvel essai : « L'assistance record d'aujourd'hui, comme le savent beaucoup d'entre vous, est un événement sans précédent. »

Une voix stridente : « Comme la suppression de nos dividendes ! »

« Je ne puis vous dire qu'une chose — j'avais l'intention de vous la dire plus tard, mais ce sera maintenant — c'est que le non-paiement des dividendes est une décision que nous avons prise, moi et les autres membres du conseil d'administration, à notre grand regret... »

La même voix : « Avez-vous essayé de réduire votre gros salaire personnel ? »

« ... et en nous rendant parfaitement compte, insista Humphrey, des soucis, de la dure épreuve en vérité, qui... »

Plusieurs incidents se produisirent alors simultanément.

Une grosse tomate molle, lancée d'une main sûre, frappa le président en pleine figure ; elle éclata ; une bouillie de pulpe et de jus coula sur son visage, sur le haut de son complet, sur le devant de sa chemise.

Comme à un signal, un tir de barrage — tomates et œufs en guise de projectiles — se déclencha, éclaboussant la scène et le podium du président. De nombreuses personnes, dans la salle, se levèrent précipitamment ; quelques-unes riaient ; d'autres, cherchant autour d'elles à repérer les lanceurs, paraissaient choquées et réprobatrices. Au même moment, le public entendit au-dehors un nouveau vacarme : des cris dont le volume s'amplifiait de plus en plus.

Nim, lui aussi debout au centre de la salle — où il s'était faufilé quand Humphrey avait gagné le podium — s'efforçait de découvrir la source du bombardement afin d'intervenir s'il la trouvait. Presque tout de suite il aperçut Davey Birdsong qui, comme tout à l'heure, parlait dans un talkie-walkie, sans doute pour donner des ordres. Nim essaya de se frayer un passage jusqu'à lui, mais il dut y renoncer tant la confusion était grande dans la salle de bal.

Brusquement il se trouva face à face avec Nancy Molineaux. Pendant un instant, elle parut embarrassée.

La colère de Nim explosa. « Je suppose que tout cela vous enchante et vous fournira une occasion supplémentaire de distiller votre venin contre nous.

— Je m'efforce seulement d'être objective, Goldman. »

Ayant retrouvé son aplomb, Miss Molineaux sourit. « Je fais du reportage et j'enquête sur les sujets qui me paraissent mériter mon attention.

— Oui, vous enquêtez, mais vous n'êtes pas objective : vous êtes partiale ! » Impulsivement, il lui désigna à l'autre bout de la salle Davey Birdsong et son talkie-walkie. « Pourquoi n'enquêtez-vous pas sur lui ?

— Donnez-moi une bonne raison de m'intéresser à lui.

— Je crois qu'il est à l'origine de cette agitation.

— Savez-vous s'il l'est ?

— Non, admit Nim.

— Alors, laissez-moi vous dire quelque chose. Qu'il l'ait encouragée ou non, cette agitation s'est produite parce que beaucoup de gens croient que la G.S.P. & L. n'est pas gérée comme elle devrait l'être. Ou ne regardez-vous jamais les réalités en face ? »

Sur un coup d'œil méprisant, Nancy Molineaux tourna le dos à Nim.

Ce fut alors que le vacarme du dehors devint assourdissant et que la salle de danse fut envahie par de nouveaux arrivants, derrière lesquels apparurent des porteurs de pancartes et d'écriteaux hostiles à la G.S.P. & L.

Comment cela avait-il pu se produire ? On apprit plus tard que quelques actionnaires auxquels l'accès des deux salles avait été refusé avaient fait appel à d'autres pour forcer l'entrée de la salle de bal. Unissant leurs efforts, ils avaient écarté les barrières provisoires et submergé les équipes de sécurité et les autres membres du personnel de la G.S.P. & L.

Presque au même moment, dans l'avant-cour, la foule des manifestants avait assailli les agents de police et rompu leur frêle cordon. Les manifestants se répandirent alors dans l'hôtel et se dirigèrent vers la salle de bal où ils rejoignirent les derniers actionnaires mécontents.

Ainsi que Nim le soupçonnait sans pouvoir le prouver, Davey Birdsong orchestrait tous les mouvements, à commencer par la projection des tomates sur la scène, en donnant ses ordres par talkie-walkie. Non seulement le p. & l.f.p. avait organisé la manifestation dans l'avant-cour, mais il s'était infiltré dans l'assemblée des actionnaires grâce au stratagème — simple mais légal — qui avait consisté à faire quelques mois plus tôt acheter par une douzaine de ses membres, dont Birdsong, une action de la G.S.P. & L.

Dans le tumulte qui s'ensuivit, peu de gens entendirent J. Eric Humphrey annoncer au micro : « Cette assemblée est suspendue. Elle reprendra dans une demi-heure environ. »

6

Dans la salle de séjour de son appartement, Karen adressa à Nim le même sourire radieux que lors de leur première entrevue dont il se souvenait si bien. Puis elle lui dit gentiment : « Je sais que vous avez eu une semaine difficile. J'ai lu dans la presse des comptes rendus de l'assemblée annuelle de votre compagnie, et la télévision aussi m'en a donné quelques images. »

Dans son for intérieur, Nim fit la grimace. La télévision ne s'était intéressée qu'aux aspects tumultueux de la réunion en ignorant les problèmes complexes qui, après la suspension de séance, avaient été abordés pendant près de cinq heures — questions, discussions, votes des résolutions, etc. (Pour être juste, reconnaissait Nim, les caméras de la télévision n'avaient pu filmer que des extérieurs, puisque l'entrée dans la salle leur avait été refusée ; sans doute aurait-il été préférable de les admettre.) Pendant la suspension de séance, l'ordre avait été rétabli. Au terme de l'assemblée, rien n'avait pratiquement changé, à ceci près que tous les participants étaient fatigués, mais beaucoup de choses qui devaient être dites l'avaient été ouvertement. Nim avait été fort étonné le lendemain de constater que le compte rendu le plus compréhensif et le plus balancé avait paru dans le *California Examiner* sous la signature de Nancy Molineaux.

« Si vous n'y voyez pas d'inconvénient, dit-il à Karen, notre cirque annuel est un événement que je voudrais bien effacer de ma mémoire pendant quelque temps.

— Considérez-le comme effacé, Nemrod. Mais de quelle assemblée annuelle s'agit-il ? Je n'ai entendu parler d'aucune. »

Il rit puis changea de sujet. « Vos vers m'ont beaucoup plu. En avez-vous déjà publié ? »

Elle secoua la tête, ce qui lui rappela, alors qu'elle était assise sur le fauteuil roulant en face de lui, que la tête était la seule partie de son corps qu'elle pouvait remuer.

Pour une part, il s'était rendu chez elle aujourd'hui parce qu'il avait éprouvé le besoin de s'évader, fût-ce brièvement, du tourbillon de la G.S.P. & L. Il éprouvait aussi un vif désir de revoir Karen Sloan, un désir que renforçaient à présent son charme et sa rare beauté : toujours les cheveux blonds brillants retombant sur les épaules, le visage aux proportions parfaites, les lèvres charnues, la peau opalescente et sans défaut.

Un peu bizarrement, Nim se demanda s'il n'allait pas tomber amoureux de Karen. Dans ce cas, se dit-il, ce serait un véritable renversement. En d'innombrables occasions, il avait fait l'amour sans aimer. Mais avec Karen, il aimerait sans faire l'amour.

« J'écris des vers pour le plaisir, lui dit Karen. Quand vous êtes arrivé, j'étais en train de travailler sur un exposé.

— Un exposé pour qui ? Et sur quel sujet ?

— A une assemblée de juristes. Une commission de l'Ordre des avocats de l'État doit rédiger un rapport sur les lois relatives aux handicapés — celles qui ont cours dans la plupart des États et dans d'autres pays. Certaines lois sont bonnes ; d'autres, non. Je les ai étudiées.

— Vous allez expliquer la loi à des juristes ?

— Pourquoi pas ? Les juristes s'enferrent dans la théorie. Il leur faut quelqu'un de pratique qui leur explique ce qui se passe réellement en vertu des lois et des réglementations. Voilà pourquoi ils se sont adressés à moi ; de plus, j'avais déjà travaillé la question. Je parlerai surtout des paraplégiques et des quadriplégiques, et je dissiperai quelques idées fausses.

— Des idées fausses de quel genre ? »

Pendant qu'ils parlaient, des bruits de cuisine venaient de la pièce voisine. Lorsque Nim avait téléphoné dans la matinée, Karen l'avait invité à déjeuner. Josie, qui était à la fois son infirmière et sa femme de ménage et que Nim avait rencontrée lors de sa première visite, était en train de préparer le repas.

« Avant que je réponde à cette question, dit Karen, ma jambe droite n'est pas à son aise. Voudriez-vous la déplacer pour moi ? »

Il se leva, s'approcha du fauteuil roulant avec une certaine appréhension. La jambe droite de Karen était passée par-dessus la gauche.

« Arrangez-les à l'inverse. La jambe gauche par-dessus la droite, s'il vous plaît. » Elle avait parlé d'une manière très simple ; Nim se pencha, avança une main, et se rendit compte soudain que ses jambes gainées de nylon étaient élancées et attrayantes. Au toucher, il les trouva chaudes, momentanément excitantes.

« Merci, dit Karen. Vous avez des mains très douces. » Devant son air surpris, elle ajouta : « Voilà l'une des idées fausses.

— Laquelle ?

— Que tous les paralysés sont dépourvus de sensations normales. Il est vrai que certains ne peuvent plus rien sentir, mais des post-polios comme moi peuvent avoir toutes leurs capacités sensorielles intactes. Ainsi, bien que je sois incapable de bouger mes membres, j'ai autant de sensations physiques que n'importe qui. C'est pourquoi une jambe ou un bras peuvent ne plus être à leur aise, ou " s'endormir ", donc avoir besoin qu'on les change de position, comme vous venez de le faire à l'instant.

— Vous avez raison, admit-il. Je crois qu'inconsciemment je me faisais en effet des idées fausses.

— Je sais. » Elle lui adressa un sourire espiègle. « Mais j'ai pu sentir vos mains sur mes jambes et, si vous voulez tout savoir, cela m'a été très agréable. »

Une image saisissante se présenta brusquement à son esprit, puis il la bannit. « Otez-moi d'autres idées fausses, dit-il.

— Qu'il ne faut pas demander à des quadriplégiques de parler d'eux-mêmes. Vous seriez étonné du nombre de gens qui éprouvent de l'aversion ou de l'embarras à avoir le moindre rapport avec nous, quand ce n'est pas de l'épouvante.

— Cela arrive fréquemment ?

— Tout le temps. La semaine dernière, ma sœur Cynthia m'a emmenée déjeuner au restaurant. Lorsque le serveur est venu, il a pris par écrit la commande de Cynthia puis, sans me regarder, il a demandé : " Et pour *elle* ? " Cynthia, Dieu la bénisse, a répondu : " Pourquoi ne le lui demandez-vous pas ? " Mais, même lorsque j'ai commandé mon menu, il n'a pas voulu me regarder en face. »

Nim demeura silencieux, puis il se pencha en avant, leva la main de Karen et la garda dans la sienne. « J'ai honte pour nous tous.

— Il ne faut pas. Vous rachetez beaucoup d'autres personnes, Nemrod. »

Libérant la main, il lui dit : « La dernière fois que je suis venu, vous m'avez un peu parlé de votre famille.

— Je ne le ferai pas aujourd'hui parce que vous allez la voir — du moins, mes parents. J'espère que cela ne vous contrariera pas, mais ils passeront ici après déjeuner. C'est le jour de congé de ma mère, et mon père fait ses travaux de plomberie dans les environs. »

Karen expliqua que ses parents étaient originaires d'Autriche et que, alors qu'ils étaient adolescents, au milieu des années 30, ils avaient émigré aux États-Unis parce que la guerre amassait ses nuages sur l'Europe. En Californie, ils se connurent, s'épousèrent et eurent deux enfants, Cynthia et Karen. Le patronyme paternel avait été Slonhauser, qui fut anglicisé en Sloan pendant leur naturalisation. Karen et Cynthia ignoraient à peu près tout de leur héritage autrichien et avaient été élevées comme des enfants américains cent pour cent.

« Cynthia est donc plus âgée que vous ?

— De trois ans, et elle est très belle. Ma grande sœur. Je voudrais qu'un autre jour vous fassiez sa connaissance. »

Les bruits de la cuisine cessèrent et Josie parut, poussant une table à thé roulante. Elle disposa une petite table pliante devant Nim et adapta un plateau au fauteuil de Karen. Elle servit le déjeuner : saumon froid avec salade et pain grillé ; puis elle versa du vin dans deux verres : un Louis Martini Pinot Chardonnay très frais. « Je ne peux pas m'offrir du vin tous les jours, dit Karen, mais aujourd'hui c'est spécial — parce que vous êtes revenu.

— Voulez-vous que je vous fasse manger, ou préférez-vous que ce soit Mr. Goldman ? s'enquit Josie.

— Nemrod, demanda Karen, cela ne vous ennuierait pas ?

— Non, répondit-il. Mais si je commets une erreur, il faudra me le dire.

— Ce n'est vraiment pas difficile. Quand j'ouvre la bouche, vous y fourrez un peu de nourriture. Vous aurez juste à travailler deux fois autant que pour manger vous-même. »

Après un coup d'œil et un sourire entendu à l'adresse de Karen, Josie se retira dans la cuisine.

« Vous voyez, dit Karen pendant que leur déjeuner se poursuivait, et après avoir bu une gorgée de vin, vous faites cela très bien. Voudriez-vous essuyer mes lèvres, s'il vous plaît ? » Ce qu'il fit, avec une serviette, tandis qu'elle inclinait son visage vers lui.

Tout en continuant à nourrir Karen, il réfléchissait à l'étrange impression d'intimité qui se dégageait de ce qu'ils faisaient ensemble, un sentiment de partage et de proximité sans précédent dans sa propre expérience. Il lui trouva même une sorte de qualité sensuelle.

Vers la fin du repas, quand le vin eut affiné leur connaissance mutuelle, elle dit à Nim : « Je vous ai beaucoup parlé de moi. Maintenant parlez-moi de vous. »

Il commença sur un ton désinvolte : son enfance, sa famille, son travail, son mariage avec Ruth, ses enfants. Puis, stimulé par les questions de Karen, il lui révéla ses doutes actuels — sur son héritage religieux, si celui-ci devait se perpétuer à travers ses enfants, sur la voie où il avait engagé sa propre vie, sur l'avenir — en admettant qu'il y en eût un — de son mariage.

« En voilà assez, dit-il. Je ne suis pas venu ici pour vous ennuyer. »

Souriante, Karen secoua la tête. « Je ne crois pas que vous puissiez jamais m'ennuyer, Nemrod. Vous êtes un homme complexe, et les êtres complexes sont les plus intéressants. De plus, je vous aime plus que tous ceux que j'ai rencontrés depuis longtemps.

— Je pourrais vous dire la même chose. »

Le visage de Karen rosit. « Nemrod, cela vous ferait-il plaisir de m'embrasser ? »

Il se leva, franchit le court espace qui les séparait, et répondit doucement : « Je le désire de tout mon cœur. »

Elle avait des lèvres chaudes et aimantes ; leur baiser se prolongea. Ni l'un ni l'autre n'avaient envie de désunir leurs bouches. Nim, avec ses bras, voulut attirer Karen tout contre lui. Et puis il entendit sonner à la porte de l'extérieur, la voix de Josie et deux autres. Nim laissa retomber ses bras. Il s'éloigna.

Karen murmura : « Le maudit contretemps ! » Puis elle cria : « Entrez ! » et, quelques secondes plus tard, elle annonça : « Nemrod, je serais heureuse de vous présenter mes parents. »

Un homme d'un certain âge et très digne, avec des cheveux grisonnants et un visage hâlé, tendit la main à Nim. Quand il parla, ce fut d'une voix grave et gutturale qui trahissait son origine autrichienne. « Je suis Luther Sloan, monsieur Goldman. Et voici ma femme Henrietta. Karen nous a parlé de vous, et nous vous avons vu à la télévision. » La main que Nim serra était celle d'un travailleur manuel, rude et calleuse, mais qui devait être fréquemment nettoyée, avec des ongles propres. Bien que Luther Sloan portât une blouse où l'on voyait les traces du travail qu'il venait d'interrompre, elle était bien entretenue, soigneusement rapiécée par endroits.

A son tour, la mère de Karen échangea une poignée de main avec Nim. « C'est très aimable de votre part, monsieur Goldman, de venir voir notre fille. Je sais qu'elle apprécie vos visites. Nous aussi. » Elle était petite, modestement vêtue mais bien faite, et ses cheveux étaient ramassés dans un chignon à l'ancienne mode ; elle avait l'air plus âgée que son mari. Autrefois, se dit Nim, elle avait dû être jolie, ce qui expliquait la beauté attrayante de Karen, mais à présent son visage avait vieilli, et ses yeux révélaient autant de fatigue que de tension.

« Je suis ici pour une raison bien simple, lui répondit-il. La compagnie de Karen me fait plaisir. »

Lorsque Nim eut regagné son fauteuil et que les parents Sloan se furent assis, Josie apporta une cafetière et quatre tasses. Mrs. Sloan versa le café et aida Karen à boire le sien.

« Papa, dit Karen, comment vont tes affaires ?

— Pas aussi bien qu'elles le pourraient. » Luther Sloan soupira. « Les fournitures coûtent si cher, un peu plus cher chaque jour ; ce n'est pas à vous que je l'apprendrai, monsieur Goldman. Aussi, quand je facture ce qu'elles me coûtent, plus la main-d'œuvre, les gens s'imaginent que je les vole.

— Je sais, acquiesça Nim. A la Golden State Power, nous sommes accusés de la même chose pour des motifs identiques.

— Mais votre compagnie a les reins solides. La mienne n'est qu'une petite affaire. J'emploie trois autres personnes, monsieur Goldman, et je travaille moi-même ; je vous assure que, certains jours, ça ne vaut pas le mal que je me donne. Surtout avec les imprimés du gouvernement ; j'en reçois de plus en plus, et je ne vois pas pourquoi l'administration a besoin de la moitié des renseignements qu'elle me demande. Je passe mes soirées et mes week-ends à remplir ces paperasses, et personne ne me paie pour cela.

— Luther, intervint Henrietta Sloan sur un ton de reproche, nos problèmes n'intéressent pas le monde entier. »

Il haussa les épaules. « Karen m'a demandé comment allaient mes affaires. J'ai dit la vérité.

— De toute façon, Karen, déclara Henrietta, cela ne changera rien pour toi, ni à notre projet de t'offrir une camionnette. Nous avons presque assez d'argent pour un versement à la commande ; ensuite nous emprunterons le reste.

— Maman, protesta Karen, je te l'ai déjà dit, je ne suis pas pressée. Je m'arrange pour sortir avec Josie.

— Mais pas aussi souvent que tu le pourrais, ni aussi loin que tu aimerais aller. » La bouche de la mère se crispa. « Tu auras une camionnette. Je te le promets, ma chérie. Bientôt.

— J'ai moi aussi réfléchi à cette question, dit Nim. La dernière fois que je suis venu ici, Karen a fait allusion à une camionnette qui pourrait contenir le fauteuil roulant et que Josie conduirait. »

Karen intervint d'une voix ferme. « Maintenant, allez-vous tous cesser de vous tracasser ? S'il vous plaît !

— Je ne me tracassais pas. Mais je me suis rappelé que notre compagnie — la G.S.P. & L. — possédait de petites camionnettes qui étaient revendues à bas prix, après avoir servi un an ou deux, pour être remplacées par des neuves. Plusieurs sont encore en bon état. Si vous voulez, je puis demander à l'un de nos collaborateurs d'en chercher une qui serait une occasion avantageuse. »

Le visage de Luther Sloan s'éclaira. « Cela nous aiderait beaucoup. Bien sûr, même s'il s'agit d'une bonne camionnette, il faudra l'adapter pour que le fauteuil roulant puisse rentrer et être solidement assujetti.

— Peut-être pourrons-nous pourvoir à cela aussi, dit Nim. Je ne sais pas, mais je trouverai bien.

— Nous allons vous donner notre numéro de téléphone, lui dit Henrietta. Et s'il y a du nouveau, vous pourrez nous appeler.

— Nemrod, s'écria Karen, vous êtes merveilleux, un vrai amour ! »

Ils continuèrent à bavarder jusqu'à ce que Nim, jetant un coup d'œil à sa montre, constate avec surprise que des heures s'étaient écoulées depuis son arrivée. « Il faut que je parte, annonça-t-il.

— Nous aussi, dit Luther Sloan. Je suis en train de changer quelques conduites de gaz dans un vieil immeuble près d'ici — pour *votre* gaz, monsieur Goldman — et les travaux doivent être terminés aujour-d'hui.

— Et pour le cas où vous me croiriez désœuvrée, intervint Karen, j'ai un exposé à finir. »

Ses parents prirent affectueusement congé. Nim les suivit. Avant de s'en aller, il se trouva seul avec Karen un court instant ; il se pencha pour l'embrasser une seconde fois avec l'intention de déposer un baiser sur sa joue, mais elle tourna la tête pour que leurs lèvres se rejoignissent. Avec un sourire ravissant, elle chuchota : « Revenez bientôt. »

Les Sloan et Nim descendirent par l'ascenseur, chacun absorbé dans ses propres pensées. Ensuite, Henrietta dit d'une voix uniforme : « Nous essayons de faire de notre mieux pour Karen. Parfois nous voudrions faire davantage. » La fatigue et la tension que Nim avait tout de suite remarquées — peut-être un sentiment de défaite — reparurent dans son regard.

Il répondit avec calme : « Je ne crois pas que Karen partage votre regret. D'après ce qu'elle m'a dit, elle est très sensible à votre soutien et à tout ce que vous avez fait pour elle. »

Henrietta secoua énergiquement son chignon. « Quoi que nous fassions, c'est le moins que nous puissions faire. Et encore est-ce bien peu de chose pour compenser ce qui est arrivé à Karen — à cause de nous — il y a longtemps. »

Luther posa doucement une main sur le bras de sa femme. « *Liebchen,* nous avons ressassé cela tant de fois ! Ne recommence pas aujourd'hui. A quoi bon ? Tu te feras encore un peu plus de mal, voilà tout. »

Elle se retourna brusquement vers son mari. « Tu penses aux mêmes choses. Et tu sais bien lesquelles. »

Luther soupira, puis interrogea brusquement Nim. « Karen vous a-t-elle dit qu'elle avait contracté la polio ?

— Oui.

— Vous a-t-elle dit comment ? Et pourquoi ?

— Non. Enfin, pas exactement.

— D'habitude, elle ne le dit pas », murmura Henrietta.

Ils s'étaient arrêtés dans le petit vestibule où l'ascenseur les avait déposés. Il n'y avait personne. Henrietta poursuivit :

« Karen avait quinze ans ; elle était encore dans une école secondaire ; elle était très bonne élève, très sportive aussi. Son avenir s'annon-çait sous les meilleurs auspices.

— Là où ma femme veut en venir, dit Luther, c'est que cet été-là nous — c'est-à-dire elle et moi — avions projeté de nous rendre en Europe. Nous devions y aller avec d'autres fidèles de notre église luthérienne. Un pèlerinage religieux sur des lieux saints. Nous avions prévu que, pendant notre absence, Karen irait dans un camp en plein air. Nous pensions qu'un séjour à la campagne lui ferait du bien ; d'ailleurs notre fille aînée Cynthia était allée dans le même camp deux ans plus tôt.

— La vérité est, précisa Henrietta, que nous pensions plus à nous-mêmes qu'à Karen. »

Son mari continua comme s'il n'avait pas été interrompu. « Mais Karen ne voulait pas du camp. A ce moment-là, elle fréquentait un garçon qui, lui, ne devait pas quitter la ville de tout l'été. Karen voulait rester à la maison pour être près de lui. Seulement Cynthia était déjà partie. Karen aurait été seule.

— Karen a ergoté et ergoté, dit Henrietta. Elle affirmait que le fait d'être seule n'avait aucune importance et que nous pouvions lui faire confiance. Elle nous a même dit qu'elle avait le pressentiment que si elle partait comme nous le désirions, nous le regretterions tous. Je ne l'ai jamais oublié, je ne l'oublierai jamais. »

Son expérience personnelle permit à Nim de reconstituer la scène : les Sloan, encore de jeunes parents alors, Karen à peine sortie de l'enfance, et l'affrontement de volontés contradictoires — tous les trois si différents de ce qu'ils étaient devenus.

Luther reprit encore une fois le récit, avec un débit précipité comme s'il souhaitait en terminer au plus vite. « Bref, nous avons eu un conflit familial — nous deux d'un côté et Karen de l'autre. Nous avons tellement insisté pour qu'elle aille au camp qu'à la fin elle s'est inclinée. Pendant qu'elle se trouvait au camp et nous en Europe, une épidémie de polio s'est déclarée. Karen a été l'une de ses victimes.

— Si seulement elle était restée à la maison, commença Henrietta, comme elle le voulait si fort...

— Ça suffit ! coupa son mari. Je suis sûr que Mr. Goldman a compris.

— Oui, répondit Nim à mi-voix. Je crois avoir tout compris. » Il se rappelait les vers que Karen avait écrits après l'électrocution de Wally Talbot Jr.

« Si seulement » ceci ou cela
Tel ou tel jour
Avait varié d'une heure ou d'un pouce ;
Ou si une chose négligée avait été faite
Ou si une chose faite avait été négligée !

A présent, il comprenait mieux en effet. Et puis, supposant qu'il devait dire quelque chose — mais quoi ? — il ajouta : « Je ne vois pas pourquoi vous devriez continuer à vous reprocher des circonstances... »

Un coup d'œil de Luther et un « S'il vous plaît, monsieur Goldman » l'obligèrent à se taire. Nim découvrit alors ce que son instinct aurait dû lui souffler : qu'il n'y avait plus rien à dire, que tous les arguments avaient été passés en revue auparavant et énergiquement rejetés. Il n'y avait rien au monde, il n'y avait jamais rien eu qui pût soulager ce père et cette mère d'une part même infime de leur fardeau.

« Henrietta a raison, dit Luther. Je pense exactement comme elle.

Tous les deux nous traînerons cette culpabilité comme un boulet jusqu'à notre mort. »

Sa femme ajouta : « Vous voyez ce que je voulais dire tout à l'heure quand j'affirmais que quoi que nous fassions — y compris travailler pour acheter une camionnette à Karen — ce n'est vraiment rien.

— Ce n'est pas rien, répliqua Nim. Même si tout le reste est vrai, c'est beaucoup plus que rien. »

Ils sortirent dans la rue. La voiture de Nim était garée quelques mètres plus loin.

« Merci de m'avoir parlé comme vous l'avez fait, dit-il. J'essaierai de régler l'affaire de la camionnette, dès que je le pourrai. »

Ainsi que Nim s'y attendait, un poème de Karen lui parvint le sur-lendemain.

> Lorsque vous étiez jeune
> Avez-vous jamais couru sur les trottoirs,
> Jouant
> A éviter les lézardes ?
> Ou, beaucoup plus tard,
> Marché en pensée sur un fil de funambule
> Et fait des acrobaties sur une corde raide
> Redoutant, tout en le courtisant par perversité,
> Le désastre que serait une chute ?
>
> « Désastre », ai-je dit ?
> Quelle aberration !
> Car il y a d'autres chutes, d'autres peines
> Qui ne sont pas entièrement catastrophiques,
> Amorties par des épaisseurs
> De joie et de splendeur.
> La rencontre de l'amour en est une.
>
> Pourtant la sagesse met en garde :
> Une chute est une chute
> Avec des lendemains de souffrance et de peine
> Uniquement retardés, non annulés.
> Ah ! tant pis ! Tant pis !
> Au diable la sagesse !
> Et vivent les lézardes des trottoirs,
> Les fils de funambule et les cordes raides !
> En ce moment précis, qui est sage,
> Ou a envie de l'être ?
>
> > Pas moi.
> > Et vous ?

7

L'objet de la réunion était Tunipah.

« Parler de quoi que ce soit au gouverneur de cet État, déclara J. Eric Humphrey avec ses intonations pincées de Boston, produit à peu près le même effet que de tremper sa main dans un seau d'eau. Dès que vous retirez cette main, l'eau redevient exactement ce qu'elle était avant, comme si la main n'y avait jamais trempé.

— A ceci près, intervint Ray Paulsen, que votre main serait mouillée.

— Gluante, rectifia le président.

— Je vous avais prévenus, dit Teresa Van Buren, je vous avais prévenus après le black-out d'il y a deux mois que le public avait la mémoire courte et que les gens — dont les hommes politiques — oublieraient la pénurie de courant ainsi que ses causes.

— La mémoire n'est pas le problème du gouverneur », répliqua Oscar O'Brien. L'avocat-conseil avait accompagné J. Eric Humphrey afin d'assister à de récentes sessions au Capitole de l'État, où avaient été discutées des propositions pour de nouvelles centrales, dont Tunipah. Il poursuivit : « Il n'y a qu'un ennui avec notre gouverneur. Il veut être président des États-Unis. Il le désire tellement qu'il en a l'eau à la bouche.

— Qui sait ? interrogea Nim Goldman. Il pourrait faire un bon président.

— Possible, admit O'Brien. Mais entre-temps la Californie est sans gouvernail, affublée d'un patron qui ne veut pas prendre position ni appliquer de décisions. Surtout si celles-ci risquent de mécontenter un seul électeur.

— Compte tenu d'une légère exagération, dit Eric Humphrey, c'est exactement le fond de notre problème.

— De plus, ajouta O'Brien en tirant sur son cigare, la même définition s'applique — pour des raisons similaires à quelques nuances près — à tous les autres personnages publics de Sacramento. »

Ils se trouvaient tous les cinq dans le petit salon de la suite du président, au siège social de la G.S.P. & L., assis sans cérémonie dans de bons fauteuils.

Dans moins de quinze jours commenceraient les débats publics sur le projet d'une grosse centrale au charbon à Tunipah. Et alors que le projet était vital pour la Californie — opinion partagée en privé par le gouverneur, ses assistants et les principaux législateurs de l'État — personne, pour des motifs politiques, ne voulait lui consentir un concours public. La G.S.P. & L., en dépit d'une solide opposition, devait se battre toute seule.

Le gouverneur avait aussi rejeté la requête présentée par le service public afin que les diverses agences régulatoires qui auraient à délibérer sur l'autorisation de construire Tunipah tinssent des débats publics communs en raison de l'urgence. Les procédures régulières suivraient leurs cours. Ce qui impliquait, dans les faits, une longue et épuisante série de plaidoiries et de discussions devant quatre organismes gouvernementaux distincts dont chacun s'intéresserait à un aspect différent du problème, quitte à se chevaucher mutuellement.

« Y a-t-il des chances, demanda Teresa Van Buren, pour que le gouverneur ou quelqu'un d'autre révise son attitude ?

— Seulement si ces bandits espèrent en tirer un avantage pour eux-mêmes, gronda Ray Paulsen. Et ils n'en verront aucun. » Paulsen était devenu ces temps-ci de plus en plus amer ; les retards apportés à l'approbation des plans représentaient pour lui une frustration intolérable, et il aurait la tâche impopulaire d'instaurer les coupures de courant quand elles deviendraient nécessaires dans l'avenir.

« Ray a raison, reconnut O'Brien. Nous savons tous comment le gang de Sacramento nous a laissés tomber pour le nucléaire, tout en admettant — confidentiellement — le besoin impérieux de centrales nucléaires, mais personne n'a eu le cran de le dire à haute voix.

— Eh bien, trancha Eric Humphrey, que cette attitude nous plaise ou que nous la méprisions, nous ne pouvons rien y changer. Maintenant, à propos des débats publics sur Tunipah, j'ai quelques idées à vous communiquer. Je voudrais que notre propre participation à ces débats soit de qualité supérieure. Il faut que notre présentation s'en tienne aux faits, qu'elle soit raisonnée, calme et digne. Au cours des interrogatoires contradictoires, les réactions de tous nos représentants devront être pareillement inspirées par la correction et la patience. L'opposition usera de sa tactique habituelle : elle essaiera de nous provoquer. Nous devrons résister à ces provocations, et je désire que tous mes collaborateurs reçoivent des consignes précises à cet égard.

— Ce sera fait », dit Oscar O'Brien.

Ray Paulsen lança un regard torve à Nim. « Rappelez-vous que cela s'adresse aussi à vous. »

Nim répliqua par une grimace. « Je m'entraîne déjà à me contenir, Ray — tenez, même en ce moment. »

Ils n'avaient oublié ni l'un ni l'autre leur affrontement lors de cette réunion de la direction où Nim et Van Buren s'étaient déclarés favorables à une ligne dure pour exposer les problèmes de la compagnie, tandis que Paulsen et la majorité des autres préconisaient l'attitude inverse. A en juger par les instructions du président, la « ligne modérée » demeurait en vigueur.

« Croyez-vous toujours, Oscar, demanda Eric Humphrey, que ma présence personnelle aux débats soit indispensable ?

— Oui, absolument », répondit O'Brien.

De toute évidence, la question de Humphrey traduisait son désir de ne pas attirer sur lui l'attention du public. Au cours des dix derniers jours, deux nouvelles bombes avaient explosé dans des installations de la G.S.P. & L. ; certes elles n'avaient causé que des dégâts mineurs, mais elles rappelaient au personnel de la compagnie que le danger n'avait pas disparu. Hier encore, une station de radio avait reçu un avertissement téléphoné, aux termes duquel « d'ici peu, d'autres criminels de la direction de la Golden State subiraient le châtiment du peuple pour leurs méfaits. »

O'Brien ajouta : « Je vous promets que vous ne ferez qu'une brève apparition, Eric, mais nous avons besoin que vous figuriez au procès-verbal.

— Très bien », soupira le président.

Nim pensa que, comme d'habitude, la tactique qui consistait à se faire tout petit ne s'appliquerait pas à lui. Lors des débats publics, Nim serait un témoin capital : pendant que d'autres membres de la compagnie déposeraient sur des problèmes techniques, Nim présenterait le projet de Tunipah dans toute son ampleur. Oscar O'Brien dirigerait les témoins au cours de l'interrogatoire.

Nim et O'Brien avaient déjà procédé à plusieurs répétitions auxquelles Ray Paulsen avait participé.

Pendant leur travail avec O'Brien, Paulsen et Nim avaient renoncé à leur antagonisme naturel et, à certains moments, avaient même échangé des propos presque aimables.

Profitant de cette situation nouvelle, Nim soumit à Paulsen le problème de la camionnette d'occasion pour Karen Sloan, le service des transports dépendant du département de la fourniture d'énergie.

A la vive surprise de Nim, Paulsen se montra attentif et serviable. Quarante-huit heures après leur conversation, il avait localisé une camionnette convenable qui serait bientôt mise en vente. Mieux encore : Ray Paulsen dessina lui-même quelques modifications qui faciliteraient l'entrée du fauteuil roulant dans la camionnette et, une fois à l'intérieur, le verrouilleraient solidement. Karen téléphona à Nim pour lui dire qu'un mécanicien de la G.S.P. & L. était passé chez elle pour prendre les mesures du fauteuil roulant et vérifier les contacts électriques.

« L'une des meilleures choses qui me soient jamais arrivées, déclara Karen à Nim au cours de leur conversation téléphonique, est que vous ayez vu ce cercle rouge sur la carte et qu'ensuite vous soyez venu ici. A propos, quand reviendrez-vous, cher Nemrod? Bientôt, j'espère. » Il le lui avait promis. Nim avait également téléphoné aux parents de Karen: Luther et Henrietta furent enchantés de la nouvelle; ils allaient tout de suite négocier un emprunt à la banque qui couvrirait la majeure partie du coût de la camionnette.

La voix d'O'Brien arracha Nim à ses pensées personnelles. « J'imagine que tout le monde ici se rend bien compte du temps que prendront vraisemblablement ces démarches engagées pour Tunipah.

— Beaucoup trop long! soupira Paulsen.

— Quelle est votre estimation la plus optimiste, Oscar? interrogea Van Buren.

— En supposant que nous gagnions aux diverses audiences, et en tenant compte des obstacles que nos adversaires dresseront à coup sûr pour entraver l'application des décisions administratives, je dirais six ou sept ans. » L'avocat-conseil brassa des papiers. « Les frais peuvent aussi vous intéresser. Selon mes services, nos propres frais — simplement pour solliciter notre permis de construire, que nous gagnions ou perdions — s'élèveront à cinq millions et demi de dollars. Les études sur l'environnement nous coûteront quelques millions supplémentaires, et nous n'aurons pas donné un coup de pelle avant que la construction soit totalement autorisée.

— Faisons en sorte, Tess, dit Eric Humphrey à la directrice des relations publiques, que cette information soit diffusée aussi largement que possible.

— Je m'y efforcerai, répondit Van Buren. Bien que je ne puisse pas vous garantir qu'elle intéressera beaucoup de gens hors de cette pièce.

— Ils s'y intéresseront quand leurs lampes s'éteindront, répliqua sèchement Humphrey. Maintenant, je voudrais bien savoir comment progressent nos deux autres demandes d'autorisation : Devil's Gate et Fincastle. »

O'Brien déclara que, jusqu'ici, seules avaient eu lieu les premières escarmouches dans les jungles bureaucratiques. D'innombrables autres allaient suivre. En attendant, une opposition massive se dressait contre les deux projets.

En l'écoutant, Nim sentit monter en lui une sourde colère dirigée à la fois contre un appareil administratif aussi lourd qu'inefficace, et contre la pusillanimité de la compagnie qui se refusait à le dénoncer avec vigueur. Nim savait que les débats publics concernant Tunipah ne seraient pas de tout repos. Il lui faudrait se contenir, dominer son impatience, et modérer la rudesse de ses propos au lieu de dire carrément la vérité.

8

J. Eric Humphrey, congestionné et mal à l'aise, était assis au banc des témoins, un banc surélevé dont il n'appréciait guère le dossier dur. Il s'y trouvait depuis une demi-journée — c'est-à-dire depuis beaucoup plus longtemps que la « brève apparition » promise par O'Brien.

A un mètre, dans un décor qui rappelait celui d'un tribunal, Davey Birdsong faisait face au témoin qu'il dominait de sa haute taille. Birdsong se balançait légèrement chaque fois qu'il transférait son énorme poids de ses talons à la pointe de ses pieds : en arrière, en avant, en arrière de nouveau. « Puisque vous êtes décidément dur d'oreille, je répéterai ma question. Quel est votre salaire annuel ? »

Humphrey, qui avait hésité la première fois, lança un coup d'œil à

O'Brien assis à sa table d'avocat. O'Brien répondit par un haussement d'épaules presque imperceptible.

Pinçant les lèvres, le président de la G.S.P. & L. déclara : « Deux cent quarante-cinq mille dollars. »

Birdsong leva une main en l'air. « Non, mon vieux, vous ne m'avez pas compris. Je ne vous ai pas demandé la capitalisation de la Golden State Power & Light. Je vous ai demandé combien de fric *vous* gagnez. »

Humphrey, qui ne s'amusait pas du tout, répliqua : « Le chiffre que je vous ai indiqué.

— J'ai du mal à le croire ! » Birdsong se tapa sur le front dans un grand geste théâtral. « Je ne croyais pas qu'une seule personne pouvait gagner autant d'argent ! » Il émit une sorte de sifflement de mépris.

Dans la salle archi-comble et surchauffée, des huées fusèrent. Quelqu'un cria : « C'est nous, les consommateurs, qui payons ce salaire ! C'est beaucoup trop ! » Des applaudissements, des battements de pieds saluèrent cette interruption.

Sur le banc supérieur d'où il dominait le témoin, le questionneur et les spectateurs, le commissaire qui présidait les débats saisit son marteau. Il l'abattit doucement et cria : « A l'ordre ! » Ce commissaire, qui pouvait avoir trente-cinq ans avec sa figure rose et poupine avait été nommé un an auparavant après avoir servi dans le parti politique de la majorité. Comptable de métier, il passait pour appartenir à la famille du gouverneur.

Quand le commissaire intervint, O'Brien se leva lourdement. « Monsieur le Président, ce harcèlement de mon témoin est-il nécessaire ? »

Le commissaire regarda Birdsong qui arborait un jean élimé, une chemise multicolore au col déboutonné, des chaussures de tennis. Par contraste, Humphrey, qui avait commandé son costume trois-pièces chez de-Lisi à New York et qui était allé là-bas pour l'essayer, était un modèle d'élégance vestimentaire.

« Vous avez posé votre question et vous avez reçu une réponse, monsieur Birdsong, dit le commissaire. Nous pouvons nous dispenser d'effets de théâtre. Continuez, s'il vous plaît.

— Certainement, monsieur le Président. » Birdsong se retourna vers Eric Humphrey. « Vous avez dit deux cent quarante-cinq mille dollars ?

— Oui.

— Y a-t-il d'autres indemnités qui vont avec, lorsqu'on est la grosse huile... (Rires dans la salle.) Excusez-moi — le président d'un service public ? Une limousine personnelle, peut-être ?

— Oui.

— Avec chauffeur ?

— Oui.

— Plus de grosses notes de frais ? »

Humphrey répondit d'un ton bourru : « Je ne les trouve pas grosses.

— Ah ! Énormes, alors ? »

Nouveaux éclats de rire.

L'agacement croissant de J. Eric Humphrey commençait à se faire jour. Grand administrateur jusqu'au bout des ongles, n'ayant pas la moindre habitude du pugilat, il n'était guère armé pour faire face au « cinéma » de Birdsong. Il déclara froidement : « Mes obligations professionnelles m'imposent certaines dépenses que je suis autorisé à imputer à notre compagnie.

— Je l'aurais juré ! »

O'Brien allait se lever. Le commissaire qui présidait lui fit signe de se rasseoir. « Monsieur Birdsong, limitez-vous à des questions. »

Le colosse barbu s'inclina avec un large sourire : « Oui, monsieur. »

Assis au milieu du public, Nim fulminait intérieurement. Pourquoi Humphrey ne répondait-il pas sans ménagement et en contre-attaquant, comme il pouvait et devait le faire ? *Mon salaire, monsieur Birdsong, est de notoriété publique puisqu'il est déclaré aux agences régulatrices et que n'importe qui peut facilement le vérifier. Je suis certain que vous le connaissiez avant de m'avoir posé votre question ; par conséquent, la surprise que vous avez manifestée était simulée et fausse. D'autre part, ce salaire n'a rien d'exagéré s'agissant du président-directeur général de l'une des plus grosses entreprises de ce pays ; en réalité il est inférieur à celui que je toucherais dans la plupart des compagnies d'une envergure comparable. Une des raisons qui justifient le niveau de mon salaire est que des entreprises telles que la G.S.P. & L. savent qu'elles doivent être compétitives quand il s'agit de recruter et de retenir des dirigeants de talent. Soyons plus précis : mon expérience personnelle et mes titres me vaudraient sûrement un salaire égal ou supérieur n'importe où ailleurs. Vous pouvez ne pas aimer ce système dans son ensemble, monsieur Birdsong, mais tant que nous serons une société de libre entreprise, il en sera ainsi. Quant à ma voiture conduite par un chauffeur, elle m'a été offerte au début de mes fonctions, sur la même base compétitive que mon salaire, et aussi parce que la compagnie a pensé que le temps et les énergies d'un président-directeur général avaient plus de valeur que le coût d'une voiture avec chauffeur. Autre détail au sujet de la voiture : comme d'autres chefs d'entreprise qui ont beaucoup à faire, je me suis habitué à y travailler en me rendant d'un endroit à un autre, et il est rare que je m'y détende. Enfin, si les administrateurs et les actionnaires de ma compagnie ne sont pas satisfaits de mon rendement par rapport à l'argent que je perçois ils ont le pouvoir de me révoquer...*

Mais non ! pensa Nim avec chagrin. L'approche en douceur, le souci excessif d'une image publique fuyante, la patte de velours, l'interdiction de tenir tête à tous les Birdsong du monde en rendant mauvais coup pour mauvais coup... voilà les consignes de ce jour. De ce jour et de bien d'autres à venir.

C'était la deuxième journée des débats publics sur la demande de permis pour Tunipah. La première avait été consacrée aux formalités, dont la présentation par l'avocat de la G.S.P. & L. d'un énorme « Avis d'intention » de cinq cents pages (trois cent cinquante exemplaires imprimés), le premier de toute une série de documents du même ordre. O'Brien avait déclaré sur un ton sarcastique : « Lorsque nous en aurons fini, nous aurons fait abattre toute une forêt pour le papier : une quantité de papier qui, rassemblée, pourrait remplir une bibliothèque publique ou faire sombrer un bateau. »

Le premier témoin du requérant avait été J. Eric Humphrey.

O'Brien avait rapidement fait énumérer par le président du service public les raisons qui militaient en faveur de la construction de Tunipah et les avantages du site — la « brève apparition » promise. Ensuite des questions plus nombreuses avaient été posées par l'avocat-conseil de la commission, puis par Roderick Pritchett, administrateur-secrétaire général du Sequoia Club. Ces deux interrogatoires contradictoires, qui occupèrent plus d'une heure chacun, avaient été constructifs et courtois. Mais Davey Birdsong, qui fut cité ensuite et qui parlait au nom de la p. & l.f.p., avait déjà animé les débats, visiblement à la grande joie de ses partisans dans la salle.

« Maintenant, monsieur Humphrey, poursuivit-il, je suppose que vous vous réveillez chaque matin en vous disant que vous devez faire quelque chose pour justifier l'énorme salaire qui est le vôtre. Est-ce exact ?

— Objection ! s'écria aussitôt O'Brien.

— Objection admise », déclara le commissaire.

Birdsong n'en fut pas démonté pour autant. « Je poserai ma question sous une autre forme. Estimez-vous que le plus gros de votre travail, Eric mon chou, doive consister à inventer des projets qui — comme cette affaire de Tunipah — rapporteront des bénéfices considérables à votre compagnie ?

— Objection ! »

Birdsong pivota en direction de l'avocat de la G.S.P. & L. : « Pourquoi n'avez-vous pas fait enregistrer une bande magnétique ? Vous n'auriez qu'à appuyer sur un bouton sans ouvrir la bouche. »

Il y eut des rires, quelques applaudissements épars. En même temps, le jeune commissaire se pencha pour conférer avec son voisin : un juge d'un certain âge, spécialiste du droit administratif, un fonctionnaire qui avait une longue expérience de la façon dont devaient être menés des débats publics de ce type. On le vit secouer la tête pendant que le commissaire lui parlait à voix basse.

« Objection repoussée, annonça le commissaire qui ajouta : Nous montrons une extrême tolérance lors des débats, monsieur Birdsong, mais je vous prie de bien vouloir vous adresser à tous les témoins avec respect, en les appelant par leurs noms exacts, et non pas — il essaya de réprimer un sourire mais sans succès — mon vieux, ou Eric mon chou. Autre point : nous voudrions avoir l'assurance que vos questions se rapportent exclusivement à l'affaire qui nous préoccupe.

— Oh ! elles s'y rapportent ! Elles s'y rapportent terriblement ! » La réponse de Birdsong avait été tonitruante. Puis, comme s'il changeait de vitesse, il sauta dans le rôle d'un suppliant. « Mais rendez-vous bien compte, monsieur le Président, que je ne suis qu'un homme simple, qui représente des gens humbles, que je ne suis pas un important avocat dans le vent comme ce vieux chou d'Oscar. » Il désigna O'Brien. « Alors si je suis maladroit, ou trop familier, ou si je fais des gaffes... »

Le commissaire soupira. « Contentez-vous de poser vos questions. S'il vous plaît !

— Oui, monsieur ! Certainement, monsieur ! » Birdsong se tourna vers Humphrey. « Vous avez entendu ! Vous faites perdre son temps au commissaire. Alors mettez fin à vos atermoiements et répondez à la question.

— Quelle question ? intervint O'Brien. Du diable si je me la rappelle ! Et je suis sûr que le témoin ne s'en souvient pas davantage. »

Le commissaire ordonna : « Le sténographe va relire la question. »

Les débats s'interrompirent ; les personnes qui étaient assises sur les chaises ou les bancs les plus durs remuèrent pour tenter de trouver une position un peu plus confortable, cependant qu'un sténotypiste chargé de tenir le procès-verbal de la commission relisait ses dernières notes. Au fond de la salle, de nouveaux arrivants remplacèrent ceux qui partaient. Comme le savaient ces derniers, cette scène se rejouerait d'innombrables fois avant qu'une décision soit arrêtée.

La salle, lambrissée de chêne, était située dans un immeuble de douze étages, qu'occupait à proximité du centre-ville la commission de l'Énergie de Californie, chargée de conduire les débats. Juste sur le trottoir d'en face se dressait l'immeuble de la commission des Services publics de Californie qui, ultérieurement, tiendrait ses propres débats publics sur Tunipah — en fait, une nouvelle édition de ceux qui étaient en cours. Mais la concurrence et la jalousie entre les deux commissions étaient intenses au point de provoquer parfois des scènes dignes d'Alice au Pays des Merveilles.

Deux autres agences de l'État entreraient également en scène sous peu, et organiseraient leurs propres débats publics : l'Office des Ressources et de la Qualité de l'eau en Californie, et l'Office de la Qualité de l'air. Chacun des quatre organismes gouvernementaux recevrait tous les comptes rendus, rapports et autres documents issus des trois autres, dont il ne tiendrait pratiquement aucun compte.

Ensuite, à un niveau inférieur, il faudrait donner satisfaction au service du contrôle de la pollution de l'air qui pourrait imposer des restrictions encore plus rigoureuses que celles des agences de l'État.

O'Brien l'avait expliqué en privé. « Quiconque n'est pas directement concerné ne peut se représenter la futilité et l'inutilité de tout cela. Nous-mêmes, qui participons à ce système de dingues, devrions être enfermés dans des asiles d'aliénés avec ceux qui l'ont mis sur pied : cela coûterait moins cher au public et le rendement serait meilleur. »

Le sténotypiste conclut : « ... des projets qui — comme cette affaire de Tunipah — rapporteront des bénéfices considérables à votre compagnie ? »

« L'objectif de Tunipah, répondit Humphrey, est de répondre à la demande de nos clients et de la communauté en général, comme nous l'avons toujours fait, en prévoyant un accroissement de la consommation d'électricité. Le profit est secondaire.

— Mais il y aura des profits, insista Birdsong.

— Naturellement. Nous sommes une société anonyme, nous avons des obligations envers nos actionnaires...

— De gros profits? Des profits en millions de dollars?

— Étant donné l'ampleur considérable de l'entreprise et l'importance de l'investissement, nous émettrons des actions et des obligations qui ne pourraient être vendues à moins que... »

Birdsong l'interrompit sèchement. « Répondez par oui ou par non. Y aura-t-il des profits par millions de dollars? »

Le président de la G.S.P. & L. rougit. « Probablement... oui. »

Une fois de plus, son bourreau se balança d'avant en arrière. « Nous n'avons donc que votre parole, monsieur Humphrey, pour savoir qui aura la priorité : les profits ou l'intérêt public. Et cette parole émane d'une personne qui, si cette monstrueuse escroquerie de Tunipah est imposée au public, recherchera le profit par tous les moyens possibles.

— Objection! dit O'Brien avec une lassitude visible. Ce n'est pas une question. C'est une déclaration partiale et provocatrice qui ne repose sur rien.

— Que de grands mots! O.K., je la retire, s'empressa de dire Birdsong avant même que le commissaire eût pu trancher. Je pense que ma franchise m'a emporté », ajouta-t-il dans un large sourire.

O'Brien eut l'air de vouloir présenter une nouvelle réclamation, puis il se ravisa.

Birdsong et quelques autres le savaient bien : le dernier échange de propos figurerait dans le procès-verbal, malgré le pas en arrière de Birdsong. Et les journalistes, la tête penchée sur la table de presse, s'empressaient de prendre des notes, ce qu'ils n'avaient guère songé à faire jusqu'ici.

Toujours à son poste d'observateur dans la salle, Nim se dit que les commentaires de Davey Birdsong seraient reproduits dans toute la presse du lendemain parce que le chef du p. & l.f.p., comme d'habitude, lui apportait une note pittoresque.

A la table des journalistes, Nim aperçut Nancy Molineaux. Elle avait écouté Birdsong avec une attention passionnée, sans prendre de notes, mais le buste dressé et immobile; cette attitude mettait en valeur ses hautes pommettes, sa belle figure sévère, son corps mince et souple de Noire. Elle avait l'air pensive. Nim supposa qu'elle aussi appréciait le numéro de Birdsong.

Un peu plus tôt dans la journée, miss Molineaux et Nim s'étaient croisés devant la salle des débats. Quand il l'avait saluée d'un bref signe de tête, elle lui avait répondu par un sourire ironique.

Birdsong reprit ses questions. « Dites-moi, mon vieil Eric... Oh!

excusez-moi, monsieur Humphrey... avez-vous déjà entendu parler de conservation?

— Bien entendu.

— Savez-vous que beaucoup de gens considèrent que des projets comme celui de Tunipah ne seraient pas nécessaires si vous encouragiez sérieusement la conservation? J'entends par là: non pas vous contenter de jouer d'une manière symbolique à la conservation, mais convaincre les gens de sa nécessité, avec cette force de conviction que vous déployez maintenant pour obtenir les autorisations de construire de nouvelles centrales qui vous rapporteront de plus en plus de profits? »

O'Brien avait déjà commencé à se lever quand Humphrey leva la main. « Je répondrai à cela. » L'avocat se rassit.

« En premier lieu, nous n'essayons pas, à la Golden State Power & Light, de vendre plus d'électricité; nous l'avons fait autrefois mais, depuis longtemps, nous ne le faisons plus. Au contraire, nous encourageons la conservation très sérieusement. Seulement la conservation, malgré son utilité, ne supprimera jamais l'augmentation régulière des demandes d'électricité, et c'est la raison pour laquelle nous avons besoin de Tunipah.

— Et c'est votre opinion? insista Birdsong.

— C'est mon opinion, naturellement.

— Le même genre d'opinion partiale que lorsque vous nous demandez de croire que vous ne vous souciez pas de savoir si Tunipah rapportera ou non des profits? »

O'Brien se dressa. « C'est une présentation erronée! Le témoin n'a jamais dit que le profit lui était indifférent.

— Je vous le concède. » Birdsong pivota brusquement vers O'Brien et son corps parut se dilater à mesure qu'il haussait le ton. « Nous savons que tous, à la Golden State, vous êtes intéressés aux profits — à de gros et gras profits extorqués aux petits consommateurs, aux honnêtes travailleurs de cet État qui paient leurs quittances et qui devront régler la facture de Tunipah si... »

La suite se perdit dans un tonnerre d'ovations, d'applaudissements et de martèlements de pieds.

« Silence! Silence! » cria le commissaire en tapant sur la table avec son marteau.

Un homme, assis à côté de Nim et qui avait participé aux acclamations, remarqua que son voisin n'avait pas bougé. Il lui demanda d'un ton belliqueux: « Tu t'en fiches, mon pote?

— Non, répondit Nim. Pas du tout. »

Nim se disait que, si les débats avaient eu lieu devant un tribunal régulier, Birdsong aurait été depuis longtemps poursuivi pour outrage. Mais il ne le serait pas, ni maintenant ni plus tard, parce que ce décor si semblable à celui d'un tribunal n'était qu'une façade. Des débats publics de ce genre pouvaient fonctionner, à dessein, de manière décousue, et provoquer des désordres qui étaient tolérés. Oscar O'Brien en avait exposé les raisons lors de l'une des répétitions.

« De nos jours, les commissions publiques ont une peur bleue, si elles ne permettent pas à tout un chacun de réciter sa tirade, d'être plus tard récusées devant les tribunaux sous prétexte qu'un témoignage important a été étouffé. Si cela se produisait, un arrêt contraire pourrait être rendu, ce qui annulerait des années de travail parce qu'un imbécile aurait été sommé de se taire ou qu'une petite querelle n'aurait pas été admise. Personne ne le souhaite — nous pas plus que les autres. Donc, par consentement mutuel, les démagogues, les cinglés et tout ce que vous voudrez bénéficient de tout le temps de parole qu'ils désirent. Le résultat est que les débats traînent en longueur mais, en fin de compte, c'est probablement la méthode la plus expéditive. »

Voilà pourquoi tout à l'heure le juge âgé et expérimenté avait secoué la tête en conseillant au jeune commissaire de ne pas rejeter la question controversée de Birdsong.

O'Brien avait également indiqué que les avocats qui comme lui-même soutenaient les requérants, élevaient moins d'objections lors de ce type de débats que devant un tribunal. « Nous les réservons pour des choses outrageusement fausses qui doivent être rectifiées sur le procès-verbal. » Nim soupçonna alors O'Brien de n'avoir élevé des objections pendant l'interrogatoire contradictoire de J. Eric Humphrey que pour apaiser la colère de Humphrey, le patron d'O'Brien, qui avait manifesté une si vive aversion pour ces débats.

« Revenons donc, continuait Davey Birdsong, à ces énormes profits dont nous parlions. Et examinons leurs conséquences sur les quittances mensuelles des consommateurs... »

Pendant une autre demi-heure, le chef du p. & l.f.p. poursuivit son interrogatoire. Il opéra par questions tendancieuses, nullement étayées par des faits, interrompues par ses pitreries, mais en s'acharnant à faire rentrer dans la tête de ses auditeurs que les profits tirés de Tunipah seraient excessifs et étaient la motivation numéro un de la G.S.P. & L. L'accusation avait beau être fausse, le fait de la répéter inlassablement, selon la méthode préconisée par Goebbels, ne pouvait que produire son effet. Incontestablement, elle serait reprise par les media et peut-être accréditée. Birdsong aurait atteint au moins l'un de ses objectifs.

« Je vous remercie, monsieur Humphrey », dit le commissaire quand le président de la G.S.P. & L. quitta son banc de témoin. Eric Humphrey répondit par un signe de tête, puis se retira avec un soulagement visible.

Deux autres témoins de la G.S.P. & L. lui succédèrent. Ils étaient l'un et l'autre des ingénieurs spécialisés. Leur témoignage et l'interrogatoire contradictoire se déroulèrent dans le calme mais occupèrent deux journées. La suite des débats fut reportée au lundi de la semaine suivante. Nim, à qui était confiée la tâche de présenter le gros dossier de la G.S.P. & L., serait le premier témoin cité.

9

Trois semaines plus tôt, quand Ruth Goldman avait étonné Nim en lui faisant part de son intention de s'absenter quelque temps, il avait pensé qu'elle changerait vraisemblablement d'avis. Mais Ruth n'avait pas changé d'avis. A la veille du week-end qui marquait une pause dans les débats publics sur Tunipah, Nim trouva le vendredi soir sa maison vide. Avant son départ, Ruth avait conduit Leah et Benjy au domicile de leurs grands-parents à l'autre bout de la ville. Il avait été en effet convenu que les deux enfants resteraient chez les Neuberger jusqu'au retour de Ruth.

Ruth n'avait pas précisé la date de ce retour, tout comme elle avait refusé de dire où elle allait, et avec qui. « Je serai absente une quinzaine de jours sans doute, peut-être un peu plus, peut-être un peu moins », avait-elle annoncé à Nim pendant l'une de leurs dernières conversations.

En revanche, son attitude n'avait laissé place à aucune ambiguïté. Ruth avait été froide, déterminée. Comme si, pensait-il, elle avait arrêté des décisions toute seule et qu'il ne lui restait plus qu'à les traduire en actes. De quelles décisions s'agissait-il, et en quoi l'affecteraient-elles ? Nim n'en avait pas la moindre idée. Au début, il s'était dit qu'il devrait s'en inquiéter mais, avec un peu de tristesse, il se découvrit curieusement indifférent. Voilà pourquoi il n'avait pas élevé de protestations quand Ruth l'avait informé que ses préparatifs étaient achevés et qu'elle partirait à la fin de la semaine.

Il n'entrait pas dans les habitudes de Nim de laisser aller les choses passivement. Par tempérament, il était aussi prompt à prendre des décisions que les dispositions pour les appliquer. Dans son travail, cette qualité lui avait valu des compliments et de l'avancement ; mais dans sa vie conjugale il n'était guère enclin aux initiatives, peut-être par refus de regarder la réalité en face. Il les abandonnait à Ruth. Si elle choisissait de le quitter pour toujours et de divorcer, ce qui, dans les circonstances actuelles, paraissait l'issue la plus probable, il ne se sentait pas disposé à engager une bataille, ni même à essayer de la dissuader. Cependant, il ne prendrait pas lui-même l'initiative d'un divorce. Pas encore.

Hier, il avait demandé à Ruth si elle était prête à discuter de leur situation, car il se souvenait de ce qu'elle lui avait dit : « ... *Nous savons l'un et l'autre que depuis longtemps notre mariage n'est plus qu'une parodie. Nous n'en avons jamais parlé. Mais je pense que nous devrions le faire... Peut-être quand je reviendrai.* »

Pourquoi attendre ? avait insisté Nim.

Mais elle lui avait répondu sur un ton qui n'admettait pas de réplique : « Non. Je te parlerai quand je serai prête. »

Lorsque Nim envisageait l'éventualité d'un divorce, il pensait souvent à Leah et à Benjy. Les deux enfants, il le savait, seraient très secoués par cette séparation, et l'idée de les faire souffrir lui était odieuse. Mais enfin les enfants survivaient aux divorces de leurs parents, et Nim en avait observé beaucoup qui acceptaient un divorce dans leur famille comme un simple incident de parcours. Et rien ne s'opposerait à ce que Nim, Leah et Benjy passent du temps ensemble. Peut-être même les verrait-il plus qu'à présent. C'était déjà arrivé à d'autres pères séparés de leurs épouses.

Mais tout cela devrait attendre le retour de Ruth, se dit-il en faisant le tour de sa maison vide.

Une demi-heure plus tôt il avait téléphoné à Leah et à Benjy, sans tenir compte des objections d'Aaron Neuberger qui n'aimait pas du tout que, le jour du Sabbat, on utilisât son téléphone sauf pour des cas urgents. Nim avait laissé la sonnerie se prolonger jusqu'à ce que son beau-père, de guerre lasse, répondît. « Je voudrais parler à mes enfants, insista Nim, et je me fiche que ce soit aujourd'hui la fête de Mickey Mouse. »

Quand Leah vint en ligne quelques instants plus tard, elle lui fit gentiment des reproches : « Papa, tu as bouleversé grand-père. »

Nim faillit crier *Bravo*, mais il eut la sagesse de se contenir, et ils parlèrent de l'école, d'un prochain concours de natation, d'une classe de ballet. Le nom de Ruth ne fut pas prononcé. Il eut l'impression que Leah savait que quelque chose n'allait pas, mais qu'elle était mal à l'aise pour lui poser des questions.

Sa conversation avec Benjy, un peu plus tard, raviva son irritation à l'égard de sa belle-famille.

« Papa, avait dit Benjy, est-ce que j'aurai un bar mitzvah ? Grand-père m'a délaré que je devais l'avoir. Et grand-mère a ajouté que, si je ne l'avais pas, je ne serais jamais un vrai Juif. »

Maudits soient ces Neuberger qui se mêlent de tout ! Ne pouvaient-ils donc pas être simplement des grands-parents affectueux, s'occupant de Leah et Benjy pendant quinze jours, sans sauter sur l'occasion pour bourrer le crâne de ses enfants ? N'était-il pas indécent de chercher si prématurément à les influencer, et d'empiéter ainsi sur les droits de Nim et de Ruth, qui étaient tout de même le père et la mère ? Nim aurait préféré attaquer lui-même ce sujet avec Benjy au cours d'une conversation d'homme à homme, posée et intelligente, sans qu'il lui soit lancé à la tête de cette manière. *Eh bien,* interrogea une voix intérieure, *pourquoi ne l'as-tu pas fait ? Tu en avais tout le temps. Si tu l'avais fait, tu ne serais pas en train de te demander que répondre à la question de Benjy.*

Nim répliqua sèchement : « Personne n'est obligé d'avoir un bar mitzvah. Je ne l'ai pas. Et ce qu'a ajouté ta grand-mère est une absurdité.

— Grand-père m'a dit qu'il y avait des tas de choses que je devrais apprendre. » Benjy ne semblait pas très convaincu par la réponse paternelle. « Il m'a dit que j'aurais dû commencer depuis longtemps. »

Y avait-il une accusation dans la petite voix posée de Benjy ? Il était tout à fait possible — probable même, pensa Nim — que Benjy, à dix ans, comprît beaucoup plus de choses que ne le supposaient ses aînés. Par conséquent, peut-être les questions que se posait dès maintenant Benjy traduisaient-elles cette recherche instinctive de l'identité juive dont Nim avait lui-même pris conscience, puis qui s'était estompée sans disparaître complètement ? Il n'en était pas certain. En tout cas, son irritation relative aux procédés de ses beaux-parents n'avait en rien diminué ; il retint néanmoins une réplique acérée qui, il le savait, aurait fait plus de mal que de bien.

« Écoute, mon petit, ce que tu viens de dire est tout bonnement inexact. Nous avons du temps devant nous, pour décider si tu dois avoir un bar mitzvah. Il faut que tu comprennes que tes grands-parents ont des opinions que nous ne partageons pas, ta mère et moi. » Nim se demanda jusqu'à quel point Ruth l'aurait approuvé, mais elle n'était pas là pour le démentir. Il poursuivit : « Dès que ta mère sera rentrée et que vous serez revenus à la maison, nous en reparlerons. O.K. ? »

Benjy avait répondu par un « O.K. » un peu hésitant, et Nim se rendit compte qu'il devrait tenir sa promesse s'il voulait conserver quelque crédibilité auprès de son fils. Il envisagea de faire venir son père de New York par avion et de l'inviter à passer quelque temps chez eux, afin de soumettre Benjy à une influence compensatoire ; bien qu'octogénaire et de santé fragile, le vieil Isaac Goldman était toujours aussi cynique et mordant sur le sujet du judaïsme, et rien ne l'amusait autant que de démolir les arguments des juifs orthodoxes. Mais Nim renonça à cette idée : elle lui parut aussi déloyale que les manœuvres actuelles des Neuberger.

Après le coup de téléphone et tout en se préparant un scotch à l'eau, Nim aperçut un portrait de Ruth, peint à l'huile, qui datait de plusieurs années. L'artiste avait rendu, avec une fidélité remarquable, la beauté gracieuse et la sérénité de Ruth. Il s'approcha du tableau pour l'étudier. Le visage, en particulier les doux yeux gris, était d'une qualité exceptionnelle, de même que les cheveux noirs luisants, impeccablement coiffés comme toujours. Pour les séances de pose, Ruth avait porté une robe du soir avec bustier ; la carnation de ses belles épaules était étrangement réelle. Sur l'une d'entre elles, on retrouvait même le petit nævus noir qu'elle s'était fait enlever par un chirurgien quand le portrait avait été terminé.

Les pensées de Nim se reportèrent sur la sérénité de Ruth, qui était ce que le tableau faisait le mieux ressortir. *J'aurais bien besoin d'un peu de cette sérénité en ce moment,* se dit-il. Et il regretta de ne pas pouvoir parler à Ruth de Benjy et du bar mitzvah. *Où diable est-elle partie pour quinze jours et qui est l'homme ?* Nim avait la certitude que les Neuberger savaient au moins où joindre leur fille. Nim connaissait trop bien Ruth pour la croire capable de se couper totalement des enfants. Mais il était non moins sûr que les Neuberger resteraient bouche cousue devant lui — ce qui redoubla son animosité envers eux.

Après avoir bu un deuxième scotch et fait les cent pas dans la salle de séjour, il revint auprès du téléphone et composa le numéro personnel de Harry London. Ils n'avaient pas bavardé depuis une semaine, ce qui était inhabituel.

Lorsque London décrocha, Nim lui demanda : « Ça vous dirait quelque chose de venir chez moi et de vous noircir un peu?

— Désolé, Nim. Je voudrais bien, mais c'est impossible. J'ai un rendez-vous pour dîner, et je vais partir bientôt. Avez-vous entendu parler des dernières bombes?

— Non. Quand?

— Il y a une heure.

— Des victimes?

— Pas cette fois-ci. Mais c'est le seul bon côté de l'affaire. »

Harry London lui expliqua que deux bombes puissantes avaient été placées dans un poste de la G.S.P. & L. situé en banlieue. Résultat : plus de six mille foyers dans le secteur se trouvaient à présent privés de courant électrique. Des transformateurs mobiles, montés sur des camions plates-formes, avaient été aussitôt envoyés sur place, mais il était peu probable que la situation redevînt entièrement normale avant le lendemain.

« Ces mabouls font des progrès, commenta London. Ils sont en train d'apprendre par où nous sommes vulnérables et comment placer leurs pétards pour commettre un maximum de dégâts.

— Savons-nous déjà s'il s'agit du même groupe?

— Oui. Les Amis de la Liberté. Ils ont téléphoné au journal de Canal 5 juste avant l'explosion pour dire où elle se produirait. Trop tard pour tenter quoi que ce soit. Onze attentats en deux mois. Je viens de faire l'addition. »

Sachant que London, sans être directement mêlé à l'enquête, était cependant bien informé, Nim lui demanda si la police municipale et le F.B.I. piétinaient toujours.

« Toujours. Je vous ai dit que ces criminels faisaient des progrès; c'est vrai. Je parierais volontiers qu'ils étudient leurs objectifs avant de frapper, puis qu'ils choisissent l'endroit où ils peuvent entrer et sortir rapidement, sans se faire remarquer, et causer le plus de dégâts. Les Amis de la Liberté savent aussi bien que nous qu'il nous faudrait une armée pour garder tous nos points sensibles.

— Et pas le moindre indice?

— Zéro. Vous vous rappelez mon pronostic? Si les flics résolvent ce problème, ce sera par hasard ou parce que quelqu'un aura commis une négligence. Nim, dans les romans ou à la télévision, les énigmes criminelles sont toujours élucidées mais, dans le monde réel de la police, il arrive souvent qu'elles ne le soient pas.

— Je sais, répondit Nim vaguement agacé parce que London retombait dans son rôle de professeur.

— Il y a tout de même quelque chose, ajouta d'un ton pensif le chef du service de la Protection des Biens.

— Quoi donc?

— Pendant un certain laps de temps, les attentats ont été moins nombreux; ils avaient même presque cessé. Et puis, soudainement, ils ont

175

repris comme si leurs auteurs disposaient d'une nouvelle source d'explosifs, ou d'argent, ou des deux. »

Nim réfléchit un instant, puis changea de sujet : « Et quoi de neuf sur les vols d'énergie ?

— Pas grand-chose. Oh ! bien sûr, nous travaillons et nous attrapons des petits poissons ! Nous avons découvert deux douzaines de nouvelles affaires de tripatouillages de compteurs que nous déférerons devant les tribunaux. Mais c'est un peu comme si nous colmations une centaine de fuites en sachant qu'il y en a dix mille autres ; seulement il nous faudrait du monde et du temps pour les découvrir.

— Et ce gros immeuble de bureaux ? Celui que vous aviez placé sous surveillance ?

— Celui de Zaco ? La surveillance continue. Mais rien à signaler de ce côté-là. Nous sommes dans une période de calme plat. » Contrairement à son habitude, Harry London semblait cafardeux. Nim se dit que le cafard était peut-être contagieux et qu'il avait dû lui communiquer le sien. Il préféra mettre fin à la conversation et raccrocha.

Mais il savait qu'il trouverait difficilement le repos, tout seul dans sa maison silencieuse. A qui d'autre téléphoner ?

Il songea à Ardythe, mais renonça. Il ne se sentait pas encore prêt — en admettant qu'il le fût un jour — à venir à bout du sursaut religieux d'Ardythe Talbot. Pensant à Ardythe, il se rappela Wally Jr. qu'il était allé voir à l'hôpital à deux reprises ces derniers temps. Wally était à présent hors de danger et son état ne nécessitait plus de soins intensifs, mais il en avait encore pour des mois, des années peut-être, de chirurgie plastique douloureuse et fatigante. Le moral de Wally n'était pas brillant. Ils n'avaient pas abordé la question de son incapacité sexuelle.

Avec un léger remords, Nim se rappela que sa propre capacité sexuelle était intacte. S'il téléphonait à l'une de ses amies ? Il y en avait plusieurs qu'il n'avait pas revues depuis des mois mais qui, très vraisemblablement, seraient libres pour boire un verre, dîner ensuite quelque part, et puis... Au prix d'un petit effort, il ne passerait pas la nuit tout seul.

Seulement, cet effort-là ne lui disait rien.

Karen Sloan ? Il n'était pas d'humeur à apprécier sa compagnie qui, cependant, l'enchantait d'habitude.

Alors, travailler ? Son bureau à la G.S.P. & L. menaçait de crouler sous les papiers. Et ce ne serait pas la première fois qu'il profiterait du calme et du silence de la nuit pour abattre plus de travail en quelques heures qu'il ne pouvait en faire dans une journée. Au fond, ce n'était pas une mauvaise idée. Les débats publics sur Tunipah absorbaient déjà une grande partie de son temps ; or ils étaient loin d'être terminés ; et la routine du bureau ne pouvait être indéfiniment négligée.

Mais... non, il n'éprouvait nulle envie de consacrer sa soirée à ce genre d'exercice laborieux. Que pourrait-il trouver d'autre pour occuper ses pensées ?

Se préparer, par exemple, à sa première comparution, lundi, devant la commission? Certes il était déjà bien documenté. Mais n'y avait-il pas toujours quelque chose à approfondir pour parer à... l'imprévu?

Le charbon!

Tunipah, c'était le charbon. Sans charbon — à transporter de l'Utah en Californie — aucune centrale électrique à Tunipah n'était réalisable. Or si les connaissances techniques de Nim sur le charbon étaient considérables, son expérience pratique était limitée. A cela, une raison toute simple : jusqu'ici, aucune centrale électrique au charbon n'existait en Californie. Tunipah serait historiquement la première.

Certainement... d'une façon ou d'une autre, se dit-il... entre maintenant et lundi matin il lui fallait aller — comme en pèlerinage — à une centrale alimentée au charbon. Il en reviendrait pour les débats publics avec l'aspect, le bruit, le goût et l'odeur du charbon inscrits dans la mémoire. Les instincts de Nim, qui le trompaient rarement, lui promirent qu'il serait un meilleur témoin, plus fort, s'il s'y décidait.

Et cette solution éliminerait le problème de son désœuvrement pendant le week-end.

Mais où trouver une centrale fonctionnant au charbon?

La réponse surgit d'elle-même. Il commença par se servir un nouveau scotch, puis il décrocha encore une fois son téléphone pour demander les Renseignements à Denver, Colorado.

10

Le vol 460 des United Airlines partait de la côte Ouest à sept heures quinze du matin. Lorsque le Boeing 727-200 décolla et prit rapidement de la hauteur, le soleil qui, quelques minutes plus tôt, avait nettoyé l'horizon à l'est, gratifia d'un or rouge délicat le paysage que l'avion survolait. Nim constata que le monde semblait pur et propre, comme toujours à l'aurore, puis il se rappela que cette illusion quotidienne ne durait même pas une demi-heure.

Pendant que le Boeing stabilisait sa course vers l'est, Nim s'installa confortablement sur son siège de première classe. Il n'avait pas hésité à voyager à ce prix aux frais de la compagnie, depuis que ses réflexions, sur le chemin de l'aéroport, lui avaient confirmé le bien-fondé de sa décision impulsive d'hier soir. Grâce à ce vol sans escale, il arriverait dans deux heures vingt à Denver où l'attendrait un vieil ami, Thurston Jones.

Une jeune hôtesse pleine d'entrain et d'autorité — les United Airlines semblaient avoir le chic pour recruter ce genre de filles — lui servit un petit déjeuner et le persuada d'arroser son omelette avec du vin de Californie en dépit de l'heure matinale. Quand elle le vit hésiter, elle s'écria :

« Allons, allons ! Vous avez rompu vos liens moroses avec la terre, alors libérez-vous de vos complexes et faites-vous plaisir ! » Ce qu'il fit avec un riesling de Mirassou — un bon vin, sinon un grand — si bien qu'il arriva à Denver beaucoup plus détendu que la veille.

Thurston Jones lui serra chaleureusement la main, puis le mena directement à sa voiture, Nim ayant pour tout bagage une petite valise.

Thurston et Nim avaient étudié ensemble à l'université de Stanford où, partageant la même chambre, ils s'étaient liés d'une solide amitié. En ces temps « anciens », ils avaient mis beaucoup de choses en commun, y compris les femmes qu'ils fréquentaient, et ils se connaissaient par cœur. Depuis, bien que ne se voyant plus que de loin en loin et ne s'écrivant que rarement ils étaient demeurés fidèles à leur amitié.

Ils ne se ressemblaient guère physiquement. Thurston était un beau garçon calme, studieux, brillant, qui avait un visage d'enfant. Il détestait se mettre en avant, ce qui ne l'empêchait pas de faire montre d'autorité le cas échéant. Il possédait un sens de l'humour percutant. Par une étrange coïncidence, Thurston avait choisi la même carrière que Nim, dont il était à présent l'homologue — vice-président chargé du planning — à la Compagnie du Service public du Colorado, une compagnie qui figurait parmi les producteurs et distributeurs d'électricité et de gaz naturel les plus estimés de la nation. Thurston avait également acquis ce qui manquait à Nim : une grosse expérience pratique dans la production d'énergie à partir du charbon.

« Comment ça va chez toi ? » interrogea Nim tandis qu'ils se dirigeaient vers le parking de l'aéroport. Son vieil ami avait fait un heureux mariage, huit ans plus tôt, avec une jeune Anglaise pétillante qui se prénommait Ursula ; Nim la connaissait et la trouvait fort sympathique.

« Très bien. Comme chez toi, j'espère ?

— Pas tout à fait. »

Nim espéra lui avoir fait comprendre, sans rudesse, qu'il ne tenait pas à discuter de ses propres problèmes conjugaux. Sans doute avait-il atteint son but, puisque Thurston s'abstint de tout commentaire et poursuivit : « Ursula était impatiente de te revoir. Tu habiteras chez nous, bien entendu ! »

Nim murmura des remerciements en s'installant dans la voiture de Thurston, une Ford Pinto. Son ami, Nim le savait, partageait son aversion pour les automobiles qui gaspillaient du carburant.

La journée était lumineuse, ensoleillée, sèche. Pendant qu'ils roulaient vers Denver, les sommets enneigés de la chaîne des Rocheuses se détachaient magnifiquement à l'ouest.

Avec un soupçon de timidité, Thurston déclara : « Après tant d'années, je suis vraiment heureux de t'accueillir ici, Nim. » Il ajouta en souriant : « Même si tu n'es venu que pour goûter au charbon.

— Cela te paraît une folie, Thurs ? »

Hier soir, Nim, par téléphone, lui avait fait part de son désir de visiter une centrale alimentée au charbon, et des motifs de ce désir.

« Qui peut dire ce qui est fou et ce qui ne l'est pas? Ces interminables débats publics que l'on organise aujourd'hui sont pure folie — non dans leur principe, mais dans la manière dont ils sont conduits. Au Colorado, nous sommes ligotés autant que vous en Californie. Personne ne veut nous autoriser à construire de nouvelles unités de production mais, dans cinq ou six ans, quand il y aura une crise de l'énergie, nous serons accusés de n'avoir rien prévu.

— Les centrales que vous voulez construire seront alimentées au charbon?

— Bien sûr! Lorsque Dieu a réparti les ressources naturelles, il a été bon pour le Colorado. Il a saturé cet État de charbon, tout comme il a donné du pétrole aux Arabes. Et pas n'importe quel charbon, mais du bon : une faible teneur en soufre, une combustion propre, tout près de la surface et facilement extrait. Mais tu sais tout cela. »

Oui, Nim le savait. Il déclara d'un ton pensif : « Il y a suffisamment de charbon à l'ouest du Mississippi pour pourvoir aux besoins énergétiques de ce pays pour trois siècles et demi. Si nous sommes autorisés à l'utiliser. »

Thurston continuait à se faufiler dans le flot des voitures, assez mince le samedi matin. « Nous allons à notre centrale de Cherokee, au nord de la ville, annonça-t-il. C'est la plus importante. Elle avale du charbon comme un brontosaure affamé. »

« Nous brûlons ici sept mille tonnes et demie par jour, tantôt un peu plus, tantôt un peu moins », cria à Nim le directeur de Cherokee, en faisant de son mieux pour dominer le grondement des pulvérisateurs, des ventilateurs et des pompes. C'était un homme jeune, actif, aux cheveux couleur de sable dont le nom — Folger — était écrit au crayon sur son casque rouge. Nim avait reçu un casque blanc marqué de l'inscription « Visiteur ». Thurston Jones avait apporté le sien.

Ils se tenaient sur un plancher en acier à proximité du flanc d'une chaudière géante où le charbon — qui venait d'être pulvérisé en fine poussière — était ventilé en quantités énormes. A l'intérieur de la chaudière, le charbon s'enflammait instantanément et était porté au blanc; le spectacle était partiellement visible à travers un orifice d'inspection vitré qui ressemblait à une fenêtre donnant sur l'enfer. Cette chaleur se communiquait à un treillis de tubes contenant de l'eau qui se changeait rapidement en vapeur à haute pression, aussitôt dirigée vers un surchauffeur d'où elle ressortait à une température supérieure à cinq cents degrés centigrades. La vapeur entraînait à son tour un turbo-alternateur qui — avec les autres chaudières et turbines de Cherokee — fournissait près d'un million de kilowatts à Denver et à ses environs, une agglomération avide d'énergie.

Les trois hommes, de l'endroit clos où ils se trouvaient, ne pouvaient voir qu'une partie de l'extérieur de la chaudière dont la hauteur totale avoisinait celle d'un immeuble de quinze étages.

Mais autour d'eux il y avait le spectacle, le bruit, l'odeur et le goût du charbon. Une fine couche de poussière noire recouvrait le plancher. Déjà, Nim sentait une sorte de matière cendreuse entre ses dents et dans ses narines.

« Nous balayons le plus souvent possible, dit Folger. Mais le charbon est sale.

— Plus salissant que le pétrole ou l'eau, ajouta Thurston d'une voix forte en souriant. Vous êtes sûr que vous voulez cette saloperie en Californie ? »

Nim répondit par un signe de tête affirmatif, puis il cria : « Nous rallierons le groupe noir. Nous n'avons pas le choix. »

Il était vraiment content d'être venu. Au moins, il saurait de quoi il parlerait la semaine prochaine quand il témoignerait en faveur de Tunipah.

Le roi Charbon ! Nim avait récemment lu quelque part que « le vieux roi Charbon revenait à grandes enjambées vers son trône ». Il fallait bien qu'il en fût ainsi puisqu'il n'existait pas d'alternative. Dans les dernières décennies, l'Amérique avait tourné le dos au charbon qui, jadis, avait apporté de l'énergie bon marché, la croissance et la prospérité aux jeunes États-Unis. D'autres formes d'énergie — principalement le pétrole et le gaz — avaient supplanté le charbon parce qu'elles étaient plus propres, plus faciles à manipuler, plus aisées à se procurer et, pendant quelque temps, moins chères. Mais plus maintenant !

Malgré les inconvénients du charbon — et rien ne les ferait disparaître — les vastes gisements noirs souterrains pouvaient encore être le salut de l'Amérique, sa dernière et sa plus importante richesse naturelle.

Il aperçut Thurston qui, par signes, l'invitait à poursuivre sa visite.

Pendant une heure, ils explorèrent le complexe bruyant et poussiéreux de Cherokee. Ils s'arrêtèrent longuement devant les formidables dépoussiéreurs électrostatiques — rendus obligatoires par les lois sur l'environnement — dont la mission consistait à éliminer les poussières contenues dans les gaz de combustion et qui, autrement, seraient recrachées par les cheminées sous une forme polluante.

Et les salles des machines, grandes comme des cathédrales, rappelaient par leur grondement assourdissant que, quel que fût l'alimentation de base, la production d'électricité par quantités massives était la raison d'être de cette centrale.

Le trio — Nim, Thurston, Folger — émergea enfin au grand air, sur une haute coursive à une soixantaine de mètres au-dessus du sol. Reliée par des escaliers d'acier à beaucoup d'autres en contrebas, la coursive était en réalité un lattis métallique qui permettait de voir tout ce qui se passait au-dessous. Les ouvriers qui se déplaçaient sur les coursives inférieures ne paraissaient pas plus gros que des mouches. Au début, Nim regarda à travers le lattis avec une certaine inquiétude mais, au bout de quelques minutes, il s'était adapté. Le jeune Folger expliqua que le but de ces lattis ouverts était de laisser passer, en hiver, la glace et la neige.

Même ici, le bruit omniprésent les enveloppait encore. Des nuages de vapeur d'eau, sortant des tours de réfrigération et changeant de direction sous l'effet du vent, enveloppaient la coursive. Pendant un moment, Nim pouvait se retrouver seul dans un nuage, avec une visibilité réduite à cinquante centimètres, puis la vapeur d'eau s'éloignait en tournoyant et il apercevait alors la banlieue de Denver qui s'étendait tout en bas, ainsi que les grands immeubles du centre ville se dressant dans le lointain. Malgré le soleil, le vent là-haut était froid et piquant. Nim frissonna. Une impression de solitude, d'isolement et de danger l'assaillit.

« Voici la terre promise, dit Thurston. Si on vous laisse les mains libres, c'est ce que vous verrez à Tunipah. » Il désignait, juste devant eux, une zone de cinq ou six hectares que recouvrait complètement un gigantesque tas de charbon.

« Ce que vous regardez, expliqua Folger, c'est l'approvisionnement de la centrale pour quatre mois, pas loin d'un million de tonnes.

— Et là-dessous, il y avait de belles prairies, ajouta Thurston. Maintenant c'est une horreur, personne ne le conteste. Mais nous en avons besoin. Voilà le hic. »

Pendant qu'ils observaient le décor, une locomotive diesel tirait sur un embranchement de voie ferrée un long train de marchandises qui venait livrer un supplément de charbon. Chaque wagon, sans se désatteler, basculait pour faire tomber le charbon sur de lourdes grilles. Au-dessous, des tapis roulants acheminaient le charbon vers la centrale.

« Cela ne s'arrête jamais, dit Thurston. Jamais. »

Nim savait déjà que le transfert de cette scène dans les solitudes immaculées de Tunipah soulèverait de vigoureuses objections. S'il envisageait les choses d'une manière simpliste, il partageait le point de vue des opposants. Mais il se dit que, l'énergie électrique que produirait Tunipah étant essentielle, l'intrusion du charbon devait être tolérée.

Ils descendirent par l'un des escaliers métalliques jusqu'à un palier situé légèrement en dessous, où ils s'arrêtèrent une nouvelle fois. Ils étaient mieux abrités du vent dont la force avait d'ailleurs décru, tandis que l'intensité du bruit avait augmenté.

« Lorsque vous opérerez avec du charbon, vous découvrirez autre chose », déclara le directeur de la centrale. « C'est que vous aurez plus d'accidents du travail qu'avec le pétrole, le gaz, ou l'énergie nucléaire. Nous avons réalisé ici un bon programme de prévention mais, néanmoins... »

Nim n'écoutait plus.

Invraisemblablement, par l'une de ces coïncidences que seule la vie réelle peut engendrer, non la fiction, un accident était en train de se produire sous ses yeux.

A une vingtaine de mètres devant Nim, derrière les deux autres qui lui faisaient face, un tapis roulant était entré en action. Ce tapis roulant, combinaison de caoutchouc flexible et d'acier entraînée par des rouleaux cylindriques, charriait le charbon vers les broyeurs qui le réduisaient en petits morceaux; ultérieurement, ce charbon serait pulvérisé en vue d'une combustion instantanée. Quelques gros blocs de charbon obstruèrent un tronçon du tapis roulant qui déborda, et continua à avancer cependant que le charbon se déversait sur le côté. Au-dessus du tapis roulant en mouvement, un ouvrier solitaire perché en équilibre instable sur une passerelle sondait avec une perche d'acier pour essayer de venir à bout du blocage.

Plus tard, Nim apprit que ce procédé était interdit. Les règles de sécurité exigeaient que le tapis roulant fût arrêté tant que l'embouteillage n'était pas liquidé. Mais les ouvriers de la centrale, conscients de la nécessité de ne pas interrompre l'arrivée du charbon, oubliaient parfois le règlement.

En l'espace d'une ou deux secondes, pendant que Nim le regardait, l'ouvrier glissa, se rattrapa au bord de la passerelle, glissa de nouveau et tomba sur le tapis roulant. Nim vit l'homme ouvrir la bouche pour pousser un cri, mais nul n'entendit son cri. L'ouvrier était tombé lourdement; il s'était sûrement blessé. Déjà le tapis roulant le transportait plus haut, plus près de l'endroit où, dans un bâtiment en forme de boîte, les machines à broyer le charbon le déchiquetteraient.

Personne n'accourait. Nim était seul à avoir vu l'accident.

Tout ce qu'il eut le temps de faire fut de s'élancer en avant, de courir, de crier : « Arrêtez le tapis roulant ! »

Quand Nim plongea entre Thurston et Folger, ces derniers ignoraient toujours ce qui se passait. Ils se retournèrent et, aussitôt, ils comprirent : sans perdre un instant, ils foncèrent derrière Nim qui possédait déjà une bonne avance. Le tapis roulant, à son point le plus proche de la coursive, passait un mètre plus haut en continuant de monter. Sauter dessus était risqué. Nim tenta sa chance. Lorsqu'il atterrit maladroitement sur le tapis roulant, à quatre pattes, un morceau de charbon lui entailla la main. Négligeant cette blessure, il avança, toujours à quatre pattes, sur le charbon mal assujetti qui s'éboulait sous lui; il s'approcha ainsi de l'ouvrier qui gisait un peu plus haut à demi assommé, remuant faiblement. L'homme n'était plus qu'à un mètre des terribles machines à broyer vers lesquelles il était inexorablement aspiré.

La série d'événements qui se succédèrent alors fut si rapide qu'ils se confondirent presque.

Nim atteignit l'ouvrier et le saisit pour essayer de le tirer en arrière. Il y parvint un bref instant, puis, sentant une résistance, il entendit le bruit d'une étoffe qui se déchirait. Quelque part, la bande transporteuse avait dû happer le vêtement de l'ouvrier. Nim tira encore, de toutes ses forces, sans succès. Les machines cliquetantes n'étaient plus maintenant qu'à une trentaine de centimètres. Sachant que c'était la dernière chance, Nim fit avec l'énergie du désespoir un ultime effort. En vain. Le bras droit de l'ouvrier, précédant son torse, s'engagea dans l'une des machines; le broiement des os rendit un son horrible. Du sang éclaboussa le tapis roulant qui montait toujours. Et Nim, épouvanté, s'aperçut alors que ses propres vêtements étaient à leur tour coincés. Trop tard. Même pour lui!

Ce fut à ce moment précis que le tapis roulant s'arrêta.

Après une pause extrêmement courte, il descendit en marche arrière, ramena lentement Nim à l'endroit d'où il avait sauté, puis s'arrêta de nouveau.

Sous la bande, Folger avait couru vers un poste de contrôle ; il avait appuyé sur le bouton rouge « stop », et il avait fait redescendre la bande.

Des mains se tendirent vers Nim pour l'aider à reprendre pied sur la coursive. Il y eut des cris, des pas précipités : les secours arrivaient. L'ouvrier qui gémissait et saignait beaucoup, à demi conscient, fut déposé sur la coursive. Une sonnerie d'alerte retentit plus bas. Folger, agenouillé auprès de l'ouvrier, arracha sa ceinture de cuir pour en faire un garrot. Quant à Thurston Jones, il avait ouvert une armoire métallique et téléphonait des ordres. Nim l'entendit vociférer : « Une ambulance et un médecin ! Vite ! »

11

« Je ne suis peut-être pas, comme toi, un étincelant héros, déclara gaiement Thurston, mais dans cette ville je jouis de quelques petits privilèges. » Il était allé téléphoner dans une autre pièce de sa maison et il venait retrouver Nim qui, dans la salle de séjour, vêtu d'un peignoir de bain emprunté, exhibait un pansement à la main gauche et serrait dans la droite un verre de whisky bien tassé.

« Ton complet va être spécialement nettoyé, continua Thurston, et je te jure que ce n'est pas un mince exploit, un samedi après-midi. On te le rapportera tout à l'heure.

— Merci. »

Ursula, la femme de Thurston, avait suivi son mari dans la salle de séjour, en compagnie de sa sœur cadette Daphne qui, avec son bébé, était venue d'Angleterre pour un petit séjour à Denver. Elles se ressemblaient étonnamment. Ni l'une ni l'autre ne possédaient une beauté conventionnelle : elles avaient toutes les deux ces pommettes saillantes, de hauts fronts, des bouches gourmandes — un peu trop larges pour être jolies. Mais leurs personnalités expansives et désinvoltes étaient extrêmement séduisantes. Nim, qui avait fait la connaissance de Daphne une demi-heure plus tôt, la trouva tout de suite très sympathique.

« J'ai quelques autres nouvelles, déclara Thurston à Nim. Le type dont tu as sauvé la vie ne perdra pas son bras. Les chirurgiens affirment qu'ils le lui raccommoderont : il ne sera peut-être plus assez costaud pour servir encore dans une centrale thermique, mais notre homme pourra du moins le passer autour de sa femme et de ses trois enfants. Ah oui !... Sa femme envoie un message. Elle et ses enfants iront dans la soirée à l'église prier je ne sais quel saint avec qui ils sont en affaires pour un certain N. Goldman, Esquire, et faire brûler quelques cierges en ton honneur. Je te communique tout ça pour le cas où tu croirais à ce genre de trucs.

— Oh, arrête une minute, Thurs ! dit Ursula. Tu vas me faire pleurer.

— Si tu veux tout savoir, avoua son mari, j'ai moi-même la gorge un peu serrée. »

Nim protesta, comme il l'avait déjà fait auparavant. « Mais ce n'était rien du tout. Sans ton collègue, Folger, qui a arrêté le tapis roulant et...

— Écoute, interrompit Thurston. Tu as vu ce qui se passait avant tout le monde, tu as agi tout de suite, et ces quelque cinquante centimètres que tu as fait redescendre à notre ouvrier lui ont sauvé la vie. Et puis, le monde a besoin de héros. Pourquoi le contrarier ? »

Depuis ces quelques minutes dramatiques de la matinée, tout était allé très vite. L'ouvrier blessé, dont Nim ne connaissait pas encore le nom, avait d'abord reçu des premiers soins efficaces ; puis il avait été déposé avec précaution sur une civière que deux employés de la centrale avaient montée sur la coursive au pas de course. Quelques instants après que Thurston eut téléphoné pour réclamer une ambulance, le hurlement étouffé d'une sirène se fit entendre du côté du centre de Denver, et un phare rouge clignotant qui se déplaçait à toute allure devint visible de la coursive supérieure alors même que le véhicule se trouvait encore à plusieurs kilomètres de distance.

Lorsque l'ambulance arriva à la centrale, la civière avait été descendue dans un monte-charge ; le blessé fut aussitôt transporté dans un hôpital. Comme il avait beaucoup saigné et subi un choc sévère, on avait craint pour sa vie, et les dernières nouvelles en furent d'autant mieux accueillies.

Ce fut seulement après le départ de l'ambulance que l'on s'occupa de la main de Nim. Elle avait été profondément entaillée dans la paume à la base du pouce. Thurston avait aussitôt conduit Nim à la salle des urgences d'un hôpital tout proche où on lui avait fait plusieurs points de suture.

La figure, les mains et les vêtements de Nim étaient noircis par la poussière de charbon et, après l'arrêt à l'hôpital, Thurston l'avait emmené chez lui où Nim retira son complet — il n'en avait pas de rechange — avant de barboter dans un bain chaud. Ensuite, revêtu du peignoir de bain de Thurston, il avait été présenté à Daphne qui, avec beaucoup de doigté, avait nettoyé et pansé la plaie. Nim apprit que Daphne était une infirmière diplômée et qu'elle venait de divorcer. C'était à la suite de ce divorce et pour se changer les idées qu'elle avait décidé de rendre visite à sa sœur.

Ursula s'essuya les yeux avec un coin de son mouchoir, puis déclara en femme pratique : « Bon. Puisque tout est bien qui finit bien, nous avons le droit de nous détendre. » Elle se dirigea vers Nim et, impulsivement, l'embrassa en le serrant dans ses bras. « Voilà !... C'est pour remplacer les cierges.

— Hé ! s'écria Daphne. Tout le monde peut-il en faire autant ?

— Bien sûr ! » répondit Nim en riant.

Elle ne se le fit pas dire deux fois. Ses lèvres pleines et chaudes plurent à Nim, de même que son parfum aussi fugitif qu'une caresse.

« Voilà ce que vous gagnez à être un foutu héros, annonça Daphne, que cela vous plaise ou non.

— Jusque-là, dit Nim, ça me plaît.

— Ce dont nous avons tous besoin maintenant, intervint Ursula, c'est de dire beaucoup de bêtises. » Elle s'adressa à son mari. « Thurs, quel est notre programme pour ce soir ? »

Il rayonna. « Je suis heureux que tu me le demandes. Nous allons dîner et danser. Avec ma prévoyance habituelle bien connue, j'ai réservé une table pour quatre au salon San Marco du Brown Palace.

— Merveilleux, approuva Daphne. Pourrons-nous avoir une baby-sitter pour Keith ?

— Aucun problème, affirma Ursula. Je m'en occupe.

— Et moi, déclara Nim, j'irai danser, que l'on me rapporte mon complet ou non. »

La musique jouée par un orchestre plein d'entrain et de talent, le vin et un excellent repas créèrent l'ambiance de détente souhaitée par Ursula. Le costume de Nim lui avait été livré un peu plus tôt et toute trace de son récent séjour sur le tapis roulant avait disparu. En même temps que le complet arrivèrent un journaliste et un photographe du *Denver Post* qui voulaient une interview et des photos de Nim. Un peu à contrecœur, il s'exécuta.

Et puis, après que Nim et Daphne se furent serrés à l'arrière de la Pinto de Thurston, Daphne s'empara de son bras. « Je vous trouve vraiment super, murmura-t-elle. La façon dont vous faites les choses, dont vous vous comportez, et modeste par-dessus le marché... »

Ne sachant que répondre, il lui prit une main qu'il garda dans la sienne, se demandant déjà ce que pourrait donner la fin de la soirée.

Maintenant, le dîner était terminé. Nim et Daphne avaient dansé ensemble à plusieurs reprises, dans une intimité de plus en plus prononcée à laquelle Daphne ne voyait manifestement pas d'objection.

A un moment donné, alors qu'ils étaient restés assis tandis que Thurston et Ursula dansaient ensemble, il interrogea Daphne sur l'échec de son mariage.

Elle répondit avec cette franchise qui était une qualité commune aux deux sœurs. « Mon mari était plus âgé que moi. Il n'aimait pas beaucoup faire l'amour et, la plupart du temps, il n'y arrivait pas. Nous avions d'autres sujets de désaccord, mais c'était le principal.

— Je suppose qu'en effet ça n'est pas votre problème... »

Elle rejeta la tête en arrière en éclatant de rire. « Comment l'avez-vous deviné ?

— Mais vous avez un enfant cependant ?

— Oui. Ce fut l'une des rares fois où nous nous sommes arrangés... La seule, pour ainsi dire. En tout cas, je suis heureuse d'avoir Keith ; il va avoir deux ans, et je l'adore. A propos de Keith, je partage ma chambre avec lui, mais il a le sommeil profond.

— Tout de même, dit Nim, je ne tiens pas à aller dans la chambre de Keith.

— Eh bien, vous n'aurez qu'à laisser votre porte entrebâillée. Elle est à quelques mètres de la mienne, dans le même couloir. »

Quand Nim, pour changer, dansa avec Ursula, elle lui confia qu'elle était ravie d'avoir Daphne chez elle. « Nous nous sommes toujours très bien entendues. La seule chose que je lui envie, c'est le petit Keith.

— Thurs et vous, vous n'avez pas voulu avoir d'enfants ? s'enquit Nim.

— Mais si, nous ne demandons que cela tous les deux. Seulement, nous ne pouvons pas en avoir. » Ursula ayant parlé d'une voix un peu pincée comme si elle regrettait d'avoir abordé ce problème, Nim n'insista pas.

Mais un peu plus tard, quand les deux sœurs s'excusèrent et quittèrent la table quelques instants, Thurston dit à Nim : « Je crois qu'Ursula t'a expliqué que nous ne pouvions pas avoir d'enfants.

— Oui.

— T'a-t-elle dit pourquoi ? »

Nim secoua la tête.

« C'est ma faute et non la sienne. Nous avons subi l'un et l'autre des tests médicaux, quantité de tests. Il paraît que mon pistolet s'arme et fait feu, mais je ne tire que des cartouches à blanc. Et ce sera toujours ainsi, d'après les médecins.

— Je suis désolé... »

Thurston haussa les épaules. « On ne peut pas tout avoir, j'imagine, et il y a beaucoup de choses qui marchent bien, pour Ursula et moi. » Il ajouta : « Nous avons envisagé d'adopter un enfant, mais nous ne sommes décidés ni l'un ni l'autre. »

Quand les deux femmes revinrent, ils burent une nouvelle bouteille de vin, puis dansèrent encore. Sur la piste, Daphne chuchota à l'oreille de Nim : « Vous avais-je dit que je vous trouvais très à mon goût ? »

En guise de réponse, il l'enlaça plus étroitement. Il espérait qu'ils n'allaient plus tarder à rentrer.

Ils étaient de retour depuis une heure et demie. Thurston avait raccompagné la baby-sitter, puis tous s'étaient réunis dans la cuisine; pendant qu'Ursula et Daphne préparaient le thé, les deux hommes bavardèrent. Puis ils se souhaitèrent une bonne nuit et tous allèrent se coucher.

Au moment où Nim était sur le point de s'endormir, un grincement le fit sursauter : c'était incontestablement sa porte qui grinçait en s'ouvrant, sa porte qu'il avait laissée entrebâillée sur les instructions de Daphne. Un nouveau grincement accompagna le déclic du loquet quand la porte se referma. Nim leva la tête, fouilla du regard l'obscurité : en pure perte.

Il entendit des pas feutrés, le froufrou soyeux d'un vêtement : un vêtement, devina-t-il, que l'on ôtait. Puis ses draps furent délicatement écartés, et un corps nu, tiède et doux, se glissa dans son lit. Deux bras allèrent à sa rencontre. Dans les ténèbres complices, une bouche excitante, accueillante, se posa après quelques tâtonnements sur la sienne. En se prolongeant, le baiser s'enhardit, et quatre membres s'épousèrent. Le sang de Nim bouillonnait déjà; son sexe impatient se dressa; ses mains entreprirent une délicieuse exploration; il poussa un soupir où se mêlaient le plaisir des sens et la joie...

Il chuchota : « Daphne chérie, toute la journée j'ai attendu ce moment. »

Il entendit la cascade d'un petit rire étouffé. Un doigt se promena sur ses lèvres pour les refermer et lui commander de se taire. « Silence, espèce d'idiot! Ce n'est pas Daphne. C'est Ursula. »

Scandalisé, Nim se dégagea et s'assit. Il aurait volontiers sauté à bas du lit, mais une main le retint.

« Écoutez-moi, dit Ursula à voix basse mais pressante. Je veux avoir un enfant. Et puisque Thurs ne peut m'en donner un — je sais qu'il vous l'a dit — je préfère m'en faire faire un par vous, Nim, plutôt que par n'importe quel mâle de ma connaissance. »

Il protesta. « Mais je ne peux pas, Ursula. Songez à Thurs, voyons!

— Si, vous pouvez, Nim. Parce que Thurs sait que je suis ici, et pourquoi.

— Et il ne s'en formalise pas? » Nim n'en croyait pas ses oreilles.

« Je vous jure que non. Nous avons tous les deux envie d'avoir un enfant. Et tous les deux nous avons décidé que ce serait le meilleur moyen. » De nouveau le petit rire étouffé : « Seulement Daphne est très fâchée. Elle m'en veut terriblement. Elle voulait vous avoir pour elle toute seule. »

Des sentiments contradictoires assaillirent Nim. Puis le comique de la situation lui apparut et il éclata de rire.

« C'est mieux ainsi », dit Ursula en l'attirant pour se glisser sous lui; Nim cessa de résister quand elle l'enlaça.

« C'est la bonne époque du mois, chuchota-t-elle. Je sais que cela peut arriver. Oh! Nim, cher Nim, aidez-moi à avoir un bébé! j'en désire tellement un! »

Qu'ai-je donc fait, se demanda-t-il, pour mériter toutes les aventures extraordinaires qui m'arrivent?

« O.K., répondit-il sur le même ton. Je ferai de mon mieux. » Quand ils s'embrassèrent, son sexe réclama de nouveau ses droits; alors il demanda malicieusement : « Pensez-vous que je serais moins efficace si, en plus, je le faisais avec joie? »

Pour toute réponse, elle le serra plus étroitement entre ses bras; le battement de leurs cœurs s'accéléra, et elle cria doucement de plaisir quand il la caressa et la pénétra.

Ils firent l'amour plusieurs fois, superbement. Nim constata que la blessure de sa main ne le gênait pas le moins du monde. Finalement, le sommeil le terrassa. Quand il se réveilla, le jour pointait et Ursula était partie.

Il décida de se rendormir. Mais la porte de sa chambre se rouvrit sur une silhouette en déshabillé rose pâle. « Jamais de la vie, déclara Daphne en se débarrassant prestement du déshabillé, je n'accepterai de rester sur la touche. Allons, Nim, remuez-vous! J'espère qu'il vous reste encore un peu d'énergie. »

Joyeusement, ils purent constater ensemble qu'il lui en restait.

Le vol de retour de Nim vers la côte ouest était prévu pour la fin de l'après-midi de dimanche. Thurston le reconduisit à l'aéroport; Ursula et Daphne les accompagnèrent; Daphne avait emmené le petit Keith. Bien que la conversation durant le trajet fût amicale et détendue, nul ne souffla mot des événements de la nuit. En descendant de voiture, Nim embrassa les deux sœurs. Pendant qu'elles attendaient, Thurston suivit Nim au terminal.

Au contrôle de sécurité des passagers, ils se serrèrent la main.

« Je te remercie pour tout, Thurs, dit Nim.

— Moi aussi. Et bonne chance pour demain et pour la suite des débats publics.

— Merci. Nous en aurons besoin. »

Sans lâcher la main de Nim, Thurston ajouta après une brève hésitation : « Pour le cas où tu te poserais des questions, je voudrais te dire qu'il y a des choses qu'un homme fait parce qu'il doit les faire, et parce qu'elles constituent la meilleure solution lorsque le choix est limité. Ceci encore : il y a les amis, et les amis exceptionnels. Tu fais partie de la seconde catégorie, Nim. Tu en feras toujours partie. Ne perdons jamais le contact. » Quand il se détourna pour gravir la rampe d'embarquement, Nim constata qu'il avait les yeux mouillés.

Quelques instants plus tard, tandis qu'il s'installait commodément dans son siège de première classe, une hôtesse de l'air lui demanda aimablement : « Que voudriez-vous boire, monsieur, après le décollage?

— Du champagne », répondit-il en souriant. Manifestement, rien d'autre ne serait à la hauteur de ce week-end si réussi.

12

Le jeune commissaire qui présidait donna un léger coup de marteau.

« Avant de procéder à l'audition de ce témoin, je crois qu'il ne serait pas hors de propos de le complimenter pour sa conduite d'avant-hier, puisque son courage et la promptitude de son intervention ont sauvé la vie d'un ouvrier d'un service public dans un autre État. »

Des applaudissements clairsemés, dans la salle, accueillirent ce préambule.

« Merci, monsieur », répondit Nim vaguement embarrassé.

Il avait supposé jusqu'à ce matin que l'exploitation par les media du tragique fait divers de la centrale de Cherokee se limiterait à Denver. Aussi avait-il été fort étonné de se retrouver la vedette d'un récit câblé par l'agence *Associated Press* et reproduit en bonne place dans le *Chronicle West* d'aujourd'hui. Étonné et ennuyé parce que l'article mettait en relief sa visite à une centrale alimentée au charbon, et que Nim se demandait quel usage les opposants feraient de cette information.

Comme lors des audiences précédentes, la salle aux lambris de chêne était occupée par les fonctionnaires de la commission, les avocats-conseils des parties en cause, les témoins qui attendaient leur tour, les représentants des groupes intéressés, les journalistes, et un public assez nombreux qui se composait surtout de partisans de l'opposition.

Le même commissaire présidait, toujours flanqué du vieux juge expert en droit administratif.

Dans la salle, Nim reconnut Laura Bo Carmichael et Roderick Pritchett qui représentaient le Sequoia Club, Davey Birdsong dont l'imposante silhouette était vêtue comme de coutume d'un jean rapiécé et d'une chemise à col ouvert, Nancy Molineaux toujours élégante et altière à la table de presse.

Nim avait déjà juré qu'il « dirait la vérité, toute la vérité et rien que la vérité ». Maintenant, le majestueux avocat-conseil du service public, Oscar O'Brien, debout face à Nim, s'apprêtait à guider son témoignage.

« Monsieur Goldman, commença O'Brien ainsi qu'ils en étaient convenus au cours des répétitions, voulez-vous s'il vous plaît décrire les circonstances et les études qui vous ont amené à considérer que la proposition actuellement soumise à cette commission est nécessaire et conforme à l'intérêt public. »

Nim s'installa commodément dans le siège réservé au témoin, car il savait que son exposé serait long et ardu.

« Les études de la Golden State Power & Light, dit-il en guise d'exorde, complétées par celles des agences gouvernementales, estiment que vers le milieu de la prochaine décennie, la croissance de la Californie — de sa population comme de son industrie — sera probablement supérieure à la moyenne nationale. Je fournirai tout à l'heure des détails précis. Parallèlement à cette croissance, on enregistrera une demande plus forte d'énergie électrique, très au-dessus des capacités actuelles de production. C'est pour satisfaire cette demande que... »

Nim s'efforçait de ne pas se départir du ton de la conversation afin de maintenir en éveil l'intérêt de ses auditeurs. Tous les faits, toutes les opinions qu'il allait rapporter se trouvaient consignés dans des dossiers remis depuis plusieurs semaines à la commission, mais le témoignage oral était considéré comme important — peut-être parce que rares étaient ceux qui liraient les montagnes de papiers qui grossissaient chaque jour.

O'Brien posait ses jalons avec la confiance d'un acteur jouant une pièce qui tient l'affiche depuis longtemps.

« En ce qui concerne les effets sur l'environnement, voulez-vous expliquer, s'il vous plaît...

— Pouvez-vous être plus précis sur ces livraisons de charbon qui...

— Vous avez déclaré tout à l'heure, monsieur Goldman, que le préjudice causé à la flore et à la faune serait limité. Je pense que la commission aimerait avoir l'assurance que...

— Développez ce point, je vous prie...

— Voudriez-vous dire que...

— Maintenant, venons-en à... »

Pendant un peu plus d'un jour et demi, Nim demeura au banc des témoins le centre de l'attention générale. A la fin, il savait qu'il avait présenté le dossier de la G.S.P. & L avec loyauté et sérieux. Il savait aussi que la plus redoutable épreuve — la succession des interrogatoires contradictoires — était encore à venir.

Au milieu du second jour de la reprise des débats publics, Oscar O'Brien se tourna vers le banc des magistrats. « Merci, monsieur le Président. J'en ai fini avec mon audition de ce témoin. »

Le président approuva d'un signe de tête. « Je crois que Mr. Goldman mérite un répit, qui serait également le bienvenu pour nous autres. » Il fit résonner son marteau. « Les débats reprendront demain matin à dix heures. »

Le lendemain, les interrogatoires contradictoires commencèrent avec lenteur et en douceur, comme une voiture roulant à petite vitesse sur un tronçon de route lisse. L'avocat-conseil de la commission, un juriste d'un certain âge du nom de Holyoak, sec comme une allumette, fut le premier à s'adresser à Nim.

« Monsieur Goldman, il existe un certain nombre de points sur lesquels la commission demande un complément d'information... » Les questions de Holyoak étant posées de manière objective, sans animosité ni bienveillance particulières, Nim répondit sur le même ton avec compétence.

Holyoak occupa une heure de temps. Roderick Pritchett, directeur-secrétaire général du Sequoia Club, passa à la vitesse supérieure.

Fluet, tiré à quatre épingles dans un costume trois-pièces à l'ancienne mode, Pritchett avait des cheveux gris fer soigneusement séparés par une raie, et il portait parfois une main à sa tête pour s'assurer qu'il n'était pas décoiffé. Lorsqu'il s'approcha de la barre des témoins, ses yeux semblèrent étinceler derrière ses lunettes sans monture. Peu avant l'interrogatoire, il avait eu une conversation aussi sérieuse qu'animée avec Laura Bo Carmichael, assise à côté de lui à l'une des trois tables réservées aux avocats-conseils.

« Monsieur Goldman, commença Pritchett, j'ai ici une photographie. » Il se retourna vers la table où il prit une épreuve glacée de format 8 × 10. « Je voudrais que vous l'examiniez, puis que vous me disiez si vous reconnaissez ce qu'elle représente. »

Nim accepta la photographie et, pendant qu'il l'étudiait, une secrétaire du Sequoia Club remettait d'autres épreuves au commissaire, au juge expert en droit administratif, aux avocats dont Oscar O'Brien, à Davey Birdsong et aux journalistes. Des épreuves furent également distribuées dans la salle pour que les spectateurs pussent se les passer les uns aux autres.

Nim était déconcerté. Presque toute la photo était noire, mais elle lui rappelait vaguement quelque chose...

Le secrétaire général du Sequoia Club souriait : « Prenez votre temps, monsieur Goldman. »

Nim secoua la tête. « Je ne suis pas sûr.

— Peut-être pourrai-je vous rafraîchir la mémoire. » La voix de Pritchett suggérait le jeu d'un chat avec une souris. « Si j'en crois ce que j'ai lu dans les journaux, le tableau que vous avez sous les yeux est l'un de ceux que vous avez personnellement observés au cours du dernier week-end. »

Aussitôt, Nim devina. La photo représentait le tas de charbon de la centrale de Cherokee. Le noir s'expliquait donc. Dans son for intérieur, Nim maudit la publicité qui avait révélé son voyage à Denver.

« Ma foi, dit-il, je suppose que c'est l'image d'un tas de charbon.

— Un peu plus de détails, s'il vous plaît, monsieur Goldman. Quel charbon et où ? »

Nim répondit à contrecœur : « Du charbon entreposé qui doit être utilisé par une centrale de la Compagnie du Colorado près de Denver.

— Exactement. » Pritchett retira ses lunettes, les essuya rapidement, et les replaça sur son nez. « Sachez pour votre information que la photographie a été prise hier et apportée ici ce matin par avion. Ce n'est pas une jolie vue, n'est-ce pas ?

— Non.

— Laide, ne trouvez-vous pas ?

— On pourrait la trouver laide en effet, mais l'important est...

— L'important est, interrompit Pritchett, que vous avez déjà répondu à ma question — " On pourrait la trouver laide en effet " — ce qui signifie que vous ne contestez pas la laideur de cette vue. C'est tout ce que je demandais. Merci. »

Nim protesta. « Mais il faudrait dire aussi... »

Pritchett agita un doigt menaçant. « Assez, monsieur Goldman ! N'oubliez pas, s'il vous plaît, que c'est moi qui pose les questions. Maintenant, poursuivons. J'ai à vous montrer — à vous et aux commissaires — une seconde photo. »

Pendant que Nim bouillait intérieurement, Pritchett revint à la table des avocats-conseils et, cette fois-ci, choisit une photo en couleurs. Il la tendit à Nim. Comme tout à l'heure, la secrétaire du Sequoia Club en distribua d'autres épreuves.

Bien que Nim ne reconnût pas avec précision la scène photographiée, il n'eut aucun doute. La photo avait été prise sur le site ou à proximité du site qu'occuperait la centrale de Tunipah. Non moins évidemment, le photographe était un remarquable professionnel.

La beauté saisissante du désert accidenté de la Californie avait été fixée sous un ciel bleu très pur. Un promontoire rocheux et dépouillé s'élevait au-dessus d'un peuplement de pins majestueux. Le feuillage était touffu près de la base des arbres ; un torrent ocellé de taches d'écume figurait au premier plan ; sur la rive la plus proche du torrent, une profusion de fleurs sauvages flattait le regard. Un peu plus loin, à l'ombre des arbres, un jeune cerf avait levé la tête comme si la visite du photographe l'avait surpris.

Pritchett ne perdit pas de temps. « Une scène vraiment belle, n'est-ce pas, monsieur Goldman ?

— Assurément.

— Avez-vous une idée du site photographié ?

— Je suppose que c'est Tunipah. » Il n'avait aucun intérêt à jouer au plus fin, décida-t-il, ni à retarder le point que Pritchett allait marquer tôt ou tard.

« Votre supposition est correcte, monsieur. Maintenant, une autre question. » Le ton de Pritchett s'était durci ; sa voix grimpa d'une octave. « Est-ce que votre conscience est troublée par le fait que ce que vous et votre compagnie vous proposez de réaliser à Tunipah consiste à substituer ceci, *cette abominable laideur* — il brandit la photo du tas de charbon — à cette *beauté sereine et superbe* — il leva en l'air la photo en couleurs — l'un des rares sanctuaires de la nature qui n'aient pas été souillés dans notre État et dans le pays ? »

La question, posée avec une éloquence qui se voulait dramatique, arracha un murmure d'approbation au public. Un ou deux spectateurs applaudirent.

Nim répondit avec vivacité : « Mais il va de soi que je ne l'envisage pas de gaieté de cœur. Seulement je considère cela comme une nécessité, un compromis, un troc. Par ailleurs, proportionnellement à la superficie totale de cette zone de Tunipah...

— Cela me suffit, monsieur Goldman. Un discours ne vous est pas demandé. Le procès-verbal indiquera que votre réponse a été oui. »

Pritchett marqua un temps d'arrêt avant de repartir à l'attaque.

« Se peut-il que votre voyage dans l'État du Colorado, pendant le dernier week-end, ait été décidé parce que votre conscience vous tourmentait, parce que vous deviez juger par vous-même de la laideur de ces énormes quantités de charbon — quantités équivalentes à celles qu'il y aurait à Tunipah — imposée dans ce qui fut jadis un paysage magnifique? »

Oscar O'Brien se dressa. « Objection! »

Pritchett se tourna vers lui. « En quel honneur? »

Ignorant Pritchett, O'Brien s'adressa au commissaire qui présidait. « La question a déformé les termes employés par le témoin. D'autre part, elle préjuge de l'état d'esprit du témoin à un moment donné. »

Le commissaire trancha sur un ton légèrement narquois. « Objection rejetée. » O'Brien, maussade, se rassit.

« Non, dit Nim en s'adressant à Pritchett, le motif de mon voyage n'était pas celui que vous avez insinué. Je suis allé là-bas parce que je voulais me familiariser avec certains aspects techniques d'une centrale alimentée au charbon avant d'être entendu dans le cadre de ces débats. » Sa réponse parut peu convaincante à Nim lui-même.

Pritchett commenta : « Je suis sûr que certaines personnes ici vous croiront. » Le timbre de sa voix indiquait : *Pas moi!*

Pritchett posa encore quelques questions, mais elles ne soulevèrent aucune passion. Le Sequoia Club, en utilisant astucieusement l'effet de contraste produit par les deux photographies, avait marqué des points importants, et Nim se le reprocha.

Le secrétaire général du Sequoia Club regagna enfin sa place.

Le commissaire qui présidait consulta une feuille étalée devant lui. « L'organisation " Énergie et Lumière pour le peuple " désire-t-elle interroger ce témoin?

— Et comment! » répondit Davey Birdsong.

Le commissaire ayant acquiescé d'un signe de tête, Birdsong s'avança d'un pas pesant.

Il ne s'embarrassa pas de préliminaires. « Comment êtes-vous arrivé ici? » demanda-t-il.

Nim fut déconcerté. « Si vous entendez par là qui je représente... »

Birdsong l'interrompit sèchement. « Nous savons tous qui vous représentez : une compagnie riche et cupide qui exploite le peuple. » Le chef du p. & l.f.p. abattit une grosse main sur la barre des témoins et haussa la voix. « Je veux dire exactement ce que j'ai dit : Comment êtes-vous arrivé ici?

— Eh bien... je suis venu en taxi.

— En taxi? Un caïd comme vous? Vous n'avez donc pas utilisé votre hélicoptère personnel? »

Nim sourit; il devinait déjà à quel genre de questions il devrait répondre. « Je ne possède pas d'hélicoptère personnel, déclara-t-il. Et je n'en ai certes pas utilisé un aujourd'hui.

— Mais il vous arrive d'en utiliser — n'est-ce pas?

— En certaines occasions particulières...

— Cela ne m'intéresse pas, coupa Birdsong. Utilisez-vous quelque-fois un hélicoptère, oui ou non?

— Oui.

— Un hélicoptère payé avec l'argent des consommateurs de gaz et d'électricité, cet argent si durement gagné?

— Non, il n'est pas utilisé pour couvrir les frais du service public. Du moins, pas directement.

— Mais les consommateurs paient indirectement — oui ou non?

— Vous pourriez dire la même chose de n'importe quel outil de travail... »

Birdsong tapa une nouvelle fois sur la barre. « Nous ne parlons pas des autres outils de travail. Je vous interroge au sujet d'un hélicoptère.

— Notre compagnie possède plusieurs hélicoptères qui...

— Plusieurs! Autrement dit, vous avez le choix — comme entre une Lincoln et une Cadillac?

— Nos hélicoptères sont principalement à usage opérationnel, répliqua Nim qui sentait la moutarde lui monter au nez.

— Ce qui ne vous empêche pas d'en utiliser un quand vous en avez personnellement besoin — ou quand vous pensez que vous en avez besoin — d'accord? » Sans attendre la réponse, Birdsong sortit de sa poche un journal qu'il déplia. « Vous vous souvenez de ceci? »

C'était l'article de Nancy Molineaux dans le *California Examiner*, publié peu après la visite du groupe de presse au camp de Devil's Gate.

« Je m'en souviens », répondit Nim d'un air résigné.

Birdsong lut le titre de l'article et sa date, afin que le sténotypiste les consignât dans le procès-verbal, puis il se retourna vers Nim. « On y trouve par exemple des phrases comme celles-ci : " Mr. Goldman... est un personnage trop important pour voyager en car — même si l'autre jour il y en avait un — affrété par la G.S.P. qui avait la même destination et de nombreuses places libres. Au lieu du car, il a choisi un hélicoptère... " » Birdsong, l'œil menaçant, releva la tête. « Tout cela est-il exact?

— Les circonstances étaient particulières.

— Je m'en moque. Je vous ai demandé si c'était exact? »

Nim aperçut Nancy Molineaux assise à la table de presse; un léger sourire éclairait son visage. « Il s'agit d'un article partial, dit-il, mais, *grosso modo*, c'est exact. »

Birdsong en appela au commissaire. « Le président voudrait-il avoir l'obligeance de prier le témoin de répondre simplement par oui ou par non?

— Tout le monde gagnerait du temps, dit le commissaire, si vous vous pliiez à cette règle, monsieur Goldman. »

Le visage crispé, Nim répondit : « Oui.

— Autant d'efforts, ironisa Birdsong, que pour arracher une dent. » Il s'était une nouvelle fois retourné vers le banc des magistrats, passant, tel un caméléon, de la rudesse à l'affabilité. « Mais nous ayons finalement obtenu l'aveu du témoin : le contenu de ce courageux article est exact.

Monsieur le Président, je voudrais que l'article fût joint aux témoignages afin de prouver le somptueux train de vie que des cadres tels Goldman ici présent ou son président Tartempion ont l'habitude de mener aux frais des pauvres consommateurs. Il montrerait également pourquoi des gadgets onéreux comme Tunipah, destinés à perpétuer ce genre d'habitudes et à réaliser des profits exorbitants, sont imposés à un public sans méfiance. »

O'Brien, debout, protesta d'un ton las. « J'élève une objection à l'inclusion de cet article qui n'a rien à voir avec les débats ; et une autre contre les dernières observations qui ne sont confirmées par aucune preuve ni par aucun témoignage. »

Le commissaire consulta brièvement le juge expert en droit administratif avant de se prononcer. « Votre objection sera consignée au procès-verbal, monsieur O'Brien. Quant au document — cet article de journal — il figurera au dossier comme pièce à conviction.

— Je vous remercie, monsieur le Président, dit Birdsong avant de pivoter vers Nim.

— Possédez-vous, personnellement, des actions de la Golden State Power & Light ?

— Oui. » Nim se demanda ce qui allait suivre. Il possédait cent vingt actions qu'il avait achetées, par petits paquets, en économisant sur son salaire. Leur valeur actuelle sur le marché représentait un peu plus de deux mille dollars — beaucoup moins qu'à l'achat puisque la cote s'était effondrée après la suspension des dividendes. Mais il décida de ne pas donner plus d'informations qu'il ne lui en était demandé. C'était une erreur de jugement.

« Si cette affaire de Tunipah se fait, continua Birdsong, est-il vraisemblable que la valeur des actions de la G.S.P. & L. augmentera ?

— Pas forcément. Elle pourrait aussi bien diminuer. » Tout en parlant, Nim se demanda s'il devrait entrer dans plus de détails, ajouter qu'avec un colossal programme de construction financé par la vente de titres incluant de nouvelles actions vendues au-dessous de leur valeur comptable, les actions existantes de la G.S.P. & L. se trouveraient diluées et risquaient de s'effondrer. Une telle réponse nécessiterait des explications complexes — et, dans ce contexte, passerait pour du « boniment ». D'ailleurs Nim n'était pas certain que les responsables des finances de sa compagnie désirassent une déclaration publique dans ce sens. Il opta donc pour la discrétion.

« Pas forcément, répéta Birdsong. Mais le cours de ces actions pourrait monter en Bourse. Vous en conviendrez sûrement.

— A la Bourse, tout peut arriver », répondit sèchement Nim.

Birdsong se tourna vers la salle en poussant un grand soupir théâtral. « Je suppose que c'est la meilleure réponse que je puisse attendre d'un témoin aussi peu coopératif ; c'est donc moi qui déclarerai : les actions monteraient probablement. » Il revint à Nim. « Si cela se produisait, n'est-il pas vrai que vous auriez des intérêts dans Tunipah et que vous seriez, vous aussi, un profiteur? »

L'idée était tellement absurde que Nim faillit éclater de rire. Tout ce qu'il pouvait espérer, pendant longtemps, c'était que la valeur de son petit lot d'actions retrouvât son niveau de l'époque de l'achat.

Birdsong lui dit soudain : « Puisque vous semblez peu pressé de répondre, je poserai la question sous une autre forme : si la valeur des actions de la Golden State monte à cause de Tunipah, les vôtres vaudront-elles également davantage?

— Voyons, répliqua Nim, je ne... »

Le commissaire l'interrompit. « C'est une question simple, monsieur Goldman. Répondez par oui ou par non. »

Sur le point d'exploser devant un tel parti pris, Nim aperçut Oscar O'Brien qui secouait benoîtement la tête. C'était une façon de lui rappeler qu'il devait conformément aux instructions, se montrer patient et résister aux provocations. Il se borna à répondre : « Oui. »

« Maintenant que nous avons obtenu cet aveu, monsieur le Président, je désire que le procès-verbal enregistre que ce témoin a un intérêt financier dans l'entreprise qui fait l'objet de ces débats, et que son témoignage doit être jugé en conséquence.

— Eh bien, vous venez de l'inscrire vous-même dans le procès-verbal, riposta le commissaire dont la mauvaise humeur était manifeste. Alors, pourquoi ne pas continuer?

— Mais certainement, monsieur! » Le chef de la p. & l.f.p. plongea une main dans sa barbe comme s'il réfléchissait, puis il se retourna vers Nim. « A présent, j'ai à vous poser quelques questions au sujet de l'incidence qu'aurait Tunipah sur les quittances des simples travailleurs, de ceux qui... »

Et ainsi de suite. Birdsong s'attacha — comme au cours de l'interrogatoire contradictoire de J. Eric Humphrey — à insinuer que le profit, et lui seul, était bel et bien le mobile de Tunipah, et que les consommateurs paieraient la note sans recevoir quoi que ce soit en échange. Ce qui exaspérait Nim, sous le masque d'impassibilité qu'il s'efforçait de conserver, c'était que pas une fois Birdsong n'effleurait les grands problèmes — les futures demandes d'énergie fondées sur la croissance, les plans de l'industrie, le maintien du niveau de vie. Du populisme verbeux, de la poudre aux yeux, et rien d'autre; mais il retenait l'attention : l'agitation autour de la table de presse en témoignait.

Nim reconnaissait aussi en lui-même que l'attaque sur deux fronts — le Sequoia Club à propos de l'environnement, et le p. & l.f.p. au sujet des tarifs et du financement — était efficace. Il se demanda s'il y avait eu des contacts entre les deux groupes. Il en doutait. Laura Bo Carmichael et Davey Birdsong se situaient sur des plans intellectuels différents. Nim conservait son estime à Laura Bo en dépit de leurs désaccords, mais il méprisait Birdsong qu'il considérait comme un charlatan.

Pendant une courte pause qui succéda aux questions de Birdsong,

Oscar O'Brien avertit Nim. « Vous n'êtes pas encore au bout de vos peines. Après les autres témoins, je vous demanderai de revenir à la barre pour préciser certaines choses; mais quand j'aurai terminé, les autres pourront encore vous sauter dessus s'ils le désirent. » Nim fit la grimace; il était impatient; il espérait qu'il pourrait bientôt se débarrasser de ce rôle qui lui pesait.

Le témoin suivant fut Laura Bo Carmichael.

En dépit de sa petite silhouette frêle, la présidente du Sequoia Club occupa le siège des témoins avec le maintien d'une grande dame. Elle était vêtue d'un tailleur strict en gabardine beige et, comme d'habitude, avait les cheveux coupés très court. Elle ne portait ni bijoux ni ornements d'aucune sorte. Elle avait l'air sérieux et même grave. Pour répondre aux questions posées par Roderick Pritchett, sa voix se fit tranchante, autoritaire.

« Nous avons entendu exposer par le témoin précédent, madame Carmichael, commença Pritchett, qu'un besoin public d'énergie électrique supplémentaire justifiait la construction d'une centrale alimentée au charbon dans la région de Tunipah. Est-ce votre opinion?

— Non, ce n'est pas mon opinion.

— Voudriez-vous expliquer aux commissaires les raisons pour lesquelles vous — et le Sequoia Club — vous opposez à cette construction?

— Tunipah est l'une des rares, très rares, régions naturelles sauvages qui nous restent en Californie. Les trésors de la nature y abondent : arbres, plantes, fleurs, cours d'eau, formations géologiques uniques, mammifères, oiseaux et insectes; certains représentant des espèces qui ont disparu partout ailleurs. Par-dessus tout la beauté de la région est incomparable. La souiller par l'implantation d'une énorme usine, laide et fortement polluante, desservie par une nouvelle ligne de chemin de fer — elle-même polluante et inopportune — serait un sacrilège, un blasphème contre Dieu et la nature, et sur le plan écologique un pas en arrière qui nous ramènerait au siècle dernier.

Laura Bo s'était exprimée avec calme, sans jamais élever la voix, ce qui rendait sa déclaration encore plus impressionnante. Pritchett marqua un temps d'arrêt avant de poser sa deuxième question pour ne pas atténuer l'impact produit.

« Le porte-parole de la G.S.P. & L., Mr. Goldman, dit Pritchett, a affirmé à la commission que le préjudice causé à la nature par la centrale de Tunipah serait minime. Voudriez-vous avoir l'obligeance de commenter cette assertion?

— Je connais Mr. Goldman depuis des années, répondit Laura Bo. Il a de bonnes intentions. Peut-être même croit-il ce qu'il dit. Mais la vérité est que personne ne peut construire une quelconque centrale à Tunipah sans causer à l'environnement des dommages considérables et irréversibles. »

Le secrétaire général du Sequoia Club sourit. « Interprété-je correctement vos propos, madame Carmichael, si j'en déduis que vous ne faites pas vraiment confiance à la G.S.P. & L. quand elle promet un minimum de dégâts ?

— Oui, parfaitement — même si cette promesse pouvait être tenue, ce qui n'est pas le cas. » Laura Bo tourna la tête afin de s'adresser directement aux deux occupants du banc des magistrats qui l'écoutaient attentivement. « Dans le passé, la Golden State Power et la plupart des autres entreprises industrielles ont prouvé qu'on ne pouvait pas leur faire confiance lorsque des choix écologiques étaient en jeu. Lorsqu'on leur laissait les mains libres, elles empoisonnaient notre air et notre eau, dévastaient nos forêts, gaspillaient nos ressources minérales, défiguraient nos paysages. Maintenant que nous sommes entrés dans une ère nouvelle — où ces péchés sont dénoncés — elles nous disent : *Faites-nous confiance. Nous ne rééditerons pas les erreurs du passé.* Eh bien moi, avec beaucoup d'autres, je ne leur fais pas confiance, qu'il s'agisse de Tunipah ou de n'importe quel autre projet. »

Nim ne put s'empêcher d'admirer la logique irrésistible de Laura Bo. Certes il pouvait contester, et il ne s'en privait pas, sa vision de l'avenir : Nim pensait que la G.S.P. & L. et les entreprises analogues avaient tiré les leçons de leurs anciennes erreurs et appris à se comporter sur le plan écologique en honnêtes citoyens, ne fût-ce que parce que c'était dorénavant de bonne politique. Mais aucune personne impartiale ne pouvait contester le jugement porté par Laura Bo sur le passé. Et puis, se disait Nim, il ne lui avait fallu que quelques instants depuis son apparition à la barre des témoins pour élever le niveau des débats très au-dessus de la mesquinerie démagogique de Davey Birdsong.

« Tout à l'heure, dit Pritchett à l'adresse de Laura Bo, vous avez mentionné certaines espèces présentes à Tunipah et qui ont disparu partout ailleurs. Voudriez-vous nous les citer ? »

La présidente du Sequoia Club acquiesça d'un signe de tête. Elle déclara avec autorité : « Il y en a deux à ma connaissance : une fleur sauvage, l'herbe aux poux de Furbish, et le Microdipodops, également connu sous le nom de souris-kangourou. »

Voilà où nous ne sommes plus d'accord, pensa Nim. Il se rappela qu'au cours de son déjeuner avec Laura Bo, deux mois auparavant, il lui avait objecté : *Vous laisseriez une souris, ou des souris, interdire un projet qui bénéficierait à des millions d'êtres humains ?*

De toute évidence, Roderick Pritchett avait eu la même idée, comme en témoignait sa question suivante : « Vous attendez-vous à des critiques concernant l'herbe aux poux de Furbish et le Microdipodops ? Vous attendez-vous à ce qu'on vous objecte que les êtres humains et leurs désirs sont plus importants ?

— Je m'attends à beaucoup de critiques de ce genre, et même à des injures, dit Laura Bo. Mais elles ne changeront rien au fait que c'est aveuglement et folie de réduire numériquement ou de détruire une espèce menacée, quelle qu'elle soit.

— Pourriez-vous être un peu plus explicite?

— Oui. Un principe est en jeu, un principe qui est constamment et étourdiment violé bien qu'il y ait là une question de vie ou de mort. Quand la société moderne s'est développée — les villes, le gigantisme urbain, l'industrie, les autoroutes, les pipe-lines, etc. — nous avons bouleversé les équilibres naturels, détruit la vie végétale, les bassins hydrographiques naturels, la fertilité du sol; nous avons chassé les animaux sauvages de leur habitat ou nous les avons exterminés; nous avons brisé les cycles de croissance, en oubliant régulièrement que chaque élément de la nature dépend de tous les autres pour sa survie et sa santé. »

De son banc, le commissaire intervint : « Mais voyons, madame Carmichael, même dans la nature il y a une certaine élasticité.

— Une certaine élasticité. Mais presque toujours on en a abusé. »

N'ayant rien perdu de ses manières impérieuses, Laura Bo poursuivit : « Ce que je veux faire ressortir, c'est que les décisions prises dans le passé, en ce qui concerne l'environnement, ont été fondées sur des considérations d'opportunité à court terme, et presque jamais sur une vue globale des choses. En même temps la science moderne — et je parle en ma qualité de scientifique — s'est développée de façon cloisonnée, sans tenir compte de cette vérité que le progrès dans un secteur peut être nuisible à la vie et à la nature dans leur ensemble. Les gaz d'échappement des automobiles — produits de la science — en sont un exemple célèbre, et c'est le refus de voir les choses à long terme qui fait qu'ils demeurent aussi nocifs. Un autre exemple? L'emploi abusif des pesticides qui, en préservant certaines formes de vie, en ont éliminé beaucoup plus. Il en est de même pour les dégâts que causent à l'atmosphère les vaporisations par aérosols. La liste est longue. Nous avons tous été tirés, et nous le sommes encore, vers le suicide de l'espèce par la destruction de l'environnement. »

Pendant ce petit discours de la présidente du Sequoia Club, la salle avait observé un silence respectueux. Personne ne bougeait, tout le monde attendait la suite.

« L'opportunisme est partout, répéta-t-elle en élevant la voix pour la première fois. Si ce monstrueux projet de Tunipah est autorisé, l'opportunisme condamnera l'herbe aux poux de Furbish, le Microdipodops, et beaucoup d'autres espèces. Et si le processus continue, je vois déjà le jour où un projet industriel — exactement du même ordre que Tunipah — sera déclaré plus important que la dernière jonquille. »

L'assistance salua ces mots par un tonnerre d'applaudissements. Laura Bo, pensait Nim avec amertume, s'était servie de sa réputation de savant pour lancer une proclamation qui n'était pas scientifique mais passionnelle.

Il continua à bouillir intérieurement pendant que se succédaient questions et réponses, toutes de la même veine.

Une heure plus tard, l'interrogatoire contradictoire de Laura Bo conduit par Oscar O'Brien ne parvint nullement à l'amener sur des positions plus nuancées ; au contraire, ses prises de position se durcirent sur certains points. Lorsque l'avocat de la G.S.P. & L. lui demanda avec un large sourire si elle croyait réellement que « quelques trous de souris peu peuplés et une fleur sauvage sans beauté — une herbe, en somme — étaient plus importants que les besoins en électricité de plusieurs millions d'êtres humains », elle riposta avec aigreur : « Tourner en ridicule est facile et peu coûteux, monsieur O'Brien ; et c'est aussi la plus vieille tactique des avocats. J'ai déjà exposé pourquoi le Sequoia Club considère que Tunipah doit rester une zone naturelle inviolée, et j'ai choisi les deux exemples qui ont l'air de vous amuser parmi beaucoup d'autres. En ce qui concerne les besoins en électricité que vous mentionnez, beaucoup de gens considèrent que le besoin de protéger notre patrimoine, d'en faire un meilleur usage, est beaucoup plus impérieux. »

O'Brien s'empourpra de dépit et répliqua : « Puisque vous êtes tellement plus compétente que les experts qui ont enquêté à Tunipah et considèrent ce site comme idéal, où donc construiriez-vous ?

— C'est votre problème, dit Laura Bo avec calme. Pas le mien. »

Davey Birdsong déclina l'invitation à procéder à l'interrogatoire contradictoire de Laura Bo en déclarant d'une voix grandiloquente : « Le p. & l.f.p. soutient les thèses du Sequoia Club si magistralement exprimées par Mrs. Carmichael. »

Le lendemain, quand le dernier des témoins de l'opposition en arriva à sa conclusion, O'Brien murmura à Nim assis à côté de lui : « Rassemblez vos idées. Vous reviendrez demain à cette barre. »

13

Nim était déjà excédé. La perspective d'un second témoignage et de nouveaux interrogatoires contradictoires n'était pas faite pour restaurer sa bonne humeur.

Il avait peu et mal dormi la nuit précédente. Quand il avait sombré dans le sommeil, il s'était retrouvé en rêve dans une sorte de cellule sans porte ni fenêtres dont les quatre murs étaient garnis de disjoncteurs. Nim essayait de maintenir ouvertes les commutations afin que le courant — qu'il savait indispensable — pût passer. Mais Davey Birdsong, Laura Bo Carmichael et Roderick Pritchett l'entouraient et interrompaient les circuits. Nim voulut crier, discuter, supplier, mais aucun son ne sortait de sa bouche. Il cherchait désespérément à gagner les autres de vitesse et, pour compenser l'infériorité de ses deux mains — ses adversaires en avaient six — il tenta de manœuvrer les commutateurs à coups de pied. Malheureusement ses membres lui résistaient comme s'ils étaient pris dans la glu, et ne bougeaient qu'avec une lenteur affolante. Alors Nim se rendit compte qu'il avait perdu la partie, qu'il ne pouvait pas aller aussi vite que les autres, et que tous les commutateurs seraient bientôt déconnectés. Il se réveilla à ce moment, trempé de sueur, et il ne parvint pas à se rendormir.

A présent, Nim ayant repris place sur le siège des témoins, le commissaire qui présidait l'interpella : « Je rappelle au témoin qu'il a déjà juré... »

Les préliminaires terminés, Oscar O'Brien se leva. « Monsieur Goldman, combien d'actions de la G.S.P. & L. possédez-vous ?

— Cent vingt.

— Et leur valeur nominale ?

— Ce matin, deux mille cent soixante dollars.

— Ainsi tout ce qui tend à suggérer que vous avez personnellement de fortes chances de gagner beaucoup d'argent avec Tunipah est...

— Ridicule et insultant, coupa sèchement Nim avant que l'avocat-conseil de la G.S.P. & L. ait eu le temps d'achever l'énoncé de sa question. Il avait demandé à O'Brien de s'arranger pour que sa protestation figurât au procès-verbal, dans l'espoir que la presse la reproduirait — comme elle avait reproduit les accusations de Birdsong. Nim doutait pourtant qu'elle le fît.

« Tout à fait d'accord. » O'Brien parut interloqué par la véhémence de Nim. « Maintenant, revenons-en à l'impact de Tunipah sur l'environnement. Dans son témoignage, Mrs. Carmichael a avancé que... »

L'idée était de riposter aux déclarations des témoins de l'opposition en les présentant comme erronées, partiales ou incomplètes. Tout en répondant aux questions d'O'Brien, Nim se demanda quel effet produirait cette tactique ; probablement aucun.

O'Brien termina en moins d'une demi-heure. Lui succédèrent Holyoak, l'avocat-conseil de la commission, et Roderick Pritchett ; ni l'un ni l'autre ne donnèrent à Nim beaucoup de fil à retordre et ils furent relativement brefs.

Restait Davey Birdsong.

Le chef du p. & l.f.p. — c'était décidément une manie — ratissa d'une main sa barbe broussailleuse et grisonnante en se plantant devant Nim.

« Ces actions que vous possédez, Goldman. Vous avez dit qu'elles valaient — Birdsong consulta un bout de papier — deux mille cent soixante dollars. Exact ?

— Oui, reconnut Nim avec circonspection.

— La manière dont vous l'avez dit — et j'étais ici, je vous écoutais comme beaucoup d'autres — donnait l'impression que cette somme d'argent ne représentait pour vous que des cacahuètes. C'était comme si vous aviez dit "rien que deux mille dollars". Eh bien, je suppose qu'un homme comme vous qui a l'habitude de penser en millions, de se promener en hélicoptère...

« — Est-ce une question ? interrompit le commissaire. Dans ce cas, monsieur Birdsong, venez-en au fait.

— Oui monsieur ! » Le colosse adressa un grand sourire aux magistrats. « Ce qu'il y a, c'est que ce Goldman me met les nerfs en pelote parce que c'est une si grosse huile, ou parce qu'il se comporte si bien comme tel, qu'il ne peut pas comprendre ce que signifie une somme pareille pour de pauvres gens... »

Le commissaire abattit bruyamment son marteau. « Finissons-en ! »

Nouveau sourire de Birdsong. Il savait qu'en dépit des remontrances possibles, son intervention ne serait pas entièrement censurée. Il se retourna vers Nim.

« O.K., voici ma question. Avez-vous jamais pensé qu'une pareille somme d'argent — " rien que des milliers de dollars ", comme vous l'avez dit — représentait une fortune pour quantité de gens qui devront payer la note de Tunipah ?

— En premier lieu, je n'ai jamais dit " rien que des milliers de dollars " ou quoi que ce soit de ce genre. Deuxièmement, oui, j'y ai pensé, cette somme d'argent représentant beaucoup pour moi aussi.

— Si elle revêt une telle importance pour vous, répliqua promptement Birdsong, peut-être seriez-vous heureux de la doubler.

— Possible. Y a-t-il du mal à cela ?

— C'est moi qui pose les questions. » Birdsong arbora un sourire malicieux. « Vous reconnaissez donc qu'il vous plairait de doubler cette somme, et peut-être réussiriez-vous à le faire si ce projet de Tunipah était autorisé, n'est-ce pas ? » Il leva une main. « Non, ne vous donnez pas la peine de répondre. Nous tirerons nos propres conclusions. »

Nim, exaspéré, aperçut O'Brien qui l'observait, cherchant à lui communiquer un message : *Surveillez-vous ! Soyez prudent et modéré.*

« Vous avez dit certaines choses au sujet de la conservation, reprit Birdsong. J'ai quelques questions à vous poser sur ce sujet. »

Pendant l'interrogatoire contradictoire conduit par O'Brien, la conservation avait été brièvement évoquée. Ce qui donnait à p. & l.f.p. le droit de soulever maintenant ce problème.

« Savez-vous, Goldman, que si de grosses sociétés richissimes comme la Golden State Power dépensaient plus d'argent pour la conservation, au lieu de monter des coups dans le genre de Tunipah pour rafler des millions de dollars, nous pourrions réduire de quarante pour cent la consommation d'électricité dans ce pays ?

— Non, je ne le sais pas, riposta Nim, parce qu'une économie de quarante pour cent grâce à la conservation est irréaliste ; c'est un chiffre que vous êtes probablement allé chercher dans les courants d'air, comme tout ce que vous nous jetez à la tête. Le mieux que puisse faire la conservation — et elle le fait déjà — c'est de nous donner un peu de temps en contribuant pour une part à équilibrer l'accroissement de la demande.

— Du temps pour quoi faire ?

— Du temps pour permettre à la masse des gens de se rendre compte qu'elle va devoir affronter une crise de l'électricité qui peut changer son existence — pour le pire — d'une manière dont elle n'a aucune idée.

— Est-ce bien la vérité? ironisa Birdsong. Ou bien la vérité, n'est-ce pas plutôt que la Golden Power ne veut pas de la conservation parce que la conservation limite les profits?

— Non, ce n'est pas vrai, absolument pas vrai, et il faut avoir un esprit tordu comme le vôtre pour l'insinuer ou le croire. » Nim savait qu'on lui tendait un piège, et qu'il fonçait droit dedans, sans doute exactement comme Birdsong le souhaitait. Oscar O'Brien fronçait les sourcils. Nim regarda ailleurs.

« Je ne tiendrai pas compte de cette vilaine remarque, dit Birdsong, et je poserai une nouvelle question. La véritable raison pour laquelle vous et votre compagnie ne vous donnez pas plus de mal pour développer l'énergie solaire et la houille bleue — disponibles maintenant — n'est-elle pas que ce sont des sources d'énergie bon marché, avec lesquelles vous ne réaliseriez pas les énormes bénéfices que vous escomptez de Tunipah?

— La réponse est " non ". Par ailleurs votre question est une demi-vérité déformée. L'électricité solaire n'est pas disponible en quantités importantes, et elle ne le sera pas avant le début du siècle prochain dans le meilleur des cas. Quant aux coûts de la captation de l'énergie solaire, ils sont extrêmement élevés, bien plus élevés que ceux de l'électricité qui proviendrait du charbon à Tunipah. Enfin, l'énergie solaire risque d'être la plus polluante de toutes. En ce qui concerne la houille bleue... inutile d'y penser, sauf pour de petites applications périphériques. »

Le commissaire se pencha en avant. « Ai-je bien compris, monsieur Goldman, avez-vous dit que l'énergie solaire pouvait polluer?

— Oui, monsieur le Président. » Cette thèse surprenait souvent ceux qui n'avaient pas considéré l'énergie solaire sous tous ses aspects. « Avec la technologie d'aujourd'hui, une centrale solaire ayant la même production que celle que nous envisageons à Tunipah aurait besoin de vingt-huit mille hectares pour installer ses capteurs — soit les deux tiers de la superficie du lac Tahoe — alors qu'une centrale conventionnelle comme celle que nous proposons ne nécessite que douze cents hectares. Et ne perdez pas de vue que le terrain occupé par ces capteurs solaires serait privé de tout autre emploi. Si cela n'est pas de la pollution... »

Il n'acheva pas sa phrase parce que le commissaire opinait du chef. « Un aspect intéressant, Mr. Goldman. Un aspect que bon nombre d'entre nous, je suppose, n'avaient pas envisagé. »

Birdsong, que ce dialogue avait impatienté, se rua de nouveau à l'attaque. « Vous nous dites, Goldman, que l'énergie solaire ne sera pas disponible avant le siècle prochain. Pourquoi devrions-nous vous croire?

— Vous n'y êtes pas obligé. » Nim revint à son attitude précédente de mépris non dissimulé pour Birdsong. « Vous pouvez croire ou ne pas croire tout ce que vous voulez. Mais il ressort d'une concordance des meilleurs jugements techniques, rendus par des experts, que l'utilisation en grand de l'électricité solaire ne sera pas possible avant vingt ans au moins ; encore n'est-il pas certain qu'elle réponde à notre attente. Voilà pourquoi, entre-temps, pour affronter la crise qui menace, il faut que nous ayons des centrales alimentées au charbon comme à Tunipah — *et dans bien d'autres sites que Tunipah.* »

Birdsong ricana. « Nous revenons donc à cette prétendue crise, à cette crise inventée de toutes pièces, à cette crise en toc...

— Lorsqu'elle se produira, s'écria Nim, vous pourrez relire vos déclarations et les ravaler. »

Le commissaire avança une main vers son marteau pour rétablir le calme, puis il hésita ; curieux peut-être de ce qui allait se passer, il la retira. Le visage de Birdsong s'empourpra, sa bouche se crispa de colère.

« Je ne ravalerai rien du tout. Mais vous, oui ! lança-t-il à Nim. Vous serez étouffé par des mots, vous et votre gang capitaliste de la Golden State Power. *Des mots, des mots, des mots !* Prononcés dans ces débats publics que nous prolongerons le plus possible, et dans des débats similaires. Et ensuite viendront bien d'autres mots, toujours plus de mots, parce que nous traînerons cette fumisterie de Tunipah de tribunal en tribunal, parce que nous vous ligoterons avec des appels, des oppositions, et tous les autres blocages juridiques que la loi autorise. Et si cela ne suffit pas, nous élèverons de nouvelles objections, si bien que tout le cycle recommencera et, s'il le faut, nous continuerons pendant vingt ans. Le *peuple* se dressera contre vos projets de profiteurs, et *le peuple triomphera !* »

Éssoufflé, le chef du p. & l.f.p. marqua un temps d'arrêt avant d'ajouter : « Ainsi ce sera peut-être l'énergie solaire qui, après tout, arrivera ici la première, *monsieur* Goldman. Parce que, laissez-moi vous le dire, vous n'obtiendrez pas ces centrales alimentées au charbon. Ni Tunipah, ni n'importe quelle autre. Ni maintenant, ni jamais ! »

Pendant que le commissaire, apparemment fasciné par ce duel oratoire, hésitait à nouveau, des applaudissements crépitèrent dans une partie de la salle. Au même moment, Nim éclata. Il abattit violemment son poing sur l'accoudoir de son fauteuil, puis il se leva d'un bond. Les yeux étincelants, il fit face à Davey Birdsong.

« Peut-être empêcherez-vous en effet, grâce aux procédés que vous venez d'exposer, la construction de ces centrales, Tunipah et d'autres. C'est ce qui s'est passé pour le nucléaire ; cela peut se passer de nouveau pour le charbon. Et si vous réussissez, ce sera parce que ce système démentiel, suicidaire, accorde un pouvoir illimité à des paranoïaques, à des désaxés, à des charlatans de votre espèce. »

Le silence était brusquement revenu dans la salle. Nim, haussant le ton, poursuivit : « Mais épargnez-nous, Birdsong, ces poses avantageuses de représentant du peuple. Non, vous ne représentez pas le peuple. C'est nous qui le représentons, c'est nous qui représentons ces Américains moyens, honnêtes, menant une vie normale, qui comptent sur des services publics comme le nôtre pour éclairer et chauffer leurs maisons, pour faire tourner les usines, et pour réaliser un million d'autres choses dont vous priveriez le peuple si vos conceptions de myope égoïste venaient à prévaloir. »

Nim se tourna vers le banc des magistrats pour s'adresser directement au commissaire et au juge. « Ce qu'il faut maintenant, dans cet État et dans la plupart des autres, c'est un compromis intelligent. Un compromis entre ceux qui refusent à tout prix la croissance, comme le Sequoia Club et Birdsong, et ceux qui réclament une croissance maximum en se fichant de l'environnement comme d'une guigne ! Eh bien quant à nous — moi-même et la compagnie pour laquelle je travaille — nous admettons la nécessité d'un compromis et nous y poussons de toutes nos forces. Nous reconnaissons volontiers que les choix ne sont ni évidents ni faciles, et voilà pourquoi nous recherchons une voie moyenne, c'est-à-dire : d'accord pour une croissance raisonnable, mais au nom du Ciel octroyez-nous les moyens, en ce qui concerne l'électricité, de la mener à bien. »

Il fit de nouveau face à Birdsong. « Ce que en fin de compte vous apporteriez au peuple, c'est la souffrance. La souffrance qu'entraînerait une terrible pénurie, un chômage massif, et la privation de toutes les choses, grandes et petites, qui ne fonctionnent que grâce à l'électricité — et tout cela quand la crise frappera, une crise qui n'est pas une vue de l'esprit mais une réalité, une crise qui s'étendra à toute l'Amérique du Nord et probablement à beaucoup d'autres régions du monde. »

A l'homme frappé de mutisme, stupéfait, qui se tenait devant lui, Nim demanda : « Et où serez-vous alors, Birdsong ? Vous vous cacherez, probablement. Vous vous cacherez pour *échapper au peuple* qui aura découvert ce que vous êtes réellement : un imposteur qui l'a mystifié. »

Tout en parlant, Nim savait qu'il était allé trop loin, qu'il avait témérairement rompu avec la retenue qui était de règle dans les débats publics, ainsi qu'avec les instructions de la G.S.P. & L. Peut-être même avait-il fourni à Birdsong un prétexte pour crier à la diffamation... Mais en même temps il avait le sentiment que ce qu'il avait dit *devait* être dit, qu'il y avait des limites à la patience et à la modération, et qu'il fallait que quelqu'un s'expliquât avec franchise et sans crainte, en acceptant toutes les conséquences qui pouvaient en découler.

Il continua sur sa lancée. « Vous avez parlé d'une économie de quarante pour cent, Birdsong. Ce n'est plus de l'économie, c'est de la privation. Cela impliquerait un mode de vie entièrement nouveau, un mode de vie infiniment plus pauvre.

« O.K., certaines personnes estiment que nous devrions avoir un niveau de vie inférieur, que nous vivons trop bien et que nous aurions intérêt à nous priver. Ma foi, c'est peut-être vrai, c'est peut-être faux. Mais de toute façon il n'appartient pas à des services publics comme la G.S.P. & L. de prendre ce genre de décisions. Notre responsabilité consiste à maintenir le niveau de vie que le peuple — par l'intermédiaire d'un gouvernement élu — nous dit vouloir conserver. C'est pourquoi nous continuerons à protéger ce niveau de vie, Birdsong, jusqu'à ce qu'il en soit décidé autrement — mais décidé officiellement, et non par de faux prophètes dans votre genre, de faux prophètes bouffis d'orgueil et qui ne représentent qu'eux-mêmes. »

Nim s'interrompit pour reprendre haleine; le commissaire lui demanda fraîchement : « Avez-vous terminé, monsieur Goldman? »

Nim pivota sur ses talons. « Non, monsieur le président. Pendant que je suis debout, je voudrais dire encore deux choses.

— Monsieur le président, si je pouvais suggérer une suspension... » C'était O'Brien.

Nim répliqua avec énergie : « J'ai l'intention d'aller jusqu'au bout, Oscar. » Il avait remarqué qu'à la table de presse les journalistes prenaient force notes et que le sténotypiste, tête baissée, faisait courir ses doigts sur sa machine.

« Il n'y aura pas de suspension pour le moment » décréta le commissaire. O'Brien se rassit, l'air malheureux, en haussant les épaules. Birdsong était resté debout, silencieux, mais un demi-sourire avait remplacé son expression étonnée. Peut-être calculait-il que l'éclat de Nim avait nui à la cause de la G.S.P. & L. et bénéficié au p. & l.f.p. Tant pis! se dit Nim. Après être allé aussi loin, il ne reculerait pas par pusillanimité. Il s'adressa au commissaire et au juge qui l'observaient avec une curiosité manifeste.

« Toute cette cérémonie, monsieur le Président — et je regroupe sous ce vocable le présent débat et tous les autres du même genre — est une mascarade futile qui coûte du temps et de l'argent. Futile parce que l'on met ainsi des années à faire ce qui devrait être fait en quelques semaines, et parfois même davantage pour ne rien faire. C'est une perte de temps, parce que tous ceux d'entre nous qui sont de véritables producteurs et non des bureaucrates dévoreurs de papier pourraient consacrer les heures interminables que nous sommes contraints de passer ici à des tâches infiniment plus utiles aux compagnies qui nous emploient et à la société dans son ensemble. C'est outrageusement onéreux parce que les contribuables et les consommateurs d'énergie — que Birdsong prétend représenter mais qu'il ne représente nullement — doivent payer des millions de dollars pour cette espèce d'opéra-comique, pour ce système aberrant, démentiel et improductif. Enfin c'est une mascarade parce que nous feignons de croire que ce que nous faisons ici est logique et raisonnable, alors que nous savons tous, nous qui sommes de l'autre côté de la barrière, qu'il n'en est fichtrement rien. »

Le commissaire rougit. Avec décision cette fois-ci, il prit son marteau et l'abattit violemment. Regardant Nim d'un air menaçant, il déclara : « C'est tout ce que j'autoriserai sur ce sujet, mais je vous préviens, monsieur Goldman : je lirai avec soin la traduction de la sténotypie, et j'envisagerai ultérieurement une action en justice. » Il s'adressa à Birdsong avec une froideur égale : « Avez-vous fini votre interrogatoire contradictoire de ce témoin ?

— Oui, monsieur, répondit Birdsong avec un large sourire. Et si vous voulez mon avis, il vient de scier la branche sur laquelle il est assis. »

Le marteau résonna. « Je ne vous ai rien demandé. »

Oscar O'Brien se leva. D'un geste impatient, le commissaire l'invita à se rasseoir et annonça : « L'audience est levée. »

La salle se vida dans un grand brouhaha de conversations animées. Nim ne s'y mêla pas. Il avait lancé un coup d'œil à O'Brien qui bourrait sa serviette de papiers, mais l'avocat-conseil de la G.S.P. & L. secoua la tête dans un geste qui exprimait autant de tristesse que d'incrédulité et, quelques secondes plus tard, il sortit majestueusement tout seul.

Davey Birdsong rejoignit un groupe de partisans qui le félicitèrent bruyamment, puis ils partirent tous en riant.

Laura Bo Carmichael, Roderick Pritchett et plusieurs membres du Sequoia Club regardèrent Nim avec curiosité mais ne firent aucun commentaire en quittant la salle.

La table de presse se vida rapidement ; Nancy Molineaux resta seule à revoir ses notes et à les compléter. Elle leva la tête quand Nim passa et l'interpella à voix basse. « Mon chou, mon pauvre chou ! Pourquoi vous crucifier vous-même ?

— Si je me suis crucifié, lui répondit-il, je suis sûr que vous en tirerez le meilleur parti. »

Elle hocha la tête avec un sourire désabusé. « Je n'en aurai pas besoin, mon vieux. Vous vous êtes enfoncé tout seul. Pauvre vieux ! Attendez demain et vous lirez les journaux ! »

Sans répondre, il s'éloigna et laissa Miss Molineaux relire ses notes et chercher sans doute les citations les plus féroces pour mieux le clouer au pilori. Nim était sûr que cette garce orienterait son reportage dans le sens le plus défavorable pour lui, et qu'elle y prendrait encore plus de plaisir qu'à cette histoire d'hélicoptère à Devil's Gate.

Un sentiment de solitude l'accabla quand il sortit de la salle d'audience.

Dehors il eut la surprise de tomber sur plusieurs reporters de la télévision armés de mini-caméras qui l'attendaient. Il avait oublié la rapidité avec laquelle les media audio-visuels, une fois alertés, pouvaient couvrir un fait divers à sensation.

« Monsieur Goldman ! cria l'un des journalistes. Nous avons entendu parler de certaines choses que vous auriez dites là-dedans. Voudriez-vous nous les répéter afin que nous puissions vous citer dans le bulletin d'informations de ce soir ? »

L'espace d'une seconde, Nim hésita. Il n'était pas obligé d'accepter. Mais il se trouvait déjà dans un tel pétrin que rien de ce qu'il dirait ou ferait ne pourrait compliquer davantage la situation. Alors, pourquoi pas ?

« O.K., répondit-il, voici à peu près ce que j'ai dit. » Et il se mit à parler avec énergie et passion, une fois de plus, pendant que les caméras tournaient.

14

« A compter de ce moment, déclara J. Eric Humphrey d'une voix coupante comme de l'acier, vous cessez d'être le porte-parole de cette compagnie. Vous ne paraîtrez plus à la télévision, vous ne parlerez plus à la radio. Vous ne donnerez plus d'interviews à la presse, et vous ne répondrez plus à aucune question posée par un journaliste, même s'il vous demande l'heure. Est-ce clair?

— Oui, dit Nim. C'est clair. »

Ils se trouvaient en face l'un de l'autre, séparés par le bureau du président. Le cadre était exceptionnellement solennel puisque Humphrey avait préféré ne pas utiliser l'une des salles de conférences, moins cérémonieuses, où il se retirait habituellement avec Nim pour discuter.

C'était dans l'après-midi, le lendemain du jour où Nim avait fait son éclat devant la commission de l'énergie.

« Pour ce qui est des débats publics, poursuivit Humphrey, vous ne participerez plus, bien entendu, à aucun. Nous prendrons d'autres dispositions.

— Si vous voulez ma démission, Eric, je vous la donne. »

Nim, toute la journée, avait réfléchi à cette éventualité. Son départ pourrait tirer d'embarras la G.S.P. & L., et il se sentait tenu par une sorte de loyauté envers un service public qui dans le passé l'avait bien traité. De surcroît, il n'était pas sûr d'avoir envie de continuer de travailler avec la flétrissure qu'impliquerait une restriction de ses activités. Sa fierté était en jeu, et pourquoi pas?

Il était certain, en revanche, qu'il n'aurait aucun mal à trouver ailleurs un poste important. Diverses propositions lui ayant été faites à plusieurs reprises, il savait que beaucoup de services publics sauteraient sur l'occasion d'embaucher quelqu'un de sa valeur et de son expérience. D'un autre côté, ce serait à contrecœur que Nim quitterait la Californie, qu'avec bien d'autres il considérait comme la région du monde la plus agréable et la plus passionnante pour vivre et travailler. Il avait entendu dire que quand il se passait quelque chose — en bien ou en mal — c'était d'abord en Californie. Nim approuvait de tout cœur cette opinion.

Il y avait aussi le problème de Ruth, Leah et Benjy. Ruth consentirait-elle à partir — pour l'Illinois par exemple — étant donné l'évolution de leurs rapports? Probablement non.

« Personne n'a parlé de démission », dit Eric Humphrey d'un ton bourru.

Nim résista à une envie de sourire. Ce n'était pas le moment. Mais il savait, sans vanité aucune, qu'en dehors de ses apparitions en public il était précieux, à plus d'un titre, pour le président. Notamment pour son rôle dans le planning. En réalité, sa fonction de porte-parole de la G.S.P. & L. n'avait pas fait partie de ses activités initiales : elle lui avait été confiée plus tard et avait pris une importance croissante en raison des événements. En un sens, pensa Nim, il serait content d'être libéré de son personnage d'homme public, ce qui lui permettrait peut-être de recoller les morceaux et de poursuivre sa carrière. Il décida que, pour l'heure, il ne prendrait aucune décision intempestive.

« C'est tout pour aujourd'hui », conclut froidement Humphrey en revenant aux papiers qu'il était en train d'étudier quand il avait convoqué Nim. Manifestement, il faudrait au président un certain temps pour surmonter son déplaisir personnel.

Teresa Van Buren attendait dans le bureau de Nim.

« Je voudrais que vous sachiez, déclara la directrice des relations publiques, que j'ai passé une heure ce matin avec Eric pour essayer de le faire revenir sur sa décision de ne plus vous lâcher en public. A un moment donné, il s'est fâché contre moi tout autant qu'il l'est contre vous.

— Merci, Tess. » Nim se laissa tomber sur un fauteuil. Il se sentait épuisé, physiquement et moralement.

« En vérité, ce qui a fait grimper au mur notre estimable président et l'a rendu sourd à tous mes arguments, c'est votre déclaration à la télévision *après* les débats. La télé, évidemment, vous garantissait un maximum de publicité. » Van Buren étouffa un petit rire. « Pour être sincère, je ne vous reproche rien, sinon que vous auriez pu être un peu plus nuancé devant les caméras et à l'audience. Mais l'important est qu'à mon avis vous aurez un jour votre revanche.

— En attendant, dit Nim, je suis bâillonné.

— Oui, et je crains que cela ne se sache hors de cette maison. » Van Buren lui montra un exemplaire du *California Examiner*. « Avez-vous vu le journal du soir ?

— La première édition. »

A l'heure du déjeuner, Nim avait lu en première page un article de Nancy Molineaux intitulé

Une tirade de Goldman, de la G.S.P. & L.,
interrompt un débat sur l'énergie

L'article commençait ainsi :
Une attaque immodérée de Nimrod Goldman, vice-président de la Golden State Power & Light, contre des témoins de l'opposition et la commission de l'Énergie elle-même, a créé hier une certaine agitation lors du débat public organisé pour examiner le projet d'une nouvelle centrale à Tunipah.

Très choqué, le commissaire Hugh G. Forbes, qui présidait, a un peu plus tard qualifié les observations de Goldman d'« insultantes et inacceptables », et il a ajouté qu'il envisageait une action en justice.

Une édition ultérieure de l'*Examiner* que Van Buren avait apportée contenait un nouveau titre et un nouveau texte :

La G.S.P. & L. sanctionne Goldman
Et désavoue son éclat

Nimrod Goldman, ex-enfant chéri de la Golden State Power & Light, est tombé aujourd'hui en disgrâce, et son avenir paraît compromis au sein de cette entreprise géante en raison d'un accès de colère qui l'a secoué hier en public. Entre-temps, ses patrons de la G.S.P. & L., se sont dissociés de l'attaque au vitriol lancée par Goldman... Et ainsi de suite.

Van Buren dit en guise d'excuse : « Il n'y avait pas moyen d'empêcher la diffusion de votre éviction du poste de porte-parole. Si elle n'était pas sortie de mon bureau — et je n'ai fait que répondre à des questions — quelqu'un d'autre l'aurait ébruitée.

— Je comprends, acquiesça Nim avec mélancolie.

— A propos, ne prenez pas au sérieux cette histoire du commissaire qui intenterait une action en justice. Je me suis renseignée auprès de notre département juridique, et ça ne tient pas debout. Il ne peut rien contre vous.

— Je m'en doutais.

— Seulement Eric a tenu à vous désavouer. Et il a également écrit à la commission une lettre d'excuses personnelle. »

Nim soupira. Il ne regrettait toujours pas d'avoir parlé haut et fort. Mais il trouvait déprimant d'être traité par ses collègues comme un paria. Et il lui semblait également injuste que la plupart des comptes rendus de presse — ceux du *Chronicle-West* et ceux d'autres journaux de Californie —, centrés sur les détails sensationnels du débat d'hier ignorent ou négligent les choses sérieuses que Nim avait dites. Quant aux insultes et aux provocations de Davey Birdsong, ils les avaient à peine mentionnées, sans les critiquer le moins du monde. Décidément, se dit Nim, la presse ne changerait jamais.

Van Buren reprit l'*Examiner*. « Nancy a fait ses choux gras de toute l'affaire et elle a été la plus dure contre vous. C'est son habitude de sauter à la gorge. Vous ne semblez pas vous aimer beaucoup tous les deux. »

Nim répondit avec véhémence : « J'arracherais avec plaisir le cœur de cette chienne. Si toutefois elle en a un. »

La directrice des relations publiques fronça les sourcils.

« Vous y allez un peu fort, Nim !

— Possible. Mais je dis ce que je pense. »

C'était la phrase de Nancy Molineaux, « *Nimrod Goldman... aujourd'hui en disgrâce* », qui avait cruellement meurtri Nim. D'autant plus — il le reconnaissait dans son for intérieur — que c'était vrai.

TROISIÈME PARTIE

1

« Papa, dit Leah en s'adressant à Nim par-dessus la table du dîner, réussiras-tu maintenant à passer plus de soirées à la maison? »

Pendant le moment de silence qui suivit, Nim découvrit que Benjy avait posé son couteau et sa fourchette et l'observait attentivement, s'associant sans mot dire à la question de sa sœur.

Ruth, qui avait avancé une main en direction du moulin à poivre, se ravisa et attendit avec les enfants la réponse de Nim.

« C'est possible », dit-il. La soudaineté de la question et le fait d'être le point de mire de trois paires d'yeux l'avaient déconcerté. « A condition que l'on ne me confie pas quantité d'autres tâches qui pourraient me retenir tard au bureau.

— Et pour les week-ends aussi, demanda Benjy rasséréné, auras-tu plus de temps pour nous, papa?

— Peut-être. »

Ruth intervint. « Je crois que tu viens de recevoir un message », dit-elle en souriant.

Elle n'avait pas souri souvent depuis qu'elle était rentrée quelques jours plus tôt. Nim l'avait trouvée plus grave, et préoccupée parfois. Ils n'avaient pas encore eu leur entretien décisif à cœur ouvert; Ruth semblait l'éviter, et Nim, qui ne s'était pas remis de ses récentes émotions, n'avait pas eu envie de faire un effort dans ce sens.

Nim s'était d'ailleurs interrogé : comment un mari et une femme se comporteraient-ils l'un vis-à-vis de l'autre après le retour de l'épouse qui était partie quinze jours, presque certainement en compagnie d'un autre homme? Dans leur propre cas, la réponse semblait aller de soi : exactement comme avant.

Ruth était rentrée sans faire d'embarras; elle avait repris les enfants à ses parents, puis elle avait renoué les fils de la vie familiale comme si elle ne les avait jamais lâchés. Nim et elle continuèrent à partager une chambre — ce qu'ils avaient toujours fait — mais non un lit; il y avait bien longtemps que Nim n'avait quitté son propre lit jumeau pour rejoindre Ruth dans le sien. Mais sur les autres plans, leur existence retrouva son rythme régulier. Bien sûr, se rappelait Nim, dans le passé des situations similaires avaient existé chez eux — à l'inverse — quand il rentrait de vagabondages extra-conjugaux dont, à l'époque, il croyait que Ruth ne savait rien, ce dont il était moins sûr à présent. La blessure infligée à l'amour-propre professionnel de Nim était une autre raison du calme apparent : il avait besoin de se ménager.

Pour l'instant, ils se trouvaient tous les quatre à table pour le repas du soir; c'était la troisième fois en trois jours, phénomène en soi inhabituel.

« Ainsi que vous le savez tous, dit Nim, il y a eu quelques changements au bureau, mais je ne sais pas encore ce qui en sortira. » Il remarqua une légère anomalie sur le visage de Benjy et se pencha en avant pour l'examiner de plus près. « Qu'est-il arrivé à ta figure? »

Benjy hésita, leva une petite main pour recouvrir un bleu sur sa joue gauche et une coupure sous la lèvre inférieure. « Oh, simplement un truc à l'école, papa.

— Quelle sorte de truc? Tu t'es battu? »

Benjy parut gêné.

« Oui, il s'est battu, répondit Leah à la place de son frère. Todd Thornton a dit que tu étais un salaud, papa, parce que tu te fichais de l'environnement et que tu voulais le polluer. Alors Benjy lui a sauté dessus, mais Todd est plus grand. »

Nim s'adressa à Benjy sur un ton sévère. « Quoi que dise n'importe qui sur n'importe quoi, c'est mal et bête de répondre par des coups de poing. »

Son fils prit un air penaud. « Oui, papa.

— Nous avons eu une petite conversation, dit Ruth. Benjy le sait maintenant. »

Sous sa réaction extérieure, Nim était surpris et choqué. Il n'avait jamais songé que des critiques dirigées contre lui pourraient atteindre aussi sa propre famille. Il dit à mi-voix : « Je serais vraiment désolé si une chose qui m'était arrivée faisait de la peine à l'un d'entre vous.

— Oh, t'en fais pas, affirma Leah. Maman nous a expliqué que ce que tu avais fait était honorable. »

Et Benjy s'empressa d'ajouter : « Maman nous a dit aussi que tu avais eu plus de courage, papa, que tous les autres réunis. »

Nim regarda Ruth. « Ta mère a dit cela?

— C'est vrai, n'est-ce pas? demanda Benjy.

— Bien sûr que c'est vrai, répondit Ruth qui avait légèrement rougi. Seulement ton père ne pouvait pas parler ainsi de lui-même, et voilà pourquoi je l'ai dit, *moi*.

— C'est donc ce que nous dirons aux autres gosses s'ils nous embêtent encore une fois », confirma Leah.

Pendant quelques instants, une vague d'émotion assaillit Nim. Benjy se battant avec ses petits poings pour défendre la réputation de son père, Ruth s'élevant au-dessus de leurs différends et s'alliant aux enfants pour protéger son honneur... Nim sentit sa gorge se nouer. Ruth lui épargna un surcroît d'attendrissement en disant : « Bon. Eh bien maintenant, si nous mangions ? »

Pendant que Nim et Ruth s'attardaient à table pour le café et que les enfants étaient allés s'installer devant la télévision, Nim murmura : « Je voudrais que tu saches combien j'apprécie ce que tu as dit à Leah et à Benjy. »

Ruth esquissa un geste qui signifiait : n'en parlons plus. Mais elle répliqua tout de même : « Si je ne l'avais pas cru, je ne le leur aurais pas dit. Ce n'est pas parce que nous ne sommes plus Roméo et Juliette que j'ai cessé de lire et renoncé à réfléchir objectivement aux événements du dehors.

— J'ai offert ma démission, lui dit-il. Eric m'a répondu qu'elle n'était pas nécessaire, mais je peux toujours partir. » Il énuméra les diverses possibilités qu'il envisageait, sans oublier une mutation dans une autre compagnie, peut-être dans le Midwest, et il demanda à Ruth si, dans ce dernier cas, elle consentirait à s'installer là-bas.

La réponse fut aussi prompte que définitive. « Je refuserais.

— Puis-je te demander pourquoi ?

— J'aurais cru que c'était l'évidence même. Pourquoi trois membres de notre famille — Leah, Benjy, moi — devraient-ils être déracinés, aller vivre dans une région qui nous est étrangère, et principalement parce que tel est ton bon plaisir, alors que toi et moi n'avons pas encore discuté ensemble de notre propre avenir — en admettant que nous en ayons un, ce qui paraît peu probable. »

Voilà. C'était franc. Le signal pour leur tête-à-tête sérieux venait-il de sonner ? Juste à un moment où, pensa-t-il, ils avaient brièvement donné l'impression de s'être rapprochés !

« Que nous est-il arrivé, Ruth ? » interrogea-t-il avec une tristesse sincère.

La voix de Ruth se fit cinglante. « Tu es sûrement le plus qualifié pour répondre. Mais il y a une chose qui m'intéresse : combien d'autres femmes as-tu eues au cours de nos quinze années de mariage ? » Il retrouva la dureté qu'il avait récemment constatée chez Ruth quand elle poursuivit : « Mais peut-être t'es-tu embrouillé dans tes comptes, comme moi ? Oui, pendant quelque temps, j'ai toujours su quand tu avais une nouvelle histoire — ou devrais-je dire une nouvelle femme — qui marchait. Et puis, dans la suite j'ai été moins sûre ; j'ai supposé alors qu'une seule maîtresse ne te suffisait plus, et que tu élargissais ton champ d'action, en somme, avec deux ou trois favorites. Avais-je raison ?

— Quelquefois, avoua-t-il en évitant le regard de Ruth.

— Bon. Voilà en tout cas un point éclairci. Ma supposition était exacte. Mais tu n'as pas répondu à ma première question. Combien de femmes en tout ?

— Du diable si je le sais ! dit-il lugubrement.

— Si c'est vrai, insista Ruth, ce n'est pas très flatteur pour ces autres femmes qui t'ont intéressé, ne fût-ce qu'en passant. Je dirais que, quelles qu'elles aient pu être, elles méritaient de toi mieux qu'un oubli complet. »

Il protesta : « Ce n'a jamais été sérieux. Avec aucune.

— Là, je te crois ! » La colère rosit les joues de Ruth. « Ce n'a jamais été sérieux, même quand c'était moi.

— C'est faux !

— Comment peux-tu me dire que c'est faux, après ce que tu viens d'admettre ? Oh, j'étais capable de comprendre que tu aies eu une maîtresse, peut-être deux. N'importe quelle épouse sensée sait que cela arrive parfois dans les ménages les plus unis. Mais des vingtaines, non ! »

Il ergota. « Ne dis pas de bêtises. Je n'ai jamais eu des vingtaines de maîtresses.

— Une vingtaine, alors ? Au moins. »

Nim se tut.

« Au fond, ce qui te plaisait, c'était de coucher avec autant de femmes que tu pouvais, n'est-ce pas ?

— Il y a du vrai dans ce que tu dis, reconnut-il.

— Je le sais. » Elle ajouta avec calme : « Seulement cette vérité-là ne console pas une femme — une épouse — ne la rend pas moins diminuée, moins avilie, moins trompée, quand elle l'entend dans la bouche de l'homme qu'elle a aimé ou cru aimer.

— Si tu as cette impression depuis si longtemps, lui demanda-t-il, pourquoi as-tu attendu jusqu'à maintenant pour m'en parler ? Pourquoi n'avons-nous jamais eu une explication franche ?

— Voilà une bonne question. » Ruth s'arrêta pour peser ses mots, puis reprit : « Je crois que c'était parce que je persistais à croire que tu changerais, que tu finirais par ne plus avoir envie de coucher avec chaque jolie femme que tu rencontrais — oui, que cette envie te passerait comme un enfant gourmand apprend à se passer de sucreries. Mais je me suis trompée : tu n'as pas changé. Et, en plus, puisque nous sommes francs vis-à-vis l'un de l'autre, il y a eu une autre raison. J'ai été lâche. J'ai eu peur des conséquences si je me retrouvais seule — des conséquences non seulement pour moi, mais pour Leah et Benjy. Et j'ai eu peur, ou peut-être ai-je été trop fière, de reconnaître que mon mariage était un échec comme tant d'autres. » Pour la première fois sa voix se brisa. « Eh bien, je n'ai plus peur, je ne suis plus fière. Je veux partir, tout simplement.

— Tu parles sérieusement ? »

Des larmes jumelles coulèrent sur les joues de Ruth. « Que puis-je faire d'autre ? »

Une étincelle de résistance s'alluma dans la tête de Nim. Quel besoin avait-il de se cantonner si totalement sur la défensive ? Chaque problème ne présentait-il pas deux faces, celui-ci compris ?

« Et si nous parlions un peu de tes amours ? interrogea-t-il. En admettant que nous nous séparions, ton bon ami prendra-t-il immédiatement ma succession ?

— Quel bon ami ?

— L'homme que tu as encore vu tout récemment. Celui avec qui tu es partie. »

Ruth avait séché ses yeux. Elle regarda Nim avec une expression indéfinissable où se mêlaient l'amusement et du chagrin. « Tu le crois réellement? Que je suis partie avec un homme?

— N'est-ce pas la vérité? »

Elle secoua lentement la tête. « Non.

— Mais je pensais...

— Je savais que tu le penserais. Et je ne t'ai pas détrompé, ce qui n'était sans doute pas habile. J'ai décidé — par rancune, je suppose — que cela ne te ferait pas de mal et pourrait même te faire du bien, si tu éprouvais à ton tour ce que j'avais supporté moi-même.

— Mais les autres fois? Où allais-tu? »

Une trace de la colère de Ruth reparut. « Il n'y a pas d'autre homme. Es-tu donc incapable de faire rentrer cette vérité dans ta caboche? Il n'y en a jamais eu. Quand je me suis donnée à toi, j'étais vierge. Tu le sais, à moins que tu ne l'aies oublié ou que tu ne m'aies confondue avec l'une de tes autres maîtresses. Il n'y a jamais eu que toi. »

Il tressaillit : oui, il se souvenait. Mais il s'obstina. « Alors, que faisais-tu...? »

— C'est mon affaire. Mais je te le répète encore une fois : pas une aventure avec qui que ce soit. »

Il la crut. Elle ne lui mentait pas, il en était sûr.

« Oh! Seigneur! » murmura-t-il. Tout s'écroulait à la fois. Il venait d'avoir la révélation qu'il s'était dernièrement fourvoyé dans presque tous ses actes et ses paroles. Quant à leur ménage, il ne savait plus guère s'il souhaitait le voir sauvé. Peut-être Ruth avait-elle raison : une séparation ne serait-elle pas la meilleure solution pour l'un comme pour l'autre? La perspective de l'indépendance retrouvée avait de quoi le séduire. D'un autre côté, beaucoup de choses lui manqueraient : les enfants, la maison, un sentiment de stabilité, et même Ruth en dépit de leur désunion croissante. N'ayant nulle envie d'être acculé à une décision et regrettant que l'événement n'eût pu être renvoyé à plus tard, il s'enquit d'une voix presque plaintive : « Et maintenant, où allons-nous? »

— D'après ce que m'ont raconté des amies ayant suivi le même chemin — Ruth était redevenue très froide — nous prendrons chacun un avocat et nous commencerons à définir nos positions respectives.

— Mais sommes-nous forcés à le faire tout de suite?

— Donne-moi une seule raison valable pour attendre plus longtemps.

— C'est une raison égoïste, j'en conviens. Mais je viens de connaître des moments difficiles et... » Il ne termina pas sa phrase.

« Je sais. Et je regrette que les deux choses arrivent en même temps. Mais, après tant d'années, rien ne changera entre nous, n'est-ce pas?

— C'est en effet vraisemblable », répondit-il d'un air las. Pourquoi aurait-il promis de réviser sa propre attitude alors qu'il n'était pas certain de le pouvoir, ou même de le vouloir?

« Eh bien, dans ce cas...

— Écoute... voudrais-tu attendre un mois? Deux, peut-être? Ne serait-ce que parce qu'il faudra annoncer la nouvelle à Leah et à Benjy, et qu'ils auraient ainsi le temps de s'y faire. » Il se demanda si cet argument sonnait juste; probablement pas. Espérer qu'un délai arrangerait les choses ne paraissait guère plausible non plus. Mais son instinct lui souffla que Ruth hésitait, elle aussi, à faire le pas décisif, irrémédiable, qui mettrait un terme à leur mariage.

« Voyons... » Elle réfléchit un instant, puis céda. « D'accord. Étant donné tes autres ennuis, j'attendrai un peu. Mais je ne m'engage pas pour deux mois. Ni même pour un. Si je décide d'abréger, je le ferai.

— Merci. » Il se sentit soulagé par la perspective d'un sursis, fût-il bref.

« Hé! » Benjy passait la tête par la porte de la salle à manger. « Je viens d'obtenir une nouvelle cassette chez les Meredith. C'est une dramatique. Vous voulez la regarder? »

Les Meredith étaient leurs voisins immédiats. Nim interrogea Ruth du regard. « Pourquoi pas? »

Dans la salle de récréation du sous-sol, Ruth et Nim s'assirent côte à côte sur un canapé, et Leah s'allongea sur un petit tapis pendant que Benjy insérait adroitement une vidéo-cassette dans leur dérouleur de bande Betamax relié à une télévision en couleurs. Un groupe d'habitants du quartier avait conclu un accord qui se généralisait peu à peu : une famille enregistrait un programme de télévision - c'étaient d'ordinaire les enfants de la maison, ou une baby-sitter, qui s'en chargeaient — en appuyant sur le bouton « stop » chaque fois qu'une publicité apparaissait sur l'écran. Le résultat était un enregistrement de qualité, sans réclames commerciales, que les adultes et d'autres familles regardaient plus tard dans leurs moments de loisir; et les cassettes faisaient le tour d'une douzaine de maisons.

Nim savait que cette pratique était de plus en plus courante; il se demanda combien de temps s'écoulerait avant qu'elle n'affectât les revenus du réseau des télévisions, et si ce n'était déjà le cas. Après tout, se dit-il, les réseaux et les stations de télévision traverseraient les mêmes basfonds où avaient navigué des sociétés de production d'énergie comme la G.S.P. & L. Les potentats de la télévision avaient abusé de leurs privilèges publics pour inonder les ondes d'une publicité excessive et de programmes de mauvaise qualité. Maintenant, Betamax et des systèmes comparables donnaient au public une chance de riposter en se montrant sélectif et en éliminant les réclames commerciales de son champ visuel. A la longue peut-être, ce développement obligerait les responsables de la télévision à mieux assumer leurs responsabilités à l'égard du public.

La dramatique de deux heures contenue dans la cassette empruntée était *Mary White*, l'histoire tragique et émouvante d'une famille qui avait perdu un adolescent chéri de tous. Peut-être parce qu'il n'avait jamais mieux pris conscience de sa propre famille et du court laps de temps qui lui était accordé pour qu'elle restât unie, Nim fut heureux de la pénombre, pour que personne ne surprît sa tristesse et ses larmes.

2

Sur une colline noire et isolée au-dessus de la commune banlieusarde de Millfield, Georgos Winslow Archambault rampait en direction de la clôture de chaînons qui protégeait un poste de la G.S.P. & L. Il se dit que les précautions qu'il prenait pour passer inaperçu étaient sans doute inutiles ; le poste n'était pas gardé, il n'y avait pas de lune, et la route la plus proche qui desservait la colline peu peuplée passait à huit cents mètres de là. Mais ces derniers temps la G.S.P. & L. avait embauché de nouveaux gardes pour compléter ses forces de sécurité, et instauré des patrouilles de nuit mobiles qui variaient leurs heures et leurs trajets d'inspection de façon à ne rien laisser au hasard. Mieux valait donc être prudent, même si une progression sur le ventre avec des outils et des explosifs n'avait rien de facile ni d'agréable.

Georgos frissonna. La nuit d'octobre était froide, et le vent fort qui cinglait autour des rochers et des gros cailloux à flanc de colline lui fit regretter de ne pas s'être couvert de deux chandails au lieu d'un sous son bleu de travail. Regardant derrière lui, il vit que sa compagne, Yvette, le suivait de près. Il était important qu'elle ne s'attardât pas. D'une part parce qu'elle portait le fil et les détonateurs ; de l'autre parce que Georgos avait été retardé dans un embouteillage à la sortie de la ville. Or l'opération de cette nuit prévoyait la destruction simultanée de trois postes par le groupe au complet des Amis de la Liberté. Ute et Felix s'occupaient d'un deuxième site, Wayde tout seul du troisième.

Lorsqu'il arriva à la clôture, Georgos détacha de sa ceinture une lourde paire de cisailles et commença à tailler dans les chaînons. Il n'avait besoin que d'un petit trou près du sol. Si une patrouille survenait ensuite, une fois qu'ils seraient repartis tous les deux et avant l'explosion, le trou dans la clôture pourrait échapper à l'attention des gardes.

Pendant que Georgos s'acharnait sur les chaînons, il pouvait voir en contrebas les lumières scintillantes de Millfield. Eh bien, elles ne tarderaient pas à s'éteindre, comme beaucoup d'autres plus au sud ! Il connaissait Millfield et les autres bourgs des environs. C'étaient des communes bourgeoises, peuplées surtout de banlieusards qui allaient travailler chaque jour en ville — encore des laquais du capitalisme — et il se réjouissait de leur causer quelques ennuis.

Le trou dans la clôture était presque achevé. Dans une ou deux minutes, Georgos et Yvette pourraient s'y faufiler. Il consulta le cadran de sa montre lumineuse. Le temps leur était mesuré. Une fois de l'autre côté, ils devraient agir vite.

Les objectifs de la triple attaque de cette nuit avaient été choisis avec soin. Pendant un certain temps, les Amis de la Liberté avaient fait sauter des pylônes de transport, deux ou trois à la fois pour essayer de plonger dans le noir une zone étendue. Mais ils y avaient renoncé. Georgos et ses complices avaient découvert que, lorsque des pylônes étaient jetés à bas, les compagnies d'électricité déroutaient leur courant, de sorte que le service était souvent rétabli en quelques minutes. Et puis, les pylônes tombés étaient immédiatement remplacés par des poteaux temporaires qui permettaient de remettre en marche le grand réseau de distribution.

Mais en ce qui concerne les postes, c'était différent. Installations vulnérables et essentielles, ils ne pourraient pas être réparés ou remplacés avant des semaines.

Si tout marchait bien, les dégâts qui seraient causés cette nuit provoqueraient un black-out qui s'étendrait bien au-delà de Millfield, et il faudrait des jours et des jours pour que le réseau fût complètement rétabli. En attendant, sa dislocation serait terrible, les frais énormes. Georgos en savoura l'idée. Après cet exploit, peut-être y aurait-il plus de monde pour prendre au sérieux les Amis de la Liberté.

Georgos trouvait que sa petite mais glorieuse armée avait beaucoup appris depuis leurs premières attaques contre l'ennemi abject. Maintenant, avant n'importe quelle opération, ils étudiaient les dispositifs et les méthodes de fonctionnement de la G.S.P. & L., ils recherchaient les secteurs vulnérables, les situations où ils pourraient faire les plus gros ravages. Ils avaient été aidés en cela par un ex-ingénieur de la G.S.P. & L. qui, congédié pour vol, nourrissait à présent une haine féroce pour la compagnie. Tout en n'étant pas un membre actif des Amis de la Liberté, cet ancien employé avait été corrompu par une partie de l'argent frais fourni par Birdsong. Le reste avait servi à acheter de meilleurs explosifs.

Birdsong avait divulgué un jour l'origine de ces fonds ; ils provenaient du Sequoia Club, qui croyait financer ainsi le p. & l.f.p. Georgos avait beaucoup ri à l'idée que l'organisation officielle qui le commanditait ignorait qu'elle payait la note pour la révolution. Dans un sens, il regrettait presque que les esprits étroits du Sequoia Club fussent incapables de le découvrir un jour.

Clic ! Le dernier fil du chaînon qu'il avait attaqué fut tranché, et la section cisaillée de la clôture tomba par terre. Georgos la repoussa à l'intérieur du poste pour qu'elle fût moins visible, puis il la fit suivre de trois charges de plastic, et il commença à se faufiler par le trou.

Yvette était toujours derrière lui. Sa main avait cicatrisé — tant bien que mal — depuis qu'elle avait perdu deux doigts à la suite de l'explosion prématurée d'une amorce deux mois auparavant. Les moignons des doigts n'étaient pas beaux à voir, ni recousus proprement comme ils l'auraient été si un médecin l'avait soignée. Mais Georgos avait fait de son mieux pour que les plaies ne s'infectent point, et la chance l'avait aidé. Yvette n'aurait donc pas à répondre aux questions dangereuses qui auraient pu lui être posées à l'hôpital ou dans un cabinet médical.

Merde! Son bleu de travail s'était accroché au bout d'un fil de fer. Georgos entendit le coton se déchirer et il ressentit une vive douleur quand le fil fendit son caleçon et entailla sa cuisse. Par excès de prudence, il n'avait pas suffisamment élargi l'ouverture. Il recula, tâta le fil de fer et réussit à le déloger, puis il reprit sa reptation à travers la clôture sans autres difficultés. Yvette, plus petite, le rejoignit aisément.

Ils n'avaient pas besoin de parler. Ce n'était pas leur premier attentat, et ils savaient exactement comment procéder. Georgos attacha les charges de plastic aux trois gros transformateurs du poste. Yvette lui tendit les détonateurs et déroula le fil qui devait être relié aux mécanismes d'horlogerie.

En dix minutes, les trois charges furent en place. Yvette lui passa, un par un, les mécanismes d'horlogerie avec les batteries qu'il avait méticuleusement assemblées hier pour lui-même et ses camarades. Les maniant chacune avec précaution pour éviter une explosion prématurée, Georgos connecta les fils des détonateurs. Il consulta de nouveau sa montre. En travaillant vite, ils avaient rattrapé un peu de leur retard, mais pas tout.

Les trois explosions surviendraient, à brefs intervalles, dans onze minutes. Ce délai donnait tout juste le temps à Georgos et à sa compagne de regagner le pied de la colline où ils avaient dissimulé leur voiture, près de la route, dans un bouquet d'arbres. Mais s'ils se hâtaient — s'ils couraient sans ralentir — ils seraient en sécurité sur la route de la ville avant que se déclenchât la réaction policière à une gigantesque panne de courant. Il ordonna à Yvette : « File! Dépêche-toi! » Cette fois, elle le précéda pour traverser la clôture.

C'était pendant que Georgos se faufilait à son tour qu'il entendit une voiture, assez proche, qui gravissait la colline. Il s'immobilisa et tendit l'oreille. C'était sûr, elle montait par la route sablée qui appartenait à la G.S.P. & L. et par laquelle on accédait au poste.

Une patrouille! A une heure aussi tardive, seuls des gardes du service de sécurité pouvaient venir par ici... Georgos sortit de la clôture à quatre pattes, se redressa, et aperçut des reflets de phares sur les arbres en contrebas. La route décrivait des lacets, ce qui expliquait pourquoi la voiture n'était pas encore en vue.

Yvette avait entendu elle aussi. Elle allait dire quelque chose, mais il lui intima d'un geste impérieux de se taire. « Par là! » gronda-t-il. Il se mit à courir vers la route sablée, la traversa, et s'aplatit derrière quelques buissons. Yvette se laissa tomber à côté de lui. Il sentit qu'elle tremblait. Alors il se rappela ce qu'il oubliait quelquefois — à savoir qu'à de nombreux égards elle était à peine plus qu'une enfant, et qu'elle n'avait jamais été tout à fait la même, en dépit de sa dévotion pour lui, depuis l'accident survenu à sa main.

Les phares apparurent quand la voiture s'engagea dans le dernier virage précédant le poste. Elle roulait lentement. Sans doute le conducteur se montrait-il prudent parce que la route de service n'avait pas de bornes lumineuses et qu'il était difficile d'en voir les bords. Lorsque les phares se rapprochèrent, tout le secteur se trouva éclairé. Georgos s'aplatit encore davantage en ne levant la tête que légèrement. Il calcula qu'ils avaient de bonnes chances de n'être pas repérés. Ce qui le tracassait était l'imminence de l'explosion. D'après sa montre, elle se produirait dans huit minutes.

La voiture s'arrêta à trois ou quatre mètres de Georgos et d'Yvette ; une silhouette en sortit par la portière de droite. Lorsque la silhouette s'avança dans le champ des phares, Georgos distingua un homme revêtu de l'uniforme des gardes de sécurité. Le garde tenait une torche électrique à faisceau puissant, et il la dirigea vers la clôture qui entourait le poste. Puis il se mit en marche pour faire le tour de la clôture en promenant de haut en bas le faisceau de sa torche. Georgos aperçut aussi la silhouette d'un deuxième homme — le conducteur — qui était resté dans la voiture.

Le premier garde avait fait quelques pas quand il s'arrêta, sa torche inclinée vers le sol. Il avait découvert l'ouverture où les chaînons avaient été cisaillés. Se rapprochant, il inspecta avec sa torche l'intérieur de la clôture. Le faisceau lumineux éclaira successivement des lignes de transport, des isolateurs, les transformateurs, s'arrêta sur une charge de plastic, puis suivit les fils vers le mécanisme d'horlogerie.

Il se retourna et cria : « Hé, Jake ! Donne l'alerte ! Il y a ici quelque chose de louche. »

Georgos passa à l'action. Il savait que chaque seconde comptait, et il n'avait pas le choix.

Il se leva d'un bond et, en même temps, dégaina le couteau de chasse qu'il portait à sa ceinture. C'était un long couteau pointu tout à fait approprié à une situation critique comme celle-ci. Son saut avait porté Georgos presque jusqu'à la voiture. Un pas de plus, et il ouvrit brusquement la porte du conducteur, un homme âgé aux cheveux gris qui portait lui aussi l'uniforme des gardes de sécurité ; étonné, il tourna la tête ; il tenait devant ses lèvres un micro.

Georgos plongea en avant. De sa main gauche, il éjecta le garde hors de la voiture, le fit pivoter et, de toutes ses forces, lui enfonça son couteau dans la poitrine. La bouche de sa victime s'ouvrit pour pousser un cri qui avorta presque aussitôt en gargouillement. Puis le garde s'effondra sur le ventre. Georgos réussit à le retourner pour récupérer son couteau qu'il remit dans sa gaine. Quand le garde était tombé à terre, il avait vu qu'il portait une arme dans un étui. Il ouvrit l'étui. Georgos avait été initié aux armes à Cuba. Il s'empara de celle du garde. C'était un revolver Smith & Wesson 9 mm ; il en vérifia les alvéoles dans le reflet des phares ; tous étaient chargés ; il le referma, l'arma, et ôta le cran de sûreté.

Le premier garde avait entendu quelque chose ; il revint vers la voiture et cria : « Jake ! Que s'est-il passé ? Ça va ? » Il avait sorti son arme, mais il n'eut aucune chance de s'en servir.

Déjà Georgos, profitant de l'obscurité derrière les phares, avait contourné silencieusement l'arrière de la voiture. Il s'agenouilla, coucha le canon du Smith & Wesson sur son coude gauche pour plus de stabilité et l'ajusta soigneusement pendant que son index droit commençait à presser la détente ; il visait le côté gauche de la poitrine du garde qui approchait.

Il attendit d'être bien sûr qu'il ferait mouche, puis il tira trois fois. Les deuxième et troisième coups n'auraient probablement pas été nécessaires. Le garde bascula en arrière sans bruit et ne bougea plus.

Georgos savait qu'il n'avait même plus le temps de consulter sa montre. Il empoigna Yvette qui s'était relevée en entendant les coups de feu, la poussa en avant et ils s'élancèrent au pas de course. Ils dévalèrent ensemble la colline. A deux reprises, Georgos trébucha et réussit à retrouver son équilibre ; puis il dérapa sur une grosse pierre branlante et se tordit la cheville, mais il continua à courir sans tenir compte de la douleur. Il se retourna pour vérifier qu'Yvette le suivait toujours ; il entendit son halètement entrecoupé de sanglots.

Ils avaient accompli un tiers de la descente quand le bruit d'une explosion les rattrapa. Il y eut d'abord une vibration du sol, puis l'onde sonore — un *boum* dont l'écho se répercuta avec une force assourdissante. Quelques secondes plus tard, une deuxième explosion retentit, puis une troisième, et le ciel fut traversé par un éclair bleu cobalt. L'éclair se répéta, et presque aussitôt le reflet des flammes du carburant en feu dans les transformateurs illumina le ciel. Dans un tournant de la route sablée, Georgos perçut soudain une modification du paysage, puis il comprit : son objectif avait été atteint. Toutes les lumières de Millfield étaient éteintes.

Conscient de la nécessité de s'éloigner au plus vite, et ne sachant pas si le garde dans la voiture avait ou non émis un message, Georgos reprit sa course avec Yvette derrière lui.

Ils étaient épuisés quand, avec soulagement, il retrouva leur voiture là où ils l'avaient garée, dans un petit bosquet au pied de la colline. Quelques instants plus tard, ils roulaient vers la ville en laissant derrière eux Millfield dans le noir.

« Tu les as tués ! Tu les as assassinés ! »

Assise à côté de lui dans la voiture, Yvette avait une voix qui tremblait autant d'énervement que de fatigue.

« J'étais obligé. »

Georgos répondit sèchement, sans tourner la tête, en gardant les yeux fixés sur l'autoroute qu'ils venaient de rejoindre. Il conduisait prudemment en veillant à rester un peu au-dessous de la vitesse maxima autorisée. Il ne voulait surtout pas être intercepté par des motards pour une infraction au code de la route. Georgos savait que son bleu de travail était taché du sang de l'homme qu'il avait poignardé et qu'il y avait aussi du sang sur le couteau de chasse, identifiable par son groupe. Il avait également découvert qu'il saignait abondamment lui-même à la cuisse gauche où le fil de fer avait pénétré plus profondément qu'il ne l'avait cru. Enfin, il sentait sa cheville enfler à la suite de l'entorse qu'il s'était faite sur la pierre branlante.

Yvette gémit : « Tu n'étais pas obligé de les tuer!

— Tais-toi! cria-t-il. Sinon je te tuerai toi aussi! »

Il repassa dans sa tête tous les détails de l'événement pour essayer de se rappeler s'ils n'avaient pas laissé derrière eux des indices susceptibles de les dénoncer, lui ou Yvette. Ils avaient tous les deux mis des gants pour franchir la clôture et poser les charges. Il avait retiré les siens pour connecter le mécanisme d'horlogerie, et plus tard quand il avait tiré. Mais il les avait gardés pour son attaque au couteau, de sorte qu'il n'y aurait pas d'empreintes digitales sur la poignée de la porte de la voiture. Des empreintes sur le revolver? Oui, mais il avait eu la présence d'esprit d'emporter le Smith & Wesson; il s'en débarrasserait à la première occasion.

Yvette continuait à pleurnicher. « Celui qui était dans la voiture. *C'était un vieux bonhomme!* Je l'ai vu.

— C'était un sale flic fasciste! »

Georgos déclara cela avec énergie, en partie pour se convaincre lui-même parce que le souvenir de l'homme aux cheveux gris le hantait. Il avait tenté de bannir de sa mémoire l'image de la bouche ouverte et le son du cri étouffé quand le couteau s'était profondément enfoncé, mais il n'avait pas réussi. Malgré son entraînement de terroriste et les attentats à la bombe, Georgos n'avait encore jamais tué quelqu'un en corps à corps, et cette expérience lui donnait la nausée. Mais il ne se l'avouerait jamais.

« Tu pourrais aller en prison pour meurtre!

— Toi aussi », gronda-t-il.

Ce n'était pas la peine de lui expliquer qu'il était déjà passible de poursuites pour meurtres — après les sept victimes de l'explosion de La Mission et les lettres piégées adressées à la G.S.P. & L. Mais il lui fallait remettre sa compagne dans le droit chemin, et il le ferait dès ce soir.

« Comprends bien ceci, espèce de conne! Tu es dans le bain autant que moi. Tu étais là, tu as participé à tout, et tu as tué ces flics aussi bien que si tu avais manié le couteau ou tiré avec le revolver. De sorte que tout ce qui peut m'arriver t'arrivera à toi aussi. Ne l'oublie jamais! »

Il avait touché juste, pensa-t-il, parce qu'elle s'était mise à sangloter, à balbutier quelques mots, à bredouiller son regret d'avoir été mêlée à cela. Pendant quelques instants il fut assailli par de la compassion et quelque chose qui ressemblait à de la pitié. Mais bientôt il retrouva son sang-froid; il chassa ces sentiments en se disant qu'ils étaient contre-révolutionnaires et signes de faiblesse.

Il calcula qu'ils étaient à mi-chemin de la ville, et il nota une anomalie que ses préoccupations l'avaient empêché de remarquer plus tôt. Le secteur qu'ils traversaient maintenant, d'habitude bien éclairé et qui était situé largement au-delà de Millfield, se trouvait également plongé dans l'obscurité ; même les réverbères des rues étaient éteints. Cela signifiait que les autres combattants de la liberté avaient atteint leurs objectifs. *Toute la bataille, livrée sous son commandement, avait été gagnée !*

Avec une satisfaction subite, Georgos commença à fredonner un petit air, en composant mentalement un communiqué qui annoncerait au monde une nouvelle et glorieuse victoire des Amis de la Liberté.

3

« Lorsque la panne de courant s'est produite, dit Karen Sloan sur son fauteuil roulant, Josie et moi rentrions à la maison dans Humperdinck...

— Humperdinck ? » répéta Nim surpris.

Karen lui dédia l'un de ses sourires éblouissants. « Humperdinck est ma belle, très belle camionnette. Je l'aime tellement que je ne peux pas me résigner à l'appeler " camionnette " ; alors, je lui ai donné le nom d'Humperdinck. »

Ils étaient dans la salle de séjour de l'appartement de Karen, au début d'une soirée de la première semaine de novembre. Nim avait accepté — après plusieurs ajournements imputables aux pressions du travail — une invitation à dîner de Karen. Josie, l'aide-ménagère de Karen, préparait le repas dans la cuisine.

Le petit appartement était doucement éclairé, chaud, confortable. Dehors, en revanche, la Californie du Nord subissait une tempête du Pacifique et, depuis trois jours, était accablée de vents violents et d'une pluie torrentielle qui, pendant qu'ils bavardaient, martelait les vitres.

D'autres sons, moins rudes, leur parvenaient : le bourdonnement régulier du respirateur de Karen accompagné du sifflement de l'air qui entrait et sortait, de légers chocs d'assiettes, le bruit de la porte d'un buffet de la cuisine que Josie ouvrait puis refermait.

« A propos de la panne de courant, reprit Karen, j'étais allée voir un film dans une salle aménagée pour les fauteuils roulants — je peux faire maintenant avec Humperdinck des tas de choses qui m'étaient interdites avant — et, pendant que Josie conduisait, toutes les lumières des rues et des immeubles se sont éteintes.

— Sur près de trois cents hectares, soupira Nim. Tout s'est éteint. Tout.

— Oui, mais nous ne le savions pas encore. Ce que nous pouvions voir, c'est que la panne était très étendue. Ainsi, Josie m'a conduite directement au Rewood Grove Hospital où je me rends toujours si j'ai un problème. L'hôpital a un générateur de secours. J'ai été aussitôt prise en charge, et je suis restée là jusqu'à ce que le courant ait été rétabli.

— En réalité, lui dit Nim, je savais déjà presque tout. Le plus tôt possible après les explosions et le black-out, j'ai appelé votre numéro. J'étais à mon bureau où l'on m'avait convoqué d'urgence à peine rentré chez moi. Comme vous ne répondiez pas, j'ai demandé à quelqu'un de contacter l'hôpital qui figure sur votre fiche spéciale. On m'a informé que vous y étiez ; alors j'ai cessé de m'inquiéter : il y avait tant à faire cette nuit-là !

— Ç'a été abominable, Nimrod. Pas simplement le black-out, mais les deux hommes assassinés.

— Oui, c'étaient des vétérans, expliqua Nim. Des retraités que nous avions réembauchés parce que nous étions à court de personnel ayant l'expérience de la sécurité. Malheureusement, leur expérience datait d'une autre époque et nous avons découvert ultérieurement qu'ils n'avaient jamais eu affaire à de plus gros délinquants qu'un maraudeur ou un petit voleur. Ils n'étaient pas de taille pour un tueur.

— L'auteur du crime n'a pas encore été arrêté ? »

Nim secoua la tête. « C'est quelqu'un que la police et nous-mêmes recherchons depuis longtemps. Le pire, c'est que nous n'avons pas encore le moindre indice sur son identité ni sur le lieu d'où il opère.

— Mais n'existe-t-il pas un groupe, les Amis de la Liberté ?

— Si. Mais la police croit qu'il s'agit d'un petit groupe d'une demi-douzaine d'individus au maximum, et qu'un seul homme en est le cerveau et le chef. D'après elle, des similitudes dans tous les attentats commis jusqu'ici autorisent cette hypothèse — une écriture personnelle, si vous voulez. Quel qu'il soit, l'homme est un maniaque de l'homicide. »

Nim s'exprimait avec une certaine passion. Les conséquences des derniers attentats à la bombe contre les installations de la G.S.P. & L. avaient été bien plus graves que les précédentes. Dans un secteur exceptionnellement large, les maisons, les commerces et les usines avaient été privés de courant électrique pendant trois ou quatre jours dans de nombreux cas, une semaine dans d'autres. Et Nim se rappelait la remarque de Harry London : « *Ces cinglés deviennent malins.* »

Ce n'avait été que grâce à un effort massif, coûteux, nécessitant l'apport de tous les transformateurs de réserve de la G.S.P. & L., l'emprunt de quelques-uns à d'autres services publics, et l'affectation de tout le personnel disponible pour effectuer les réparations, que le courant était revenu aussi vite. Encore la G.S.P. & L. avait-elle été critiquée parce qu'elle ne protégeait pas suffisamment ses installations. « Le public a le droit de demander, pontifia le *California Examiner* dans un éditorial, si la Golden State Power & Light fait tout son possible pour empêcher le retour de pareils incidents. A en juger par ce que nous savons, la réponse est non. » Le journal cependant ne proposait aucune suggestion quant au moyen de protéger partout, vingt-quatre heures sur vingt-quatre, l'énorme et immense réseau de la G.S.P. & L.

Non moins décourageante était l'absence d'indices immédiatement exploitables. Certes, les agences chargées de l'application de la loi avaient obtenu un nouvel enregistrement vocal, de la même veine que les précédents, sur la bande reçue par une station de radio le lendemain des attentats. De même, elles avaient trouvé quelques fils d'un tissu de coton sur un fil de fer coupé à proximité du lieu du double meurtre ; ils provenaient certainement d'un vêtement porté par le terroriste. Le même fil de fer avait révélé aussi un peu de sang séché qui avait été analysé et qui n'appartenait pas au même groupe que le sang des deux gardes assassinés. Mais, comme l'avait dit à Nim un haut gradé de la police dans un moment de franchise : « Ces éléments-là pourraient être utiles si nous avions quelqu'un à qui les rapporter et les assortir. Pour l'heure, nous n'en savons pas plus qu'avant l'attentat. »

« Nimrod, dit Karen, nous ne nous sommes pas vus depuis près de deux mois. Vous m'avez vraiment manqué. »

— Je le regrette. Je le regrette sincèrement, Karen. »

A présent qu'il était là, Nim se demanda comment il avait pu rester si longtemps loin d'elle. Karen était aussi belle que dans ses souvenirs et, quand ils s'étaient embrassés à son arrivée — un baiser qui s'était prolongé — il avait retrouvé les mêmes lèvres aimantes. Comme si, en un instant, un vide s'était comblé.

En outre, Nim se rendait parfaitement compte que dans la compagnie de Karen, il goûtait une paix que bien peu d'autres êtres étaient capables de lui procurer. C'était un sentiment difficile à expliquer, sauf peut-être que de Karen, qui s'était accommodée des limites de sa propre existence, émanaient une tranquillité et une sagesse qui suggéraient que d'autres problèmes, aussi, pouvaient être résolus.

« Vous avez traversé de durs moments, reconnut-elle. Je le sais parce que j'ai lu ce que les journaux ont dit sur vous et parce que j'ai vu des comptes rendus à la télévision.

— Les débats publics sur Tunipah, grimaça Nim. On a dit que je m'étais déshonoré. »

Karen répliqua d'un ton vif : « Oh non, ne croyez pas ça. Vous avez parlé avec bon sens, mais la plupart des comptes rendus de presse n'ont pas reproduit vos propos.

— Quand vous voudrez, vous pourrez prendre en main mes relations publiques. »

Elle hésita. « Après ce qui s'est passé, je vous ai écrit quelques vers. J'allais vous les envoyer, puis j'ai pensé que vous deviez être las de recevoir les avis de tout le monde.

— Pas de tout le monde. Mais de la plupart des gens, oui. » Il demanda : « Les avez-vous gardés — ces vers ?

— Oui. » Karen fit un signe de tête. « Ils sont là. Dans le deuxième tiroir du bas. »

Nim se leva et se dirigea vers un bureau qui se trouvait sous des étagères garnies de livres. Ouvrant le tiroir qui lui avait été désigné, il vit un feuillet du papier à lettres bleu de Karen ; il le prit et lut ce qu'elle avait tapé à la machine.

L'aiguille du Temps revient parfois en arrière,
Non pour récrire mais pour relire;
Et ce qui fut un jour écarté, tourné en dérision, bafoué,
Peut être, après quelques lunes,
Ou même quelques années,
Salué comme paroles de sagesse,
Exprimées sans ambages ce jour-là,
Avec le courage nécessaire
Pour affronter la malignité des moins lucides,
Chargées pourtant d'invectives.

Cher Nimrod!
Rappelez-vous : un prophète est rarement loué
Avant le coucher du soleil
Du jour où il a proclamé le premier
Des vérités désagréables.
Mais si et quand vos vérités
Éclatent le moment venu au grand jour,
Leur auteur ayant sa revanche,
Soyez, à cette heure de la moisson, indulgent, généreux,
Large d'esprit et d'idées,
Amusé par les contradictions de la vie.

Car ce n'est pas à tous mais à quelques-uns
Que sont accordées les facultés visionnaires: longue vision,
clarté, sagacité,
Au hasard octroyées, à la loterie de la naissance,
Par la nature affairée.

Nim lut deux fois le poème en silence. « Karen, dit-il enfin, vous ne cessez jamais de me surprendre. Et, chaque fois, je ne sais trop quoi dire, sinon que je suis ému et reconnaissant. »

Au même instant, Josie — petite, robuste, souriante — entra avec un plateau bien rempli. « *Lady and gentleman*, annonça-t-elle, le dîner est servi. »

Le repas était simple, mais savoureux. Une salade Waldorf (céleri, noix, pommes à la mayonnaise) suivie d'un poulet sauté, puis d'un sorbet au citron. Nim avait apporté le vin — un sauvignon difficile à se procurer qui était une splendeur! Comme la dernière fois, Nim fit manger Karen, et ils retrouvèrent la même impression d'intimité partagée.

Une ou deux fois seulement il se rappela avec un rien de remords le prétexte dont il s'était servi pour ne pas rentrer dîner chez lui : un rendez-vous d'affaires tardif pour la G.S.P. & L. Mais il se raisonna vite : passer son temps avec Karen n'avait rien de commun avec les autres circonstances où il avait trompé Ruth après lui avoir menti, ou essayé de lui mentir. Peut-être que maintenant encore Ruth ne l'avait pas cru, mais dans ce cas elle ne le lui avait pas laissé voir quand il l'avait quittée le matin. Autre détail en sa faveur : pendant les quatre dernières semaines, il n'avait été absent qu'une fois de la table familiale pour le dîner, et c'était parce qu'il avait effectivement travaillé tard à son bureau.

Avec aisance et sans hâte, Nim et Karen bavardèrent pendant tout le repas.

Josie avait débarrassé le plateau et servi le café quand, pour la deuxième fois, le sujet de la camionnette de Karen, Humperdinck, revint sur le tapis. Les parents Sloan avaient acheté à la G.S.P. & L. une camionnette spéciale qui avait été adaptée, sous la direction de Ray Paulsen, pour transporter un fauteuil roulant élaboré muni du matériel électrique indispensable à une quadriplégique.

« Il y a une chose que je ne vous ai pas expliquée, lui dit Karen, c'est que Humperdinck en réalité ne m'appartient pas. Je ne peux pas me l'offrir. Il est immatriculé au nom de mon père, bien que ce soit moi qui m'en serve. »

L'assurance en était la cause. « Les tarifs d'assurance pour une personne invalide sont astronomiques, déclara Karen, même s'il est exclu que quelqu'un comme moi ne conduise jamais. Avec la camionnette au nom de mon père, les tarifs sont beaucoup plus raisonnables. Voilà pourquoi je ne suis pas la propriétaire officielle d'Humperdinck. »

Elle poursuivit : « En dehors de l'assurance, je me suis tracassée — et je me tracasse encore un peu — pour papa qui a dû emprunter l'argent pour payer Humperdinck. Sa banque ayant refusé de le lui prêter, il s'est adressé à un établissement de crédit qui, lui, a accepté mais avec un intérêt très élevé. Je sais qu'il aura du mal à rembourser le prêt parce que ses affaires ne sont pas brillantes, et que maman et lui m'aident financièrement quand mes allocations n'augmentent pas. Mais ils insistent pour que je ne m'inquiète pas et que je leur laisse ce souci. »

Nim réfléchit un court instant. « Il y a peut-être quelque chose que je pourrais faire. Je pourrais apporter moi-même une petite contribution financière, et voir ensuite si notre compagnie accepterait de donner... »

Karen l'interrompit avec vivacité. « Non ! Absolument pas ! Nimrod, notre amitié est merveilleuse et je la chéris. Mais je n'accepterai jamais d'argent de vous — jamais ! — et cela exclut que vous en demandiez pour moi à quelqu'un d'autre. Si ma propre famille fait quelque chose pour moi, c'est différent et nous nous arrangeons ensemble, voilà tout. En outre, vous nous avez déjà suffisamment aidés avec Humperdinck. » Sa voix s'adoucit. « Je suis fière et indépendante. Vous comprenez, j'espère ?

— Oui, répondit-il. Je vous comprends, et je vous estime.

— Bon ! L'estime est importante. Maintenant, très cher Nimrod, pour que vous compreniez comment Humperdinck a changé ma vie, vous me permettrez de vous le montrer. Je voudrais vous poser une question très hardie.

— Demandez-moi n'importe quoi.

— Pourrions-nous nous voir à l'extérieur, par exemple pour aller au concert ? »

Il n'hésita qu'une seconde. « Pourquoi pas ? »

Un sourire illumina le visage de Karen. « Il faudra que vous me disiez quand vous pourrez vous rendre libre, et je prendrai mes dispositions. Oh, que je suis heureuse ! » Et puis, impulsivement : « Embrassez-moi encore, Nimrod ! »

Quand il s'approcha, elle releva sa tête et sa bouche alla avidement à la rencontre de la sienne. Il posa une main sous la nuque de Karen et promena doucement ses doigts à travers les longs cheveux blonds. Elle répondit par une pression plus chaude de ses lèvres. Nim se sentit gagné par une excitation sentimentale et physique qui lui fit se demander combien de promesses contiendraient les minutes suivantes si Karen n'était pas une infirme. Il mit fin au baiser en continuant de lui caresser les cheveux, puis il alla se rasseoir.

« Si je savais comment faire, murmura Karen, je ronronnerais. »

Nim entendit une petite toux discrète ; il se retourna et vit Josie sur le pas de la porte : elle avait troqué son uniforme blanc contre une robe de laine brune. Depuis combien de temps était-elle là ?

« Oh, Josie, dit Karen, vous êtes prête à partir ? » A l'adresse de Nim, elle ajouta : « Josie passe sa soirée en famille.

— Oui, je suis prête, répondit Josie. Mais ne devrais-je pas vous mettre au lit avant de m'en aller ?

— Ma foi, peut-être. » Karen rougit légèrement. « Mais si Mr. Goldman, tout à l'heure, n'y voit pas d'inconvénient...

— Si vous me dites ce que je devrai faire, dit-il, je ne demanderai pas mieux.

— Eh bien, c'est donc entendu, approuva Josie. Je pars, et bonne nuit. »

Quelques secondes plus tard, ils entendirent la porte extérieure se refermer.

Lorsque Karen reprit la parole, Nim perçut une certaine nervosité dans sa voix. « Josie ne reviendra pas avant demain matin. D'habitude, une autre aide-ménagère la remplace, mais elle est souffrante, et ma sœur aînée viendra passer la nuit ici. » Elle lança un coup d'œil à la pendule murale. « Cynthia arrivera dans une heure et demie. Pouvez-vous attendre jusque-là ?

— Bien sûr.

— Si cela vous dérange, Jiminy — le portier dont vous avez fait la connaissance le premier jour — pourra me tenir compagnie quelque temps.

— Au diable Jiminy ! déclara Nim énergiquement. J'y suis, j'y reste !

— Ah, tant mieux ! » Karen sourit. « Il y a encore un peu de vin. Si nous vidions la bouteille ?

— Excellente idée. » Nim se rendit à la cuisine, trouva des verres et le sauvignon rebouché. En revenant, il répartit en deux le vin qui restait, et il tint le verre de Karen pendant qu'elle buvait.

« J'éprouve une sensation de douce chaleur, dit-elle. Le vin y a contribué, mais il n'explique pas tout. »

Dans un élan incontrôlable, Nim se pencha, souleva dans sa main la tête de Karen, et l'embrassa. Elle réagit avec la même ardeur que les autres fois et elle prolongea leur baiser. Il détacha finalement ses lèvres, à contrecœur, sans éloigner son visage du sien.

« Nimrod. » C'était un murmure.

« Oui, Karen.

— Je pense que je suis prête pour aller au lit. »

Il sentit que son pouls s'accélérait. « Dites-moi quoi faire.

— Commencez par déconnecter mon fauteuil roulant. »

Nim alla à l'arrière du fauteuil et obéit. Le cordon conducteur se réenroula dans sa gaine et la batterie du fauteuil le remplaça.

Un sourire malicieux apparut sur le visage de Karen. « Suivez-moi ! »

Utilisant les commandes par le tube dans lequel elle soufflait, et avec une rapidité et une habileté qui le laissèrent pantois, Karen dirigea son fauteuil hors de la salle de séjour, le manœuvra dans un petit couloir et le fit entrer dans une chambre. Il y avait un seul lit arrangé avec soin ; une veilleuse était allumée. Karen tourna son fauteuil de façon à le garer au pied du lit, face à l'extérieur.

« Voilà ! » Elle regarda Nim d'un air d'expectative.

« Et maintenant ? demanda-t-il.

— Vous me levez hors du fauteuil, puis vous pivotez — comme si vous jouiez au golf — et vous me déposez sur le lit. Quand c'est Josie, nous employons une sorte de treuil qui me soulève comme une grue. Mais vous êtes fort, Nimrod. Vos bras suffiront. »

Il le fit, avec douceur et précaution, en prenant conscience de la chaleur du corps de Karen, puis il suivit ses instructions pour les appareils de respiration. Il mit en marche un petit respirateur Bantam déjà fixé à un côté du lit, et il l'entendit tourner aussitôt : un cadran indiquait une pression de quinze livres, la fréquence étant de dix-huit respirations par minute. Il plaça dans la bouche de Karen un tube du respirateur ; quand elle commença à respirer, la pression monta à trente livres. Elle pouvait donc se passer de l'appareil qu'elle portait sous ses vêtements.

« Plus tard, dit Karen, je vous demanderai de me mettre un respirateur de poitrine, mais pas encore. »

Elle était étendue à plat sur le lit, auréolée de ses longs cheveux blonds. Nim pensa que Botticelli aurait été fasciné par cette image.

« Que voulez-vous que je fasse maintenant ?

— Maintenant ? » Dans la lumière tamisée, Nim vit que ses joues s'empourpraient de nouveau. « Maintenant, Nimrod, vous allez me déshabiller. »

Les yeux de Karen étaient mi-clos. Les mains de Nim tremblaient, et il se demanda si l'événement qui était apparemment en train de se produire pouvait être vrai. Il se rappela s'être dit — il n'y avait pas si longtemps — que s'il s'éprenait de Karen, il connaîtrait l'amour pur dépouillé de toute interférence sensuelle, alors qu'il avait auparavant si souvent fait l'amour sans aimer. Se trompait-il ? Avec Karen, était-il concevable que l'amour pût se conjuguer avec la jouissance ? Mais dans l'affirmative, ne serait-il pas très méprisable s'il profitait comme une brute de la faiblesse impuissante de Karen ? Le pouvait-il ? Le devait-il ? Les problèmes d'éthique se bousculaient dans sa tête en un enchevêtrement de questions sans réponse, véritable casse-tête moral.

Il avait déboutonné le chemisier de Karen. Il lui souleva les épaules afin de le faire glisser par les bras. Elle ne portait pas de soutien-gorge. Ses petits seins étaient magnifiquement galbés ; leurs mamelons pointaient déjà.

« Touchez-moi, Nimrod. » C'était un ordre tendre. Il passa légèrement ses mains sur les seins qu'il caressa du bout des doigts, puis il s'agenouilla pour les couvrir de baisers. Tout de suite, les mamelons durcirent. « Oh, c'est merveilleux ! » murmura Karen.

Quelques instants plus tard, elle chuchota : « La jupe s'ouvre sur le côté gauche. » Toujours à genoux, il la déboutonna et la retira.

Karen était nue. Mais des doutes et une certaine anxiété tourmentaient encore Nim. Pourtant, il promena ses mains, avec lenteur et une sensualité experte, parce qu'il savait maintenant ce qu'elle voulait. De doux murmures traduisirent son plaisir. Elle soupira tout bas : « Il faut que je vous dise quelque chose.

— J'écoute.

— Je ne suis plus vierge. Il y a eu un garçon... quand j'avais quinze ans, juste avant d'être... » Elle s'interrompit. Des larmes coulèrent sur ses joues.

« Karen, non ! »

Elle secoua la tête. « Je tenais à vous le dire. Parce que je veux que vous sachiez qu'il n'y a eu personne d'autre pendant toutes ces années. Personne entre cette époque-là... et vous. »

Il attendit que la signification de ses paroles s'inscrivît en clair dans son esprit. « Venez-vous de me dire... »

— Je vous veux, Nimrod. Tout entier. Jusqu'au bout. Maintenant !

— Bon Dieu ! » haleta Nim en se rendant compte que ses propres désirs, jamais en retard sur l'événement, se manifestaient de façon pressante. Cessant de se poser des problèmes trop compliqués, il commença à se dévêtir.

Nim s'était demandé ce qui arriverait si un homme valide faisait l'amour avec une quadriplégique. Une femme comme Karen serait-elle totalement passive ? L'homme devrait-il accomplir tout l'effort sans obtenir de réaction ? Et, finalement, le plaisir serait-il partagé ou non ?

Il allait découvrir les réponses à ces questions ; toutes furent inattendues.

Karen réclamait, réagissait, excitait, contentait.

En un sens certes, elle était passive puisque son corps, sauf sa tête, était condamné à l'immobilité. Mais Nim perçut très vite l'effet que le déchaînement de leurs sens communiquait à la peau, au ventre, aux seins de Karen, en lui arrachant des cris et des baisers extasiés. Ce n'était pas du tout, pensa-t-il dans un éclair de lucidité, comme s'il couchait avec un mannequin. Et le plaisir ne faiblissait pas. Il durait, durait, comme si ni l'un ni l'autre ne voulaient y mettre un terme. A plusieurs reprises, Nim eut une impression d'érotisme rayonnant qui le faisait flotter et planer dans la joie et l'amour jusqu'à ce que, comme toujours, la fin arrivât : la conquête d'un sommet, l'apogée d'une symphonie, le zénith d'un rêve. *Et pour tous les deux.* Une quadriplégique pouvait-elle atteindre à l'orgasme ? Oh oui !

Ensuite... de nouveau... un retour à la tendresse et à la douce affection.

Plein d'égards pour Karen, heureuse et épuisée, Nim ne bougeait pas. Que pensait-elle ? Demain, regretterait-elle ?

Comme si la télépathie avait transmis les deux questions, Karen remua la tête. D'une voix ensommeillée mais ravie, elle murmura : « Nimrod, grand chasseur devant le Seigneur. » Puis : « Ce jour a été le plus beau de toute ma vie. »

4

« J'ai eu une rude journée et je boirais volontiers un verre, déclara Cynthia. D'habitude il y a du scotch ici. Me tiendrez-vous compagnie ?

— Bonne idée », dit Nim. Une heure s'était écoulée depuis qu'il avait fait l'amour avec Karen, qui dormait à présent. Il avait envie, lui aussi, d'un peu d'alcool.

La sœur aînée de Karen était entrée dans l'appartement vingt minutes plus tôt en se servant de sa clé personnelle. Nim venait de se rhabiller.

Elle s'était présentée sous le nom de Cynthia Woolworth. « Avant que vous me posiez la question, je vous dis : non, mon mari n'est pas — malheureusement — apparenté à cette riche famille. J'ai passé la moitié de mon existence à répondre aux curieux ; maintenant, je prends les devants. Sloan était plus simple.

— Merci, dit-il. Soyez sûre que je m'en souviendrai. »

Il remarqua que Cynthia était différente de Karen tout en lui ressemblant beaucoup. Alors que Karen était blonde et svelte, Cynthia était brune avec des formes pleines mais sans rondeurs excessives. D'autre part, Cynthia avait une personnalité plus énergique et expansive, ce qui pouvait s'expliquer, pensa Nim, par le malheur qui avait frappé Karen de bonne heure et par les différences que cet accident avait imposées à leurs styles de vie. Ce qu'elles possédaient toutes les deux en commun, c'était une beauté naturelle sortant de l'ordinaire : la même symétrie délicate des traits, des lèvres fortes, de grands yeux bleus, une peau sans défaut et — plus marquées chez Cynthia — des mains fines et élégantes. Nim estima que les deux filles Sloan avaient hérité leurs charmes de leur mère Henrietta dont la beauté ancienne était encore visible. Nim se rappela que Cynthia était de trois ans l'aînée de Karen ; elle avais donc quarante-deux ans, bien qu'elle parût plus jeune.

Cynthia dénicha le scotch puis, avec de la glace et de l'eau gazeuse, elle prépara deux verres. La prompte économie de ses gestes montrait qu'elle était habituée à se débrouiller toute seule. Nim l'avait observée depuis qu'elle était arrivée chez Karen : elle avait secoué son imperméable trempé avant de le suspendre dans la salle de bains puis, les présentations une fois faites, elle avait donné ses ordres à Nim : « Asseyez-vous et détendez-vous ici. J'ai apporté le journal du soir. Maintenant je vais m'occuper de ma sœur et voir ce dont elle a besoin. »

Elle était entrée dans la chambre de Karen et avait refermé la porte ; Nim entendit un murmure de voix, mais rien de plus.

Lorsque Cynthia reparut un quart d'heure plus tard, en marchant doucement, elle annonça que Karen dormait.

Assise en face de Nim, elle fit tournoyer dans son verre l'alcool et la glace, puis elle déclara : « Je sais ce qui s'est passé ici ce soir. Karen me l'a dit. »

Déconcerté par son franc-parler, Nim ne trouva qu'une seule réponse : « Je vois. »

Cynthia rejeta en riant la tête en arrière. Elle braqua sur lui un doigt accusateur. « Vous avez peur ! Vous vous demandez si je serai la sœur aînée vengeresse. Ou si j'appellerai les flics pour crier au viol ! »

Il se raidit. « Je ne suis pas sûr d'avoir envie ou besoin de discuter avec vous de...

— Oh, ça va ! » Cynthia cessa brusquement de rire ; son visage devint sérieux. « Écoutez, Nimrod — permettez-moi de vous appeler ainsi — je vous demande pardon si je vous ai embarrassé, et je m'aperçois que je l'ai fait. Alors laissez-moi maintenant vous dire ceci : Karen pense que vous êtes un homme bon, doux, gentil, tendre, la meilleure chose qui lui soit jamais arrivée. Et si une opinion étrangère vous intéresse, apprenez que je partage ses sentiments. »

Nim la regarda ; pour la seconde fois de la soirée, il voyait pleurer une femme.

« Zut ! Je n'avais pourtant pas l'intention de pleurer ! » Avec un petit mouchoir, Cynthia essuya ses larmes. « Mais je crois que je suis aussi heureuse et satisfaite que Karen elle-même. » Elle lança un coup d'œil de sincère approbation à Nim. « Enfin, presque. »

La tension de Nim se relâcha d'un coup. Il sourit largement. « Ça, c'est un peu fort ! C'est la seule chose que je peux dire.

— Oh, je peux vous en dire davantage, et je le ferai, répliqua Cynthia. Mais d'abord que penseriez-vous d'un autre scotch ? »

Sans attendre la réponse, elle s'empara du verre de Nim qu'elle remplit ainsi que le sien. Elle revint s'asseoir en face de Nim et but quelques gorgées avant de poursuivre en pesant soigneusement ses mots.

« Dans votre intérêt, Nimrod, autant que dans l'intérêt de Karen, je voudrais que vous compreniez ceci. Ce qui s'est passé ce soir entre ma sœur et vous a été merveilleux et très beau. Vous l'ignorez peut-être, mais il y a des gens qui traitent les quadriplégiques comme des lépreux. Je l'ai vu quelquefois, Karen plus souvent. Voilà pourquoi je vous ai catalogué comme Chic Type. Vous n'avez jamais pensé à elle et vous ne l'avez jamais traitée autrement que comme une femme... Oh, voilà que je pleure encore ! »

Le petit mouchoir de Cynthia étant nettement insuffisant, Nim lui tendit le sien. Elle lui lança un regard de gratitude. « Ce sont les petites choses que vous faites... Karen me l'a dit... »

Il murmura avec humilité : « Tout a commencé, vous le savez — quand je suis venu voir Karen — par hasard.

— Le hasard gouverne presque tout.

— Et ce qui s'est passé entre nous ce soir... eh bien, je ne l'avais pas prémédité. Je ne pensais même pas que... » Nim s'arrêta. « C'est arrivé, tout simplement.

— Je le sais, dit Cynthia. Et pendant que nous en parlons, permettez-moi de vous poser une autre question : vous êtes-vous senti — vous sentez-vous encore — coupable ?

— Oui.

— Il ne faut pas ! Un jour où je cherchais comment je pourrais le mieux aider Karen, j'ai lu un livre de Milton Diamond. C'est un professeur de médecine à Hawaii qui a rédigé une étude sur les handicapés et la sexualité. Je ne me rappelle peut-être pas exactement les termes qu'il a employés, mais leur sens général était le suivant : *les handicapés ont suffisamment de problèmes sans qu'on leur impose les valeurs conventionnelles culpabilisantes... la satisfaction sexuelle personnelle passe avant l'opinion publique, par conséquent, tout sentiment de culpabilité serait une erreur... et, sur le plan sexuel pour les handicapés, tout est bon. »* Cynthia ajouta d'un ton sans réplique : « Vous n'avez donc pas à avoir des remords. Chassez-les !

— Je me demande, dit Nim, si ce soir j'arriverai au bout de mes surprises. Tout de même, je suis heureux que nous ayons parlé.

— Moi aussi. Cela fait partie d'une certaine somme de connaissances, et il m'a fallu m'instruire sur Karen, tout comme vous. » Cynthia but une gorgée, puis se retourna vers Nim. « Me croiriez-vous si je vous disais que, quand Karen avait dix-huit ans et moi vingt et un, je la haïssais ?

— Je le croirais difficilement.

— C'est pourtant vrai. Je la haïssais parce qu'elle monopolisait toute l'attention de mes parents et de leurs amis. Certains jours, à la maison, c'était comme si je n'existais pas. Toujours, *Karen ceci, Karen cela! Que pouvons-nous faire pour notre pauvre et petite Karen?* Jamais *Que pouvons-nous faire pour Cynthia qui est normale et en bonne santé?* Lorsque j'ai eu vingt et un ans, je voulais une grande soirée pour mon anniversaire, mais ma mère a déclaré que ce serait *inopportun* à cause de Karen. Alors nous avons pris le thé en famille : rien que mes parents et moi. Karen était alors hospitalisée. Un thé ignoble, plus un petit gâteau bon marché qui sentait la poussière. Quant à mes cadeaux d'anniversaire, mieux n'en vaut pas parler : tout l'argent disponible, jusqu'au dernier cent, était pour Karen. J'ai honte de l'avouer mais, cette nuit-là, j'ai prié pour que Karen meure. »

Dans le silence qui suivit, Nim entendit malgré les doubles rideaux la pluie qui, poussée par le vent, fouettait la fenêtre. Il avait compris ce que Cynthia lui avait dit, et il était ému. Cependant, dans un recoin de son esprit, il pensait : Merci, bonne pluie! Pour un homme appartenant à un service public, la pluie, la neige fondue, ou la vraie neige signifiait une accumulation de réserves de courant électrique pour la prochaine saison sèche. Il chassa ces réflexions professionnelles et s'adressa à Cynthia.

« Quand vos sentiments ont-ils changé?

— Pas avant des années, et très lentement. Auparavant, j'ai traversé ma propre période de culpabilisation. Je me sentais coupable parce que j'étais saine et que Karen ne l'était pas. Coupable parce que je pouvais faire des choses qu'elle ne pouvait pas faire : jouer au tennis, aller à des soirées, me faire embrasser par les garçons. » Elle soupira. « Je n'étais pas une très bonne sœur.

— Mais vous l'êtes maintenant.

— Autant que je le peux. Après m'être occupée d'un mari, de ma maison, des enfants. C'est après la naissance de mon premier enfant que j'ai commencé à comprendre et à apprécier ma petite sœur, et que nous sommes devenues intimes. Maintenant nous sommes de grandes amies et nous nous aimons beaucoup; nous nous disons tout. Il n'y a rien que je ne ferais pour Karen. Et elle n'a aucun secret pour moi.

— Je l'avais déjà deviné », dit Nim.

Ils continuèrent à bavarder. Cynthia lui parla d'elle-même. Elle s'était mariée à vingt-deux ans, surtout pour quitter le foyer familial où elle étouffait. Son mari avait occupé successivement plusieurs emplois; actuellement il était vendeur dans un magasin de chaussures. Nim en déduisit que le ménage était mal assorti et que Cynthia et son mari restaient ensemble à cause de leurs trois enfants et parce qu'ils n'avaient pas trouvé une solution de rechange. Avant son mariage, Cynthia avait pris des leçons de chant; à présent, quatre soirs par semaine, elle chantait dans une boîte de nuit de deuxième ordre pour compléter le maigre salaire de son mari. Parce qu'elle ne chantait pas ce soir, Cynthia passerait la nuit avec Karen, et son mari s'occuperait du seul enfant qui vivait encore chez eux. Cynthia avait bu deux autres scotches — que Nim avait refusés. Sa parole s'embrouillait.

Nim finit par se lever. « Il est tard. Il faut que je parte.

— Je vais chercher votre imperméable, dit Cynthia. Vous en aurez besoin, rien que pour aller jusqu'à votre voiture. » Elle ajouta : « Mais vous pouvez rester ici si le cœur vous en dit. Il y a un divan-lit.

— Merci. Il vaut mieux que je m'en aille. »

Elle l'aida à endosser son imperméable et, à la porte de l'appartement, elle l'embrassa fougueusement sur la bouche. « En partie pour Karen, dit-elle. Et en partie pour moi. »

Dans sa voiture qui le ramenait chez lui, Nim s'efforça de chasser une idée sous le prétexte qu'elle était déloyale et dévastatrice, mais elle persista : tant de jolies femmes désirables dans le monde, et qui ne demandaient qu'à jouir des plaisirs du lit ! Son expérience, son instinct, et les avances évidentes qu'elle lui avait faites le lui disaient : Cynthia, elle aussi, ne demandait pas mieux.

5

Entre autres choses, Nim Goldman était grand amateur de vins. Il avait le nez et le palais fins, et il aimait spécialement les crus de la Napa Valley qui comptaient parmi les meilleurs de Californie et qui, dans les bonnes années, pouvaient rivaliser avec les vins de France les plus subtils. Il était donc fort content de se rendre dans la Napa Valley avec Eric Humphrey — même fin novembre — bien qu'il se demandât pourquoi le président l'avait prié de l'accompagner.

Le prétexte invoqué était de fêter un retour au pays. Le retour honoré, victorieux et sentimental de l'un des plus distingués enfants de la Californie.

L'Honorable Paul Sherman Yale.

Quinze jours plus tôt, il était encore un juge respecté de la Cour suprême des États-Unis.

Si jamais quelqu'un méritait le surnom de « Mr. California », c'était indiscutablement Paul Sherman Yale. Tout ce qu'un Californien pouvait désirer ou s'efforcer d'être, il l'avait accompli exemplairement, au cours d'une remarquable carrière qui touchait à sa fin.

Il avait à peine plus de vingt ans quand — avec deux ans d'avance sur la plupart de ses collègues — il avait brillamment reçu le diplôme de la faculté de droit de Stanford et, jusqu'à son quatre-vingtième anniversaire qu'il venait de célébrer, Paul Yale avait rempli une succession de rôles publics de plus en plus importants. Jeune avocat, il s'était acquis dans tout l'État la réputation de défenseur des pauvres et des humbles. Il sollicita, et l'obtint, un siège à l'Assemblée de Californie; puis, en deux sessions, il gravit les échelons pour devenir le plus jeune membre jamais élu du sénat de l'État. Dans les deux assemblées, il accomplit un excellent travail de législateur. Il fut l'auteur du premier ensemble de lois destiné à protéger les minorités et à éliminer les entreprises dont les ouvriers étaient mal payés et travaillaient dans des conditions insalubres. Il patronna aussi des lois qui aidèrent les fermiers et les pêcheurs californiens.

Paul Yale quitta le sénat pour être élu Attorney général de l'État; dans cette fonction, il déclara la guerre au crime organisé et fit jeter en prison quelques caïds du banditisme. Logiquement, l'étape suivante de sa carrière aurait dû être le poste de gouverneur, qu'il aurait pu obtenir s'il l'avait demandé. Mais il préféra accepter l'invitation du président Truman à occuper un siège vacant à la Cour suprême des États-Unis. Le Sénat confirma sa nomination après de brefs débats puisque son nom n'avait jamais été mêlé — pas plus qu'il ne fut dans la suite — à des affaires de scandale ou de corruption. Certains le surnommèrent : Mr. Integrity.

Pendant son mandat à la Cour suprême, il rédigea de nombreux avis qui reflétaient son large sens de l'humain et qui reçurent cependant les éloges des spécialistes du droit séduits par ce qu'ils y trouvèrent de « pur sens juridique ». Tout cela n'empêchait pas le juge Yale de se rappeler que sa femme Beth et lui étaient californiens et il ne manqua jamais de proclamer son attachement à son État natal.

Quand, le moment venu, il décida que son œuvre était achevée, il démissionna discrètement et les Yale quittèrent Washington pour s'en retourner — comme le déclara Paul Yale à *Newsweek* — « vers l'ouest et le pays ». Il déclina l'invitation à un grand banquet à Sacramento, mais consentit à assister à un déjeuner de bienvenue plus modeste dans la Napa Valley où il était né et où les Yale projetaient de finir leurs jours.

Au nombre des invités — et sur la suggestion de Yale — figurait le président de la G.S.P. & L. Humphrey demanda et obtint une invitation supplémentaire pour son assistant, Nim Goldman.

Sur la route de la Napa Valley, dans la limousine du président que conduisait un chauffeur, Humphrey se montra affable pendant que Nim et lui travaillaient sur des projets et des problèmes en cours, selon leur habitude durant ce genre de déplacements. De toute évidence, le président avait tiré un trait sur le mécontentement que Nim lui avait causé. Le but de leur voyage n'avait pas été précisé.

L'hiver approchait et, quelques semaines après les vendanges, la vallée était encore d'une beauté extraordinaire. Le soleil dorait toute chose. Déjà les premières pousses de moutarde jaune clair apparaissaient entre les alignements de vignes — à présent foncées et sans feuilles, mais qui seraient bientôt taillées en prévision de la prochaine saison. Au cours des semaines à venir, la moutarde croîtrait et se multiplierait puis on labourerait le sol, la moutarde enfouie dans les sillons, afin de le fertiliser. C'est un excellent engrais qui ajoute un piquant spécial à la saveur des raisins et du vin.

« Avez-vous remarqué l'espacement des vignes ? » demanda Humphrey qui avait rangé ses papiers quand ils avaient pénétré dans la partie centrale de la vallée où les vignobles s'étendaient très loin en direction des collines vertes qui la bordaient de chaque côté. « L'espacement est beaucoup plus large qu'auparavant. C'est pour la récolte mécanique — le moyen qu'emploient les viticulteurs pour battre les syndicats. Les dirigeants des syndicats ont frustré leurs adhérents de leurs emplois en se construisant un empire et en se montrant intransigeants, de sorte que la main-d'œuvre sera bientôt réduite au minimum ici, parce que la machine exécutera la plupart des tâches avec un rendement supérieur. »

Ils traversèrent le bourg de Yountville. Quelques kilomètres plus loin, entre Oakville et Rutherford, ils tournèrent pour pénétrer par une entrée encadrée de murs voûtés couleur brique dans le château style mission espagnole du producteur de vins Robert Mondavi : c'était là que le déjeuner serait servi.

L'invité d'honneur et sa femme étaient arrivés de bonne heure et se trouvaient dans l'élégante salle du Vignoble, prêts à accueillir leurs amis. Humphrey, qui les avait déjà rencontrés plusieurs fois, leur présenta Nim.

Paul Sherman Yale était petit, vif, très droit, avec des cheveux blancs qui s'éclaircissaient, des yeux gris pénétrants qui semblaient vriller tout ce qu'ils regardaient, et un entrain de toute sa personne qui démentait ses quatre-vingts ans. A la grande surprise de Nim, il lui dit : « J'attendais avec impatience de faire votre connaissance, jeune homme. Avant que vous ne rentriez à la ville, nous trouverons bien un coin quelque part où nous pourrons parler. »

Beth Yale, une femme cordiale et gracieuse qui avait épousé son mari cinquante ans plus tôt quand il était jeune député et elle sa secrétaire, ajouta pour Nim : « Je pense que vous aurez plaisir à travailler avec Paul. Je ne connais personne qui l'ait regretté. »

Dès qu'il en eut la possibilité, Nim tira Humphrey à part. Il lui demanda à voix basse : « Eric, que se passe-t-il ? Qu'est-ce que c'est que cette histoire ?

— J'ai promis, répondit Humphrey. Si je vous mettais au courant, je trahirais ma promesse. Prenez votre mal en patience. »

A mesure qu'arrivaient les invités et que s'allongeait la file de ceux qui voulaient serrer la main des Yale, l'événement prenait de l'ampleur. C'était comme si toute la Napa Valley s'était donné rendez-vous pour rendre hommage à l'enfant du pays qui avait si bien réussi. Nim reconnut quelques-uns des plus grands producteurs de vins de Californie : Louis Martini, Joe Heitz, Jack Davies de Schramsberg, l'hôte du jour Robert Mondavi, Peter Mondavi de Krug, Andrew Tchelistcheff, le Frère Timothy des Christian Brothers, Donn Cappellet, d'autres encore. Le gouverneur, absent de l'État, avait délégué le sous-gouverneur pour le représenter. Les media, y compris plusieurs équipes de télévision, étaient arrivés en force.

Ce soir et demain, la plupart des Californiens participeraient par l'image et le son ou la lecture à cette petite cérémonie qui avait été annoncée comme privée et sans caractère officiel.

Le déjeuner — arrosé, bien entendu, par des vins de la Napa Valley — fut suivi de petits discours d'introduction qui, par chance, ne traînèrent pas en longueur. Un toast fut porté à Paul et Beth Yale, spontanément ovationnés par l'assistance debout. En souriant, l'invité d'honneur se leva pour répondre. Il parla durant une demi-heure avec une éloquence simple et chaleureuse. Rien de fracassant, pas de révélations sensationnelles, rien que les propos d'un enfant du pays enfin revenu parmi les siens. « Je ne suis pas entièrement disposé à mourir, déclara-t-il. Qui le serait ? Mais lorsque je partirai pour l'éternité, je voudrais que ce soit ici que je monterai dans le car. »

Le coup de théâtre avait été gardé pour la fin.

« Jusqu'à ce que ce car arrive, j'ai l'intention d'être actif et, je l'espère, utile. Il y a un travail dont on m'a dit qu'il était dans mes cordes et qui servirait peut-être la Californie. Après avoir mûrement réfléchi et consulté ma femme qui, de toute façon, s'inquiétait de m'avoir à la maison toute la journée... *(Rires)...* j'ai accepté d'entrer à la Golden State Power & Light. Non pas comme releveur de compteurs ; ma vue, malheureusement, a baissé... *(Nouveaux rires)...* mais comme membre du conseil d'administration et porte-parole public de la société. Par égard pour mon grand âge, je vais être autorisé à fixer moi-même mes heures de bureau, de sorte que je n'arriverai probablement pas en retard — les jours où j'aurai décidé de me montrer — pour un déjeuner payé par une note de frais... *(Rires bruyants)...* Mon nouveau patron, Mr. Eric Humphrey, est ici aujourd'hui, sans doute pour me demander mon numéro de Sécurité sociale et mon curriculum vitae... *(Rires et applaudissements).* »

Un peu plus tard, Humphrey informa Nim : « Ce vieil ami a exigé le secret absolu pendant nos négociations, puis il a tenu à annoncer l'événement lui-même à sa manière. Voilà pourquoi je ne pouvais rien vous dire d'avance, quand bien même vous serez celui qui travaillera avec lui pour l'aider à s'orienter. »

En attendant, lorsque le juge Yale (il conserverait ce titre jusqu'à la fin de ses jours) eut terminé son discours et se fut rassis sous les applaudissements, les journalistes s'empressèrent autour d'Eric Humphrey. « Nous avons encore beaucoup de détails à mettre au point, leur dit Humphrey, mais pour l'essentiel le rôle de Mr. Yale sera tel qu'il l'a défini : un porte-parole pour le public et devant les commissaires et les législateurs. »

Humphrey avait l'air satisfait en répondant aux questions des reporters — et il avait bien le droit de l'être ! pensa Nim. Attraper au lasso Paul Sherman Yale pour l'attirer dans l'orbite de la G.S.P. & L. était un coup de maître. Non seulement Yale s'était acquis un crédit dans le public, mais toutes les portes officielles de la Californie, à commencer par celle du gouverneur, lui étaient ouvertes. Son influence sur les législateurs pourrait certainement être considérable.

Déjà les équipes de la télévision manœuvraient autour du nouveau porte-parole de la G.S.P. & L. afin de le mettre en posture pour faire une déclaration. Une déclaration qui serait la première de beaucoup d'autres, se dit Nim dont le cœur se serra de regret et d'envie.

6

« En dehors de toute autre considération, disait Beth Yale à Nim avec une franchise qui était un trait de son caractère, l'argent serait le bienvenu. En siégeant à la Cour suprême, personne ne s'enrichit, et la vie à Washington est si chère que nous avons rarement pu faire des économies. Le grand-père de Paul avait constitué une caisse familiale, mais elle a été terriblement mal administrée... Auriez-vous l'obligeance de mettre une autre bûche ? »

Ils étaient assis devant une cheminée dans une petite maison confortable située en plein vignoble, à moins de deux kilomètres du château où ils avaient déjeuné. La maison avait été prêtée aux Yale par son propriétaire qui ne l'habitait que l'été, en attendant qu'ils pussent louer une résidence bien à eux.

Nim ajouta une bûche dans le feu et en tisonna deux autres, partiellement consumées, pour faire une belle flambée.

Une demi-heure plus tôt, le juge Yale s'était excusé en disant qu'il avait besoin d'une petite sieste « pour recharger ses accus ». Il expliqua : « C'est un truc que j'ai appris il y a longtemps quand je m'apercevais que mon attention se diluait. Quelques-uns de mes collègues le pratiquaient même au tribunal. »

Auparavant, ils avaient parlé pendant plus de deux heures des affaires de la G.S.P. & L.

L'entretien « à part » que Paul Yale avait proposé à Nim avant le déjeuner au château n'avait pu avoir lieu car il n'avait pas réussi à échapper à ses admirateurs. Il avait donc suggéré à Nim de revenir le voir chez lui. « Si je dois faire quelque chose, jeune homme, je n'aime pas me tourner les pouces. Eric m'a dit que vous pouviez me fournir la meilleure vue d'ensemble sur votre compagnie ; alors ne perdons pas de temps. »

Ils n'en avaient pas perdu. Pendant que Nim décrivait le statut, la politique et les problèmes de la G.S.P. & L., Paul Yale l'interrompait pour lui poser des questions précises et pertinentes. Nim trouvait fort stimulant cet exercice mental — un peu comme s'il jouait une partie d'échecs contre un champion. Et la mémoire extraordinaire de Yale le stupéfia. Le vieux juge semblait n'avoir rien oublié des années qu'il avait passées autrefois en Californie, et son savoir sur l'histoire de la G.S.P. & L. dépassait parfois celui de Nim.

Pendant que son mari « rechargeait ses accus », Beth Yale avait servi le thé devant la cheminée. Paul Yale reparut peu après.

« Je t'ai entendue parler de la caisse familiale », déclara-t-il.

Sa femme ajouta de l'eau dans la théière et plaça une tasse devant lui. « J'ai toujours dit que tu avais une oreille qui traînait partout.

— Une conséquence de mes années de juge : il fallait tendre l'oreille pour entendre les avocats quand ils parlaient entre leurs dents. Vous seriez étonné du nombre d'hommes de loi qui marmonnent, dit Paul Yale à Nim. Cette caisse dont Beth parlait avait été constituée parce que mon grand-père espérait que la fonction publique deviendrait une tradition dans notre famille. Il croyait que quiconque choisirait cette voie ne devrait pas avoir de soucis financiers. Cette opinion est passée de mode, mais je ne la désapprouve pas. J'ai vu dans les hautes sphères de Washington trop de gens obligés de se serrer la ceinture pour avoir un peu plus d'argent. Cela les expose à toutes sortes de tentations. »

Le juge but le thé que sa femme lui avait versé. « Voilà une coutume civilisée, le thé de l'après-midi. Nous la devons aux Anglais, tout comme le grand arsenal de nos lois. » Il reposa sa tasse. « De toute façon, ainsi que Beth l'a dit, la caisse familiale a été mal administrée. Tant que j'étais à la Cour suprême, je ne pouvais rien faire, mais maintenant j'ai commencé à réparer quelques dégâts. » Il rit tout bas. « Tout en travaillant pour la G.S.P. & L., bien sûr !

— Ce n'est pas pour nous-mêmes, ajouta Beth, Mais nous avons des petits-enfants qui manifestent l'intention de participer à la vie publique. Cela pourrait les aider plus tard. »

Nim devina que la caisse familiale était un sujet pénible pour les Yale. Paul Yale, d'ailleurs, le confirma en maugréant : « La caisse possède de bons chais, des terrains pour l'engraissement des bestiaux, deux immeubles bourgeois en ville et — le croiriez-vous ? — tout cela à perte, occasionnant des dettes, rongeant le capital. La semaine dernière, j'ai parlé durement à l'administrateur — je lui ai fait les trois sommations légales pour qu'il réduise les frais. » Il s'arrêta brusquement. « Revenons à cette chère G.S.P. & L. Je me suis inquiété, comme vous certainement, de tous les sabotages et des meurtres qui ont eu lieu », dit Paul Yale. « Les gens qui revendiquent la responsabilité de ces actes... comment s'appellent-ils ?

— Les Amis de la Liberté.

— Ah oui ! Un intéressant devoir de logique : Soyez libres comme je l'entends, sinon je vous ferai sauter. Savez-vous si la police a réalisé quelques progrès pour les identifier ?

— Apparemment aucun.

— Mais pourquoi font-ils cela ? interrogea Beth Yale. Voilà le plus difficile à comprendre.

— Nous sommes quelques-uns dans notre société à y avoir réfléchi et à en avoir parlé.

— Et où vous ont menés ces réflexions ? » demanda Paul Yale.

Nim hésita. Il avait spontanément évoqué ce sujet et à présent, sous le regard pénétrant du juge Yale, il regretta son impulsion. Mais il était bien obligé de répondre à sa question.

Nim exposa alors la théorie de la police : les Amis de la Liberté constituaient un petit groupe dont un seul homme était le cerveau et le chef. « Supposant que cette hypothèse était exacte, nous avons pensé que, si nous pouvions pénétrer, ne fût-ce que partiellement, dans l'esprit du chef — appelons-le X — nous améliorerions nos chances pour lui mettre la main au collet. Nous pourrions même imaginer quelle serait sa prochaine tentative, et être prêts pour la faire avorter. »

Nim ne précisa point que l'idée lui était venue après les derniers attentats où les gardes de sécurité avaient été assassinés. Depuis lors, Harry London, Teresa Van Buren, Oscar O'Brien et lui s'étaient réunis à trois reprises pour de longues séances de travail au cours desquelles chacun avait émis ses impressions en vrac avant d'en analyser les retombées. Si rien de positif n'était sorti de ces conférences, ils sentaient tous les quatre qu'ils parvenaient à une meilleure compréhension des saboteurs inconnus et de X. Au début, O'Brien, qui n'avait pas pardonné à Nim son attitude aux débats publics sur Tunipah, s'était opposé à cette proposition qu'il considérait comme « une perte de temps ». Mais bientôt l'avocat-conseil s'était laissé fléchir et il s'était joint aux trois autres ; avec la subtilité de son esprit de juriste, il apportait une contribution importante aux discussions.

« Vous avez supposé que votre X était un homme, dit Paul Yale. Avez-vous envisagé qu'il pourrait être une femme ?

— Oui, mais il y a de fortes présomptions pour qu'il soit un homme, d'abord parce que les enregistrements sur bande reçus après chaque attentat proviennent d'une voix d'homme, et qu'il est raisonnable d'en déduire que cet homme est notre X. Nous avons constaté que, dans l'histoire, tous les chefs des révolutions armées ont été des hommes ; les psychologues affirment que les femmes ont un esprit trop logique et que les détails d'une révolution sont rarement guidés par le bon sens. Jeanne d'Arc a été une exception. »

Paul Yale sourit. « Et sur quelles autres théories travaillez-vous ?

— Eh bien, même si le chef n'est pas une femme, nous sommes convaincus qu'il y a une femme chez les prétendus Amis de la Liberté et que, presque sûrement, elle est l'intime amie de X.

— Qu'est-ce qui vous fait croire cela ?

— Plusieurs raisons. La première est que X est extrêmement vaniteux. Les enregistrements en apportent la preuve ; notre " groupe de réflexion " les a écoutés à de nombreuses reprises. Deuxièmement, il est très viril. Nous avons cherché à dénoter un indice d'homosexualité, soit dans l'intonation soit dans les mots ; nous n'en avons trouvé aucun. Au contraire le ton, le choix des mots... bref, la conclusion à laquelle nous sommes tous arrivés après avoir procédé à de multiples auditions des bandes est que X est un jeune et robuste mâle. »

Beth Yale qui l'avait écouté avec une attention soutenue, conclut : « Donc, votre X serait un homme normal. Où cette découverte vous mène-t-elle ?

— A une femme, croyons-nous, répondit Nim. Notre raisonnement a été le suivant : un homme comme X a besoin d'une femme près de lui ; sans une femme, il ne pourrait pas exister. Elle doit être également sa confidente, pour la raison pratique qu'elle vit dans son intimité, et aussi parce que la vanité de X l'exige. Considérez la situation sous cet angle-ci : X se prend pour un héros, comme en témoignent les enregistrements ; par conséquent il tient à ce que cette femme — sa compagne — partage son opinion. Voilà donc une autre raison pour laquelle elle doit être au courant de ses activités, et y être mêlée sans doute.

— Ma foi, dit Paul Yale, au moins vous n'êtes pas à court de théories. » Il parut amusé et sceptique. « Je dirais cependant que vous avez poussé le raisonnement — pure hypothèse non confirmée — jusqu'aux limites et au-delà.

— Oui, je le pense aussi », admit Nim. Il se sentait embarrassé, ridicule. Devant la réaction d'un magistrat de la Cour suprême, il sentit que toute son histoire semblait peu vraisemblable et même absurde — d'autant qu'il n'avait pas les trois autres pour le soutenir. Il décida de ne pas mentionner les autres conclusions auxquelles était parvenu le groupe de réflexion, bien qu'elles fussent fort claires pour lui.

La police était persuadée, à cause du modus operandi *et d'un indice dans le dernier enregistrement sur bande que le chef des Amis de la Liberté, X, était le véritable assassin des deux gardes. Les quatre (Nim, London, Van Buren et O'Brien) avaient fait leur cette opinion après en avoir débattu. De plus, ils avaient abondamment discuté entre eux et ils croyaient maintenant que la femme — la compagne de X — se trouvait sur les lieux du crime. Leur raisonnement était le suivant : le projet de l'attentat avait été le plus ambitieux de X jusqu'à ce jour et, consciemment ou inconsciemment, il avait dû tenir à ce qu'elle le vît en action. Ce qui faisait d'elle non seulement un témoin, mais une complice du double assassinat.*

Cela posé, cette découverte — ou, plutôt, cette supposition — les aiderait-elle à apprendre l'identité de X ?

La réponse était négative. Seulement, leur hypothèse révélait une faiblesse potentielle, une vulnérabilité de X à exploiter. Comment l'exploiter, en admettant qu'elle pût l'être ? Ce problème-là n'était pas encore résolu.

Et maintenant, pensait Nim, il semblait à mille lieues de recevoir sa solution.

Il prit une décision : le jugement de Paul Yale était sans doute le genre de douche froide dont ils avaient tous besoin ; demain il envisagerait de laisser tomber l'initiative du groupe de réflexion, et d'abandonner le travail de détective aux professionnels : la police, le F.B.I., les services du sheriff qui se penchaient sur le cas des Amis de la Liberté.

Ses pensées furent interrompues par l'entrée du concierge des Yale.

« Une voiture pour Mr. Goldman vient d'arriver, annonça-t-il.

— Merci. » Nim se leva pour prendre congé. Une deuxième limousine de la compagnie avait été commandée à son intention car Eric Humphrey, qui avait un rendez-vous en ville, avait quitté la vallée aussitôt après le déjeuner.

Nim dit aux Yale : « J'ai été très honoré de vous rencontrer tous les deux. Et lorsque vous aurez encore besoin de moi, monsieur, je serai à votre disposition.

— Je suis sûr que ce sera bientôt, répondit Paul Yale, et j'ai beaucoup apprécié notre conversation. » Ses yeux pétillèrent. « Du moins ses éléments substantiels. »

Nim repartit en se promettant qu'à l'avenir, quand il aurait affaire avec un homme de la stature de Paul Sherman Yale, il se cantonnerait dans les faits solides.

7

Le coup de chance, pour Harry London, tomba à l'improviste.

Le chef du service de la Protection des biens se trouvait dans sa petite cabine vitrée — car il n'avait pas encore obtenu de bureaux permanents pour lui et ses collaborateurs, et il continuait à œuvrer dans une installation de fortune — quand il entendit le téléphone sonner dans le recoin où travaillait sa secrétaire. Quelques instants plus tard, son poste tinta.

Il décrocha le combiné sans se presser, parce qu'il n'avait plus envie de se presser. Les deux derniers mois avaient été une période décousue où rien d'important ne s'était produit au sujet des vols de courant. La routine, toujours la routine... A la fin de l'été, une étude sur ordinateur avait révélé trente mille cas de fraude possible — un chiffre astronomique ! — et depuis lors London, son adjoint Art Romeo et leurs collaborateurs auxquels cinq enquêteurs étaient venus se joindre avaient entrepris la vérification des suspects un par un. Comme le savait Harry London qui avait été détective à Los Angeles, cette vérification ressemblait à la plupart des opérations de police : elle était laborieuse, monotone, lassante, avec des résultats inégaux.

Dix pour cent des enquêtes menées jusqu'ici avaient apporté suffisamment de preuves pour que la G.S.P. & L. pût accuser de fraude divers consommateurs et leur réclamer le paiement d'arriérés. Une autre tranche de dix pour cent montra que des changements dans les niveaux de consommation avaient des motifs valables tels que des économies authentiques, ce qui innocentait les abonnés en cause. Dans quatre-vingts pour cent des cas, les enquêtes n'avaient pas été concluantes.

Sur les cas prouvés, quelques-uns seulement avaient été assez sérieux pour mériter des poursuites.

A tout le monde, cette investigation paraissait lente et interminable. Voilà pourquoi Harry London, sa chaise inclinée en arrière et les pieds sur son bureau, s'ennuyait ferme en cet après-midi de la mi-décembre.

« Oui? » dit-il dans l'appareil.

Une voix à peine audible demanda : « C'est bien Mr. London?

— Lui-même.

— Ici Ernie, concierge de l'immeuble Zaco. Mr. Romeo m'avait dit de téléphoner à vous ou à lui si les types revenaient. Ils sont là maintenant. »

Les pieds d'Harry London se catapultèrent sur le plancher. Il se redressa brusquement sur sa chaise. « Les mêmes qui avaient truqué les compteurs?

— Oui. Ils sont venus dans un camion, le même que la première fois. Ils sont au travail en ce moment. Je ne peux pas rester au téléphone plus d'une minute.

— D'accord, dit London. Alors, écoutez-moi bien. Il me faut le numéro minéralogique de ce camion.

— Je l'ai déjà.

— Formidable! Nous allons foncer là-bas pour arriver le plus vite possible. Pendant que nous serons en route, ne faites rien qui puisse éveiller les soupçons de ces hommes mais, s'ils se préparent à repartir, bavardez avec eux pour essayer de les retenir. » Tout en parlant, London avait appuyé sur un bouton pour convoquer sa secrétaire.

La voix du demandeur, toujours murmurante, parut sceptique. « Je le ferai si je peux. Écoutez, Mr. Romeo m'avait dit que je serais payé si...

— Vous toucherez votre argent, mon ami. Chose promise, chose due. Maintenant agissez comme je vous l'ai dit. Je pars tout de suite. » London raccrocha.

Sa secrétaire, une jeune et sémillante Américaine d'origine chinoise qui s'appelait Suzy, se tenait sur le pas de la porte. « J'ai besoin du concours de la police municipale, lui dit-il. Téléphonez au lieutenant Wineski; vous savez où le joindre. Si vous ne pouvez pas l'avoir au bout du fil, demandez à quelqu'un d'autre de la division Détective de venir me retrouver à l'immeuble Zaco. Dites que l'affaire dont j'avais parlé à Wineski se déclenche. Tâchez ensuite d'avoir Art Romeo. Vous lui direz la même chose, et vous le prierez de se grouiller pour qu'il arrive le plus tôt possible à l'immeuble Zaco. Compris?

— Tout compris, monsieur London, répondit Suzy.

— Brave gosse! » London se dirigea au pas de course vers l'ascenseur qui allait le mener au garage du sous-sol.

Il calcula que, s'il conduisait vite et s'il n'y avait pas trop d'embouteillages, il pourrait être à l'immeuble Zaco dans une dizaine de minutes.

Seulement, Harry London n'avait pas tenu compte dans ses calculs des premières vagues de banlieusards qui rentraient chez eux et des acheteurs de cadeaux de Noël qui obstruaient les rues du centre ; la circulation s'en trouvait tellement ralentie qu'il lui fallut vingt minutes pour arriver devant l'immeuble Zaco, à l'autre extrémité du quartier des affaires.

Quand il s'arrêta, il reconnut une voiture banalisée de la police qui ne l'avait précédé que de quelques secondes. Deux hommes en civil en descendaient. L'un était le lieutenant Wineski, et London bénit sa chance. Wineski était un ami, un officier de police que London avait cultivé et dont la présence éviterait les pertes de temps pour des explications.

Le lieutenant Wineski, qui avait aperçu London, attendait en compagnie du second détective que London connaissait vaguement et qui s'appelait Brown.

« Quoi de neuf, Harry ? » Wineski était jeune, intelligent, ambitieux ; il n'avait pas un pouce de graisse et, contrairement aux autres inspecteurs, s'habillait bien. Il aimait aussi les affaires sortant de l'ordinaire pour sa publicité personnelle. Au siège de la police, tout le monde pensait que Boris Wineski avait un bel avenir et qu'il parviendrait peut-être aux échelons supérieurs de la hiérarchie.

« Un tuyau tout chaud, Boris. Allons-y ! » D'un même élan, les trois hommes traversèrent l'avant-cour de l'immeuble.

Vingt ans plus tôt, l'immeuble de vingt-trois étages en béton armé de Zaco avait été moderne et dans le vent. Une grosse affaire de courtage ou une importante agence de publicité aurait pu y louer plusieurs étages. Maintenant, comme d'autres constructions du même type, il avait pris un aspect minable, et plusieurs de ses occupants de « première classe » en étaient partis pour s'installer dans des immeubles plus nouveaux où prédominaient le verre et l'aluminium. Certes il abritait encore de nombreux locataires, mais moins prestigieux, et le tarif des loyers avait dû être baissé en raison de sa dégradation. De toute évidence, il rapportait moins qu'à son époque faste.

Harry London avait appris tout cela au cours de son enquête préliminaire.

Le vestibule de l'immeuble, en imitation de marbre, commençait à se remplir d'employés de bureau qui s'en allaient. Esquivant ce flot humain, London se dirigea vers une porte métallique discrète dont il connaissait l'existence et qui permettait d'accéder à un escalier desservant les trois étages inférieurs.

En chemin, Nim avait résumé aux deux détectives l'appel téléphonique qu'il avait reçu vingt-cinq minutes auparavant.

Ce que le chef du service de la Protection des biens savait aussi, c'était que les compteurs et les commandes du gaz et de l'électricité étaient situés tout en bas, et que le contrôle de la fourniture d'énergie à l'immeuble — pour le chauffage central, le fonctionnement des ascenseurs, le conditionnement de l'air, et l'éclairage — s'effectuait de là.

Au pied du dernier escalier, un homme maigre et de haute taille en bleu de travail, mal rasé et échevelé, avait l'air d'examiner des poubelles. Il leva la tête, puis s'avança vers Harry London et les détectives.

« Monsieur London? » C'était assurément la même petite voix qu'au téléphone.

« Oui. Vous êtes Ernie, le concierge? »

L'homme en bleu de travail répondit affirmativement d'un signe de tête. « Vous avez pris votre temps.

— Aucune importance. Ces hommes sont-ils toujours ici?

— A l'intérieur. » Le concierge indiqua une porte métallique semblable à celles des étages supérieurs.

« Combien sont-ils?

— Trois. Et... mon argent?

— Oh! bon Dieu! s'exclama London avec impatience. Vous l'aurez! »

Le lieutenant Wineski intervint. « Y a-t-il d'autres personnes là-dedans? »

Le concierge, qui arborait maintenant une mine revêche, secoua la tête. « Il n'y a personne d'autre que moi en bas.

— Très bien. » Wineski fit un pas en avant et prit la direction des opérations. « Nous irons vite, dit-il à l'autre détective et à London. Harry, vous entrerez le dernier. Quand nous serons à l'intérieur, restez derrière, près de la porte jusqu'à nouvel avis. » Au concierge : « Vous, attendez dehors! » Wineski posa une main sur la porte métallique. « Allons-y! »

Il ouvrit la porte; les trois hommes s'élancèrent.

Sur un mur distant de sept ou huit mètres, trois hommes étaient au travail. Ainsi que le raconta plus tard Harry London : « Si nous leur avions envoyé par la poste une liste de suggestions pour nous fournir les preuves que nous préférerions, ils n'auraient pas fait mieux. »

Une armoire de transformateur de courant électrique — installée puis fermée à clé par la G.S.P. & L. — était entrebâillée. L'enquête ultérieure découvrit que plusieurs interrupteurs avaient été ouverts, reliés par du chatterton, puis refermés, ce qui réduisait d'un tiers les enregistrements du compteur. Un peu plus loin, un compteur à gaz avait une dérivation partiellement visible. Les outils et le matériel pour la besogne en cours étaient étalés tout autour : pinces isolantes, clefs à douille, plombs, presse mécanique à plomber (volée à la G.S.P. & L.), et l'enveloppe de l'armoire de transformateur avec une clé (également volée à la G.S.P. & L.) sur la serrure.

Wineski s'annonça d'une voix de stentor. « Nous sommes officiers de police. » Il commanda : « Ne bougez pas! laissez chaque chose à sa place! »

Entendant la porte s'ouvrir, deux des hommes qui travaillaient s'étaient retournés aussitôt. Le troisième, qui était étendu de tout son long et qui opérait sur la dérivation du compteur à gaz, roula sur le côté pour voir ce qui se passait, puis s'accroupit. Ils portaient tous les trois des bleus de travail propres avec des épaulettes sur lesquelles étaient inscrites les initiales entrelacées Q.E.G.C., que l'enquête allait traduire comme étant celles de Quayle Electrical & Gas Contracting (Entreprise Quayle d'installation d'électricité et de gaz).

L'un des deux hommes qui se trouvaient le plus près de la porte d'entrée était très grand, barbu, et avait le physique d'un lutteur de foire ; ses manches relevées faisaient apparaître de gros muscles saillants. L'autre était jeune, à peine plus âgé qu'un gamin, et son visage étroit aux traits creusés révéla tout de suite une vive frayeur.

Le grand barbu ne se laissa pas intimider. Il ne tint nul compte de l'ordre de ne pas bouger ; il s'empara d'une lourde clé à tubes, la leva et bondit en avant.

Harry London, qui était resté dans le fond comme convenu, vit Wineski plonger rapidement une main sous sa veste ; une seconde plus tard, un revolver était dans cette main. Le détective parla sec. « Je suis un tireur d'élite. Si vous faites un pas de plus, je loge une balle dans votre jambe. » Le géant hésita. « Lâchez votre clé à tubes — tout de suite ! »

Brown, l'autre détective, avait lui aussi tiré son revolver. A contre-cœur, le géant obéit.

« Contre le mur ! cria Wineski ; le troisième homme, plus âgé que les deux autres, s'était relevé et faisait mine de vouloir s'échapper. Tenez-vous tranquille ! Tournez-vous face au mur ! Vous autres, rejoignez-le et faites de même ! »

Avec de la haine dans les yeux, le grand barbu recula. Le jeune ouvrier, blême et tout tremblant, s'était déjà hâté d'obéir.

Il y eut un moment de silence pendant lequel trois paires de menottes cliquetèrent.

« Ça va, Harry, appela Wineski sans se retourner. Dites-nous maintenant ce que signifie toute cette comédie.

— C'est le genre de preuve irréfutable que nous recherchions, répondit le chef du service de la Protection des biens de la G.S.P. & L. La preuve d'un vol d'électricité et de gaz sur une grande échelle.

— Vous êtes prêt à le jurer devant le tribunal ?

— Sûr ! Moi et d'autres. Nous vous procurerons autant de témoins experts que vous voudrez.

— Bien. »

Wineski s'adressa aux trois hommes qui avaient les menottes aux poignets. « Restez face au mur mais écoutez-moi attentivement. Vous êtes en état d'arrestation, et je suis tenu de vous dire quels sont vos droits. Vous n'êtes pas obligés de faire une déposition. Cependant, si vous en faites une... »

Quand il eut achevé cette déclaration — formalité que la loi rendait obligatoire — Wineski fit signe à Brown et London de se rapprocher de lui. Il leur dit à voix basse : « Je voudrais séparer ces bonshommes. Le môme me paraît près de craquer ; il parlera peut-être. Brownie, allez téléphoner pour demander une autre voiture.

— Tout de suite. » Le second détective rengaina son revolver et sortit.

La porte de l'escalier était restée ouverte et, quelques moments plus tard, un bruit de pas précipités qui descendaient se fit entendre. London et Wineski se retournèrent : c'était Art Romeo ; ils poussèrent un soupir de soulagement.

« Un joli filon à exploiter, dit Harry London à son adjoint. Voyez vous-même. »

Le petit homme qui, comme d'habitude, ressemblait plus à un voyou qu'à une personne de confiance, s'avança, regarda la scène et sifflota doucement.

« Si c'est un appareil photo que vous avez apporté, dit le lieutenant Wineski à Romeo qu'il connaissait depuis longtemps, il vaudrait mieux que vous commenciez sans perdre de temps.

— Je m'y mets, lieutenant. » Romeo retira de son épaule un étui de cuir noir et se mit en devoir d'opérer.

Pendant qu'il prenait plusieurs douzaines de photos, sous tous les angles, des travaux illégaux inachevés et des outils éparpillés sur le sol, le détective Brown revint accompagné de deux policiers en uniforme.

Ils emmenèrent les hommes arrêtés ; le plus jeune, encore tremblant de peur, monta le premier et seul dans une voiture de la police ; Wineski le suivit non sans avoir chuchoté à l'oreille d'Harry London : « Je vais interroger moi-même ce môme, et je vous tiendrai au courant. »

8

« Wineski avait raison, raconta Harry London à Nim Goldman. Le môme — dix-huit ans et frais émoulu d'une école professionnelle — a craqué et s'est mis à table. Ensuite Wineski et Brown se sont servis de ses aveux pour tenter d'extorquer aux deux autres des informations supplémentaires. »

Quatre jours avaient passé depuis les arrestations à l'immeuble Zaco. Aussitôt après l'événement, London en avait brièvement rendu compte à Nim. Maintenant, invité par Nim à déjeuner dans la salle à manger réservée aux dirigeants de la G.S.P. & L., il lui donnait tous les détails.

« Continuez, dit Nim. Je veux en savoir plus. » Ils s'étaient interrompus pour absorber quelques grosses bouchées d'un ragoût d'agneau, plat du jour qui était une spécialité du chef.

« Eh bien, d'après Boris Wineski, lorsqu'ils ont interrogé le géant barbu, qui s'appelle Kasner, il n'a pas beaucoup parlé. Il a un dossier de police : plusieurs fois arrêté mais jamais condamné. Le plus âgé, celui qui travaillait sur la dérivation du gaz, a lâché certaines choses que nous ignorions, puis il s'est refermé lui aussi comme une huître. Mais c'est sans importance. La police est maintenant renseignée pour l'essentiel — et elle a le camion.

— Oh oui! le camion! La police l'a-t-elle mis en fourrière?

— Bien sûr! » Rien d'étonnant à ce que London eût l'air heureux; son moral avait remonté en flèche ces derniers jours. « Le camion contenait encore plus de preuves d'illégalité que ce que nous avions trouvé dans l'immeuble Zaco. Il y avait des compteurs d'électricité, des plombs, des verrous et des clés, des câbles de jonction calibrés pour les compteurs, et j'en passe. Presque tout le matériel avait été volé, naturellement. On ne peut pas acheter des accessoires pareils sur le marché libre. Nous croyons à présent que les gens de Quayle ont ici, dans notre compagnie, un complice qui les a approvisionnés, et nous allons nous tourner aussi de ce côté-là.

— Cette société Quayle, s'enquit Nim, qu'a-t-on découvert sur son compte?

— Quantité de choses. D'abord, il y avait suffisamment de matériel incriminable dans le camion et dans l'immeuble Zaco pour que Wineski pût demander un mandat de perquisition dans les bureaux de Quayle. Il l'a donc demandé, et il l'a tout de suite obtenu. Résultat : la police est arrivée avant même que les gens de Quayle aient appris que leurs employés avaient été arrêtés.

— Ne laissez pas refroidir votre ragoût, dit Nim. Il est bon.

— Fameux! Arrangez-vous pour que je mange ici plus souvent, voulez-vous?

— Continuez à nous offrir autant de résultats que la semaine dernière, et vous pourriez bien prendre régulièrement vos repas ici. »

La salle à manger réservée aux vice-présidents et à leurs supérieurs hiérarchiques dans la compagnie, ainsi qu'à leurs invités, était de dimensions modestes, et la simplicité de son décor avait été voulue afin que les gens de l'extérieur n'eussent pas une impression d'opulence. Mais la qualité de la nourriture était exceptionnelle, bien supérieure à celle que servait au personnel d'encadrement la cafétéria du dessous.

« Pour en revenir à la Quayle Electrical & Gas, reprit London, c'est une affaire régulière — une moyenne entreprise qui possède un parc de vingt-cinq camions. Elle a aussi une chaîne de sous-traitants, sociétés plus petites auxquelles elle confie des travaux. Selon ce qui apparaît maintenant — et ici je cite le lieutenant Wineski — la Quayle a utilisé le côté régulier de l'affaire pour couvrir le vol de courant qu'elle pratique sur une grande échelle. La police a découvert dans ses locaux une grosse quantité de matériel du même type que celui que nous avons trouvé dans le camion envoyé à l'immeuble Zaco.

— Dites-moi une chose, questionna Nim. Si une compagnie comme la Quayle était au début une affaire régulière, pourquoi s'est-elle lancée dans le vol de courant ? »

London haussa les épaules. « Pour la plus vieille des raisons : l'argent. Bien sûr, nous n'en sommes encore qu'aux conjectures mais, vu la façon dont les pièces du puzzle s'imbriquent les unes dans les autres, tout porte à croire que la Quayle, comme beaucoup d'entreprises aujourd'hui, a éprouvé des difficultés à réaliser des bénéfices à cause de ses frais généraux élevés. Mais les travaux illégaux lui rapportent gros. Pourquoi ? Parce qu'elle peut demander cinq, six ou sept fois plus que pour des travaux ordinaires. Et les sociétés pour lesquelles elle les exécute — l'immeuble Zaco par exemple — sont bien contentes de payer ce prix fort parce qu'elles espèrent des économies encore plus substantielles dans leurs frais généraux. Autre chose à ne pas oublier, Nim : jusqu'ici tout avait marché comme sur des roulettes pour la Quayle, sans le moindre pépin.

— Si je vous comprends bien, dit Nim, il reste encore beaucoup de choses à démêler ?

— Il s'agit d'une grosse histoire, reconnut London, qui ne sera peut-être pas totalement élucidée avant des mois. Deux faits, cependant, nous aideront. Premièrement, les services du Procureur général sont très intéressés ; ils ont déjà commis un magistrat pour suivre l'affaire et Wineski travaille avec lui. Deuxièmement, la Quayle tenait des dossiers détaillés sur tous ses travaux ainsi que sur ceux qu'effectuaient des sous-traitants.

— Et la police détient ces dossiers ?

— Oui. A moins qu'ils ne se trouvent maintenant entre les mains du procureur. Le seul ennui, c'est que rien n'indique quels travaux ont été réguliers et quels autres illégaux. C'est là que j'interviens avec mon service et mes collaborateurs.

— De quelle manière ?

— Nous allons vérifier tous les travaux que la Quayle a exécutés l'année dernière. Il y a une chose que ses dossiers — ses ordres de travaux — nous révéleront : c'est la nature précise du matériel utilisé dans chaque cas. Si nous pouvons prouver qu'il a été volé ou employé à des fins illégales — et j'ai l'impression que nous serons en mesure de le faire dans la plupart des cas — le procureur aura un gros dossier de poursuites sous la main. »

Nim réfléchit pour assimiler toutes les informations qu'il venait de recueillir. « Et cette compagnie, demanda-t-il, qui est la propriétaire de l'immeuble Zaco ? Et les autres personnes pour lesquelles la Quayle a effectué des travaux illégaux ? Je suppose que nous allons aussi nous occuper d'elles ?

— Bien entendu ! Il devrait y avoir des traces de versements à la Quayle dans les livres de Zaco et des autres, ce qui donnerait un nouveau relief à l'affaire. » La voix de London reflétait un enthousiasme croissant. « Je vous le dis, Nim, nous venons de soulever un drôle de lièvre. Je prédis que quelques personnalités importantes de la ville seront mouillées avant la fin de cette histoire.

— Le président voudra un rapport détaillé, déclara Nim. Et, plus tard, d'autres rapports sur les progrès réalisés.

— Il les aura. Vous aussi.

— Avez-vous assez de monde pour faire tout ce travail ?

— Je ne peux pas vous le dire encore, Nim. J'aurai peut-être besoin de renforts. Dans ce cas, je vous le ferai savoir la semaine prochaine.

— Qu'est-il arrivé aux trois hommes qui ont été arrêtés ?

— Remis en liberté provisoire sous caution. La police protège le môme et le cache parce qu'elle voudrait s'en servir comme témoin de l'accusation. Pendant que j'y pense, il a révélé que seules certaines équipes de la Quayle — des hommes de confiance — avaient procédé à des installations de vol de courant. Si nous parvenions à les isoler, l'enquête s'en trouverait grandement facilitée.

— Encore un détail qui m'intrigue, dit Nim. Puisque les travaux illégaux à l'immeuble Zaco avaient été déjà exécutés, pourquoi une équipe de la Quayle est-elle revenue ?

— C'est tout le sel de l'histoire, répondit London. D'après ce que le môme a appris et répété à Wineski, un responsable chez Zaco a eu vent de nos investigations, celles de Romeo et les miennes, et il en a informé la Quayle. Inquiète, la Quayle a décidé de voler moins de courant, et nos trois gaillards ne faisaient rien d'autre que de modifier le travail qu'ils avaient exécuté auparavant. Si nous ne les avions pas dérangés si tôt, nous aurions mijoté indéfiniment, et attendu pour rien.

— A propos de mijoter, dit Nim, reprenez donc encore un peu de ragoût. »

Dans le courant de l'après-midi, pendant que Nim se trouvait dans le bureau d'Eric Humphrey, il résuma l'essentiel du rapport du chef du service de la Protection des biens. « Vous pourriez le considérer comme un petit cadeau de Noël », dit-il.

Humphrey sourit de l'allusion à Noël — c'était le 20 décembre —, exprima brièvement sa satisfaction, puis laissa tomber le sujet. Nim savait que d'autres problèmes accaparaient les pensées du président.

Il y avait Tunipah. Il y avait l'eau. Il y avait le pétrole.

Les débats publics sur la demande d'autorisation de la G.S.P. & L. pour Tunipah devant la commission de l'Énergie de la Californie se déroulaient encore plus lentement que prévu. La veille, Oscar O'Brien avait déclaré que, par comparaison, la marche d'un escargot « était supersonique ». De toute évidence, des mois s'écouleraient avant la fin de l'actuelle première phase des débats, et les phases suivantes pourraient s'étendre sur plusieurs années. En outre, les autres débats sur Tunipah — devant la commission des Services publics, l'office des Ressources et de la Qualité de l'eau, et l'office de la qualité de l'air — n'avaient même pas commencé.

De ce fait, Oscar O'Brien avait révisé ses premières estimations selons lesquelles les procédures d'autorisation dureraient six ou sept ans. « Du train où vont les choses, avait-il affirmé hier, nous en avons pour huit ans, peut-être dix, avant que nous obtenions le permis de construire. En admettant qu'il nous soit accordé un jour. »

Quant aux autres projets de centrales — celle d'accumulation par pompage à Devil's Gate, et la géothermique de Fincastle — les progrès étaient aussi désespérément lents.

Et pendant tout ce temps-là, ainsi que le calculaient Eric Humphrey, Nim et d'autres hiérarques de la G.S.P. & L., le jour du règlement de comptes se rapprochait — le jour où les demandes de courant électrique par le public dépasseraient de loin la production que pourraient réaliser les intallations existantes. Ce jour-là, et les suivants, tout le monde regretterait, mais en vain, que n'eussent pas été construites et mises en exploitation les centrales de Tunipah, de Devil's Gate, de Fincastle, etc.

L'eau était le deuxième souci du président.

En dépit de deux tempêtes d'hiver accompagnées de précipitations, il était tombé jusqu'ici fort peu de pluie en Californie. Le niveau des réservoirs, épuisés par une précédente sécheresse, était anormalement bas pour la troisième semaine de décembre. Et la neige, qui d'ordinaire s'abattait en grandes quantités sur la Sierra Nevada et ailleurs, avait été exceptionnellement rare, pour ne pas dire nulle.

Les années de pluviosité abondante, la neige d'hiver était de l'argent en banque pour un énorme service public comme la G.S.P. & L. Lorsque la neige fondait au printemps, de grands cours d'eau et des torrents descendaient en cascade pour remplir les réservoirs qui alimenteraient un vaste réseau de centrales hydro-électriques pour l'été suivant.

Maintenant, d'après les estimations qu'avait reçues Eric Humphrey, l'énergie hydro-électrique pourrait, l'année prochaine, être réduite de vingt-cinq pour cent en raison du manque d'écoulement d'eau.

Enfin, il y avait le pétrole.

Pour la G.S.P. & L., comme pour d'autres services publics sur le littoral atlantique ou sur le littoral pacifique, le pétrole était le plus gros point d'interrogation, la préoccupation numéro un.

Ce matin dans le *Chronicle-West*, un éditorial avait ainsi résumé la situation :

La menace sur le pétrole s'est rapprochée lentement, comme un tigre dans l'herbe, pendant que nous n'y faisions pas attention, ou peut-être parce que nous n'avions pas envie de le remarquer.

Tout a commencé avec ce déclin du dollar américain, il y a plusieurs années — notre billet de banque jadis respecté, mais qui n'est plus fort, qui n'est plus « franc comme l'or » parce que la couverture or du dollar a été annulée pendant la présidence Nixon.

Ensuite, tandis que le dollar plongeait en raison de l'ineptie de la politique de Washington, les nations exportatrices de pétrole du Moyen-Orient, de l'Afrique occidentale, de l'Afrique du Nord, de l'Indonésie et du Venezuela ont augmenté leurs prix de vente en dollars pour essayer de ne pas perdre d'argent.

Cela n'a pas marché. Le dollar continue à descendre comme le soleil couchant, à valoir de moins en moins en valeur réelle parce que les U.S.A. ont payé (et continuent de payer) beaucoup plus pour le pétrole importé qu'ils n'en gagnent sur les exportations. Et, comme davantage de dollars partaient pour l'Arabie Saoudite, l'Iran et ailleurs, le ministère des Finances américain faisait imprimer davantage de billets — ce qui ajoutait à la dépréciation du dollar.

Après cela, nous avons assisté à quelques expériences sans lendemain : par exemple, le paiement du pétrole au moyen d'une « corbeille de devises ». (Le beau nom pour un mélange de deutschmarks, de guildens, de francs français et suisses, de livres sterling, de yens et de dollars !) Mais cet expédient n'a rien donné parce que la maladie du dollar et de la livre risquait de renverser la corbeille.

Finalement, les nations pétrolières ont demandé à être payées dans la seule monnaie qui, au cours de la longue histoire du monde, n'a jamais été dévaluée : l'or.

Les États-Unis ont refusé. Ils refusent toujours. (Bien entendu, on peut comprendre le point de vue du ministère des Finances. Les États-Unis n'ont plus assez d'or, parce qu'ils en ont gaspillé des quantités considérables dans de futiles tentatives pour « démonétiser » l'or. En réalité, il en reste juste assez à Fort Knox et dans les banques centrales pour payer la note d'une année de pétrole, plus un petit supplément.) A la place, le ministère des Finances américain qui, depuis plus de dix ans, a compté sur la planche à billets — sans couverture — pour payer à sa manière, a proposé de faire tourner les presses plus vite et de produire davantage de dollars en papier.

Mais cette fois les nations pétrolières ont été inflexibles. Elles ont dit en substance : « Si nous avons besoin d'argent en papier, nous pouvons imprimer le nôtre — sans céder notre pétrole pour l'avoir. » Et elles nous menacent maintenant : « Pas d'or, pas de pétrole. »

Il semble donc que l'impasse soit imminente.

Certes, le pétrole ne s'est pas arrêté de couler. Pas encore ! Et il est également vrai qu'il pourrait ne pas s'arrêter avant un an ou davantage.

Entre-temps, les discussions entre les gouvernements vont se poursuivre ; par conséquent, un compromis reste possible.

Attendons, et nous verrons.

L'incertitude générale à propos du pétrole était un nuage menaçant, planant au-dessus de la G.S.P. & L., parce que la moitié de la capacité de production de la compagnie était dépendante du pétrole, en majeure partie importé.

Ainsi, la perspective d'une pénurie simultanée de pétrole, de gaz et d'eau était une éventualité à laquelle Eric Humphrey, Nim et les autres dirigeants préféraient ne pas penser — et ils avaient froid dans le dos quand ils s'y risquaient.

« Pensez-vous qu'il existe une chance, demanda Eric Humphrey à Paul Sherman Yale, pour que le gouverneur révise sa position et finisse par approuver nos plans sur Tunipah ? Après tout, avec une crise imminente du pétrole et du gaz, peut-il y avoir un argument plus fort en faveur d'une centrale alimentée au charbon ? »

Le juge Yale avait rejoint Humphrey et Nim peu après que ce dernier eut fait au président son rapport sur les vols de courant. La veille, le nouvel et distingué porte-parole de la G.S.P. & L. était allé à Sacramento.

« Le gouverneur reconnaît la valeur de cet argument, répondit Yale, et il hésite. Je l'ai vu hier et j'ai insisté auprès de lui pour qu'il fasse une déclaration pro-Tunipah. Je dirais qu'il existe six chances sur dix pour qu'il s'y décide.

— Heureux d'entendre cela », dit Humphrey soudain rasséréné. Une fois de plus, pensa Nim, le président a démontré sa sagesse en embauchant Paul Yale. Yale paraissait capable d'entrer dans le bureau du gouverneur sans rendez-vous préalable et chaque fois qu'il en avait envie ; il bénéficiait aussi des mêmes facilités d'accès auprès des principaux parlementaires de l'Etat.

« Je puis vous dire, messieurs, déclara Yale, que le pétrole inquiète beaucoup Sacramento. Mes interlocuteurs d'hier, y compris le gouverneur, estiment qu'un rationnement de l'essence sera bientôt inévitable, quelle que soit l'issue de la crise présente.

— Personnellement, affirma Humphrey, je considérerais ce rationnement comme une bonne chose. La façon dont les Américains ont utilisé les voitures, spécialement les grosses voitures, en dilapidant l'essence comme s'il ne devait pas y avoir de lendemains, a été choquante et écœurante. Les Européens — et ils ont raison — nous reprochent notre insouciance. »

Nim résista à l'envie de rappeler au président sa grosse voiture personnelle ; il préféra se tourner vers Yale. « J'espère qu'à Sacramento on se rend compte que la production d'électricité consomme nettement moins d'énergie que les voitures particulières. »

Paul Sherman Yale sourit. « Je vous assure que je n'ai laissé échapper aucune occasion — publique et privée — d'insister là-dessus. »

Nim se souvint que Yale avait publiquement soutenu ce point de vue huit jours plus tôt. Il l'avait fait dans une émission de télévision, « Rendez-vous avec la Presse », où, compte tenu du peu de temps qui s'était écoulé depuis sa désignation, l'ex-juge de la Cour suprême s'était adroitement montré très au courant des affaires de la G.S.P. & L. En regardant l'émission chez lui, Nim avait éprouvé une nouvelle fois le regret de ne plus être le porte-parole de la compagnie. Mais il dut admettre en toute honnêteté que Yale avait magnifiquement tenu sa place.

« Je suppose, dit Paul Yale, que la G.S.P. & L. a toujours des centrales nucléaires sur sa liste de commandes.

— Officiellement oui, répondit Nim. Nous avons deux centrales nucléaires en construction ; nous avons obtenu un permis pour elles juste avant que les autorisations de ce type soient devenues une impossibilité pratique. Nous avons également sollicité deux autres permis de construire pour des centrales nucléaires, mais notre demande n'a rien donné. Donc... » Il haussa les épaules.

« Il est de fait, ajouta Eric Humphrey, que la probabilité d'une autorisation en ce qui concerne de nouvelles centrales nucléaires en Californie s'éloigne de plus en plus. La seule chose dont je sois sûr, c'est que le débat entre partisans et adversaires du nucléaire se poursuivra longtemps encore sans solution. Or nous ne pouvons pas attendre. »

Les pensées d'Humphrey se reportèrent sur leur discussion précédente à propos du pétrole. « Je me dis quelquefois que si j'étais un Arabe, je refuserais des dollars en papier pour mon pétrole et j'exigerais de l'or, ou du moins une monnaie garantie par l'or. Je me demande si les États-Unis cèderont et utiliseront un peu de notre or, quand bien même cela ne durerait pas longtemps.

— Mais avons-nous autant d'or que nous sommes censés en détenir ? interrogea Nim. Il semble que quelques doutes se soient exprimés à ce sujet. »

Humphrey eut l'air étonné. Le juge Yale pas du tout : un léger sourire flotta sur ses lèvres.

« Je suis abonné à une lettre d'informations financières — *The International Harry Schultz Letter* —, poursuivit Nim. On y trouve souvent des nouvelles qui, en définitive, sont vraies mais que les journaux ne paraissent pas pressés de publier. Schultz a parlé de deux hommes — un avocat de Washington, le Dr. Peter Beter, qui était le conseiller de la United States Export-Import Bank, et Edward Durell, un industriel américain. Tous deux dénoncent une " supercherie " au sujet de l'or de Fort Knox, et prétendent qu'il y en a peut-être beaucoup moins que tout le monde ne le croit. »

Paul Yale fit un signe de tête approbateur. « A Washington, ces deux hommes sont assez connus, mais rares sont ceux qui mentionneraient leurs noms. Soit dit en passant, je suis moi aussi abonné à la lettre de Schultz.

— Ce qu'avancent Beter et Durell, expliqua Nim à Humphrey, c'est qu'il n'y a pas eu de vérification sérieuse de l'or de Fort Knox depuis 1953. Ils assurent aussi que la plus grosse partie de l'or qui reste est impur ; qu'il provient de pièces de monnaie fondues qui contenaient de l'argent, du cuivre et de l'antimoine et auxquelles le président Roosevelt aurait eu recours quand la possession d'or par les Américains fut déclarée illégale. Cela seul aurait diminué l'encaisse or de vingt pour cent, peut-être plus.

— Je n'en avais jamais entendu parler, dit Humphrey. C'est intéressant. »

Nim continua sur sa lancée. « Il y a encore autre chose. Certains croient que dans la crise du dollar de 1960 beaucoup d'or américain a été utilisé pour soutenir le dollar, quitte à le remplacer plus tard. Il n'a jamais été remplacé.

— Dans ce cas, demanda Humphrey, pourquoi en avoir fait un secret ?

— La réponse va de soi, répondit Paul Yale. Si le reste du monde apprenait que les États-Unis ne possédaient pas l'or qu'ils prétendent détenir, le dollar subirait un nouvel assaut, avec des ventes de panique. » Il ajouta en réfléchissant : « J'avais entendu à Washington certains bruits à propos de cet or qui manquait. On racontait que chaque nouveau secrétaire au Trésor était tenu de jurer le silence, puis qu'il était mis au courant des faits. Une chose est claire en tout cas : le gouvernement n'autorisera pas une vérification par des indépendants de l'or de Fort Knox. » Il haussa les épaules. « Je n'ai aucun moyen de savoir si les affirmations de Beter et Durell sont fondées. Mais on a déjà vu des choses plus étranges, notamment à Washington. »

Eric Humphrey soupira. « Certains jours, dit-il à Yale, je voudrais que mon assistant soit moins bien informé, qu'il ne lise pas autant, et que de temps en temps il mette en sommeil son esprit lucide. Comme si je n'avais pas assez de soucis avec Tunipah, le charbon, l'eau, le gaz, le pétrole, voilà qu'il ajoute l'or maintenant ! »

9

Dans le bureau lambrissé d'acajou de la présidente du Sequoia Club, au siège social de Cable Hill, Laura Bo Carmichael hésitait ; elle balançait doucement son stylo au-dessus d'un chèque placé devant elle.

C'était un chèque de vingt-cinq mille dollars, tiré sur le compte des projets spéciaux du club, et payable au p. & l.f.p.

L'argent représenterait le second versement sur le total des cinquante mille dollars promis à l'organisation de Davey Birdsong en août dernier, il y avait cinq mois. Le premier versement avait été fait immédiatement après l'accord confidentiel conclu entre le Sequioa Club et le p. & l.f.p. Le second était exigible maintenant.

La signature de Roderick Pritchett, le directeur-secrétaire général du Sequoia Club figurait déjà sur le chèque, une ligne au-dessous de celle réservée à la présidente. Avec un gribouillis de son stylo — sa signature était généralement illisible —, Laura Bo pouvait valider le chèque. Pourtant elle hésitait encore.

La décision d'allier le Sequoia Club et le p. & l.f.p. l'avait tourmentée de doutes depuis le moment même où elle avait été prise.

Ces doutes se renforcèrent aux débats publics sur Tunipah où le comportement de Davey Birdsong, à son avis, avait été abominable. Tous les instincts de Laura Bo s'étaient révoltés contre sa tactique vulgaire et mesquine, ses clowneries pour la galerie, ses appels cyniques aux plus bas niveaux de l'intelligence.

Maintenant, elle se posait de nouveau les mêmes questions. Avait-elle commis une erreur en votant — et son suffrage avait été décisif — pour une alliance avec Birdsong, qui mettait à la disposition de celui-ci une importante somme d'argent? L'estimé Sequoia Club s'était-il avili et déshonoré par une association dont — si la vérité éclatait au grand jour, ce qui n'était pas à exclure — la présidente Laura Bo serait responsable?

N'aurait-elle pas dû, après tout, se joindre à Priscilla Quinn qui ne s'était pas gênée pour exprimer son opinion sur Birdsong? Laura Bo se rappelait encore — avec autant de netteté que d'embarras — les mots de Priscilla : « *Tous mes instincts m'interdisent de lui faire confiance... J'ai des principes, ce qui semble manquer à ce répugnant individu.* » Et ensuite : « *Je pense que vous regretterez tous ce vote. Je désire que mon désaccord figure au procès-verbal.* »

Laura Bo Carmichael, déjà, regrettait son vote.

Elle reposa son stylo sans avoir signé le chèque et composa un numéro sur le téléphone intérieur. « Roderick, pouvez-vous venir, s'il vous plaît ?

— J'ai dans l'idée, lui dit-elle quelques instants plus tard, que nous pourrions reconsidérer ce second versement. Si le premier a été une sottise, nous pourrions au moins ne pas la confirmer par un deuxième chèque. »

Coquet et tiré à quatre épingles comme toujours, Pritchett parut surpris. Il ôta ses lunettes sans monture et les nettoya avec son mouchoir — ce qui était sa tactique quand il voulait gagner du temps.

« L'idée vous est-elle venue, madame la Présidente, dit-il en replaçant ses lunettes sur son nez, que si nous ne versons pas cette somme, nous violerions un accord honnêtement souscrit et jusqu'ici respecté par l'autre partie ?

— Mais a-t-il été respecté ? Qu'avons-nous obtenu en contrepartie des premiers vingt-cinq mille dollars ? La comédie de Birdsong aux débats publics sur Tunipah ?

— Je dirais, répondit Pritchett en choisissant ses mots avec soin, que Birdsong nous a offert beaucoup mieux qu'une comédie. Sa tactique a certes été grossière — sûrement plus grossière que celle à laquelle nous pouvions recourir — mais elle a été astucieuse. Il a réussi à polariser l'attention des media sur l'opposition à Tunipah, alors que les arguments de la G.S.P. & L. n'ont reçu qu'un accueil mitigé. Il a également réussi à démolir leur meilleur témoin, Goldman, d'abord en le provoquant, puis en ne soufflant plus mot pendant que Goldman indisposait tout le monde, y compris sa propre compagnie.

— J'ai été navrée pour lui, déclara Laura Bo. Il y a très longtemps que je connais Nim Goldman et, s'il a pu se fourvoyer, il n'en est pas moins honnête et sincère. Il ne méritait pas ce qui lui est arrivé.

— Dans ce genre de combats, s'empressa de dire Pritchett, il est fatal que certains participants — et leurs réputations — ne s'en sortent pas sans dommages. L'important, du point de vue du Sequoia Club, est de gagner. En ce qui concerne Tunipah, je crois que nous gagnerons.

— Et je n'ai jamais cru, répliqua Laura Bo, dans une victoire à tout prix. J'ai entendu cet argument il y a bien des années. Jusqu'à mon dernier jour, je regretterai de ne l'avoir pas combattu. »

Le directeur-secrétaire général réprima un soupir. La culpabilité incessante de Mrs. Carmichael à propos d'Hiroshima et de Nagasaki n'étaient pas pour lui une nouveauté, et il avait appris à en venir à bout. Battant lestement en retraite, il murmura : « J'ai usé de mots malheureux. Ce que j'aurais dû dire, c'est que l'accord avec Birdsong nous aidera à atteindre nos objectifs, qui sont admirables, ainsi que nous le savons l'un et l'autre.

— Mais où va tout cet argent ?

— Une partie à Birdsong lui-même, naturellement. Après tout, il consacre personnellement beaucoup de temps à cette affaire : il assiste chaque jour aux débats publics, il procède aux interrogatoires contradictoires des nouveaux témoins et, par la même occasion, il se fait l'écho de l'opposition à Tunipah dans les media. Et puis, il y a ses partisans. Il s'est débrouillé pour qu'ils viennent continuellement remplir la salle d'audience, de façon à donner l'impression qu'une solide opposition spontanée à Tunipah existe dans l'opinion.

— Insinuez-vous qu'elle n'est pas spontanée ? Que Birdsong rétribue ces gens-là pour figurer dans la salle ?

— Pas tous. » Pritchett surveilla encore une fois ses propos. Il savait ce qui se passait parce qu'il en avait parlé à Birdsong, mais il ne tenait pas à être trop précis. « Disons que certains d'entre eux ont des frais parce qu'ils doivent s'absenter de leur travail, par exemple. Et ces mêmes partisans, ou d'autres que Birdsong a recrutés, ont organisé les manifestations à l'assemblée annuelle de la G.S.P. & L. Rappelez-vous : il nous a parlé de ses projets ici même, quand nous nous sommes rencontrés. »

Laura Bo Carmichael eut l'air scandalisée. « Des manifestants *payés* ! Un désordre *payé* dans une assemblée annuelle ! Tout cela avec notre argent. Ça ne me plaît pas du tout !

— Puis-je vous rappeler quelque chose, madame la Présidente ? argumenta Pritchett. Nous avons conclu cet accord avec le p. & l.f.p. en connaissance de cause. Lorsque notre comité s'est réuni — Mr. Irwin Saunders, Mrs. Quinn, vous et moi — nous savions bien que les méthodes de Birdsong pouvaient ne pas être très... orthodoxes par comparaison avec les nôtres. Il y a quelques jours, j'ai relu mes notes sur cette conférence d'août ; nous étions tombés d'accord sur le fait qu'il pourrait y avoir certaines choses " que nous ferions mieux de ne pas connaître ". Ce sont, soit dit en passant, les termes exacts qu'a employés Mr. Saunders.

— Mais Irwin, à cette époque, était-il au courant des méthodes de Birdsong ?

— Je pense, répliqua sèchement Pritchett, qu'en tant qu'avocat expérimenté, il s'en faisait une idée assez juste. »

L'argument était valable. Les amis et les ennemis d'Irwin Saunders savaient qu'il était un rude jouteur devant les tribunaux et qu'il n'était pas réputé pour la délicatesse de son éthique. Peut-être avec plus de sagacité que quiconque, il avait deviné d'avance comment Birdsong manœuvrerait.

Le directeur-secrétaire général n'en avait pas parlé à Laura Bo, mais il s'intéressait grandement à un autre problème dont l'avocat Saunders était l'une des données.

Roderick Pritchett devait prendre bientôt sa retraite. Or Saunders était le président influent du comité financier du Sequoia Club, qui déciderait si Pritchett toucherait une grosse retraite — ou une petite.

Les retraites pour le personnel du Sequoia Club n'étaient ni automatiques ni fixes, mais basées sur le nombre des années de travail et l'opinion du comité sur le rendement du solliciteur. Roderick Pritchett, qui n'ignorait pas les critiques dont il avait été l'objet au cours de sa carrière, tenait tout spécialement à faire bonne impression sur Saunders pendant ses derniers mois d'activité, et il pensait que les débats sur Tunipah ainsi que Davey Birdsong pouvaient constituer des arguments de poids.

« Mr. Saunders, dit-il à Lauro Bo, est enchanté des efforts de Birdsong dans son opposition à Tunipah. Il m'a téléphoné dans ce sens, et il m'a rappelé Birdsong avait promis un harcèlement continu de la G.S.P. & L., sur un large front. Le p. & l.f.p. a tenu parole. Un autre point sur lequel nous étions tombés d'accord, c'était l'absence de toute violence — vous vous rappelez que j'avais moi-même soulevé la question ? Eh bien, là encore, Birdsong n'a pas failli à sa promesse.

— Avez-vous eu des nouvelles de Priscilla Quinn ? demanda Laura Bo.

— Non. » Roderick Pritchett sourit. « Mais évidemment Mrs. Quinn serait ravie, et même triomphante, si vous reculiez à présent et si vous refusiez d'effectuer ce second versement. J'imagine qu'elle irait raconter partout qu'elle avait raison et que vous aviez tort. »

C'était un raisonnement judicieux. Ils le savaient tous deux.

Si la décision initiale était annulée aussi tardivement, tout le monde se rappellerait que Laura Bo Carmichael l'avait approuvée par son vote déterminant de présidente ; son embarras serait donc grand, d'autant que par ce geste, elle reconnaîtrait implicitement que vingt-cinq mille dollars de l'argent du club avaient été imprudemment dépensés. Et la langue acérée de Priscilla Quinn ne manquerait pas de profiter de l'aubaine.

Femme contre femme. Malgré tout son dédain pour la féminité, et sa résolution de ne pas laisser son sexe influencer ses décisions, ce fut en fin de compte la fierté de femme de Laura Bo qui l'emporta.

Reprenant son stylo, elle griffonna une signature sur le chèque au p. & l.f.p. et le tendit à un souriant Roderick Pritchett.

Le chèque fut posté à Birdsong dans le courant de ce même jour.

10

« Il nous faut plus de violence ! Plus, encore plus, toujours plus ! » Davey Birdsong en colère abattit sur la table un poing fermé, et sa voix s'enfla pour crier : « Beaucoup plus, afin de secouer le peuple ! Et des morts bien sanglantes, bien sales ! Des quantités de morts ! C'est le seul moyen, *absolument le seul*, pour réveiller ce foutu peuple qui roupille et pour le décider à agir. Vous n'avez pas l'air de vous en rendre compte. »

De l'autre côté de la table de bois qui les séparait, Georgos Winslow Archambault rougit en entendant la dernière accusation. Penchant vers Birdsong son visage maigre d'ascète, il répliqua : « Je m'en rends compte. Mais ce dont vous parlez exige de l'organisation et du temps. Je fais de mon mieux ; seulement nous ne pouvons pas nous attaquer à un objectif toutes les nuits.

— Pourquoi pas ? » Le gros homme barbu décocha à Georgos un regard furibond. « Bon Dieu de bon Dieu ! Tout ce que vous faites maintenant, c'est de poser quelques pétards, et ensuite de fainéanter ici en prenant un bon mois de vacances. »

Leur discussion, qui avait rapidement dégénéré en dispute, avait lieu dans l'atelier du sous-sol de la maison louée dans le quartier est — la cachette des Amis de la Liberté. Comme d'habitude, l'atelier était rempli d'outils et d'un matériel de destruction — câbles, fils, morceaux de métal, produits chimiques, mécanismes d'horlogerie et explosifs. Birdsong était arrivé dix minutes plus tôt, après avoir pris les précautions d'usage pour éviter les filatures.

« Je vous ai dit un jour que j'avais suffisamment de fric pour tout ce dont vous pourriez avoir besoin », continua le chef du p. & l.f.p. Un léger sourire éclaira son visage. « Et je viens d'en recevoir un peu plus.

— L'argent est important, admit Georgos. Mais c'est nous qui prenons les risques. Pas vous.

— Mais nom d'un chien, c'est vous qui êtes censé prendre des risques ! Vous êtes un soldat de la révolution, n'est-ce pas ? Et moi aussi je prends des risques — d'un genre différent. »

Mal à l'aise, Georgos s'agita sur sa chaise. Tout ce dialogue l'exaspérait, de même que la prééminence que s'arrogeait Birdsong depuis que sa propre source de fonds s'était tarie et que Birdsong l'avait remplacée.

Georgos n'avait jamais autant détesté son actrice de mère qui, sans le savoir, avait financé au début les Amis de la Liberté, puis qui avait cessé de le faire en lui coupant les vivres. Il avait récemment lu dans un journal qu'elle était gravement malade. Il espérait que cette maladie était douloureuse et serait mortelle.

« Notre dernière attaque contre l'ennemi, déclara Georgos sèchement, a été notre plus beau succès. Nous avons provoqué une panne de courant sur un territoire de...

— Mais oui. Et avec quel effet ? » Avec mépris, Birdsong répondit lui-même à sa question. « Zéro ! L'une de nos revendications a-t-elle été acceptée ? Non ! Vous avez tué deux gardes pouilleux. Qui s'en soucie ? Personne !

— Je conviens qu'il est surprenant et décevant qu'aucune de nos revendications... »

Birdsong l'interrompit. « Elles ne seront jamais prises en considération ! Pas avant qu'il n'y ait des cadavres dans les rues. Des piles de cadavres vidés de sang et en putréfaction. Pas avant que les morts ne sèment la panique chez les vivants. C'est la leçon de toutes les révolutions ! C'est le seul message que comprennent les bourgeois serviles et idiots.

— Je sais tout cela. » Puis, d'un ton sarcastique : « Peut-être avez-vous quelques meilleures idées pour...

— Naturellement, j'en ai ! Maintenant, écoutez-moi ! »

Birdsong baissa la voix ; sa colère, son mépris semblaient s'être subitement dissipés. C'était comme si, tel un maître d'école, il avait imprimé sur un élève le besoin d'apprendre. Maintenant la leçon même, un ton au-dessous, allait suivre.

« D'abord, commença-t-il, exposons quelques articles de foi. Nous nous demandons : pourquoi faisons-nous ce que nous faisons ? Et la réponse est : parce que le système actuel dans ce pays est infect, pourri, corrompu, oppressif, une faillite de l'esprit. De plus, le système ne peut pas être changé — on a essayé, ça ne marche pas. Donc tout ce qui existe, tout le système capitaliste fait pour favoriser les riches et écraser les pauvres, doit être détruit pour nous permettre — à nous les fidèles authentiques, à nous qui aimons nos congénères — de bâtir du neuf et de l'honnête. Le révolutionnaire est le seul qui voit cela clairement. Et la destruction, pièce par pièce, est ce que commencent à faire les Amis de la Liberté — avec d'autres comme nous. »

Pendant qu'il discourait, Davey Birdsong déployait une fois de plus ses dons de caméléon. D'un côté il était devenu le professeur d'université — persuasif, éloquent. De l'autre il était un mystique qui s'adressait autant à sa propre âme intérieure qu'à Georgos.

Il continua : « Et où commence la destruction ? Idéalement, partout. Mais parce que, jusqu'ici, nous sommes peu nombreux, nous choisissons un dénominateur commun : l'électricité. Elle concerne toute la population. Elle lubrifie les rouages du capitalisme. Elle rend les riches encore plus bouffis. Elle procure de petites consolations — des palliatifs — au prolétariat en faisant croire aux masses qu'elles sont libres. Elle est un instrument du capitalisme, un narcotique. Coupez l'électricité, démolissez son appareil à la base, et vous enfoncez un poignard dans le cœur du capitalisme ! »

Très excité, Georgos intervint : « Lénine a dit : " Le communisme est le gouvernement des Soviets, plus l'électrification de... "

— Taisez-vous ! Je sais exactement ce que Lénine a dit, et c'était dans un autre contexte. »

Georgos se calma. Il avait affaire à un nouveau Birdsong, différent des multiples variantes qu'il avait déjà vues, et qui, en ce moment précis, prenait incontestablement la tête des opérations.

« Mais, reprit le gros homme qui s'était levé et qui marchait de long en large dans l'atelier, nous avons constaté qu'une panne dans la distribution de l'électricité ne suffit pas. Pour mieux attirer l'attention sur les Amis de la Liberté et sur nos objectifs, il faut que nous démolissions — que nous anéantissions — les gens de l'électricité.

— Nous avons déjà commencé, dit Georgos. Quand nous avons fait sauter la centrale de La Mission ; quand nous avons envoyé les lettres piégées. Nous avons tué leur ingénieur en chef, leur président...

— De la roupie de sansonnet ! Quelques bonshommes !... Non, je veux une grosse affaire où les victimes ne se compteront pas par deux ou trois, mais par centaines. Où des spectateurs et des curieux seront supprimés eux aussi, pour démontrer qu'il n'existe pas de sécurité pour ceux qui restent sur la touche lors d'une révolution. C'est ensuite que l'on fera attention à nous ! Ensuite que la peur s'installera et dégénérera en panique ! Ensuite que les détenteurs de l'autorité et ceux qui la subissent, tout le monde, quoi ! se mettront à quatre pattes pour faire exactement ce que nous voulons ! »

Davey Birdsong regardait dans le vague, loin au-delà du sinistre sous-sol et de son désordre. Georgos se demanda s'il vivait un rêve, une vision, et il découvrit soudain que cette griserie était contagieuse.

La perspective de tueries excita Georgos. La nuit de l'attentat de Millfield, après avoir assassiné les deux gardes du corps de sécurité, il avait eu de brèves nausées ; c'était après tout la première fois qu'il avait tué, de face, un être humain. Mais ce malaise disparut rapidement pour être remplacé par un sentiment d'ivresse et — curieusement, se dit-il — par un éveil brutal de sa sensualité. Cette nuit-là, il avait pris Yvette et l'avait traitée avec sauvagerie, comme une bête, tout en revivant le puissant coup de couteau de bas en haut avec lequel il avait tué le premier garde. Et maintenant, parce qu'il se souvenait de tout et qu'il écoutait Birdsong parler de tueries de masse, Georgos sentit s'émouvoir, encore une fois, ses organes sexuels.

« L'occasion qu'il nous faut est proche », dit tranquillement Birdsong.

Il tira de sa poche une page de journal pliée. Elle venait du

California Examiner d'avant-hier, et un entrefilet avait été entouré d'un cercle au crayon rouge.

LE GROUPE DE L'ÉNERGIE VA SE RÉUNIR

De possibles coupures de courant à l'échelle nationale seront envisagées le mois prochain quand le National Electric Institute tiendra une convention de quatre jours au Christopher Columbus Hotel de la ville. Un millier de délégués des services publics et de fabricants d'appareils électriques sont attendus.

« J'ai cherché à obtenir plus de détails, dit Birdsong. Voici les dates exactes de la convention et un programme préliminaire. » Il jeta sur la table de bois deux feuillets dactylographiés. « Il sera facile de se procurer le programme définitif plus tard. Grâce à lui, nous connaîtrons les coordonnées de tout le monde. »

L'intérêt faisait luire les yeux de Georgos qui avait oublié son dépit de tout à l'heure. Il s'écria d'une voix hargneuse : « Tous ces pontifes des sociétés énergétiques sont des criminels sociaux! Nous pourrions poster des lettres piégées à des délégués bien choisis. Si je me mets au travail dès maintenant...

— Non! Au mieux, vous en tueriez une demi-douzaine — et probablement moins parce qu'après la première explosion ils se tiendraient sur leurs gardes et prendraient des précautions.

— Oui, c'est vrai, admit Georgos. Alors qu'est-ce que vous...

— J'ai une meilleure idée. Bien meilleure. Et aussi d'une plus grande portée. » Birdsong se permit un sourire mince, menaçant. « Au deuxième jour de cette convention, quand tout le monde sera arrivé, vous et vos gens poserez deux séries de bombes au Christopher Columbus Hotel. La première série de bombes sera réglée pour exploser pendant la nuit — à trois heures du matin par exemple. Elle se concentrera sur le rez-de-chaussée et l'entresol. Elle aura pour objectif d'obstruer ou de détruire toutes les sorties de l'immeuble ainsi que tous les escaliers, tous les ascenseurs. Ainsi personne ne pourra s'échapper des étages supérieurs quand commencera la seconde phase. »

Georgos fit un signe d'assentiment. Il écoutait avec une attention passionnée Birdsong qui poursuivit : « Quelques minutes après l'explosion des premières bombes, d'autres bombes — très exactement réglées elles aussi — exploseront dans les étages supérieurs. Ce seront des bombes incendiaires, autant que vous pourrez en poser, et toutes contenant de l'essence de façon à mettre le feu à l'hôtel et à entretenir l'incendie. »

Un large sourire gourmand releva les coins de la bouche de Georgos. « C'est magnifique! Génial! Et nous pouvons le faire! s'écria-t-il.

— Si vous le faites bien, dit Birdsong, aucune personne logée dans les étages supérieurs ne quittera l'immeuble en vie. Et à trois heures du matin, même les gens qui auront eu envie de prendre l'air après le dîner seront couchés. Nous exécuterons tout le monde : les délégués à la convention — cible numéro un pour le châtiment — leurs femmes et leurs enfants, et tous les autres clients de l'hôtel qui ont choisi de faire obstacle à une juste révolution.

— Il me faudra davantage d'explosifs ; beaucoup plus que je n'en ai. » Le cerveau de Georgos fonctionnait à toute vitesse. « Je sais comment et où me les procurer, mais cela coûtera cher.

— Je vous ai déjà dit que nous avions beaucoup d'argent. Pour cette petite festivité, et pour d'autres.

— L'essence ne pose pas de problème. Mais pour les mécanismes d'horlogerie — je suis d'accord avec vous : il faut que tout soit réglé à la seconde près — il serait bon de les faire venir de l'extérieur et de les acheter par petites quantités à des endroits différents. Comme cela, nous n'éveillerons pas l'attention.

— Je m'en charge, dit Birdsong. J'irai à Chicago ; c'est assez loin. Faites-moi une liste de ce dont vous aurez besoin. »

Georgos réfléchissait toujours. « Il me faudrait un plan de l'hôtel — ou du moins du rez-de-chaussée et de l'entresol où nous poserons les premiers explosifs.

— Un plan exact ?

— Non. Simplement pour avoir une idée générale.

— Nous le dessinerons nous-mêmes. N'importe qui peut entrer à l'hôtel, à n'importe quelle heure.

— Un autre achat indispensable, dit Georgos, c'est quelques douzaines d'extincteurs — des portables, du type peint en rouge qui se tient debout sur sa base.

— Des extincteurs ! Mais enfin, nous voulons déclencher un incendie et non en éteindre un ! »

Georgos sourit : c'était son tour de jouer à l'homme supérieur. « Les extincteurs seront vidés, leurs enveloppes amollies, et nos bombes chronométrées placées à l'intérieur. C'est un stratagème sur lequel j'ai travaillé. On peut toujours déposer un extincteur n'importe où — surtout dans un hôtel — sans qu'il soit suspect ni même, le plus souvent, remarqué. Et si par hasard il est remarqué, chacun pensera que la direction de l'hôtel prend des précautions de sécurité supplémentaires. »

Tout souriant à présent, Birdsong se pencha en avant et bourra de coups de poing les épaules de Georgos. « C'est diabolique ! Superbement diabolique !

— Nous verrons plus tard comment introduire les extincteurs dans l'hôtel. » Georgos pensait encore à haute voix. « Cela ne devrait pas soulever de difficultés. Nous pourrions louer ou acheter un camion sur lequel nous peindrions le nom d'une société bidon pour lui donner un cachet officiel. Nous imprimerions une autorisation quelconque — nous pourrions peut-être nous procurer et recopier un bon de commande de l'hôtel — que nos gens porteraient pour le cas où quelqu'un leur poserait des questions. Ah, il nous faudra des uniformes — pour moi, les autres...

— Aucun problème pour un camion et des uniformes, affirma Birdsong, et nous nous occuperons du bon de commande. » Il réfléchit. « Ça prend corps, on dirait. Et quand cette aventure sera terminée, le public verra notre force et se bousculera à nos pieds.

— Pour les explosifs, dit Georgos, j'aurai besoin de dix mille dollars en petites coupures, l'un de ces prochains jours, et après cela... »

Avec un enthousiasme croissant, ils continuèrent à dresser leurs plans.

11

« S'il existe encore une obscure fête juive dont personne d'autre n'a jamais entendu parler, dit Nim à Ruth assise à côté de lui dans sa Fiat, tu peux être sûre que tes parents la dénicheront et s'en serviront. »

Sa femme éclata de rire. Il avait déjà remarqué au début de la soirée, à son retour du bureau et pendant qu'ils se préparaient pour sortir, que Ruth était de bonne humeur et presque gaie. Cette attitude contrastait avec la mélancolie et, parfois, un véritable abattement qu'elle n'avait guère dissimulés ces dernières semaines.

La mi-janvier était arrivée et, bien que trois mois se fussent écoulés depuis leur conversation sur l'éventualité d'un divorce — Ruth ayant consenti à attendre « un petit peu » — ni l'un ni l'autre n'étaient revenus sur le sujet. Mais ce n'était à coup sûr que partie remise.

Pour l'essentiel, cette situation de « trêve » n'avait rien changé à leurs rapports. Nim cependant avait manifesté plus d'égards et il continuait à passer davantage de temps chez lui avec les enfants. Le plaisir évident que causait à Leah et à Benjy la présence de leur père avait peut-être retenu Ruth sur la voie d'une confrontation décisive. Quant à Nim, il ne savait pas encore très bien quelle solution apporter à leur dilemme ; d'ailleurs, les problèmes de la G.S.P. & L. l'accaparaient tellement qu'il avait peu de temps à consacrer à ses soucis personnels.

« Je suis incapable de me rappeler toutes ces fêtes juives, dit Ruth. Que t'a expliqué mon père à propos de celle-ci ?

— Rosch haschanah' laïlanoth — autrement dit la journée juive des arbres. J'ai effectué quelques recherches dans la bibliothèque de la G.S.P. & L., et ça signifie littéralement le Nouvel An des Arbres.

— Le Nouvel An pour les arbres juifs ? Ou pour n'importe quels arbres ? »

Il réprima un petit rire. « Tu ferais mieux de le demander à ton père. »

Une semaine plus tôt, Aaron Neuberger avait téléphoné à Nim à son bureau pour lui proposer d'assister avec Ruth à une petite fête de Schevath — nom plus répandu pour la même célébration. Nim avait accepté tout de suite, à la fois parce que son beau-père avait été exceptionnellement aimable au téléphone et parce que Nim éprouvait quelques petits remords à la suite de son comportement personnel envers les Neuberger : l'occasion lui parut bonne pour expier ses fautes. Mais son scepticisme relatif au judaïsme fanatique de ses beaux-parents n'en avait pas diminué pour autant.

Lorsqu'ils arrivèrent devant la résidence des Neuberger — un vaste appartement confortable à deux étages dans un élégant quartier de l'ouest de la ville — plusieurs voitures étaient déjà garées à l'extérieur et, approchant de la maison, ils entendirent des bruits de voix à l'étage supérieur. Nim fut soulagé de savoir qu'il y avait d'autres invités. La présence d'étrangers pourrait empêcher l'habituel feu roulant des questions personnelles, notamment le bar-mitzvah de Benjy.

S'avançant, Ruth toucha le petit rouleau de parchemin où étaient inscrites des citations du Deutéronome (Me-Zu-Zah) et qui se trouvait dans une boîte fixée à la porte, puis baisa sa main dans un geste de déférence envers ses parents. Nim, qui s'était jadis gaussé de cette coutume en la taxant de superstition, imita sa femme.

A l'intérieur, ils n'eurent aucun doute sur la chaleur de l'accueil qui leur serait réservée — surtout à Nim.

Il était arrivé au petit Aaron Neuberger, qui avait des joues pleines et vermeilles sous une calvitie totale, de ne guère dissimuler à Nim la méfiance soupçonneuse que lui inspirait son gendre. Mais ce soir, derrière les verres épais de ses lunettes, il le regarda avec une cordialité sincère en lui serrant longuement la main. Rachel, la mère de Ruth, femme volumineuse qui désapprouvait pour elle et les autres les régimes amaigrissants, étreignit Nim puis le lâcha pour l'examiner. « Ma fille ne vous donne-t-elle donc rien à manger ? Je n'ai senti que des os. Nous allons les envelopper ce soir d'un peu de viande. »

Nim fut amusé et, en même temps, touché. Il pensa que les Neuberger avaient dû apprendre que son ménage avec Ruth traversait une phase difficile, et qu'ils faisaient table rase de tous leurs autres sentiments pour essayer de maintenir l'union familiale. Nim lança un coup d'œil oblique à Ruth qui, devant un accueil aussi démonstratif, souriait.

Elle portait une robe de soie gris bleu, avec des pendants d'oreille de la même teinte. Comme toujours ses cheveux noirs étaient élégamment coiffés et elle avait une peau de lait — bien que plus pâle que d'habitude, songea Nim.

Quand Nim et Ruth allèrent au-devant des invités qui étaient arrivés avant eux, il chuchota : « Tu es très belle ce soir. »

Elle lui adressa un regard vif et répondit à voix basse : « Depuis combien de temps ne me l'as-tu pas dit ? Le sais-tu ? »

Ils ne purent poursuivre ce dialogue. Ils furent entourés de visages, subirent les présentations, serrèrent des mains. Nim ne connaissait que très peu de monde parmi les deux douzaines d'invités dont la plupart étaient déjà en train de se restaurer devant un buffet surchargé d'assiettes de friandises.

268

« Venez avec moi, Nimrod ! » La mère de Ruth avait une poigne de fer. Elle le prit par le bras et l'entraîna hors de la salle de séjour vers la salle à manger où le buffet était dressé. « Le reste de nos amis, vous pourrez faire leur connaissance plus tard, lui dit-elle sur un ton de commandant en chef. Pour le moment, commencez à combler ce vide intérieur avant que vous soyez terrassé par la faim. » Elle s'empara d'une assiette et entreprit de la remplir généreusement, comme si c'était la veille du jeûne du Yom Kippour.

Quand Nim revint dans la salle de séjour, il comprit le sens de la fête. Aaron Neuberger expliquait que le Rosch haschanah' laïlanoth était célébré en Israël par la plantation d'arbres et, en Amérique du Nord, par la dégustation d'un fruit d'une espèce qui, jusque-là, n'était pas mangée dans l'année juive. Prêchant d'exemple, le père de Ruth et d'autres invités grignotaient des figues sur des assiettes disposées un peu partout.

Les Neuberger avaient clairement indiqué qu'ils comptaient sur des dons de leurs invités ; l'argent recueilli serait envoyé en Israël pour la plantation de trois arbres. Déjà, des billets de vingt et cinquante dollars avaient été déposés sur un plateau d'argent bien en vue pour l'occasion. Nim ajouta un billet de vingt dollars, puis se servit de figues.

Se retournant, il se trouva nez à nez avec un homme âgé, guère plus grand qu'un gnome, et dont le visage chérubique était couronné d'un nuage de cheveux blancs. Nim le reconnut : c'était un médecin qui fréquentait de temps en temps les Neuberger. Il fouilla dans sa mémoire et retrouva le nom.

« Bonsoir, docteur Levin. » Levant son verre de vin blanc du Carmel, Nim proposa le toast. « *Le Chaim* ».

— *Le Chaim*... comment allez-vous, Nim ? On ne vous voit pas souvent à ces réunions juives. Votre intérêt envers la Terre sainte me surprend.

— Je ne suis pas religieux, docteur.

— Moi non plus, Nim. Je ne l'ai jamais été. Je me débrouille beaucoup mieux dans un sanatorium que dans une synagogue. » Le médecin acheva la figue qu'il mangeait et en choisit une autre. « Mais j'aime les formes et les cérémonies, toute l'histoire ancienne de notre peuple. Vous savez, ce n'est pas la religion qui unit le peuple juif. C'est un sentiment de communauté qui remonte à cinq mille ans. Un long, très long, intervalle de temps. Avez-vous déjà réfléchi à cela, Nim ?

— Oui, puisque vous me le demandez. J'y ai même beaucoup réfléchi. »

Le vieux docteur lui lança un regard pénétrant. « Et quelquefois vous êtes troublé, n'est-ce pas ? Vous vous interrogez pour savoir jusqu'à quel point vous pouvez être un Juif ? Ou si même vous pouvez en être un, simplement, sans observer comme le vieil Aaron tout ce fatras de rites ?

— Quelque chose comme ça, répondit Nim en souriant.

— Alors je vais vous donner un conseil, mon enfant. Ne vous laissez pas troubler : ça n'en vaut pas la peine. Faites comme moi : soyez content d'être un Juif et fier de toutes les réalisations de notre peuple mais, pour le reste, il y a à prendre et à laisser. Observez les grandes fêtes si cela vous plaît — personnellement j'en profite pour aller à la pêche — mais si vous ne les observez pas, ce n'est pas moi qui vous en ferai le reproche. »

Nim trouvait ce petit médecin de plus en plus sympathique. « Mon grand-père était rabbin, un doux vieillard dont je me souviens bien. C'est mon père qui a rompu avec la religion.

— Et vous vous demandez parfois si vous ne devriez pas revenir à elle ?

— Vaguement. Pas trop sérieusement.

— En tout cas, n'y pensez plus ! C'est une impossibilité mentale pour un homme de votre âge — ou du mien — de devenir un juif pratiquant. Commencez à aller à la synagogue, et vous vous en apercevrez au bout de cinq minutes. Ce que vous ressentez, Nim, c'est une nostalgie, une affection pour les choses du passé. Il n'y a pas de mal à cela, mais voilà tout.

— Je le suppose, dit Nim en réfléchissant.

— Permettez-moi d'ajouter encore ceci. Les gens comme vous et moi s'intéressent au judaïsme comme nous pourrions nous intéresser à de vieux amis — avec le remords intermittent de ne pas les avoir vus plus souvent, avec aussi un attachement affectif. C'est ce que j'ai éprouvé quand je suis allé en Israël avec un groupe.

— Un groupe religieux ?

— Pas du tout. Plusieurs hommes d'affaires, quelques confrères, un couple d'avocats. » Il rit sous cape. « Presque personne n'avait pris de calotte. Je n'en possédais pas. J'ai dû en emprunter une lorsque je suis allé au Mur de Jérusalem. Tout de même, ça a été très émouvant, et je n'oublierai jamais cette expérience. Je me découvrais une appartenance, une fierté. Là, je me suis senti juif ! Je me sentirai toujours juif !

— Avez-vous des enfants, docteur ? s'enquit Nim.

Le médecin secoua la tête. « Nous n'en avons jamais eu. Ma chère femme — elle est morte à présent, que sa mémoire soit bénie ! — l'a regretté comme moi. L'une des rares choses que je regrette vraiment.

— Nous avons deux enfants, dit Nim. Une fille et un garçon.

— Oui, je sais. Et c'est à cause d'eux que vous avez commencé à réfléchir à la religion ? »

Nim sourit. « On croirait que vous connaissez toutes les questions ainsi que toutes les réponses.

— Sans doute parce que je les ai déjà entendues. Cela, et le fait que j'habite depuis longtemps cette terre. Ne vous tracassez pas au sujet de vos gosses, Nim. Enseignez-leur des instincts humains décents — je suis sûr que vous les avez. Ensuite, ils trouveront leur propre voie. »

Nim hésita à poser la question suivante qui, pourtant, allait de soi. « Un bar-mitzvah aiderait-il mon fils à trouver sa voie ?

— Ça ne lui fera aucun mal, de toute façon. Vous ne l'exposeriez pas à une maladie sociale si vous l'envoyiez à l'école hébraïque. De plus, un bar-mitzvah est toujours suivie d'une bonne petite fête. Vous rencontrez de vieux amis, vous mangez et vous buvez plus que vous ne devriez, mais tout le monde adore ça. »

Nim le regarda d'un air amusé. « Nulle part je n'avais entendu traiter ce sujet avec autant de bon sens. »

Le Dr. Levin le remercia d'un signe de tête. « Autre chose encore. Votre fils a qualité pour faire un choix. C'est son droit, son héritage. Ses études pour un bar-mitzvah lui offriront ce choix. Une porte s'ouvrira. Il faudra lui laisser décider s'il désire la franchir. Plus tard, il suivra ou la voie d'Aaron, ou la vôtre et la mienne, ou peut-être une voie intermédiaire. Quoi qu'il choisisse, nous n'avons pas à nous inquiéter.

— Je vous suis reconnaissant, dit Nim. Vous avez fait avancer mes réflexions.

— Vous m'en voyez heureux. C'est gratuit. »

Pendant leur conversation, le nombre des invités avait grossi tandis que le brouhaha augmentait. Le compagnon chérubinique de Nim multipliait les petits signes de tête et les sourires à la ronde ; visiblement il connaissait presque tout le monde. Ses yeux s'arrêtèrent sur Ruth Goldman qui était en train de bavarder avec une autre femme — une pianiste qui avait souvent donné des concerts au bénéfice des causes israéliennes.

« Votre femme est très belle ce soir, commenta le Dr. Levin.

— Oui, dit Nim. Je le lui ai dit quand nous sommes arrivés. »

Le médecin acquiesça. « Elle dissimule bien son problème et son angoisse. » Il s'arrêta avant d'ajouter : « Mon angoisse à moi aussi. »

Déconcerté, Nim le regarda. « Vous parlez de Ruth ?

— Bien entendu, soupira Levin. Il m'arrive parfois de regretter de devoir soigner des patients pour lesquels j'éprouve énormément d'affection. Je la connais depuis sa plus tendre enfance, Nim. J'espère que vous comprenez que tout le possible est tenté. Tout.

— Docteur », dit Nim qui perçut soudain un signal d'alarme sous la forme d'une crampe glacée dans son estomac. « Docteur, je n'ai pas la moindre idée de ce dont vous êtes en train de parler.

— Comment ? » Ce fut au tour du vieux médecin de paraître ahuri ; puis une expression voisine du remords assombrit sa physionomie. « Ruth ne vous l'a pas dit ?

— Ne m'a pas dit quoi ?

— Mon ami, murmura le Dr. Levin en posant une main sur l'épaule de Nim. Je viens de commettre une faute. Un malade, n'importe quel malade, a droit au respect de ses pudeurs, ne serait-ce que pour être protégé contre un médecin bavard. Seulement, vous êtes le mari de Ruth. J'ai donc supposé... »

Nim protesta. « Au nom du Ciel, de quoi discutons-nous ? Quel est ce mystère ?

— Je regrette. Je ne peux pas vous le dire. » Le Dr. Levin hocha la tête. « Il vous faudra le demander à Ruth. quand vous le ferez, dites-lui

271

que je déplore mon indiscrétion. Mais dites-lui aussi qu'à mon avis... Vous deviez savoir. »

Toujours un peu gêné, et pour échapper à un interrogatoire plus poussé, le Dr. Levin s'éloigna.

Pour Nim, les deux heures qui suivirent furent un supplice. Il respecta les rites mondains, alla au-devant des invités auxquels il n'avait pas encore parlé, se joignit à des conversations, répondit aux questions du petit nombre de gens qui connaissaient son rôle à la G.S.P. & L. Mais il ne cessait de penser à Ruth. Que diable avait voulu dire Levin : « *Elle dissimule bien son problème et son angoisse... Tout le possible est tenté. Tout ?* »

A deux reprises, il se fraya un chemin parmi les groupes de causeurs pour rejoindre Ruth, mais tout entretien privé était impossible. « Je voudrais te parler », réussit-il à murmurer une fois. Ce fut tout. Nim comprit qu'il serait obligé d'attendre qu'ils eussent pris la route du retour.

Enfin la réception commença à perdre de son tonus, le nombre des invités à décroître. Le plateau d'argent débordait de billets de banque pour la plantation d'arbres en Israël. Aaron et Rachel Neuberger s'étaient placés près de la porte extérieure pour souhaiter une bonne nuit à leurs amis qui partaient.

« Filons », dit Nim à Ruth. Elle alla chercher son manteau du soir dans une chambre, et ils se joignirent à l'exode.

Comme ils étaient pratiquement les derniers à prendre congé, ils bénéficièrent tous les quatre d'un moment d'intimité qui aurait été impossible avant.

Ruth embrassa ses parents : « Ne pourriez-vous rester encore un petit peu ? » insista sa mère.

Ruth secoua la tête. « Il est tard, maman. Nous sommes fatigués tous les deux. » Elle ajouta : « Nim a eu beaucoup de travail.

— S'il travaille tant, riposta Rachel, tâche de mieux le nourrir ! »

Nim sourit. « Ce que j'ai mangé ce soir me soutiendra pendant une semaine. » Il tendit une main à son beau-père. « Avant que nous partions, je voudrais vous annoncer quelque chose. J'ai décidé de faire inscrire Benjy à l'école hébraïque afin qu'il puisse faire son bar-mitzvah. »

Après un silence de quelques secondes, Aaron Neuberger leva ses mains à hauteur de sa tête, paumes ouvertes, comme pour prier. « Que soit loué le Maître de l'Univers ! Il faut que nous vivions tous et que nous nous portions bien jusqu'à ce jour glorieux ! » Derrière les lunettes épaisses, ses yeux s'humectèrent de larmes.

« Nous parlerons des détails... », commença Nim, mais il ne put terminer sa phrase parce que le père et la mère de Ruth, ensemble, l'étreignirent dans leurs bras à l'étouffer.

Ruth ne dit rien. Ce fut seulement lorsqu'ils furent assis côte à côte dans la voiture et que Nim eut démarré, qu'elle se tourna vers lui. « C'est bien ce que tu viens de faire, d'autant plus que c'est en contradiction avec tes sentiments. Pourquoi donc l'as-tu fait, Nim ? »

Il haussa les épaules. « Il y a des jours où je ne suis pas sûr de ce que je crois. En outre, ton ami le Dr. Levin m'a aidé à mettre de l'ordre dans mes pensées.

— Oui, dit Ruth avec calme. J'ai vu que tu lui parlais. Pendant un bon moment. »

Les doigts de Nim se crispèrent sur le volant. « N'y a-t-il rien que tu aurais envie de me dire?

— Quoi, par exemple? »

Il fut incapable de contenir sa frustration. « Par exemple pourquoi tu es allée voir le Dr. Levin, quel est le motif de ton angoisse, et pourquoi tu ne m'as rien dit. Et, ah oui, ton médecin m'a prié de te dire qu'il regrettait d'avoir manqué à la discrétion, mais que je devais savoir... Remarque que je ne sais toujours rien.

— Oui, approuva Ruth. Je suppose que le moment est venu pour que tu saches. » Sa voix était devenue terne; son entrain de tout à l'heure avait disparu. « Mais veux-tu attendre que nous soyons chez nous? Je te dirai tout. »

Ils n'échangèrent plus un mot avant d'être rentrés.

« Je crois que j'aurais envie d'un bourbon avec de l'eau gazeuse, dit Ruth. Tu veux bien me le préparer? »

Ils se tenaient dans la petite salle de séjour douillette de leur maison, avec un éclairage réduit au minimum. Il était une heure du matin. Leah et Benjy dormaient à poings fermés en haut.

« Naturellement », répondit Nim. Il n'entrait pas dans les habitudes de Ruth, qui buvait déjà rarement du vin, de demander de l'alcool. Nim se dirigea vers un petit buffet qui faisait office de bar, mélangea du bourbon et de l'eau gazeuse, et se servit un cognac. Puis il revint s'asseoir en face de sa femme qui vida un tiers de son verre avant de le reposer en faisant la grimace.

« Très bien, dit-il. Maintenant, parle! »

Ruth respira profondément, puis commença. « Te rappelles-tu ce nævus que je me suis fait enlever... il y a six ans?

— Oui. » C'était étrange : Nim s'en était souvenu tout récemment — le soir où il s'était retrouvé seul chez lui, en l'absence de Ruth, et où il avait pris la décision de se rendre à Denver. Il avait remarqué le nævus sur le portrait de Ruth qui était accroché dans leur salle de séjour — le portrait où elle portait un bustier. Nim lui lança un coup d'œil. Oui, le nævus était là, tel qu'il se le rappelait avant qu'il fût ôté; petit et noir, sur l'épaule gauche. Il demanda : « Et alors, ce nævus?

— C'était un mélanome.

— Un quoi?

— Un mélanome est un nævus qui peut avoir des cellules cancéreuses. C'est la raison pour laquelle le Dr. Mittelman — tu te souviens? C'était lui qui me soignait alors — m'a conseillé de m'en débarrasser. J'ai accepté. Un autre médecin — un chirurgien — a pratiqué l'opération. Tous les deux m'ont dit ensuite que le nævus était parti très proprement et que rien ne semblait s'être propagé.

— Oui. Je me rappelle Mittelman disant cela. » Nim avait été légèrement inquiet à l'époque, mais le médecin s'était montré rassurant, en insistant sur le fait que l'opération était préventive, sans plus. Comme Ruth venait de le préciser, tout cela s'était passé six ans plus tôt; Nim avait oublié les détails, jusqu'à maintenant.

« Les deux médecins s'étaient trompés », déclara Ruth d'une voix qui s'affaiblit au point de n'être plus qu'un murmure. « Il y avait des cellules cancéreuses — un mélanome — et elles se sont propagées. A présent... elles se propagent de plus en plus... à travers mon corps. »

Les derniers mots s'échappèrent difficilement de sa bouche. Et puis, comme si un barrage s'effondrait sous la poussée d'eaux trop longtemps retenues, elle se laissa aller. Sa respiration ne fut plus qu'une plainte sourde; de violents sanglots secouèrent tout son corps.

Pendant quelques instants Nim demeura désemparé, engourdi, incapable de comprendre, et moins encore de croire, ce qu'il venait d'apprendre. La réalité le pénétra enfin. Dans un tourbillon d'émotions contradictoires — l'horreur, le remords, l'angoisse, la compassion, la tendresse — il courut vers Ruth et la prit dans ses bras.

Il essaya de la consoler en la serrant étroitement, en comprimant sa figure contre la sienne. « Ma chérie, mon amour très tendre, pourquoi ne m'as-tu jamais parlé? Au nom du Ciel, pourquoi? »

Sa voix lui parvint affaiblie, brouillée de larmes. « Nous n'étions plus proches... Nous ne nous aimions plus, comme avant... Je ne voulais pas simplement de la pitié... Tu t'intéressais à d'autres choses... d'autres femmes. »

Une vague de honte, de dégoût de soi-même, le submergea. Instinctivement, lâchant Ruth, il tomba à genoux devant elle et lui prit les mains. « Il est bien tard pour te demander pardon. Mais je le fais. J'ai été un maudit imbécile, aveugle, égoïste... »

Ruth secoua la tête. Avec cette force de caractère qu'il connaissait si bien, elle se ressaisit. « Tu n'as pas à me dire tout ça!

— Je veux le dire parce que c'est vrai. Je ne l'avais pas vu auparavant. Je le vois maintenant.

— Je t'ai déjà dit que je ne voulais pas simplement... de la pitié. »

Il insista. « Regarde-moi! » Quand elle releva la tête, il lui dit tout doucement : « Je t'aime.

— Es-tu sûr que tu ne me le dis pas parce que...?

— J'ai dit que je t'aimais, et c'est sérieux! Je t'ai toujours aimée, je crois, sauf lorsque j'ai perdu la tête et que j'ai été idiot. Il fallait quelque chose comme cela pour me faire mesurer... » Il s'interrompit, puis demanda humblement : « Est-il trop tard?

— Non. » Ruth lui dédia l'ombre d'un sourire. « Je n'ai jamais cessé de t'aimer, quand bien même tu as été un salaud.

— Je l'ai été, c'est vrai.

— Eh bien, dit-elle, nous avons peut-être contracté une dette envers le Dr. Levin.

— Écoute, ma très chérie... » Il chercha ses mots pour la rassurer. « Nous nous battrons ensemble contre cette chose-là. Nous ferons tout ce qui est médicalement possible. Et nous ne parlerons plus de séparation ou de divorce. »

Avec toute son énergie retrouvée, elle s'écria : « Je ne voulais ni l'un ni l'autre. Oh, Nim chéri, serre-moi fort! Embrasse-moi! »

Quand il l'eut fait, l'abîme qui s'était creusé entre eux disparut comme s'il n'avait jamais existé.

Il lui demanda : « Es-tu trop fatiguée pour tout me raconter? Cette nuit? Maintenant? »

Ruth secoua la tête. « Je voudrais tout te dire. »

Pendant une heure, elle parla tandis que Nim écoutait en posant incidemment quelques questions.

Il apprit donc que, huit mois plus tôt, Ruth s'était aperçu qu'elle avait une petite boule sur le côté gauche de son cou. Le Dr. Mittelman ayant pris sa retraite l'année précédente, elle était allée consulter le Dr. Levin.

Le Dr. Levin avait trouvé cette boule suspecte, et prescrit une série de tests, dont des rayons X sur la poitrine, des examens exploratoires du foie et des os. Ces tests multiples expliquaient les absences de Ruth pendant la journée, que Nim avait remarquées. Les résultats montrèrent que les cellules du mélanome, après avoir été en sommeil pendant six ans, s'étaient brusquement propagées dans le corps de Ruth.

« Le jour où je l'ai appris, dit-elle, je n'ai plus su quoi faire ni que penser. »

Nim protesta. « En dépit de tout ce qui n'allait pas entre nous sur d'autres plans, tu aurais dû m'en parler, voyons!

— Tu semblais avoir tant d'autres préoccupations en tête! Cela se passait à l'époque où Walter avait été tué par l'explosion de La Mission. En tout cas, j'ai décidé de me taire. Ensuite j'ai accompli les formalités pour l'assurance, et le reste.

— Tes parents sont-ils au courant?

— Non. »

Ruth expliqua qu'après les résultats des tests, elle avait commencé à se soigner dans un hôpital local où elle allait une fois par semaine pour subir des traitements de chimiothérapie et d'immunothérapie. Ce qui expliquait, encore, les absences plus nombreuses dans la journée.

Les traitements lui donnèrent quelques vomissements et elle perdit du poids; mais elle s'arrangea pour dissimuler ces effets. Les absences fréquentes de Nim lui facilitaient les choses.

Nim enfouit sa tête dans ses mains. La honte l'accablait. Il avait supposé que Ruth avait des rendez-vous avec un autre homme, pendant que tout ce temps-là...

Plus tard, continua Ruth, le Dr. Levin l'avait informée qu'un nouveau traitement était expérimenté au Sloan-Kettering Institute de New York. Il lui conseilla de s'y rendre pour se documenter. Ruth y alla, elle y passa deux semaines et se prêta à une nouvelle série de tests.

D'où son absence prolongée, à laquelle Nim n'avait pensé qu'avec indifférence, ou comme un dérangement pour lui-même.

Il était à court de mots.

« Ce qui est fait est fait, lui dit Ruth. C'était impossible à prévoir. »

Nim posa la question qui lui démangeait la langue. « Que disent-ils au sujet de l'avenir... le pronostic ?

— Premièrement, il n'y a pas de remède ; deuxièmement, il est trop tard pour une intervention chirurgicale. » Ruth parlait d'une voix calme ; elle avait retrouvé son sang-froid habituel. « Mais il me reste peut-être beaucoup d'années à vivre, bien que nous n'en sachions rien avant qu'elles tirent à leur fin. D'autre part, je ne connais pas encore bien le Sloan-Kettering Institute : je ne sais pas si je ferais mieux de suivre son traitement ou non. Ses médecins travaillent sur une méthode qui utilise des micro-ondes pour augmenter la température d'une tumeur, suivies de radiations qui peuvent — ou ne peuvent pas — détruire le tissu cancéreux. » Elle eut un petit sourire triste. « Comme tu vois, je me suis documentée autant que j'ai pu.

— Je voudrais bien parler moi-même au Dr. Levin — demain, dit Nim qui rectifia aussitôt : Ou plutôt dans le courant de la journée. Y vois-tu un inconvénient ?

— Un inconvénient ? » Ruth soupira. « Non, je n'en vois aucun. C'est tellement merveilleux d'avoir quelqu'un sur qui s'appuyer. Oh ! Nim, j'ai eu si fort besoin de toi ! »

Il la serra contre lui. Peu après il alla éteindre les lumières et ils montèrent ensemble l'escalier.

Pour la première fois depuis de très nombreux mois, Nim et Ruth partagèrent le même lit et, alors que l'aube pointait, ils firent l'amour.

12

Une lame de couteau brilla. Du sang jaillit. Nim, qui observait la méthode de castration, eut le cœur au bord des lèvres.

A côté de lui, le juge Yale étouffa un petit rire. « Rendez grâce au Ciel qu'il vous ait créé homme, et non bœuf ! »

Ils se trouvaient tous les deux sur une étroite coursive au-dessus d'un parc à bestiaux qui faisait partie d'un centre d'engraissement au cœur de la Californie agricole ; la vallée de San Joaquin. Ce centre était l'une des propriétés de la caisse familiale des Yale.

« La pensée d'un mâle castré, quel qu'il soit, me donne le cafard »,
dit Nim.

Il était arrivé ici de bonne heure dans la matinée, dans le but
de documenter Paul Yale sur les rapports de l'énergie électrique avec
l'agriculture. Les fermiers californiens étaient de très gros clients de la
G.S.P. & L. ; l'agriculture et les industries annexes consommaient un
dixième de la production totale de la compagnie. Sans électricité, l'exploitation des terres — indispensable à la prospérité de l'État — dépérirait.

Dans le courant de la journée, l'ancien juge à la Cour suprême
devait participer en tant que porte-parole de la G.S.P. & L. à des débats
publics régionaux sur les projets prévus à Tunipah. Il s'agissait des premiers d'une longue série organisée par la commission de l'Energie — un
cirque ambulant, disaient certains — et au cours de laquelle les dirigeants
locaux et les citoyens étaient invités à préciser leurs besoins en électricité
dans leurs secteurs. Les fermiers de la San Joaquin Valley, qui voyaient
leurs moyens d'existence menacés par des coupures de courant, comptaient déjà parmi les avocats les plus déterminés de Tunipah.

C'était inéluctable : il y aurait aussi des opposants.

Tout en regardant au-dessous d'eux, Yale dit à Nim : « Je comprends votre opinion sur la castration — même chez les animaux. Dans
un sens, elle est regrettable ; mais elle est nécessaire aussi. Quand on est
fermier, on ne pense même pas à ces choses-là.

— Cela vous plaît-il d'en être un ?

— Fermier à temps partiel ? Je n'en suis pas sûr. » Le vieil homme
fronça les sourcils. « La plupart du temps, j'ai dû me pencher sur les
bilans, en essayant de découvrir pourquoi cette opération et d'autres qui
relèvent de notre caisse familiale ne rapportent aucun bénéfice.

— Le rendement d'ici, dit Nim, me paraît bon.

— Bon, mais terriblement coûteux. »

Ils étaient en train d'observer des veaux qui, nés sur des pâturages et
âgés de six mois environ, étaient conduits au centre d'embouche avant
d'être vendus, plus tard, au marché.

Cinq cow-boys d'un certain âge, en vêtements de coton, réglaient les
manœuvres.

D'abord ils faisaient entrer une demi-douzaine de veaux dans un
enclos circulaire. A l'intérieur, les animaux étaient poussés, au moyen
d'aiguillons électriques, dans un étroit couloir en ciment dont les murs
étaient plus hauts que leurs têtes mais ouverts au-dessus. Un liquide destiné à tuer les larves et les insectes était généreusement répandu sur
chaque bête.

Le couloir conduisait à un compresseur hydraulique qui était une
cage métallique. Quand un veau y entrait, la cage se resserrait de telle
sorte que l'animal ne pouvait plus bouger avec sa tête qui s'avançait et
son corps soulevé du sol. Le veau épouvanté beuglait de toutes ses forces
— et il n'avait pas tort, ainsi qu'allait le démontrer la suite des événements.

Pour commencer, on vidait dans chaque oreille une seringue contenant de l'huile pour moteurs ; elle enlèverait les tiques. Puis une deuxième seringue — énorme, celle-là — était enfoncée dans la bouche beuglante et injectait un vermifuge liquide. Cela fait, les extrémités pointues des deux cornes étaient rognées avec de grosses cisailles qui laissaient à découvert l'intérieur mou et sanguinolent. En même temps se dégageait une forte odeur écœurante de chairs et de poils brûlés par un fer électrique à marquer, porté au rouge et pressé sur le flanc de l'animal.

Ensuite, sur action d'un levier et dans un sifflement d'air, la cage tournait de quatre-vingt-dix degrés sur le côté. Dans ce qui avait été le fond, une petite « porte » apparaissait, et un cow-boy l'ouvrait. Introduisant un bidon aérosol qui contenait un désinfectant, l'homme arrosait les organes génitaux du veau, puis il posait le bidon par terre et prenait un couteau. Penché vers l'intérieur, il fendait le scrotum, tâtait avec ses doigts, sortait et tranchait les testicules qu'il jetait dans un récipient près de lui. Après une autre application du désinfectant sur la plaie béante qui saignait, l'opération était terminée.

Le bœuf, ayant été privé de tout autre désir que de manger, s'engraisserait à loisir.

Le compresseur hydraulique se relâcha. Toujours beuglant, l'animal se précipita dans le parc à bestiaux d'à côté.

L'opération, du début à la fin, avait duré moins de quatre minutes.

« C'est plus rapide et plus simple qu'autrefois, dit Yale à Nim. Du temps de mon grand-père, et même récemment encore, il fallait capturer les veaux au lasso avant de pouvoir procéder à leur castration. A présent, il est rare que nos cow-boys se servent d'un cheval ; certains d'ailleurs ne savent pas monter.

— La méthode moderne coûte-t-elle moins cher ? interrogea Nim.

— En principe oui, mais je suis sûr que non. C'est la hausse des prix qui nous fait tort, le prix de la main-d'œuvre, du matériel, des produits alimentaires, de l'électricité... surtout de l'électricité ! Cette exploitation fonctionne à l'électricité. Nous utilisons le courant pour le moulin qui mélange les produits alimentaires destinés à quarante mille têtes de bétail. Et saviez-vous que les parcs sont brillamment éclairés toute la nuit ?

— Sans doute, dit Nim, afin que le bétail puisse voir pour manger ?

— Exactement. Il dort moins, se nourrit davantage, et engraisse plus vite. Mais nos notes d'électricité sont astronomiques.

— *Il me semble que j'ai déjà entendu cette chanson quelque part* », fredonna Nim. Yale éclata de rire.

« J'ai l'air d'un consommateur qui rouspète toujours, non ? Ma foi, je rouspète aujourd'hui. J'ai dit à l'administrateur de la caisse, Ian Norris, de restreindre les dépenses, d'économiser, de faire la chasse au gaspillage, de ne rien perdre. Nous en sommes là. »

Nim avait fait la connaissance de Ian Norris au début de la matinée. Leur conversation avait été brève, mais Nim avait flairé que ce quinquagénaire peu démonstratif, qui avait des bureaux en ville et qui gérait d'autres domaines que ceux de la caisse familiale des Yale, préférait l'époque où Paul Sherman Yale, cloîtré à Washington, ne se mêlait pas des affaires de la caisse.

« Mon ambition, dit Paul, consisterait à vendre cette propriété et quelques autres que mon grand-père a laissées. Mais le moment serait assurément mal choisi. »

Pendant qu'ils bavardaient, Nim avait continué d'observer le défilé en contrebas. Un détail l'intrigua.

« Le dernier veau, dit-il. Et l'avant-dernier. Ils n'ont pas été castrés. Pourquoi ? »

Un cow-boy qui avait entendu la question de Nim se retourna et un large sourire fendit son visage basané de Mexicain.

« Nim, mon enfant, répondit le juge Yale en se penchant comme pour lui faire une confidence, il faut que je vous dise quelque chose : ces deux derniers étaient des femelles. »

Ils déjeunèrent à Fresno, dans le salon Windsor du Hilton. Pendant le repas, Nim continua à remplir la mission de documentation dont il avait été chargé. Ce fut une tâche facile. Dès qu'il présentait un fait ou une statistique, le juge Yale semblait l'assimiler aussitôt. Il demandait rarement qu'on les lui répétât. Ses questions incisives attestaient la vivacité de son intelligence, et sa compréhension de l'ensemble de la situation. Nim espéra que, lorsqu'il aurait quatre-vingts ans, ses facultés mentales seraient aussi bonnes.

Ils parlèrent beaucoup de l'eau. Nim expliqua que quatre-vingt-dix pour cent du courant électrique dépensé par les fermiers dans la luxuriante San Joaquin Valley étaient utilisés pour pomper de l'eau dans les puits pour l'irrigation. Par conséquent, des interruptions dans la fourniture du courant auraient des conséquences catastrophiques.

« Je me rappelle bien la vallée quand elle était presque tout entière un désert, dit Paul Yale. Dans les années 1920, personne ne croyait qu'il pousserait quelque chose ici. Les Indiens l'appelaient " la vallée vide ".

— Ils n'avaient pas entendu parler de l'électrification rurale.

— Oui, elle a réalisé des miracles. Qu'a donc dit Isaïe ? *Le désert se réjouira et s'épanouira comme la rose.* » Yale sourit. « Peut-être pourrai-je glisser cela dans mon témoignage. Un ou deux vers de la Bible ajoutent une note distinguée, n'est-ce pas ? »

Avant que Nim pût répondre, le maître d'hôtel s'approcha et annonça : « Monsieur Yale, quelqu'un vous demande au téléphone. Vous pouvez prendre la communication au bureau de l'hôtesse si vous voulez. »

Le juge Yale s'absenta plusieurs minutes. Nim l'entrevit à l'autre bout du salon, en train d'écrire sur un carnet en écoutant attentivement son interlocuteur au téléphone. Quand il regagna sa table, il rayonnait et il posa sur la nappe son carnet ouvert.

« De bonnes nouvelles de Sacramento, Nim. D'excellentes nouvelles, je crois. Un collaborateur du gouverneur sera présent aux débats publics de cet après-midi, et il lira une déclaration selon laquelle le gouverneur apporte à présent tout son soutien au projet de Tunipah. Un communiqué de presse confirmant la nouvelle va être publié par les services du gouverneur. » Yale regarda ses notes. « Le communiqué fait état " d'une intime conviction ; après étude, l'exploitation de Tunipah est essentielle au développement et à la prospérité de la Californie ".

— Eh bien, dit Nim, c'est vous qui le lui avez arraché. Félicitations !

— J'avoue que je ne suis pas mécontent. » Rangeant son carnet dans sa poche, Yale consulta sa montre. « Que diriez-vous d'un peu d'exercice ? Nous pourrions aller à pied au State Building pour ces débats publics ?

— Je vous accompagnerai volontiers jusque-là, mais je n'entrerai pas. » Nim sourit de toutes ses dents. « N'oubliez pas qu'à la commission de l'Énergie je demeure *persona non grata.* »

Le State Building était situé à dix minutes de marche.

C'était une journée lumineuse, ensoleillée, et Paul Yale, aussi actif pour une promenade que pour beaucoup d'autres choses, partit d'un pas vif. Après avoir tant parlé avant et pendant le déjeuner, les deux hommes gardèrent le silence.

Les pensées de Nim se reportèrent, comme si souvent ces derniers temps, vers Ruth. Une douzaine de jours s'étaient écoulés depuis la soirée déchirante où il avait appris que la vie de sa femme était menacée par les cellules cancéreuses qui proliféraient dans son corps. En dehors d'un entretien avec le Dr. Levin, Nim n'en avait parlé à personne. Il ne voyait aucun intérêt à ce que Ruth devint un sujet de cancans et de spéculations.

L'attitude du Dr. Levin n'avait été ni défaitiste ni rassurante. « Votre femme peut avoir pendant de nombreuses années une existence normale, avait-il déclaré. Mais il faut aussi que vous sachiez que son état pourrait se détériorer soudainement et rapidement. Le traitement, cependant — qu'il s'agisse de chimiothérapie ou d'immunologie — pourrait faire pencher la balance en sa faveur. »

Pour ce qui était d'une thérapeutique supplémentaire possible, Ruth devrait refaire sous peu le voyage de New York ; ensuite il serait décidé si la méthode toute nouvelle et partiellement expérimentale du Sloan-Kettering Institute était de nature à l'aider. Pour Nim comme pour Ruth, cette attente s'apparentait à une marche précaire, au bord d'un gouffre, d'un précipice, sans le moindre moyen de savoir si la corniche s'écroulerait ou tiendrait bon.

« Le seul avis que je puisse donner, avait ajouté le Dr. Levin, est celui que j'ai déjà donné à votre femme : vivez au jour le jour, et profitez-en au maximum. Ne la laissez pas ajourner des choses qu'elle voudrait et pourrait faire. Tout bien réfléchi, c'est un bon conseil pour nous tous. Rappelez-vous que vous ou moi pourrions demain mourir d'une crise cardiaque, ou être tués dans un accident de la circulation, et que votre femme pourrait nous survivre de nombreuses années. »

Le médecin avait soupiré. « Je regrette, Nim. Vous avez peut-être l'impression que tout cela, c'est du boniment. Je sais que vous auriez souhaité quelque chose de précis. Tout le monde à votre place le souhaiterait. Mais l'avis que je vous ai donné est le meilleur que je puisse formuler. »

Nim l'avait suivi en passant autant de temps que possible avec Ruth. Aujourd'hui, par exemple, il aurait pu rester à Fresno jusqu'à demain ; il y avait des réalisations locales sur lesquelles il aurait pu s'informer utilement. Mais non : il s'était arrangé pour prendre l'avion de fin d'après-midi et il serait rentré chez lui pour le dîner.

Il fut ramené aux réalités immédiates par le juge Yale qui lui demanda d'un air étonné : « Ne trouvez-vous pas qu'il y a beaucoup de monde dehors à une heure pareille ?

— Si, répondit Nim en regardant autour de lui. Vous avez raison. C'est extraordinaire. »

Dans les rues à proximité immédiate, des piétons en grand nombre se dirigeaient tous, apparemment, vers le State Building.

Quelques-uns couraient même, comme s'ils tenaient à arriver avant les autres. Des voitures affluaient également, et un embouteillage se formait. Les femmes et les jeunes formaient la majorité de la foule des piétons et des automobilistes.

« Peut-être, dit Nim, que la nouvelle de votre venue ici a fait le tour du pays. »

Le vieil homme sourit. « Même si c'était vrai, je n'aurais pas le charisme nécessaire pour attirer autant de gens. »

Ils arrivèrent devant la promenade publique — une pelouse — qui s'étalait devant le State Building : elle était noire de monde.

« Quand on veut découvrir quelque chose, un bon moyen consiste à demander », dit Yale. Il toucha le bras d'un ouvrier d'un certain âge. « Excusez-moi. Nous sommes curieux de savoir pourquoi il y a tant de monde ici. »

L'autre lui lança un coup d'œil incrédule. « Vous ne le savez pas ? »

Yale sourit. « C'est bien pourquoi je vous le demande.

— Cameron Clarke. Il va venir.

— L'acteur de cinéma ?

— Il n'y en a pas trente-six. Il va parler à je ne sais quels débats publics du gouvernement. Toute la matinée on l'a entendu à la radio. A la télévision aussi, m'a dit ma femme.

— Quels débats du gouvernement ? s'enquit Nim.

— Je n'en sais rien. Et tout le monde s'en fout. On veut tout simplement le voir en chair et en os, voilà. »

Paul Yale et Nim échangèrent un regard : ils avaient eu tous deux la même idée.

« Nous l'apprendrons toujours assez tôt », dit Yale.

Ils commencèrent à se rapprocher du State Building, édifice fonctionnel et sans intérêt avec un perron devant la façade. Au même moment, une limousine noire escortée de motards de la police arriva de la direction opposée. Un cri s'éleva, s'enfla : « C'est lui ! » La foule s'élança..

D'autres policiers survinrent et déblayèrent un passage pour que la limousine arrive près du perron. Quand la voiture s'arrêta, un chauffeur en livrée descendit précipitamment et ouvrit la porte arrière. Un jeune homme frêle et de petite taille sortit. Il avait des cheveux blonds ébouriffés et il portait un complet marron de demi-saison. La foule applaudit.

« Cameron ! Salut à toi, Cameron ! » Quelqu'un poussa ce cri que d'autres reprirent en chœur.

Comme un monarque, Cameron Clarke agita le bras en direction de la foule.

Il était l'acteur de Hollywood dont la participation à un film garantissait le plus de recettes. Son jeune visage, beau et souriant, était connu de cinquante millions de fanatiques de Cleveland à Calcutta, de Seattle en Sierra Leone, de Brooklyn à Bagdad. Même d'augustes juges de la Cour suprême des États-Unis connaissaient de réputation Cameron Clarke, Paul Sherman Yale l'avait démontré tout à l'heure. La simple présence de Clarke n'importe où suffisait à provoquer des scènes d'adulation et des désordres. La police de Fresno, qui ne l'ignorait pas, faisait de son mieux pour canaliser la foule.

Les photographes de presse, qui étaient entrés en action quand la limousine avait fait halte, continuaient de mitrailler la vedette comme s'ils avaient une provision inépuisable de pellicule. Une équipe de télévision, qui attendait, se rapprocha de la voiture de l'acteur.

Une interview commença.

Le journaliste (avec un grand respect) : Monsieur Clarke, pourquoi êtes-vous ici ?

Cameron Clarke : Je suis ici comme un modeste citoyen ordinaire, afin de protester contre un projet mal conçu, sordide et totalement inutile qui profanerait la magnifique région encore intacte de Californie qui s'appelle Tunipah.

Le journaliste : Voilà des propos bien énergiques, monsieur. Consentiriez-vous à expliquer ce qui motive de pareils sentiments?

Cameron Clarke : Certainement. Le projet de Tunipah est mal conçu parce qu'il pollue l'environnement. Il est sordide parce que son objectif est de permettre à la G.S.P. & L. de réaliser de gros profits dont elle n'a pas besoin. Il est inutile parce qu'une autre source d'énergie est disponible ; en outre, la conservation pourrait réduire les besoins énergétiques dans une proportion très supérieure à ce que produirait Tunipah.

Nim et Paul Yale avaient tout entendu. « Il récite un rôle, murmura Nim furieux. Je serais curieux de savoir quel est l'ignare idiot qui le lui a écrit. »

282

Le journaliste : Quelle est cette autre source d'énergie, monsieur Clarke ?

Cameron Clarke : L'énergie solaire.

Le journaliste : Vous croyez que l'énergie solaire est disponible maintenant ?

Cameron Clarke : Parfaitement. Mais rien ne presse, même pour l'énergie solaire. Toutes les histoires que l'on nous raconte sur une pénurie d'électricité ne sont qu'une tactique pour nous effrayer, de la propagande orchestrée par les compagnies de production d'énergie.

Un spectateur cria : « Bravo, Cameron ! Voilà ce qu'il faut dire à ces salauds ! Ne te laisse pas faire ! »

L'acteur leva la tête, ébaucha de la main un signe de remerciement, et sourit.

Nim se tourna vers son compagnon. « Je crois que j'en ai suffisamment entendu. Si vous n'y voyez pas d'inconvénient, monsieur Yale, je vais remonter vers le nord, et je vous abandonne pour les débats. Tout laisse prévoir que ce sera un beau numéro.

— Je sais qui sera la vedette, et ce ne sera pas moi, dit Yale avec mélancolie. D'accord, Nim, partez. Merci pour votre aide. »

Pendant que Nim fendait la foule pour s'éloigner, Yale alla se présenter à un policier. Cinq secondes plus tard, il pénétrait sous bonne escorte dans le State Building.

L'interview de Cameron Clarke à la télévision continuait.

« En réalité, déclara Oscar O'Brien le lendemain, quand vous avez affaire à Cameron Clarke tout seul, vous trouvez que c'est un type assez convenable. Je lui ai parlé ; je connais aussi deux de ses amis. Il a fait un mariage sérieux, et il a trois gosses dont il est fou. L'ennui cependant, c'est que lorsqu'il ouvre la bouche en public c'est parole d'évangile. »

L'avocat-conseil de la G.S.P. & L., qui avait participé aux débats de Fresno, faisait son rapport à J. Eric Humphrey en présence de Teresa Van Buren et de Nim.

« En l'occurrence, poursuivit O'Brien, la principale raison pour laquelle Clarke s'oppose à Tunipah est qu'il possède dans la région une propriété — une sorte de retraite qu'utilisent sa famille et lui en été. Ils ont des chevaux, ils parcourent les pistes, ils pêchent, quelquefois ils campent la nuit en plein air. Il redoute que notre projet de Tunipah n'abîme tout cela, et il a probablement raison.

— Mais n'a-t-on pas souligné, demanda Eric Humphrey, que la prospérité de millions de Californiens pèse plus lourd que les vacances agréables d'un seul individu ?

— Bien sûr que si ! répondit O'Brien. Dieu sait si je l'ai répété pendant l'interrogatoire contradictoire. Mais croyez-vous que quelqu'un y a prêté attention ? Non ! Cameron Clarke était opposé à Tunipah, et le dieu du 7ᵉ art avait parlé. Le reste était sans importance. »

L'avocat marqua un temps d'arrêt, puis ajouta : « Lorsque Clarke a entonné son morceau de bravoure sur la nature profanée — et, ma foi, je dois reconnaître qu'il a été bon ; c'était Marc-Antoine prononçant l'oraison funèbre de César — des gens dans la salle d'audience se sont mis à pleurer. Je dis bien : *pleurer* !

— Je continue de penser que son rôle lui a été écrit par quelqu'un, dit Nim. D'après tout ce que je sais sur Clarke, il n'a rien d'un intellectuel. »

O'Brien haussa les épaules : « Débat sans intérêt. »

Il ajouta : « Autre petit détail d'ambiance : lorsque Clarke eut achevé son témoignage et fut sur le point de partir, le commissaire qui présidait lui a dit qu'il serait heureux d'avoir un autographe. Pour sa nièce, a-t-il affirmé. Quel menteur ! C'était pour lui-même.

— De quelque côté que l'on se tourne, décréta Teresa Van Buren, Cameron Clarke nous a fait beaucoup de mal. »

Personne ne mentionna ce qui avait à peine besoin d'être dit, à savoir que les comptes rendus à la télévision, à la radio et dans la presse sur la brève apparition de l'acteur de cinéma à la barre avaient éclipsé toutes les autres informations sur Tunipah. Dans le *Chronicle-West* et le *California Examiner*, la déclaration du gouverneur de Californie en faveur du projet fut résumée en quelques lignes à la fin du reportage sur Clarke. La télévision n'en parla même pas. Quant à l'intervention de Paul Sherman Yale, elle fut partout passée sous silence.

13

D'instinct, Nancy Molineaux savait qu'elle était « sur un coup ». Peut-être un gros coup. Mais jusqu'ici elle ne disposait d'aucun élément solide pour étayer son histoire. Elle avait aussi d'autres problèmes. Par exemple, elle n'était pas encore très sûre de ce qu'elle cherchait. Et puis ses obligations pratiques lui imposaient d'effectuer des reportages à intervalles réguliers pour le *California Examiner*, ce qui limitait le temps disponible pour son enquête nébuleuse. Enfin, complication suprême, elle ne s'était confiée à personne — surtout pas au chef des informations de l'*Examiner* qui, dans sa hâte démentielle à obtenir des résultats, était incapable de comprendre que la subtilité et la patience pouvaient être les meilleures armes d'un grand reporter. Or Nancy ne manquait ni de l'un ni de l'autre.

Elle les avait utilisées depuis qu'à l'assemblée annuelle des action-

naires de la G.S.P. & L. Nim Goldman en colère lui avait lancé :
« Pourquoi n'enquêtez-vous pas sur lui? »

« Lui », c'était Davey Birdsong.

Certes, Goldman n'avait pas pensé un instant qu'elle pourrait prendre sa suggestion au sérieux. Mais, après avoir mûrement réfléchi, Nancy la fit sienne.

Birdsong avait déjà éveillé sa curiosité. Nancy se méfiait beaucoup des gens qui se rangeaient toujours du côté de la veuve et l'orphelin, ou du moins qui s'en donnaient l'air, comme Davey Birdsong. L'expérience de Nancy lui avait enseigné que les bonnes âmes de gauche et populistes de ce type cherchaient surtout à jouer les chefs pendant que les autres, cantonnés loin derrière, ramassaient les miettes. Elle avait souvent vu cela, dans les communautés noires comme dans les blanches.

Mr. Milo Molineaux, le père de Nancy, n'était ni une bonne âme ni un libéral. Entrepreneur dans le bâtiment, il avait toute sa vie poursuivi un objectif qu'il ne cachait pas : transformer l'enfant pauvre qu'il avait été — né de parents noirs dans la Louisiane rurale — en un homme riche. Il avait réussi, très honnêtement, et à présent Mr. Molineaux était en vérité fort riche.

Cependant Nancy avait observé que son père en avait fait plus pour les gens de sa race — en procurant des emplois réguliers, en versant des salaires équitables, et en respectant la dignité humaine — qu'un millier d'activistes et agitateurs politiques qui n'avaient jamais été obligés de compter sur la paye.

Elle méprisait bon nombre de libéraux, dont les Blancs qui agissaient comme s'ils essayaient d'expier personnellement trois cents ans d'esclavage noir. Ces imbéciles se comportaient comme si une personne de race noire ne pouvait rien faire de mal — jamais ! Nancy s'amusait à être grossière et provocante avec eux, elle les voyait tout encaisser et sourire, et elle s'en tirait toujours impunément, même si elle commettait des actes inexcusables, uniquement parce qu'elle était noire.

Elle ne méprisait pas Nim Goldman. En réalité — Nim aurait été stupéfait en l'apprenant — elle s'était prise d'une certaine sympathie pour lui et elle en était venue à l'admirer.

Goldman détestait son cran et son énergie, et Nancy le savait. Il la détestait ouvertement, sans se donner la peine de le cacher. Il la détestait comme journaliste, il la détestait comme femme. Nancy était absolument sûre que la couleur de sa peau n'avait rien à voir avec la haine de Goldman qui aurait été pareille si elle avait été blanche, jaune ou rouge. Dans sa haine de Nancy Molineaux, Goldman était daltonien.

Les choses étant ce qu'elles étaient, Nancy l'estimait.

Avec une perversité qu'elle ne récusait pas dans son for intérieur, il lui plaisait assez de susciter chez Goldman des sentiments de colère, voire d'exaspération. C'était tellement reposant et ravigotant ! Tout de même, il ne fallait pas exagérer. A deux reprises elle l'avait cloué au pilori, mais elle ne pouvait continuer sans manquer à la justice. D'autre part, ce type était courageux et sincère : impossible d'en dire autant de la plupart des participants sans envergure aux débats publics où Goldman avait vidé son sac, ce qui lui avait valu d'être ensuite bâillonné.

Au sujet de ces débats, Nancy avait rédigé son compte rendu comme elle estimait devoir le faire parce qu'elle s'enorgueillissait d'être — d'abord et avant tout — une bonne journaliste. Or une bonne journaliste ignorait la pitié et faisait passer au deuxième plan ses émotions et ses sentiments personnels. Cela dit, elle avait été désolée pour Goldman et, dans son for intérieur, ne lui voulait aucun mal.

Si un jour elle arrivait à le connaître mieux — ce qui était improbable — elle lui raconterait peut-être tout cela.

En attendant, Nancy Molineaux trouvait qu'il y avait une certaine logique et une certaine justice dans le fait qu'ayant abandonné la cible Goldman elle ait reporté son attention sur Davey Birdsong.

A coup sûr elle n'éprouvait aucune admiration pour Birdsong : même au début de ses investigations, elle était certaine que c'était un fumiste et sans doute un filou.

Peu après l'assemblée des actionnaires de la G.S.P. & L., elle avait commencé une enquête discrète sur le p. & l.f.p. de Birdsong. Cela lui avait demandé plusieurs mois parce qu'elle y consacrait ses moments de liberté et qu'à certaines périodes elle avait peu de loisirs. Mais les résultats, en dépit de leur lenteur, ne manquaient pas d'intérêt.

Nancy avait appris que Birdsong avait fondé le p. & l.f.p. quatre ans plus tôt, à une époque où l'inflation et l'augmentation des prix du pétrole avaient entraîné un relèvement notable des tarifs de l'électricité et du gaz. Naturellement, ce relèvement provoquait de la gêne dans les familles à revenus bas et moyens. Birdsong s'était proclamé champion du peuple.

Sa verve et sa faconde attirèrent immédiatement sur lui l'attention des media, et il s'en servit pour recruter des milliers d'adhérents au p. & l.f.p. Comment ? En employant une petite armée d'étudiants comme propagandistes. Nancy avait réussi à en retrouver plusieurs — qui n'étaient plus étudiants mais qui avaient travaillé pour lui. Tous, sans exception, avaient été écœurés par leur expérience.

« Nous pensions que nous faisions quelque chose de noble en aidant les défavorisés, raconta un jeune architecte à Nancy. Mais nous avons découvert qu'au fond nous aidions surtout Davey Birdsong. »

Son informateur poursuivit : « Lorsque nous partions pour nos tournées, on nous remettait des pétitions que Birdsong avait fait imprimer. Ces pétitions étaient adressées au gouverneur, au Sénat et à la Chambre de l'État, aux commissions des services publics, etc. Elles réclamaient des tarifs réduits pour les consommateurs privés en situation financière difficile, et nous faisions du porte-à-porte en demandant aux gens de signer. Voyons ! Qui aurait refusé ? Tout le monde, ou presque, y allait de sa signature. »

Un autre ancien démarcheur — une jeune femme qui participait à l'entretien — accepta de compléter l'histoire.

« Dès que nous avions recueilli une signature — pas avant — nous devions expliquer que l'organisation des pétitions coûtait de l'argent. Alors, n'est-ce pas, si chacun acceptait de contribuer à la campagne par un don de trois dollars, où serait comprise la cotisation d'un an au p. & l.f.p. ?... Les gens auxquels nous avions parlé s'imaginaient qu'ils nous devaient quelque chose en raison du mal que nous nous donnions pour eux — c'était psychologiquement très habile, mais Birdsong était très fort — et même chez les pauvres il y avait très peu de familles qui ne versaient pas leurs trois dollars.

— Rien de foncièrement malhonnête là-dedans, reprit le jeune architecte, à moins que vous ne taxiez de malhonnêteté le fait de récolter beaucoup plus d'argent qu'il n'en fallait pour administrer le p. & l.f.p. Mais la véritable tricherie commençait avec le comportement de Birdsong vis-à-vis des étudiants qui travaillaient pour lui. »

La jeune femme intervint de nouveau. « Birdsong nous promettait, en guise de rémunération, un dollar sur chaque don de trois dollars. Mais il tenait absolument à ce que tout l'argent lui fût remis d'abord pour sa comptabilité — expliquait-il — et il affirmait que nous serions payés plus tard. Eh bien, ç'a été plus tard, beaucoup plus tard. Et même alors nous n'avons reçu que le quart de ce qu'il nous avait promis, c'est-à-dire vingt-cinq cents au lieu du dollar prévu. Nous avons discuté avec lui, bien entendu, mais il se bornait à répéter que nous l'avions mal compris. Un malentendu, en somme !

— Vous n'aviez pas d'engagement par écrit ? interrogea Nancy.

— Rien du tout. Nous lui faisions confiance. Après tout, ne militait-il pas pour les pauvres contre les gros trusts ? C'était du moins ce que nous pensions.

— Autre chose, dit l'architecte. Birdsong s'arrangeait toujours — mais nous ne l'avons découvert que plus tard — pour parler à chacun de nous en particulier, seul à seul. Avec cette méthode... pas de témoins ! Mais s'il y a eu un malentendu, nous avons tous mal compris.

— Il n'y a jamais eu de malentendu, répliqua la jeune femme. Birdsong est un escroc. »

Nancy Molineaux demanda à ces deux anciens démarcheurs et à d'autres d'estimer les sommes d'argent ainsi recueillies. Birdsong, dans ses propres déclarations publiques, avait chiffré à vingt-cinq mille le nombre des adhérents au p. & l.f.p. Mais la plupart des interlocuteurs de Nancy jugèrent que le chiffre réel était en réalité plus élevé et devait atteindre trente-cinq mille. Dans ce cas, et compte tenu des ristournes accordées aux démarcheurs, les recettes du p. & l.f.p. pour sa première année avaient dû avoisiner cent mille dollars, presque tout en petites coupures.

« Je n'en suis pas surpris, déclara le jeune architecte quand Nancy l'informa de ses calculs. Birdsong est un sacré combinard. Je ne suis probablement pas aussi fort », ajouta-t-il avec un soupçon d'ironie triste.

Mais Nancy avait également découvert que cette collecte d'argent pour le p. & l.f.p. continuait.

Davey Birdsong recrutait encore des étudiants — il y avait toujours une nouvelle génération qui avait besoin d'un travail rémunéré à temps partiel — et son objectif consistait à décrocher de nouveaux cotisants annuels pour le p. & l.f.p., tout en prélevant de nouvelles cotisations chez les anciens. Apparemment, Birdsong ne trichait plus avec les étudiants ; peut-être avait-il réfléchi qu'il ne pourrait pas le faire indéfiniment sans avoir maille à partir avec la justice. Mais ce qui était sûr, c'était que le p. & l.f.p. engrangeait beaucoup d'argent.

Que faisait Birdsong avec cet argent ? La réponse ne paraissait pas simple. Il alimentait certes une opposition active et verbale à la G.S.P. & L. sur plusieurs fronts — avec succès de temps à autre — et beaucoup d'adhérents du p. & l.f.p. croyaient qu'ils en avaient pour leur argent. Mais Nancy était sceptique.

Avec le concours d'un comptable, elle avait fait des calculs et, même en tenant compte de frais très arrondis et d'un salaire personnel pour Birdsong, il était impossible qu'il pût dépenser plus de la moitié des fonds qu'il recueillait. Alors, le reste ? La meilleure hypothèse était que Birdsong, seul patron du p. & l.f.p., le mettait dans sa poche.

Mais Nancy était incapable de le prouver. Pas encore.

Le comptable qui la conseillait lui dit que le bureau des Revenus nationaux pourrait réclamer les livres du p. & l.f.p. et de Birdsong afin de vérifier leur comptabilité. Mais ce bureau, ajouta-t-il, disposait d'un personnel notoirement insuffisant. Aussi quantités d'organismes dits « sans but lucratif » échappaient aux vérifications et pouvaient adroitement truquer leur comptabilité.

Le comptable demanda à Nancy si elle voulait qu'il informât confidentiellement le bureau ?

Nancy répondit par la négative. Elle n'était pas disposée à informer qui que ce fût.

Nancy bénéficiait des services de ce comptable parce que son père était un important client de son cabinet. Il en alla de même avec un avocat fréquemment consulté par Milo Molineaux, Inc. : Nancy lui amena les anciens étudiants qui avaient travaillé pour Birdsong, et elle leur demanda de certifier sous serment leurs déclarations écrites ; ils coopérèrent de grand cœur.

Ainsi constituait-elle soigneusement son dossier.

Nancy Molineaux savait aussi que Birdsong percevait d'autres revenus qui lui étaient versés par l'université où il était chargé de cours. Rien de condamnable dans cela, ni même d'inhabituel, mais elle se demandait vraiment ce que Birdsong pouvait faire de tout cet argent.

Et puis une vague rumeur lui parvint aux oreilles ; elle l'avait entendue au hasard d'un cocktail : Birdsong et le p. & l.f.p. se seraient adressés au Sequoia Club pour obtenir un soutien financier. Nancy avait haussé les épaules ; en admettant que ce fût vrai, elle était certaine que le riche et prestigieux Sequoia Club n'entretenait pas de rapports avec des Davey Birdsong. Néanmoins, comme elle avait pris l'habitude de couvrir tous ses arrières, Nancy avait disposé des antennes. Sans résultat jusqu'ici.

La question la plus déconcertante de toutes se présenta un jour de janvier : au volant de sa Mercedes 450 SL, Nancy aperçut Davey Birdsong qui marchait dans une rue du centre. Sans même prendre la peine de se demander pourquoi, elle décida de le suivre. Elle gara sa voiture dans un parking voisin et lui emboîta le pas — non sans garder une certaine distance entre eux. Ce qui arriva ensuite ressembla à un extrait d'un roman d'espionnage.

Bien que Nancy fût persuadée que Birdsong ne l'avait pas vue, il manœuvra comme s'il s'attendait à être suivi et comme s'il était déterminé à semer son ou ses poursuivants. D'abord il entra dans le hall bondé d'un hôtel. Après avoir regardé autour de lui, il pénétra dans les toilettes pour hommes d'où il ressortit un peu plus tard en portant des lunettes noires et un chapeau de feutre souple, alors qu'il était nu-tête tout à l'heure. Le changement ne dupa pas Nancy. Toutefois, l'allure générale de Birdsong n'était plus la même, et elle se dit que, si au début Birdsong avait été habillé de la sorte, elle ne l'aurait sans doute pas remarqué. Il quitta l'hôtel par une porte latérale. Nancy lui laissa prendre une avance confortable.

Elle faillit le perdre parce que, un peu plus loin dans la rue, il grimpa dans un bus qui ferma presque aussitôt ses portières et démarra.

Elle n'avait pas le temps de revenir à sa voiture mais, par chance, un taxi s'approchait. Nancy le héla. Agitant un billet de vingt dollars, elle cria au chauffeur qui était un jeune Noir : « Ne perdez pas de vue ce bus, mais arrangez-vous pour ne pas avoir l'air de le filer. Seulement, à chaque arrêt, je voudrais voir qui descend. »

Le conducteur entra instantanément dans le jeu. « D'accord, lady ! Détendez-vous. Laissez-moi faire. »

Il était intelligent et ingénieux. Il doubla deux fois le bus puis il ralentit et tint sa droite afin que le bus, sur sa gauche, fût obligé de le doubler. Quand les deux véhicules étaient proches l'un de l'autre, Nancy détournait la tête. Mais chaque fois que le bus s'arrêtait pour permettre à des voyageurs de monter ou de descendre, le taxi se disposait de telle sorte qu'elle eût le champ libre pour voir. Pendant un temps qui lui parut assez long, Birdsong ne parut pas. Nancy commençait à se demander si, après tout, il ne l'avait pas semée quand, à six kilomètres de l'arrêt où il était monté, elle l'aperçut qui descendait.

Il regarda autour de lui.

« C'est celui-là... celui qui a une barbe, dit-elle à son chauffeur.

— Je le vois ! » Le chauffeur accéléra, le dépassa sans jeter un coup d'œil dans la direction de Birdsong, puis freina le long du trottoir. « Ne vous retournez pas, lady. Je l'ai dans mon rétroviseur. Le voici qui traverse la rue... Ma parole, il prend un autre bus. »

Ils suivirent le deuxième bus qui, roulant en sens contraire du premier, refit une partie de la route. Cette fois, Birdsong descendit au bout de quelques centaines de mètres, toujours en regardant soigneusement autour de lui. Une station de taxis était toute proche. Birdsong grimpa dans celui de tête et, quand la voiture démarra, Nancy le vit qui, par la vitre arrière, surveillait les alentours.

Elle se ravisa. « Laissons-le tranquille, dit-elle au chauffeur, et reconduisez-moi dans le centre. »

Nancy s'était dit qu'il serait absurde de pousser trop loin sa chance ; elle espérait que Birdsong n'avait pas repéré le taxi qui le suivit ; mais, si elle s'obstinait, il le remarquerait immanquablement. Nancy devrait donc élucider d'une autre façon les deux mystères en suspens : la destination finale de Birdsong, et le motif de toutes ses précautions.

« Difficile de savoir ce que vous voulez, lady ! maugréa le chauffeur quand ils eurent fait demi-tour. D'abord, vous vouliez suivre ce bonhomme ; alors nous l'avons fait au poil. Maintenant vous laissez tomber. » Il ajouta du même ton boudeur : « Nous ne nous sommes même pas rapprochés suffisamment pour que j'aie pu voir le numéro de l'autre taxi. »

Parce qu'il avait fait de son mieux, elle décida de lui expliquer pourquoi elle n'avait pas voulu se rapprocher autant et, de ce fait, être probablement repérée. Il écouta puis acquiesça d'un signe de tête. « Compris ! »

Quelques instants plus tard, le jeune chauffeur se retourna. « Vous voudriez encore savoir où va ce barbu ?

— Oui. » Plus elle pensait aux précautions compliquées que Birdsong avait prises, plus elle était persuadée qu'il y avait anguille sous roche. Une grosse anguille — à ne pas laisser échapper.

« Savez-vous où on peut trouver le barbu ? demanda le chauffeur.

— Son adresse personnelle ? Non, je ne la connais pas, mais il ne doit pas être difficile de l'obtenir.

— Nous pourrions peut-être nous arranger, proposa le chauffeur. Moi et deux copains. Ils sont sans travail, et ils ont des voitures équipées de radios C.B. Moi aussi j'en ai une. A trois, nous pourrions suivre le barbu à tour de rôle, en nous remplaçant pour qu'il ne voie pas toujours la même bagnole. Nous utiliserons les radios. De cette manière-là, quand l'un de nous trois voudra prendre le large, il appellera l'un des deux autres.

— Mais pour faire cela, déclara Nancy, il faudrait que vous le surveilliez tout le temps.

— C'est possible. Je vous l'ai dit : mes potes sont au chômage. »

L'idée ouvrait évidemment des possibilités nouvelles. Elle demanda : « Combien cela coûterait-il ?

— Il faut que je fasse mes comptes, lady. Mais pas autant que vous pourriez le craindre.

— Quand vous aurez fait vos comptes, dit Nancy, appelez-moi. » Elle inscrivit au dos d'un prospectus le numéro de téléphone de son appartement.

Il appela en fin de soirée. Entre-temps, elle avait noté l'adresse personnelle de Birdsong qui figurait dans l'annuaire.

« Deux cent cinquante dollars par semaine, dit le chauffeur de taxi. Tout compris pour moi et les deux autres. »

Elle hésita. S'agissait-il d'une affaire assez importante pour qu'elle se donnât tant de mal et engageât des frais aussi élevés ? Une fois de plus, son instinct lui souffla que oui.

Devrait-elle donc demander l'argent à l'*Examiner* ? Nancy se posa la question. Dans l'affirmative, elle serait tenue de révéler tout ce qu'elle avait découvert jusqu'ici, et elle était sûre que son journal voudrait publier immédiatement un article documenté sur Davey Birdsong et son p. & l.f.p. Nancy estimait que ce serait prématuré ; elle croyait fermement qu'elle n'était qu'au début de ses trouvailles et qu'il vaudrait mieux attendre. Enfin, les pingres de l'administration de son journal détestaient débourser de l'argent avant d'y être obligés.

Elle décida d'aller de l'avant toute seule. Elle paierait ses frais sur sa propre bourse en espérant récupérer ces sommes-là plus tard. Et si elle ne les récupérait jamais, la catastrophe ne serait pas considérable, même si elle violait l'une de ses règles de conduite.

Selon les normes courantes, Nancy Molineaux était riche. Plusieurs années auparavant, son père avait constitué un fonds familial qui lui procurait un revenu aussi confortable que régulier. Mais, par orgueil, elle avait séparé rigoureusement ses revenus personnels et ses gains professionnels.

Pour une fois, l'orgueil devrait s'incliner.

Le chauffeur de taxi lui dit qu'il aimerait bien percevoir une petite avance, ce qui était raisonnable, et Nancy répondit qu'il n'aurait qu'à passer la prendre.

Et puis, elle n'eut plus aucune nouvelle pendant six jours. Le septième, le jeune chauffeur qui s'appelait Vickery lui apporta un rapport. Nancy fut surprise de constater que le rapport était proprement écrit et détaillé. Il contenait tous les déplacements de Birdsong : rien qui ne fût innocent ou qui sortît de l'ordinaire. A aucun moment il n'avait paru se rendre compte qu'il était suivi. Plus important encore : il n'avait jamais tenté de brouiller sa piste.

« Une semaine, vous voyez, ce n'est pas assez, dit Vickery. Voulez-vous essayer une semaine de plus ? »

Oh ! zut ! pourquoi pas ?, pensa Nancy.

Sept jours plus tard, Vickery revint. Il tendit à Nancy le même genre de rapport, détaillé mais sans résultats positifs. Déçue, elle lui dit : « O.K., ça suffit. N'en parlons plus. »

Le jeune homme la regarda avec un dédain non dissimulé. « Vous allez abandonner maintenant ? Après tout ce que vous avez investi ? » Quand il la sentit vaciller, il insista : « Jouez le tout pour le tout ! Allez-y à fond ! Essayez une autre semaine.

— Vous devriez être camelot, dit Nancy, au lieu de faire le taxi. »

Elle réfléchit. Elle avait la preuve que Birdsong était un fumiste ; croyait-elle toujours qu'il était un filou ? Et si elle découvrait où il se rendait si mystérieusement, cela contribuerait-il à corser l'article qu'elle projetait d'écrire? Enfin, devrait-elle faire la part du feu ou — comme le lui avait dit ce jeune insolent — jouer le tout pour le tout et y aller à fond?

Son sixième sens, toujours. Il lui conseilla de répondre oui par trois fois.

« O.K., petit malin, dit-elle à Vickery. Une semaine supplémentaire. Mais après, basta! »

Ils tombèrent sur le bon filon le quatrième jour.

Vickery téléphona, puis se rendit chez elle le même soir. « J'ai pensé que vous vouliez avoir vos renseignements tout de suite. Cet après-midi, le barbu a essayé de semer tout le monde, comme le jour où il s'est amusé avec vous et moi. » Il ajouta, visiblement content de lui: « Nous l'avons eu, le salaud.

— Etant donné le prix, répliqua Nancy, je l'espérais bien. »

Le jeune Noir sourit en présentant son habituel rapport manuscrit. D'après le rapport, Davey Birdsong était parti en voiture du garage de son appartement, et il l'avait parquée à l'autre bout de la ville. Avant d'en sortir, il avait mis des lunettes noires et s'était coiffé d'un chapeau. Ensuite il avait pris un taxi pour regagner le centre, mais il s'était arrêté pour monter successivement dans deux bus qui allaient dans des directions opposées. Finalement il s'était rendu à pied, par une route peu fréquentée, à une petite maison du secteur est de la ville.

Il était rentré dans la maison. L'adresse figurait sur le rapport.

« Le barbu y est resté deux heures », dit Vickery.

Après quoi, conformément au rapport, Birdsong s'était fait conduire en taxi non loin de l'endroit où il avait garé sa voiture qu'il avait regagnée à pied, puis il était rentré chez lui.

Visiblement content de lui et plein d'espoir, Vickery demanda: « Voulez-vous que nous surveillions le barbu un peu plus longtemps? » Il ajouta: « Mes potes à moi n'ont toujours pas de travail.

— Avec un ami comme vous, répondit Nancy, ils ne devraient pas se faire trop de bile. » Elle secoua la tête. « Terminé. »

Le surlendemain, Nancy, assise dans sa voiture, observait la maison où Davey Birdsong s'était rendu si secrètement. Elle était là depuis deux heures. Midi approchait.

La veille, après avoir bien relu le dernier rapport de Vickery, elle avait passé la journée à s'occuper d'un fait divers dont l'*Examiner* l'avait chargée, mais elle n'avait pas encore remis sa copie au chef des informations. Elle le ferait demain. En attendant, elle pouvait disposer de son temps.

La maison qu'elle surveillait était située au 117 de Crocker Street. Une maison identique à une série d'autres qui dataient des années 1920 et qui, au cours de la décennie précédente, avaient été ravalées par un spéculateur de l'immobilier qui s'était imaginé que le quartier allait connaître une nouvelle splendeur. Le spéculateur avait fait un mauvais calcul. Crocker Street demeura fidèle à son image : une rue banale et morne dont les habitants ne bougeaient pas parce qu'ils ne pouvaient rien s'offrir de mieux. D'ailleurs les maisons ravalées étaient en train de revenir à leur état antérieur de décrépitude avec la maçonnerie qui se fissurait, des vitres fendues, la peinture qui s'écaillait.

Pour Nancy, le 117 ressemblait aux autres maisons comme une sœur jumelle.

Prudente, elle avait garé sa Mercedes une quarantaine de mètres plus loin; de là, elle voyait très bien la maison et croyait qu'elle-même passerait inaperçue, grâce à la présence de plusieurs autres voitures garées autour de la sienne. Elle s'était munie de jumelles, mais elle ne les utilisait pas de peur d'attirer l'attention d'un passant.

Jusqu'alors, il y avait eu peu d'activité dans la rue, et aucune au 117.

Nancy ne savait pas du tout à quoi s'attendre — en admettant qu'il se passât quelque chose — et elle n'avait dressé aucun plan. A mesure que la matinée s'écoulait, elle formait des vœux pour pouvoir se faire une idée des occupants de la maison, mais elle ne fut pas exaucée. Elle commença à se demander si elle n'était pas restée assez longtemps. Pourquoi ne pas partir maintenant et revenir un autre jour?

Une voiture passa devant sa Mercedes, comme l'avaient fait plusieurs autres au cours des deux heures précédentes. Elle remarqua distraitement que c'était une vieille camionnette Volkswagen, peinte de couleur brunâtre, et dont une vitre cassée avait été rafistolée avec du carton et du chatterton.

Nancy se dressa brusquement. La Volkswagen venait de s'arrêter devant le 117.

Un homme en sortit. Nancy décida de l'observer à la jumelle. Elle vit qu'il était maigre, qu'il avait des cheveux coupés court et une moustache bien fournie. Il devait avoir un peu moins de trente ans. Par contraste avec la camionnette, il était très proprement vêtu d'un complet bleu foncé et portait une cravate. Il contourna son véhicule pour aller ouvrir la porte arrière. Comme les jumelles de Nancy étaient puissantes — elle s'en servait dans son appartement pour observer les mouvements des bateaux dans le port — elle aperçut les mains de l'homme; elles lui parurent bizarrement maculées.

Il se pencha à l'intérieur de la camionnette, il en sortit un cylindre massif de couleur rouge qui semblait lourd. Il le posa sur le trottoir, puis se pencha de nouveau pour en extraire un autre. Il transporta les deux extincteurs — Nancy les avait identifiés — dans la maison.

L'homme effectua deux voyages supplémentaires entre la Volkswagen et la maison, en portant à chaque fois deux extincteurs. Six en tout. Après avoir introduit la dernière paire, il resta dans la maison cinq minutes à peu près, puis il en ressortit, regrimpa dans son véhicule et démarra.

Nancy hésita: allait-elle le suivre? Non. Elle était obsédée par une question toute naturelle: pourquoi une si petite habitation avait-elle besoin de tant d'extincteurs? Soudain elle sursauta. « Merde! » Elle n'avait pas pensé à noter le numéro de la Volkswagen, ce qui lui aurait été pourtant facile. Maintenant, c'était trop tard. Elle se traita de tous les noms et se dit qu'après tout elle aurait dû suivre la camionnette.

Soit. Mais alors, partir? Elle supposa qu'elle n'avait plus rien d'autre à faire. Sa main se dirigea vers le contact, puis s'immobilisa. Au 117 il y avait du nouveau. Elle reprit ses jumelles.

Une femme était sortie de la maison. Elle était jeune, frêle, négligemment vêtue d'un jean décoloré et d'une vareuse. Elle promena son regard autour d'elle puis s'éloigna d'un pas vif dans la direction opposée à celle où était garée la Mercedes.

Cette fois, Nancy n'hésita plus. Elle démarra et se fraya une voie dans le parking. Elle voyait toujours l'inconnue. Elle la suivit lentement, prudemment, en s'arrêtant parfois le long du trottoir pour ne pas la rattraper.

La jeune femme ne se retourna pas. Lorsqu'elle tourna à un croisement, Nancy attendit avant de faire la même chose. Elle eut juste le temps de la voir entrer dans un petit supermarché. Elle se gara au parking, ferma sa voiture à clé et entra à son tour.

Il y avait dans le supermarché la clientèle habituelle: une vingtaine de personnes qui faisaient leurs courses. Nancy aperçut la femme qu'elle avait suivie: à l'extrémité d'une allée, elle était en train de mettre des boîtes de conserve dans un caddy. Nancy s'empara d'un caddy, y jeta quelques articles qu'elle prit au hasard sur les étagères les plus proches, puis se dirigea négligemment vers l'autre femme.

Elle lui parut encore plus jeune que de loin. Elle était pâle, avec des cheveux blonds ébouriffés, et non fardée. Sa main droite était recouverte d'une sorte de gant improvisé qui devait cacher une difformité ou une blessure car elle n'utilisait que sa main gauche. Elle prit une bouteille d'huile et se mit à lire l'étiquette.

Nancy Molineaux manœuvra son caddy pour la dépasser et, comme si elle avait oublié quelque chose, se retourna brusquement. Ses yeux affrontèrent ceux de l'inconnue. Nancy sourit et dit gaiement: « Tiens! Est-ce que nous ne nous sommes pas déjà rencontrées? » Elle ajouta: « Je crois que nous avons une relation commune: Davey Birdsong. »

La réaction fut immédiate et surprenante. Le visage de l'inconnue devint gris comme de la cendre, elle trembla de tous ses membres, et elle lâcha la bouteille d'huile qui se cassa par terre.

Après un silence de plusieurs secondes au cours desquelles une mare d'huile s'élargit en travers de l'allée, la directrice du supermarché se précipita en gloussant comme une poule dérangée. « Mon Dieu! Quelle saleté! Qu'est-ce qui s'est passé ici?

— C'est ma faute, répondit Nancy avec calme. Je vous présente mes excuses et je paierai ce qui a été cassé. »

La directrice objecta: « Seulement vous ne paierez pas le nettoyage, n'est-ce pas?

« — Non, répondit Nancy. Mais pensez à la culture physique que je vous offre gratuitement! » Elle saisit l'inconnue par un bras; la jeune femme était assommée, comme si elle avait reçu un grand coup sur la tête.

« Sortons d'ici », lui dit Nancy. Sans résister et abandonnant son caddy, la fille en vareuse et en jean partit avec elle.

Sur le parking, Nancy la dirigea vers la Mercedes. Mais au moment où la portière de droite fut déverrouillée et ouverte, l'inconnue retrouva un peu de vivacité.

« Je ne peux pas! Oh! C'est impossible! Il faut que je rentre chez moi. » Sa voix était criarde; elle tremblait de nervosité; elle regarda Nancy d'un air farouche. « Qui êtes-vous?

— Une amie. Écoutez, il y a un bar juste avant le tournant; je l'ai vu tout à l'heure. Pourquoi n'irions-nous pas boire un verre toutes les deux? Vous avez l'air d'en avoir bien besoin.

— Je vous dis que je ne peux pas!

— Si. Vous le pouvez et vous le ferez, riposta Nancy. Parce que, si vous ne voulez pas, je téléphonerai à votre ami Davey Birdsong cet après-midi, et je lui dirai... »

Elle ne savait pas du tout comment elle terminerait sa phrase, mais l'effet fut électrique. L'inconnue monta dans la voiture sans protester davantage. Nancy ferma la portière de droite, puis alla s'asseoir au volant.

Il ne fallut que quelques minutes pour arriver au bar, et Nancy put facilement se garer. Elles descendirent et entrèrent. L'intérieur était sombre et sentait le moisi.

« Ciel! dit Nancy. Il nous faudrait un chien d'aveugle. » Elle se dirigea à tâtons vers une table d'angle, éloignée des quelques clients qui buvaient déjà. La jeune femme la suivit.

Quand elles s'assirent, Nancy lui dit: « Il faut bien que je vous appelle par un nom. Lequel?

— Yvette. »

Un garçon s'approcha; Yvette commanda une bière, Nancy un daiquiri. Elles n'échangèrent pas une parole avant le retour du garçon avec les consommations.

Cette fois, ce fut Yvette qui parla la première. « Vous ne m'avez toujours pas dit qui vous étiez. »

A quoi bon mentir? « Je m'appelle Nancy Molineaux. Je suis journaliste. »

A deux reprises déjà Yvette avait accusé le coup, mais l'effet de la réponse de Nancy fut encore plus grand. Elle ouvrit la bouche, et son verre lui glissa des mains: si Nancy ne l'avait pas rattrapé à temps, il aurait suivi le même chemin que la bouteille d'huile.

« Calmez-vous, dit Nancy. Les journalistes ne dévorent les gens que lorsqu'ils ont faim. Je n'ai pas faim. »

Yvette murmura en bafouillant: « Que voulez-vous de moi?

— Quelques informations. »

Yvette s'humecta les lèvres. « De quel genre?

— Par exemple qui d'autre habite cette maison d'où vous êtes sortie? Que se passe-t-il là-dedans? Pourquoi Davey Birdsong vous rend-il visite? Des petites questions pour commencer...

— Mais cela ne vous regarde pas! »

Les yeux de Nancy s'étaient habitués à la pénombre, et elle vit que, malgré l'effet de l'alcool, Yvette avait encore peur. A tout hasard, Nancy lança: « O.K., je suppose que j'aurais dû commencer par m'adresser à la police et...

— Non! » Yvette se leva à moitié puis retomba. Brusquement elle se couvrit le visage de ses mains et fondit en larmes.

Nancy se pencha par-dessus la table. « Je sais que vous avez des ennuis. Si vous vous laissez faire, je vous aiderai.

— Personne ne peut m'aider », bégaya Yvette entre deux sanglots. Quelques secondes plus tard, au prix d'un effort visible de sa volonté, elle se mit debout. « Maintenant, je m'en vais. » Même dans sa détresse, elle possédait une certaine dignité.

« Écoutez, lui dit Nancy, je vous propose un marché. Si vous êtes d'accord pour me revoir, je ne dirai et ne ferai rien en attendant. »

Yvette hésita. « Quand?

— Dans trois jours. Ici.

— Pas trois jours. » De nouveau le mélange de doute et de frayeur. « Une semaine, peut-être. »

Nancy était bien obligée de se contenter de cette vague promesse. « Très bien. Dans une semaine. C'est-à-dire mercredi prochain, même heure, même endroit. »

Sur un signe d'assentiment, Yvette partit.

En rentrant dans sa Mercedes, Nancy se demanda si elle avait bien ou mal pris en main la situation. Et à quoi diable rimait tout cela? Quel pouvait être le point commun entre Davey Birdsong et Yvette? L'allusion de Nancy à la police au cours de sa conversation avec Yvette avait été improvisée, impulsive... Cependant la réaction de la jeune fille, au seuil de la crise de nerfs, donnait à penser qu'il y avait de l'illégalité dans l'air. Si oui, une illégalité de quel genre? C'était vraiment très frustrant: trop de questions, pas assez de réponses — quelque chose comme un jeu de patience dont le résultat final resterait indiscernable jusqu'au bout.

14

Pour Nancy Molineaux, une autre pièce du puzzle se mit en place le lendemain. Il s'agissait de cette histoire qu'elle avait entendue par hasard à un cocktail — et qu'elle n'avait pas crue — selon laquelle le p. & l.f.p. de Birdsong aurait sollicité un soutien financier du Sequoia Club.

Malgré son scepticisme, elle avait déployé à tout hasard des antennes. L'une d'elles se révéla efficace.

Une employée au service du courrier du Sequoia Club, une Noire d'un certain âge qui s'appelait Grace, avait un jour demandé l'aide de Nancy Molineaux pour obtenir une H.L.M. A l'époque, Nancy n'avait eu qu'à donner un coup de téléphone et utiliser la carte de visite de l'*Examiner* pour que Grace passât de la dernière à la première place sur la liste des candidatures. Mais Grace lui avait témoigné beaucoup de reconnaissance et juré que si, à son tour, elle pouvait lui rendre service elle le ferait avec joie.

Quelques semaines plus tôt, Nancy avait téléphoné chez elle pour lui parler du bruit concernant la p. & l.f.p. et le Sequoia Club. Grace voudrait-elle essayer de découvrir, demanda Nancy, si ce bruit était fondé et, dans l'affirmative, si la requête du p. & l.f.p. avait reçu satisfaction?

Elle reçut un rapport quelques jours après : dans la mesure où Grace avait pu s'informer, c'était une histoire montée de toutes pièces. Elle ajoutait cependant : « Mais des affaires pareilles pourraient rester secrètes, sans que plus de deux ou trois personnes du comité central, comme Prissy Pritchy — c'était le sobriquet décerné à Roderick Pritchett par le personnel du Sequoia Club — soient au courant. »

Aujourd'hui donc, Grace avait utilisé son heure de déjeuner pour courir à l'immeuble de l'*Examiner*, et elle était montée directement à la salle de rédaction. Nancy qui s'y trouvait l'avait aussitôt emmenée dans une cabine vitrée et insonorisée où elles pouvaient parler librement. Grace fouilla dans son sac à main.

« J'ai quelque chose pour vous, miss Molineaux. Je ne sais pas si ça concerne ce que vous vouliez, mais... »

« Ça » était la copie d'une circulaire du Sequoia Club.

Grace s'expliqua. Trois enveloppes destinées à l'extérieur et marquées *Privé et Confidentiel* étaient passées par le service du courrier. Rien d'anormal jusque-là. L'anormal était que l'une des enveloppes était arrivée non cachetée, sans doute par suite de la négligence d'une secrétaire. Grace l'avait mise de côté sans rien dire et, plus tard, quand personne ne pouvait l'observer, elle en avait lu le contenu. Nancy sourit, en se demandant combien d'autres indiscrétions se produisaient de la même manière avec le courrier.

Grace s'était servie de l'une des machines Xerox du Sequoia Club pour en prendre une photocopie. Nancy la lut attentivement.

Origine : Directeur administratif
Destinataires : Membres du comité directeur
Pour votre information, la seconde donation sur la caisse de secours à l'organisation B, approuvée lors de notre réunion du 22 août, vient d'être payée.

Comme signature, les initiales « R. P. ».

« A qui était adressée l'enveloppe? demanda Nancy.

— A Mr. Saunders. Il fait partie du conseil d'administration et...

— Oui, je sais. » Irwin Saunders, l'avocat mondain bien connu était l'un des dirigeants du Sequoia Club. « Et les deux autres enveloppes?

— L'une était adressée à Mrs. Carmichael, notre présidente. L'autre à Mrs. Quinn. »

Sans doute Priscilla Quinn. Nancy la connaissait vaguement. Une snob et une mondaine.

Grace demanda avec inquiétude : « Est-ce bien ce que vous vouliez?

— Je me pose des questions. » Nancy relut la circulaire. Evidemment, « B » pouvait vouloir dire Birdsong, mais aussi beaucoup d'autres choses. Ainsi le maire, dont le dernier prénom commençait par un « B », dirigeait une organisation en faveur des monuments historiques, que le Sequoia Club soutenait activement. Mais dans ce cas, une circulaire aurait-elle été « privée et confidentielle »? Peut-être. Le Sequoia Club avait toujours été secret sur l'utilisation de son argent.

« Quoi que vous décidiez, dit Grace, vous ne direz à personne comment vous vous êtes procuré ce document?

— Je ne vous connais même pas, répondit Nancy pour la rassurer. Et vous n'êtes jamais venue ici. »

La vieille femme sourit. « J'ai besoin de cette place. Même si elle n'est pas grassement rétribuée. » Elle se leva. « Eh bien, je vais m'en retourner.

— Merci, dit Nancy. Je vous suis reconnaissante pour ce que vous avez fait. Prévenez-moi quand vous aurez besoin de n'importe quoi. »

Un service contre un autre, avait-elle découvert récemment, faisait partie de la déontologie du journalisme.

En regagnant son bureau, elle rencontra le chef des informations.

« Qui était la vieille dame, Nancy?

— Une amie.

— Vous êtes en train de couver une histoire?

— Peut-être.

— Racontez-moi. »

Elle secoua la tête. « Pas encore. »

Le chef des informations la considéra d'un œil critique. C'était un vétéran du journalisme qui connaissait bien son métier mais, comme bien d'autres, il n'avait plus guère d'avancement à espérer. « Vous êtes censée faire partie d'une équipe, Nancy, dont je suis le capitaine. Je sais que vous préférez faire cavalier seul, et vous vous en êtes tirée jusqu'ici parce que vous obtenez des résultats. Mais il ne faut pas pousser trop loin ce petit jeu.

— Alors, flanquez-moi à la porte », répondit-elle en haussant les épaules.

Il ne le ferait pas, bien entendu, et ils le savaient tous deux. Le plantant là plein de rage impuissante (c'était chez elle une façon habituelle d'agir avec les hommes) elle regagna son bureau et commença à téléphoner.

Elle essaya d'abord Irwin Saunders.

Une secrétaire déclara qu'il était occupé mais, quand Nancy mentionna l'*Examiner*, il arriva frétillant au bout du fil.

« Que puis-je faire pour vous, miss Molineaux?

— Je voudrais vous parler de la donation du Sequoia Club au p. & l.f.p. de Mr. Birdsong. »

Il y eut une seconde de silence. « Quelle donation?

— Nous croyons savoir que... »

Saunders éclata de rire. « Un mensonge! Nancy... me permettez-vous de vous appeler ainsi?

— Bien sûr.

— Nancy, cette sorte de Je-sais-déjà-mais-je-voudrais-avoir-une-confirmation est le truc journalistique le plus éculé du monde. Vous vous adressez à un vieux singe à qui on n'apprend plus à faire des grimaces. »

Elle joignit son rire au sien. « J'avais toujours entendu dire que vous étiez astucieux, monsieur Saunders.

— Je m'en flatte, fillette. »

Elle insista. « Mais au sujet d'un lien entre le Sequoia Club et le p. & l.f.p.?

— C'est un sujet, Nancy, sur lequel il est peu probable que j'aie des informations. »

Un point pour moi, pensa-t-elle. Il n'a pas dit qu'il ne savait pas. Simplement qu'il était peu probable qu'il sût quelque chose. Plus tard, le cas échéant, il pourrait prétendre qu'il n'avait pas menti. Sans doute avait-il mis en marche un magnétophone.

« Mon information à moi, dit-elle, est qu'un comité du Sequoia Club a décidé...

— Parlez-moi de ce prétendu comité, Nancy. Qui en faisait partie? Dites-moi les noms. »

Nancy réfléchit vite. Si elle citait les autres noms qu'elle connaissait — Carmichael, Quinn — il les alerterait immédiatement par téléphone. Nancy entendait bien être la première à les joindre. Elle mentit. « Je n'ai pas de noms.

— En d'autres termes, vous n'avez rien du tout. » L'amabilité disparut soudain de sa voix. « Je suis un avocat très occupé, miss Molineaux, avec beaucoup de dossiers à étudier. Des clients me paient pour le temps que je leur consacre, et vous êtes en train de le gaspiller.

— Cela ne m'arrivera plus. »

Sans répondre, il raccrocha.

Tout en parlant, Nancy avait feuilleté un annuaire du téléphone pour rechercher « Quinn ». Elle trouva: *Quinn, Dempster W. R.* On pouvait se fier au vieux mari de Priscilla Quinn pour avoir un prénom de plus que le commun des mortels! Nancy composa le numéro et, après la deuxième sonnerie, entendit une voix masculine : « Ici, la résidence Dempster Quinn.

— Mrs. Quinn, je vous prie.

— Je regrette. Madame déjeune et je ne peux la déranger.

— Dérangez-la, dit Nancy, en lui expliquant que le *California Examiner* a l'intention de citer son nom et qu'elle voudrait peut-être nous aider à présenter correctement les faits ?

— Un moment, s'il vous plaît. »

Non seulement des moments, mais plusieurs minutes passèrent. Enfin, Nancy entendit une voix féminine très froide. « Oui ? »

Nancy se présenta.

« Que me voulez-vous ?

— Madame Quinn, lorsque le comité exécutif du Sequoia Club, dont vous êtes membre, s'est réuni en août dernier et a décidé de s'allier avec le p. & l.f.p. de Davey Birdsong, qu'est-ce qui... ? »

Priscilla Quinn l'interrompit sèchement. « Cette réunion du comité, et toutes les dispositions prises, sont en principe confidentielles. »

Ça y est ! Contrairement à l'avocat Saunders, Quinn n'était pas un poisson difficile à ferrer. Nancy venait d'obtenir la confirmation recherchée et qu'elle n'aurait jamais eue en posant des questions directes.

« Eh bien, déclara Nancy, il semble que la nouvelle se soit ébruitée. Peut-être Birdsong a-t-il bavardé. »

Elle entendit quelque chose qui ressemblait à un reniflement. « Très vraisemblablement. Je n'accorderai jamais la moindre confiance à un homme pareil.

— Alors puis-je vous demander pourquoi vous avez consenti à soutenir son...

— Je n'ai pas consenti. J'ai été la seule à voter contre tout ce projet. J'ai été battue par les autres. » Une note d'inquiétude se glissa dans la voix de Priscilla Quinn. « Avez-vous l'intention de publier cette histoire ?

— Naturellement.

— Oh ! mon Dieu, mais je ne veux pas que vous parliez de moi.

— Madame Quinn, lui rappela Nancy, quand vous avez pris le téléphone, je me suis présentée, mais vous ne m'avez pas dit que cette conversation devait être confidentielle.

— Je vous le dis maintenant.

— Trop tard ! »

Priscilla Quinn faillit s'étrangler d'indignation. « Je vais téléphoner à votre directeur !

— Qui ne fera rien d'autre, riposta Nancy, que de me dire d'aller de l'avant et d'écrire l'article. » Elle marqua un petit temps d'arrêt avant de continuer : « Ce que je ferai, moi, c'est de vous soumettre une proposition.

— Quelle sorte de proposition ?

— Il faut bien que je cite votre nom comme étant celui de l'un des membres du comité directeur du Sequoia Club. Cela, je ne peux l'éviter.

Mais je ne mentionnerai pas notre conversation si vous me dites combien d'argent le Sequoia Club a versé au p. & l.f.p.

— Mais c'est du chantage !

— Disons : une transaction — une honnête transaction. »

A un bref silence succéda la question : « Comment savoir si je peux vous faire confiance ?

— Vous le pouvez. Allons — tentez votre chance. »

Un nouveau petit silence. Puis, à voix très basse : « Cinquante mille dollars. »

Nancy se mordit les lèvres pour ne pas laisser échapper un sifflement de surprise.

Quand elle raccrocha, son instinct lui dit qu'elle avait gâché le déjeuner de Mrs. Dempster W. R. Quinn.

Deux heures plus tard, après avoir accompli quelques corvées professionnelles de routine au journal, Nancy resta à son bureau pour réfléchir et faire le point. Que savait-elle à présent ?

Fait n° 1 : Davey Birdsong avait filouté des étudiants et recueilli beaucoup plus d'argent qu'il ne lui en fallait pour les besoins du p. & l.f.p.

Fait n° 2 : Le Sequoia Club soutenait Birdsong avec de l'argent — énormément d'argent. Cette nouvelle à elle seule constituait une exclusivité sensationnelle qui ferait sursauter beaucoup de gens et qui, presque certainement, porterait un coup très dur à la réputation du club en tant qu'organisation de prestige et de tenue.

Fait n° 3 : Birdsong était mêlé à une affaire dont il ne voulait pas qu'on la découvrît, d'où son luxe de précautions quand il se rendait dans cette maison des quartiers est de la ville. *Première question :* que faisait-il là-bas ; ses visites avaient-elles un rapport avec les grosses quantités d'argent amassées ; et que se passait-il dans cette maison ? Nancy n'en avait pas encore la moindre idée.

Fait n° 4 : La fille de cette maison, Yvette, avait une peur bleue de quelque chose. *Deuxième question :* de quoi ? Même réponse qu'à la première question.

Fait n° 5 : Le propriétaire du 117 Crocker Street était la Redwood Realty Corporation. Nancy l'avait découvert dans la matinée au bureau du contrôleur des Contributions. Aussitôt elle avait téléphoné à la Redwood sous un prétexte quelconque, pour apprendre que la maison avait été louée depuis l'année dernière à un Mr. G. Archambault dont on savait seulement qu'il payait régulièrement et sans retard son loyer. *Troisième question :* qui était et que faisait Archambault ? Renvoi à la première question.

Conclusion : le puzzle était incomplet, l'article serait prématuré.

Nancy conclut qu'elle devrait attendre patiemment jusqu'à son prochain rendez-vous avec Yvette — dans six jours. Sur le moment elle regretta d'avoir accepté un délai aussi long mais, puisqu'elle avait fait cette promesse, elle la tiendrait.

Un bref instant, Nancy se demanda si elle ne courait pas de dangers en ayant informé Yvette de l'intérêt qu'elle portait au mystère de Crocker Street et puis en retournant là-bas ? Elle conclut que non. De toute façon, il était rare qu'elle eût peur des conséquences de ses actes.

Et pourtant... Nancy éprouva l'impression désagréable qu'elle devrait mettre quelqu'un d'autre au courant de ce qu'elle savait et avait fait, et solliciter un conseil désintéressé pour la suite. En toute logique, aller voir le chef des informations. Elle l'aurait fait si cet imbécile ne lui avait pas décoché une pointe sur le travail d'équipe, le rôle du capitaine... En allant le trouver à présent, elle aurait l'air de faire amende honorable. Allez vous faire voir, monsieur Charlie !

Nancy décida donc que, jusqu'à nouvel ordre, elle continuerait à agir seule.

Décision que, plus tard, avec le recul, elle regretterait amèrement.

15

Dans son bureau, Nim parcourait le courrier du matin. Sa secrétaire Victoria Davis avait déjà ouvert et trié la plupart du courrier en le rangeant dans deux chemises, l'une verte et l'autre rouge — la rouge étant réservée aux questions urgentes ou importantes. Aujourd'hui, la chemise rouge était archi-bourrée. Il y avait aussi, placées à part, quelques lettres non décachetées qui portaient la mention « Personnelle ». Nim reconnut aussitôt une enveloppe bleu pâle familière avec une adresse dactylographiée. Le papier à lettres de Karen Sloan.

Récemment, la conscience de Nim l'avait torturé au sujet de Karen — de deux façons. D'un côté il tenait beaucoup à elle, et il se sentait coupable de ne pas l'avoir revue depuis la soirée où ils avaient fait l'amour, même s'ils s'étaient téléphonés entre-temps. D'un autre côté il y avait Ruth. Comment son aventure avec Karen pouvait-elle coexister avec une réconciliation et de nouveaux rapports avec Ruth ? En vérité, ça ne se conciliait pas du tout. Et cependant il ne pouvait pas se débarrasser de Karen comme d'une vieille chemise. Il l'aurait fait sans doute ni hésitation et tout de suite avec une autre femme. Mais Karen c'était différent.

Il avait envisagé de parler de Karen à Ruth, puis il décida qu'il ne gagnerait rien à cette franchise. Au surplus, Ruth avait suffisamment de problèmes sans en ajouter un autre ; et puis il tenait à être le seul à arrêter sa décision pour Karen.

Il avait un peu honte de se l'avouer, mais il avait plus ou moins banni Karen de ses pensées immédiates et voilà pourquoi il ne se pressait pas aujourd'hui pour ouvrir sa lettre.

L'idée de Ruth, toutefois, lui rappela autre chose.

« Vicki, appela-t-il par la porte entrouverte de son bureau, avez-vous obtenu nos réservations à l'hôtel ?

— Hier. » Elle entra et désigna la chemise verte. « Je vous ai rédigé une note qui est là-dedans. Le Columbus a eu une annulation ; vous aurez donc une suite avec deux chambres. On m'a promis que vous seriez logé très haut et que vous auriez une vue panoramique.

— Bravo ! Où en êtes-vous de la dernière révision de mon discours ?

— Si vous ne me posez plus de questions auxquelles j'ai déjà répondu, dit Vicki, vous l'aurez cet après-midi.

— Disparaissez tout de suite ! » répliqua-t-il avec un grand sourire moqueur.

Dans une semaine, Nim prononcerait une allocution devant la convention annuelle du National Electric Institute. Son texte, qui en était à son énième brouillon, traiterait des futurs besoins énergétiques. Nim l'avait intitulé « Surcharge ».

Importante pour l'industrie des services publics et ses fournisseurs, la grande convention nationale du N.E.I. devait se tenir cette année au Christopher Columbus Hotel et durerait quatre jours. Comme elle s'accompagnerait de nombreuses distractions mondaines, Nim avait pensé que s'ils allaient tous loger à l'hôtel pendant ces quatre jours, ce serait une bonne distraction pour les siens. Il en avait fait la suggestion à Ruth, Leah et Benjy qui l'approuvèrent avec enthousiasme.

L'idée d'avoir des chambres à un étage élevé pour jouir de la vue venait de Nim. Il avait pensé qu'elle plairait aux enfants.

Il y avait près d'un an qu'il avait promis de parler à la convention du N.E.I., bien avant d'être déchargé de sa fonction de porte-parole de la G.S.P. & L. Lorsque Nim avait récemment rappelé cet engagement à Eric Humphrey, le président s'était borné à lui répondre : « Allez-y, mais tenez-vous à l'écart des controverses. » En réalité, le discours de Nim serait très technique, principalement destiné aux autres dirigeants qui, comme lui-même, s'occupaient du planning dans les diverses compagnies énergétiques. Il n'avait pas encore décidé s'il le pimenterait d'un soupçon de controverse — malgré l'avertissement du président.

Quand Vicki eut refermé la porte du bureau derrière elle, Nim reprit sa chemise rouge, puis il préféra ouvrir la lettre de Karen.

Il était sûr qu'elle contenait des vers — ceux que Karen se donnait tant de mal pour taper à la machine avec un bâton dirigé par sa bouche. Et, comme toujours, il fut ému en pensant à la longue patience qu'elle avait déployée — pour lui.

Top secret
(Comme disent les militaires) ;
Pour vos yeux seulement, Nimrod chéri,
(Des yeux si chers, si doux).

Nuls autres ne doivent se poser
Sur ce communiqué —
Non militaire,
Très privé, intime, amoureux.

La joie de mes sens m'emplit encore :
Un breuvage de Vénus, capiteux à donner le vertige,
A la fois
Doucement léger et vigoureusement charnel.

Mon esprit, ma chair,
Ma peau, mes orteils, mes lèvres, mes doigts,
Fourmillant encore de joies,
Se rappellent — ô mon précieux amant ! —
Le merveilleux miracle de votre amour.
Une telle extase !
A dater de ce jour
Je voterai pour l'hédonisme !

En vérité vous êtes un noble chevalier
Dans une armure éclatante,
Dont le glaive étincelant
(Spécialement ce glaive)
Apporte le bonheur doré.
Je vibre pour lui,
Et pour vous,
A jamais.

Karen, pensa-t-il quand il eut terminé sa lecture, *vous êtes mon ivresse. Oh ! comme vous m'enivrez !*

Ses meilleures intentions fondirent. Il reverrait Karen, coûte que coûte. Et bientôt !

Il se rappela cependant qu'il avait un emploi du temps très chargé avec son discours à la convention. Il s'attaqua de nouveau à son courrier officiel.

Quelques instants plus tard, son téléphone sonna. Quand Nim répondit d'une voix impatiente, Vicki lui annonça : « J'ai Mr. London en ligne et il voudrait vous parler. »

Les yeux fixés sur la grosse chemise rouge, Nim répondit : « Demandez-lui si c'est important.

— Je le lui ai demandé. Il m'a dit que oui.

— Passez-le-moi, alors. » Un déclic précéda la voix du chef du service de garde. « Nim ?

— Harry, j'ai une semaine terrible. S'agit-il de quelque chose qui peut attendre ?

— Je ne pense pas. Un truc a été découvert, et il faut que je vous mette au courant.

— O.K., allez-y.

— Pas par téléphone. J'ai besoin de vous voir. »

Nim soupira. Harry London se comportait parfois comme si tout ce qui se passait dans son département méritait la priorité absolue par rapport au reste de la G.S.P. & L. « Bon. Venez tout de suite. »

Nim se remit au travail jusqu'à ce que London arrivât cinq minutes plus tard.

Repoussant son siège en arrière, Nim lui dit : « Je vous écoute, Harry. Mais tâchez d'être bref.

— J'essaierai. » Le chef du service de la Protection des biens s'assit en face de lui. Il ressemblait toujours à un ancien Marine, alerte et vif, mais Nim lui trouva le front plus ridé que quelques mois plus tôt.

« Vous vous rappelez, commença London, que peu après l'arrestation de ces types de la Quayle qui volaient du courant à l'immeuble Zaco je vous ai dit que nous avions mis au jour un nœud de vipères. Je vous ai dit aussi qu'il y en aurait d'autres, et que quelques gros personnages pourraient être mis en cause. »

Nim acquiesça d'un signe de tête.

« Que diriez-vous d'un gros personnage qui s'appellerait le juge Paul Sherman Yale ? »

Nim sursauta. « Vous plaisantez !

— Je le voudrais bien, dit London tristement. Malheureusement, je suis très sérieux. »

Toute l'impatience de Nim s'était dissipée. « Racontez-moi ce que vous savez. Tout !

— Le jour où nous avons déjeuné ensemble, déclara London, je vous avais informé que mon service vérifierait les dossiers de la Quayle Electrical and Gas Contracting — en travaillant avec le bureau du procureur — afin de revoir tous les travaux effectués par la Quayle l'année dernière. Et qu'ensuite nous nous livrerions à quelques investigations plus poussées pour découvrir la proportion des travaux illégaux.

— Je m'en souviens.

— Nous avons fait tout cela. Mes collaborateurs ont travaillé comme des forçats et nous avons trouvé le pot aux roses. Vous lirez les détails dans un rapport que je suis en train de rédiger.

— Revenons à Mr. Yale, dit Nim. Comment est-il mêlé à tout cela ?

— J'y arrive. »

Harry London expliqua que dans les commandes de travaux à la Quayle il y en avait un nombre exceptionnellement élevé qui émanaient de la même personne, un « dénommé Ian Norris ».

Le nom dit quelque chose à Nim, mais quoi ?

« Norris, déclara London, est un avocat qui opère comme une sorte de conseiller financier. Il possède un bureau en ville — dans l'immeuble Zaco, le croiriez-vous ? — et il s'occupe d'administrer des fonds, des caisses, des domaines. L'une de ses affaires est la caisse familiale Yale.

— Je connais la caisse Yale. » Nim avait à présent identifié Norris. Ils avaient échangé quelques mots au centre d'engraissement des bœufs près de Fresno.

« Nous avons la preuve formelle, continua London, que Norris est plongé jusqu'au cou dans les vols de courant. Il contrôle bon nombre de propriétés — immeubles industriels et commerciaux, appartements, magasins, etc. Apparemment Norris a découvert récemment qu'il pourrait faire faire de meilleures affaires à ses clients — leur permettre de gagner de l'argent, donc d'en gagner un peu lui aussi — si, frauduleusement, il réduisait les notes de gaz et d'électricité. Il s'est imaginé qu'il s'en tirerait sans être inquiété — c'est du moins ce qui semble le plus probable — et il s'est mis à pratiquer le vol de courant à grande échelle, en utilisant les services de la Quayle.

— Mais il ne s'ensuit pas forcément, interrompit Nim, que les gens que représente Norris aient eu la moindre idée de ce qui se passait. » Il éprouva un sentiment de soulagement. Même si la caisse familiale Yale pouvait être mis en cause, il avait la conviction intime que Paul Sherman Yale ne participerait jamais personnellement à une opération malhonnête.

« Ce que vous dites est assez juste, reprit London, et même si l'un des clients de Norris savait pertinemment ce qui se passait, je doute que nous soyons jamais capables d'en apporter la preuve. Mais le procureur est en train d'instruire contre Norris, et le nom de Yale figurera obligatoirement dans son dossier. Voilà pourquoi j'ai pensé que je devais vous avertir. Cela va sentir le roussi, Nim pour lui et pour nous. »

Harry avait raison, pensa Nim. Les noms de Yale et de la G.S.P. & L. étaient à présent intimement liés, et il fallait tenir compte des gens qui — malgré n'importe quelles preuves contraires — croiraient en l'existence d'une sorte de complot. Peu leur importerait que l'idée en soi fût absurde. Rien n'arrêterait les colporteurs de faux bruits, et c'était des embarras en vue.

« Je n'ai pas fini, dit Harry London. Et voici peut-être le plus important de toute l'affaire. »

Nim dressa l'oreille en se demandant ce qu'il allait apprendre de plus.

« Une grande partie des travaux illégaux qu'a effectués la Quayle pour Norris — ou, plutôt, pour les gens que Norris représente — a commencé il y a près d'un an. Mais tout ce qui a été fait pour la caisse familiale Yale — y compris des poses illégales de fils dans les deux immeubles locatifs du centre de la ville, dans des chais de la Napa Valley, dans un centre d'embouche, à côté de Fresno — l'a été au cours des trois derniers mois. C'est-à-dire, au cas où vous ne l'auriez pas remarqué, depuis que le juge Yale a quitté la Cour suprême pour venir travailler à la G.S.P. & L.

— Accordez-moi une minute, Harry!... » Nim était aussi choqué qu'ahuri. « Laissez-moi réfléchir à tout cela.

— Prenez votre temps, lui dit London. Croyez-moi : j'ai beaucoup réfléchi moi-même. »

Nim ne parvenait pas à y croire. Simplement, il ne pouvait pas croire que Paul Sherman Yale participait au vol de courant, même indirectement, même comme spectateur silencieux. Et cependant... Nim se rappelait non sans gêne leur conversation au centre d'embouche.. Qu'avait donc dit Paul Yale ? *C'est la hausse des prix qui nous fait tort... surtout de l'électricité. Cette exploitation fonctionne à l'électricité. Nous utilisons le courant pour le moulin... pour quarante mille têtes de bétail... Les parcs sont brillamment éclairés toute la nuit... Nos notes d'électricité sont astronomiques.* Et plus tard : *J'ai dit à l'administrateur de la caisse, Ian Norris, de restreindre les dépenses, d'économiser... Nous en sommes là.*

Et quelques jours auparavant, dans la Napa Valley où Nim était allé la première fois chez les Yale, Beth Yale avait révélé l'amertume de son mari, et la sienne propre, devant la mauvaise administration de leur caisse familiale déficitaire.

Nim s'adressa à Harry London. « Encore une question. Savez-vous si quelqu'un — appartenant à votre service, à la police ou au bureau du procureur — est entré en contact avec Mr. Yale au sujet de cette histoire ?

— Oui. Personne, je le sais. »

Nim se tut pour récapituler tout ce qu'il venait d'entendre. Puis il déclara : « Harry, l'affaire est trop grosse pour moi. Je vais en référer au président. »

Le chef du service de la Protection des biens approuva d'un signe de tête. « Je pensais bien que vous auriez à le faire. »

Le lendemain à onze heures du matin, ils se réunirent dans l'un des bureaux du président : J. Eric Humphrey, Nim, Harry London, Paul Sherman Yale.

Le juge Yale, qu'un chauffeur était allé chercher tout spécialement dans la Napa Valley, se montra très jovial. « Depuis mon retour en Californie, je me sens plus jeune et plus heureux. J'aurais dû prendre ma retraite dix ans plus tôt. » Se rendant subitement compte que personne ne souriait, il se tourna vers Humphrey. « Eric, il y a quelque chose qui ne va pas ? »

Humphrey, se dit Nim, avait beau arborer un air tranquille comme d'habitude, il était au fond terriblement gêné. Le président, il le savait, n'avait pas organisé cette conférence sans inquiétudes.

« Franchement, je n'en suis pas très sûr, répondit Humphrey. Mais on m'a rapporté certaines informations dont j'estime qu'elles devaient vous être communiquées. Nim, voudriez-vous mettre au courant Mr. Yale ? »

En quelques phrases, Nim expliqua les incidences importantes des vols de courant ainsi que le rôle tenu dans la compagnie par Harry London, que le juge Yale rencontrait ici pour la première fois.

307

Pendant que Nim parlait, des rides se creusèrent sur le front du vieil homme. Il avait l'air intrigué. Il profita d'une pause dans l'exposé de Nim pour demander : « Mais qu'est-ce que mon travail a à voir là-dedans ?

— Malheureusement, répondit Humphrey, ce n'est pas votre travail qui se trouve en cause. Mais il semble qu'il y ait dans cette affaire certains aspects personnels... »

Yale hocha la tête dans un geste de perplexité. « Maintenant, je comprends encore moins. Quelqu'un aurait-il l'obligeance de m'expliquer ?...

— Harry, ordonna Nim, prenez la suite.

— Monsieur, dit London en s'adressant à Yale, je crois que vous connaissez un nommé Ian Norris. »

Était-ce pure imagination, se demanda Nim ou une rapide expression d'alarme avait-elle traversé la physionomie du juge Yale ? Nim se mit sur ses gardes : attention à ne pas se leurrer !

« Naturellement, je connais Norris, répondit Yale. Nous avons ensemble des rapports d'affaires. Mais je suis curieux de savoir quelle peut être votre relation avec lui.

— Ma relation, monsieur, est que Norris est un voleur. Nous en détenons des preuves irrécusables. » Harry London poursuivit en racontant ce qu'il avait révélé la veille à Nim au sujet du vol de courant par Norris et de la caisse familiale Yale.

Cette fois, les réactions de Paul Sherman Yale ne laissèrent planer aucun doute : tour à tour de l'incrédulité, un saisissement, de la colère.

Quand London eut achevé son exposé, Eric Humphrey ajouta : « J'espère que vous comprenez, Paul, pourquoi j'ai décidé que cette affaire — toute pénible qu'elle est — devait être portée à votre connaissance. »

Le visage empourpré de Yale reflétait des émotions contradictoires. « Oui, je comprends votre attitude. Mais quant au reste... » Il se tourna avec sévérité vers London. « Vous venez de proférer une accusation grave. Êtes-vous certain de vos faits ?

— Oui, monsieur. Absolument certain. » London affronta le regard de Yale sans ciller. « Le procureur n'a aucun doute, lui non plus. Il croit avoir réuni suffisamment de preuves pour intenter des poursuites. »

Eric Humphrey intervint. « Je dois vous expliquer, Paul, que Mr. London a des états de service exceptionnels chez nous. Il a donné beaucoup de dynamisme à notre programme de surveillance et il s'est révélé comme un chef de service aussi sûr que remarquable. Il n'est pas homme à porter des accusations à la légère.

— En particulier une accusation aussi grave, ajouta Nim.

— Elle est assurément grave. » Le juge Yale avait retrouvé son sang-froid et il s'exprimait en termes mesurés comme si, pensa Nim, il occupait une fois de plus le siège le plus élevé de la magistrature américaine. « Pour l'heure je ne mets en doute vos propos, messieurs, mais je me réserve le droit d'examiner le dossier de l'affaire.

— Naturellement, acquiesça Eric Humphrey.

— En attendant, poursuivit Yale, je suppose qu'il est clairement entendu et admis que, jusqu'à cet instant, j'ignorais absolument tout ce que vous m'avez rapporté.

— Cela va sans dire, affirma Humphrey. Aucun d'entre nous n'a eu le moindre doute à cet égard. Notre premier souci a été la gêne qui pouvait en résulter pour vous.

— Ainsi que pour la Golden State Power », ajouta Nim.

Yale lui lança un coup d'œil pénétrant. « Oui, c'est à prendre en considération. » Il se permit un léger sourire.

« Eh bien, je vous remercie de votre confiance en moi.

— Elle n'a jamais vacillé », dit Humphrey.

Le président n'en faisait-il pas un peu trop ? se demanda Nim.

Paul Yale semblait avoir envie de parler encore. « Mis à part ce malheureux incident, je trouve très intéressante toute cette histoire de vol de courant. Je n'avais pas la moindre idée qu'une chose pareille pouvait exister. Je n'en avais jamais entendu parler auparavant. De même, j'ignorais qu'il pouvait y avoir dans l'état-major d'un service public des gens aussi qualifiés que Mr. London. » Il se tourna vers le chef du service de Protection de biens. « Un autre jour, je serais intéressé d'en savoir plus sur votre travail.

— Quand il vous plaira, monsieur. »

La conversation se prolongea : la tension initiale avait disparu. Il fut entendu que dans le courant de la journée Harry London mettrait le juge Yale au courant des preuves détaillées qui concernaient Ian Norris et les biens de la caisse familiale Yale. Yale fit part de son intention de s'adjoindre un conseiller juridique pour protéger ses intérêts vis-à-vis de Norris. Il expliqua : « La question des administrateurs pour cette caisse familiale a toujours été compliquée. Mon grand-père avait arrêté des dispositions qui manquaient de souplesse et qui ont mal supporté le temps. Il faudra un arrêt du tribunal pour écarter Norris. Étant donné les circonstances, je le solliciterai. »

Nim ne prit pas part à la discussion. Quelque chose, dans un recoin de son esprit, le tracassait. Il n'aurait su dire quoi.

Le surlendemain, Harry London revint voir Nim.

« J'ai quelques informations de nature à vous intéresser sur l'affaire Norris. »

Nim repoussa le dernier brouillon de son discours à la convention du N.E.I. « Par exemple ?

— Ian Norris a fait une déposition. Il jure que votre ami Paul Sherman Yale ignorait tout ce qui se passait. Voilà qui confirme l'histoire du vieux juge. »

Curieux, Nim demanda : « Pourquoi Norris a-t-il déposé dans ce sens ?

— Un arrangement entre gros pontes. Je ne sais pas si les balances de la justice sont bien équilibrées, mais voici ce qui se passe. L'avocat de Norris a conféré avec le procureur. Ils sont convenus d'abord que la G.S.P. & L. serait dédommagée — ou plutôt que Norris rembourserait ce qu'il doit, selon nos propres estimations, autrement dit une somme considérable. Ensuite, Norris plaidera « coupable » devant l'accusation de vol délictueux prévu au chapitre 591.

— Qu'est-ce que c'est ?

— Une partie du Code pénal californien, qui réprime les vols aux dépens des services publics comme le nôtre et des compagnies de téléphone, et qui prévoit une amende et une peine d'emprisonnement pouvant aller jusqu'à cinq ans. De toute façon, le procureur réclamera le maximum de l'amende, mais n'insistera pas pour l'emprisonnement. L'affaire sera enveloppée, aucun témoignage au tribunal, si bien que le nom de la caisse familiale Yale ne figurera pas au procès-verbal. »

Harry London s'arrêta.

« Pour vous extorquer des informations, déclara Nim d'un ton de reproche, c'est comme si je devais vous presser au compte-gouttes. Allons, dites-moi le reste de cette transaction sous la table.

— Je ne sais pas tout, et je ne le saurai sans doute jamais. Ce qui apparaît pourtant, c'est que notre Mr. Yale a des amis puissants. Le procureur a été fermement invité à clore le dossier et à ne pas divulguer le nom de Yale. » London haussa les épaules. « N'est-ce pas la meilleure solution pour notre chère et vieille G.S.P. & L. ?

— Si, murmura Nim. La meilleure. »

Quand London l'eut quitté, Nim réfléchit en silence. C'était vrai : ç'aurait été une publicité désastreuse pour la compagnie si l'un de ses directeurs et son porte-parole officiel avait trempé, même sans le savoir, dans une affaire de vol de courant. Nim aurait dû se sentir soulagé. Mais non ! Quelque chose le tracassait depuis deux jours : une sorte de vague lueur dans son inconscient, la certitude qu'il connaissait un point important dans toute l'affaire... Ah, s'il pouvait seulement s'en souvenir !

Il y avait aussi autre chose. Qui, cette fois, ne relevait pas de l'inconscient.

Pourquoi le juge Yale avait-il insisté aussi lourdement devant Eric Humphrey, Harry London et Nim, pour affirmer qu'il n'avait jamais entendu parler de vols de courant ? Il était certes possible qu'il les ignorât. Évidemment la presse et, une ou deux fois, la télévision avaient évoqué ce problème, mais on ne pouvait pas demander à qui que ce fût, même à un juge de la Cour suprême, d'être au courant de toutes les nouvelles. Tout de même, cette insistance avait paru à Nim... excessive.

Il revint à sa première idée — c'est-à-dire au doute qui le tenaillait. *Qu'est-ce que c'était, bon Dieu, qu'il savait ?* Peut-être que s'il ne s'entêtait pas à vouloir se le rappeler, il s'en souviendrait sans effort, paisiblement...

Il se pencha de nouveau sur son discours devant la convention du National Electric Institute, qui s'ouvrirait dans quatre jours.

16

Le jour de gloire arrive!

La vaillante armée du peuple, les Amis de la Liberté, dans leur combat contre les vils capitalistes qui tiennent l'Amérique enchaînée vont frapper un grand coup que l'Histoire acclamera.

Tous les préparatifs sont faits, le compte à rebours peut commencer.

Georgos Winslow Archambault, penché au-dessus du journal intime qu'il rédigeait, hésita. Puis, avec son bout de crayon qui se raccourcissait vraiment trop et qu'il devrait jeter bientôt (préceptes de Gandhi ou pas), il biffa les sept derniers mots auxquels il trouvait des relents de ton capitaliste et les remplaça par:

ont été brillamment exécutés par le haut-commandement des Amis de la Liberté.

Mieux. Beaucoup mieux! Il se remit à écrire:

Les ennemis du peuple, groupés sous la bannière fasciste infâme du National Electric Institute, commenceront à se rassembler dans deux jours.

Une grande surprise les attend — et un châtiment mérité.

Georgos sourit en reposant le bout de crayon et se leva: composer le fatiguait toujours intellectuellement. Il promena son regard sur l'atelier en sous-sol, terriblement encombré à présent par du matériel neuf et ses nouveaux approvisionnements. Il étira son corps mince et souple. Puis il se laissa tomber à terre, sur un espace qu'il avait déblayé exprès, et exécuta rapidement quarante mouvements de gymnastique. Georgos fut satisfait, car cet exercice ne lui avait guère coûté d'efforts et, à la fin, sa respiration était normale. Dans trois jours, il pourrait être content de sa bonne forme physique.

Il reviendrait à son journal dans quelques instants. Bien qu'il fût en train de fabriquer l'Histoire, il ne devait pas négliger son journal qui, plus tard, figurerait à une place d'honneur dans les archives de la Révolution.

Il réfléchit. Dans l'opération imminente, tout s'imbriquait parfaitement: le planning, le matériel, la logistique pour introduire les bombes explosives et incendiaires dans le Christopher Columbus Hotel. La première série de bombes (contenant des explosifs puissants) détonerait à trois heures du matin au cours de la deuxième nuit de la convention du N.E.I., les bombes incendiaires de cinq à dix minutes plus tard. Les deux jeux de bombes, déguisées en extincteurs d'incendie, seraient mis en place la veille — en gros seize heures avant la déflagration.

Grâce à la direction ingénieuse de Georgos, tout marchait comme... il chercha une métaphore... comme ces excellents mécanismes d'horlogerie que Davey Birdsong avait achetés à Chicago et apportés ici.

Georgos avait révisé son opinion antérieure sur Birdsong. Il éprouvait à présent de l'admiration et de l'affection pour le géant barbu.

Non seulement l'idée originale de Birdsong était géniale, mais en collaborant à son exécution il prenait des risques actifs. En sus du voyage à Chicago, Birdsong avait acheté des extincteurs, par petites quantités et en provenance de sources différentes. L'atelier en sous-sol en abritait maintenant près de trois douzaines — ce qui était amplement suffisant pour le plan des Amis de la Liberté. Georgos par prudence les avait amenés et garés dans la maison une fois la nuit tombée — sauf en une occasion où il avait déchargé six extincteurs en plein jour : il avait eu besoin de la place dans la Volkswagen pour en ramener d'autres ; mais il avait soigneusement inspecté la rue auparavant, il s'était hâté d'effectuer sa livraison et, en repartant, il s'était assuré que personne ne l'avait observé.

Son travail ne s'était pas limité à faire rentrer une bonne trentaine d'extincteurs ; déjà il avait procédé sur la moitié d'entre eux aux travaux indispensables. D'abord il avait vidé le contenu d'origine, puis il avait travaillé l'intérieur des enveloppes afin de les amollir. Ensuite, dans les extincteurs qui seraient des bombes incendiaires, il avait introduit des bouteilles en plastique remplies d'essence, plus des charges explosives avec des détonateurs, et les mécanismes d'horlogerie. Pour les puissantes bombes explosives qui bloqueraient les sorties de l'hôtel, il avait remplacé l'essence par quatre livres de dynamite.

Bientôt, quand il aurait fini son journal, il continuerait de préparer les extincteurs restants. Il lui faudrait travailler sans relâche pendant les prochaines quarante-huit heures — et avec de grandes précautions car la quantité d'explosifs amassés dans l'atelier suffisait à faire sauter toute la rue en cas d'anicroche. Mais Georgos se fiait à sa propre compétence et il était sûr qu'il aurait terminé à temps.

Son visage maigre d'ascète s'éclaira d'allégresse quand il se rappela les mots dont Birdsong s'était servi lors de leur première discussion de leur plan ; *si vous le faites bien, aucune personne logée dans les étages supérieurs ne quittera en vie l'immeuble.*

Une bonne note supplémentaire pour Birdsong : il s'était débrouillé pour obtenir tout l'argent que Georgos avait demandé, bien que le coût de toute chose eût été plus élevé que prévu.

Et il y avait aussi la diversion que Birdsong avait projetée pour permettre à Georgos et aux autres combattants de la liberté d'introduire en toute sécurité les bombes dans l'hôtel.

Comme plusieurs fois déjà auparavant, Georgos repassa mentalement tous les détails de l'opération.

Avec un supplément d'argent remis par Birdsong, Georgos avait acheté une camionnette Dodge — d'occasion, mais en bon état et, par une heureuse coïncidence, peinte en rouge. Il avait payé en espèces et exhibé de faux papiers d'identité afin que, dans la suite, le propriétaire de la camionnette ne pût être retrouvé.

La camionnette était maintenant cachée dans un garage privé et fermé à clé, attenant à une seconde cachette des Amis de la Liberté — un appartement récemment loué dans le quartier de North Castle et dont Georgos seul connaissait l'adresse. L'appartement servirait de terrain de repli si, pour une raison ou une autre, la maison de Crocker Street devenait inutilisable.

La camionnette rouge portait déjà une inscription sur ses deux côtés : *Service de protection contre le feu*. Georgos avait eu une autre idée de génie en choisissant une camionnette ouverte de préférence à un véhicule fermé. Son contenu — des extincteurs à allure si innocente — serait exposé à tous les regards.

Le moyen de transport personnel de Georgos — la vieille Volkswagen — se trouvait dans un parking privé non loin de la maison de Crocker Street et ne serait pas utilisé dans l'attentat contre le N.E.I.

Le plan de diversion de Birdsong était simple : avec une centaine de membres de son p. & l.f.p., Birdsong organiserait une manifestation anti-G.S.P. & L., à l'hôtel au moment même où la camionnette chargée d'extincteurs-avec-bombes s'arrêterait devant l'entrée de service pour être déchargée. Les manifestants se montreraient suffisamment gênants pour que la police s'occupe d'eux en priorité et se désintéresse de la Dodge rouge.

Birdsong était également parvenu, comme promis, à se procurer des plans du rez-de-chaussée et de l'entresol du Christopher Columbus Hotel. Après les avoir étudiés, Georgos s'était personnellement rendu trois fois à l'hôtel afin de vérifier des détails et de déterminer les emplacements exacts des bombes explosives qui détoneraient les premières.

Georgos apprit autre chose : l'activité était telle, dans les secteurs réservés au service, que dans la journée n'importe qui pouvait les traverser sans se faire interpeller, à condition d'avoir l'air affairé et requis par une mission urgente. Pour s'en assurer, Georgos se vêtit lors de sa troisième visite du bleu de travail orné des mots Service de protection contre le feu, que les autres Combattants de la Liberté et lui-même porteraient dans trois jours.

Aucun problème. Il avait même reçu des petits signes de tête amicaux de la part d'employés de l'hôtel qui ne trouvaient rien de répréhensible à sa présence. Georgos en profita pour répéter le rôle que ses compagnons joueraient lorsque serait venu le moment de poser leurs bombes. Sous sa conduite, ils se transformeraient en larbins obséquieux et deviendraient les serviteurs rampants des capitalistes. Les Combattants de la

Liberté souriraient avec gentillesse, diraient des niaiseries — « Pardonnez-moi », « Oui, monsieur », « Non, madame », « S'il vous plaît » — une telle humilité était écœurante devant des inférieurs, mais elle devait être subie pour la cause de la Révolution.

Les résultats en vaudraient la peine !

En guise de couverture supplémentaire, pour le cas où l'un des Combattants de la Liberté serait inquiété dans ses activités et questionné, Birdsong avait fait imprimer quelques bons de commande au Service de protection contre le feu ; ils furent remplis ; il y était écrit que des extincteurs d'incendie supplémentaires devaient être livrés à l'hôtel et mis en place en attendant leur montage ultérieur. Birdsong avait également dactylographié, sur papier à en-tête de l'hôtel, une autorisation pour que le personnel du Service de protection contre le feu pût entrer dans l'immeuble dans ce but. Il avait raflé ce papier à lettres à l'entresol, sur les petits bureaux réservés aux clients pour leur correspondance.

Georgos avait vraiment l'impression qu'ils avaient pensé à tout.

Son seul sujet de préoccupation — bien vague — pour l'instant était sa compagne, Yvette. Depuis la nuit où, quatre mois plus tôt, il avait exécuté les deux gardes de sécurité sur la colline au-dessus de Millfield et où Yvette avait protesté contre ce double meurtre, il ne lui accordait plus tout à fait la même confiance. Il avait même songé à la supprimer. Ce ne serait pas difficile, comme le lui avait dit Davey Birdsong, mais Georgos avait décidé d'attendre. Cette femme était utile. Elle cuisinait bien. Elle était aussi commode quand il avait envie d'assouvir ses désirs sexuels, ce qui lui arrivait plus fréquemment à mesure que se rapprochait la perspective de tuer d'autres ennemis du peuple.

A titre de précaution, Georgos avait caché à Yvette le projet d'attentat contre le Christopher Columbus Hotel ; elle avait pourtant dû deviner qu'un grand événement se préparait. Son exclusion expliquait-elle pourquoi elle était restée taciturne et morose ces dernières semaines ? Bah ! Il avait en tête des problèmes plus importants. Avant peu, cependant, il serait probablement obligé de se débarrasser d'Yvette, quels que fussent les inconvénients qui en résulteraient pour lui.

Extraordinaire ! La simple pensée qu'il tuerait Yvette lui donna une érection.

Avec une surexcitation croissante, si agréable par tant de côtés, Georgos reprit la rédaction de son journal.

QUATRIÈME PARTIE

1

Dans un appartement au vingt-cinquième étage de l'hôtel Christophe Colomb, Leah leva les yeux au-dessus du cahier de brouillon dans lequel elle écrivait.

« Papa, dit-elle, est-ce que je peux te poser une question personnelle ?

— Bien sûr, répondit Nim.

— Est-ce que tout va bien, maintenant, entre maman et toi ? »

Il fallut à Nim quelques secondes pour saisir l'importance de la question de sa fille. Enfin, il répondit tranquillement :

« Oui, tout va bien.

— Et vous n'allez pas... » la voix de Leah hésita, « vous n'allez pas rompre, au moins ?

— Si tu t'es fait du souci à ce sujet, dit-il, tu peux cesser de t'en faire ? Cela n'arrivera pas, j'espère, jamais !

— Oh, papa ! » Leah courut à lui, les bras tendus. Elle l'embrassa : « Oh papa, je suis si heureuse ! » Il sentit la douceur du jeune visage contre le sien et l'humidité de ses larmes.

Il la tint contre lui et lui caressa doucement les cheveux.

Ils étaient seuls, tous les deux, parce que Ruth et Benjy étaient descendus quelques minutes auparavant jusqu'au hall du rez-de-chaussée pour y goûter les différentes glaces d'un salon de thé qui faisait la réputation de l'hôtel. Leah avait préféré rester avec Nim prétextant qu'elle voulait achever un travail scolaire qu'elle avait apporté. Ou bien n'était-ce pas, se demandait-il maintenant, parce qu'elle avait vu une occasion de lui poser cette question cruciale ?

Les parents, se demanda Nim, savent-ils ce qui se passe dans l'esprit de leurs enfants ? Quelles blessures leur infligent l'égoïsme ou le manque de compréhension des adultes ?

Il se rappela que Leah, dans leurs conversations téléphoniques, avait soigneusement évité d'aborder la question de l'absence de Ruth tandis qu'elle-même et Benjy séjournaient chez les Neuberger. A quatorze ans, sensible et avertie, par quelles angoisses Leah était-elle passée ? Ce souvenir le remplit de honte.

Et cela posait une autre question : Quand les deux enfants

devraient-ils apprendre la vérité sur l'état de Ruth? Probablement bien-tôt. Assurément, cela les angoisserait. C'est ce qui s'était produit pour Nim, et cela continuait.

Mais il vaudrait mieux que Leah et Benjy soient mis au courant, plutôt que de l'apprendre brutalement lors d'une crise. Nim décida qu'il en dis-cuterait avec Ruth dans les quelques jours à venir.

Comme si Leah avait senti une partie de ses pensées, elle dit :

« Tout va bien, papa, tout va bien. »

Puis, avec la faculté d'adaptation de la jeunesse, elle se dégagea et revint à ce qu'elle était en train de faire.

Il alla jusqu'à la fenêtre du salon et contempla le panorama, sem-blable à une carte postale en couleurs ; la cité historique, son port débor-dant d'activité et empli de navires, ainsi que les deux ponts de renommée mondiale, tout cela pailleté d'or par le tardif soleil de l'après-midi.

« Hé, dit-il, par-dessus son épaule, le paysage est assez fantastique. »

Leah leva les yeux en souriant.

« Oui, fit-elle, assurément. »

Une chose était déjà claire : amener sa famille au congrès de l'insti-tut national de l'Électricité qui commençait aujourd'hui même, avait été une bonne idée. Les deux enfants étaient très excités, lorsque toute la famille s'était présentée le matin, à l'hôtel. Leah et Benjy, autorisés à manquer l'école pour quatre jours, avaient néanmoins des devoirs à faire, entre autres, la rédaction d'un essai sur le congrès lui-même. Benjy qui faisait le plan du sien, avait exprimé le désir d'entendre le discours de son père, prévu pour le lendemain. Il était inhabituel d'autoriser un enfant à assister à une séance de travail de l'Institut, mais Nim s'était arrangé en conséquence. D'autres activités avaient été prévues pour les familles, une croisière dans le port, des visites de musée et des séances de cinéma, aux-quelles Ruth et les enfants pourraient participer.

Un moment plus tard, Ruth et Benjy regagnèrent l'appartement. Ils riaient et racontèrent avec bonne humeur qu'ils avaient dû goûter deux glaces de chaque sorte avant d'accorder trois étoiles au salon de thé.

Deuxième jour du congrès.

Une journée claire et sans nuages venait de commencer, le soleil inondait l'appartement tandis que Nim, Ruth et leurs enfants appré-ciaient le luxe d'un petit déjeuner servi dans les chambres.

Ensuite, et pour la dernière fois avant de le lire en public, Nim par-courut son discours. Il était inscrit au programme à dix heures. Quelques minutes avant neuf heures, il quitta les siens et prit l'ascenseur pour des-cendre à l'étage du hall.

Il avait de bonnes raisons d'y aller le premier. D'une fenêtre de l'ap-partement il avait aperçu une sorte de manifestation qui se déroulait à l'extérieur et il était curieux de savoir qui manifestait et pour quoi.

Lorsque Nim sortit de l'hôtel par le portail principal, il constata qu'il s'agissait de l'habituelle foule bien connue : « Énergie et lumière pour le peuple. » Une centaine de personnes d'âges divers, défilaient en scandant des slogans. Ils ne sont donc jamais fatigués, se demanda-t-il, ou bien ils ne voient rien d'autre que leur étroit point de vue.

Ils agitaient les pancartes habituelles.

G.S.P. & L.
escroque
le consommateur

Donnez G.S.P. & L.
au peuple
et non aux gros porcs
capitalistes

Énergie et Lumière pour le Peuple
exige la nationalisation
des services publics

La nationalisation
abaisserait
le prix de l'électricité

Quelle influence espéraient-ils exercer sur l'institut national de l'Electricité ? songea Nim. Il aurait pu leur dire qu'elle serait nulle. Mais, naturellement, ce qu'ils attendaient, c'est qu'on leur prêtât attention et, comme toujours, on le faisait. Nim apercevait partout des caméras de télévision et, bien entendu, Davey Birdsong, jovial, dirigeant le tout.

Les manifestants allaient, apparemment, tenter d'empêcher les voitures de parvenir jusqu'à l'hôtel. L'allée de la façade était bloquée par une ligne de manifestants, bras dessus, bras dessous, qui empêchaient plusieurs voitures et taxis de s'y engager. L'entrée de service était également barrée par un autre contingent. Deux camions y étaient retenus. Nim vit que l'un d'eux était celui d'un livreur de lait, l'autre était une camionnette ouverte, chargée d'extincteurs d'incendie. Les conducteurs des deux véhicules étaient descendus et protestaient à cause du retard.

Plusieurs agents de la police municipale apparurent alors. Ils s'avancèrent parmi les manifestants, en les mettant en garde. Une brève discussion s'ensuivit entre police et manifestants et Birdsong y prit part. Ensuite, le gros homme barbu haussa les épaules et fit s'écarter ses partisans des deux entrées tandis que les policiers, pour accélérer les choses, escortaient les deux camions jusqu'à l'intérieur puis les taxis et les voitures particulières.

« N'est-ce pas le comble de l'irresponsabilité ? »

C'était un délégué du congrès qui avait parlé. Il se tenait auprès de Nim qui l'identifia grâce à son badge de l'I.N.E.

« Cette bande de crétins aimerait priver l'hôtel d'extincteurs et de lait. Mais pourquoi donc, bon Dieu ? »

Nim hocha la tête.

« Ça n'a guère de sens », dit-il.

Ce n'était peut-être pas ce que pensaient les manifestants car, maintenant, ils étaient en train de se disperser.

Nim rentra dans l'hôtel et prit l'ascenseur jusqu'à l'entresol où se tenait le quartier général du congrès.

Comme tous les congrès — vestige d'un rituel tribal — les rassemblements de l'I.N.E. regroupaient plusieurs centaines d'hommes d'affaires, d'ingénieurs et de scientifiques. Leur objectif était de discuter de leurs problèmes communs, d'échanger des nouvelles du développement scientifique et de brasser les couches sociales. Théoriquement, chaque délégué, après cela, devrait mieux accomplir son travail. Il était difficile de chiffrer la valeur de ces manifestations, mais cependant elles en avaient une.

Dans une antichambre extérieure à la réunion principale, les délégués s'assemblaient pour bavarder sans protocole autour d'une tasse de café avant la session quotidienne de travail.

Nim se joignit aux premiers arrivés, pour rencontrer des officiels d'autres sociétés d'électricité. Il en connaissait certains. Une bonne part des conversations roulait sur le pétrole. Les nouvelles de la nuit révélèrent que les nations de l'OPEP restaient fermes sur leur exigence de faire payer les livraisons à venir en or et non plus en devises-papier dont la valeur, particulièrement celle du dollar, se dépréciait chaque jour. Les négociations entre les États-Unis et l'OPEP étaient au point mort et la perspective d'un nouvel embargo se précisait d'une manière alarmante.

S'il se produisait, son effet sur les services publics de production d'électricité pouvait être désastreux.

Après quelques minutes de discussion, Nim sentit qu'on lui touchait le bras. Il se retourna et vit son ami de Denver, Thurston Jones. Ils se serrèrent cordialement la main.

« Quelles nouvelles de Tunipah ? demanda Thurston.

— Ça allait plus vite pour construire les Pyramides, répondit Nim avec une grimace.

— Et les Pharaons n'avaient pas besoin de permis de construire, pas vrai ?

— Exactement ! Comment va Ursula ?

— Parfaitement, dit Thurston épanoui. Nous allons avoir un enfant.

— Félicitations, c'est merveilleux, et c'est pour quand le grand jour ? »

Nim parlait, gagnant le temps de se ressaisir. Il revivait le week-end à Denver et l'intrusion d'Ursula dans son lit, Ursula qui lui confiait qu'elle et son mari voulaient des enfants, mais qu'ils ne pouvaient en avoir. Déclaration confirmée par Thurston : « Nous avons passé des examens médicaux... Mon pistolet tire, mais c'est du tir à blanc... Et je n'aurai jamais les balles de la vie... »

« Le médecin dit que ce sera vers la fin juin. »

Grands Dieux! Nim n'avait pas besoin de calculatrice pour savoir que c'était son enfant. Il en fut secoué.

Son ami lui évita de répondre en le prenant par les épaules.

« Il y a une chose qu'Ursula et moi nous aimerions. Quand le moment sera venu, nous voudrions que tu sois le parrain. »

Nim essaya de dire oui et il s'aperçut qu'il ne trouvait pas ses mots. Il serra fortement la main de Thurston et acquiesça de la tête. L'enfant des Jones, se dit-il, aurait le parrain le plus consciencieux qui ait jamais existé.

Ils convinrent de se rencontrer à nouveau avant la fin du congrès.

Nim s'éloigna et parla avec d'autres personnes de la Con Edison de New York (de l'avis de Nim un des services publics les mieux dirigés de l'Amérique du Nord en dépit de son rôle de percepteur des impôts de la ville de New York et de l'abus qu'en faisaient les politiciens opportunistes), de la Florida Power and Light, de la Chicago Commonwealth Edison, de la Houston Lighting et Power, de la South California Edison, de l'Arizona Public Service et d'autres sociétés.

Il y avait aussi un contingent d'une douzaine de délégués de la Golden State Power and Light qui se mêlaient aux personnalités extérieures à la ville, car leur société était la compagnie invitante. Parmi le groupe de G.S.P. & L., il y avait Ray Paulsen. Nim et lui se saluèrent avec leur froideur habituelle. J. Eric Humphrey n'était pas encore apparu, mais il viendrait plus tard.

Comme il terminait un entretien, Nim aperçut un visage familier qui se rapprochait dans le brouhaha grandissant des délégués. C'était le reporter du *California Examiner*, Nancy Molineaux. A sa grande surprise, elle vint directement à lui.

« Salut! » fit-elle.

Ses façons étaient aimables et elle souriait, mais les souvenirs de Nim étaient encore trop récents et trop amers pour qu'il lui répondît sur le même ton. Il dut néanmoins reconnaître que cette femme était diablement attirante. Elle le devait à ses pommettes hautes et à ses manières altières. Elle savait s'habiller et, d'après l'aspect de ses vêtements, cela coûtait cher.

« Bonjour, répondit-il froidement.

— Je viens juste de prendre votre discours au bureau de presse, dit miss Molineaux. » Elle avait à la main une revue de presse et une copie du texte complet.

« Matière drôlement ardue, reprit-elle, envisagez-vous d'ajouter quelque chose qui ne soit pas imprimé là-dedans?

— Même si c'était le cas, que je sois pendu si je vous rendais le service de vous en faire part à l'avance! »

La réplique parut lui plaire et elle éclata de rire.

« Papa, cria une voix, nous allons à la séance, maintenant ? »

C'était Benjy qui s'était faufilé à travers les délégués jusqu'à une petite galerie du hall du congrès où quelques visiteurs pouvaient prendre place.

« O. K. », répondit-il à Benjy.

Nancy Molineaux avait écouté avec un amusement visible.

« Vous avez amené votre famille au congrès ? demanda-t-elle.

— Oui », répondit-il d'un ton bref. Puis, il ajouta : « Ma femme et mes enfants sont descendus à l'hôtel avec moi. Si cela vous intéresse, je vous signale que je paie leurs dépenses sur mes fonds personnels.

— Hum ! Hum ! fit-elle d'une voix taquine, j'ai une drôle de réputation !

— Je me méfie de vous comme d'un cobra ! »

Ce Goldman, pensait Nancy en s'éloignant, n'était assurément pas de la crotte de bique.

Sa venue au congrès était une mission inattendue et qu'elle n'avait pas désirée. Mais son chef des informations, ayant remarqué le nom de Goldman sur le programme, avait envoyé Nancy dans l'espoir qu'elle lui trouverait quelque point faible et qu'elle continuerait ainsi ce qu'il considérait comme une vendetta, source d'articles. Eh bien, le vieux « C'est-moi-le-capitaine » s'était trompé. Elle rendrait compte du discours de Goldman honnêtement et elle le développerait éventuellement, si son contenu le méritait. Par ailleurs, Nancy voulait sortir le plus vite possible de l'hôtel. Ce jour-là étant justement celui du rendez-vous fixé avec Yvette dans le bar où elles avaient eu un bref entretien, une semaine auparavant, Nancy pouvait s'y trouver à temps, quoique ce fût juste, car elle avait laissé sa voiture dans le garage souterrain de l'hôtel. Elle espérait que la jeune fille viendrait au rendez-vous et qu'elle voudrait bien répondre à quelques-unes des questions qui l'intriguaient.

Elle entra dans le hall du congrès et prit un siège à la table de la presse.

Cependant qu'il s'adressait aux congressistes, Nim se sentit d'accord avec Nancy Molineaux : un discours aussi bourré de matières purement techniques que le sien devait l'être, n'avait rien d'excitant du point de vue journalistique. Mais, tandis qu'il décrivait les problèmes de charge et de capacité présents et à venir de la Golden State Power and Light, l'attention passionnée de ses auditeurs prouvait que nombre d'entre eux partageaient les problèmes, les frustrations et les craintes que Nim leur présentait sous le titre de « Surcharge ».

Eux aussi avaient pour mission de fournir une énergie fiable à leurs communautés. Eux aussi réalisaient que le temps passait et qu'une véritable pénurie d'électricité allait se manifester dans quelques courtes années. Cependant, presque tous les jours, leur loyauté était mise en question, leurs avertissements dédaignés et leurs inquiétantes statistiques tournées en dérision.

Comme il approchait de la fin du texte qu'il avait préparé, Nim sortit de sa poche un feuillet de notes qu'il avait rédigées la veille. Il s'en servit pour conclure :

« La plupart d'entre vous, probablement nous tous, dit-il, partageons deux importantes convictions. La première concerne l'environnement. L'environnement dans lequel nous vivons *devrait* être plus sain qu'il ne l'est. En conséquence, ceux qui œuvrent dans ce sens méritent notre soutien.

« La seconde concerne le processus démocratique. Je crois à la démocratie et j'y ai toujours cru, bien que ces derniers temps je fasse quelques réserves. Ce qui me ramène à l'environnement.

« Certains des soi-disant écologistes ont cessé d'être des croyants dans une cause raisonnable et sont devenus des fanatiques. Ils sont une minorité. Mais, par leur fanatisme bruyant, rigide et hostile à tout compromis, ils s'efforcent d'imposer leur volonté à la majorité.

« En agissant ainsi, ces gens ont corrompu le processus démocratique, ils en ont usé sans scrupules pour contrecarrer tout ce qui n'est pas conforme à leurs objectifs à courte vue. Ce qu'ils ne peuvent empêcher par les arguments de la raison, ils y font obstruction par des retards et des artifices légaux. Ces gens refusent d'accepter la loi de la majorité parce qu'ils sont convaincus de savoir mieux que la majorité. De plus, ils n'acceptent de la démocratie que les aspects qui peuvent tourner à leur avantage. »

Les derniers mots déchaînèrent un tonnerre d'applaudissements. Nim leva la main pour demander le silence et il continua :

« Cette race d'écologistes s'oppose *à tout*. Il n'est rien, absolument rien de ce que l'industrie de l'énergie propose, qui ne provoque leur fureur, leur condamnation et leur opposition, aussi virulente qu'arbitraire.

« Mais les fanatiques, parmi les écologistes, ne sont pas seuls. Ils ont des alliés. »

Nim fit une pause. Il réfléchissait à nouveau sur ses notes, conscient que ce qui allait suivre pouvait lui attirer les mêmes ennuis que cinq mois auparavant, après l'audience de la commission de l'Énergie concernant Tunipah, ce qui serait contraire aux instructions de J. Eric Humphrey : « Abstenez-vous de toute controverse. » Eh bien, de toute façon, le pire qu'on pouvait lui faire était de le pendre. Il plongea.

« Les alliés dont je parle, déclara-t-il, sont les fonctionnaires des commissions de réglementation qui sont mis en place en nombre croissant pour des seules raisons politiques. »

Nim sentit l'intérêt immédiat et passionné de l'auditoire.

« Il fut un temps, dans cet État et ailleurs, où les conseils et les commissions chargés de réglementer notre industrie étaient peu nombreux.

On pouvait se fier à eux pour rendre des jugements impartiaux et raisonnables. Ce n'est plus le cas aujourd'hui.

« Ces commissions ont proliféré à tel point que leurs fonctions se chevauchent et qu'elles se livrent à une concurrence éhontée pour établir les bases de leur pouvoir. De plus, pour la majorité des membres de ces commissions, leur nomination n'est rien d'autre qu'une récompense politique. Rarement, pour ne pas dire jamais, ils n'obtiennent leur poste par leur mérite ou leur expérience. Aussi ces conseillers et commissaires ont peu ou même pas du tout de compétences. Certains affichent même ouvertement des préjugés anti-affaires et pour tous c'est l'ambition politique qui gouverne leurs actes et leurs décisions.

« C'est précisément pour cela que nos opposants et nos critiques extrémistes se découvrent des alliés. Car ce sont le point de vue du militant, le soi-disant point de vue populaire et les éternels slogans anti-énergie qui meublent l'actualité et captent l'attention. Les décisions bien pesées et réfléchies dans le calme ne frappent pas. Les commissaires et les conseillers dont je parle ont parfaitement tiré la leçon.

« En d'autres termes, les prises de position de fonctionnaires publics qui devraient être impartiaux, sont abusives et vont à l'encontre de l'intérêt général.

« Je ne vois pas de remède simple pour régler ces deux formidables problèmes ; vous non plus, je suppose. Le mieux que nous puissions faire, est de faire savoir au public que ses intérêts sont sapés par une minorité, alliance secrète des fanatiques et des politiciens avides. »

Nim décida d'en rester là.

Alors qu'il se demandait quelle serait la réaction d'Eric Humphrey et de ses collègues de la G.S.P. & L., Nim constata avec étonnement qu'il était ovationné avec enthousiasme.

« Compliments ! »... « Il fallait du cran pour le dire, mais c'est si vrai »... « J'espère que ce que vous avez dit connaîtra la plus large diffusion »... « J'aimerais en avoir un texte pour le faire circuler »... « L'industrie a besoin de types directs comme vous »... « Si vous êtes fatigué de travailler pour la Golden State Power, faites-le-nous savoir »...

Comme les délégués se pressaient autour de lui d'une façon inattendue et quasi incroyable, Nim s'aperçut qu'il était devenu un héros. Le président d'un gigantesque trust du Midwest lui dit : « J'espère que votre société vous apprécie. J'ai l'intention de dire à Eric Humphrey combien vous avez été à la hauteur. »

Au milieu des poignées de main et des congratulations, pris d'une soudaine lassitude, Nim se dégagea et s'éloigna.

Une seule ombre au tableau : la vue du visage hostile aux sourcils froncés de Ray Paulsen. Mais le vice-président exécutif ne dit rien et quitta seul, simplement, le hall du congrès.

Nim avait atteint le corridor qui menait à la mezzanine extérieure lorsqu'il entendit une voix calme.

« Je suis venu spécialement pour vous entendre. Ça valait la peine. »

Il se retourna et reconnut avec surprise Wally Talbot Junior. Son visage était encore partiellement bandé et il marchait avec des cannes, mais il le gratifia d'un sourire chaleureux.

« Wally ! dit Nim. Quel plaisir de vous voir, je ne savais pas que vous étiez sorti de l'hôpital.

— Je suis sorti depuis deux semaines, mais pas définitivement. J'ai encore un tas de travaux de réparation à me faire faire. Pouvons-nous parler un moment ?

— Bien sûr. Trouvons un coin tranquille. »

Nim avait eu l'intention de chercher Ruth et les enfants, mais il pourrait les retrouver un peu plus tard à l'appartement.

Ils descendirent jusqu'au rez-de-chaussée par l'ascenseur. Dans un coin, près d'un escalier, deux fauteuils étaient inoccupés. Ils se dirigèrent vers les sièges. Wally utilisait ses cannes avec maladresse, mais il préférait visiblement se déplacer sans aide.

« Attention, s'il vous plaît ! »

Une silhouette vêtue d'une salopette gris-bleu passa devant eux en manœuvrant un chariot transportant trois extincteurs d'incendie peints en rouge.

« Ça ne prendra qu'une seconde, messieurs, je vais juste mettre un de ces appareils en place. »

L'homme était jeune. Il poussa de côté l'un des fauteuils vers lesquels ils se dirigeaient, déposa un extincteur derrière le siège, puis il le remit à sa place. Il sourit à Nim.

« Ce sera tout, messieurs, désolé de vous avoir fait rester debout.

— Aucune importance », répondit Nim.

Il se souvenait d'avoir vu l'homme un peu plus tôt dans la matinée au volant d'un des camions que la police avait escortés pendant la manifestation.

Nim se dit que placer un extincteur d'incendie hors de vue derrière un fauteuil était un curieux endroit. Mais ce n'était pas son affaire et l'homme était censé savoir ce qu'il faisait. La salopette portait l'inscription « Service de protection contre le feu ».

Nim et Wally s'assirent.

« Avez-vous vu les mains de ce type ? demanda Wally.

— Oui, dit Nim qui avait remarqué que les mains du jeune homme étaient gravement attaquées, probablement par l'usage sans précautions de produits chimiques.

— Il pourrait guérir ça avec une greffe de peau, dit Wally en souriant tristement. Je commence à devenir un expert en la matière.

— Laissez tomber les autres, dit Nim, parlez-moi de vous.

— Eh bien, comme je le disais, les greffes de peau que l'on me fait mettent longtemps à agir. Cela se fait par petits morceaux.

— Oui, je sais, dit Nim en hochant la tête avec sympathie.

— Mais j'ai d'autres bonnes nouvelles. J'ai pensé que vous aimeriez les connaître. Je vais avoir une nouvelle bite!

— Avoir quoi?

— Vous avez bien entendu. Vous vous rappelez que mon ancienne a brûlé complètement.

— Naturellement, que je m'en souviens. »

Nim ne pourrait jamais oublier les paroles du médecin, le lendemain de l'électrocution de Wally: « L'électricité a passé à la surface de son corps et elle est ressortie... par le canal du pénis... Il a été détruit. Par brûlure. Complètement. »

« Mais j'ai toujours des sensations sexuelles, dit Wally, et cela peut servir de base. C'est pourquoi j'ai été envoyé à Houston la semaine dernière, au centre médical du Texas. Ils font des choses merveilleuses, surtout pour les gens comme moi. Il y a un médecin nommé Brantley Scott qui est le grand patron. Il va me fabriquer un nouveau pénis et il m'a promis que ça fonctionnerait.

« Wally, je suis heureux pour vous, dit Nim, mais bon Dieu, comment peut-on faire ça?

— Cela se fait en partie par des greffes spéciales de peau et, pour le reste, grâce à une prothèse. C'est une petite pompe, quelques tubes et un petit réservoir, reliés ensemble et implantés chirurgicalement dans le corps. Toute cette mécanique est fabriquée avec du caoutchouc de silicone, la même matière que celle utilisée pour les piles cardiaques. C'est réellement un produit de remplacement de ce que la nature nous avait donné à l'origine.

— Et ça marche vraiment? demanda Nim avec curiosité.

— Et comment! répliqua Wally débordant d'enthousiasme. Je l'ai vu. Et j'ai découvert là-bas que des centaines de personnes en ont été munies et l'opération chirurgicale a parfaitement réussi. Et je vais vous dire autre chose, Nim.

— Quoi donc?

— Cette prothèse n'est pas uniquement pour des gens comme moi, des mutilés. C'est aussi pour les autres en général, des hommes âgés, qui sont normaux, mais qui sont flapis et qui ne peuvent plus rien faire avec une femme. Ça leur redonne une nouvelle jeunesse. Et vous, Nim? Avez-vous besoin d'aide?

— Pas de cette façon. Dieu merci pas encore!

— Mais ça peut vous arriver un jour. Pensez-y! Pas de complexes sexuels, jamais. Vous seriez capable d'entrer dans votre tombe avec une érection.

— Et qu'est-ce que j'en ferais? dit Nim en souriant.

— Ah, voilà Mary! s'exclama Wally, elle est venue me chercher. Je ne peux pas encore conduire ma voiture. »

De l'autre côté du hall Nim aperçut Mary Talbot, la femme de Wally. Elle les avait repérés et elle s'approchait. Non sans quelque contrariété, il vit Ardythe Talbot. Il ne l'avait pas revue et il n'avait plus entendu parler d'elle depuis leur rencontre à l'hôpital, lorsqu'elle s'était accusée hystériquement de son « péché » avec Nim, cause des malheurs de Wally. Nim se demanda si sa ferveur religieuse s'était calmée.

Les deux femmes offraient tous les signes de la tension nerveuse. Il n'y avait guère que sept mois que Walter Talbot était mort tragiquement lors de l'explosion de l'usine de La Mission. L'accident de Wally était survenu quelques semaines plus tard. Pour autant que Nim s'en souvînt, Mary était mince, alors. Elle avait notablement engraissé. Le malheur et le chagrin en étaient probablement la cause. Son visage juvénile s'était modifié et la faisait paraître plus âgée. Nim espéra que ce que Wally venait de lui dire marcherait bien. Si c'était le cas, cela pourrait les aider tous les deux.

Ardythe lui parut un peu mieux, mais pas tellement, que lorsqu'il l'avait vue la dernière fois. Peu avant la mort de Walter, elle paraissait élégante, sportive et athlétique, elle n'était plus, au contraire, maintenant, qu'une femme vieillissante, comme les autres. Mais elle lui sourit et le salua avec une amabilité qui le soulagea.

Ils bavardèrent. Nim exprima sa satisfaction de voir Wally capable de se déplacer. Mary dit que quelqu'un lui avait parlé du discours de Nim au moment où elle arrivait et elle le complimenta. Ardythe lui dit qu'elle avait trouvé un complément des anciens dossiers de Walter et qu'elle désirait les remettre à G.S.P. & L. Nim proposa de passer les prendre si elle le souhaitait.

« Ce n'est pas nécessaire, dit vivement Ardythe, je peux très bien vous les envoyer. Il n'y en a pas autant que la dernière fois et... »

Elle s'arrêta.

« Qu'est-ce qui ne va pas, Nim ? »

Il la regardait fixement, pétrifié, bouche bée.

« La dernière fois »... *« Les dossiers Talbot »*...

« Nim, répéta Ardythe, il y a quelque chose ? »

Mary et Wally le regardaient avec curiosité eux aussi.

« Non, dit-il avec effort. Non, j'étais justement en train de me rappeler quelque chose. »

Maintenant, il savait. Il savait quel était le renseignement manquant qui lui avait tarabusté l'esprit et qui lui avait échappé depuis le jour où il s'était trouvé dans le bureau d'Eric Humphrey avec le président, Harry London et le juge Yale. Il se trouvait dans les anciens dossiers de Walter Talbot, ces dossiers qu'Ardythe lui avait remis dans plusieurs cartons après la mort de Walter. A cette époque, Nim les avait parcourus brièvement. Maintenant, ils étaient rangés à la G.S.P. & L.

« Nous ferions bien de partir, dit Wally, j'ai été heureux de vous voir, Nim.

— Moi de même, répondit Nim et bonne chance pour tout. »

Lorsqu'ils furent partis, Nim resta figé sur place, plongé dans ses pensées. Il savait maintenant ce qu'il y avait dans les dossiers. Il savait aussi ce qui devait être fait. Mais il devait d'abord vérifier, authentifier ses souvenirs.

Dans trois jours, après le congrès.

2

Plus vite, toujours plus vite. C'était toujours comme ça, pensait Nancy Molineaux en poussant sa Mercedes bien au-dessus de la vitesse autorisée, en prenant des risques dans la circulation et en surveillant dans son rétroviseur d'éventuels flics en patrouille.

Elle semblait ne pas pouvoir décompresser, même pour une fichue petite journée.

Elle avait téléphoné en hâte son article sur Goldman qui devait paraître dans l'édition de l'après-midi. Maintenant, avec déjà dix minutes de retard, elle était en route pour rencontrer Yvette. Elle espérait que la jeune fille aurait assez de bon sens pour l'attendre.

Cet après-midi, Nancy avait quelques autres travaux à terminer. Elle devrait pour cela retourner aux bureaux de l'*Examiner*. Il lui faudrait également trouver un moment pour passer à sa banque, car elle avait besoin d'argent. Elle avait rendez-vous chez son dentiste à quatre heures. Enfin, ce même soir elle avait promis de se rendre à deux cocktails, l'un de bonne heure et l'autre qui devrait sûrement se prolonger jusqu'après minuit, juste pour une apparition.

Mais elle aimait la vitesse, au travail comme au plaisir, bien qu'il y eût des jours — comme aujourd'hui — où c'en était un peu trop.

Tout en conduisant, Nancy souriait en songeant à son reportage sur le discours de Goldman. Il le surprendrait probablement, car elle avait eu l'intention de faire un compte rendu loyal et sans équivoque.

> Plusieurs centaines de leaders de l'industrie américaine de l'énergie électrique ont fait une ovation à Nimrod Goldman, l'un des vice-présidents de la Golden State Power and Light qui a déclaré que les commissions de réglementation, dominées par la politique, abusent de la confiance du public et « se disputent cyniquement les marches du pouvoir ».
>
> Il s'adressait au congrès de l'institut national de l'Électricité qui se tenait dans notre ville.
>
> Auparavant, Goldman avait critiqué quelques écologistes qui, dit-il, sont opposés à tout. « Nous autres de l'industrie de l'énergie, nous ne pouvons rien proposer, absolument rien... »

Elle avait cité quelques-unes de ses déclarations, celle par exemple concernant la pénurie d'énergie qui, clamait-il, était imminente. Ainsi, cette fois-ci, si Goldman devait avoir des ennuis, il ne pourrait s'en prendre qu'à ce qu'il avait dit lui-même et non au reportage.

Mon Dieu! Comment certains attardés mentaux, propriétaires de voitures, pouvaient-ils obtenir des permis de conduire? Elle était la seconde de la file à un feu qui venait de passer au vert, mais le type devant elle ne bougeait pas. Il dormait ou quoi? Elle klaxonna avec impatience. Merde! Le feu passait à l'orange, puis au rouge lorsque Nancy l'atteignit. Mais le carrefour était dégagé, elle se risqua à brûler le feu.

Quelques minutes plus tard elle aperçut le bar miteux où elle était allé la semaine précédente. Elle avait combien de retard? Lorsqu'elle arriva au niveau du bar Nancy regarda sa montre. Dix-huit minutes. Et, comme par hasard, pas de place pour se garer. Elle en trouva une deux pâtés de maisons plus loin, ferma la Mercedes et revint en hâte.

L'intérieur du bar était sombre et sentait le moisi comme la fois précédente. Comme Nancy s'arrêtait pour s'habituer à la pénombre, elle eut l'impression qu'en sept jours rien n'avait changé, pas même les clients.

Elle vit Yvette qui l'avait attendue. Elle était assise, seule, devant une bière à la même table du coin qu'elles avaient occupée auparavant. Elle leva les yeux à l'approche de Nancy, mais ne sembla ni la reconnaître, ni s'intéresser à elle.

« Salut, dit Nancy, désolée d'être en retard. »

Yvette esquissa un haussement d'épaules et resta muette.

Nancy appela le garçon:

« Une autre bière, s'il vous plaît. »

Elle attendit qu'il revînt et observa la jeune fille à la dérobée. Cette dernière n'avait toujours rien dit. Elle paraissait en plus mauvais état que la semaine précédente. Sa peau était couverte de taches et ses cheveux mal peignés. Ses vêtements, toujours les mêmes, étaient sales. Ils donnaient l'impression qu'elle avait dormi avec sans se déshabiller pendant un mois. Sa main droite était enveloppée dans une sorte de gant improvisé, probablement pour dissimuler une malformation. Nancy l'avait remarqué lors de leur première rencontre.

Nancy but une gorgée de bière, qui était bonne, et décida d'aller droit au but.

« Vous aviez dit que vous me diriez aujourd'hui ce qui se passe dans cette maison de Crocker Street et ce que Davey Birdsong fabrique là-bas. »

Yvette releva la tête.

« Non, je n'ai pas dit ça, c'est vous qui avez espéré que je le ferais.

— O. K., eh bien, j'espère toujours. Pourquoi ne commencez-vous pas par me dire ce qui vous effraie.

— Je ne suis plus effrayée du tout. »

La jeune fille avait parlé d'une voix sans timbre. Son visage était resté inexpressif.

Nancy se demanda où elle allait et si elle n'était pas en train de perdre son temps. Elle fit une nouvelle tentative et demanda :

« Qu'est-ce qui s'est produit au cours de la semaine et qui rend la situation différente ? »

Yvette ne répondit pas. Elle semblait, au contraire, en train de réfléchir. Ce faisant, comme instinctivement et inconsciente de son geste, elle se frottait la main droite de sa main gauche. D'abord en conservant son gant qu'elle finit par enlever.

Nancy considéra avec horreur ce qu'elle vit.

Ce qui avait été une main n'était plus qu'un affreux hachis rouge et blanc, de chocs et de cicatrices. Deux doigts avaient été amputés, laissant des moignons inégaux et des morceaux de chair pendants. Sur les autres doigts, plus ou moins complets, des morceaux de chair manquaient. L'un d'eux était grotesquement plié et laissait voir un os desséché et jaunâtre.

« Mon Dieu ! Qu'est-il arrivé à votre main ? » dit Nancy au bord de la nausée.

Yvette baissa les yeux puis, s'apercevant de ce qu'elle avait fait, cacha hâtivement sa main.

« Que vous est-il arrivé ? insista Nancy.

— C'était... J'ai eu un accident.

— Mais qui vous a laissée dans cet état ? Un médecin ?

— Je n'en ai pas vu, dit Yvette en retenant ses larmes. Ils n'ont pas voulu me laisser y aller.

— Qui cela, répliqua Nancy qui sentait la colère monter en elle, Birdsong ? »

La jeune fille acquiesça de la tête.

« Et Georgos.

— Qui diable est ce Georgos ? Et pourquoi n'ont-ils pas voulu vous mener chez un médecin ? »

Nancy saisit la bonne main d'Yvette.

« Mon petit, laissez-moi vous aider ! Je peux le faire. Et nous pouvons même soigner cette main. Il en est grand temps. »

La jeune fille secoua la tête. L'émotion l'avait épuisée, laissant son visage et ses yeux tels qu'ils étaient un moment auparavant, vides, sombres et résignés.

« Dites-moi tout, dit Nancy, dites-moi ce qui se passe. »

Yvette soupira. Puis, brusquement elle saisit un sac brun dépenaillé sur le sol. Elle l'ouvrit et en tira deux cassettes qu'elle posa sur la table et glissa vers Nancy.

« Tout est là-dedans », dit-elle, puis elle avala ce qu'il lui restait de bière et se leva pour partir.

« Hé là ! dit Nancy, ne partez pas déjà. Nous venons seulement de commencer. Écoutez-moi, pourquoi ne pas me dire ce qu'il y a sur ces bandes pour que nous puissions en parler.

— Tout est là-dedans, répéta la jeune fille.

— Oui, mais... »

330

Nancy s'aperçut qu'elle ne parlait plus qu'à elle-même. Un instant plus tard, la porte extérieure s'ouvrit, laissant pénétrer un bref rayon de soleil. Yvette était partie.

Il semblait bien qu'il n'y eût rien à espérer à courir après elle.

Nancy examina les cassettes. C'était une fabrication bon marché que l'on achetait par paquets pour un dollar pièce environ. Aucune n'était étiquetée, il y avait juste, crayonnés sur les différents côtés, les chiffres 1.2.3.4. Eh bien, elle les écouterait sur son magnétophone ce soir, chez elle, en espérant qu'elle en tirerait quelque chose de valable. Elle était abattue et désappointée de n'avoir pu tirer d'Yvette aucune véritable information pendant que la jeune fille était avec elle.

Nancy termina sa bière, paya et sortit. Une demi-heure plus tard, elle était dans la salle de rédaction de l'*Examiner* et se plongeait dans un autre travail.

3

Lorsque Yvette avait dit à Nancy Molineaux : « Je ne suis plus effrayée du tout », c'était la vérité. La veille, Yvette avait pris une décision qui la libérait de tous ses soucis concernant le présent, de tous les doutes, les angoisses et les chagrins et qui avait chassé la terreur d'être arrêtée et condamnée à la prison à vie, terreur avec laquelle elle avait vécu pendant des mois.

Yvette avait simplement décidé hier qu'après avoir remis les bandes magnétiques à cette femme noire bien informée qui travaillait pour un journal et qui saurait quoi en faire, elle allait se tuer. Lorsqu'elle avait quitté la maison de Crocker Street, le matin même, et pour la dernière fois, elle emporta avec elle de quoi en finir.

Et maintenant elle avait donné les bandes qu'elle avait soigneusement et patiemment assemblées. Elles incriminaient Georgos et Davey Birdsong. Elles révélaient ce qu'ils avaient fait et ce qu'ils projetaient, ainsi que le scénario de destruction et de mort prévu pour ce soir même, ou plutôt pour trois heures du matin, à l'hôtel Christophe Colomb. Georgos n'avait pas pensé qu'elle était au courant, mais elle savait tout depuis le début.

Tout en s'éloignant à pied du bar, maintenant que c'était fait, Yvette se sentait en paix.

La Paix, enfin.

Il y avait bien longtemps qu'elle ne l'avait pas connue. Assurément pas avec Georgos. Bien qu'au début, l'excitation d'être la femme de Georgos, d'écouter ses propos élevés et de prendre part aux importantes actions qu'il entreprenait, ait rendu tout le reste sans importance. Ce n'était que plus tard, bien plus tard, alors qu'il était déjà trop tard pour se sauver, qu'elle s'était demandé si Georgos n'était pas un malade, si toute son intelligence et ce qu'il avait appris au collège n'avaient pas été en quelque façon... comment dire?... pervertis.

Maintenant, elle croyait vraiment que c'était le cas, que Georgos était un malade et peut-être même un fou.

Et pourtant, Yvette se rappelait qu'elle s'était toujours souciée de Georgos. Même maintenant qu'elle avait fait ce qu'elle devait faire. Et, quoi qu'il lui arrivât, elle espérait qu'il ne serait pas trop gravement blessé ou qu'il ne souffrirait pas trop. Elle savait que l'un et l'autre pouvaient se produire quand la femme noire aurait écouté les deux bandes et qu'elle aurait décidé de révéler, à quelqu'un — probablement à la police — ce qu'elles contenaient.

Cependant, Yvette n'avait aucune pensée pour Davey Birdsong. Elle ne l'aimait pas, elle ne l'avait jamais aimé. Il était méchant et dur. Il ne lui avait jamais témoigné de petites gentillesses comme Georgos, bien que ce dernier fût un révolutionnaire et que donc il ne fût pas censé être tendre. Birdsong pouvait être tué avant que la journé ne se terminât. Il pouvait aussi pourrir en prison, cela lui était bien égal. En fait, elle espérait que l'un ou l'autre lui arriverait. Yvette en voulait à Birdsong pour quantité de scènes pénibles qu'il avait provoquées entre elle et Georgos. L'affaire de l'hôtel Christophe Colomb était une idée de Birdsong, cela aussi c'était sur les bandes magnétiques.

Ensuite, elle comprit qu'elle ne saurait jamais le sort réservé à Birdsong ou à Georgos parce qu'elle serait morte.

Oh! mon Dieu — elle n'avait que vingt-deux ans. Elle venait à peine de commencer à vivre et elle ne voulait pas mourir. Mais elle ne voulait pas passer le reste de ses jours en prison... Mieux valait mourir.

Yvette continua de marcher. Elle savait où elle allait et qu'il lui faudrait environ une demi-heure pour s'y rendre. Cela aussi, elle l'avait décidé la veille.

Il y avait moins de quatre mois, une semaine après la nuit de la colline au-dessus de Millfield, lorsque Georgos avait tué les deux gardes, elle avait compris dans quel guêpier elle était tombée. Meurtre. Elle en était coupable au même titre que Georgos.

Tout d'abord, elle ne l'avait pas cru lorsqu'il le lui avait dit. Il cherchait plus ou moins à l'effrayer, pensait-elle, lorsqu'au retour à Millfield, il l'avait prévenue : « Tu es dans le coup autant que moi? Tu en faisais partie, tu étais là et tu as tué ces porcs autant que si tu avais tenu le couteau ou tiré. Aussi, quoi qu'il m'arrive, il t'arrivera la même chose. »

Mais, quelques jours plus tard, elle lut dans un journal le compte rendu du procès en Californie de trois hommes accusés de meurtre au premier degré. Le trio avait pénétré dans un immeuble, son chef avait tiré et tué un gardien de nuit. Bien que les deux autres n'eussent pas été armés et n'eussent pris aucune part active dans le meurtre, ils furent déclarés coupables tous les trois et condamnés à la même peine, la prison à perpétuité sans possibilité de libération sur parole.

Alors, Yvette avait compris que Georgos avait dit la vérité et, dès cet instant, le désespoir l'envahit.

Il grandissait sans cesse car elle savait qu'il n'y avait pas de retour en arrière et aucun moyen d'échapper à ce qu'elle était devenue. Cela avait été le plus dur à accepter, même en sachant qu'il n'y avait pas d'échappatoire.

Certaines nuits, allongée sans dormir à côté de Georgos dans l'obscurité de la sinistre maison de Crocker Street, elle avait rêvé qu'elle pourrait retourner à la ferme du Kansas où elle était née et où elle avait passé son enfance. Comparés avec le présent, ces jours lui semblaient pleins de clarté et d'insouciance.

Tout ça n'était que de la bouse de vache, naturellement.

La ferme se composait de vingt acres de cailloux. Le père d'Yvette était un homme aigri, querelleur, batailleur, tirant de cette terre misérable à peine de quoi nourrir une famille de six personnes et laissant tomber le paiement des hypothèques. Ce n'avait jamais été un foyer aimant et accueillant. Les batailles entre leurs parents étaient la norme et les enfants s'efforçaient de rivaliser avec leurs géniteurs. La mère d'Yvette, toujours geignante, ne perdait pas une occasion de dire à sa fille, la benjamine, qu'elle n'avait jamais été désirée et qu'elle eût préféré avorter.

Suivant en cela l'exemple de ses frères et sœurs aînés, Yvette avait quitté définitivement la maison familiale dès qu'elle l'avait pu et n'y était jamais revenue. Elle n'avait aucune idée de l'endroit où sa famille se trouvait maintenant, elle ignorait si ses parents étaient morts et elle s'était dit qu'elle s'en moquait. Elle se demanda pourtant si les siens entendraient parler de sa mort et si cela les intéresserait d'une façon ou d'une autre.

Naturellement, Yvette pensait qu'il lui aurait été facile de mettre au compte de ses jeunes années tout ce qui lui était arrivé depuis, mais cela n'aurait été ni vrai ni juste. Après être venue dans l'Ouest, et malgré le minimum légal d'études qu'elle possédait, elle avait trouvé un emploi de vendeuse dans un grand magasin, au rayon des vêtements d'enfants, cela lui plaisait. Elle se réjouissait d'aider à choisir des vêtements pour de petits enfants et, en ce temps-là, elle pensait qu'elle aimerait en avoir elle-même un jour, mais qu'elle ne les traiterait pas comme elle l'avait été par sa famille.

Il se produisit quelque chose qui l'engagea sur le chemin de Georgos : une de ses collègues de travail l'emmena dans quelques réunions politiques de gauche. Une chose en entraînant une autre, un peu plus tard elle rencontra Georgos et... mon Dieu, à quoi bon ruminer tout cela !

Yvette était consciente qu'elle n'était pas très douée. Elle avait toujours eu des difficultés à réfléchir. A la petite école campagnarde qu'elle avait fréquentée jusqu'à seize ans, ses professeurs lui avaient fait comprendre qu'elle était une lourdaude. C'était probablement la raison pour laquelle, lorsque Georgos l'avait persuadée de quitter son emploi et d'entrer dans la clandestinité pour créer avec lui les Amis de la Liberté, Yvette n'avait eu aucune idée de ce dans quoi elle s'engageait. A cette époque, cela lui semblait un amusement, une aventure et non, comme cela se révéla plus tard, la pire erreur de sa vie.

L'idée qu'elle-même, comme Georgos, Wayde, Ute et Felix, était devenue une criminelle recherchée, s'imposa graduellement à Yvette. Lorsqu'elle en fut pleinement persuadée, elle fut terrifiée. Que lui ferait-on si on la prenait? Yvette songea à Patty Hearst, à ce que Hearst avait enduré, alors que sa fille était la victime. Que serait-ce pour Yvette qui n'était pas la victime, au contraire?

(Yvette se souvenait des rires interminables de Georgos et des trois autres révolutionnaires lors du procès de Patty Hearst. Ils riaient de la façon dont la bonne société s'était châtiée elle-même avec pharisianisme en crucifiant l'un des siens afin de prouver, simplement, qu'elle en était capable. Naturellement, comme Georgos l'avait dit par la suite, si Patty Hearst, dans ce cas particulier, avait été pauvre ou noire comme Angela Davis, elle aurait bénéficié de toutes les sympathies et d'un traitement plus équitable. Mais le malheur de Patty Hearst voulût que son père fût riche. N'était-ce pas hilarant! Yvette voyait encore leur petit groupe regardant la télévision pour se disperser chaque fois que les nouvelles du procès disparaissaient de l'écran.)

Mais maintenant, la peur d'avoir elle-même commis des crimes planait sur Yvette, une peur qui se répandait comme un cancer et qui finissait par remplir chaque heure du jour et de la nuit.

Plus récemment, elle avait compris que Georgos n'avait plus confiance en elle.

Elle l'avait surpris à la regarder d'une façon étrange. Il ne lui parlait plus autant qu'auparavant. Il était devenu secret quant aux nouveaux travaux qu'il effectuait. Yvette sentait que, quoi qu'il arrivât, le temps où elle était la femme de Georgos était presque révolu.

C'est alors que, sans savoir vraiment pourquoi, Yvette commença à écouter aux portes et à enregistrer ses conversations sur bande magnétique. Ce n'était pas difficile. Le matériel était à sa disposition et Georgos lui avait appris à s'en servir. Au moyen d'un microphone caché et en faisant fonctionner le magnétophone dans une autre pièce, elle enregistra des conversations entre Georgos et Birdsong. C'est ainsi qu'en écoutant les bandes plus tard, elle avait tout appris sur les bombes placées dans les extincteurs d'incendie à l'hôtel Christophe Colomb.

Les conversations entre Georgos et Birdsong étaient enregistrées sur les cassettes qu'elle avait remises à la journaliste noire. Il en était de même d'un long récit décousu de toute l'affaire depuis le début par Yvette elle-même.

Pourquoi avait-elle fait cela?

Même maintenant, elle n'en savait trop rien. Ce n'était pas pour se donner bonne conscience. Pas question de se raconter des histoires à ce sujet. Ce n'était pas non plus dans l'intérêt des clients de l'hôtel. Yvette était allée trop loin pour s'en soucier. Peut-être était-ce pour sauver Georgos, pour sauver son âme (s'il en avait une ; si l'un d'eux en avait une) de l'action épouvantable qu'il avait l'intention d'entreprendre.

Yvette se sentait l'esprit las. Il en était toujours ainsi lorsqu'elle réfléchissait trop.

Elle ne voulait quand même pas mourir !

Mais elle savait qu'il le fallait.

Yvette regarda autour d'elle. Elle avait continué sa marche sans s'occuper de l'itinéraire et elle s'aperçut qu'elle était arrivée plus vite qu'elle ne le pensait. Sa destination, qu'elle pouvait déjà apercevoir, n'était plus qu'à une courte distance.

C'était une petite butte herbue qui dominait la ville et qui avait été aménagée en jardin public. On l'appelait la Colline Solitaire, ce qui était normal car peu de gens s'y rendaient. C'était la raison pour laquelle Yvette l'avait choisie. Les derniers deux cents mètres, derrière les maisons et les rues, étaient un sentier étroit et raide où elle s'engagea, lentement. Le sommet qu'elle redoutait lui apparut, bien trop vite atteint.

La journée qui avait été ensoleillée auparavant, était maintenant assombrie par des nuages. Un vent fort, d'un froid coupant, balayait la petite colline. Yvette frissonna. Au loin, au-delà de la ville, elle apercevait l'océan gris et glacé.

Yvette s'assit sur l'herbe et ouvrit son sac. Elle en tira un engin qu'elle avait dérobé plusieurs jours auparavant dans l'atelier de Georgos et qu'elle avait caché jusqu'à ce matin. C'était une bombe, simple mais mortelle, un bâton de dynamite à l'intérieur d'un morceau de tube. Le tube était fermé à ses deux extrémités, mais l'une d'elles était pourvue d'un petit trou permettant d'introduire un détonateur. Yvette avait placé elle-même la capsule après y avoir attaché une courte mèche qui sortait de l'extrémité du tube. C'était Georgos qui lui avait appris à le faire. La mèche devait durer cinq secondes.

Yvette tira un petit briquet de son sac. Ses mains tremblaient tandis qu'elle luttait pour l'allumer.

Le briquet s'éteignit dans le vent. Elle posa la bombe à terre et protégea la flamme du briquet de sa main formée en coupe. Il lança une étincelle, puis il s'alluma.

Alors elle ramassa la bombe, non sans difficulté, car elle tremblait de plus en plus. Elle parvint néanmoins à approcher l'extrémité de la mèche du briquet. Le cordon s'alluma instantanément. D'un seul mouvement rapide, Yvette jeta le briquet et tint la bombe contre sa poitrine. Elle ferma les yeux, espérant qu'elle n'exploserait pas.

4

La deuxième journée de la convention du N.E.I. touchait à sa fin.

Toutes les questions à l'ordre du jour avaient été réglées. Les halls de réunion de l'hôtel Christophe Colomb étaient déserts. La majorité des délégués et leurs épouses, quelques-uns accompagnés de leur famille, s'étaient retirés dans les chambres ou les appartements. Quelques infatigables continuaient à s'amuser. Beaucoup d'autres dormaient déjà.

Quelques-uns des délégués, les plus jeunes et un petit groupe de vieux bringueurs, s'étaient répandus dans les bars, les restaurants, les discothèques et les boîtes à strip-tease de la ville. Mais ils commençaient à rentrer à l'hôtel et, lorsque les boîtes fermeraient à deux heures du matin, les derniers fêtards les rejoindraient.

« Bonne nuit, phénomènes ! »

Nim embrassa Leah et Benjy, puis il éteignit la lumière de la chambre que partageaient les deux enfants.

Leah, presque endormie, murmura quelques mots inaudibles. Benjy, plus éveillé bien qu'il fût plus de minuit, déclara :

« Tu sais, p'pa, vivre à l'hôtel, c'est vraiment chouette !

— Mais ça coûte assez cher, à la longue, répondit Nim, spécialement quand un certain Benjamin Goldman passe son temps à commander et à signer les additions.

— J'aime bien faire ça », dit Benjy en pouffant.

Nim avait permis à Benjy de signer l'addition du petit déjeuner le matin et il en avait été de même pour le dîner que Benjy et Leah avaient pris dans leur chambre pendant que Nim et Ruth assistaient à une réception de l'institut. Plus tard, toute la famille était allée au cinéma et venait de rentrer à l'hôtel.

« Il faut dormir maintenant, dit Nim, sans quoi tu seras trop fatigué pour signer les additions demain. »

Dans le salon, Ruth, qui avait entendu la conversation, sourit à Nim quand il revint près d'elle.

« Peut-être te l'ai-je déjà dit, mais je suppose que tu sais que les enfants t'adorent ?

— N'en serait-il pas de même pour tout le monde ?

— Eh bien..., dit Ruth, puisque tu en parles... Il pourrait y avoir une ou deux exceptions... comme Ray Paulsen.

— Bon sang, dit Nim en riant, tu aurais dû voir la tête de Ray quand il est venu au congrès avec Eric Humphrey. Il pensait que le président allait me saquer à cause de ce que j'avais dit ce matin et c'est tout le contraire qui est arrivé.

— Qu'est-ce qu'il a dit ?

— Quelque chose comme : " J'ai entendu tellement de commentaires élogieux sur votre discours, que je ne peux pas rester dans la minorité et faire exception à la règle. " Et, au lieu de m'engueuler, il m'a fait des compliments.

— Si Eric change d'avis à ce point, penses-tu qu'on pourrait orienter différemment la politique, l'ouvrir plus comme tu le désires ?

— Je n'en suis pas sûr. La faction des pusillanimes menée par Ray est encore puissante. En outre, trop peu de gens de notre affaire comprennent qu'une prochaine crise de l'énergie est inéluctable. »

Il s'étira en bâillant.

« Assez de bile pour ce soir !

— Tu devrais dire ce matin, corrigea Ruth, il est bientôt une heure. En tout cas, la journée d'hier a été bonne pour toi et je suis heureuse que tu aies une bonne presse. »

Elle tendit la main vers la dernière édition du *California Examiner* placée à côté d'elle.

« Ç'a été une sacrée surprise. »

Nim avait lu le reportage sur son discours quelques heures auparavant.

« Je ne peux m'expliquer cette dame Molineaux. J'étais certain qu'elle allait me flanquer un nouveau coup de couteau en le retournant dans la plaie.

— Tu ne sais donc pas encore que les femmes sont imprévisibles ? dit Ruth, puis elle ajouta, non sans malice : « J'aurais pu penser que tes nombreuses " recherches " te l'avaient appris.

— Peut-être l'ai-je oublié. Tu as peut-être remarqué que j'ai singulièrement réduit mes " recherches ", ces temps derniers. »

Il se pencha vers elle et lui posa dans le cou un baiser léger, puis il s'assit en face d'elle dans un fauteuil.

« Comment te sens-tu ?

— Normale, la plupart du temps. Je me fatigue aisément, surtout si je compare avec l'énergie que j'avais habituellement.

— Je voudrais te poser une question... »

Nim raconta sa conversation avec Leah et ajouta qu'il était convaincu que les enfants devaient être tenus au courant de l'état de Ruth afin qu'une soudaine aggravation de sa santé ne les prît pas au dépourvu.

« J'espère autant que toi que ça n'arrivera pas, mais il faut y penser.

— Je suis de ton avis, dit-elle. Laisse-moi faire. Ces jours prochains, je choisirai un moment favorable. »

Il se dit qu'il aurait dû le savoir. Ruth, avec son bon sens, son aptitude à faire face aux événements, ferait toujours ce qu'il y aurait de meilleur pour la famille.

« Merci », lui dit-il.

Ils continuèrent à parler tranquillement, heureux d'être ensemble, jusqu'à l'instant où Nim tendit les bras et prit les mains de Ruth.

« Tu es fatiguée et moi aussi. Allons au lit. »

Ils entrèrent dans la chambre, main dans la main. Avant d'éteindre les lumières, il nota qu'il était une heure et demie du matin.

Ils s'endormirent presque tout de suite, dans les bras l'un de l'autre.

A quelque cinq cents mètres de l'hôtel, Georgos Winslow Archambault était assis, seul, dans le camion rouge marqué « Service de Protection contre le feu ». Il attendait impatiemment le commencement des explosions à trois heures du matin. Il bouillait d'excitation — d'une excitation qui enflammait tellement ses sens que, quelques minutes auparavant, il avait dû se masturber.

Les choses s'étaient si bien passées que c'en était presque incroyable. Depuis le moment où la police avait ouvert la route au camion des Amis de la Liberté jusqu'à l'entrée de service (ça, c'était une sacrée bonne blague), les « soldats du feu » n'avaient été arrêtés que deux fois pendant qu'ils circulaient dans l'hôtel. Ute avait été brièvement questionné par un homme du service de sécurité en civil et Georgos par un sous-directeur rencontré dans un ascenseur. Ces deux incidents avaient fait passer quelques mauvais moments à Ute et Georgos, mais ils montrèrent leurs bons de commande. On y jeta un bref coup d'œil et on les leur rendit sans poser d'autre question. Personne ne leur demanda la lettre rédigée sur du papier à en-tête de l'hôtel.

C'était prévisible : qui aurait eu l'idée d'empêcher la mise en place d'un extincteur ? Les rares employés qui auraient pu y trouver matière à réflexion supposaient que quelqu'un d'autre avait ordonné ou approuvé ces mesures de précaution supplémentaires.

Maintenant, il ne restait plus qu'à attendre. Il s'était garé volontairement à une certaine distance de l'hôtel, autant pour éviter d'être remarqué que pour pouvoir filer rapidement si c'était nécessaire. Il se rapprocherait, à pied, pour mieux voir, au moment où les réjouissances commenceraient.

Dès que l'hôtel serait transformé en brasier avec ses occupants piégés à l'intérieur, Georgos avait l'intention de téléphoner à une station de radio le communiqué qu'il avait déjà rédigé. Ce dernier contenait ses nouvelles exigences — les anciennes, augmentées de quelques autres. Ses ordres seraient exécutés à l'instant, dès que le pouvoir « fasciste » aurait enfin mesuré la force et l'ampleur des ressources des Amis de la Liberté. En imagination, Georgos voyait déjà les détenteurs de l'autorité ramper à ses pieds...

Un seul petit détail l'ennuyait. C'était la soudaine disparition d'Yvette. Il se sentait mal à l'aise, conscient qu'en ce qui concernait sa compagne, il s'était rendu coupable de faiblesse. Il aurait dû l'éliminer depuis des semaines. Quand elle reviendrait — car il en était certain, elle reviendrait — il lui réglerait son compte immédiatement. Il était heureux, cependant, d'avoir caché à Yvette les plans de cette dernière bataille.

Oh! quelle journée historique à garder en mémoire!

Une fois de plus, il consulta sa montre : une heure quarante. Encore une heure et vingt minutes d'attente!

Par simple précaution, car il ne croyait pas que ce fût nécessaire, Davey Birdsong était en train de se fabriquer un alibi.

Il était hors de la ville, à environ trente-cinq kilomètres de l'hôtel Christophe Colomb et il avait l'intention de rester à distance jusqu'à la fin de l'opération.

Quelques heures auparavant, il avait fait (moyennant finances) une conférence d'une heure sur « l'Idéal socialiste » devant un séminaire d'adultes. Le débat consécutif avait duré ensuite quatre-vingt-dix minutes. Maintenant, il était entouré d'une douzaine de raseurs du groupe qui s'étaient réunis dans la maison de l'un des membres pour continuer à discutailler de politique internationale, sujet dont ils n'avaient qu'une connaissance marginale. On buvait autant qu'on parlait, de la bière et du café, et Birdsong se disait que ça pourrait bien durer jusqu'à l'aube. Parfait, pourvu que ça dure! De temps à autre, il intervenait dans la discussion en s'assurant que tout le monde remarquait sa présence.

Davey Birdsong avait également dactylographié une déclaration pour la presse. Il en avait une copie dans sa poche et elle commençait ainsi :

> « L'organisation populaire de consommateurs " énergie et lumière pour le peuple " réaffirme qu'elle est opposée à toute violence.
>
> « " Nous déplorons la violence, quelle qu'en soit la cause, et, en particulier, les bombes placées à l'hôtel Christophe Colomb la nuit dernière ", a déclaré Davey Birdsong, le leader d'énergie et lumière pour le peuple.
>
> « énergie et lumière pour le peuple continuera ses efforts pacifiques afin de... »

Birdsong sourit et vérifia subrepticement sa montre : 1 h 45.

Nancy Molineaux était encore à sa soirée tardive, qui avait été agréable, mais elle était prête à partir. Elle se sentait fatiguée. Ç'avait été une de ces journées remplies où elle n'avait pas une minute de liberté. En outre, sa mâchoire était douloureuse. Ce sacré dentiste avait exploré une carie comme il aurait creusé un nouveau tunnel de métro. Quand elle le lui avait dit, il s'était contenté de rire.

Malgré la douleur, Nancy était certaine de bien dormir cette nuit et elle rêvait de se glisser dans ses draps soyeux.

Après avoir pris congé de ses hôtes qui habitaient un atelier non loin du centre de la ville, elle prit l'ascenseur. Le portier lui avait déjà amené sa voiture. Après lui avoir donné un pourboire, elle regarda sa montre. Il était 1 h 50. Son appartement était à moins de dix minutes en voiture. Avec un peu de chance, elle serait dans son lit peu après deux heures.

Elle se rappela qu'elle devrait écouter dès ce soir les bandes magnétiques qu'Yvette lui avait remises. Mais elle avait travaillé assez longtemps sur cette affaire et, un jour de plus n'y changerait rien. Peut-être se lèverait-elle un peu plus tôt pour les entendre avant d'aller à l'*Examiner*.

5

Nancy Molineaux aimait le luxe, et son appartement de grand standing au décor ultra-moderne le montrait bien. La moquette beige du living-room s'accordait aux voilages de fil de lin des croisées. Une table basse de verre fumé, de chrome et de chêne cérusé, faisait face à un sofa aux épais coussins recouverts de suédine. Le mobile de Calder était un original. De même que la toile de Roy Lichstenstein qui ornait la chambre à coucher.

Les fenêtres coulissantes, sur toute la largeur de la salle à manger, s'ouvraient sur un patio extérieur formant un petit jardin privé avec une belle vue sur le port.

Si Nancy avait été contrainte de vivre de ses propres revenus, elle aurait dû s'accommoder de vivre ailleurs. Mais, depuis longtemps, elle s'était mise d'accord pour accepter la rente que son père lui versait. Cet argent était là, il avait été honnêtement gagné, quel mal y avait-il à en user? Aucun.

Elle prenait soin, toutefois, de ne pas en faire étalage devant ses collègues de travail, c'est pourquoi elle n'en avait jamais invité chez elle.

Tandis qu'elle allait et venait dans l'appartement tout en se préparant à se mettre au lit, Nancy aperçut les cassettes et elle les posa près de sa chaîne stéréophonique pour les écouter le lendemain matin.

En pénétrant dans l'appartement quelques minutes auparavant, elle avait ouvert sa radio et elle avait pris une station qui diffusait un programme de musique ininterrompu. Comme elle se brossait les dents dans la salle de bains, elle se rendit compte, presque inconsciemment, que la musique venait de s'interrompre pour faire place à un bulletin d'informations.

« ... A Washington, pessimisme grandissant concernant une imminente crise de pétrole... Le secrétaire d'État est arrivé en Arabie Saoudite pour reprendre les négociations... Hier, le Sénat a approuvé le relèvement du plafond de la dette publique... Le Kremlin prétend une nouvelle fois être espionné par les journalistes occidentaux... Sur le plan local, nouvelles accusations de corruption contre la municipalité... A la suite des nouveaux accords salariaux, on s'attend que le prix des autobus et des transports rapides augmente... La police demande l'aide de toute personne pour identifier le corps d'une jeune femme, apparemment suicidée, découvert cet après-midi à Lonely Hill... des éclats de bombe sur les lieux... Bien que le corps soit déchiqueté, il manque deux doigts à l'une des mains de cette femme qui présente aussi d'autres traces de blessures antérieures... »

Nancy laissa tomber la brosse à dents.

Avait-elle bien entendu ?

Elle songea à appeler la station de radio pour demander qu'on lui répétât le dernier bulletin d'information. Puis elle comprit que ce n'était pas nécessaire. Bien qu'ayant écouté d'une oreille distraite, elle en avait saisi assez pour savoir que le corps en question devait être celui d'Yvette. Mon Dieu, songea Nancy, elle avait laissé la gamine partir et elle ne l'avait pas suivie ! Aurait-elle pu lui venir en aide ? Qu'avait donc dit Yvette ? « Je n'ai plus du tout peur. » Maintenant la raison en était évidente.

Et elle n'avait toujours pas écouté les bandes magnétiques.

Soudain, Nancy se sentit complètement réveillée. Sa fatigue avait disparu.

Elle enfila un kimono, alluma la lumière dans le living-room et introduisit la première cassette dans le magnétophone. Il s'écoula un moment avant que l'enregistrement commençât. Nancy s'était installée dans un fauteuil, un bloc-notes sur les genoux, le crayon à la main. Puis la voix mal assurée d'Yvette résonna dans la chaîne haute fidélité.

Dès les premiers mots, Nancy se redressa, toute son attention en éveil.

« Ceci concerne les Amis de la Liberté, toutes ces bombes et ces meurtres. Les Amis de la Liberté se trouvent au 117 Crocker Street. Leur chef est Georgos Archambault. Il a un deuxième prénom, Winslow, et il aime s'en servir. Je suis la compagne de Georgos. J'ai été mêlée à tout cela, moi aussi. De même que Davey Birdsong. Il fournit l'argent pour acheter les explosifs et les autres produits. »

Nancy resta bouche bée. Des frissons la parcouraient. Le crayon courait sur le papier.

Il y avait encore des déclarations d'Yvette sur la bande, puis une conversation entre deux voix masculines — l'une était probablement celle de Georgos dont Yvette avait parlé et l'autre, sans erreur possible, était celle de Davey Birdsong.

La première bande se termina. Le magnétophone de Nancy avait un système d'inversion automatique ; la deuxième face commença aussitôt.

C'était de nouveau la voix d'Yvette. Elle racontait la nuit sur la colline, au-dessus de Millfield. Le sabotage du poste à la bombe, l'assassinat des deux gardiens.

L'excitation de Nancy grandit. Elle pouvait à peine croire à ce qu'elle tenait là : le plus gros scoop de sa carrière était entre ses mains, il lui appartenait. Elle continua d'écouter et de prendre des notes.

De nouveau, Georgos et Birdsong. Ils discutaient de quelque chose... ils organisaient... hôtel Christophe Colomb... des bombes camouflées en extincteurs d'incendie... un camion rouge... « Service de Protection contre le feu »... la deuxième nuit de la convention de l'ENI... à 3 heures du matin...

Nancy en eut la chair de poule. Elle fit un rapide calcul, regarda sa montre et se précipita sur le téléphone.

Le reportage n'avait plus la priorité.

Sa main tremblait tandis qu'elle formait le 911, numéro de Police-Secours.

6

Le lieutenant de garde qui dirigeait le département central des opérations de police savait qu'il lui fallait prendre d'urgence une décision.

Quelques moments auparavant, le policier au standard qui avait reçu l'appel de Nancy Molineaux et noté l'information, avait prié le lieutenant d'écouter la communication. Celui-ci l'avait fait. Après avoir écouté pendant un bref moment, il avait prié la correspondante de décliner son identité. Elle avait donné son nom et sa profession de reporter du *California Examiner*. Elle avait expliqué l'affaire des bandes, comment elles étaient venues entre ses mains et comment elles lui avaient révélé l'information qu'elle lui passait d'urgence.

« Je vous connais, miss Molineaux, dit le lieutenant. M'appelez-vous du journal?

— Non, de mon appartement.

— L'adresse, s'il vous plaît. »

Elle la lui donna.

« Êtes-vous dans l'annuaire téléphonique?

— Oui, au nom de Molineaux, N.

— Raccrochez, s'il vous plaît, dit le lieutenant, on va vous rappeler immédiatement. »

Le policier du standard — l'un des vingt qui traitaient les appels urgents — avait déjà trouvé le numéro dans un annuaire. Il le griffonna sur un morceau de papier qu'il passa au lieutenant, lequel forma le numéro puis écouta.

Nancy répondit à la première sonnerie.

« Mademoiselle Molineaux, est-ce vous qui venez d'appeler la police?

— Oui.

— Merci. Il nous fallait vérifier l'appel. Où serez-vous, si nous avons besoin de vous joindre plus tard?

— Où diable voulez-vous que je sois, sinon à l'hôtel Christophe Colomb? »

Elle raccrocha.

Le lieutenant de police s'interrogea brièvement. Il avait établi que l'appel n'était pas un canular, mais l'information était-elle suffisamment sûre pour justifier l'évacuation, en pleine nuit, du plus grand hôtel de la ville avec tout le désordre qui en résulterait?

Normalement, dans le cas d'une alerte à la bombe (la police en recevait des centaines chaque année) la procédure consistait à envoyer une patrouille en avant-garde pour enquêter. Elle se composait d'un sergent et de deux ou trois inspecteurs. S'ils avaient des soupçons ou trouvaient que l'affaire le méritait, ils appelaient le centre des opérations et les procédures d'urgence commençaient aussitôt. (Les communications par radio n'étaient jamais utilisées à ce stade et ce, pour deux raisons : la première, parce que si la bombe existait, un signal hertzien pouvait la déclencher, la deuxième, parce que les radios de la police étant écoutées par tout le monde, la police cherchait à retarder l'arrivée de la presse et des curieux sur les lieux.)

Mais si l'information était valable et le danger réel, il ne restait plus assez de temps pour opérer selon les méthodes normales.

En plein jour, les forces de police et les pompiers opérant ensemble, un grand hôtel comme le Christophe Colomb pouvait être évacué en une demi-heure. De nuit, ce serait plus long, une heure, à condition de faire vite et d'avoir de la chance. Une évacuation nocturne posait des problèmes spéciaux. Il y avait toujours quelques dormeurs au sommeil profond, des ivrognes, des sceptiques, des couples illégitimes peu soucieux d'être découverts. Tout cela exigeait une vérification chambre par chambre et l'usage de passe-partout.

Mais on ne disposait pas d'une heure. Il était deux heures vingt et une à l'horloge murale au-dessus du lieutenant. La journaliste avait dit qu'une ou plusieurs bombes pouvaient exploser à trois heures du matin. Vrai ou faux? Il aurait bien voulu qu'un supérieur hiérarchique pût être informé pour prendre la décision. Mais on n'avait même plus assez de temps pour cela.

Le lieutenant prit donc le seul parti possible et ordonna.

« Commencez l'évacuation d'alerte à la bombe à l'hôtel Christophe Colomb! »

Une demi-douzaine de téléphones entrèrent en action immédiatement, au centre des opérations. Des appels alertèrent d'abord le central de police du district et les pompiers. Les voitures de pompiers et tous les cars de police disponibles démarrèrent aussitôt. Ensuite, les appels allèrent directement aux commandants de service de nuit des divers départements de la police et au chef adjoint des pompiers qui devaient, ensemble, diriger l'évacuation de l'hôtel. Simultanément, l'unité tactique de la police qui comprenait l'escouade de déminage fut alertée. D'autres forces devaient suivre rapidement. Après quoi, un appel alerta un proche dépôt de l'armée dont les unités régulières de déminage contribueraient à désarmer les engins grâce à leurs experts. Les départements de police des municipalités voisines furent priées d'aider en envoyant d'urgence leurs escouades de démineurs. Des ambulances furent requises. Il était presque certain qu'on en aurait besoin. Conformément à la liste établie par les autorités, les fonctionnaires responsables du respect de la loi, des incendies et de l'hôtel de ville, furent informés et la plupart tirés du sommeil à leur domicile.

Le lieutenant de garde téléphona au directeur de l'hôtel Christophe Colomb.

« Nous avons un renseignement que nous croyons fondé, selon lequel des bombes auraient été placées dans votre hôtel. Nous vous recommandons de le faire évacuer immédiatement. La police et les pompiers sont en route. »

Le verbe « recommander » avait été utilisé à dessein. Techniquement, le lieutenant n'avait aucune autorité pour ordonner l'évacuation. Toute décision de ce genre appartenait à la direction de l'hôtel. Heureusement, le directeur du service de nuit n'était ni un coupeur de cheveux en quatre ni un imbécile.

« Je vais faire sonner l'alarme, dit-il, et notre personnel fera tout ce que vous lui direz de faire. »

Comme une machine de guerre mise en mouvement, les effets du commandement s'étendirent rapidement, chaque composante joignant son effort, chacune utilisant des techniques spécialisées pour devenir partie intégrante d'une action générale. Cette action s'était déjà éloignée du centre des opérations qui allait devenir, dorénavant, le canal de transmission des rapports.

Toutefois, deux questions vitales restaient sans réponse..

La première : les bombes exploseraient-elles à trois heures du matin ?

La seconde : en supposant qu'il en fût ainsi, l'hôtel pouvait-il être évacué dans le temps qui restait, trente-six minutes trop courtes ?

Le suspense ne durerait pas longtemps. Les réponses à ces deux questions seraient bientôt connues.

Nancy Molineaux décida qu'elle en avait assez fait pour l'humanité. Maintenant, elle pouvait redevenir une journaliste.

Elle était encore dans son appartement, mais elle était prête à partir. Tandis qu'elle sortait en hâte des vêtements de ville, elle appela le rédacteur de nuit de l'*Examiner* et lui donna un rapide résumé de ce qu'elle savait. Comme il lui posait quelques brèves questions, elle sentit combien il était excité à la perspective d'un énorme et fracassant reportage.

« Je vais à l'hôtel, lui dit Nancy, ensuite je reviendrai pour écrire mon article. »

Elle savait, sans avoir besoin de le demander, que tous les photographes disponibles seraient immédiatement envoyés sur les lieux.

« Oh, encore autre chose, dit-elle, j'ai deux cassettes de bandes enregistrées. Il a fallu que j'en informe la police et il est certain qu'ils les voudront comme pièces à conviction. Ça signifie qu'elles vont être mises sous scellés. Avant que ça n'arrive, nous devrions en faire des copies. »

Ils tombèrent d'accord qu'un coursier rencontrerait Nancy à l'hôtel pour prendre les bandes. De là, il les porterait d'urgence au domicile du rédacteur de la page des spectacles, un fanatique de la haute fidélité qui possédait son propre laboratoire d'enregistrement. On savait qu'il était chez lui et il serait averti de l'envoi des bandes. Les copies et un magnétophone portable attendraient l'arrivée de Nancy à la salle de rédaction.

Nancy était déjà à la porte de son appartement lorsqu'elle se rappela une chose urgente. Revenant en hâte à son téléphone, elle forma le numéro de l'hôtel Christophe Colomb, qu'elle avait en mémoire. Lorsque le téléphoniste répondit, elle lui dit : « Donnez-moi la chambre de Nim Goldman. »

Nim était en train de rêver que tout le système électrique de G.S.P. & L. était en proie à une crise désespérée. L'une après l'autre, les stations de production s'arrêtaient, à l'exception d'une seule : la Mission numéro 5 de Big Lil. Puis, exactement comme cela s'était produit le jour de la mort de Walter Talbot, le panneau de la Mission N° 5 commença d'émettre des signaux d'alarme, des lumières clignotantes et une sonnerie aiguë. Les lumières diminuèrent, mais la sonnerie persista jusqu'à réveiller Nim qui comprit alors que la sonnerie provenait de l'appareil téléphonique au chevet du lit. Il étendit le bras et saisit le combiné.

« Goldman! Est-ce vous, Goldman? »

Encore ensommeillé, il répondit que oui.

« C'est Nancy Molineaux, écoutez-moi!

— Qui ça?

— Nancy Molineaux, espèce d'idiot! »

La colère le réveilla complètement.

« Molineaux, vous rendez-vous compte que nous sommes au milieu de la nuit?

— Fermez-la et écoutez-moi! Goldman, reprenez-vous et réveillez-vous! Vous et votre famille êtes en danger! Croyez-moi... »

Nim se redressa, appuyé sur un coude.

« Vous croire? Il faudrait me payer cher! »

Puis, il se souvint de ce qu'elle avait écrit la veille et se tut.

« Goldman, faites sortir votre famille de cet hôtel ! Immédiatement ! Ne vous arrêtez à aucun prix ! Des bombes vont exploser ! »

Maintenant, il était complètement réveillé.

« C'est une plaisanterie stupide ? Si c'est le cas...

— Ce n'est pas une blague. » La voix de Nancy était presque suppliante. « Pour l'amour de Dieu, croyez-moi ! Ces salauds, les Amis de la Liberté, ont posé partout des bombes camouflées en extincteurs d'incendie. Emmenez votre femme et vos enfants... »

Les mots « Amis de la Liberté » le convainquirent. Puis, il se rappela que l'hôtel était bourré de congressistes.

« Et les autres clients ?

— L'alarme est donnée. Alors, vous vous grouillez ?

— Bien sûr !

— Je vous verrai dehors », dit Nancy. Mais Nim ne l'entendit pas. Il avait raccroché le combiné et il était en train de secouer vigoureusement Ruth.

Quelques minutes plus tard, avec les enfants en pleurs, ahuris, dans un demi-sommeil et encore en pyjama, Nim se précipita hors de l'appartement, suivi de Ruth. Nim fonça vers les escaliers de secours, il en savait assez pour éviter les ascenseurs, car ils risquaient de s'arrêter et de prendre leurs occupants au piège. Comme ils entamaient l'interminable descente des vingt-cinq étages, ils purent entendre le bruit des sirènes qui venait de l'extérieur, faible d'abord, puis de plus en plus fort.

Ils n'étaient que trois étages plus bas lorsque les stridentes sonneries d'incendie commencèrent à résonner à travers tout l'hôtel.

Il y eut, cette nuit-là, des actes chevaleresques et héroïques. Certains restèrent anonymes, d'autres furent rendus publics.

L'évacuation de l'hôtel se fit rapidement et, en général, dans le calme. Les policiers et les pompiers se rendirent promptement dans tous les étages. Ils frappaient aux portes, appelaient, ils donnaient des ordres, éludant les questions, ils dirigeaient en hâte les clients vers les cages d'escaliers en leur recommandant de ne pas utiliser les ascenseurs. D'autres membres des équipes de secours, aidés par le personnel de l'hôtel, utilisaient des passe-partout pour explorer les chambres quand ils n'avaient pas obtenu de réponse. Et, pendant tout ce temps, les sonneries d'alarme continuaient leur vacarme.

Quelques clients protestèrent et discutèrent, un petit nombre résista par la force, mais lorsqu'ils eurent été menacés d'arrestation, ils rejoignirent le flot de l'exode. Peu de clients, sinon aucun, ne savaient exactement ce qui arrivait. Ils acceptaient l'idée d'un danger imminent, enfilaient le minimum de vêtements et abandonnaient tout ce qu'ils possédaient dans leur chambre. Un homme, qui obéissait aux ordres dans un demi-sommeil, gagna la porte donnant sur l'escalier de son étage avant de s'apercevoir qu'il était entièrement nu. Un pompier rigolard le laissa retourner mettre un pantalon et une chemise.

L'évacuation était déjà en cours lorsque les équipes d'artificiers de la police arrivèrent dans trois camions, toutes sirènes hurlantes. Les démineurs se répandirent dans l'hôtel. Ils travaillaient rapidement mais prudemment, inspectant tous les extincteurs d'incendie. Ceux qui paraissaient suspects furent attachés à des cordes. Après quoi, les artificiers déroulèrent ces cordes et en amenèrent les extrémités aussi loin que possible, à l'abri des angles des couloirs. Après s'être assurés que les environs immédiats étaient évacués, ils tiraient sur les cordes avec de violentes saccades. Ceci secouait et faisait culbuter les extincteurs de manière à déclencher un piégeage éventuel. Toutefois, il n'y eut pas d'explosion. Chaque extincteur ainsi testé était ensuite relevé par un artificier et transporté dehors. Cela représentait un risque énorme, mais vu les circonstances, il fallut l'accepter.

De la rue en face de l'hôtel, les extincteurs furent chargés en toute hâte sur des camions et transportés jusqu'à un appontement abandonné et immergés dans la baie.

Peu après l'entrée en action des artificiers de la police, ceux-ci furent renforcés par une unité de l'armée, composée d'une demi-douzaine d'officiers et sous-officiers experts en déminage qui contribuèrent à accélérer l'enlèvement des engins.

Vingt minutes après que l'alarme eut été donnée, les responsables de l'évacuation constatèrent avec soulagement que tout se passait bien et plus rapidement que prévu. Les chances de sortir la plupart des clients de l'hôtel avant 3 heures semblaient bonnes.

Maintenant, toutes les rues menant à l'hôtel Christophe Colomb étaient encombrées par des véhicules de pompiers, des cars de police, des ambulances, tous avec leur phare clignotant allumé. Un énorme camion, monté par les services de sauvetage municipaux venait d'arriver pour constituer un poste de commandement sur le terrain. Deux camions lourds de la G.S.P. & L. faisaient partie des derniers arrivants. Une des équipes restant à disposition en cas de problèmes d'électricité, l'autre s'occupant de couper le gaz des conduites principales de la rue.

Le nombre des représentants de la presse, de la télévision et de la radio, augmentait sans cesse. Ils étaient avides de réponses à leurs questions et interrogeaient quiconque pouvait les renseigner. Deux stations locales de radio émettaient en direct sur le terrain. Les nouvelles avaient pris une importance internationale. Les agences de presse envoyaient des flashes d'information à travers tout le pays et à l'étranger.

Parmi les gens de presse, Nancy Molineaux centralisait l'attention d'un groupe composé de plusieurs détectives de la police, d'un agent spécial du F.B.I. et d'un jeune adjoint du district attorney (l'adjoint du procureur était inscrit sur la liste du centre opérationnel de la police). Elle répondait à autant de questions qu'elle pouvait le faire, mais restait évasive au sujet des deux cassettes. Elles avaient déjà été emportées, comme convenu. Sur une menace précise et sérieuse de l'adjoint du procureur, elle promit qu'elles lui seraient remises dans les deux heures à venir. Un détective, qui avait suivi les discussions entre l'adjoint du procureur et ses supérieurs, quitta le groupe pour donner deux ordres par téléphone : faire une descente de police au 117 Crocker Street, arrêter Georgos Archambault et Davey Birdsong.

Pendant ce temps, les policiers et les pompiers continuaient à accélérer l'évacuation de l'hôtel.

A mesure que le bâtiment se vidait, il y eut naturellement quelques accidents. Une vieille dame trébucha sur les degrés de béton de l'escalier de secours et tomba lourdement. Elle se fractura la hanche et le poignet. Une équipe d'ambulanciers la transporta en sûreté, gémissante, sur un brancard. Un officiel de l'Entreprise d'électricité de la Nouvelle-Angleterre eut une crise cardiaque après avoir descendu vingt étages et mourut pendant son transport à l'hôpital. Une femme tomba et fut commotionnée. On compta quelques blessures légères et des contusions en raison de la hâte et de la bousculade dans les escaliers.

Il n'y eut pas de panique. Des gens étrangers les uns aux autres s'entraidaient. On ne vit pratiquement aucune grossièreté ni aucun mauvais procédé. Quelques esprits forts plaisantèrent et aidèrent les autres à surmonter leur peur.

Une fois sortis de l'hôtel, les évacués furent rassemblés dans une rue de côté, deux pâtés de maisons plus loin. Là, des voitures de police avaient été garées pour former un barrage. Par bonheur, la température était douce et personne ne parut souffrir d'être en tenue légère. Un moment plus tard, un fourgon de la Croix-Rouge apparut. Des volontaires distribuèrent du café et firent de leur mieux pour réconforter les clients pendant qu'ils attendaient.

Nim Goldman et sa famille furent parmi les premiers à gagner le terrain réservé. Leah et Benjy étaient maintenant complètement éveillés et fort excités par l'événement. Lorsqu'il fut rassuré sur le sort de Ruth et des enfants, Nim retourna à l'hôtel malgré les protestations de sa femme. Par la suite, il réalisa qu'il s'était montré follement téméraire mais, dans le feu de l'action, il était motivé par le souvenir de deux faits. D'abord, Nancy Molineaux lui avait parlé rapidement au téléphone de « bombes camouflées en extincteurs d'incendie ». Ensuite, le jeune homme qui, la veille, avait placé un de ces engins derrière un fauteuil du hall et que Nim et Talbot avaient vu opérer. Nim voulait s'assurer que cet extincteur avait été découvert, car il y avait encore de nombreuses personnes à l'intérieur de l'hôtel.

Il était déjà près de 3 heures du matin.

Malgré le flot des clients qui sortaient de l'hôtel par le portail principal, Nim réussit à se frayer un chemin. Une fois à l'intérieur du hall, il tenta d'attirer l'attention d'un pompier qui passait près de lui, mais l'homme l'écarta avec un « Pas maintenant, mon vieux » et fonça dans l'escalier de l'entresol.

Il semblait qu'il n'y eût aucun responsable disponible et Nim se dirigea vers l'endroit où il avait vu l'extincteur.

« Monsieur Goldman! Monsieur Goldman! »

L'appel venait de sa droite. Un petit homme en civil, un badge métallique piqué sur la poche de poitrine de son veston, courait à sa rencontre. Nim reconnut Art Romeo, l'adjoint à la mine chafouine de Harry London au service de la sécurité. Le badge était celui des officiers de la sécurité de la G.S.P. & L. mais il semblait conférer de l'autorité à Romeo.

Beaucoup plus tard, Nim devait découvrir que Art Romeo s'était rendu à l'hôtel pour faire une partie de poker nocturne avec quelques copains d'un autre service public, extérieur à la ville. Lorsque l'alarme avait été donnée, il avait aussitôt sorti son badge et aidé à l'évacuation.

« Monsieur Goldman, vous devez sortir!

— Pas question, j'ai besoin d'aide. »

Nim expliqua rapidement l'affaire de l'extincteur qu'il soupçonnait de contenir une bombe.

« Où est-il, monsieur?

— Par ici. »

Nim se dirigea à grands pas vers le coin où il s'était assis la veille et tira un fauteuil de côté. L'extincteur était toujours à l'endroit où le jeune homme en salopette l'avait posé.

.« Allez-vous-en! Sortez! Allez! » La voix de Romeo s'était faite autoritaire.

Ce qui se passa ensuite eut lieu si rapidement qu'ensuite Nim eut du mal à se rappeler la succession des faits.

Il entendit Romeo crier : « Inspecteurs, par ici! » Soudain deux policiers musclés encadrèrent Nim.

« Cet homme refuse de sortir. Conduisez-le dehors », leur dit Romeo.

Sans discuter l'ordre, les policiers empoignèrent Nim et le traînèrent sans ménagements vers la porte principale. Au moment où il fut poussé à l'extérieur, Nim réussit à jeter un coup d'œil derrière lui.

Le petit Romeo avait saisi l'extincteur et, le serrant dans ses bras, il suivait le groupe.

Ignorant les protestations de Nim, les policiers l'entraînèrent jusqu'au terrain réservé pour les évacués, deux pâtés de maisons plus loin. Lorsqu'ils n'en furent plus qu'à quelques mètres, ils le libérèrent.

« Si vous revenez, monsieur, dit l'un d'eux, nous vous arrêterons, nous vous ramènerons en ville et vous serez inculpé. Nous faisons cela pour votre bien. »

Au même moment, le grondement d'une puissante explosion retentit, suivi par un fracas de verre brisé.

Au cours des jours suivants, les récits des témoins oculaires et les rapports officiels permirent de reconstituer la succession des événements.

Nancy Molineaux avait donné au centre des opérations de la police les renseignements qu'elle avait notés en écoutant les bandes magnétiques. Les équipes d'artificiers savaient qu'ils devaient rechercher des bombes explosives de grande puissance dans le hall principal et l'entresol de l'hôtel et des bombes incendiaires dans les étages supérieurs. Ils avaient détecté — ou du moins ils le croyaient — toutes les bombes explosives et les avaient enlevées avec l'aide de l'armée.

Un porte-parole des services de déminage déclara le lendemain :

« Vu les circonstances, les soldats et nous-mêmes avons pris des risques que nous n'aurions pas courus normalement. Nous avons parié que nous aurions le temps de faire le nécessaire et nous avons gagné notre pari. Si nous avions mal calculé le minutage... Que Dieu nous vienne en aide ! »

Les équipes d'artificiers s'étaient néanmoins trompées en croyant avoir découvert toutes les bombes explosives. Celle qu'ils n'avaient pas trouvée était précisément celle dont Nim s'était souvenu.

Au moment où Art Romeo avait soulevé la bombe et l'avait péniblement transportée à l'endroit où les camions disponibles assuraient la navette, tous les artificiers étaient dans les étages de l'hôtel, cherchant frénétiquement les bombes explosives.

Après que Romeo eut déposé à terre la bombe explosive, il n'y avait personne à proximité immédiate lorsqu'elle sauta quelques secondes plus tard. Romeo fut déchiqueté instantanément. Presque toutes les vitres des maisons voisines furent brisées, de même que les glaces des véhicules proches. Mais, par un miracle incroyable, personne d'autre ne fut blessé.

Lorsque le fracas de l'explosion se tut, on entendit des femmes hurler et des hommes jurer.

Mais l'explosion marqua également un changement psychologique dans l'assistance. Personne ne discuta plus de l'opportunité de l'évacuation. Les propos échangés par les clients de l'hôtel prirent un tour notablement plus modéré. Quelques-uns renoncèrent à regagner le Christophe Colomb et commencèrent à quitter les lieux tranquillement en s'organisant eux-mêmes pour le reste de la nuit.

Mais, à l'intérieur de l'hôtel, bien qu'il n'y restât plus de clients, l'affaire n'était pas terminée.

Parmi les vingt bombes incendiaires que Georgos Archambault et ses camarades terroristes avaient dissimulées dans les étages, huit n'avaient pu être décelées et enlevées à temps. Elles explosèrent peu après 3 heures du matin. De violents incendies en résultèrent. Il fallut plus d'une heure pour les maîtriser. Les étages où ils se produisirent ne furent plus que des ruines calcinées et détrempées. Il apparut clairement que, sans l'alerte et l'évacuation, le nombre des morts aurait été énorme.

Cependant deux policiers et trois pompiers furent tués et trois pompiers gravement blessés. Tous étaient près des bombes incendiaires qui explosèrent. Lorsque l'aube succéda à l'obscurité, les opérations de nettoyage se poursuivirent.

La plupart des clients du Christophe Colomb furent réinstallés dans des logements de fortune. Plus tard dans la journée, ceux qui le purent revinrent récupérer leurs bagages et prirent tristement le chemin de leur domicile. D'un commun accord et sans que personne eût seulement envisagé d'en discuter, la convention de l'ENI fut renvoyée à des jours meilleurs.

Nim reconduisit Ruth, Leah et Benjy en taxi à la maison. Il aurait voulu remercier Nancy Molineaux pour son appel téléphonique mais voyant qu'elle était toujours l'objet de l'attention générale, il décida de le faire plus tard.

Au moment où Nim et sa famille quittèrent les lieux, les fourgons de la morgue apparurent.

Quelques instants après l'explosion qui tua Art Romeo, Georgos Archambault courait en sanglotant vers l'endroit où était garé son camion « Service de Protection contre le feu ».

Tout avait raté! Complètement!

Georgos n'y comprenait rien.

Quelque trente-cinq minutes auparavant, juste après 2 h 25 du matin, il avait été bouleversé en entendant les sirènes approcher de l'endroit où il attendait dans le camion. Un moment plus tard, des voitures de pompiers et de police passèrent à toute vitesse. Elles se dirigeaient visiblement vers le Christophe Colomb. A mesure que les minutes s'écoulaient, l'activité grandit et des véhicules de plus en plus nombreux se succédèrent. Georgos était maintenant en proie à une inquiétude affreuse.

A trois heures moins vingt, il n'y tint plus et sortit du camion qu'il ferma à clef. Il marcha vers l'hôtel et s'approcha le plus qu'il put jusqu'à ce qu'un barrage de voitures de police l'arrêtât.

Il était assez près pour voir — à sa grande consternation — le flot des clients qui sortaient de l'hôtel en vêtement de nuit, exhortés par la police et les pompiers à marcher plus vite.

Ces gens étaient censés rester à l'intérieur jusqu'à l'explosion des bombes et l'incendie de l'hôtel! A ce moment-là, il aurait été trop tard pour s'échapper.

Georgos résista à l'envie d'agiter les bras et de crier : « Retournez en arrière! Retournez! » Il n'ignorait pas, malheureusement, que cela n'aurait d'autre résultat que d'attirer l'attention sur sa personne.

Ensuite, il vit que quelques-unes des bombes si soigneusement cachées dans les extincteurs étaient transportées hors de l'hôtel par des gens qui n'auraient jamais dû intervenir. On les chargeait en toute hâte dans des camions et, de la sorte, le plan que Georgos avait échafaudé en se donnant tant de peine allait voler en éclats. Si seulement, se dit-il, il avait piégé les bombes comme il aurait pu le faire avec un peu de travail supplémentaire, jamais on n'aurait pu les déplacer. Mais il avait trop cru que rien ne pouvait aller de travers. Maintenant c'était raté et les Amis de la Liberté seraient frustrés de leur glorieuse victoire.

C'est alors que Georgos se mit à pleurer.

Il n'éprouva même pas une illusoire consolation quand la bombe explosa dans la rue et il s'éloigna.

Comment cela s'était-il produit ? Pourquoi avait-il échoué ? Par quel moyen détourné l'ennemi avait-il tout découvert ? Il regarda avec amertume et colère les policiers et les pompiers, ces esclaves ignares du capitalisme « fasciste ».

A ce moment-là, Georgos réalisa que son nom était peut-être connu. Il était peut-être en danger. Il se mit à courir.

Le camion était tel qu'il l'avait laissé. Personne ne sembla le remarquer lorsqu'il ouvrit la portière et démarra rapidement.

Cependant, des fenêtres s'allumaient aux façades des immeubles environnants et des curieux, attirés par le bruit et l'agitation, se hâtaient vers l'hôtel.

Instinctivement, Georgos se dirigea vers Crocker Street, puis il se demanda s'il y serait en sécurité.

La réponse ne tarda pas. Comme il tournait à l'angle de Crocker Street le plus éloigné du n° 117, il vit que la rue était bloquée par des voitures de police. Un instant plus tard, il entendit des coups de feu, toute une pétarade. Puis, il y eut un silence et une nouvelle fusillade, comme s'il s'agissait d'une riposte. Georgos savait que Wayde, Ute et Felix étaient pris au piège. Ils avaient choisi de rester à la maison pour cette nuit. Il aurait désespérément voulu être avec eux et, si nécessaire, mourir noblement. Mais il n'y avait aucun moyen, désormais, de se frayer un passage, tant pour entrer que pour ressortir.

Il fit faire demi-tour au camion aussi vite que possible en espérant ne pas attirer l'attention et repartit par le même chemin qu'il avait pris pour venir. Il ne lui restait plus qu'un seul refuge : l'appartement de North Castle, prévu pour un cas de ce genre.

Tout en conduisant, Georgos réfléchit rapidement. Si son identité était connue, la police allait le rechercher. Déjà, elle devait tendre ses filets. Il fallait faire vite et entrer dans la clandestinité. Autre chose : selon toute probabilité, ces flics devaient être au courant de l'existence du camion « Service de Protection contre le feu » et ils allaient le chercher partout. Il fallait donc l'abandonner. Mais pas avant de s'être rapproché de la planque de North Castle. Georgos accepta le risque et accéléra.

Il songea qu'il ne devait pas en courir un deuxième. Le camion ne devait pas être abandonné trop près de l'appartement, sans quoi il trahirait sa retraite. Or il approchait de North Castle. Georgos décida de s'arrêter à un mille de l'appartement.

Lorsque Georgos estima qu'il était à bonne distance, il se gara le long du trottoir, arrêta le moteur et sortit sans se soucier de fermer la cabine ou de prendre la clef de contact. La police pourrait bien supposer qu'une voiture l'avait attendu ou qu'il était monté dans un autobus de nuit ou un taxi. Chacune de ces éventualités laisserait planer le doute sur l'endroit où il pourrait se trouver.

Ce que Georgos ignorait, c'est qu'un poivrot en train de cuver son vin était affalé dans un corridor juste en face de l'endroit où le camion était garé. Le pochard était encore assez lucide pour avoir observé l'arrivée du véhicule et le départ à pied de Georgos.

Ce dernier marcha vite. Les rues silencieuses étaient presque désertes et il se rendait compte qu'on pouvait le remarquer. Mais personne ne l'accosta ni ne parut s'occuper de lui. En un quart d'heure, il arriva devant la porte de l'appartement. Il y entra avec soulagement.

Vers le même moment, une patrouille de police repéra le camion rouge qui avait été signalé un peu auparavant. Le policier qui transmit le renseignement par radio ajouta que le radiateur était encore chaud.

Quelques instants plus tard, ce même policier aperçut le poivrot dans le couloir et il apprit que le conducteur était parti à pied dans une direction déterminée.

La voiture fonça, mais ne réussit pas à localiser Georgos.

Quand la patrouille revint, elle empoigna son informateur et, avec la plus noire ingratitude, le mit au violon pour ivresse publique.

Davey Birdsong fut arrêté peu après 5 h 40 du matin devant la porte de l'immeuble où il habitait.

Il revenait en voiture après la conférence et venait de quitter le groupe d'études qui l'avait tenu hors de la ville durant toute la nuit.

Birdsong affecta d'être scandalisé. Il protesta vigoureusement devant les deux inspecteurs en civil qui lui avaient mis la main au collet. L'un d'entre eux l'informa aussitôt de son droit légal de garder le silence. Malgré l'avertissement, Birdsong déclara :

« Écoutez, les gars, quels que soient vos motifs, je peux vous dire que j'étais absent depuis hier. J'ai quitté mon appartement à 18 heures hier soir et je n'y suis pas revenu depuis. J'ai un tas de témoins pour le confirmer. »

L'inspecteur qui avait mis Birdsong en garde nota cette déclaration qui, par une ironie du sort, détruisit l'« alibi » du géant barbu.

Lorsque Birdsong fut fouillé au commissariat central, on trouva dans une poche de son veston la déclaration à la presse de « énergie et lumière pour le peuple », déplorant « l'attentat à la bombe de l'hôtel Christophe Colomb la nuit dernière ». Il fut prouvé ultérieurement que cette déclaration avait été dactylographiée sur une machine se trouvant dans l'appartement de Birdsong où il prétendait ne pas avoir mis les pieds depuis la veille au soir, 18 heures, donc, environ neuf heures avant que l'attentat n'eût été porté à la connaissance du public. Et si cela n'avait pas suffi, on trouva également à son domicile deux brouillons de la déclaration, écrits de sa main.

D'autres preuves le condamnèrent tout autant. Les bandes magnétiques des conversations entre lui et Georgos Archambault furent authentifiées grâce à un enregistrement de sa voix, pratiqué après son arrestation. Vickery, le jeune chauffeur de taxi que Nancy Molineaux avait employé, fit un témoignage confirmant la visite suspecte de Birdsong au 117 Crocker Street. Ses achats d'extincteurs d'incendie qui avaient été transformés en bombes furent également prouvés.

Il fut inculpé de six chefs d'accusation de meurtre au premier degré, de conspiration et de toute une série d'autres crimes et délits. Sa caution fut fixée à un million de dollars, somme qu'il était bien incapable de réunir et que personne ne parut désireux de fournir à sa place. Il resta donc en prison en attendant son procès.

Deux « Amis de la Liberté », Wayde, le jeune intellectuel marxiste et Félix, l'homme de Detroit, furent tués lors de la fusillade avec la police au 117 Crocker Street. Ute, l'Indien révolté, retourna son arme contre lui et mourut tandis que la police donnait l'assaut à la maison.

Les preuves de l'activité terroriste tombèrent intactes aux mains des policiers, y compris le journal de Georgos Winslow Archambault.

7

A la salle de rédaction du *California Examiner* et au bar du Club de la Presse, on racontait déjà que Nancy Molineaux avait pris le bon départ pour le prix Pulitzer.

Elle avait fait tout ce qu'il fallait pour cela.

Après avoir quitté l'hôtel Christophe Colomb pour se rendre au journal, Nancy ne cessa pas d'écrire pour la première édition de l'*Examiner* qui tombait à 6 h 30. Pendant le reste de la matinée et jusqu'au début de l'après-midi, elle mit à jour et compléta la matière des trois éditions suivantes. A mesure que de nouveaux reportages sur l'événement arrivaient, ils passaient par son canal.

Si quelqu'un voulait se renseigner sur les « Amis de la Liberté », Georgos Archambault, Davey Birdsong, « énergie et lumière pour le peuple », les fonds du Sequoia Club, l'attentat contre l'hôtel, la vie et la mort d'Yvette, le mot de passe était : « Demandez à Nancy. »

Le journal prit un copyright sur le reportage, ce qui signifiait que n'importe quelle station de radio ou de télévision ou les autres journaux utilisant son texte, seraient obligés de citer l'*Examiner* comme source originale.

Comme Nancy était elle-même l'une des protagonistes de l'affaire par sa découverte du 117 Crocker Street, ses rencontres avec Yvette et la possession de la seule copie des bandes magnétiques, elle devint une véritable célébrité.

Le jour où le reportage complet fut publié, elle fut interviewée à son bureau de la rédaction par la télévision. Le soir même, le film passa sur les trois principales chaînes nationales : N.B.C., A.B.C. et C.B.S.

La direction de l'*Examiner* fit attendre les équipes de la télévision, furibondes, jusqu'à ce que Nancy eût terminé son propre reportage et fût enfin prête.

Newsweek et *Time* qui prirent la suite de la télévision, ne furent pas mieux traités.

Au *Chronicle-West*, le journal concurrent du matin, on ne cachait pas un profond dépit et c'était la déroute complète. Le rédacteur en chef du *Chronicle* fut néanmoins assez beau joueur pour envoyer, le lendemain, avec une carte jointe, une demi-douzaine de roses (il se dit qu'une douzaine serait ostentatoire) à Nancy, qui décorèrent sa table à l'*Examiner*.

Les effets du reportage se répercutèrent loin et soulevèrent des vagues.

Pour beaucoup de lecteurs de Nancy Molineaux, la révélation la plus choquante fut que le Sequoia Club avait financé, fût-ce indirectement, l'attentat du Christophe Colomb.

A travers tout le pays, des membres du Sequoia Club, indignés, télégraphièrent, téléphonèrent ou donnèrent leur démission par lettre.

« Plus jamais, tonna un vieux sénateur de Californie dan une interview au *Washington Post,* je ne ferai confiance à cette méprisable organisation ou je n'écouterai les thèses qu'elle défend, quelles qu'elles soient. » Cette déclaration trouva un large écho partout.

On s'accorda pour dire que le Sequoia Club, avec une aussi fâcheuse réputation et une influence très diminuée, ne serait plus jamais le même.

Laura Bo Carmichael démissionna immédiatement de son siège de présidente du club. Après quoi, elle se confina chez elle, refusant de répondre aux appels téléphoniques de la presse ou de qui que ce soit. Une secrétaire lisait aux correspondants une déclaration qui se terminait par ces mots : « Mrs. Carmichael considère que sa vie publique est terminée. »

Le seul personnage du Sequoia Club qui se tira honorablement de l'affaire, fut Mrs. Priscilla Quinn, dont Nancy rapporta avec exactitude qu'elle était la seule à s'être opposée au versement de cinquante mille dollars à Birdsong et son « énergie et lumière pour le peuple ».

Nancy prit un vif plaisir à faire savoir que le célèbre avocat Irwin Saunders était l'un de ceux qui avaient voté « oui ».

On affirma que si le Sequoia Club voulait se réhabiliter, il lui faudrait élire Priscilla Quinn à la présidence et diriger les principales activités du club vers les œuvres sociales, plutôt que vers les problèmes d'environnement.

A la suite de l'exposé de Nancy sur Georgos Archambault et de sa disparition, une petite armée d'inspecteurs de police et d'agents spéciaux du F.B.I. passa au peigne fin le quartier de North Castle pour découvrir le chef des « Amis de la Liberté ». Ils échouèrent.

Une perquisition au 117 Crocker Street fournit quantité de preuves qui accablèrent Georgos et Davey. Parmi les vêtements abandonnés par Georgos, l'un était déchiré. L'examen de laboratoire révéla que l'accroc correspondait à un petit morceau de tissu découvert à Millfield, accroché à un barbelé coupé, la nuit où les deux gardiens avaient été abattus. Il y avait également, dans la maison, des quantités de documents dont le journal de Georgos. Tout fut remis au procureur. L'existence du journal fut révélée à la presse, mais son contenu ne lui fut pas communiqué.

Après que la part prise par Davey Birdsong dans toute l'affaire eut été publiée, il fallut, pour sa sécurité, l'isoler des autres détenus de sa prison.

Cependant, avant même qu'une partie de ces événements ne se produisît, Nancy eut à surmonter une grave crise de conscience. Elle se produisit peu avant midi, le jour où son reportage complet fut publié.

Elle avait travaillé comme une enragée depuis l'aube et n'avait pas dormi la nuit précédente. Elle ne se soutenait qu'avec du café et du jus d'orange. Sa fatigue était visible.

A plusieurs reprises, depuis 7 h 30, lorsque le chef des informations était venu prendre son service pour la deuxième édition, le vieux « C'est-moi-le-capitaine » s'était arrêté auprès du bureau de Nancy pour prononcer quelques mots d'encouragement. A part cela, il n'était guère nécessaire de discuter de la rédaction. Nancy rassemblait les faits avec compétence, ceux qu'elle avait appris d'elle-même et ceux qu'on lui fournissait. Elle avait également la réputation de bien écrire. Sa copie n'avait pas besoin de beaucoup de corrections et encore moins d'être rewritée.

Par instants, lorsque Nancy levait les yeux de sa machine à écrire, elle sentait le regard du « capitaine » fixé sur elle. Bien que son expression fût indéchiffrable, elle avait l'impression que leurs pensées suivaient un cours parallèle. C'était un sentiment qu'au cours des heures écoulées, elle avait chassé résolument de son esprit.

La dernière chose que Nancy avait vue avant de quitter l'hôtel Christophe Colomb, c'étaient les corps des policiers et des pompiers enveloppés dans des linceuls, que l'on transportait sur des brancards roulants vers les fourgons de la morgue.

Deux hommes, à l'extérieur de l'hôtel, rassemblaient des objets informes dans un sac en plastique. Il lui fallut une minute pour réaliser qu'ils étaient en train de réunir les restes du sixième mort, celui qui avait été déchiqueté par une bombe.

Nancy s'était trouvée confrontée à l'horrible vérité devant laquelle elle s'était dérobée jusqu'alors. Pendant toute une semaine, elle avait eu en sa possession des renseignements qui, si elle les avait révélés à qui de droit, auraient pu éviter ces six morts et beaucoup d'autres choses.

Cette pensée ne cessait de la torturer chaque fois qu'elle sentait le regard du chef des informations posé sur elle. Ce qu'il lui avait dit la semaine précédente hantait sa mémoire : « Vous êtes censée faire partie d'une équipe, Nancy, et j'en suis le capitaine. Je sais que vous préférez agir seule et vous avez pu vous en tirer parce que vous obtenez des résultats, mais vous ne pouvez pas pousser ce jeu trop loin. »

A ce moment-là, elle avait refusé le conseil en se disant : « Cause toujours, Charlie. » Maintenant, elle aurait voulu désespérément, mais en vain, l'avoir écouté.

A 11 h 55, deux heures vingt minutes avant que ne tombe la dernière édition, la pensée des six morts la hantait et Nancy était sur le point de craquer.

« Faites une pause et venez avec moi », dit une voix calme.

Elle leva les yeux. Le vieux « C'est-moi-le-capitaine » était à nouveau à côté d'elle. Elle hésita :

« Venez, c'est un ordre », ajouta-t-il.

Nancy se leva avec une docilité inhabituelle et le suivit hors de la salle de rédaction.

Un peu plus loin, dans le couloir, il y avait une petite pièce généralement fermée à clef et qui servait quelquefois aux réunions des directeurs. Le chef des informations prit une clef et ouvrit la porte, puis il invita Nancy à entrer la première.

A l'intérieur, le mobilier était simple mais confortable. Une table de conseil, des chaises capitonnées, deux petits meubles en noyer assortis et des rideaux d'un brun clair.

Le chef des informations ouvrit l'un des meubles et il invita Nancy à s'asseoir.

« Il y a le choix entre du cognac et du whisky. Ce n'est pas le meilleur cognac. Ici on ne fait pas concurrence au Ritz. Je vous propose ce cognac. »

Nancy acquiesça de la tête, soudain incapable de trouver ses mots.

Son supérieur versa du cognac californien dans deux verres et s'assit en face d'elle. Ils burent une gorgée.

« Je vous ai observée, dit-il.

— Oui, je le sais.

— Et nous pensons tous les deux la même chose, non? »

De nouveau, elle hocha la tête, sans parler.

« Nancy, à ce que je vois, avant la fin de cette journée, vous allez prendre une des deux routes possibles. Ou bien, vous allez continuer comme vous le faites, ce qui signifie une dépression nerveuse et ça se terminera deux fois par semaine sur le divan d'un psychanalyste jusqu'à la fin des temps, ou bien vous allez vous reprendre et faire table rase du passé. En ce qui concerne la première éventualité, je puis vous dire ceci : vous allez vous empoisonner l'existence au seul bénéfice d'un charlatan. Quant à la deuxième, vous avez l'énergie et l'intelligence qu'il faut pour vous en tirer. Mais il vous faudra prendre une décision positive et ne pas laisser les choses aller à vau-l'eau. »

Soulagée de pouvoir enfin parler ouvertement, elle répondit :

« Je suis responsable de ce qui est arrivé la nuit dernière. Si j'avais parlé à quelqu'un de ce que je savais, la police aurait pu être avertie et enquêter sur cette maison de Crocker Street.

— La première éventualité est erronée. La seconde est juste. Je ne dis pas que vous ne vivrez pas le reste de votre vie avec le souvenir de cette nuit-là. Je pense que ce sera le cas. Mais vous n'êtes pas la première à commettre une erreur de jugement qui cause du tort à des tiers. Pour votre défense, vous ne saviez pas ce qui allait arriver. Si vous l'aviez su, vous auriez agi différemment. Aussi, voici ce que je vous conseille, Nancy : faites face, acceptez ce que vous avez fait et ce que vous n'avez pas fait, souvenez-vous-en pour que cela vous serve d'expérience et de leçon. Mais cessez d'y penser tout le temps. »

Comme elle restait silencieuse, il continua :

« Et maintenant, j'ai autre chose à vous dire. Il y a des années que je fais ce métier, je pense même parfois qu'il y en a trop. Mais, à mon avis, Nancy, vous êtes le reporter le plus chouette avec lequel j'aie jamais travaillé. »

C'est alors que Nancy Molineaux fit une chose qui ne lui était arrivée que rarement dans le passé et qu'elle n'avait jamais laissé voir à personne. Elle cacha sa tête dans ses bras et s'effondra en sanglots.

Le vieux « C'est-moi-le-capitaine » alla vers la fenêtre et, pudiquement, lui tourna le dos. Tout en regardant la rue il dit :

« J'ai bouclé la porte, Nancy. Elle le restera jusqu'à ce que vous soyez remise. Prenez votre temps. Et... je vous promets que personne d'autre que vous et moi ne saura ce qui s'est passé ici aujourd'hui. »

Une demi-heure plus tard, Nancy avait repris place devant son bureau. Elle s'était lavé le visage et avait refait son maquillage. Elle écrivait, mais cette fois, elle contrôlait pleinement ses nerfs.

Nim Goldman téléphona à Nancy Molineaux le matin suivant. Il avait essayé de la joindre la veille, mais sans succès.

« Je voulais vous remercier de m'avoir appelé à l'hôtel, dit-il.

— Je vous devais bien cela, répliqua-t-elle.

— En tout cas, je vous suis reconnaissant », puis il ajouta un peu gauchement : « Vous en avez tiré un bon article, compliments.

— Qu'est-ce que vous pensez de tout cela? demanda Nancy avec curiosité, je veux dire des faits qui y sont racontés.

— En ce qui concerne Birdsong, répondit Nim, je me moque de son sort et j'espère qu'il aura ce qu'il mérite. Et j'espère aussi que ces braillards d' " énergie et lumière pour le peuple " ne referont pas surface.

— Et en ce qui concerne le Sequoia Club? êtes-vous dans les mêmes sentiments?

— Non, dit Nim, sûrement pas.

— Pourquoi?

— Le Sequoia Club a été quelque chose dont nous avions tous besoin, c'est une partie de notre système social de contrôles et d'équilibres. Certes, nous avons eu des conflits avec les gens du Sequoia et d'autres en ont eu également. Je crois que le club est allé trop loin en s'opposant à tout, mais le Sequoia Club était la conscience de la communauté. Il nous amenait à réfléchir et à nous préoccuper de l'environnement. Il nous a parfois arrêtés sur la voie des excès. »

Nim prit un temps, puis il continua :

« Je sais que le Sequoia Club est en perte de vitesse en ce moment et j'en suis désolé pour Laura Bo Carmichael qui était une amie en dépit de nos désaccords. Mais j'espère que le club n'est pas hors de course. Ce serait une perte pour tout le monde si cela arrivait.

— Eh bien, dit Nancy, voilà une journée fertile en surprises. »

Elle avait pris des notes pendant que Nim parlait.

« Puis-je citer tout cela ? »

Il n'eut qu'une brève hésitation.

« Pourquoi pas ? » dit-il.

Elle le fit dans l'édition suivante de l'*Examiner*.

8

Harry London était assis, l'air sombre, en train de regarder les papiers que Nim lui avait montrés.

Après un moment, il dit d'un ton maussade :

« Savez-vous ce que je ressens après tout ça ?

— Je peux l'imaginer », répondit Nim.

Comme s'il n'avait pas entendu, le chef du service de sécurité reprit :

« Cette dernière semaine a été une des pires que j'ai vécues depuis longtemps. Art Romeo était un chic type. Je sais que vous ne le connaissiez pas bien, Nim, mais il était loyal, honnête et c'était un ami. Lorsque j'ai su ce qui était arrivé, j'en ai été malade. Quand j'ai quitté la Corée et les Marines, je m'étais imaginé que j'en avais fini avec les histoires de copains foutus en l'air.

— Harry, dit Nim, je suis moi aussi désespéré en ce qui concerne Art Romeo. Ce qu'il a fait cette nuit-là, je ne l'oublierai jamais. »

London fit un geste comme pour chasser un interlocuteur importun.

« Laissez-moi seulement finir. »

Nim se tut et attendit.

C'était le vendredi matin de la première semaine de mars, six jours après le cauchemar de l'hôtel Christophe Colomb. Les deux hommes étaient dans le bureau de Nim dont ils avaient fermé la porte pour être tranquilles.

« Eh bien, dit London, vous m'avez montré ces papiers et, à dire vrai, je souhaiterais que vous ne l'ayez pas fait. Après ça, je vous le demande, à quoi pouvons-nous encore croire ?

— A quantité de choses, répliqua Nim. Il y en a tant dont il faut se soucier et dans lesquelles il faut croire. Sauf, bien entendu, en l'intégrité du juge Yale.

— Tenez, reprenez-les », dit Harry London en lui rendant les papiers.

Ils comprenaient une série de lettres — huit au total —, certaines avec des copies de pièces jointes. Toutes provenaient des dossiers tenus jusqu'à sa mort en juillet, par Walter Talbot, ingénieur en chef de la G.S.P. & L.

Les trois dossiers de carton d'où les lettres avaient été extraites étaient ouverts sur le bureau de Nim et le reste de leur contenu était éparpillé tout autour.

Le dépouillement des lettres, dont Nim s'était brusquement souvenu à la convention de l'ENI, avait été retardé à cause de la tragédie de la semaine écoulée et de ce qui avait suivi.

Un peu plus tôt dans la journée, Nim s'était fait apporter les dossiers qui étaient rangés dans une cave d'archives au sous-sol. Il lui avait fallu encore plus d'une heure pour retrouver les documents auxquels il avait pensé, ceux qu'il se rappelait clairement avoir vus sept mois auparavant, au domicile d'Ardythe, lorsqu'elle lui avait remis les cartons pour qu'il les mît en sécurité.

Il les avait enfin trouvés. Sa mémoire avait été fidèle.

Et maintenant, ces lettres devaient inévitablement être utilisées comme pièces à conviction et « corpus delicti », lors d'une confrontation.

Deux semaines auparavant, lors de la réunion avec J. Eric Humphrey, Nim, Harry London et le juge Paul Sherman Yale à propos des vols de courant, l'ancien juge à la Cour suprême avait déclaré sans équivoque : « *Je trouve cette idée de vols de courant intéressante. Franchement, je n'avais pas idée que cela existât. Je n'en ai jamais entendu parler jusqu'à présent. De même, je ne savais pas non plus qu'il y eût des gens comme Mr. London dans les affaires de service public.* »

La correspondance découverte par Nim prouvait que ces déclarations étaient trompeuses et mensongères.

C'était comme dans la formule souvent utilisée à propos du Watergate, un « rideau de fumée ».

« Naturellement, dit brusquement London, nous ne saurons jamais de façon certaine si ce vieux type avait approuvé les vols de courant de la caisse Yale ou même s'il les connaissait et n'a rien fait. Tout ce que nous pouvons prouver, c'est qu'il est un menteur.

— Et qu'il avait de sacrés ennuis, dit Nim. Autrement il ne se serait jamais enferré dans ses déclarations. »

Les faits étaient simples.

Walter Talbot avait été l'un des premiers à dénoncer les énormes pertes financières dues aux vols de courant et de gaz. Il avait écrit des articles à ce sujet, prononcé des discours et accordé des interviews. Il s'était acquis la réputation d'un expert comme témoin dans un procès criminel de l'État de New York, lequel prit de l'extension en raison des appels devant les instances supérieures. Cette affaire avait soulevé un large intérêt et provoqué des échanges de correspondance.

Certains avaient eu lieu avec un membre de la Cour suprême des U.S.A.

Le juge Sherman Yale.

Il était clair, dans ces lettres, que Walter Talbot et Paul Yale s'étaient bien connus dans les années écoulées.

La première lettre était écrite sur du papier à en-tête de la

Cour Suprême des États-Unis
Washington, D.C. 20513

Elle commençait par : « *Mon cher Walter* »

Son signataire exprimait son intérêt d'expert juridique devant l'éclosion d'un nouveau champ d'action de la légalité, relatif aux vols d'électricité et de gaz. Il demandait des détails supplémentaires sur les genres d'infractions en question et sur les méthodes utilisées pour les combattre. Il demandait également qu'on lui indiquât tous les faits connus, concernant les poursuites et leur effet dans différentes régions du pays. La lettre s'enquérait de la santé d'Ardythe et elle était signée « Paul ».

Walter Talbot, plus protocolaire avait répondu : « *Cher juge Yale* ».

La lettre comprenait quatre pages, accompagnées d'une photocopie d'un des articles qu'il avait publiés.

Plusieurs semaines plus tard, Paul Yale écrivit à nouveau. Il accusait réception de la lettre et de l'article et posait diverses questions très importantes qui démontraient qu'il avait lu le document avec attention.

La correspondance se poursuivit par cinq autres lettres, réparties sur huit mois. Dans l'une d'elles, Walter Talbot expliquait le fonctionnement d'un service de sécurité dans un service public type et les fonctions de son chef — quelqu'un du genre Harry London.

Il n'y avait rien de surprenant dans le fait que les lettres révélassent l'esprit curieux et acéré de Paul Sherman Yale et le vif intérêt qu'il portait à toutes choses.

Paul Yale pouvait-il avoir oublié cette correspondance *alors qu'elle avait eu lieu seulement deux ans avant qu'il ne se démît de ses fonctions de juge ?*

Nim s'était posé la question et il avait conclu par un « non » énergique. Le vieil homme avait prouvé trop souvent l'excellence de sa mémoire — tant des grandes lignes d'une affaire que des détails — pour que l'on puisse croire à un oubli.

Ce fut Harry London qui souleva la question clef dont Nim avait discuté.

« Pourquoi ce vieux type a-t-il agi de la sorte? Pourquoi nous a-t-il menti de cette façon?

— Probablement, dit Nim songeur, parce qu'il savait que, Walter étant mort, les chances que le président, vous et moi, ayons connaissance de ces lettres, étaient extrêmement minces. En fait, il était presque certain que ce ne serait pas le cas. Ainsi, les probabilités de réapparition de cette correspondance étaient d'environ une sur un million. »

London acquiesça de la tête, puis il reprit :

« L'autre question que je me pose, c'est de savoir combien de fois l'Honorable Paul a fait la même chose et s'en est tiré sans accroc.

— Nous ne le saurons jamais, n'est-ce pas? »

Le chef de la Protection des biens montra le paquet de lettres.

« Naturellement, vous allez montrer tout ça au président?

— Oui, cet après-midi même. Il se trouve que je sais que Mr. Yale doit venir en fin de journée. »

L'explication avec le juge Yale eut lieu peu après 16 heures, dans les bureaux du président.

Lorsque Nim se présenta, convoqué par la secrétaire d'Eric Humphrey, il était clair que l'atmosphère était déjà tendue. L'expression du président, pensa Nim, était celle d'un homme scandalisé. Le regard de Humphrey était glacé, ses lèvres serrées. Paul Yale, bien qu'ignorant exactement ce qui se préparait, montrait qu'il savait que c'était quelque chose de désagréable. Sa jovialité coutumière fit place à une mine soucieuse.

Nim prit place à la gauche d'Eric Humphrey, en face du juge Yale. Il posa devant lui le dossier contenant les lettres de Yale à Talbot.

Un peu auparavant, après une courte discussion, ils étaient tombés d'accord sur la façon de procéder. Ils avaient également décidé qu'Harry London n'assisterait pas, cette fois-ci, à l'événement.

« Paul, commença Humphrey, la dernière fois que nous nous sommes réunis tous les trois, nous avons discuté de certains problèmes de vol de courant. Ils concernaient en partie la caisse familiale Yale. Je suis sûr que vous vous en souvenez. »

Le juge Yale acquiesça.

« Oui, bien sûr.

— A cette époque, vous avez fait plusieurs déclarations. Toutes étaient destinées à prouver que vous n'aviez, avant ce moment, aucune idée de l'existence de vols de courant.

— Cela suffit, dit Paul Yale rouge de colère. Je n'aime ni votre ton, ni votre attitude, Eric, et je ne suis pas non plus ici pour subir un interrogatoire sur ce que je pourrais ou ne pourrais pas avoir dit... »

Humphrey l'interrompit d'un ton tranchant.

« Il n'y a pas de " pourrais ou ne pourrais pas " dans cette affaire. Ce que vous nous avez dit était précis et sans ambiguïté. De plus, vous

362

l'avez réitéré à plusieurs reprises. Je m'en souviens parfaitement et Nim de même. »

Nim voyait clairement que le cerveau de Paul Yale fonctionnait à toute vitesse. Le vieil homme dit avec gravité :

« Quoi que j'aie pu dire, il n'en découle pas...

— Nim, ordonna le président, montrez à Mr. Yale le contenu de votre dossier. »

Nim ouvrit la chemise et fit glisser le paquet de lettres et de pièces jointes à travers la table. La plus ancienne lettre, sur papier officiel de la Cour suprême, se trouvait sur le dessus du paquet.

Paul Yale la prit, la regarda et la rejeta d'un geste brusque. Il ne s'occupa pas des autres. Son visage, de rouge, vira au violet.

Par la suite, en se rappelant la scène, Nim pensa que si Yale s'attendait à quelques révélations désagréables, la possibilité de se trouver confronté à son ancienne correspondance ne lui était pas venue à l'esprit. Si les conclusions de Nim étaient justifiées, cela expliquait le total et abject désarroi du vieil homme.

Il passa sa langue sur ses lèvres. Il semblait incapable de trouver ses mots.

Enfin, il balbutia, en essayant maladroitement de se défendre :

« Parfois, spécialement à Washington... avec tout ce qui s'y passe... la masse de paperasses, les correspondances interminables... on oublie... »

Il n'en sortait pas. Ses paroles sonnaient aussi faux à ses oreilles qu'à celles de ses deux interlocuteurs.

« Finissons-en », dit-il brusquement en se levant.

Il repoussa sa chaise et s'éloigna de la table, puis, sans regarder Nim ou Humphrey :

« Donnez-moi un moment pour reprendre mes esprits », dit-il.

Pendant un bref instant, il arpenta le bureau puis, toujours debout, il se tourna vers le président :

« Il est clair, messieurs, comme ces documents le prouvent, que je me suis rendu coupable de tromperie et que je me suis fait prendre — sans doute possible. »

La voix de Paul Yale était plus grave qu'à l'ordinaire. Son visage reflétait son tourment. Il continua :

« Je n'essaierai pas de minimiser mes erreurs par des explications ou des excuses, ni en vous décrivant mon anxiété à l'époque de notre première conversation ou mon désir, aussi naturel que pressant, de sauvegarder ma réputation. »

« *C'est exactement la même chose*, pensa Nim, *vous vous êtes arrangé pour faire les deux en disant que vous ne le vouliez pas.* »

« Je puis toutefois, poursuivit Yale, vous jurer que je n'ai, ni participé au vol de courant par la caisse Yale, ni eu connaissance de ce vol avant notre première discussion ici même. »

Eric Humphrey qui, Nim s'en souvenait, avait été ardemment désireux d'accepter la parole de Paul Yale un moment auparavant, garda le silence. Le président pensait probablement, comme Nim, que quelqu'un qui avait menti une fois pour sauver sa réputation, mentirait encore pour la même raison.

Nim se rappelait la réflexion de Harry London : « *Combien de fois déjà l'honorable Paul a-t-il agi ainsi et s'en est-il tiré ?* »

Comme le silence persistait, le chagrin se fit plus profond dans le regard du vieil homme.

« Nim, dit calmement Eric Humphrey, je ne crois pas qu'il soit nécessaire que vous restiez plus longtemps. »

Soulagé, Nim rassembla les papiers épars sur la table et les remit dans le dossier, tandis que les deux autres l'observaient. Il prit le dossier et quitta la pièce sans prononcer un mot.

Il ne savait pas, alors, que c'était la dernière fois qu'il rencontrait le juge Yale.

Nim n'apprit jamais ce qui se dit dans le bureau du président après son départ. Il ne posa pas de questions et Eric Humphrey ne lui donna volontairement aucune information. Mais le dénouement fut connu le matin suivant.

A 11 heures du matin, Humphrey envoya chercher Nim et Teresa Van Buren. Assis à son bureau, il tenait une lettre à la main.

« Je viens de recevoir la démission du juge Paul Sherman Yale de son poste de porte-parole et d'administrateur de notre société. Cette démission a été acceptée avec regret. J'aimerais qu'on l'annonçât immédiatement au public.

— Il faudrait donner une raison valable, Eric, dit Van Buren.

— Mauvaise santé, dit Humphrey en montrant la lettre, les médecins de Mr. Yale lui ont fait savoir qu'à son âge les tensions de ses nouvelles fonctions à la G.S.P. & L. sont trop fatigantes. Ils lui ont conseillé de les interrompre.

— Pas de problème, dit la directrice des relations publiques. Je ferai passer ça à la radio cet après-midi, mais il y a une autre question à régler.

— Laquelle ?

— Cela nous laisse sans porte-parole. Qui va le remplacer ? »

Pour la première fois, le président sourit.

« Je suis trop occupé pour chercher quelqu'un, Tess, aussi je pense qu'il n'y a pas d'autre solution. Faites reprendre le collier à Nim.

— Alleluia! dit Van Buren, vous savez ce que j'en pense? On n'aurait jamais dû le lui enlever! »

Sortie du bureau du président, Teresa Van Buren baissa la voix :

« Nim, dites-moi le fin mot sur cette affaire Yale. Qu'est-ce qui a mal tourné? Vous savez que, tôt ou tard, je le saurai.

— Vous avez entendu le président, Tess, raison de santé, dit Nim en secouant la tête.

— Espèce de rosse ! répliqua-t-elle. Rien que pour ça, je ne vous ferai pas passer à la télévision avant la semaine prochaine ! »

Le lendemain, après avoir lu le communiqué publié à propos de la démission de Paul Yale, Harry London alla trouver Nim dans son bureau.

« Si j'avais des couilles au cul, lui dit-il, je démissionnerais devant le mensonge de cette démission pour raisons de santé et de son acceptation avec regret. Cela fait de nous tous des menteurs et pas autre chose. »

Nim avait mal dormi et il était irritable :

« Eh bien, allez-y, démissionnez, répliqua-t-il.

— Je ne peux pas me le permettre.

— Alors, laissez tomber vos scrupules de conscience. Vous avez dit vous-même que nous ne pourrions pas prouver que Mr. Yale était personnellement coupable de vol de courant.

— Et pourtant, il l'était, reprit London avec obstination. Plus j'y pense et plus j'en suis persuadé.

— N'oubliez pas, fit remarquer Nim, que Ian Norris qui gérait la caisse familiale Yale a juré qu'il ne l'était pas.

— Oui, et toute cette affaire pue la combine. Norris sera payé plus tard, d'une façon ou d'une autre, peut-être en restant curateur. En outre, Norris n'avait aucun intérêt à mettre le grand homme dans le pétrin.

— Quoi que nous en pensions, dit Nim, cette affaire est réglée. Aussi, retournez à votre travail et attrapez encore d'autres voleurs de courant.

— C'est déjà fait. J'ai tout un paquet de nouvelles affaires et d'autres qui évoluent avec l'enquête sur la Quayle. Mais je vais vous dire une chose pour l'avenir.

— Dites toujours, dit Nim en soupirant.

— Vous et moi, nous avons servi de couverture. Une couverture pour protéger le haut et puissant nom de Yale. Cela tend à montrer qu'il y a des règles et des lois spéciales pour ceux qui ont le bras long.

— Écoutez, Harry...

— Non, laissez-moi finir, Nim ! Ce que je fais, c'est de vous avertir que si j'ai des *preuves formelles* dans n'importe quelle affaire, dans l'avenir, peu importera qui sera impliqué et personne ne m'empêchera de la faire éclater au grand jour et de faire ce qui doit être fait !

— D'accord, d'accord, dit Nim. Si vous avez des preuves formelles, je combattrai avec vous. Et maintenant que nous avons réglé la question, allez-vous-en, je vous prie et laissez-moi travailler. »

Lorsqu'il fut seul, Nim regretta d'avoir passé sa mauvaise humeur sur Harry London. Tout ce que London avait dit sur le mensonge de la démission et sur la couverture lui était déjà venu à l'esprit la nuit précédente, durant ses insomnies.

Y avait-il des degrés dans le mensonge? Nim ne le croyait pas. Pour lui, un mensonge était un mensonge. La G.S.P. & L., dans la personne d'Eric Humphrey qui autorisait une falsification publique et de Nim qui l'endossait par son silence, était-elle aussi coupable que Paul Sherman Yale?

Il n'y avait qu'une seule réponse : Oui.

Il était encore en train d'y penser lorsque Vicky Davis, sa secrétaire, l'appela au téléphone.

« Le président désire vous voir immédiatement. »

Nim vit tout de suite que J. Eric Humphrey était profondément troublé.

A son entrée, le président arpentait son bureau, attitude inhabituelle chez lui. Il resta debout tandis qu'il parlait à Nim.

« Il y a quelque chose que je veux vous dire, Nim, et je vais, en deux mots, vous expliquer pourquoi. Tout récemment, j'ai été scandalisé et dégoûté par certains événements qui se sont déroulés au sein de cette compagnie. Je déteste avoir honte de l'organisation que je dirige et qui me paie pour mon job. »

Humphrey fit une pause et Nim resta silencieux. Il se demandait ce qu'il allait dire maintenant.

« Une raison d'avoir honte, reprit le président, a été réglée au cours des dernières vingt-quatre heures. Mais il y a une autre affaire, bien plus importante et qui continue : les attentats contre les personnes et les biens de la société.

— Le F.B.I. et la police..., commença Nim.

— N'ont rien fait, coupa Humphrey, absolument rien!

— Ils ont mis Birdsong en prison, fit remarquer Nim.

— Oui, et pourquoi? Parce qu'une journaliste intelligente et courageuse a montré plus de capacités qu'une véritable armée de policiers. Rappelez-vous aussi le renseignement donné par cette même jeune femme de couleur et qui a permis d'abattre ces blousons noirs de la Crocker Street. Ils ne méritaient d'ailleurs que ça! »

Seul Eric Humphrey, pensa Nim, pouvait encore utiliser des mots comme « blousons noirs » et « ne mériter que cela »! Il avait rarement vu le président aussi visiblement ému. Il se dit que ce qu'il entendait avait dû fermenter longtemps dans l'esprit du grand patron.

« Considérez ceci, reprit Humphrey. Depuis plus d'un an, nous avons enduré le scandale de voir nos installations et même notre siège social bombardés par une poignée de terroristes à la petite semaine. Pire encore, cela a coûté la vie à neuf de nos meilleurs hommes, sans compter Mr. Romeo qui est mort à l'hôtel Christophe Colomb. Et il y a autre chose qui me scandalise encore plus profondément, c'est que toute cette terrible affaire ait eu lieu pendant que nous étions la ville invitante de la convention de l'ENI.

— Vraiment, Eric, je ne crois pas que quelqu'un puisse reprocher à la G.S.P. & L. ce qui est arrivé au Christophe Colomb.

— Je nous le reproche et je me reproche à moi-même de n'avoir pas montré plus d'insistance auprès des services de police pour qu'ils interviennent. Aujourd'hui encore, ce sale bonhomme, le chef, Archambault, est toujours libre! »

La voix d'Humphrey avait monté d'un ton, il continua :

« Toute une semaine s'est écoulée. Où est-il? Pourquoi la police est-elle incapable de le trouver?

— D'après ce que je sais, dit Nim, ils le cherchent toujours et ils croient qu'il est quelque part dans le secteur de North Castle.

— Où il est, sans aucun doute, en train de comploter pour tuer ou estropier encore plus de gens de chez nous et causer encore plus de tort à notre compagnie. Nim, je veux qu'on trouve ce salaud. Si c'est nécessaire, je veux que ce soit nous, la G.S.P. & L., qui le trouvions. »

Nim allait faire remarquer qu'un service public n'était pas équipé pour accomplir un travail de police. Mais il se retint et il demanda :

« Eric, qu'avez-vous en tête?

— Je pense que nous sommes une organisation qui emploie quantité de gens de haute valeur possédant d'abondantes capacités d'intelligence. Si j'en juge par les résultats, les services de police en manquent complètement. C'est pourquoi, Nim, voici mes instructions : mettez votre cervelle et celles de quelques autres à travailler sur ce problème. Choisissez quiconque vous paraît qualifié pour vous aider, je vous donne pleins pouvoirs. Mais je veux des résultats. Au nom de ceux de nos gens qui ont été tués, de leurs familles et pour que nous soyons fiers de la G.S.P. & L. je veux que ce salaud d'Archambault soit pris et livré à la justice. »

Le président se tut, son visage s'empourpra, puis il conclut d'un ton bref :

« Ce sera tout. »

Après son entrevue avec Eric Humphrey, Nim songea que, par une singulière coïncidence, il avait, lui aussi, au même moment, songé à un « brain trust ».

Quatre mois auparavant et dans une large mesure à cause du scepticisme du juge Yale, Nim avait abandonné le travail de recherche du « groupe de réflexion » concernant le problème des attentats terroristes des soi-disant « Amis de la Liberté ».

A la suite des critiques de Paul Yale sur la façon dont il avait «risqué des hypothèses et des conjectures sans fondement jusqu'à la limite du supportable et au-delà », Nim avait décidé qu'il n'y aurait plus de « rencontres de réflexion » entre lui-même, Oscar O'Brien, Teresa Van Buren et Harry London. Et, pourtant, à la lumière de ce que l'on savait maintenant, les idées et le travail d'imagination du quatuor avaient été bien près de la vérité.

Pour être franc, Nim ne pouvait s'en prendre qu'à lui-même. S'il avait persisté au lieu de se laisser intimider par Yale, ils auraient pu anticiper et peut-être même prévenir quelques-uns des tragiques événements qui s'étaient produits depuis lors.

Désormais, forts des instructions d'Eric Humphrey, ils pourraient peut-être faire quelque chose.

A l'origine, au cours des discussions concernant le chiffre encore inconnu des « Amis de la Liberté », le « groupe de réflexion » l'avait appelé « X ». L'identité de « X » était désormais connue et l'homme, le dangereux Georgos Archambault, menace suspendue au-dessus de la G.S.P. & L. et d'autres sociétés, était supposé se cacher quelque part dans la ville.

Pouvait-on, à force de réfléchir et de confronter les résultats des réflexions, pénétrer le secret de son repaire ?

On était vendredi. Nim décida de réunir les membres de son quatuor pendant le week-end, au besoin en recourant à l'autorité du président.

9

« Étant donné ce qui s'est passé, dit Nim en consultant ses notes, nous avions vu remarquablement juste. Permettez-moi de vous rappeler simplement à quel point nous avons été astucieux. »

Il s'interrompit pour avaler une gorgée de whisky-soda qu'Oscar O'Brien lui avait versé quelques minutes avant qu'ils ne commencent.

C'était le dimanche après-midi. Sur l'invitation du conseiller juridique, le groupe de réflexion s'était réuni à son domicile et s'était installé sans cérémonie dans un confortable jardin d'hiver. Les trois autres membres s'étaient montrés prêts à coopérer lorsque Nim les avait contactés, d'autant plus qu'il les avait informés des désirs d'Eric Humphrey.

La maison d'O'Brien dominait le littoral et la plage. Elle offrait une vue magnifique sur la mer. On pouvait y découvrir une multitude de voiliers, les navigateurs du dimanche tirant sans fin des bordées et s'évitant par miracle au milieu des moutons soulevés par une fraîche brise d'ouest.

De même que lors des précédentes réunions du groupe, un magnétophone enregistrait le débat.

« Partant des renseignements dont nous disposions alors, reprit Nim, renseignements qui, dans leurs grandes lignes, étaient bons, nous avons pris comme hypothèse qu'un homme " X " était le chef et le cerveau des " Amis de la Liberté ", qu'il était fortement imbu de sa virilité et orgueilleux, et qu'il avait pour confidente une femme, travaillant en étroit contact avec lui. Nous croyions également que " X " avait assassiné personnellement les deux gardiens de Millfield et que la femme avait assisté au meurtre. En outre, nous avions conclu que la femme pouvait être le point faible d'X et le conduire à sa perte.

— J'avais oublié une partie de tout cela, dit Teresa Van Buren. Bon Dieu, nous avions frappé dans le mille ! »

La directrice des relations publiques avait l'air de rentrer d'un week-end sans s'être changée. Elle portait sur son corps opulent une sorte de caftan vert, râpé. Ses cheveux étaient comme d'habitude en désordre, probablement parce qu'elle ne cessait d'y passer ses doigts quand elle réfléchissait. Elle était pieds nus, les sandales éculées qu'elle avait retirées étaient à côté de sa chaise.

« Oui, je le sais, dit Nim et je reconnais devant vous tous que, par ma faute, nous n'avons pas continué. Je crois que j'ai perdu confiance et j'ai eu tort. »

Il décida de ne rien dire sur l'influence du juge Yale, lequel, après tout, n'avait rien fait de plus que d'exprimer une opinion.

« Maintenant que nous connaissons l'identité de " X " et bon nombre de choses le concernant, peut-être pouvons-nous utiliser le même type de raisonnement pour organiser la chasse. »

Il s'interrompit, conscient de l'intérêt intense des regards concentrés sur lui, puis il ajouta :

« Peut-être que non. Mais le président croit que nous devrions essayer. »

Oscar O'Brien émit un grognement et retira d'entre ses lèvres épaisses le cigare qu'il venait de finir. L'atmosphère était déjà enfumée, ce qui dégoûtait Nim, mais O'Brien était chez lui et il semblait peu indiqué de lui en faire le reproche.

« Je suis d'accord pour démarrer sur les chapeaux de roue, dit l'avocat. Par où commençons-nous ? »

Il portait un vieux pantalon gris, son ventre débordait par-dessus sa ceinture mal bouclée, il avait un chandail informe et il était pieds nus dans ses pantoufles.

« J'ai préparé un memorandum », dit Nim.

Il ouvrit une serviette, en sortit des copies et les distribua autour de lui. Le memorandum contenait un résumé de toutes les informations publiées depuis la convention de l'ENI concernant les « Amis de la Liberté » et Georgos Archambault. La plus grande partie de ces informations était extraite des reportages de Nancy Molineaux.

Nim attendit que les autres aient fini de lire, puis il demanda :

« Y a-t-il quelque chose que l'un de vous saurait et qui ne serait pas mentionné ici ?

— Je pourrais citer un ou deux détails », dit Harry London.

Le chef de la Protection des biens s'était montré plutôt froid en présence de Nim, probablement parce qu'il se rappelait les mots aigres échangés deux jours auparavant. Cependant, il déclara d'un ton égal :

« J'ai quelques amis dans les services de police. Comme Nim le sait, ils me communiquent parfois des renseignements. »

Contrairement aux autres — y compris Nim qui était vêtu sans recherche —, London était impeccable. Il portait un pantalon beige dont le pli était parfait et une saharienne fraîchement amidonnée. Ses chaussettes étaient assorties à l'ensemble et le cuir de ses chaussures brillait.

« Le quotidien a mentionné le fait qu'Archambault tenait un journal et on l'a découvert parmi ses autres papiers. C'est inscrit là-dedans, dit London en tapotant du doigt le memorandum de Nim. Ce qui n'y est pas, et qui n'a pas été divulgué parce que le procureur compte s'en servir comme preuve au procès d'Archambault, c'est ce que contient le journal.

— Avez-vous vu ce journal ? demanda Van Buren.

— Non, mais on m'en a montré une photocopie. »

Comme toujours, pensa Nim, la démarche de Harry London était d'une lenteur pleine de pédanterie.

« O.K., qu'y avait-il dans ce damné truc, demanda O'Brien avec impatience.

— Je ne m'en souviens plus. »

Il y eut un moment de désappointement, puis l'intérêt se ranima lorsque London ajouta :

« Du moins, pas de tout... »

Il prit un temps et continua :

« Il y a deux choses, cependant, que vous pouvez dire après avoir lu ce que ce type a couché sur le papier. La première, c'est qu'il est aussi vaniteux que nous l'avions imaginé et peut-être même plus. Et aussi — on s'en rend compte en lisant toutes les conneries qu'il y a là-dedans — il a ce que l'on pourrait appeler un besoin impératif d'écrire ce qui lui passe par la tête.

— Des milliers de gens sont comme ça, dit Van Buren, est-ce tout ?

— Ouais. »

London semblait mollir et Nim intervint vivement.

« Tess, n'écartez pas ce genre de renseignement. Tous les détails sont utiles.

— Dites-nous donc, Harry, fit O'Brien, est-ce que quelque chose vous a frappé concernant l'écriture de ce journal ?

— Quel genre de chose ?

— Par exemple, est-elle identifiable ? »

Le chef de la Protection des biens réfléchit un instant :

« Je dirais volontiers que oui.

— Voilà ce que je cherche à établir, dit l'avocat-conseil, si vous prenez un échantillon de l'écriture de ce journal et si vous le comparez à un autre pris dans un passage différent, peut-on reconnaître qu'ils sont de la même main ?

— Je vois ce que vous voulez dire, répliqua London, il n'y a aucun doute, très facilement.

— Hum ! » fit O'Brien. Il se grattait le menton et semblait s'abandonner à une rêverie toute personnelle. Il se tourna enfin vers les autres.

« Continuez, j'avais seulement une intuition, mais je ne sais encore où elle mène.

— Bon, dit Nim, parlons un peu de North Castle, le quartier de la ville où l'on a découvert le camion ».

— Avec le radiateur encore chaud, rappela Van Buren et on a vu l'homme partir à pied, ce qui voudrait dire qu'il n'a pas pu aller bien loin.

— C'est possible, dit Harry London, mais tout ce secteur de North Castle est une vraie garenne à lapins. La police l'a passé au peigne fin et n'a rien trouvé. Si quelqu'un cherche le meilleur endroit pour disparaître dans cette ville, c'est le coin rêvé.

— Et d'après ce que j'ai lu ou entendu dire, ajouta Nim, il y a tout lieu d'imaginer qu'Archambault s'était préparé une seconde planque pour s'y replier et qu'il s'y trouve à l'heure actuelle. Nous savons qu'il n'était pas à court d'argent, de sorte qu'il a pu prévoir le coup longtemps à l'avance.

— Sous un nom d'emprunt, dit Van Buren, comme il l'a fait pour acheter le camion.

— Je doute fort que la compagnie du téléphone l'ait inscrit dans l'annuaire, dit Nim en souriant.

— En ce qui concerne l'enregistrement du camion, dit London, on l'a vérifié et c'est l'impasse...

— Harry, demanda O'Brien, quelqu'un a-t-il fait une évaluation de la surface du secteur où Archambault a disparu comme s'il avait été avalé ? En d'autres termes, si vous traciez un cercle sur une carte et si vous décidiez que l'homme s'y cache, quelle serait la grandeur de ce cercle ?

— Je crois que la police a fait une estimation, dit London, mais ce n'est naturellement qu'une supposition.

— Dites-le-nous, demanda Nim.

— Eh bien, l'idée est à peu près celle-ci : lorsque Archambault a abandonné le camion, il était terriblement pressé. Aussi, en supposant qu'il se dirigeait vers une cachette, il n'aurait pas laissé le camion trop près de son repaire, mais pas trop loin non plus. Si vous prenez le camion comme centre du cercle, cela signifie que son rayon serait d'environ un mile et demi.

— Si je me souviens bien de mon cours élémentaire de géométrie, dit O'Brien en blaguant, la surface d'un cercle est égale au carré du rayon de π. »

Il alla jusqu'à un petit bureau et prit une calculatrice électronique. Un instant plus tard, il annonça :

« Ça fait un peu plus de sept miles carrés.

— Ce qui signifie environ douze mille foyers et petits commerces et environ trente mille personnes vivant à l'intérieur de ce cercle, dit Nim.

— Je sais que ça fait beaucoup de terrain, dit O'Brien, et y chercher Archambault, c'est vouloir déterrer une aiguille dans une botte de foin.

Mais nous pourrions enfumer les terriers pour le faire sortir et voilà une idée que vous devriez tous approfondir. »

Nim, London et Van Buren écoutaient attentivement. Ils savaient tous que les idées de l'avocat les avaient conduits à la plupart de leurs conclusions lors des sessions précédentes.

O'Brien reprit :

« Harry dit qu'Archambault éprouve un besoin impératif d'écrire. Nous pouvons donc conclure que notre homme est une sorte d'exhibitionniste et qu'il a besoin de gueuler constamment, même pour de petites choses. Aussi, voici mon idée : si nous pouvions faire circuler dans ce territoire de sept miles carrés une sorte de questionnaire public, je veux dire ce genre de truc avec une série de questions auxquels les gens répondent par écrit, notre homme pourrait être incapable de résister à la tentation de répondre, lui aussi. »

Il y eut un instant de silence tendu, puis Van Buren demanda :

« Sur quel sujet porteraient les questions ?

— Oh, l'énergie électrique, bien sûr, de quoi exciter l'intérêt d'Archambault et, si possible, le faire sortir de ses gonds. Par exemple : Que pensez-vous des services que la G.S.P. & L. rend au public ? Accepteriezvous, pour que ces services continuent à être satisfaisants, une augmentation prochaine des tarifs ? Êtes-vous partisan du maintien d'un service public dans les mains d'une entreprise privée ? Voilà le genre de questions. Naturellement, ce n'est qu'une ébauche. Les véritables questions devraient être soigneusement élaborées.

— Je suppose, dit pensivement Nim, que votre idée est de comparer l'écriture du questionnaire lorsqu'il sera retourné à un échantillon de son journal ?

— Exactement.

— Mais supposons qu'Archambault utilise une machine à écrire ?

— Alors, nous ne pourrons pas l'identifier, dit l'avocat. Dites-vous bien que ce n'est pas un plan infaillible. Si c'est ça que vous cherchez, vous n'en trouverez pas.

— Si vous recevez un questionnaire où l'écriture correspond, objecta Van Buren, je ne vois pas comment vous saurez d'où il vient. Même si Archambault est assez stupide pour répondre, vous pouvez être sûr qu'il ne donnera pas son adresse.

— J'ai déjà admis, Tess, dit O'Brien en haussant les épaules, que ce n'était là qu'une idée encore loin d'être au point.

— Attendez une minute, dit London. Il y a un moyen pour déceler un truc de ce genre. L'encre sympathique.

— Expliquez-nous ça, dit Nim.

— L'encre sympathique n'est pas uniquement un truc de gosses, elle est utilisée plus souvent que vous ne le croyez, dit le chef de la Protection des biens. Voici la façon d'opérer. On inscrirait un numéro sur chaque questionnaire, mais il ne serait pas visible. On l'imprimerait avec une poudre luminescente dissoute dans du glycol. Une fois le liquide absorbé par le papier, on n'en voit plus aucune trace. Mais, lorsque vous trouverez le questionnaire que vous recherchez, en le plaçant sous un projecteur de lumière noire, le numéro sera clairement visible. Si vous l'enlevez de sous le projecteur, le numéro disparaît.

— Bon Dieu!... s'exclama Van Buren.

— On fait cela très souvent, lui dit Harry London. Sur les billets de loterie, par exemple. Cela prouve que le billet est un original et non pas un faux imprimé par un escroc. De même, la moitié des questionnaires prétendument anonymes qui traînent autour de nous, sont faits de cette façon. Ne faites jamais confiance à un morceau de papier qui prétend que vous ne pouvez être identifié.

— Voilà qui devient intéressant, dit O'Brien.

— Le gros problème, cependant, dit Nim, c'est de savoir comment distribuer ces questionnaires, comment conserver une trace de l'endroit où chacun d'eux est allé. Je ne vois pas comment nous y parviendrons.

— Je vois, moi, répliqua Van Buren en se redressant. La réponse est sous votre nez. Notre service de facturation. »

Les autres la regardèrent fixement.

« C'est ainsi qu'il faut voir la chose, dit la directrice des relations publiques. Chaque maison, chaque immeuble de ce secteur de sept miles carrés est client de G.S.P. & L. et tous ces renseignements sont conservés dans nos ordinateurs de facturation.

— J'ai pigé, dit Nim, en pensant tout haut. Vous programmeriez l'ordinateur pour qu'il imprime les adresses de tout ce secteur et aucune autre.

— Nous pourrions même faire mieux, dit O'Brien d'une voix pleine d'excitation. L'ordinateur pourrait imprimer le questionnaire prêt à être posté. La partie comportant le nom et l'adresse du client pourrait être détachable de façon que seule la partie non identifiable soit retournée.

— Apparemment non identifiable, lui rappela Harry London, mais en même temps que l'impression régulière serait effectuée, le numéro à l'encre sympathique serait ajouté, ne l'oubliez pas.

— Par Jupiter, nous sommes sur la bonne voie! dit O'Brien en se frappant les cuisses.

— C'est une bonne idée, dit Nim et cela vaut la peine d'être essayé. Mais soyons réalistes sur deux points : premièrement, même si le questionnaire atteint Archambault, il peut se montrer malin et le jeter. Notre affaire ferait long feu.

— Je l'admets, dit O'Brien.

— Le deuxième point, reprit Nim, c'est qu'Archambault, sous quelque nom qu'il utilise sa planque, pourrait ne pas se trouver sur nos états de facturation. Il pourrait louer une chambre meublée. Dans ce cas-là, quelqu'un d'autre que lui recevrait les factures de gaz et d'électricité — ainsi que le questionnaire.

— C'est une possibilité, admit Van Buren, pourtant je ne crois pas que ce soit le cas. Voyez la chose du point de vue d'Archambault. Pour qu'une planque soit efficace, elle doit être d'un seul tenant et parfaitement privée. Une chambre meublée ne le serait en aucun cas. Il y a donc de fortes chances pour qu'il ait une maison ou un appartement, comme il l'avait fait auparavant. Cela signifie un compteur individuel et une facturation personnelle, de sorte qu'il devrait recevoir le questionnaire.

— C'est logique », conclut O'Brien.

Ils continuèrent à parler pendant une heure, peaufinant leur idée, tandis que croissaient leur intérêt et leur impatience.

10

Le central des ordinateurs de G.S.P. & L., songea Nim, offrait une ressemblance frappante avec le décor du film *La Guerre des étoiles*.

Dans les trois étages que le central occupait dans l'immeuble directorial de la compagnie, tout était futuriste, clinique et fonctionnel. Les fioritures esthétiques que l'on trouvait dans les autres services : mobilier décoratif, tapis, tableaux, draperies, y étaient proscrites. Il n'y avait pas de fenêtres. La lumière était artificielle et l'air lui-même l'était aussi avec un pourcentage d'humidité contrôlé et une température fixée une fois pour toutes à 21° centigrades. Tous ceux qui travaillaient au central des ordinateurs étaient placés sous la surveillance d'un circuit fermé de télévision et personne ne pouvait savoir à quel moment il ou elle était observé par le Croquemitaine du service public.

Les mouvements du personnel pour entrer ou sortir du central étaient rigoureusement contrôlés. Des gardiens opérant à l'intérieur de cages de verre à l'épreuve des balles et communiquant grâce à des microphones, scrutaient toutes les arrivées et tous les départs. Leurs ordres leur interdisaient de faire confiance à qui que ce fût. Même un visage connu et ami qu'ils voyaient chaque jour n'était pas autorisé à passer sans avoir montré ses papiers.

Chaque personne qui franchissait le secteur sous surveillance (toujours seule, car il était interdit d'en laisser pénétrer deux à la fois) était enfermée dans un « sas », en fait une sorte de petite prison de verre à l'épreuve des balles. Après qu'elle y avait pénétré une lourde porte se fermait derrière elle et se verrouillait électroniquement. Une autre porte, devant elle, ne s'ouvrait que lorsque le gardien s'était assuré que tout était en ordre. S'il y avait quelques soupçons, les deux portes restaient fermées jusqu'à l'arrivée de renforts ou jusqu'à ce que l'identité ait été vérifiée.

Il n'y avait aucune exception à la règle. Le président de la compagnie, J. Eric Humphrey lui-même, n'entrait pas sans un badge de visiteur temporaire après une soigneuse inspection.

Les raisons de ces extraordinaires précautions étaient simples. Le central abritait un trésor de documents sans prix : l'enregistrement sur ordinateur de huit millions et demi de clients de la G.S.P. & L. avec les chiffres de leurs compteurs, leurs factures et leurs paiements depuis nombre d'années. A cela s'ajoutait la liste des actionnaires, des employés, les états du matériel de la compagnie, les inventaires, les données techniques et une multitude d'autres renseignements.

Une grenade à main placée à un point stratégique du central aurait causé plus de ravages dans le fonctionnement du gigantesque service public qu'un plein chargement d'explosifs à haute puissance employé contre les lignes à haute tension ou les transformateurs.

Les renseignements du central étaient enregistrés sur des centaines de disques, de bandes magnétiques, par paquets de vingt. Chaque disque, d'une taille deux fois plus grande que celle d'un enregistrement normal, contenait les caractéristiques de cent mille clients.

La valeur des ordinateurs était d'environ trente millions de dollars. Celle des renseignements enregistrés était incalculable.

Nim était venu au central des ordinateurs avec Oscar O'Brien. Ils se proposaient d'observer la distribution de ce qui était, officiellement, une « étude sur les consommateurs », mais qui en fait était le traquenard tendu à Georgos Archambault dans lequel ils espéraient que le chef des « Amis de la Liberté » allait tomber.

C'était un jeudi, quatre jours après le dimanche où avait eu lieu la réunion du « groupe de réflexion » chez l'avocat-conseil.

Il avait fallu de nombreuses heures de travail pour mettre au point le questionnaire. Nim et O'Brien avaient décidé de poser huit questions. Les premières étaient très simples, par exemple :

> Golden State Power and Light vous fournit-il un service satisfaisant ? Prière de répondre par oui ou par non.

Les questions suivantes laissaient place pour des réponses plus complètes.

> Dans quel sens croyez-vous que le service de la Golden State Power and Light pourrait être amélioré ?

et :

> Éprouvez-vous des difficultés pour comprendre les détails de vos factures de la Golden State Power and Light ? Si c'est le cas, veuillez nous exposer vos problèmes.

Finalement :

> La Golden State Power and Light présente ses excuses à ses clients pour les inconvénients résultant des lâches attentats perpétrés contre les installations de la compagnie par des terroristes à la petite semaine qui agissent comme des inconscients. Si vous pensez qu'il existe des moyens pour mettre fin à ces attentats, veuillez nous faire connaître votre point de vue.

Comme le remarqua O'Brien :

« Si cela ne fait pas bondir Archambault et ne lui donne pas envie de répondre, rien ne pourra le faire. »

Les services de la police municipale, le F.B.I. et le bureau du procureur avaient réagi favorablement lorsqu'ils avaient été informés de l'idée de la G.S.P. & L. Le bureau du procureur offrit son aide pour examiner les milliers de questionnaires qui seraient retournés.

Sharlett Underhill, vice-présidente chargée des questions financières et responsable du service informatique central des ordinateurs, accueillit Nim et O'Brien après qu'ils eurent été contrôlés par le service de sécurité. Mrs. Underhill, élégamment vêtue d'un tailleur bleu clair, leur dit :

« Nous sommes en train de tirer votre " étude sur les consommateurs ". Les douze mille copies devraient être postées dès ce soir.

— Nous nous foutons de onze mille neuf cent quatre-vingt-dix-neuf de ces damnés papelards, dit O'Brien. Il n'y en a qu'un que nous espérons voir rentrer.

— Ça nous coûterait beaucoup moins cher, dit acidement la financière en chef, si vous saviez lequel.

— Si nous le savions, ma chère Sharlett, nous ne serions pas ici. »

Le trio arpenta le royaume des ordinateurs, franchit des avenues de meubles de métal et de verre qui bourdonnaient doucement et s'arrêta devant une I.B.M. 3800 imprimante, à laser, qui crachait les questionnaires prêts à être postés dans des enveloppes à fenêtre.

Le haut du feuillet contenait ce qui suit :

GOLDEN STATE POWER AND LIGHT
Enquête auprès des consommateurs
Nous apprécierions vos réponses
confidentielles à quelques questions importantes.
Notre objectif est de mieux vous servir.

Suivaient le nom et l'adresse, puis une ligne perforée à travers la page entière. En dessous de la perforation on trouvait les instructions suivantes :

POUR SAUVEGARDER VOTRE ANONYMAT, DÉCHIREZ
ET DÉTACHEZ LE HAUT DE CE FORMULAIRE
NOUS NE VOUS DEMANDONS NI SIGNATURE NI AUTRE
IDENTIFICATION. MERCI.

Une enveloppe-réponse en port payé accompagnait chaque questionnaire.

« Où est l'encre sympathique ? » demanda Nim.

O'Brien pouffa.

« Vous ne pouvez pas la voir, tête de pioche, elle est invisible. »

Sharlett Underhill s'approcha de la machine et leva le couvercle.

Elle se pencha en avant et leur montra une bouteille contenant un liquide clair d'apparence huileuse. De la bouteille retournée, sortait un tube de plastique, dirigé vers le bas.

« Ceci est un montage exécuté spécialement pour ce travail. Le tube communique avec un dispositif de numération couplé avec l'ordinateur. Le numéro, invisible, est imprimé au bas de chaque feuillet et l'ordinateur enregistre simultanément le numéro invisible et l'adresse à laquelle il est envoyé. »

Mrs. Underhill referma le couvercle. A l'arrière de la machine, elle prit un des questionnaires et l'emporta jusqu'à un bureau métallique proche. Là, elle alluma une lampe portable sur un petit châssis.

« Ceci est une " lumière noire " », dit-elle.

Lorsqu'elle plaça le feuillet sous la lampe, le n° 3702 apparut.

« Sacrément ingénieux, dit O'Brien. Parfait, nous avons un numéro, que se passe-t-il ensuite ?

— Quand vous me donnerez le numéro à identifier, lui dit Mrs. Underhill, il sera introduit dans l'ordinateur avec un code secret, connu de deux personnes seulement, un de nos programmeurs de confiance et moi-même. L'ordinateur nous dira immédiatement à quelle adresse a été expédié le questionnaire portant ce numéro.

— Nous jouons sur la probabilité qu'il y aura un numéro à vous communiquer », dit Nim.

Sharlett fixa sur les deux hommes un regard glacé.

« Qu'il en soit ainsi ou non, je veux que vous compreniez deux choses. J'étais contre ce qui se fait ici en ce moment parce que je n'aime pas qu'on utilise mon matériel et mes enregistrements pour un projet qui est essentiellement une mystification. J'ai protesté auprès du président, mais il semble y tenir énormément, aussi ai-je dû m'incliner.

— Oui, nous savons tout cela, dit O'Brien, mais pour l'amour de Dieu, Sharlett, c'est un cas de force majeure ! »

Mrs. Underhill ne se dérida pas.

« Écoutez-moi, je vous prie. Lorsque vous m'aurez fourni le numéro que vous espérez avoir, et je n'en accepterai qu'un seul, le renseignement que vous désirez sera fourni par l'ordinateur en utilisant le code secret dont je vous ai parlé. Mais, au moment où cela sera fait, l'ordinateur aura été réglé pour effacer de sa mémoire tous les autres numéros et les adresses qui s'y rapportent. Je veux que ce soit clair entre nous !

— C'est entendu, dit l'avocat, et ça me paraît convenable.

— Changeons de sujet, Sharlett, dit Nim. Est-ce que vos gens ont eu des difficultés à déterminer et à isoler ce secteur de sept miles carrés que nous avions indiqué ?

— Aucune. Nos méthodes de programmation permettent de diviser et de subdiviser nos clients en de nombreuses catégories et sur n'importe quel secteur géographique. » La vice-présidente exécutive se détendit comme si elle était ragaillardie par ce sujet qui lui plaisait visiblement.

« Lorsqu'il est correctement utilisé, reprit-elle, un ordinateur moderne est un outil sensible et souple. Et on peut lui faire une confiance totale. » Elle hésita... « Enfin, presque totale... »

En prononçant les derniers mots, Mrs. Underhill jeta un coup d'œil vers une autre imprimante I.B.M. flanquée d'une table devant laquelle deux hommes étaient assis. Ceux-ci semblaient vérifier à la main les feuillets qui sortaient de la machine un par un.

« Que se passe-t-il là-bas? » demanda O'Brien curieux.

Pour la première fois depuis leur arrivée, Sharlett Underhill sourit.

« C'est notre escouade anti-gaffes pour Gens Importants. Beaucoup de services publics en ont une.

— Je travaille ici depuis des années, dit Nim en hochant la tête et je n'en ai jamais entendu parler. »

Ils se rapprochèrent de l'endroit où le travail s'accomplissait.

« Ces feuillets sont des factures basées sur les derniers relevés de compteurs et qui doivent être expédiées demain, dit Mrs. Underhill. L'ordinateur de facturation trie les factures de quelques centaines de personnes inscrites sur une liste spéciale. Le maire, les conseillers municipaux des différentes villes que nous fournissons, les hauts fonctionnaires, les membres du Congrès, les rédacteurs et éditorialistes des journaux, les gens de la radio, les juges, les grands avocats et bien d'autres. Ensuite, chaque facture est vérifiée, comme vous le voyez faire, pour s'assurer qu'elle ne comporte rien d'anormal. Si c'est le cas, elle est envoyée à un autre département qui la contre-vérifie avant de l'expédier. De cette façon nous évitons toutes sortes de pépins si un ordinateur se détraque ou si son programmeur commet une erreur. »

Ils observèrent le déroulement de la vérification. De temps à autre, une facture était sortie du lot et mise de côté.

« Nous avons eu un jour une facture mensuelle pour un conseiller municipal, dit Sharlett, sur laquelle l'ordinateur s'était grippé et avait ajouté une série de zéros au total. La facture aurait dû être de quarante-cinq dollars. Il en a reçu une de quarante-cinq millions! »

Tous éclatèrent de rire.

« Qu'arriva-t-il? demanda Nim.

— C'est là qu'est le hic. S'il avait apporté la facture ou téléphoné, tout le monde aurait ri un bon coup, après quoi nous l'aurions annulée et nous lui aurions même fait un avoir pour son dérangement. Au lieu de cela, il donna une conférence de presse. Il montra partout la facture pour prouver combien nous sommes incompétents à la G.S.P. & L. et il dit que cela démontrait que nous devions passer la main à l'administration municipale.

— C'est difficile à croire, dit O'Brien.

— Je vous assure que c'est arrivé, dit Mrs. Underhill. Les politiciens sont les pires quand il s'agit de grossir une simple erreur, encore qu'ils en fassent plus que la plupart d'entre nous. Mais elles sont différentes. De toute façon, c'est vers cette époque que nous avons créé notre " escouade anti-gaffes ". J'en avais entendu parler par Con Edison à New York. Ils en ont une. Maintenant, chaque fois que nous nous trouvons en présence de quelqu'un d'important ou de pontifiant ou les deux à la fois, nous ajoutons son nom à la liste. Nous avons même quelques personnes de la société dans nos registres.

— Il m'arrive parfois de pontifier, admit O'Brien, c'est une de mes faiblesses. »

Montrant la pile de factures, il ajouta :

« Est-ce que je suis là-dedans ?

— Oscar, répliqua Sharlett en les reconduisant vers la sortie, vous ne le saurez jamais ! »

11

Ruth Goldman était à New York.

Elle s'y était rendue pour commencer un traitement à l'institut Sloan-Kettering, et elle devait y rester deux semaines. D'autres voyages seraient nécessaires ultérieurement.

La décision avait été prise par le docteur Levin après étude des résultats des tests de la première visite de Ruth à New York et l'accord téléphonique des médecins new-yorkais.

« Je ne peux rien promettre, avait-il dit à Ruth et à Nim, personne ne peut le faire et rien n'est définitif. Mais j'irais jusqu'à dire que les gens du Sloan-Kettering montrent un optimisme prudent. »

Ils ne purent rien tirer de plus du médecin.

La veille, Nim avait emmené Ruth à l'aéroport de bonne heure. Elle devait prendre un vol direct des American Airlines. Ils s'étaient dit au revoir avec émotion.

« Je t'aime, avait-il déclaré juste avant l'embarquement de Ruth. Tu vas me manquer et je vais faire quelque chose qui ressemble à des prières. »

Elle avait ri et l'avait embrassé encore une fois.

« C'est étrange, lui avait-elle dit, mais malgré tout cela, je n'ai jamais été plus heureuse. »

A New York, Ruth était descendue chez des amis. Elle devait se rendre à l'institut plusieurs fois par semaine en tant que malade de jour.

Leah et Benjy étaient retournés chez leurs grands-parents. Cette fois-ci, comme les relations entre Nim et les Neuberger étaient redevenues cordiales, il avait promis d'aller dîner chez eux à l'occasion, afin d'être avec les enfants.

Nim avait également prévu, pour remplir une promesse antérieure, d'emmener Karen au concert.

Il avait reçu quelques jours auparavant un mot de la jeune fille qui lui disait :

Les jours viennent, les jours vont
Quelquefois vous apparaissez dans les nouvelles avec Begin, Sadate, Schmidt, Brejnev, Carter, Giscard d'Estaing et l'évêque de Muzorewa.
Mais entre tous, l'unique Nimrod Goldman mérite ma première page.
C'est bon d'entendre parler de vous,
Mais ce l'est encore plus
De vous voir, vous entendre, d'être touchée, de partager
Et de vous aimer en personne.

Il avait soupiré en lisant, car il aurait effectivement voulu voir Karen, puis il avait éprouvé un sentiment de culpabilité. Toutes les complications de sa vie étaient sa propre faute. Depuis la mémorable soirée où ils avaient fait l'amour, il était passé la voir en coup de vent deux fois, toujours pendant la journée. Ces visites avaient été brèves et hâtives car Nim était constamment par monts et par vaux. Il savait que Karen aspirait à des moments d'intimité plus longs.

L'absence de Ruth semblait une bonne occasion de rendre visite à Karen. Et aller au concert au lieu de passer la soirée chez elle était en fait un compromis avec sa conscience.

Lorsqu'il arriva à l'appartement de Karen, elle était déjà prête. Elle portait une seyante robe d'un rouge sombre et un simple rang de perles. Ses longs cheveux blonds et brillants tombaient sur ses épaules. Sa bouche large et ses tendres yeux bleus le saluèrent d'un sourire chaleureux. Les ongles de ses longs doigts étaient manucurés et vernis. Ils reposaient sur les accoudoirs du fauteuil roulant.

Lorsqu'ils s'embrassèrent, en prolongeant le contact, Nim sentit se ranimer son désir de Karen, endormi jusqu'alors. Il fut soulagé à la pensée qu'ils allaient sortir.

Quelques minutes plus tard, Josie était entrée et s'affairait à débrancher le fauteuil roulant de sa prise de courant pour qu'il puisse se déplacer.

« Nimrod, dit Karen, vous avez l'air d'avoir été soumis à une grande tension.

— Divers événements se sont produits, répliqua-t-il. Vous avez eu vent de quelques-uns. Mais ce soir, il n'y a plus que vous, moi et la musique.

— Et moi », dit Josie, en venant en face du fauteuil roulant.

La femme de ménage sourit à Nim qui lui était visiblement sympathique.

« Mais tout ce que je ferai se bornera à vous conduire tous les deux. Si vous voulez bien descendre avec Karen dans quelques minutes, monsieur Goldman, je vais aller en avant et amener Humperdinck devant l'immeuble.

— Ah! Humperdinck, dit Nim en riant, comment se porte votre camionnette douée de personnalité?

— Toujours parfaitement, mais, dit-elle tandis que son visage s'assombrissait, ce qui m'ennuie, c'est mon père...

— Dans quel sens?

— Laissons cela, dit-elle, je vous le dirai peut-être plus tard. »

Comme d'habitude, Nim fut étonné de la dextérité de Karen pour piloter le fauteuil à l'aide du tube dans lequel elle aspirait ou soufflait. Elle le fit sortir de l'appartement et le dirigea à travers le corridor jusqu'à l'ascenseur.

« Combien de temps votre batterie tient-elle? lui demanda-t-il tout en marchant.

— Ce soir, répondit-elle en souriant, je suis chargée à bloc. Ainsi, en utilisant la batterie pour le fauteuil et mon respirateur, elle tiendra probablement quatre heures. Après quoi, il faudra que je me rebranche sur cette chère bonne vieille G.S.P. & L. »

Il était fasciné par la fragilité du lien qui rattachait Karen à la vie car c'était l'électricité qui lui permettait de survivre.

« A propos de la G.S.P. & L., dit-elle, où en sont vos problèmes?

— Oh, nous en avons sans cesse un nouvel assortiment. Ils prolifèrent comme du chiendent.

— Non? sérieusement? Je voudrais savoir.

— Eh bien, le pétrole est soudain devenu notre plus grave souci, lui dit-il. Savez-vous que les dernières négociations entre l'OPEP et les États-Unis ont été interrompues aujourd'hui?

— On l'a dit à la radio avant votre arrivée. Les pays exportateurs de pétrole disent qu'ils ne veulent plus de papier monnaie, mais uniquement de l'or.

— Ils ont déjà menacé de le faire à plusieurs reprises. »

Nim se rappelait sa conversation avec Eric Humphrey et le juge Yale, peu avant Noël. A cette époque, la situation en matière de pétrole avait été assez préoccupante. Maintenant, en mars, elle était devenue grave, voire critique.

« Cette fois-ci, ajouta-t-il, on dirait qu'ils y pensent...

— Si les importations de pétrole s'arrêtent, demanda Karen, la situation sera-t-elle grave?

— De loin plus mauvaise que la plupart des gens ne l'imaginent. Plus de la moitié du pétrole utilisé par l'Amérique est importée et 85 p. 100 proviennent des pays de l'OPEP. Et pourtant, quand il est question de pénurie de pétrole, on pense aux voitures, à l'essence, pas à l'électricité. »

Nim réfléchit à nouveau comme il l'avait fait tandis qu'il était en route : au cours des dernières vingt-quatre heures, une confrontation dramatique venait de se produire soudain avec les pays de l'OPEP. Elle pouvait être beaucoup plus grave que l'embargo arabe de 1973-1974. C'était une éventualité que tout le monde connaissait, mais que peu de gens prenaient au sérieux. Les éternels optimistes, y compris certains personnages haut placés, persistaient à croire que l'effondrement final pourrait être évité et, que d'une façon ou d'une autre, le flux du pétrole importé continuerait de couler. Nim ne partageait pas cette opinion.

Une pensée concernant Karen lui vint à l'esprit. Avant qu'il n'eût pu l'exprimer, ils arrivèrent à l'ascenseur dont les portes s'ouvrirent.

Dans la cabine, il y avait deux petits enfants, un garçon et une fille. Ils avaient des visages pleins de fraîcheur et d'enjouement. Ils devaient avoir entre neuf et dix ans.

« Salut Karen, dirent-ils ensemble tandis que le fauteuil suivi par Nim pénétrait à l'intérieur de la cabine.

— Salut, Philip, répondit Karen, vous sortez?

— Non, nous allons seulement jouer en bas. »

Il regarda Nim.

« Qui est-ce?

— C'est mon flirt, Mr. Goldman », dit Karen et elle ajouta : « Je vous présente deux de mes voisins et amis. »

Ils échangèrent des salutations tandis que l'ascenseur descendait.

« Karen, demanda le petit garçon, puis-je toucher votre main?

— Bien sûr. »

Il lui caressa doucement la main du bout des doigts.

« Est-ce que vous sentez cela? demanda-t-il.

— Oui, Philip, vous avez les mains douces. »

Il eut l'air ravi.

« Karen, voulez-vous que je déplace vos jambes? dit la fillette pour ne pas être en reste.

— Eh bien... d'accord. »

Avec précaution et sachant apparemment comment s'y prendre, la fillette leva la jambe droite de Karen et la croisa sur la gauche.

« Merci, Wendy. »

Dans le hall du rez-de-chaussée les enfants dirent au revoir et s'éloignèrent en courant.

« C'était merveilleux, dit Nim.

— Je sais, dit Karen avec un sourire plein de chaleur. Les enfants sont pleins de naturel, ils ne sont ni effrayés ni gênés comme les adultes. Lorsque je suis venue habiter ici, les enfants de l'immeuble m'ont posé des questions comme : " Qu'est-ce qu'il vous est arrivé? " ou " Pourquoi ne pouvez-vous pas marcher? " Lorsque leurs parents les entendaient, ils leur disaient : " Chut! " Il m'a fallu un certain temps pour leur faire comprendre que je ne suis pas gênée par les questions et même que je les accueille volontiers. Mais il y a encore quelques adultes qui se sentent toujours mal à l'aise. Lorsqu'ils me voient, ils regardent ailleurs. »

Devant le portail de l'immeuble, Josie les attendait avec la camionnette. C'était une Ford peinte en vert clair. Une large portière coulissante sur le côté, était déjà ouverte. Karen manœuvra son fauteuil pour l'amener à quelque distance, face à la portière.

« Regardez bien, dit-elle à Nim, et vous allez voir ce que votre Mr. Paulsen a fait pour m'aider à entrer dans Humperdinck. »

Pendant que Karen parlait, Josie prit deux rails d'acier à l'intérieur de la camionnette. Elle en fixa une extrémité à des crochets placés en bas de la portière, puis elle amena l'autre extrémité jusqu'à terre. Entre le sol et le plancher de la camionnette, il y avait maintenant une double rampe dont la largeur correspondait à l'écartement des roues du fauteuil.

Josie remonta dans le véhicule et prit un crochet au bout d'un câble d'acier. Le câble était enroulé sur un treuil électrique à l'intérieur. Elle fixa le crochet dans un anneau d'acier du fauteuil et revint au treuil. Elle appuya sur un contacteur.

« Allons-y ! » dit Karen. Au même moment, le fauteuil fut halé doucement jusqu'en haut de la rampe. Lorsqu'il fut à l'intérieur, Josie le fit pivoter. Les roues se logèrent dans deux évidements du plancher où des boulons les fixèrent.

« Montez devant, monsieur Goldman, avec le chauffeur », dit Josie en souriant.

Tandis que la camionnette se mêlait au trafic, Nim se retourna sur son siège pour parler avec Karen. Il revint à ce qu'il avait été sur le point de dire au moment où ils arrivaient à l'ascenseur.

« Si nous avons une sérieuse pénurie de pétrole, il est presque certain qu'il y aura des délestages tournants. Vous savez ce que c'est ?

— Je le pense, dit Karen, cela signifie que le courant électrique sera coupé en différents endroits les uns après les autres pendant plusieurs heures.

— Oui, très probablement pendant trois heures par jour pour commencer et pendant des périodes plus longues si les choses s'aggravent. Si cela arrive, je ferai en sorte que vous soyez avertie à l'avance. Il vous faudra alors vous rendre dans un hôpital qui possède son propre groupe électrogène.

— Redwood Grove, dit Karen, c'est là que Josie et moi nous sommes allées lorsque les " Amis de la Liberté " ont fait sauter les postes, provoquant une coupure de courant.

— Demain, lui dit Nim, j'irai voir sur place si le groupe de Redwood Grove fonctionne bien. Il arrive que ces outils de remplacement ne vaillent rien parce qu'ils ne sont pas entretenus comme il faut. Lorsque New York a connu son grand black-out, certains n'ont même pas voulu démarrer.

— Je ne me ferai aucun souci, dit Karen, pas tant que vous vous occuperez de moi, Nimrod. »

Josie était une conductrice prudente et Nim se détendit durant le trajet jusqu'au Palais des Arts où se produisait l'orchestre symphonique de la ville. A l'entrée principale du Palais, pendant que Josie déchargeait le fauteuil roulant de Karen, une aide inattendue se présenta sous les traits d'un employé en uniforme qui dirigea rapidement et discrètement Nim et Karen vers une porte latérale. Un ascenseur les transporta jusqu'au premier balcon. Là, ils furent placés au premier rang d'une loge. Une rampe portative facilita le passage de Karen. Il était évident que le Palais des Arts était habitué à recevoir des usagers de fauteuils roulants parmi ses clients.

« C'est un traitement de faveur, dit Karen lorsqu'ils furent installés. Comment avez-vous fait pour l'obtenir, Nimrod?

— La chère vieille G.S.P. & L. comme vous l'appelez, a quelque influence... »

C'était Teresa Van Buren qui, à la demande de Nim, avait obtenu les places de loge et les facilités pour Karen. Lorsqu'il avait voulu payer, Tess lui avait dit :

« Laissez tomber. Il existe encore quelques avantages réservés aux directeurs. Profitez-en pendant que ça dure. »

Nim tendit un programme à Karen. Mais, au bout d'un moment elle hocha la tête.

« J'aurai plaisir à écouter, mais j'ai toujours pensé que les critiques musicales et les notices des programmes sont écrites par des gens qui essayent de prouver combien ils sont intelligents.

— Vous avez raison », dit-il.

Comme les lumières s'éteignaient et que le chef d'orchestre montait sur le podium au milieu des applaudissements, Karen dit doucement :

« Nimrod, les choses ont changé entre nous, n'est-ce pas? »

Il fut saisi par son intuition, mais il n'eut pas le temps de répondre avant que la musique commençât.

Le programme était exclusivement consacré à Brahms. D'abord les *Variations sur un thème de Haydn,* puis aussitôt après *Concerto n° 2 en ré majeur.* Le soliste était l'excellent Eugène Istomin. Le concerto pour piano était un des préférés de Nim et, à en juger par l'attention passionnée qu'elle lui consacrait, Karen partageait son goût. Pendant le troisième mouvement avec son motif de violoncelle émouvant et obsédant, il posa sa main sur celle de Karen. Elle tourna la tête et il vit que ses yeux étaient mouillés de larmes.

La musique s'arrêta dans un tonnerre d'applaudissements auxquels Nim joignit les siens.

« Applaudissez pour nous deux », lui demanda Karen.

La lumière revint pour l'entracte.

Tandis que les autres spectateurs quittaient leur fauteuil pour se promener, Nim et Karen restèrent à leur place; après un moment de silence, elle lui dit :

« Si vous voulez bien, maintenant, vous pouvez répondre à ma question. »

Il n'avait pas besoin de commentaire et il dit en soupirant :

« Je suppose que rien ne reste toujours semblable.

— Nous serions fous de le croire, répondit Karen, et je veux que vous sachiez que je ne l'ai jamais cru. Oh! il est parfois doux de rêver, de chercher l'impossible et de vouloir que le bonheur reste! Mais j'ai appris à me montrer réaliste. Soyez honnête avec moi, Nimrod. Qu'est-il arrivé? Qu'est-ce qui a changé entre la dernière fois et maintenant? »

Il le lui dit. Il lui parla de Ruth, du mal qui l'envahissait et menaçait sa vie. Il lui expliqua comment, à cause de ce mal, elle et lui avaient retrouvé leur route, qu'ils avaient perdue pendant un moment.

Karen l'écouta en silence.

« J'ai su, dès le moment où je vous ai vu ce soir, que quelque chose était différent, quelque chose d'important et de personnel. Maintenant que je sais pourquoi, je suis heureuse pour vous en un sens et triste, naturellement, dans un autre, spécialement pour votre femme.

— Nous aurons peut-être de la chance, dit-il.

— Je l'espère. Certaines gens en ont. »

L'orchestre revenait pour la seconde partie du concert. Les auditeurs regagnèrent leurs places.

« Nous ne devrons plus jamais être des amants, dit calmement Karen. Ce ne serait ni juste ni loyal. Mais j'espère que nous resterons des amis et que je vous verrai quelquefois. »

Il lui toucha de nouveau la main.

« Toujours, nous serons des amis », réussit-il à dire avant que la musique n'ait repris.

Sur le chemin du retour, ils furent plus calmes qu'à l'aller.

Josie, elle aussi, paraissait sentir le changement et elle parla peu. Elle les avait retrouvés à la sortie avec Humperdinck. Pendant que Karen et Nim étaient au Palais des Arts, elle avait rendu visite à des amis.

Un moment plus tard, Nim se retourna sur le siège avant pour faire face à Karen.

« Tout à l'heure, vous m'avez dit que vous aviez des soucis à cause de votre père. Vous ne vouliez pas en parler. Et maintenant?

— Je n'y vois pas d'inconvénient, répondit Karen. Il n'y a pas grand-chose à dire. Je sais que papa a des ennuis, financiers je pense. Il y a fait allusion, mais il n'a pas voulu me dire exactement lesquels. Cela semble signifier que je n'aurai plus Humperdinck d'ici peu.

— Pourquoi donc? demanda Nim.

— Les paiements mensuels sont trop élevés pour mes parents. Je crois vous avoir dit que la banque de papa n'a pas accepté de lui prêter de l'argent. Il s'est adressé à une société de crédit et les intérêts sont plus élevés. Je suppose que c'est cela et que des difficultés d'affaires s'y sont ajoutées.

— Écoutez, dit Nim, je voudrais vous aider...

— Non! Je vous ai déjà dit que je n'accepterai jamais d'argent de vous, Nimrod, et je le pensais. Vous devez vous occuper de votre famille.

En outre, bien que j'aime énormément Humperdinck, je me suis bien passée d'une camionnette avant de l'avoir et je peux le faire de nouveau. C'est pour mon père que je me tourmente.

— Je souhaite vraiment pouvoir faire quelque chose, reprit Nim.

— Restez mon ami, Nimrod, c'est tout ce que je demande. »

Ils se dirent bonne nuit à la porte de l'immeuble de Karen et s'embrassèrent tendrement, mais sans passion. Comme elle lui dit qu'elle se sentait lasse, il ne l'accompagna pas jusqu'à son appartement, mais marcha tristement vers sa voiture garée un peu plus loin.

12

Au cours de la dernière semaine de mars, la crise pétrolière explosa brusquement et assombrit toutes les nouvelles, nationales et internationales.

« C'est comme si la guerre était imminente, observa quelqu'un lors d'un comité de direction de la G.S.P. & L. Vous persistez à croire que cela n'arrivera pas, de sorte que tout est irréel jusqu'au moment où les canons tonnent ! »

Il n'y avait rien d'irréel dans la décision unanime des nations membres de l'OPEP. Certaines d'entre elles, les pays arabes, l'Iran, le Venezuela, l'Indonésie et le Nigeria, avaient décrété quelques jours auparavant qu'après que les pétroliers en haute mer et dans les ports des États-Unis auraient déchargé leurs cargaisons, aucune exportation de pétrole à destination des États-Unis n'aurait lieu avant que le conflit concernant le mode de paiement n'ait été résolu.

Les nations de l'OPEP prétendaient disposer d'assez fortes réserves en dollars pour pouvoir tenir leur embargo. Ces réserves, disaient-elles, étaient nettement plus importantes que les stocks de réserve de pétrole des États-Unis.

« C'est hélas ! diablement trop vrai », laissa échapper devant un reporter un secrétaire d'État fatigué d'un long voyage, dans un moment d'inattention peu diplomatique.

A la G.S.P. & L. comme ailleurs dans le pays, d'urgentes décisions concernant la politique à suivre devraient être prises. Dans le secteur de la G.S.P. & L. la question ne se posait plus de savoir « si » des délestages temporaires devraient être envisagés, mais « quand et dans quelle mesure ».

Deux années de sécheresse en Californie et la faiblesse des chutes de neige pendant un hiver doux dans la Sierra Nevada aggravaient le problème car les réserves hydroélectriques étaient nettement plus faibles que la moyenne.

Nim, dans son rôle de vice-président chargé du planning, était placé au centre de l'activité de la firme. Il se trouva engagé dans une fiévreuse succession de conférences dont l'objet était de reviser tous les plans d'urgence et de décider des priorités.

Entre-temps, diverses mesures d'urgence sur le plan fédéral et dans les États avaient déjà été décrétées.

Le Président ordonna le rationnement immédiat de l'essence et la mise en vigueur, sous quelques jours, d'un plan de rationnement par tickets qui était déjà préparé.

De plus, toutes les ventes d'essence furent interdites du vendredi soir au lundi matin.

Un décret de Washington supprima toutes les manifestations sportives et autres attractions qui déplaçaient des foules nombreuses. Les parcs nationaux furent fermés. L'objectif était de réduire les voyages superflus, spécialement les déplacements en voiture. Il n'était pas exclu que les théâtres et les cinémas fassent plus tard également l'objet de mesures de fermeture.

Tous les services publics utilisant du pétrole reçurent l'ordre de commencer, par roulement, des réductions de voltage de cinq pour cent.

Les services publics qui produisaient du courant électrique en brûlant du charbon — principalement dans le centre des U.S.A. — reçurent des instructions pour livrer autant de courant qu'ils pourraient en économiser, aux États des côtes est et ouest. Ces derniers étaient les plus durement touchés par l'embargo sur le pétrole. On s'attendait dans ces régions à une considérable augmentation du chômage en raison du manque d'énergie pour alimenter les usines. Le plan avait été baptisé « Le charbon par fil ». Toutefois, ses effets resteraient limités car les États du centre avaient besoin de la quasi-totalité de leur électricité pour leur usage propre et aussi parce que les lignes de transport de courant à haute tension étaient trop peu nombreuses.

Dans de nombreuses régions, les écoles reçurent l'ordre de fermer leurs portes sans délai pour ne les rouvrir qu'en été lorsque les besoins en chauffage et en éclairage seraient beaucoup plus faibles.

On se préparait à réduire les voyages aériens et l'annonce devait en être faite incessamment.

Des mesures plus draconiennes encore, telles que la prolongation des week-ends à trois ou quatre jours, étaient prévisibles si la situation pétrolière ne s'améliorait pas. Le public en fut informé.

Toutes ces décisions officielles étaient accompagnées d'appels à l'économie de l'énergie sous toutes ses formes.

A la G.S.P. & L. toutes les discussions furent dominées par le fait que les réserves de pétrole propres au service n'excédaient pas trente jours de fonctionnement normal.

Comme des pétroliers encore en mer allaient décharger une certaine quantité de pétrole, on décida que les « délestages tournants » ne seraient pas mis en vigueur avant la seconde semaine de mai. Ensuite, les coupures de courant seraient chaque jour d'une durée de trois heures. Des mesures plus sévères pourraient être nécessaires par la suite.

Mais les coupures de courant, même pratiquées très tôt, provoqueraient des interruptions de travail préjudiciables pour l'économie. Nim était conscient de toute la gravité de la situation, de même que tous ceux qui s'y trouvaient directement mêlés. Mais le grand public, selon Nim, n'avait pas encore saisi ou voulu saisir la pleine signification de l'événement.

Le rôle de Nim, tant comme coresponsable du planning, qu'en raison de son retour aux fonctions de porte-parole de la Compagnie, était d'expliquer les événements et les perspectives.

Il trouvait que ces deux responsabilités provoquaient un surmenage excessif et il s'en ouvrit à Teresa Van Buren.

« D'accord, je traiterai les affaires importantes, mais il faudra utiliser vos gens pour les bricoles courantes », lui dit-il.

Elle lui dit qu'elle le ferait.

Le lendemain, la directrice des relations publiques entra dans le bureau de Nim.

« Il y a une nouvelle émission de télévision à midi, cela s'appelle " La pause du déjeuner ".

— Vous me croirez si vous voulez, Tess, mais je ne la regarde jamais !

— Comme c'est spirituel ! Ne crachez pas si vite sur la T.V. dans la journée. Il y a des millions de ménagères qui la regardent et demain, la crise de l'électricité leur sera expliquée.

— Par moi, je suppose ?

— Naturellement, dit Van Buren, qui le ferait mieux que vous ? »

Nim sourit.

« O.K. Mais faites quelque chose pour moi. Toutes les stations de télévision sont spécialisées dans le gaspillage du temps. Elles vous demandent de venir de bonne heure et vous font ensuite attendre une éternité. Vous savez combien je suis occupé. Tâchez de m'arranger, pour une fois, un rendez-vous rapide.

— Je vous accompagnerai, dit Van Buren et j'arrangerai ça, c'est promis. »

Cette promesse ne devait pas être tenue.

« La pause du déjeuner » était une émission d'une heure qui passait sur les ondes à midi. La directrice des relations publiques et Nim arrivèrent au studio à 11 h 50. Une jeune femme les accueillit. C'était une assistante de programme. Comme beaucoup d'employées de la télévision, elle avait l'air d'avoir passé ses examens de fin d'études secondaires la semaine précédente et s'habillait en conséquence. Elle portait l'inévitable badge de service et elle avait remonté ses lunettes sur ses cheveux.

« Ah, monsieur Goldman, vous passerez le dernier, à une heure moins dix.

— Hé ! pas question ! dit Van Buren, on m'a assuré que Mr. Goldman serait le clou de l'émission. Il est un de nos principaux directeurs et son temps est précieux, particulièrement en ce moment.

— Je sais, dit l'assistante avec un charmant sourire, mais le producteur a changé d'avis. Le sujet de Mr. Goldman est très sérieux. Il pourrait déprimer nos auditeurs.

— Ils devraient l'être, dit Nim.

— Si c'est le cas et s'ils éteignent le poste, notre programme sera de toute façon terminé, dit la jeune femme avec fermeté. Peut-être aimeriez-vous venir sur le plateau? Vous pourriez voir le reste de l'émission, tout en attendant. »

Van Buren regarda Nim, les mains levées en un geste d'impuissance.

Résigné, songeant à la masse de travail qu'il aurait abattu pendant cette heure perdue, il lui dit qu'il était d'accord.

L'assistante, qui jouait en vieille habituée ce genre de comédie, leur dit :

« Venez avec moi, je vous prie. »

Le plateau, coloré et éclairé *a giorno* était censé représenter un salon. La pièce maîtresse en était un sofa occupé par deux interviewers, Jerry et Jean, jeunes, vifs d'esprit, très « dans le vent » et, de plus, jolis garçons. Trois caméras occupaient le devant du plateau en demi-cercle. Les invités devaient se joindre l'un après l'autre aux interviewers sous l'éclat des projecteurs.

Les dix premières minutes furent consacrées à un ours danseur d'un cirque de passage, les suivantes à une grand-mère septuagénaire qui était venue de Chicago sur des patins à roulettes.

« J'en ai usé cinq paires, dit-elle avec fierté, et je serais arrivée plus tôt, mais la police ne m'a pas autorisée à rouler sur les autoroutes. »

Juste avant Nim, «La pause du déjeuner» faisait passer son «docteur maison ». L'assistante confia, dans un murmure, que le médecin passait chaque jour et qu'il avait un formidable indice d'écoute. Elle ajouta que les téléspectateurs ouvraient leur poste exprès pour lui, c'est pourquoi, passant juste après lui, Nim était certain d'être écouté.

Le médecin, la cinquantaine distinguée, était un acteur confirmé qui connaissait toutes les ficelles du métier, depuis l'art de sourire de façon désarmante, aux poses de physicien paternel et sachant à l'occasion se servir d'un dessin simplifié représentant un estomac.

« Mon sujet, aujourd'hui, dit-il à d'invisibles spectateurs, sera la constipation. »

Nim regardait, écoutait, comme fasciné.

« ... Beaucoup de gens s'inquiètent sans raison. Ce qu'il ne faut pas prendre, ce sont les laxatifs. On en vend chaque année pour des millions de dollars. C'est un gaspillage. Et bon nombre d'entre eux sont néfastes pour votre santé... La plupart des constipations sont " imaginaires "... Un mouvement quotidien de l'intestin peut relever d'un fétichisme inutile. Laissez votre cycle naturel s'effectuer à sa façon. Pour certains, cinq à sept jours " sans " est la normale. Soyez patient, attendez... Le vrai problème est que certaines personnes ne répondent pas immédiatement à l'appel de la nature. Elles sont occupées, elles retardent... C'est mauvais. L'intestin se décourage et se fatigue d'essayer... Mangez des aliments faciles à digérer, buvez quantité d'eau pour rester hydraté... »

« Oh, Dieu, Nim, je suis désolée, dit Van Buren.

— Mais non, lui dit-il doucement. Je ne voudrais à aucun prix avoir manqué cela. J'espère seulement que je ne vais pas décevoir. »

Le médecin disparut pour faire place à une publicité. L'assistante prit Nim par le bras.

« C'est à vous, monsieur Goldman. »

Elle l'escorta jusqu'au centre du plateau où on le fit asseoir.

Pendant que la publicité continuait, Nim serra la main des interviewers. Jerry l'avertit, le visage sévère.

« Nous nous mettons en retard. Nous n'avons pas beaucoup de temps, aussi arrangez-vous pour que vos réponses soient courtes. »

Un accessoiriste lui passa un feuillet couvert de notes. Puis, comme si on avait tourné un bouton, son sourire apparut sur ses traits et il se tourna vers une caméra.

« Notre dernier invité d'aujourd'hui connaît beaucoup de choses concernant l'électricité et le pétrole. Il est... »

Après la présentation, Jean demanda brusquement à Nim :

« Allons-nous réellement avoir des coupures d'électricité ou bien s'agit-il encore d'une fausse alarme de sorte qu'à la fin il n'arrivera rien ?

— Ce n'est pas une fausse alarme, cela va se produire. *(Tu veux des réponses courtes, songea Nim, tu es servi.)* »

Jerry consulta la feuille qu'on lui avait remise.

« En ce qui concerne cette prétendue pénurie... »

Nim l'interrompit aussitôt :

« Elle n'est pas " prétendue ". »

Le sourire de l'interviewer s'élargit.

« Nous vous laisserons vous en tirer comme ça... »

Il revint à ses notes.

« De toute façon, n'avons-nous pas eu un surplus de pétrole en Californie, du pétrole venu d'Alaska par le pipe-line ?

— Il y a eu quelques surplus locaux temporaires, dit Nim, mais maintenant, le reste du pays manquant tragiquement de pétrole, tous ces excédents disparaîtront rapidement.

— Cela paraît égoïste, dit Jean, l'autre interviewer, mais ne pouvons-nous pas garder ce pétrole d'Alaska en Californie ?

— Non, répliqua Nim. Le gouvernement fédéral le contrôle et il a déjà mis au point un programme de répartition. Chaque État, chaque ville du pays, font pression sur Washington pour en recevoir une partie. Il n'y aura pas grand-chose pour chacun lorsque le pétrole domestique aura été éparpillé.

— D'après ce que je sais, dit Jerry en se reportant une fois de plus à ses notes, la G.S.P. & L. a un stock de trente jours de pétrole, cela ne paraît pas trop mauvais.

— Le chiffre est exact dans un sens, répondit Nim, mais il est erroné dans un autre. Déjà, pour la simple raison qu'il est impossible d'utiliser le pétrole en épuisant les réservoirs jusqu'à la dernière goutte. Et également, parce que ce pétrole ne se trouve pas toujours là où on en a le plus besoin. Une centrale électrique peut se trouver sans carburant et une autre peut disposer d'un stock suffisant pour plusieurs jours. Or, les possibilités de déplacer de grosses quantités de pétrole sont limitées. Pour ces deux raisons, vingt-cinq jours serait plus proche de la réalité.

— Bon, dit Jerry, espérons que tout rentrera dans l'ordre d'ici là.

— Il n'y a pas la moindre chance qu'il en soit ainsi, répliqua Nim, même si l'on parvient à un accord avec les pays de l'OPEP, cela prendra...

— Excusez-moi, dit Jean, mais nous n'avons plus le temps et j'ai une autre question à vous poser, monsieur Goldman. Votre compagnie n'aurait-elle pas pu prévoir ce qui est arrivé avec le pétrole et prendre d'autres dispositions ? »

L'effronterie, l'injustice et même la naïveté de la question stupéfièrent Nim. Il sentit monter en lui la colère, mais il la maîtrisa pour répondre :

« C'est précisément ce que la Golden State Power & Light a tenté de faire depuis dix ans. Mais tout ce que notre compagnie a proposé : usines nucléaires ou géothermiques, réserves hydrauliques par pompage, chauffe au charbon, a été repoussé, ralenti ou contrecarré par...

— Je suis vraiment désolé, monsieur Goldman, mais le temps qui nous était imparti est écoulé. Merci de votre visite, monsieur Goldman », dit Jerry.

Puis il s'adressa à un objectif de caméra qui le prenait en gros plan.

« Parmi les invités les plus intéressants de " La pause du déjeuner " demain, il y aura un Indien swami et... »

En sortant de l'immeuble de la télévision, Teresa s'adressa à Nim sur un ton désabusé :

« Même maintenant, personne ne nous croit, n'est-ce pas ?

— Ils nous croiront bien assez tôt, dit Nim, quand ils seront en train de manipuler leurs interrupteurs et que rien ne se passera. »

Tandis que les préparatifs des délestages se poursuivaient et que l'obsession de la crise envahissait la G.S.P. & L., les aberrations persistaient.

L'une d'entre elles était les audiences de la commission de l'Énergie concernant Tunipah. Elles se poursuivaient sans changement avec une lenteur désespérante.

« Un habitant de Mars pourvu d'un élémentaire bon sens, remarqua O'Brien lors d'un déjeuner avec Nim et Eric Humphrey, supposerait qu'en raison de notre pénurie d'énergie, les procédures d'autorisation de projets comme Tunipah, Fincastle et Devil's Gate seraient accélérées. Eh bien, le Martien de bon sens se mettrait le doigt dans l'œil jusqu'au coude ! »

L'avocat-conseil avala mélancoliquement quelques bouchées de son déjeuner, puis il reprit :

« Lorsque vous assistez à un de ces débats publics, lorsque vous écoutez les témoignages et même les arguments rabâchés concernant la procédure, vous pourriez penser que personne ne sait rien ou ne se soucie de ce qui se passe dans le monde extérieur, bien réel, lui. Oh, à propos, nous avons un nouveau groupe pour nous combattre à Tunipah. Ils se sont baptisés, si ma mémoire est exacte, les " Croisés contre le développement de l'Énergie inutile ". Comparé à ces gens-là, Davey Birdsong était un ami et un allié.

— L'opposition est une hydre à cent têtes, dit Humphrey, puis il ajouta : l'appui du gouverneur à Tunipah semble avoir eu peu d'effet, sinon pas du tout.

— C'est parce que la bureaucratie est plus puissante que les gouverneurs, les présidents et n'importe lequel d'entre nous, dit O'Brien. Combattre la bureaucratie de nos jours, c'est lutter contre un océan de boue alors que vous y êtes plongé jusqu'aux aisselles. Je vais vous faire une prophétie : lorsque les délestages atteindront l'immeuble de la commission de l'Énergie, les audiences concernant Tunipah se poursuivront à la lueur des chandelles et il n'y aura rien de changé. »

En ce qui concernait l'usine géothermique de Fincastle et celle de Devil's Gate, l'avocat fit connaître que les dates des audiences publiques n'avaient toujours pas été arrêtées par les services responsables de l'État.

Le désenchantement d'O'Brien, comme celui de Nim, concernait également la fausse enquête auprès des consommateurs, distribuée dans le quartier de North Castle.

Il y avait presque trois semaines que le questionnaire, soigneusement préparé, avait été envoyé. Il était clair que la tentative de piégeage du chef terroriste Georgos Archambault avait avorté. C'était du temps et de l'argent perdu.

Durant quelques jours après l'expédition en masse des formulaires, des centaines de réponses affluèrent et il en fut de même au cours des semaines suivantes. Une grande salle du sous-sol de l'immeuble de la G.S.P. & L. avait été réquisitionnée pour traiter ce flot de papiers et une équipe de six employés s'y était installée. Quatre d'entre eux avaient été mutés de divers services. Les deux autres avaient été recrutés dans les bureaux du procureur. Ils examinaient avec application tous les questionnaires remplis.

Les bureaux du procureur avaient également fourni des agrandissements photographiques des échantillons d'écriture de Georgos Archambault. Les employés les avaient constamment sous les yeux. Pour éviter toute erreur, chaque questionnaire était examiné séparément par trois personnes. Mais le résultat restait définitivement négatif. Rien, qui correspondît aux échantillons d'écriture, n'était rentré.

Alors, l'équipe se réduisit à deux personnes, les autres ayant été rendues à leurs occupations habituelles. Quelques réponses arrivaient encore et on les examinait par routine. Mais il semblait peu probable qu'on y découvrît Georgos Archambault.

Pour Nim, en tout cas, cette affaire était devenue beaucoup moins importante que la situation critique des approvisionnements en pétrole qui le préoccupait nuit et jour.

Au cours d'une tardive séance de travail concernant le pétrole — une réunion dans le bureau de Nim avec le directeur de l'approvisionnement en pétrole, le chef des prévisions de charge et deux autres chefs de service —, il reçut un appel téléphonique qui n'avait rien à voir avec l'objet de la discussion, mais qui le troubla considérablement.

Victoria Davis, sa secrétaire, qui travaillait également très tard, l'appela de l'extérieur pendant la réunion.

Ennuyé d'être interrompu, Nim décrocha l'appareil.

« Oui ? fit-il sèchement.

— Miss Karen Sloan vous appelle sur la première, lui dit Vicki. Je ne voulais pas vous déranger, mais elle a insisté en disant que c'était important.

— Dites-lui... » Nim était sur le point de dire qu'il appellerait plus tard ou le lendemain matin, puis il changea d'avis. « D'accord, je la prends. »

Il s'excusa auprès des autres et appuya sur le bouton de la ligne.

« Allô, Karen ?

— Nimrod, dit-elle sans préliminaires d'une voix tendue, mon père a de sérieux ennuis. Je vous appelle pour voir si vous pouvez nous aider.

— Quel genre d'ennuis ? »

Nim se rappela que le soir où il était allé au concert avec Karen, elle avait dit à peu près la même chose, mais sans rien préciser.

« J'ai obligé ma mère à me le dire. Papa ne voulait pas. » Karen se tut. Il comprit qu'elle s'efforçait de se reprendre.

« Vous savez que mon père a une petite entreprise de plomberie, reprit-elle.

— Oui », dit Nim. Il se rappela que Luther Sloan avait parlé de son affaire le jour où ils s'étaient rencontrés à l'appartement de Karen. Ce même jour, les parents de Karen lui avaient confié leur sentiment de culpabilité vis-à-vis de leur fille.

— Eh bien, dit Karen, papa a été interrogé à plusieurs reprises par des gens de votre compagnie, Nim, et maintenant par des inspecteurs de police.

— Interrogé sur quoi ? »

Une fois de plus, Karen hésita avant de répondre.

« D'après ce que m'a dit ma mère, papa a fait une quantité de travaux de sous-traitance pour une compagnie appelée Quayle Electrical &

Gas. Ces travaux concernaient des canalisations de gaz, quelque chose comme des canalisations allant aux compteurs.

— Redites-moi le nom de la compagnie ? dit Nim.

— C'est " Quayle ". Est-ce que cela vous dit quelque chose ?

— Oui, ça me dit quelque chose », répondit lentement Nim tout en réfléchissant.

Il semblait presque certain que Luther Sloan était impliqué dans les vols de gaz. Bien que Karen n'en sût rien, sa phrase « des canalisations allant aux compteurs » le laissait supposer. En outre, la référence à la Quayle Electrical & Gas Contracting, les voleurs de gaz sur une grande échelle, le confirmait. Ils étaient déjà signalés par Harry London qui poursuivait son enquête à leur sujet. Que lui avait dit London récemment ? « Il y a tout un paquet de nouvelles affaires, comme toutes les autres, elles découlent de l'enquête sur la Quayle. »

La soudaineté de la nouvelle et les conséquences qu'elle impliquait le déprimèrent. Si ses suppositions étaient justes, pourquoi le père de Karen avait-il agi de la sorte ? Probablement pour la raison habituelle, l'argent, pensa Nim. Puis il réfléchit qu'il pouvait probablement imaginer à quoi cet argent avait servi.

« Karen, dit-il, si c'est ce que je pense, c'est grave pour votre père et je ne suis pas sûr que je puisse y faire quelque chose. »

Il sentait que ses subordonnés dans la pièce attendaient qu'il ait fini en essayant d'avoir l'air de ne pas écouter.

« De toute façon, je ne peux rien faire ce soir, dit-il, mais demain matin, je verrai ce qui est possible et je vous appellerai. »

A l'idée qu'il s'était montré inhabituellement protocolaire, il continua en expliquant qu'il avait une réunion dans son bureau.

« Je suis désolée, Nimrod, dit Karen d'une voix contrite, je n'aurais pas dû vous déranger.

— Non, répliqua-t-il, vous ne me dérangez jamais. Je ferai demain ce que je pourrai. »

Lorsque la discussion sur l'approvisionnement en pétrole fut terminée, Nim essaya de se concentrer sur ce qui avait été dit, mais, à plusieurs reprises, ses pensées vagabondèrent. Il se demandait si la vie, qui avait déjà porté des coups si durs à Karen, n'allait pas lui en assener un de plus.

13

Sans trêve ni relâche, qu'il dormît ou fût éveillé, un souvenir hantait la mémoire de Georgos Archambault.

Ce souvenir remontait à une lointaine journée d'été dans le Minnesota, peu après le dixième anniversaire de Georgos. Pendant les vacances scolaires, il avait fait un séjour dans une famille de fermiers. Il avait oublié pourquoi et comment. Avec un des jeunes enfants de la maison, Georgos était allé chasser les rats dans une vieille grange. Ils en tuèrent plusieurs avec cruauté en se servant de râteaux aux pointes acérées pour les embrocher. Un gros rat se trouva acculé dans un coin. Georgos se souvenait des petits yeux ronds et brillants de l'animal lorsque les deux garçons l'eurent coincé. Puis le rat, dans un sursaut désespéré, sauta d'un bond et enfonça ses dents dans la main de l'autre garçon qui hurla. L'animal ne survécut que quelques secondes, car Georgos abattit son râteau. Le rat tomba sur le sol et Georgos lui transperça le corps avec les pointes de l'outil.

Georgos s'était toujours rappelé le geste de défi du rat avant sa mort.

Et maintenant, dans sa tanière de North Castle, il se sentait de la même race que le rongeur.

Il y avait presque huit semaines que Georgos était allé se terrer à North Castle. En y réfléchissant, il était surpris de ce long délai. Il n'avait pas espéré survivre aussi longtemps, surtout après l'avalanche de publicité à son sujet et sur les « Amis de la Liberté », consécutive à l'attentat contre l'hôtel Christophe Colomb. Le signalement de Georgos avait été largement diffusé, des photos de lui, découvertes dans la maison de Crocker Street, avaient paru à la télévision et dans les journaux. Il savait par la presse qu'une formidable chasse à l'homme, dont il était le gibier, avait été organisée dans le quartier de North Castle, ainsi qu'ailleurs. Chaque jour, depuis qu'il était entré dans la clandestinité, Georgos s'était attendu à être découvert, son appartement cerné et pris d'assaut.

Cela n'avait pas eu lieu.

Tout d'abord, à mesure que les heures puis les jours s'écoulaient, le principal sentiment de Georgos fut le soulagement. Puis, comme les jours devenaient des semaines, il commença de se demander si une résurrection des « Amis de la Liberté » serait possible. Pourrait-il recruter d'autres militants pour remplacer les morts : Wayde, Ute et Felix ? Pourrait-il obtenir de l'argent et trouver un autre homme de liaison à l'extérieur qui pourrait devenir un nouveau Birdsong ? Pourrait-il reprendre une fois de plus la guerre contre son ennemi détesté et haï, la Société ?

Il avait étudié l'idée pendant plusieurs jours. Il y pensait, il en rêvait. Puis, devant la dure réalité, il l'abandonna, non sans regrets.

Il n'y avait aucun moyen, aucune possibilité de faire revivre les « Amis de la Liberté » et aucune chance de survie pour Georgos. Les semaines écoulées n'avaient été qu'un bref répit, un sursis de l'inévitable. C'était tout.

Georgos savait qu'il était au bout du rouleau.

Il était pourchassé par toutes les polices et il en serait ainsi aussi longtemps qu'il vivrait. Son nom et son visage étaient connus. Ses mains, tachées par les produits chimiques, avaient été décrites. Il serait reconnu tôt ou tard, par quelqu'un, ce n'était plus qu'une question de temps. Il n'avait personne pour l'aider, aucun autre endroit où aller et, ce qui était le plus grave, l'argent qu'il avait emporté était presque épuisé. Sa capture était donc inévitable — à moins qu'il ne choisît de devancer les événements en mettant fin à sa vie par un dernier défi, à sa façon.

C'était exactement ce qu'il avait l'intention de faire.

Tel le rat dont il avait gardé le souvenir depuis son adolescence, il accomplirait un dernier exploit et, si nécessaire, il mourrait comme il avait vécu, en dévastant un système qu'il haïssait. Georgos avait décidé de faire sauter un organe essentiel d'une centrale de la G.S.P. & L. Il y avait un moyen de le faire en provoquant le maximum de dégâts et ses plans commençaient à prendre forme.

Ils étaient fondés sur une attaque qu'il avait projeté d'exécuter, aidé par les autres combattants de la liberté, avant qu'intervînt le projet de Birdsong pour faire sauter l'hôtel Christophe Colomb. Georgos était en train de remettre en vigueur le plan initial, sauf que, désormais, il devrait l'exécuter seul.

Il avait déjà accompli une étape vers son but en prenant un risque sérieux le jour même où il s'était caché.

La première chose qu'il comprit ce jour-là en examinant sa situation fut la nécessité de posséder un moyen de transport. Il lui *fallait* des roues. Il avait abandonné le camion rouge « Service de Protection contre le feu » parce qu'il ne pouvait l'utiliser sans se faire reconnaître. Mais il lui fallait un véhicule de remplacement.

Acheter n'importe quelle voiture était hors de question. D'abord, parce que le risque était trop grand. Et d'ailleurs, il n'avait pas assez d'argent. Le gros des réserves en argent liquide des Amis de la Liberté était resté dans la maison de Crocker Street. Georgos conclut que la seule possibilité était de récupérer sa camionnette Volkswagen qui pouvait ou non avoir été découverte par les salauds et se trouver sous surveillance.

Il avait garé la voiture dans un parking privé, non loin de Crocker Street. Conscient du risque qu'il courait et jouant sur le fait qu'il devancerait la police, Georgos se rendit le matin même au parking en passant autant que possible par des chemins détournés.

Il arriva sans incident, paya au garagiste ce qu'il lui devait, puis il partit avec la camionnette. Personne ne le questionna et il ne fut pas arrêté non plus en revenant à North Castle. Avant la fin de la matinée, la Volkswagen était en sécurité à l'intérieur du garage fermé qui jouxtait la planque.

Enhardi par ce succès, Georgos s'aventura dehors à nouveau, après le coucher du soleil, pour acheter de la nourriture et la dernière édition du *California Examiner*. Il apprit, grâce au journal, qu'un reporter nommé Nancy Molineaux avait fourni une description de sa camionnette Volkswagen que la police recherchait. Le journal du lendemain contenait un nouvel article sur le même sujet et révélait que le parking avait reçu la visite des policiers une demi-heure après le départ de Georgos.

Sachant qu'une description de son véhicule avait été diffusée, Georgos s'abstint de l'utiliser. Désormais, il ne s'en servirait plus qu'une fois, pour ce qui pourrait bien être sa dernière opération.

Il y avait plusieurs autres raisons pour lesquelles la récupération de la Volkswagen était importante.

L'une d'elles était l'existence d'un compartiment secret sous le plancher de la camionnette. Là, soigneusement empaquetées dans du caoutchouc mousse pour empêcher les vibrations, il y avait une douzaine de bombes cylindriques contenant de l'explosif et un mécanisme de mise à feu à retardement.

Il y avait également un petit canot de caoutchouc gonflable, dans un paquet bien serré. Georgos l'avait acheté dans un magasin de sport environ un mois auparavant, en même temps que d'autres matériels ainsi qu'un équipement de plongée sous-marine. Tous ces articles étaient indispensables pour l'audacieuse attaque qu'il projetait.

Au cours des journées qui suivirent la récupération de la Volkswagen, Georgos sortit de temps à autre de l'appartement, mais seulement la nuit et lorsqu'il lui fallait acheter de la nourriture. Il prit la précaution de ne jamais se rendre deux fois de suite dans le même magasin. Il portait des gants pour dissimuler ses mains et, pour essayer de modifier légèrement son aspect physique, il s'était rasé la moustache.

Les reportages du journal concernant les Amis de la Liberté et l'attentat contre l'hôtel étaient importants pour lui, non seulement parce qu'il aimait lire ce que l'on écrivait à son sujet, mais aussi parce qu'ils donnaient des indices sur ce que faisaient la police et le F.B.I. Le camion « Service de Protection contre le feu » découvert à North Castle fut mentionné plusieurs fois, mais on pensait que Georgos avait dû réussir à se glisser hors de la ville et qu'il était maintenant dans l'est des U.S.A. Un reportage prétendait qu'il avait été vu à Cincinnati. Excellent ! Tout ce qui éloignait l'attention de l'endroit où il se trouvait était bienvenu.

En lisant l'*Examiner* ce premier jour, il avait été surpris de découvrir à quel point ses activités étaient connues de Nancy Molineaux. Puis, à mesure que Georgos lisait, il comprit qu'Yvette avait eu, d'une façon ou d'une autre, connaissance de ses plans et qu'elle l'avait trahi. Sans cette trahison, la bataille de l'hôtel Christophe Colomb (comme il l'appelait désormais) aurait été une magnifique victoire pour les « Amis de la Liberté » au lieu d'une déroute sans gloire.

Georgos aurait dû haïr Yvette. Pourtant, il n'y parvint pas, ni maintenant, ni plus tard. Au contraire, avec une faiblesse dont il avait honte, il avait pitié d'elle et de la façon dont elle était morte à Lonely Hill, telle que la décrivait le journal.

Le plus incroyable était qu'Yvette lui manquait plus qu'il ne l'eût cru. Georgos songea que, peut-être parce qu'il ne lui restait plus longtemps à vivre, il devenait d'une sentimentalité larmoyante et stupide. S'il en était ainsi, il fut soulagé à l'idée qu'aucun de ses camarades révolutionnaires ne le saurait jamais.

Les journaux avaient épluché en profondeur le passé de Georgos. Un reporter astucieux fouillant l'état civil de Georgos à New York apprit qu'il était l'enfant illégitime d'une ancienne star de cinéma grecque et d'un riche play-boy américain nommé Winslow, et petit-fils d'un pionnier de l'industrie automobile.

Bribe par bribe, tout était révélé.

La star de cinéma n'avait pas voulu admettre qu'elle avait eu un enfant par crainte de voir détruire sa juvénile image. Le play-boy ne s'était soucié de rien, sauf d'éviter les complications et les responsabilités.

En conséquence, Georgos fut soigneusement dissimulé à la vue du monde et confié, aux différentes étapes de son enfance, à une série de parents nourriciers dont il n'aima aucun. Son nom d'Archambault lui venait d'une branche de sa famille maternelle.

A l'âge de neuf ans, Georgos avait rencontré une seule fois son père et sa mère et, au total, trois fois. Après quoi, il ne les vit plus ni l'un ni l'autre. Lorsqu'il était enfant, il voulait de toutes ses forces connaître ses parents qui, pour des raisons différentes et égoïstes, étaient tout aussi déterminés à ne pas le connaître.

La mère de Georgos semblait posséder un peu plus de conscience que son père. Elle, au moins, lui fit parvenir par un notaire d'Athènes, de substantielles sommes d'argent grâce auxquelles il put entrer à l'université de Yale où il obtint un diplôme de philosophie. Plus tard, l'argent servit à financer les « Amis de la Liberté ».

L'ancienne actrice de cinéma, dont l'aspect était devenu fort éloigné de celui d'une star, se déclara choquée d'apprendre par les journalistes l'usage que l'on avait fait de son argent. Cependant, paradoxalement, elle parut se réjouir de l'intérêt que Georgos attirait sur sa personne. Peut-être parce qu'elle menait une vie obscure dans un appartement malpropre des environs d'Athènes et parce qu'elle était devenue une pocharde. Elle avait également été malade, mais elle refusa de discuter de la nature de sa maladie.

Lorsqu'on lui décrivit en détail les activités de Georgos, elle répondit :

« Ce n'est pas un fils, c'est une bête méchante. »

Toutefois, lorsqu'une femme journaliste lui demanda si elle ne pensait pas que son indifférence à l'égard de Georgos était responsable de ce qu'il était devenu, l'ancienne actrice lui cracha à la figure.

A Manhattan, le play-boy vieillissant, père de Georgos, réussit à échapper à la presse pendant plusieurs jours. Puis, découvert dans un bar de la 59e Rue par un reporter, il nia toute relation avec la star grecque, y compris le fait d'avoir engendré son fils. Finalement, lorsqu'on lui montra les documents prouvant sa paternité, il haussa les épaules et déclara :

« A mon avis, les flics devraient tirer à vue sur ce bâtard et le tuer. »

Georgos lut naturellement les commentaires de ses parents. Ni l'un ni l'autre ne le surprirent, mais ils intensifièrent son ressentiment tous azimuts.

Dans la dernière semaine d'avril, Georgos décida que le temps d'agir était proche. D'une part, pensait-il, il ne pouvait espérer rester caché beaucoup plus longtemps sans être détecté. Deux nuits auparavant, comme il achetait à manger dans un petit supermarché, il avait remarqué un autre client, un homme, qui le dévisageait d'une façon qui révélait plus qu'une curiosité de hasard. Georgos quitta l'endroit à la hâte. De plus, l'impact initial de toute la publicité faite autour de lui et la diffusion de sa photographie avaient dû s'affaiblir, au moins en partie.

Le plan de Georgos consistait à faire sauter les énormes pompes de refroidissement de la centrale de La Mission. C'était là que, près d'un an auparavant, déguisé en officier de l'Armée du Salut, il avait placé la bombe qui avait endommagé la génératrice que les journaux appelaient Big Lil. Il avait été informé de l'existence de ces pompes en étudiant des manuels sur la production d'énergie afin de déterminer les points les plus vulnérables de la G.S.P. & L. Il avait également visité l'école d'ingénieurs de l'université de Californie à Berkeley où des plans de La Mission et d'autres centrales étaient à la disposition de quiconque voulait les étudier.

Georgos savait, car il était réaliste, qu'il n'avait aucune chance de pénétrer dans le bâtiment principal de La Mission, comme il était déjà parvenu à le faire. Celui-ci était maintenant trop bien gardé.

Mais, en s'en donnant la peine et avec un peu de chance, il pouvait accéder au bâtiment des pompes. Les onze énormes et puissantes pompes étaient indispensables au fonctionnement de *cinq génératrices*, y compris Big Lil. En les détruisant, il mettrait toute la centrale électrique hors de combat pour des mois.

Comme si l'on tranchait une ligne de sauvetage.

La meilleure voie d'approche était celle de la rivière Coyote. La Mission était construite directement sur la berge pour permettre à l'usine de tirer l'eau de refroidissement et de la rejeter ensuite dans le cours d'eau. Le canot pneumatique permettrait d'accéder à la rive où s'élevait l'usine. Après quoi, Georgos utiliserait son matériel de plongée. Il était expert en la matière, car il avait appris les méthodes de démolition sous-marine pendant son entraînement révolutionnaire à Cuba.

Georgos avait étudié les cartes et il savait qu'il pouvait accéder en voiture jusqu'à un demi-mile de La Mission et mettre le canot à l'eau dans un endroit désert. De là, le courant l'aiderait à en descendre le cours. Revenir à la camionnette et s'échapper était plus qu'un simple problème, mais il ignora délibérément cet aspect de la question.

Il pénétrerait dans le bâtiment des pompes immergées à travers un grillage et deux panneaux de treillage aux mailles de fil métallique. Les outils nécessaires seraient rangés avec son équipement de plongée, et les bombes cylindriques attachées à son gilet par des courroies. Une fois à l'intérieur, il prendrait les bombes, enfermées dans des boîtes aimantées, et les poserait simplement et rapidement sur les pompes. C'était un plan superbe ! et il lui avait semblé logique depuis le début.

La seule question en suspens était de choisir son moment. On était vendredi. Tout bien considéré, Georgos se décida pour le mardi suivant. Il quitterait North Castle dès la nuit tombée et couvrirait les quelque cinquante miles qui le séparaient de La Mission avec la Volkswagen puis, dès son arrivée, il mettrait immédiatement le canot pneumatique à l'eau.

Maintenant, sa décision prise, il ne tenait plus en place. L'appartement était petit, lugubre, sommairement meublé et favorisait un sentiment de claustration, surtout pendant la journée. Georgos savait pourtant qu'il serait stupide de prendre des risques et de sortir. Il décida de rester enfermé jusqu'au dimanche soir, lorsque l'achat de nourriture deviendrait absolument nécessaire.

L'habitude d'écrire son journal lui manquait. Quelques jours auparavant, il avait envisagé d'en commencer un nouveau puisque l'original était perdu, pris par l'ennemi. Mais il ne pouvait retrouver ni l'énergie ni l'enthousiasme pour recommencer à écrire.

Une fois de plus, comme il l'avait fait si souvent, il erra dans les trois minuscules pièces de l'appartement, comprenant un living-room, une chambre à coucher et une cuisine avec un coin-repas.

Sur le buffet de la cuisine, une enveloppe attira son regard. Elle contenait la prétendue « Enquête auprès des consommateurs » qui était arrivée plusieurs semaines auparavant. Elle émanait de la Golden State Pisse et Larmes. Elle avait été adressée à un certain Owen Granger, ce qui était normal, car c'était le nom sous lequel Georgos louait l'appartement. Il avait payé trois mois d'avance pour éviter toute question indiscrète.

(Georgos payait toujours immédiatement loyers et factures, en espèces, par retour du courrier. Payer ses dettes avec promptitude faisait partie de la technique des terroristes pour passer inaperçus. Les factures impayées amenaient des enquêtes indésirables et attiraient l'attention.)

L'une des questions de cette saloperie d' « Enquête auprès des consommateurs » avait irrité Georgos à première lecture à tel point qu'il avait jeté et brisé, contre le mur le plus proche, une tasse qu'il tenait à la main. Cette question était :

> Golden State Power & Light présente ses excuses à ses clients pour les inconvénients résultant des lâches attentats perpétrés contre les installations de la compagnie par des terroristes à la petite semaine qui agissent comme des inconscients. Si vous pensez qu'il existe des moyens pour mettre fin à ces attentats, veuillez nous faire connaître votre point de vue.

A cette lecture, Georgos s'était assis et il avait rédigé une réponse énergique et cinglante qui commençait ainsi : « Les terroristes à la petite semaine que vous décrivez présomptueusement comme des lâches et des inconscients ne sont rien de tout cela. Ce sont des héros avisés et dévoués à une tâche importante. Vous êtes des ignorants et de criminels exploiteurs du peuple. La justice vous balaiera. Soyez prévenus : il y aura du sang et des larmes et non plus des " inconvénients " lorsque la glorieuse révolution... »

Il avait bientôt manqué de place et utilisé une feuille de papier supplémentaire pour rédiger une réponse vraiment splendide.

Quel dommage de ne pas l'avoir postée. Il avait été sur le point de le faire, lors d'une de ses excursions nocturnes, mais la prudence l'avait averti : « Ne le fais pas. » Ça pourrait être un piège. Aussi avait-il laissé le questionnaire rempli là où il était encore, sur le buffet.

L'enveloppe de port payé qui était jointe au questionnaire n'était pas encore fermée. Georgos en sortit le contenu. Ce qu'il avait écrit là, songea-t-il, était une sorte de chef-d'œuvre. Pourquoi ne pas l'expédier ? Après tout, cela restait dans l'anonymat. Il avait déjà supprimé le volet du questionnaire qui portait le nom et l'adresse « Owen Granger ». Même cette partie-là avait été imprimée par un ordinateur, comme Georgos l'avait vu instantanément. C'était donc impersonnel, comme l'étaient toutes les lettres émanant des ordinateurs.

Il fallait que quelqu'un lût ce qu'il avait écrit. Ce quelqu'un en serait secoué, ce qui était excellent. Et, en même temps, on ne manquerait pas d'admirer, fût-ce à regret, la valeur spirituelle du signataire.

Changeant d'avis, Georgos cacheta l'enveloppe. Il la mettrait dans une boîte aux lettres lorsqu'il sortirait le dimanche soir.

Il s'arrêta de déambuler et, involontairement, il recommença de penser à son lointain passé et au rat acculé au désespoir.

14

Presque au même instant où Georgos Archambault décidait de faire sauter La Mission pour la deuxième fois, Harry London était aux prises avec Nim Goldman.

« Non ! dit London, bon Dieu, non ! Pas plus pour vous que pour n'importe qui d'autre, Nim !

— Tout ce que je vous ai demandé, dit Nim avec patience, c'était de tenir compte de circonstances spéciales. Il se trouve que je connais la famille Sloan. »

Les deux hommes étaient dans le bureau de Nim. Harry London, debout, s'appuyait sur la table qui les séparait.

« Il se peut que vous connaissiez la famille, mais moi, je connais l'affaire. Tout est là-dedans ! Lisez ! » Le chef de la sécurité, le visage rouge de colère, frappa du poing un épais dossier.

« Calmez-vous, Harry, dit Nim. Je n'ai pas besoin de lire le dossier. Je vous crois sur parole en ce qui concerne ce genre de combine et je sais combien elle est moche. »

Un moment auparavant, Nim s'était souvenu de sa promesse à Karen. Il avait téléphoné à Harry London pour voir s'il avait connaissance d'un vol de courant où Luther Sloan aurait été compromis.

« Et comment ! » avait été la réponse.

Lorsque Nim lui avait révélé qu'il y portait un intérêt personnel, London lui avait dit qu'il montait le voir. Et maintenant, London insistait :

« Vous avez foutrement raison, c'est une sale affaire. Votre copain Sloan a truqué des alimentations de compteurs, en quantité, depuis plus d'un an.

— Sloan n'est pas mon copain. C'est sa fille qui est mon amie, dit Nim avec irritation.

— Une de vos innombrables petites amies, sans doute ?

— Retirez ça, dit Nim qui commençait à se fâcher, Karen Sloan est quadriplégique. »

Il continua en décrivant la famille Sloan, comment ses parents aidaient financièrement Karen et comment Luther Sloan s'était endetté pour acheter une camionnette spéciale pour l'usage de sa fille.

« Ce dont je suis certain, c'est que, quoi que le père de Karen ait fait de cet argent, il ne l'a pas dépensé pour lui-même.

— Est-ce que ça rend le vol estimable ? dit Harry avec mépris. Vous savez bien que non !

— Oui, je le sais. Mais, dès lors que nous savons qu'il y a des circonstances atténuantes, nous pourrions être moins durs.

— Qu'est-ce que vous avez en tête ? »

Nim ne releva pas le ton caustique.

« Eh bien, nous pourrions peut-être exiger une restitution des montants volés et les faire rembourser par Luther Sloan en lui accordant un peu de temps au lieu d'engager une procédure criminelle.

— C'est ça que vous suggérez ? dit froidement Harry London.

— Exactement.

— Nim, dit London, je n'aurais jamais cru qu'un jour viendrait où je vous entendrais parler de la sorte.

— Pour l'amour de Dieu, Harry, qui sait ce que l'on peut dire ou faire dans certaines situations ?

— Je sais cela, et je vous dis une chose : l'affaire Sloan suivra son cours. Cela signifie qu'une plainte va être déposée dans les prochains jours. A moins que vous ne décidiez, naturellement, de me foutre à la porte et d'agir à votre guise.

— Harry, arrêtez de dire des conneries », dit Nim avec lassitude.

Il y eut un silence, puis London reprit :

« Nim, vous pensez à Yale, n'est-ce pas ?

— Oui.

— Vous vous demandez pourquoi si le vieux Yale s'est tiré d'un vol de courant ou tout au moins s'il a été blanchi, Luther Sloan ne s'en tirerait pas, lui aussi ? Vous vous figurez qu'il y a une loi pour les grosses légumes et une autre pour les minables, comme le père de votre amie ? Pas vrai ?

— Oui, j'y ai même beaucoup pensé.

— Eh bien, vous avez raison. C'est comme a et j'ai vu la chose se produire en d'autres lieux et circonstances. Les privilégiés, les puissants, ceux qui ont de l'argent, peuvent tourner les lois ou en tirer des avantages. Pas toujours, mais assez souvent pour rendre la justice inégale. Mais c'est ainsi que fonctionne le système et même si je ne l'aime pas, ce n'est pas moi qui l'ai fait. Quoi qu'il en soit, je vais aussi vous dire ceci : si j'avais eu contre le juge Yale des preuves aussi solides que celles que je possède contre Luther Sloan, je n'aurais jamais écrasé comme je l'ai fait.

— Il y a donc des preuves solides ?

— J'aurais pensé que vous ne me le demanderiez pas, dit London avec un sourire tordu.

— Parfait, donnez-les-moi...

— Nim, dans l'affaire de la Quayle, Luther était l'homme du gaz. Ils lui avaient donné à exécuter la plupart des travaux illégaux qui passaient par leurs mains. Probablement parce qu'il était diablement compétent. J'ai vu quelques-uns des boulots qu'il a exécutés et il y en a une quantité. Nous avons tous les détails par les registres de la Quayle. Autre chose : vous parliez de faire rembourser Sloan. Eh bien, pour autant que nous pouvons l'évaluer, les travaux illicites qu'il a faits ont coûté à la G.S.P. & L., en pertes sur le prix du gaz, la bagatelle de deux cent trente mille dollars. Et vous voudriez me faire croire que Sloan n'a pas touché sa part de galette ?

— Entendu, Harry, vous avez gagné, dit Nim en levant les bras.

— Non, dit London en hochant la tête, je n'ai pas gagné. Personne ne gagne. Ni vous, ni la G.S.P. & L. et certainement pas Luther Sloan. Je fais simplement mon boulot comme je suis supposé le faire.

— Et vous le faites honnêtement, dit Nim, peut-être plus que nous tous. »

Nim regrettait ce qui venait de se passer entre lui et Harry London. Il se demandait si leur amitié resterait tout à fait la même et il en doutait beaucoup.

« Nous nous reverrons, je pense », dit London.

Il prit le dossier qu'il avait apporté et sortit.

Nim se disait qu'il lui faudrait appeler Karen pour lui apprendre ces mauvaises nouvelles. Il redoutait de le faire. Mais avant qu'il n'eût saisi l'appareil, la porte de son bureau s'ouvrit brusquement et Ray Paulsen entra en trombe.

Le vice-président exécutif chargé de l'approvisionnement en courant demanda brusquement.

« Où est le président ?

— Il avait rendez-vous avec son dentiste, dit Nim. Puis-je faire quelque chose pour vous ?

« — Quand reviendra-t-il ? demanda Paulsen sans s'occuper de la question de Nim qui consulta sa montre.

— Dans une heure, je pense. »

Paulsen avait l'air effondré, les yeux hagards. Ses épaules étaient plus tombantes que d'habitude. Ses cheveux et ses sourcils broussailleux plus gris qu'un mois auparavant. Ce n'était pas surprenant. Ils avaient tous été soumis à une forte tension. Ray Paulsen autant qu'un autre, en raison de ses lourdes responsabilités.

« Ray, dit Nim, pardonnez-moi de vous le dire, mais vous avez l'air d'être dans le trente-sixième dessous. Pourquoi ne pas vous détendre quelques minutes ? Asseyez-vous, laissez tout tomber ; je vais envoyer chercher du café. »

Paulsen le regarda, visiblement prêt à lui répondre avec colère. Puis soudain, son expression changea. Il s'effondra lourdement dans un fauteuil de cuir.

« D'accord », dit-il.

Nim appela Vicki sur l'intercom et lui commanda du café. Après quoi, il fit le tour de son bureau et vint s'asseoir à côté de Paulsen.

« Je peux vous dire ce que j'étais venu annoncer au président, grogna Paulsen, nous avons perdu Big Lil. »

Nim bondit.

« Nous avons quoi ?

— Vous m'avez parfaitement compris, aboya Paulsen.

— Nous avons perdu Big Lil ! répéta Nim. Pour combien de temps ?

— Au moins quatre mois. Mais plus probablement six. »

On frappa à la porte et Vicki entra avec deux gobelets de café. Tandis qu'elle les disposait sur une table, Nim se leva et commença d'arpenter le bureau. Il comprenait maintenant la détresse de Paulsen, et il la partageait. Big Lil, La Mission N° 5, la plus grande génératrice du système, fournissait un million et quart de kilowatts, soit six pour cent de la charge maximale de la G.S.P. & L. A n'importe quel moment, la perte soudaine de Big Lil aurait créé des problèmes importants, comme l'avait démontré l'attentat de juillet. Dans les circonstances présentes, c'était une catastrophe.

« Les gens, dit Paulsen en explosant, ces fils de putes, ces cons ! Vous croyez que vous avez tout prévu, que vous avez clairement expliqué toutes les procédures et alors, une espèce de clown incapable vous laisse tomber. »

Il saisit un des gobelets de café et but.

« Qu'est-il arrivé ? demanda Nim.

— Nous avions mis Big Lil sur la touche pour une semaine, pour un entretien de routine, dit Paulsen. Ça, vous le savez.

— Oui, elle devait être remise en service aujourd'hui.

— Elle aurait dû... sauf un sacré con d'opérateur ! » Paulsen se frappa la paume du poing. « Je pourrais l'écorcher vif, ce bâtard ! »

Avec colère et tristesse, il expliqua les détails.

404

Lorsqu'une grande centrale à vapeur fonctionnant au fuel comme Big Lil était mise en route, les procédures étaient compliquées et précises. Un opérateur, entraîné à suivre les instructions point par point, travaillait dans une salle de contrôle avec une multitude d'instruments pour le guider. Une liste de contrôle imprimée lui était fournie proscrivant toute hâte intempestive. Normalement, toute l'opération prenait plusieurs heures.

A Big Lil, comme du reste dans toutes les centrales similaires, la chaudière qui fournissait la vapeur était mise en action la première. Le foyer était constitué par des cercles de brûleurs tubulaires disposés à différentes hauteurs. Ces brûleurs projetaient du fuel atomisé. Ils étaient allumés de loin par l'opérateur de la chambre de contrôle, niveau par niveau, en commençant par le bas. Pour des raisons de sécurité, avant qu'un niveau soit allumé, le niveau situé au-dessous de lui devait être déjà en train de brûler.

Ce jour-là, l'opérateur oubliant de vérifier ses instruments, supposa que les brûleurs du niveau le plus bas étaient allumés. Ils ne l'étaient pas. A mesure que les brûleurs des niveaux supérieurs s'allumaient, ceux du niveau le plus bas continuèrent de déverser du fuel qui s'accumula au pied du foyer.

« Je pensais qu'il y avait une vanne de sécurité..., dit Nim.

— Bon Dieu ! Naturellement qu'il y en a une, dit Paulsen d'une voix enrouée de larmes. Elle est destinée à empêcher ce qui s'est produit. Mais, le croiriez-vous, cet imbécile d'opérateur l'avait déconnectée à la main. Il a dit qu'il voulait faire démarrer la centrale plus vite.

— Mon Dieu ! » Nim comprenait la fureur de Paulsen.

« Quels dégâts a faits l'explosion? demanda-t-il.

— Énormes, à toute la structure interne de la chaudière, la plus grande partie du réseau d'alimentation et d'évacuation et plus de la moitié des tubulures de chauffe. »

Nim soupira doucement. Il éprouvait de la sympathie pour Paulsen ; mais il savait que des mots ne lui feraient aucun bien. Il pensait également que l'estimation des délais de réparation à quatre mois était optimiste.

« Cela change tout, Ray, dit Nim. Surtout en ce qui concerne les coupures de courant.

— Comme si je ne le savais pas! »

Nim était en train de résoudre mentalement des problèmes de logistique. Bien que Big Lil fût une centrale brûlant du fuel et qu'elle fût sous la menace de l'embargo de l'OPEP, elle était de loin la plus économique des centrales du service. La mise sur la touche de Big Lil devrait être compensée par d'autres centrales qui consommaient plus de fuel. En conséquence, l'ensemble des réserves de carburant de la G.S.P. & L. représenterait beaucoup moins d'énergie électrique qu'auparavant.

Il s'ensuivait que les stocks de fuel devaient être consommés encore plus parcimonieusement qu'avant et strictement rationnés.

« Les coupures de courant devraient commencer dans quelques jours, dit Nim.

— C'est d'accord, dit Paulsen en se levant pour sortir.

— Ray, reprit Nim, je vous avertirai dès que le président rentrera. »

« Mon avis, dit Nim lors de la conférence convoquée en toute hâte le vendredi après-midi, est que nous devons commencer les coupures dès lundi. »

Teresa Van Buren protesta.

« C'est trop tôt! Nous avons déjà annoncé qu'elles ne commenceraient pas avant lundi en huit. Maintenant, vous nous dites de les avancer de dix jours. Nous devons donner d'abord de nouveaux avertissements au public.

— Au diable vos avertissements! coupa Paulsen. C'est une crise! »

Non sans un certain amusement, Nim se dit que, pour une fois, Paulsen et lui étaient d'accord et faisaient front contre les autres.

Ils étaient cinq, assis à la table de conférence dans le bureau du président. Eric J. Humphrey, Paulsen, Van Buren, Nim et Oscar O'Brien. L'avocat-conseil avait été appelé pour étudier les conséquences légales des coupures de courant.

Avant la conférence, Nim avait eu plusieurs entretiens avec les différents chefs de service pour revoir les derniers chiffres des stocks de fuel de G.S.P. & L. Ils montraient que les réserves s'épuisaient plus rapidement que prévu, probablement à cause de la chaleur excessive pour la saison et de l'usage intensif des climatiseurs.

Nim avait également téléphoné à un avocat bien introduit à Washington qui représentait le G.S.P. & L. au Capitole. D'après lui, il n'y avait pas d'issue et aucun signe favorable pour sortir de l'impasse où se trouvaient les U.S.A. et l'OPEP. L'avocat ajouta : « On parle de créer une nouvelle unité monétaire — un dollar hors frontières gagé par l'or pour satisfaire les demandes de l'OPEP. Mais ce ne sont que des paroles et ça ne suffit pas pour faire rentrer le pétrole. »

Nim avait transmis le rapport de l'avocat au président et aux autres.

« Je suis d'accord avec Tess, dit O'Brien, nous devons avertir les consommateurs au plus tôt et aussi souvent que nous le pourrons.

— Supposons, dit Eric Humphrey, que nous tenions jusqu'à vendredi prochain et que nous commencions les coupures à cette date? Cela nous donne cinq jours pour que les gens aient le temps de se préparer. »

Après une nouvelle discussion, ils se mirent d'accord sur le vendredi.

« Je vais immédiatement organiser une conférence de presse », dit Van Buren, puis elle s'adressa à Nim : « Pouvez-vous être disponible dans une heure?

— Oui », répondit-il.

Le reste de la journée se déroula au même rythme frénétique.

Pris par l'assaut des décisions à prendre et des conférences, Nim retarda son appel téléphonique à Karen et ce ne fut que le vendredi, en fin d'après-midi, qu'il trouva le temps de lui téléphoner.

Josie lui répondit avant de lui passer Karen. Il savait qu'elle portait le bandeau spécial très léger portant les écouteurs et le microphone qui, grâce à un commutateur miniaturisé placé près de sa tête, lui permettait de se servir du téléphone sans l'assistance d'une tierce personne. Grâce à un arrangement avec la compagnie du téléphone, Karen pouvait obtenir directement un opérateur et lui faire composer le numéro qu'elle voulait appeler.

« Karen, dit Nim, je vous appelle au sujet de votre père. J'ai fait une enquête pour voir si je pouvais quelque chose, mais je dois vous dire que c'est impossible. Ce qui est arrivé est qu'il est allé trop loin. » Il ajouta en essayant de ne pas être trop banal : « Je suis désolé.

— Je le suis aussi, dit Karen dont il perçut la déception, mais je vous remercie d'avoir essayé, Nimrod.

— Le seul conseil que je puis donner, dit-il, c'est que votre père trouve un bon avocat.

— C'est donc si grave ? » demanda-t-elle après un silence.

Il n'y avait aucun intérêt à mentir.

« Oui, je le crains », dit-il.

Nim décida de ne pas lui cacher qu'Harry London lui avait déclaré qu'une plainte allait être déposée d'ici quelques jours et que, d'après London, les pertes subies par la G.S.P. & L. étaient estimées à deux cent trente mille dollars. Ces faits seraient révélés très bientôt au public.

« L'étrange, dit Karen, c'est que j'avais toujours pensé que mon père était le plus honnête homme que je connaisse.

— Karen, dit Nim, je ne vais pas excuser votre père, je ne peux pas. Mais je pense qu'il y a parfois des crises qui ont d'étranges effets sur les gens. En tout cas, je suis sûr qu'il sera tenu compte au tribunal de tout ce qui l'a motivé pour faire ce qu'il a fait.

— Mais il n'avait pas vraiment besoin de le faire, c'est ça qui est tragique ! Bien sûr, je me suis réjouie de tout ce que mes parents m'ont permis d'obtenir avec de l'argent, y compris Humperdinck. Mais j'aurais pu m'en passer. »

Nim n'osa pas dire à Karen que, visiblement, son père avait vu là un moyen d'expier dans une certaine mesure le sentiment de sa culpabilité et qu'il en avait saisi l'occasion. C'était aux psychologues des tribunaux de débrouiller cette question et d'en juger. Il demanda à Karen si elle avait toujours Humperdinck.

« Oui, dit-elle, malgré les événements, Humperdinck ne m'a pas encore été repris.

— J'en suis heureux, dit-il, car vous aurez besoin de la camionnette la semaine prochaine. »

Il lui expliqua le nouveau programme de roulement des délestages qui allaient commencer le vendredi.

« Dans votre secteur, le courant sera coupé à trois heures de l'après-midi, pendant au moins trois heures. Donc, pour être en sécurité, vous devriez aller au Redwood Grove Hospital au cours de la matinée.

— Josie m'y conduira, dit Karen.

— S'il y a un changement, je vous appellerai. Nous parlerons également des futures coupures. Oh, soit dit en passant, j'ai vérifié le groupe électrogène de secours de l'hôpital. Il est en bon état et son réservoir est plein.

— C'est vraiment merveilleux d'être si bien soignée », dit Karen.

Pendant un court instant, sa voix avait repris toute sa vivacité.

15

« Je crois réellement, dit Ruth Goldman en feuilletant l'édition du dimanche du *Chronicle-West,* que les gens commencent à comprendre la réalité de la crise de l'électricité.

— S'ils avaient écouté papa, dit Benjy, ils l'auraient compris plus tôt. » Les trois autres, Ruth, Nim et Leah éclatèrent de rire.

« Merci, dit Nim, j'apprécie ton loyalisme.

— Maintenant tout spécialement, cela signifie que tu es vengé, ajouta Leah.

— Hé, lui dit Ruth, ta classe de vocabulaire est payante. »

Leah rougit de plaisir.

C'était le dimanche matin et toute la famille était réunie dans la chambre des parents. Ruth était encore au lit où elle avait pris son petit déjeuner. Nim s'était levé de bonne heure pour préparer des œufs pochés sur un hachis de corned beef, un des plats favoris de toute la maisonnée.

Deux jours auparavant, Ruth était revenue de New York en avion à la suite de sa deuxième visite à l'Institut Sloan-Kettering où elle avait été soignée. Elle avait paru assez pâle à son retour et elle l'était encore. Des cernes assombrissaient ses yeux. Elle admit qu'elle avait éprouvé quelques douleurs, une réaction secondaire, comme cela s'était produit la fois précédente et elle était visiblement fatiguée.

Il était encore trop tôt pour connaître les effets du traitement et il lui faudrait retourner à New York trois semaines plus tard. Ruth avait dit avec confiance que les médecins avec lesquels elle avait parlé avaient « beaucoup d'espoir ».

Nim l'avertit des coupures de courant imminentes qui commenceraient vendredi et affecteraient leur maison.

Ruth avait rétorqué de façon caractéristique :

« Pas de problème, nous prendrons nos dispositions et nous nous débrouillerons. »

Durant un certain temps, Rachel, la mère de Ruth, viendrait plusieurs jours par semaine pour aider au ménage et permettre à Ruth de se reposer.

« Écoutez cela », Ruth avait pris le *Chronicle-West* et elle commença d'en lire l'éditorial à haute voix :

LA LUTTE POUR L'ÉNERGIE

Ce journal qui essaie d'être honnête et fidèle à ses opinions, admet avoir quelques arrière-pensées concernant certaines positions que nous avons prises dans le passé.

Comme beaucoup d'autres, nous nous sommes opposés au développement de l'énergie nucléaire. Nous avons, par souci de la pollution, aligné nos positions sur ceux qui s'opposaient aux centrales électriques à charbon. Nous avons encouragé des groupes qui, pour préserver la nature, s'opposaient à la construction de nouveaux barrages pour des projets hydro-électriques pour protéger la vie sauvage et spécialement sauvegarder les zones poissonneuses. Nous avons exprimé des doutes concernant l'autorisation de nouvelles centrales géothermiques par crainte qu'elles ne compromettent l'économie de régions touristiques établies sur leur site.

Nous ne faisons pas amende honorable au sujet de l'une ou l'autre de ces prises de position. Elles représentaient et représentent toujours nos convictions dans des domaines spécifiques.

Mais, toutes choses égales d'ailleurs, nous sommes contraints en toute loyauté de nous déclarer d'accord avec les compagnies d'électricité de Californie qui soutiennent qu'elles ont eu les mains liées tandis que nous leur demandions ce qu'elles ne peuvent plus nous fournir maintenant.

Au lieu de trouver çà et là des compromis comme il devrait en être dans une société équilibrée, nous avons dit « non » à presque tout.

Rappelons-nous cela vendredi prochain quand les lumières s'éteindront.

Peut-être méritons-nous ce qui nous arrive. Que ce soit ou non le cas, le moment est venu de reviser sérieusement certains points de vue longtemps défendus, les nôtres et ceux des autres.

« Et voilà, déclara Ruth en reposant le journal. Que pensez-vous de tout cela?

— Je pense qu'ils auraient dû parler de papa », dit Benjy.

Ruth tendit le bras et lui ébouriffa affectueusement les cheveux.

« C'est un fort joli morceau de rhétorique, dit Nim, malheureusement, ce n'est que cela. Oh! certes oui! et il retarde de cinq ans!

— Je m'en fiche, dit Ruth, je crois que je ne devrais pas, mais je m'en fiche. Tout ce qui m'intéresse en ce moment, c'est d'être à la maison et de vous aimer tous, tant que vous êtes. »

Dans l'après-midi, bien qu'on fût un dimanche, Nim se rendit à son bureau. Il y régnait une grande activité et il y avait des décisions à prendre. Dans un sens, avec des délestages prévus sous trois jours seulement, la compagnie pénétrait en territoire nouveau, inconnu, pour lequel il n'existait pas de cartes. Comme le fit remarquer le dispatcher en chef, lorsque Nim fit son apparition au centre de contrôle :

« Nous supposons que tout se passera en douceur, et nous avons fait tout notre possible pour qu'il en soit ainsi. Mais il y a toujours une inconnue, le facteur « I », l'Inattendu, monsieur Goldman. J'ai vu ce damné facteur « I » saboter le travail trop souvent pour croire qu'il n'apparaîtra pas, quelque part, à un moment quelconque.

— Nous avons eu déjà notre lot d'inattendus, fit Goldman.

— Il y a toujours de la place pour un de plus et même quelquefois deux, dit gaiement le dispatcher. En tout cas, c'est comme ça que je vois les choses. »

En rentrant à la maison, Nim se demanda comment se passerait la semaine à venir et ce qu'il en serait du facteur « I » du dispatcher.

Une heure ou deux après que Nim fut arrivé chez lui, Georgos Archambault s'aventura hors de son appartement de North Castle. Maintenant que le jour de l'action approchait — mardi n'était pas loin — Georgos était plus agacé et nerveux qu'il ne l'avait jamais été depuis qu'il se cachait. Il avait l'impression de voir un détective ou un indicateur au détour de chaque rue et dans chaque ombre. Mais ce n'était là que pure imagination. Il acheta sans problème de quoi manger dans une charcuterie et ne prit que le nécessaire pour subsister jusqu'à son départ pour La Mission, le mardi soir.

Il acheta également les journaux du dimanche et, sur le chemin du retour, il posta le stupide questionnaire de la Golden State Pisse et Larmes. Georgos hésita un instant devant la boîte aux lettres en se demandant s'il allait y jeter son enveloppe. Mais en remarquant que l'unique levée du dimanche était déjà faite et que la prochaine n'aurait lieu que dans la matinée du lundi, il mit la lettre dans la boîte.

16

La journée du lundi se passa relativement bien. Il n'en fut pas de même des premières heures de la matinée, le mardi.

Comme si la nature s'était jointe à la conspiration pour mettre la G.S.P. & L. dans l'embarras à une époque troublée, elle monta sa propre attaque dans les champs géothermiques de la compagnie au cœur des montagnes du comté de Sevilla.

A une grande profondeur dans la terre, à côté de l'« Old Desperado », la tête de puits qui avait explosé et n'avait pu être entièrement maîtrisée, un affaissement de rochers et de terre libéra de nouvelles quantités de vapeur sous une énorme pression.

La vapeur jaillit vers la surface avec la force de vingt locomotives. Puis, dans une exhibition spectaculaire digne de l'Enfer de Dante, de la boue brûlante, des pierres et des rochers furent projetés dans les airs avec une puissance apocalyptique.

Obéissant à un autre phénomène naturel, la pesanteur, ces tonnes de débris et de boue retombèrent largement sur d'autres parties du champ géothermique.

Par chance, l'éruption se produisit à deux heures du matin alors qu'un très petit nombre d'ouvriers étaient au travail : tous était à l'abri, il n'y eut ni tués ni blessés comme cela aurait été le cas si l'accident avait eu lieu dans la journée.

Mais la cour des contacteurs et des transformateurs n'eut pas cette bonne fortune. Elle fut recouverte de boue humide, de même que les lignes de haute tension proches. La boue était un bon conducteur de l'électricité. Il s'ensuivit que tout le réseau fut mis en court-circuit et le courant fourni par les générateurs mus par la géothermie au système de transport de la G.S.P. & L. dut être instantanément coupé.

Il n'y eut aucun dommage grave. Il fallait seulement accomplir un travail de nettoyage qui devait durer deux jours. En ce qui concernait l' « Old Desperado », après avoir contribué aux ennuis, il revint à ses soufflements sporadiques et inoffensifs de vapeur, comme une bouilloire frémissante.

Mais, pendant quarante-huit heures, jusqu'à ce que le nettoyage fût terminé, la G.S.P. & L. serait privée des 700 000 kilowatts d'une source de production géothermique normalement fiable. Il lui faudrait trouver une quantité d'énergie équivalente quelque part ailleurs.

La seule façon d'y parvenir était de faire entrer en lice de plus nombreuses centrales à fuel et, par conséquent, les précieuses réserves de carburant seraient diminuées d'autant.

411

Une autre inconnue subsistait pour les opérations du mardi.

En raison de la saison, parmi les quelque deux cents génératrices de la compagnie, un nombre exceptionnellement important avait été mis hors service et soumis à des travaux d'entretien en prévision de la période de pointe de l'été. Ainsi, avec la perte soudaine de Big Lil quatre jours auparavant et maintenant celle de toutes les centrales géothermiques, la capacité totale de production de la G.S.P. & L., sans tenir compte de la pénurie de fuel, allait se trouver réduite à un minimum durant les deux jours à venir.

Nim apprit la panne de la géothermie et la menace de pénurie en arrivant à son travail le mardi matin.

Sa première pensée fut qu'il était bien sinistre que le facteur « I », l'Inattendu, du chef dispatcher fût intervenu au moment précis où le dispatcher avait dit qu'il pouvait en être ainsi. La seconde fut que, jusqu'à la remise en service de la géothermie, la G.S.P. & L. ne pourrait résister à une deuxième intervention du facteur « I ».

Cela le décida à téléphoner à Karen Sloan avant de commencer son travail.

« Karen, lui dit-il lorsqu'elle répondit, vous avez bien pris vos dispositions pour aller au Redwood Grove Hospital demain ?

— Oui, répondit-elle, j'y serai bien avant le délestage de l'après-midi.

— Je préférerais que vous y alliez aujourd'hui même. Pourriez-vous le faire ?

— Naturellement, Nimrod, mais pourquoi ?

— Nous avons quelques probèmes, et il est possible qu'il y ait une coupure de courant imprévue. Cela peut ne pas se produire, mais je me sentirais plus à l'aise si vous étiez à l'hôpital et à proximité de son groupe électrogène.

— Vous voulez dire que je devrais y aller maintenant ?

— En tout cas le plus tôt possible. Ce n'est qu'une précaution à longue échéance.

— Parfait, dit Karen, Josie est là et nous allons nous préparer et, Nimrod...

— Oui ?

— Vous avez l'air fatigué.

— Je le suis, dit-il, nous le sommes tous. Ces derniers temps n'ont pas été des plus agréables.

— Prenez soin de vous, lui dit-elle et, cher Nimrod, soyez béni. »

Après que Nim eut raccroché, il pensa à autre chose et forma le numéro de son appartement. Ruth répondit. Il la mit au courant de la coupure de la géothermie et de l' « Old Desperado » ainsi que de la situation inquiétante des capacités de production.

« Tout a l'air d'arriver d'un seul coup, lui dit-elle affectueusement.

— C'est la vie. En tout cas, avec tout ça, et les coupures de courant qui commencent demain, je ferais mieux de ne pas rentrer à la maison ce soir. Je dormirai sur un lit de camp dans mon bureau.

— Je te comprends, dit Ruth, mais fais en sorte de te reposer un peu et souviens-toi que les enfants et moi, nous aurons besoin de toi encore longtemps. »

L'équipe spéciale qui avait été constituée pour s'occuper de la prétendue « Enquête auprès des consommateurs » de North Castle avait été dispersée deux semaines auparavant. La pièce du sous-sol où les questionnaires avaient afflué au début était maintenant utilisée à d'autres activités.

Sporadiquement, quelques questionnaires remplis arrivaient encore. Certains jours, il y en avait un ou deux, d'autres pas un seul.

Ceux qui arrivaient encore étaient dirigés par la salle du courrier vers une secrétaire des relations publiques âgée, Elsie Young, qui avait été membre de l'équipe spéciale, mais qui avait depuis lors repris ses anciennes fonctions. Les questionnaires dans leurs enveloppes « port payé », facilement reconnaissables, étaient posés sur son bureau et, lorsqu'elle en avait le temps ou l'envie, elle les ouvrait et les comparait avec un échantillon de l'écriture de journal de Georgos Archambault.

Miss Young espérait que ces sacrés questionnaires allaient bientôt cesser de rentrer. Elle les trouvait fastidieux. C'était une perte de temps et cela l'empêchait de faire des travaux plus intéressants.

Le mardi au cours de la matinée, Miss Young vit qu'une enveloppe spéciale avait été déposée dans sa corbeille à courrier, en même temps qu'une épaisse liasse de notes émanant d'autres bureaux. Elle décida de s'occuper d'abord des notes.

Quelques secondes après avoir terminé sa conversation téléphonique avec Nim, en effleurant de la tête le micro-interrupteur de son appareil, Karen se rappela quelque chose qu'elle avait oublié de lui dire.

Elle avait prévu de faire des achats avec Josie ce matin même. Devaient-elles faire leurs courses avant d'aller à l'hôpital ou annuler leur projet et s'y rendre immédiatement ?

Karen fut tentée de rappeler Nim pour lui demander son avis. Puis elle se souvint de la tension de sa voix et des pressions sous lesquelles il devait travailler. C'était à elle de prendre une décision.

Qu'avait-il dit sur l'éventualité d'une coupure de courant avant celle qui était prévue pour le lendemain ? « Cela peut ne pas se produire et, en fait, cela ne se produira probablement pas... » et un peu plus tard : « Ce n'est qu'une précaution à longue échéance. »

Eh bien... c'était clair ! Elle pouvait faire ses achats en premier, activité qu'elle et Josie appréciaient. Ensuite, elles reviendraient pour un court moment et après, elles iraient à l'hôpital. Elles pourraient encore y arriver au début de l'après-midi et peut-être même plus tôt.

Karen appela Josie, qui était dans la cuisine.

« Je viens d'avoir un coup de téléphone de Nimrod. Venez, je vais vous communiquer notre nouveau programme. »

Georgos possédait un instinct animal pour flairer le danger. Dans le passé, cet instinct l'avait bien servi et il avait appris à s'y fier.

Vers midi le mardi, pendant qu'il marchait de long en large dans son appartement de North Castle, ce même instinct l'avait averti de l'imminence du danger.

La question cruciale était de décider s'il allait obéir à son pressentiment et, en prenant un grand risque, partir immédiatement pour La Mission et les pompes de refroidissement qu'il projetait de détruire? Ou bien allait-il négliger cet avertissement et rester là jusqu'à la tombée de la nuit comme il l'avait prévu à l'origine?

En outre, s'agissait-il vraiment d'un signal de son instinct ou n'était-ce que le produit d'un excès de nervosité?

Georgos n'en était pas sûr ; il pesa le pour et le contre.

Il avait l'intention d'aborder à l'usine de La Mission en plongée. Ainsi, s'il pouvait s'en approcher sans encombres à une distance raisonnable, il plongerait et, à partir de cet instant, le risque d'être découvert serait mince, même en plein jour. De plus la lumière filtrant vers les profondeurs l'aiderait à trouver son point d'effraction sous-marin plus facilement que dans une totale obscurité.

Mais pourrait-il mettre le canot pneumatique à l'eau et y monter muni de son équipement de plongée sans être vu? Bien que l'endroit choisi pour cette opération — à un demi-mile de La Mission — fût normalement désert, il était toujours possible que quelqu'un se trouvât là et le vît, spécialement durant la journée. Georgos estima que ce risque était acceptable.

Le plus grand danger en plein jour — et il était effrayant — consistait à conduire la camionnette Volkswagen dans North Castle et ensuite sur les cinquante miles qui le séparaient de La Mission. Une description du véhicule et sans doute son numéro étaient en possession de la police, des services du shérif et des patrouilles des autoroutes. S'il était repéré, il n'aurait aucun moyen de distancer ses poursuivants.

D'un autre côté, il y avait huit semaines que ces renseignements avaient été diffusés et les flics pouvaient les avoir oubliés et avoir relâché leur attention. Autre élément favorable : il y avait quantité d'archivieilles Volkswagen, une de plus, une de moins...

Georgos considéra, en conséquence, que la première partie de son entreprise, s'il la commençait dès maintenant, comportait des risques élevés.

Il continua de déambuler en réfléchissant puis, brusquement, il se décida. Il allait faire confiance à son instinct et partir immédiatement.

Il sortit aussitôt de l'appartement et entra dans le garage adjacent. Là, il vérifia soigneusement son matériel. Il se hâta car son intuition lui certifiait que le danger se rapprochait.

17

« On vous appelle au téléphone, madame Van Buren, dit la serveuse, on m'a dit que c'était important.

— Tout le monde invoque l'importance de son message, grommela la directrice des relations publiques, et la plupart du temps c'est faux ! »

Elle se leva cependant de la table de la salle à manger de la G.S.P. & L. où elle était en train de déjeuner avec J. Eric Humphrey et Nim Goldman pour prendre la communication en cabine.

Une minute plus tard elle revenait, les yeux brillants d'excitation.

« Un de nos " questionnaires " est rentré et il y a des coïncidences avec l'écriture de Georgos Archambault. Une gourde de mon service est restée assise dessus toute la matinée. Je lui passerai un savon plus tard, mais pour l'instant elle le porte au centre des ordinateurs. Je lui ai dit que j'allais la retrouver là-bas.

— Voyez Sharlett, dit Eric Humphrey en se levant à son tour, et qu'elle plante là son déjeuner. »

La vice-présidente responsable des finances se trouvait quelques tables plus loin.

Tandis que Van Buren la mettait au courant, Nim alla au téléphone et appela Harry London. Le chef de la sécurité était dans son bureau et, lorsqu'il apprit l'événement, il répondit qu'il se rendait tout de suite au centre des ordinateurs.

Nim savait qu'Oscar O'Brien, le dernier membre du « groupe de réflexion » était en ville pour la journée.

Il rejoignit les autres, le président, Sharlett Underhill et Van Buren devant l'ascenseur à l'extérieur de la salle à manger.

Ils avaient satisfait à toutes les formalités en entrant au centre des ordinateurs. Maintenant, les quatre qui avaient interrompu leur déjeuner plus Harry London se rassemblèrent autour d'une table tandis que Teresa Van Buren dépliait le questionnaire et un échantillon photographique de l'écriture qu'Elsie Young, durement réprimandée, venait de lui remettre quelques minutes auparavant.

Ce fut Eric Humphrey qui exprima ce qui était évident pour tous.

« Il n'y a aucun doute, c'est la même écriture. Absolument aucun doute. » Même s'il y en avait un, songea Nim, le texte serait révélateur.

> Les terroristes que vous décrivez présomptueusement comme des révolutionnaires à la petite semaine, lâches et ignorants...

« Pourquoi diable, dit Harry London pour lui-même, lui a-t-il fallu tant de temps ? »

Sharlett Underhill avança une main :

« Donnez-moi ça. »

Van Buren lui remit le questionnaire et le chef des services financiers le porta à la lampe à « lumière noire » que Nim lui avait vu utiliser lors de sa précédente visite au centre. Mrs. Underhill alluma la lampe et tint le formulaire dans son rayonnement. En haut de la feuille apparut le numéro « 9386 ».

Elle se dirigea vers un terminal d'opérateur, un clavier surmonté d'un écran cathodique, et s'y assit.

D'abord, Mrs. Underhill y introduisit son code personnel : 44 S HAUND (correspondant à son âge et aux initiales de ses deux noms).

L'écran signala instantanément : PRÊT, INTRODUISEZ VOTRE DEMANDE.

Elle dactylographia le nom du projet : ENQUÊTE NORTH CASTLE suivi du code secret connu d'elle seule et de personne d'autre. Ce code devait libérer les informations demandées. Les mots ENQUÊTE NORTH CASTLE apparurent sur l'écran, mais non le code secret. L'ordinateur prenait ses précautions pour que les autres ne puissent ni voir ni retenir le code.

Immédiatement après, l'écran signala : INTRODUISEZ LE NUMÉRO DU QUESTIONNAIRE.

Sharlett Underhill dactylographia : 9386.

L'écran répondit aussitôt :

OWEN GRANGER
12 WEXHAM RD APT.E

Suivaient le nom de la ville et le code postal.

« Je l'ai noté », dit Harry London en courant au téléphone.

Une heure plus tard, Harry London rendit compte personnellement à Eric Humphrey et à Nim dans le bureau du président.

« Archambault a échappé aux flics, dit London. Si cette bonne femme avait ouvert le questionnaire quand il est arrivé ce matin...

— Inutile de récriminer, coupa Humphrey. Qu'a trouvé la police à cette adresse ?

— Une piste encore chaude, monsieur. Selon un voisin, un homme que l'on avait vu quelquefois auparavant, est parti dans une camionnette Volkswagen une heure avant la descente de la police. Celle-ci a diffusé un avis de recherche pour la voiture, et l'immeuble a été cerné pour le cas où il reviendrait. Mais, ajouta London en haussant les épaules, il leur a filé entre les pattes.

— Il doit tourner au desperado, dit Nim.

— Je le pense aussi », dit Eric Humphrey.

Il réfléchit un instant, puis il dit à Nim :

« Je veux qu'on prévienne immédiatement tout le personnel de direction et de la sécurité de nos usines. Mettez-les au courant de ce qui est arrivé et rediffusez le signalement d'Archambault. Procurez-vous la description du véhicule qu'il conduit. Donnez des ordres pour faire augmenter la surveillance et pour signaler tout détail suspect ou inhabituel. Nous avons déjà servi de cible à cet homme. Il pourrait fort bien recommencer.

— Je m'en occupe à l'instant », dit Nim qui se demanda si tout ce qui pouvait arriver en un seul jour aurait une fin.

Georgos fredonnait une petite chanson. Décidément c'était son jour de chance.

Il avait roulé pendant une heure et quart et il était presque arrivé à l'endroit, proche de La Mission, où il avait prévu de mettre le canot à l'eau.

Sa camionnette ne semblait pas avoir attiré l'attention, probablement parce qu'il avait conduit prudemment en observant les règles de la circulation et les limitations de vitesse. Il avait également évité les grands axes où il aurait risqué de rencontrer une patrouille de la police routière.

Maintenant, il était sur un chemin caillouteux et son premier objectif était à moins d'un mile.

Quelques minutes plus tard, il aperçut la rivière Coyote à travers les fourrés, les taillis et les arbres qui la bordaient dans cette région. La rivière était large à l'endroit qu'il avait choisi et bientôt il put en voir une plus grande étendue. Il s'arrêta au bout du chemin, à une trentaine de mètres de la berge.

Au grand soulagement de Georgos, aucun autre véhicule ni être humain n'étaient en vue.

Il commença par décharger le canot pneumatique et le matériel, puis il les transporta en une demi-douzaine de voyages jusqu'à la rivière. L'excitation et une ivresse orgueilleuse grandissaient en lui.

Après le premier voyage, il sortit le canot de son emballage et le gonfla à l'aide de la pompe contenue dans le paquet. Pas de problème. Ensuite, il poussa le canot dans l'eau, l'amarra à un arbre et y transféra son équipement. Il y avait une bouteille d'air comprimé avec son détendeur, qui contenait une quantité d'air suffisante pour une heure de plongée. Il y avait aussi un masque de plongée avec un tube respiratoire qui lui servirait s'il se trouvait près de la surface, des palmes, une torche électrique étanche, une ceinture de filet, un ballon gonflable grâce à une cartouche de gaz carbonique pour lui donner une flottabilité supplémentaire de manière à compenser le poids qu'il devait transporter, et enfin une cisaille hydraulique à métaux et des pinces coupantes pour les treillages.

En dernier lieu, Georgos embarqua les bombes cylindriques. Il en avait apporté huit qui pesaient chacune deux kilos et demi. Elles seraient attachées à sa ceinture de filet. Il avait décidé qu'il ne pouvait transporter plus de huit bombes : en prendre plus aurait été tenter le diable. Les bombes détruiraient huit des onze pompes et mettraient hors d'usage quatre, sinon la totalité des turbo-alternateurs de La Mission.

Le cinquième était celui que l'on appelait Big Lil. Georgos avait été désolé, dans un certain sens, en lisant dans les journaux du dimanche que Big Lil fût déjà en panne et nécessitât plusieurs mois de remise en état. Ce soir, ce seraient peut-être plusieurs mois supplémentaires.

Lorsque tout fut en sûreté dans le canot, Georgos qui avait déjà changé ses vêtements contre une combinaison étanche, largua l'amarre et s'installa à bord. L'embarcation se dégagea d'abord de la berge puis commença de dériver doucement avec le courant. Il y avait une petite pagaie et Georgos l'utilisa.

La journée était chaude et ensoleillée ; dans d'autres circonstances, une promenade sur la rivière aurait été un plaisir. Mais il n'avait pas le temps d'en profiter.

Il resta très près du rivage et surveilla d'éventuels promeneurs. Jusqu'à présent, il n'avait vu personne. Il y avait quelques bateaux au loin, largement en aval, mais trop éloignés pour que leurs occupants puissent le voir.

Moins de dix minutes plus tard, il aperçut l'usine de La Mission avec ses hautes cheminées et l'énorme bâtiment qui abritait les chaudières et les turbo-alternateurs. Après cinq autres minutes, il décida qu'il s'était assez rapproché et pagaya vers la berge. Il aperçut une petite crique de faible profondeur. Lorsqu'il l'atteignit, il se laissa glisser dans l'eau et, pataugeant en avant du canot, il l'amarra à un arbre.

Il se harnacha avec la bouteille, le masque, le tube, la ceinture et les palmes et il attacha le reste de son chargement. Lorsque tout fut en place, il jeta un dernier regard alentour, ouvrit la bouteille d'air et nagea vers le milieu du courant. Un instant plus tard, il se laissa glisser en eau profonde et se mit à nager à trois mètres sous la surface. Il avait déjà aperçu son objectif, le bâtiment des pompes, une longue et basse construction de béton qui s'avançait dans la rivière.

Georgos savait que le bâtiment des pompes avait deux niveaux. L'un au-dessus de l'eau, accessible depuis les autres parties de l'usine, abritait les moteurs électriques qui actionnaient les pompes. L'autre, presque complètement immergé, contenait les pompes elles-mêmes. C'était dans ce deuxième niveau que Georgos avait l'intention de pénétrer.

Tandis qu'il approchait de l'usine, il fit surface deux fois, très vite, pour vérifier sa direction, puis il replongea pour rester hors de vue. Bientôt, sa progression fut stoppée par un mur de béton. Il avait atteint le bâtiment des pompes. En tâtonnant pour trouver son chemin, il se mit à la recherche de la grille métallique qu'il devait découper pour passer. Presque tout de suite, l'aspiration de l'eau l'entraîna vers celle-ci.

La fonction de cette grille était d'empêcher que des objets volumineux ne fussent entraînés par l'eau de refroidissement et qu'ils n'endommageassent les pompes. Derrière la grille, il y avait un écran de treillage formant un gros cylindre horizontal. Ce cylindre arrêtait les débris plus petits et on le faisait tourner de temps à autre pour le nettoyer.

Georgos se mit au travail sur la grille à l'aide de sa cisaille hydraulique. C'était un outil d'environ 45 centimètres de longueur, très apprécié par les chasseurs de trésors sous-marins. Bientôt, il eut découpé une large ouverture circulaire et il tira à lui les barreaux. Le morceau découpé tomba au fond de la rivière. Il n'y avait aucun problème de visibilité. La lumière du jour entrait en abondance depuis la surface.

Le cylindre de treillage était maintenant accessible. Georgos savait qu'il devrait s'y découper un passage par l'extérieur et ensuite pratiquer une seconde ouverture de l'autre côté pour atteindre le bassin de pompage. La distance entre les deux trous était égale au diamètre du cylindre, environ trois mètres.

Il commença de découper le treillage avec sa pince, plus petite que la cisaille hydraulique et suspendue à son poignet par une corde. Quelques minutes plus tard, Georgos avait découpé un passage. Il tira à lui le cercle de treillage puis il se glissa prudemment à l'intérieur du cylindre en prenant garde qu'aucune pièce de son équipement ne s'accrochât. Il atteignit l'autre côté du cylindre en nageant. Celui-ci ne tarda pas à lui ouvrir la voie.

Il était maintenant dans le bassin des pompes. Grâce à la lumière qui filtrait vers le bas depuis les ouvertures pratiquées à l'étage supérieur, il put distinguer le corps de la première pompe, juste devant lui.

Georgos ne craignait pas l'effet d'aspiration des pompes. Après avoir étudié les manuels, il savait qu'il ne pourrait le ressentir que s'il descendait très bas, ce qu'il n'avait nullement l'intention de faire.

Avec sa torche, il se mit à chercher un endroit pour placer la première bombe.

Comme il venait d'en trouver un, une surface plane sur le corps de la pompe, il sentit un mouvement derrière lui et se retourna. Il y avait suffisamment de lumière pour voir que le cylindre de treillage par lequel il était entré, et qui était resté immobile, tournait maintenant de façon continue et régulière.

Le directeur de la centrale de La Mission était un jeune et intelligent ingénieur, Bob Ostrander. Il avait été l'adjoint de Danieli, le directeur qui avait été tué avec Walter Talbot et deux autres à la suite de l'attentat à la bombe des Amis de la Liberté qui avait endommagé Big Lil.

Bob Ostrander, ambitieux et coriace, avait souhaité de l'avancement, mais pas de cette manière-là. Danieli et lui s'étaient liés d'amitié et travaillaient très bien ensemble. Leurs femmes étaient amies et leurs enfants passaient d'une maison à l'autre comme s'ils eussent été de la même famille.

Depuis la mort de Danieli, Ostrander nourrissait une haine brûlante contre les terroristes en général et, en particulier, contre les prétendus « Amis de la Liberté ».

En conséquence, lorsqu'un « télex » lui parvint au début de l'après-midi du mardi pour le prévenir que Georgos Archambault, le chef des Amis de la Liberté et principal suspect dans l'attentat de l'année précédente contre Big Lil, pourrait attaquer à nouveau les installations de la G.S.P. & L., Bob Ostrander mit tout son personnel en état d'alerte.

La totalité de l'usine de La Mission fut fouillée de fond en comble pour rechercher d'éventuels envahisseurs. Comme on n'en trouva aucun, la surveillance s'orienta vers l'extérieur, dans le périmètre de la centrale. Ostrander organisa des patrouilles de deux hommes qui reçurent l'ordre d'exécuter des rondes incessantes le long des clôtures et de signaler par talkie-walkie tout signe d'activité inhabituelle ou d'effraction. Les gardiens de l'entrée principale reçurent des instructions pour ne laisser pénétrer personne d'autre que les employés de la compagnie, sans autorisation expresse du directeur.

Bob Ostrander téléphona au shérif du comté qui lui apprit que ses services avaient été également informés au sujet d'Archambault et de la camionnette Volkswagen qu'il devait conduire.

Sur la demande urgente de Bob Ostrander, le shérif envoya deux de ses voitures de patrouille pour explorer les routes aux alentours de La Mission et y rechercher une camionnette Volkswagen conforme à la description.

Moins de trente minutes après l'appel de Bob Ostrander, à 2 h 35 de l'après-midi, le shérif rendit compte qu'une camionnette Volkswagen, identifiée comme celle d'Archambault, avait été découverte abandonnée près de la rivière Coyote, à un demi-mile en amont de l'usine. Non loin de là se trouvaient une pompe et un emballage qui avait vraisemblablement contenu un canot pneumatique gonflable. Les adjoints du shérif étaient en train de rechercher activement Archambault. L'un de ceux-ci serait sous peu sur la rivière dans son propre canot à moteur.

Ostrander libéra aussitôt plusieurs membres de son personnel de leurs travaux habituels et les envoya patrouiller sur la rive de l'usine avec pour instruction de donner l'alarme à la vue de n'importe quel bateau.

Le directeur resta à son bureau, qui était devenu un central de communications.

Quelque dix minutes plus tard, le shérif rappela. Il venait de recevoir par radio l'information qu'un canot pneumatique vide venait d'être découvert dans une crique que tous connaissaient, aux environs d'un promontoire proche de l'usine.

« Il semble que le type soit descendu à terre et qu'il ait l'intention de passer à travers votre clôture, dit le shérif. Tous les hommes dont je dispose sont en route vers vous et fouillent partout. J'arrive moi-même. Ne vous en faites pas, nous le tenons ! »

Lorsqu'il raccrocha, Bob Ostrander était beaucoup moins confiant que le shérif. Lors d'actions précédentes, le chef des Amis de la Liberté s'était montré plein d'astuce et d'imagination. Passer à travers les clôtures en plein jour était stupide. Soudain, la lumière se fit dans son esprit et Ostrander dit à voix haute :

« Un matériel de plongée ! Voilà pourquoi il lui fallait une embarcation. Ce fils de pute arrive sous l'eau... Le bâtiment des pompes ! »

Il sortit en courant de son bureau.

Parmi les hommes qui patrouillaient sur la rive de l'usine, il y avait un contremaître de surveillance. Ostrander le rejoignit en toute hâte.

« Avez-vous vu quelque chose ? lui demanda-t-il.

— Rien du tout.

— Venez avec moi. »

Ils se dirigèrent vers le bâtiment des pompes. En chemin, Ostrander expliqua sa théorie concernant une attaque sous-marine.

A l'extrémité du bâtiment des pompes, là où il s'avançait dans la rivière, il y avait une passerelle. Le directeur s'y engagea le premier. Au milieu de cette passerelle se trouvait un panneau d'inspection métallique, directement au-dessus du cylindre de treillage à travers lequel l'eau passait dans le bassin des pompes. Les deux hommes l'ouvrirent, puis ils se penchèrent sur l'ouverture et regardèrent vers le bas. Le haut du cylindre était visible et tout paraissait normal.

« Allez à l'intérieur et faites tourner lentement le cylindre », dit Ostrander au contremaître. Un mécanisme électrique commandé du bâtiment des pompes et de la salle de contrôle permettait cette manœuvre.

Un instant plus tard, le cylindre de treillage commença de tourner.

Presque aussitôt, Ostrander put voir le premier trou qui y avait été découpé. Il resta où il était, surveillant la révolution du cylindre. Lorsqu'il aperçut le deuxième trou, ses craintes furent confirmées. Tout en courant vers le bâtiment des pompes, il cria :

« Il est à l'intérieur, gardez le cylindre en marche ! »

Au moins, pensa-t-il, il couperait la retraite à Archambault.

Avec son esprit d'ingénieur, il était plein de sang-froid. Il s'arrêta, conscient de la nécessité d'une décision rapide, mais en prenant le temps de réfléchir, prudemment, en étudiant les possibilités.

Quelque part au-dessous de lui, Archambault était en train de nager, sans aucun doute avec une ou plusieurs bombes. Où les poserait-il ? Il avait deux objectifs possibles : l'un était les pompes, l'autre les condenseurs à l'intérieur de l'usine.

Faire sauter les pompes serait déjà très dommageable. Cela pouvait mettre les générateurs de La Mission hors service pour des mois. Mais l'explosion d'une bombe dans les condenseurs serait beaucoup plus grave ; leur reconstruction pourrait prendre une année.

Bob Ostrander s'y connaissait en explosifs. Il les avait étudiés à son école d'ingénieurs et aussi par la suite. Une bombe de deux kilos et demi de dynamite, de la taille d'une miche de pain, pouvait passer à travers les pompes et pénétrer dans les condenseurs.

Archambault avait peut-être libéré une bombe de ce genre, à moins qu'il ne fût sur le point de le faire. Il n'avait qu'à armer le dispositif de mise à feu à retardement et la lancer. Elle trouverait son chemin à travers les pompes jusqu'aux condenseurs.

Il fallait les protéger. Pour cela, il fallait stopper toute la centrale... Maintenant.

Il y avait un téléphone mural dans le bâtiment des pompes. Ostrander y alla et forma le 11, la salle de contrôle principale.

Une sonnerie et un déclic.

— Ici Ostrander. Je veux que vous arrêtiez tous les générateurs et que vous stoppiez la circulation d'eau. »

La réaction fut immédiate.

« Vous allez faire sauter les disques de rupture et, en outre, nous devrions avertir le contrôle de l'Énergie.

— Bon Dieu ! Ne discutez pas ! »

Ostrander, agrippé au téléphone, criait, sachant qu'à tout moment une explosion pouvait faire sauter le bâtiment des pompes ou des condenseurs.

« Je sais ce que je fais... Arrêtez... *Arrêtez maintenant !* »

Georgos ne savait rien de ce qui se passait au-dessus de lui. Tout ce qu'il savait, c'était que le cylindre continuait de tourner. La retraite était coupée. Il n'avait pas réellement espéré qu'il en réchapperait. Il avait su depuis le début que ses chances de survie étaient minces. Mais il ne voulait pas mourir là-dedans, pas de cette façon... pris au piège...

Tandis que la panique montait en lui, il pensa que le cylindre allait peut-être s'arrêter. Il pourrait alors y découper deux autres trous. Il se retourna brusquement pour le regarder.

Au même instant, sa pince coupante, attachée par une corde à son poignet, lui échappa. Le nœud s'était défait...

La pince était jaune pour être plus visible. Il la vit tomber... Instinctivement il pivota, lança un violent coup de pied et plongea à la poursuite de la tache jaune, la main tendue... il allait la saisir.

C'est alors qu'il sentit une soudaine poussée de l'eau et il comprit qu'il était descendu trop bas et qu'il était aspiré à l'intérieur d'une pompe. Il essaya de revenir en arrière. Trop tard. L'eau l'engloutit et le garda.

Il lâcha le tube à air et son embout et essaya de crier. L'eau emplit ses poumons. Puis les pales de la pompe, deux mètres plus loin, le saisirent et le hachèrent en petits morceaux.

La bouteille d'air fut déchiquetée également; les bombes, non armées et donc inoffensives, passèrent à travers les pompes.

Quelques secondes plus tard, toutes les pompes ralentirent, puis s'arrêtèrent.

Dans la salle de contrôle, le chef opérateur venait de presser quatre boutons rouges sur quatre consoles différentes. Il était soulagé de ne pas devoir en porter la responsabilité. Ostrander aurait intérêt à donner une explication valable pour avoir arrêté, sans avertissement, La Mission 1 — 2 — 3 et 4 qui produisaient trois millions deux cent mille kilowatts. Sans parler de la destruction de tous les disques de débrayage des turbines qu'il faudrait huit heures pour réparer.

Comme il inscrivait l'heure — 3 h 02 de l'après-midi dans le registre de contrôle —, la sonnerie de la ligne téléphonique directe du centre de contrôle commença de résonner. Lorsque le chef opérateur décrocha, une voix lui demanda :

« Que diable se passe-t-il? Vous avez flanqué tout le système en black-out! »

Ostrander ne doutait pas que sa décision de stopper les générateurs ait été la bonne. Il ne prévoyait aucun problème pour la défendre.

Avoir fait sauter les disques de rupture (de toute façon c'étaient des appareils prévus pour la sécurité), ce n'était pas payer cher le sauvetage des condenseurs.

Immédiatement après avoir donné l'ordre de coupure, Ostrander et le contremaître de garde avaient quitté le bâtiment des pompes pour inspecter les condenseurs. Presque aussitôt, il découvrirent une série d'objets métalliques, les bombes cylindriques. Ignorant si elles étaient dangereuses ou inoffensives, ils les rassemblèrent et coururent à la rivière où ils les jetèrent.

Ostrander revint aux condenseurs pour un nouveau coup d'œil. Il eut le temps de réfléchir et se dit que rien n'était encore arrivé aux pompes. Archambault devait se trouver encore dans le bassin et toujours en mesure de commettre des dégâts, bien que le cylindre de treillage ait pu l'en empêcher en tournant. Ostrander décida de retourner au bâtiment des pompes pour voir ce que l'on pourrait faire.

Comme il allait partir, il remarqua de petits débris qui semblaient être passés à travers les pompes et s'étaient accumulés sur un condenseur. Il était en train d'en regarder un et tendait la main pour le saisir, lorsqu'il s'arrêta. Il avala sa salive et se sentit pris de nausée. C'était une main humaine aux tavelures caractéristiques.

18

Mon Dieu! que le temps avait passé vite! Karen fut étonnée de constater qu'il était plus de deux heures de l'après-midi.

Il semblait qu'il se fût écoulé fort peu de temps depuis qu'elle avait promis à Nimrod qu'elle irait au Redwood Grove Hospital et, pourtant, il y avait plusieurs heures de cela. Naturellement, les courses avaient pris plus de temps que prévu. N'en était-il pas toujours ainsi? Mais elle avait acheté une jolie robe à un prix avantageux, une paire de chaussures, divers articles de papeterie dont elle avait besoin et un collier de perles de cristal qui lui avait fait envie. Le collier, qui par chance n'était pas cher, venait à point nommé pour sa sœur. Elle le donnerait à Cynthia pour son anniversaire dont la date approchait. Ensuite Josie avait une liste de produits de droguerie dont elles avaient besoin et ces achats avaient duré un bon moment. Mais tout s'était bien passé et Karen adorait le shopping. Elle faisait ses emplettes dans un grand centre commercial très animé qui se trouvait à deux pâtés de maisons de son appartement. Un autre avantage de ce centre était que Karen pouvait s'y rendre directement dans son fauteuil roulant en le dirigeant elle-même, ce qu'elle préférait.

Elles n'avaient pas eu besoin d'acheter de la nourriture. En effet, Karen serait à l'hôpital pendant les coupures de courant. Il semblait qu'elles dussent être fréquentes tant que cette affaire de l'OPEP et du pétrole ne serait pas résolue, ce qu'elle espérait pour bientôt.

Elle s'était efforcée de ne pas trop penser à tout le temps qu'elle allait devoir passer à l'hôpital, mais elle savait que la vie dans son appartement lui manquerait beaucoup. L'hôpital était rassurant, surtout en ce moment, avec sa fourniture d'électricité assurée. Mais néanmoins, c'était une institution vraiment spartiate et, quant à la nourriture, pouah!

Cette pitance de l'hôpital était une raison supplémentaire d'y aller le plus tard possible.

Josie avait suggéré, et Karen avait été d'accord, qu'il serait plus agréable de déjeuner à l'appartement avant de partir. Et, d'ailleurs, l'heure du déjeuner à l'hôpital serait probablement passée avant leur arrivée. Aussi, lorsqu'elles rentrèrent après leurs achats, Josie prépara un repas tandis que Karen terminait un poème qu'elle avait l'intention d'envoyer à Nimrod.

Maintenant, le déjeuner terminé, Josie était en train de faire la valise de Karen.

Dans un brusque mouvement d'affection, Karen appela Josie.

« Josie, que vous êtes donc gentille! Vous faites tant, vous ne vous plaignez jamais et vous me donnez beaucoup plus que je ne pourrai jamais vous donner.

— Vous me donnez suffisamment, puisque je suis avec vous », dit Josie sans lever les yeux.

Elle continua d'emplir la valise. Karen savait que les manifestations d'affection embarrassaient sa femme de ménage, mais elle était incapable de s'en priver.

« Josie, arrêtez-vous et venez ici, que je vous embrasse. »

Josie s'approcha en souriant.

« Passez votre bras autour de moi », dit Karen.

Josie s'exécuta et Karen l'embrassa.

« Chère Josie, je vous aime tant, dit-elle.

— Moi aussi, je vous aime bien », murmura Josie.

Elle se libéra et reprit son empaquetage. Lorsqu'elle eut terminé, elle dit :

« Tout est prêt. Je vais descendre et amener Humperdinck. Est-ce que ça ira si je vous quitte un moment ?

— Naturellement. Pendant que vous serez partie je donnerai un coup de téléphone. »

Josie mit le bandeau spécial à Karen. Puis, une minute ou deux plus tard, Karen entendit la porte d'entrée se refermer.

Karen actionna de la tête le micro-interrupteur. Elle entendit dans son écouteur la sonnerie, puis une voix.

« Ici l'opérateur. Que désirez-vous ?

— Je suis sur service manuel. Voulez-vous faire un numéro pour moi, je vous prie ? » dit Karen, puis elle donna son numéro et ensuite celui de ses parents.

« Un moment... »

Il y eut un série de cliquetis puis la tonalité de la sonnerie. Karen attendit la réponse qui, d'habitude, se produisait à la deuxième ou à la troisième sonnerie. Elle avait parlé avec sa mère le matin même et elle savait qu'Henrietta Sloan ne se sentait pas bien et qu'elle n'avait pas l'intention d'aller au travail ni de sortir. La sonnerie continuait.

Karen pensa que l'opérateur avait composé un faux numéro.

Elle coupa le contact en bougeant sa tête sur le micro-interrupteur et elle essaya de nouveau. La sonnerie continuait, mais sans réponse.

Karen voulut alors obtenir le numéro de sa sœur Cynthia. Toujours la sonnerie, mais pas de réponse.

Karen ressentit un vague malaise. Elle était vraiment seule dans l'appartement et, lors des rares occasions où elle l'était, elle aimait être en contact téléphonique avec quelqu'un.

Lorsqu'elle avait dit à Josie qu'elle pouvait sortir, elle n'avait pas songé à cela. Maintenant elle regrettait de l'avoir laissée partir.

A cet instant, les lumières s'éteignirent dans l'appartement et le conditionneur d'air s'arrêta. Karen sentit une courte interruption du rythme de son respirateur lorsque l'appareil passa du courant de l'immeuble automatiquement sur celui de sa batterie.

Aussitôt, Karen se rappela quelque chose qu'elle-même et Josie avaient négligé de faire. La batterie montée sur le fauteuil roulant avait fourni une quantité considérable de courant durant leur promenade dans les magasins. Elle aurait dû être remplacée immédiatement à leur retour. Au lieu de le faire, Josie avait branché le fauteuil sur le courant de l'immeuble et la batterie du fauteuil sur « charge ». Cette batterie nécessiterait au moins six heures de charge pour récupérer ce qu'elle avait fourni dans la matinée. Elle en avait reçu à peine une et, avec la coupure de courant, la charge s'était arrêtée.

Il y avait une batterie de réserve chargée à bloc à côté du fauteuil. Elle était prête à être mise en place avant le départ pour l'hôpital. Karen pouvait la voir. Mais elle n'avait aucun moyen de la brancher elle-même.

Elle espéra que le courant allait être rétabli sous quelques minutes et, surtout, que Josie reviendrait vite.

Karen décida de téléphoner à Nimrod. Il semblait bien que la coupure de courant non programmée, mais dont il avait dit qu'elle était « possible » et à « longue échéance » venait de se produire.

Mais, lorsqu'elle pressa le micro-interrupteur du téléphone avec sa tête, tout ce qu'elle obtint fut un enregistrement.

« Tous les circuits sont occupés. Veuillez raccrocher et refaire votre appel plus tard. »

Elle essaya une nouvelle fois, puis une autre : même résultat.

Karen savait pour l'avoir lu que, lorsqu'une coupure se prolongeait sur un territoire étendu, les lignes téléphoniques étaient encombrées parce qu'un plus grand nombre d'usagers essayaient d'appeler. Aussi, beaucoup d'entre eux formaient-ils le numéro du service manuel pour demander ce qui arrivait, interdisant ainsi aux autres d'obtenir un opérateur.

Elle commença de s'alarmer réellement. Où était Josie? Pourquoi mettait-elle tant de temps? Et pourquoi le portier Jiminy ne venait-il pas voir si tout allait bien, comme il le faisait toujours lorsque se produisait quelque chose sortant de l'ordinaire?

Karen n'avait aucun moyen de savoir qu'une conjonction d'événements avait contribué à la mettre en danger.

A 10 h 45, pendant que Karen et Josie se préparaient à sortir pour faire leurs achats, Luther Sloan était arrêté et inculpé de seize chefs d'accusation tombant sous le coup de l'article 6930 du Code pénal californien qui concerne les vols de gaz.

Depuis ce moment, Henrietta Sloan, profondément abattue et désespérée, totalement inexpérimentée dans ce genre d'affaires, avait essayé d'obtenir la mise en liberté sous caution de son mari. Peu avant midi, elle avait téléphoné à sa fille aînée, Cynthia, pour l'appeler à l'aide. Cynthia réagit en demandant à une voisine de s'occuper de son fils lorsqu'il reviendrait de l'école, puis elle se rendit chez sa mère. Le mari de Cynthia était à son travail et ne rentrerait pas chez lui avant le soir.

Tandis que Karen essayait de téléphoner à sa sœur et à sa mère, ces dernières faisaient la navette entre les bureaux d'un fournisseur de cautions et la prison où Luther Sloan était incarcéré.

Elles étaient dans le parloir de la prison lorsque la coupure de courant se produisit, mais elles ne s'en aperçurent pas. La prison disposait d'un groupe électrogène de secours, les lumières eurent un bref clignotement et redevinrent normales lorsque le groupe démarra automatiquement et prit la relève.

Quelques minutes auparavant, Henrietta Sloan et Cynthia avaient discuté de l'opportunité de téléphoner à Karen, mais elles avaient décidé de s'abstenir afin de ne pas la tourmenter.

Durant les deux heures qui suivirent, ni les deux femmes ni Luther Sloan n'eurent connaissance de la coupure de courant. Ils ne l'apprirent que lorsque la caution eut été versée et qu'ils quittèrent tous les trois la prison.

Quelques minutes avant que les lumières ne s'éteignissent dans l'appartement de Karen et que son fauteuil roulant et le respirateur se branchassent sur la batterie, Bob Ostrander avait crié au chef opérateur de la centrale de La Mission de stopper les turbines.

Lorsque l'opérateur obtempéra, tout le système de distribution de courant de la G.S.P. & L. se trouva privé, sans avertissement, de trois millions deux cent mille kilowatts d'énergie. A ce moment-là, les réserves d'énergie de la compagnie étaient réduites au minimum : l'après-midi de mai était chaud et la demande de courant très forte pour la saison à cause de l'utilisation intensive des appareils de climatisation.

Il en résulta qu'un ordinateur de commande automatique, devant l'insuffisance de courant pour faire face à la demande, déclencha immédiatement les interrupteurs des lignes à haute tension, plongeant une grande partie du réseau de distribution de la G.S.P. & L. dans l'obscurité.

L'immeuble de Karen se trouvait dans l'un des secteurs touchés.

Josie et le portier Jiminy étaient prisonniers de l'ascenseur et ils criaient frénétiquement pour essayer d'attirer l'attention.

Après avoir quitté Karen, Josie était allée rapidement jusqu'à une station-service proche où elle avait laissé Humperdinck pour la nuit. Le gérant connaissait Karen et lui permettait d'y garer la camionnette gratuitement. Il fallut moins de dix minutes à Josie pour revenir devant la porte de l'immeuble afin de charger le fauteuil roulant de Karen.

Le vieux portier ridé était en train de faire des retouches de peinture à l'extérieur lorsque Josie revint.

« Comment va notre Karen ? demanda-t-il.

— Très bien », répondit Josie et elle lui dit qu'elles allaient au Redwood Grove Hospital en raison des délestages de courant prévus pour le lendemain. Aussitôt, il posa pinceau et pot de peinture et lui dit qu'il allait monter avec elle pour le cas où il pourrait l'aider.

Dans l'ascenseur, Jiminy pressa le bouton du sixième étage et la cabine commença de monter. Entre le troisième et le quatrième étage, la cabine s'arrêta et la lumière s'éteignit. Il y avait une lampe à pile de secours posée sur une étagère. Jiminy la prit et l'alluma. Dans la faible lueur qu'elle dispensait, il appuya sur tous les boutons, mais rien ne se passa.

Un court moment plus tard, ils commencèrent à crier à l'aide.

Pendant vingt minutes ils crièrent sans obtenir la moindre réponse.

Il y avait une petite trappe sur le toit de la cabine, mais Josie et Jiminy étaient de petite taille et même en se hissant sur les épaules l'un de l'autre, ils purent à peine la faire bouger et ils n'avaient aucune chance de passer au travers. L'eussent-ils pu qu'ils n'auraient pas réussi à sortir de la cage d'ascenseur.

Josie s'était rappelé depuis longtemps que la batterie de Karen était presque épuisée. Cela rendait ses cris encore plus désespérés. Au bout d'un moment, comme sa voix devenait de plus en plus rauque, elle éclata en sanglots.

Josie et Jiminy ignoraient encore qu'ils allaient rester dans l'ascenseur près de trois heures avant que le courant électrique ne fût rétabli.

La compagnie du téléphone déclara plus tard que, alors que son groupe de secours fonctionnait pendant la coupure, la demande de services de la clientèle avait pris des proportions sans précédent durant une heure. Des milliers d'appels ne purent être transmis et de nombreuses personnes qui tentèrent d'obtenir des informations auprès des opérateurs ne réussirent pas à les joindre.

Nim Goldman qui se battait sur plusieurs fronts à cause de la soudaine défaillance du courant, accorda une rapide pensée à Karen et fut soulagé qu'elle eût accepté d'aller à l'hôpital, de bonne heure dans la matinée. Il décida qu'il l'y appellerait plus tard, lorsque les choses se seraient un peu calmées.

Karen était blême de terreur et elle transpirait.

Elle savait désormais qu'il s'était passé un événement grave qui empêchait Josie de revenir.

Elle avait essayé sans relâche de téléphoner, mais elle n'avait pu obtenir que la voix enregistrée. Elle envisagea de manœuvrer son fauteuil roulant pour le faire cogner contre la porte de l'appartement dans l'espoir que quelqu'un passerait dans le couloir et l'entendrait. Mais déplacer le fauteuil épuiserait encore plus rapidement le peu d'énergie contenue dans la batterie. Karen savait par expérience et pour l'avoir calculé, que la batterie ne tiendrait plus très longtemps, même pour actionner son respirateur.

En fait, il restait à peine un quart d'heure de vie dans la batterie. Après les courses, sa puissance était tombée encore plus bas que Karen ne le supposait.

Karen, dont les convictions religieuses n'avaient jamais été fortes, n'en commença pas moins à prier. Elle demanda à Dieu et au sauveur d'envoyer Josie ou Jiminy ou ses parents ou Nimrod ou Cynthia ou n'importe qui — n'importe qui!

« Tout ce qu'ils ont à faire, mon Dieu, c'est de brancher l'autre batterie, celle qui est là, par terre. Jésus! n'importe qui peut le faire! Je peux lui dire comment. Oh! je vous en prie, mon Dieu, je vous en prie! »

Elle priait encore lorsqu'elle sentit que le respirateur commençait à faiblir. Sa respiration devint lente et irrégulière.

Elle tenta encore, frénétiquement, de téléphoner.

« Ceci est un avis enregistré. Tous les circuits sont occupés. Veuillez raccrocher et... »

Un signal sonore relié au respirateur et alimenté par une petite pile au cadmium-nickel annonça que le respirateur était sur le point de s'arrêter. Karen déjà à demi-inconsciente l'entendit faiblement, comme s'il venait de très loin.

Elle commença à suffoquer, appelant désespérément cet air qu'elle ne pouvait aspirer sans aide. Sa peau devint rouge puis bleuit, cyanosée. Ses yeux s'exorbitèrent. Sa bouche s'ouvrit sauvagement. Puis, lorsque l'air cessa définitivement d'entrer dans ses poumons, elle étouffa. Une douleur intense étreignit sa poitrine.

Pitoyable, la batterie mourut bientôt et Karen avec elle.

Juste avant sa mort, sa tête s'inclina sur le côté et lorsqu'elle toucha le micro-interrupteur du téléphone, une voix répondit :

« Opérateur. Que désirez-vous? »

19

Tout en expliquant aux journalistes et aux gens de la radio ce qui était arrivé à La Mission, Nim songeait que tout cela ressemblait à un vieux film déjà vu.

Il réfléchissait : Y avait-il réellement dix mois que Walter Talbot et les autres étaient morts, que Big Lil avait été endommagée par un attentat qui avait provoqué le black-out de l'été précédent? Tant de choses s'étaient passées depuis lors que le temps avait paru plus long.

Nim pouvait faire la différence, aujourd'hui : l'attitude des gens des média n'était plus celle de dix mois auparavant.

Aujourd'hui, il semblait qu'il existât une véritable compréhension des problèmes qu'affrontait la G.S.P. & L. et une sympathie qui avait autrefois fait défaut.

« Monsieur Goldman, demanda l'*Oakland Tribune*, si vous obtenez le feu vert pour construire les usines dont vous avez besoin, combien de temps faudra-t-il pour rattraper les erreurs?

— Dix ans, répondit Nim. Ou, si nous avions un programme vraiment fracassant, peut-être huit. Mais il nous faut quantité de permis et de licences avant que nous puissions seulement commencer. Et jusqu'à plus ample informé, on ne voit rien venir. »

Il assistait à une conférence de presse dans la galerie de surveillance du centre de contrôle. Teresa Van Buren lui avait demandé de venir peu après l'arrêt des derniers générateurs de La Mission et le black-out consécutif. Nim avait eu le pressentiment que quelque chose flanchait lorsque, dans son bureau, les lumières s'étaient éteintes et presque aussitôt rallumées. Cela était dû au fait que des circuits spéciaux protégeaient le siège social de la compagnie ainsi que des installations d'importance vitale comme le centre de contrôle de toute perte d'énergie.

Nim s'était rendu au centre de contrôle où Ray Paulsen, qui y était arrivé quelques minutes avant lui, l'avait informé de ce qui venait d'arriver.

« Ostrander a fait ce qu'il fallait et je le couvre entièrement, dit Paulsen, et si j'avais été là-bas, j'aurais fait de même.

D'accord, Ray, dit Nim. Quand je parlerai à la presse, j'adopterai la même ligne de conduite.

— Vous pouvez leur dire aussi, ajouta Paulsen, que nous aurons le courant d'ici trois heures au plus. Et que demain, La Mission 1 — 2 — 3 et 4 fonctionneront *de nouveau* ainsi que toutes les centrales géothermiques.

— Merci, ce sera fait. »

Il était notable, songea Nim, que sous la pression des événements, l'antagonisme entre Paulsen et lui semblait s'être évaporé. Peut-être était-ce parce qu'ils étaient tous deux trop occupés pour y penser.

Maintenant, à la conférence de presse, Nancy Molineaux demandait :

« Est-ce que ceci change quoi que ce soit pour les coupures prévues?

— Non, répondit Nim. Elles commenceront demain suivant le plan et elles continueront ensuite tous les jours.

— Pourrez-vous les réduire à trois heures seulement? demanda le *Sacramento Bee*.

— C'est peu probable, dit Nim. A mesure que nos approvisionnements en pétrole diminueront, les coupures devront être plus longues, probablement six heures chaque jour. »

Quelqu'un siffla doucement.

« Êtes-vous au courant de quelques émeutes et manifestations contre les " anti " ? demanda un journaliste de télévision.

— Oui, et à mon avis cela ne sert à personne, nous y compris. »

Les manifestations s'étaient déroulées pendant la dernière nuit. Nim l'avait lu dans les journaux du matin. Des pierres avaient été jetées à travers les fenêtres du Sequoia Club et du siège de la Ligue antinucléaire. Dans ces deux endroits, les manifestants qui se donnaient pour les « Monsieur Tout-le-Monde » s'étaient heurtés à la police. Plusieurs d'entre eux avaient été interpellés puis relâchés sans incident.

On pouvait s'attendre à d'autres manifestations violentes dans tout le pays en raison du chômage que les coupures de courant aggravaient.

Les anciens critiques et opposants de la G.S.P. & L. restaient étrangement silencieux. Finalement, quelqu'un demanda :

« Que conseillez-vous au public, monsieur Goldman ?

— Éteignez tout ce dont vous n'avez pas besoin pour survivre », dit Nim avec un faible sourire.

Il était un peu plus de 18 heures, donc deux heures plus tard, lorsque Nim regagna son bureau.

Il dit à Vicki qui travaillait tard (cela devenait une habitude) d'appeler le Redwood Grove Hospital et de demander Miss Sloan.

Quelques instants après, elle le rappela :

« L'hôpital dit qu'il n'y a pas de miss Sloan chez eux.

— En sont-ils certains ? demanda-t-il avec surprise.

— Je leur ai demandé de s'en assurer et ils ont vérifié deux fois.

— Alors, essayez le numéro de son appartement. »

Il savait que Vicki le connaissait, bien qu'il eût peine à croire que Karen n'avait pas quitté son domicile pour l'hôpital.

Cette fois-ci, au lieu de l'appeler au téléphone, Vicki ouvrit la porte du bureau et entra. Son visage était grave.

« Monsieur Goldman, dit-elle, je crois que vous feriez mieux de répondre vous-même. »

Bouleversé, il décrocha.

« Allo, Karen ?

— Nimrod, dit une voix étouffée, c'est Cynthia. Karen est morte. »

« Vous ne pouvez pas aller plus vite ? dit Nim au chauffeur.

— Je fais de mon mieux, monsieur Goldman, dit l'homme sur un ton de reproche. Il y a énormément de circulation et plus de monde que d'habitude dans les rues. »

Nim avait commandé à une voiture de service avec chauffeur de l'attendre à la porte plutôt que de perdre du temps à sortir sa Fiat et à conduire lui-même.

Nim était en proie à une grande agitation. Il n'avait obtenu aucun détail de Cynthia, sauf le seul fait brutal que la coupure de courant avait causé la mort de Karen. Nim se faisait déjà des reproches pour n'avoir pas vérifié que Karen était bien allée à l'hôpital.

Bien qu'il sût qu'il était trop tard, il brûlait d'impatience.

Pour faire diversion, il regarda par les glaces de la voiture les rues qui s'obscurcissaient et il songea à ce que le chauffeur venait de lui dire. Il y avait beaucoup plus de monde dehors que d'habitude. Nim se rappela ce qu'il avait lu à propos de la grande panne d'électricité de New York. Durant les coupures de courant, les gens sortaient et marchaient en troupeaux, mais lorsqu'on leur demandait pourquoi, peu d'entre eux le savaient. Peut-être cherchaient-ils instinctivement à partager l'adversité avec leurs voisins.

D'autres, naturellement, s'étaient rendus dans les rues de New York pour enfreindre les lois, piller et incendier. Peut-être qu'avec le temps, les mêmes phénomènes se produiraient ici.

Les lumières de la ville étaient, soit allumées, soit sur le point de l'être. Bientôt les derniers îlots privés de courant verraient leur électricité revenir.

Jusqu'à demain.

Et le jour suivant.

Et après cela, qui savait pendant combien de temps on serait privé de vie normale et jusqu'à quel point cette privation serait brutale?

« Vous êtes arrivé, monsieur Goldman », dit le chauffeur.

Ils étaient devant l'immeuble de Karen.

« Attendez-moi, je vous prie », dit Nim.

« N'entrez pas, dit Cynthia, pas maintenant, c'est trop affreux. »

Elle était sortie dans le couloir lorsque Nim était arrivé à l'appartement et elle avait refermé la porte derrière elle. Pendant le bref moment où la porte était restée ouverte, Nim avait pu entendre quelqu'un à l'intérieur en proie à une crise de nerfs (il semblait que ce fût Henrietta Sloan) et des sanglots qui devaient être ceux de Josie. Les yeux de Cynthia étaient rougis par les larmes.

Elle lui expliqua ce qu'elle savait de la série de malchances qui s'étaient additionnées pour aboutir à la terrible mort solitaire de Karen. Nim commença de dire qu'il s'en voulait, mais Cynthia l'arrêta.

« Non, quoi que nous ayons fait ou pas fait, Nimrod, personne depuis longtemps n'en a fait autant que vous pour Karen. Elle n'aurait pas voulu que vous vous sentiez coupable. Elle a même laissé quelque chose pour vous!... Attendez! »

Cynthia rentra dans l'appartement et revint avec une feuille de papier bleu.

« Ceci était sur la machine à écrire de Karen. Il lui fallait toujours beaucoup de temps pour écrire ce genre de choses et elle avait dû y travailler avant de... avant... »

Sa voix s'étrangla. Elle secoua la tête, incapable de terminer sa phrase.

« Merci », dit Nim.

Il plia la feuille et la glissa dans sa poche intérieure.

« Est-ce qu'il y a quelque chose que je pourrais faire? »

Cynthia secoua la tête.

« Pas maintenant », dit-elle, puis comme Nim allait partir, elle ajouta : « Nimrod, est-ce que je vous reverrai? »

Il s'arrêta. C'était une invite non déguisée, comme celle qu'il se rappelait avoir entendue une fois auparavant.

« Seigneur, Cynthia, dit-il, je n'en sais rien! »

Maudite affaire, songea-t-il. Il désirait Cynthia qui était belle, chaleureuse, impatiente d'aimer. Il la désirait malgré sa réconciliation avec Ruth, malgré l'amour empreint de dévotion qu'il portait à Ruth.

« Si vous voulez me voir, Nimrod, dit Cynthia, vous savez où me joindre. »

Il acquiesça de la tête et tourna les talons.

Dans la voiture qui le ramenait au siège de la G.S.P. & L. Nim prit la feuille du papier habituel de Karen que Cynthia lui avait remise. Il la déplia et lut à la lueur du plafonnier :

Est-il si étrange, mon bien-aimé Nimrod
que les lumières doivent s'éteindre?
Les chandelles sont mortes
comme baissent et meurent
Tous les feux que les hommes allument.
Pourtant, la lumière survit comme la vie
La plus misérable lueur, le tison brûlant
Chacun d'eux porte un...

Que portaient-ils? se demanda-t-il. Ne connaîtrait-il donc jamais la dernière douce pensée d'amour de Karen?

20

Un lit pliant avait été apporté dans le bureau de Nim. Quand il revint, il le vit fait, avec des draps, des couvertures et un oreiller, comme il l'avait demandé.

Vicki était rentrée chez elle.

La pensée de Karen ne cessait de le hanter. Malgré les paroles de Cynthia, le sentiment de culpabilité ne le quittait pas.

Cette culpabilité n'était pas seulement la sienne, mais aussi celle de la G.S.P. & L. dont il faisait partie et qui avait manqué à sa tâche. Dans la vie moderne, l'électricité était devenue une ligne de sauvetage — au sens propre du mot pour des gens comme Karen — que l'on n'avait pas le droit de rompre, quelle qu'en fût la cause.

La confiance dans le service était avant tout le premier devoir, la tâche presque sacrée de toute compagnie comme la G.S.P. & L. Et pourtant, la ligne de sauvetage serait rompue — tragiquement, cruellement et, dans un certain sens inutilement — encore et toujours et déjà dès demain. Nim était certain qu'aussi longtemps que les coupures de courant persisteraient, il y aurait d'autres victimes et d'autres souffrances, dont beaucoup étaient imprévisibles.

Parviendrait-il un jour à se libérer de son sentiment de culpabilité à l'égard de Karen ? Il se le demandait. Avec le temps, peut-être, mais pas tout de suite.

Nim aurait souhaité pouvoir parler à quelqu'un, quelqu'un à qui il aurait pu se confier. Mais il n'avait rien dit de Karen à Ruth et il ne pouvait plus le faire maintenant.

Il s'assit à son bureau, le visage dans ses mains. Au bout d'un moment, il sut qu'il lui fallait faire quelque chose pour se changer les idées. Pendant une heure ou deux, au moins.

Les événements de la journée, émotion sur émotion, l'avaient empêché de s'occuper des papiers accumulés sur son bureau. S'il ne réglait pas une partie des affaires courantes ce soir même, il savait qu'il en aurait deux fois plus demain. Autant pour se reposer l'esprit que pour toute autre raison, il se mit au travail.

Il s'était concentré depuis dix minutes lorsque le téléphone sonna.

« Je parie, dit la voix de Teresa Van Buren, que vous pensiez bien avoir fini pour aujourd'hui d'être le porte-parole de la compagnie.

— Puisque vous me l'avez dit, Tess, répondit-il, c'est une idée qui m'était venue. »

La directrice des relations publiques pouffa.

« La presse ne dort jamais ; c'en est une pitié. J'ai deux personnes ici qui voudraient vous voir. L'une représente l'*Associated Press* qui a quelques questions supplémentaires à vous poser pour l'histoire de nos délestages qui sont d'importance nationale. L'autre est Nancy Molineaux qui refuse de dire ce qu'elle veut, mais qui veut quelque chose. Qu'est-ce que je fais ?

— Bon, envoyez-les-moi », dit Nim en soupirant.

Il y avait des moments — et celui-ci en était un — où il regrettait la défection et le départ du juge Yale.

« Je vous laisse vous débrouiller », dit quelques minutes plus tard la directrice des relations publiques.

Elle introduisit l'homme de l'A.P. C'était un vieux reporter aux yeux larmoyants avec une toux de fumeur. Nancy Molineaux avait préféré attendre dans l'antichambre que l'A.P. en eût fini.

Les questions de l'agence télégraphique étaient professionnelles et exhaustives. Il griffonna les réponses de Nim sur un bout de papier dans une version très personnelle de la sténographie. Lorsqu'il en eut terminé, il se leva et demanda :

« Je vous envoie la poupée ?

— Oui, s'il vous plaît. »

Nim entendit la porte de l'antichambre se fermer puis Nancy entra.

« Salut ! » fit-elle.

Comme toujours, elle était habillée avec une élégante simplicité. Ce soir elle portait un tailleur corail qui s'accordait parfaitement avec sa peau d'un noir mat. Son beau visage aux hautes pommettes semblait avoir perdu un peu de son arrogance, se dit Nim ; peut-être parce qu'elle s'était montrée plus amicale depuis leur rencontre à l'hôtel Christophe Colomb et en raison des événements qui lui avaient succédé.

Elle s'assit en face de lui et croisa ses longues jambes bien galbées, Nim leur jeta un bref regard puis détourna les yeux.

« Salut, fit-il, que puis-je faire pour vous ?

— Regardez ça. »

Elle se leva et posa sur le bureau une longue bande de papier. C'était la copie carbone d'un télétype.

« C'est une affaire qui vient tout juste d'éclater, dit Nancy, les journaux du matin vont la mettre à la une. Nous aimerions la développer avec quelques commentaires, dont un de vous, pour l'édition de l'après-midi. »

Nim poussa son fauteuil vers un endroit mieux éclairé.

« Laissez-moi lire, dit-il.

— J'aurai du mal à la commenter si vous ne la lisez pas, dit-elle paresseusement, prenez tout votre temps. »

Il parcourut rapidement le texte, puis il revint au commencement et il l'étudia avec soin.

WASHINGTON 3 MAI. DANS UNE DRAMATIQUE DÉMARCHE POUR RÉSOUDRE LA CRISE ACTUELLE DU PÉTROLE, LES ÉTATS-UNIS VONT ÉMETTRE UNE NOUVELLE MONNAIE GARANTIE PAR L'OR. ELLE S'APPELLERA LE NOUVEAU DOLLAR ET VAUDRA DIX DOLLARS ACTUELS.

LE PRÉSIDENT ANNONCERA LA CRÉATION DU NOUVEAU DOLLAR AU COURS D'UNE CONFÉRENCE DE PRESSE À LA MAISON BLANCHE DEMAIN APRÈS-MIDI. QUELQUES PERSONNALITÉS OFFICIELLES DE WASHINGTON ONT DÉJÀ BAPTISÉ LA NOUVELLE MONNAIE LE « DOLLAR HONNÊTE ».

LES NATIONS EXPORTATRICES DE PÉTROLE DE L'OPEP SERONT INVITÉES À ACCEPTER LE PAIEMENT DE LEUR PÉTROLE EN NOUVEAUX DOLLARS, AVEC UN RÉAJUSTEMENT DU PRIX QUI DEVRA ÊTRE NÉGOCIÉ.

LA PREMIÈRE RÉACTION DE L'OPEP A ÉTÉ FAVORABLE, MAIS
PRUDENTE. TOUTEFOIS, LE PORTE-PAROLE DE L'OPEP, LE CHEIKH
AHMED MUSAED A DÉCLARÉ QU'UNE EXPERTISE INDÉPENDANTE DE
L'OR DES U.S.A. SERAIT DEMANDÉE AVANT QU'UN ACCORD BASÉ
SUR LE NOUVEAU DOLLAR PUISSE ÊTRE CONCLU.

« NOUS N'IRIONS PAS JUSQU'À SUGGÉRER QUE LES ÉTATS-UNIS
ONT MENTI AU SUJET DE LEURS RÉSERVES D'OR », A DÉCLARÉ LE
CHEIKH AHMED MUSAED CE SOIR MÊME À PARIS À DES JOURNA-
LISTES. « MAIS IL Y A EU DES RUMEURS PERSISTANTES, QUE L'ON
NE SAURAIT ÉCARTER À LA LÉGÈRE, SELON LESQUELLES CES
RÉSERVES NE SERAIENT PAS AUSSI IMPORTANTES QU'ON LE DIT
OFFICIELLEMENT. EN CONSÉQUENCE, NOUS SOUHAITONS NOUS
ASSURER QUE CETTE GARANTIE-OR DU NOUVEAU DOLLAR EST
RÉELLE ET NON PAS ILLUSOIRE. »

ON S'ATTEND QUE LE PRÉSIDENT INFORME LES AMÉRICAINS
QU'ILS POURRONT ACQUÉRIR LES NOUVEAUX DOLLARS EN
ÉCHANGE DES ANCIENS À RAISON DE DIX ANCIENS POUR UN
NOUVEAU. L'ÉCHANGE SERA D'ABORD FACULTATIF, MAIS EN VERTU
D'UNE NOUVELLE LÉGISLATION, IL DEVIENDRAIT OBLIGATOIRE
D'ICI CINQ ANS. APRÈS QUOI, L'ANCIEN DOLLAR SERA DÉMONÉTISÉ
ET N'AURA PLUS D'AUTRE VALEUR QUE CELLE D'UN OBJET DE
COLLECTION.

LORS DE SA CONFÉRENCE DE PRESSE, LE PRÉSIDENT SERA SANS
AUCUN DOUTE INTERROGÉ SUR...

Ainsi, songea Nim, l'éventualité envisagée la semaine précédente par
l'antenne de la G.S.P. & L. à Washington était devenue une réalité.

Il se rappela que Nancy Molineaux attendait.

« Je ne suis pas un génie financier, mais je ne pense pas qu'il soit
nécessaire d'en être un pour savoir que ce qui se passe ici, dit-il en tapotant de l'index la feuille de papier, était inévitable depuis longtemps,
depuis que l'inflation a commencé. Nous avons accepté de devenir dépen-
dants du pétrole importé. Malheureusement, une quantité de braves gens
de la classe moyenne, qui ont travaillé dur pour faire des économies, vont
être sévèrement pénalisés lorsqu'il leur faudra échanger leurs dollars à dix
contre un. Et même maintenant, pourtant, le seul résultat de tout cela
sera de nous faire gagner un peu de temps. Du temps, jusqu'à ce que nous
cessions d'acheter du pétrole que nous ne pouvons pas nous payer, de
dépenser de l'argent que nous n'avons pas et jusqu'à ce que nous commencions à développer nos propres ressources encore inexploitées.

— Merci, dit Nancy, ça fera parfaitement l'affaire. »

Elle posa le bloc-notes sur lequel elle avait écrit.

« A propos, au journal, ils ont l'air de croire que vous êtes Madame
Soleil. C'est vrai et, puisque nous en parlons, vous serez peut-être content
de savoir que dans notre édition de dimanche, nous réimprimons ce que
vous aviez dit en septembre dernier, à ces débats publics où vous avez

explosé et où vous vous êtes mis dans la merde. Vos propos prennent soudain un sens bien différent de celui d'alors. Voulez-vous me dire, pour le reportage, comment vous ressentez tout cela ? »

Sur une impulsion soudaine, Nim ouvrit un tiroir de son bureau et y prit un dossier. Il en sortit une feuille de papier bleu et lut à haute voix :

Sois, au moment de la récolte, indulgent et miséricordieux,
Large d'esprit, vois grand,
Ris-toi des contrariétés de la vie.

« Pas mauvais, dit Nancy, qui a écrit ça ?

— Quelqu'un que j'aimais, dit-il avec un certain trouble, quelqu'un qui est mort aujourd'hui. »

Il y eut un silence, puis elle demanda :

« Puis-je le lire en entier ?

— Je n'y vois pas d'inconvénient », dit-il en lui tendant le papier.

Lorsque Nancy eut terminé, elle leva les yeux.

« Une femme ? dit-elle.

— Oui... fit-il en hochant la tête.

— C'est pour ça que vous faisiez cette tête quand je suis arrivée ? Comme si vous veniez de prendre une raclée ?

— Si c'est l'aspect que j'avais, je suppose que la réponse est oui », dit-il avec un bref sourire.

Nancy posa la feuille de papier sur le bureau.

« Vous voulez m'en parler ? tout à fait entre nous, si vous voulez ?

— Oui, dit-il, mais tout à fait entre nous. Son nom était Karen Sloan... Elle était quadriplégique depuis sa quinzième année. »

Il se tut.

« Continuez, dit Nancy, je vous écoute.

— Je crois qu'elle était la plus belle femme, dans tous les sens du mot, que j'aie jamais connue. »

Il y eut un nouveau silence.

« Comment l'aviez-vous connue ?

— Par hasard. C'est arrivé juste après la panne de courant de juillet dernier... »

Une heure auparavant, Nim avait aspiré à avoir quelqu'un à qui parler, à qui se confier. Maintenant, il s'épanchait. Nancy l'écoutait. Elle posait quelques rares questions, mais se taisait le plus souvent. Lorsqu'il lui décrivit la façon dont Karen était morte, elle se leva et marcha dans la pièce en disant doucement :

« Oh, la pauvre... la pauvre !

— Ainsi, vous voyez, dit Nim, il n'y a rien de surprenant à ce que j'aie la tête de quelqu'un qui vient de prendre une raclée. »

Nancy était revenue au bureau. Elle montra les papiers épars.

« Alors, pourquoi vous embêtez-vous avec toute cette paperasse ?

— J'avais du travail à faire. Je l'ai toujours...

— Idiot! Lâchez ça et rentrez chez vous. »

Il secoua la tête et regarda vers le lit.

« Cette nuit je vais dormir ici. Nous avons encore des problèmes et demain nous commençons les délestages tournants. Vous vous rappelez?

— Alors, venez chez moi. »

Il dut avoir l'air interloqué, car elle ajouta doucement :

« Ma piaule est à cinq minutes. Vous pourrez laisser mon numéro de téléphone ici et, si c'est nécessaire, revenir en vitesse. Si on ne vous appelle pas, je préparerai le petit déjeuner demain matin, avant que vous ne partiez. »

Ils étaient debout l'un en face de l'autre. Nim sentait son parfum musqué, il avait devant lui le corps de Nancy, mince, souple et désirable. Il eut envie de mieux la connaître, beaucoup mieux. Et il comprit, comme cela était arrivé si souvent dans sa vie et à deux reprises ce soir, qu'une femme s'offrait en tentation.

« Je ne vous le proposerai pas une seconde fois, dit-elle d'une voix brève. Alors décidez-vous : oui ou non? »

Il hésita une fraction de seconde :

« D'accord, allons-y », dit-il.